W0354781

# Märchenhaftes Karma

Isa Bella King

Warum man Prinzen nicht töten sollte ...

# Inhaltsverzeichnis

»The dreamer awakes,
the shadow goes by.
The tale I will tell you,
that tale is a lie.

But listen to me,
bright maiden, proud youth:
The tale is a lie
but what it tells is the truth.«

Abwandlung eines traditionellen Sagenendes

»Wenn dereinst die alte Schlacht
von Gut und Böse neu entfacht,
dann wird sie kommen, des Schicksals Eine,
die viele Welten kennt und keine.
Sie wird das Zünglein an der Waage sein.
In welche Richtung – weiß nur ihr Herz allein.

In ihrer Hand liegt des Schicksals Macht,
zu bringen hellen Tag oder finsterste Nacht.
Solang sie wandelt in unserer Welt,
ein Funken Hoffnung das Dunkel erhellt.«

(Prophezeiung des Gestiefelten Katers)

# Prolog

»Es begab sich, dass der Königssohn ein prächtiges Fest veranstaltete, das volle drei Tage dauern sollte, und zu dem alle schönen Jungfrauen im Lande eingeladen wurden, damit er sich seine Braut aussuchen konnte. Das arme Aschenputtel wollte so gern zu dem Ball gehen und bat seine hartherzige Stiefmutter um Erlaubnis. ›Was? Du willst auf das Fest des Prinzen gehen? Du hast keine Kleider und Schuhe, bist schmutzig und voller Ruß. Und du willst tanzen?‹, sprach sie. ›Lächerlich!‹

Als das Mädchen aber nicht aufhörte, darum zu bitten, sagte sie endlich: ›Da habe ich dir eine Schüssel Linsen in die Asche geschüttet. Wenn du sie in zwei Stunden wieder herausgelesen hast, so sollst du mitgehen.‹«

Auf dem Fußboden sitzend, schaut Nell nachdenklich zu ihrer Großmutter hinauf. Dabei bleibt ihr Blick wie so oft an dem blauen Kristall hängen, der in das abgegriffene Leder des Bucheinbands eingelassen ist. Egal wie oft sie ihn auch betrachtet, sie wird dessen nie müde. Er funkelt so schön und Nell könnte schwören, dass sie darin die Türme eines Schlosses sehen kann. Weht da ein Banner im Wind? Versonnen streichen ihre Finger über den Schriftzug oberhalb des Kristalls. Auch wenn sie schon ein bisschen lesen kann, dieses eingeprägte Wort kann sie nicht entziffern.

»Nana, schafft Aschenputtel es? Darf sie am Ende zum Ball geh'n?«

Über dem Rand des Märchenbuchs tauchen warme graublaue Augen auf. Eleonora MacAllister blickt ihre Enkelin liebevoll an. »Wenn sie ihre Aufgaben erfüllt, mein Schatz, dann wird sie es.«

Die kleine Nell rümpft entrüstet die Nase. »Aber Nana, das ist unfair. Warum muss sie überhaupt so einen Quatsch machen?«

»Weil Ordnung etwas ganz Wichtiges ist. Besonders in der Märchenwelt. Ansonsten geben wir dem Bösen zu viel Raum.« Nell schnaubt, verschränkt die Arme und lässt sich mit dem Rücken gegen die Schienbeine ihrer Oma plumpsen. Nana thront in dem ausladenden Ohrensessel, wie eine Königin aus einem der Märchen, die sie Nell immer vorliest.

»So ein Quatsch! In meinem Zimmer ist es ganz oft unordentlich und da ist noch nie eine Hexe oder so aufgetaucht.« Kurz hält Nell inne und kichert leise vor sich hin. »Na ja, es sei denn, man zählt Mama mit. Wenn ich nicht aufgeräumt habe, schnaubt sie manchmal wie ein Drache.«

Ihre Großmutter fällt kopfschüttelnd in das Lachen mit ein. Sie zieht sich die Brille mit den halbrunden Gläsern von der Nase und wischt sich ein Tränchen aus dem Augenwinkel. »Das sollten wir nicht zu laut sagen, sie hat auch Ohren wie einer!« Gleich darauf wird sie allerdings wieder ernst. »So lustig ich den Gedanken auch finde, aber so war das nicht gemeint. Was haben alle Märchen gemeinsam?«

»Das Gute siegt über das Böse?«

Eleonora MacAllister nickt zustimmend. »Genau. Das ist das grundlegende Prinzip jeden Märchens. Am Ende wird alles gut. Und wenn es nicht gut ist…«

»Ist es noch nicht das Ende.[1] Das sagst du ständig!« Nell pustet sich eine verirrte Strähne aus der Stirn und kann sich ein genervtes Augenrollen gerade noch verkneifen. »Aber was hat das denn nun damit zu tun, dass Aschenputtel auf den Ball will?«

Nana lächelt milde. »Alles. Damit es am Ende wirklich ein Happy End gibt, muss jeder seinen Teil zur Geschichte beitragen. Die Prinzessin, oder in unserem Fall das Aschenputtel, muss ihr Bestes geben und ihre Aufgaben erfüllen, damit das gelingt. Es ist wie«, angestrengt sucht Nana nach dem richtigen Wort, »wie eine Prüfung, ein Test.«

»Aber das ist doch Quatsch mit Soße! Wenn die blöden Schwestern und die doofe Stiefmutter nicht solche Hexen wären, könnte sie einfach so zum Ball gehen. Die anderen müssen ja auch keinen Test machen. Außerdem«, fährt sie im Brustton der Überzeugung fort, »ist es doch total dämlich, die Linsen alle wieder aufzusammeln. Warum nimmt Aschenputtel nicht einfach Schaufel und Besen?«

Nana MacAllister zuckt für ihre Enkelin unsichtbar mit den Schultern. »Weil die Linsen dann dreckig wären.«

Nell dreht sich halb zu ihrer Oma um und zieht eine missbilligende Schnute. »Nana, dann wäscht man sie eben wieder ab. Du stellst dich an.«

Lauthals lachend schüttelt ihre Großmutter den Kopf, sodass sich einige graue Strähnen aus ihrer Frisur lösen und ihr wild ins Gesicht fallen.

»Mein kleiner Schatz, du bist viel zu gescheit für deine sechs Jahre.«

»Das sagst du immer, Nana.« Nell zieht eine Schnute und stupst ihre Oma mit dem Ellenbogen gegen die Knie. »Aber

---

1 Verfasser unbekannt

nun erzähl schon! Kann Aschenputtel am Ende auf den Ball gehen und in einem Meer aus Rosenblüten tanzen, so, wie sie es sich gewünscht hat? Und heiratet sie dann den Prinzen?«

Gerade als Nana MacAllister den Mund öffnet, um fortzufahren, ertönt von unten die Stimme von Nells Mutter Annabell: »Mum! Nell! Kommt runter, das Essen wird kalt!«

»Gleich!«, ruft Nell patzig und krallt ihre Finger in Nanas Rock. »Erzähl bitte die Geschichte noch zu Ende!«

»Nicht gleich, junge Dame. Jetzt!«, tönt es von unten.

Ihre Großmutter seufzt ergeben und wuschelt ihrer Enkelin durch die Lockenmähne. »Das wird wohl warten müssen, mein Schatz. Wenn wir nicht gleich runtergehen, kommt uns deine Mutter mit dem Kochlöffel holen.« Sie grinst spitzbübisch.

Nell bewundert niemanden so sehr wie ihre Oma. Trotz ihres Alters, der Falten und der grauen Haare wirkt sie einfach nicht alt.

*Wie Peter Pan*, denkt Nell und seufzt frustriert, als ihre Mutter zum zweiten Mal zum Essen ruft. »Aber du fährst doch nachher wieder heim. Was, wenn wir keine Zeit mehr haben?« Ihre großen, blauen Augen füllen sich mit dicken Tränchen.

Nana kichert. »Na, na, na! Wer wird denn schmollen? Dann erzählt sie dir deine Mutter eben zu Ende.«

»Nein, das will ich nicht! Ich will das Ende von dir hören!« Nell plustert die Backen auf und verschränkt trotzig die Arme vor der Brust. »Niemand auf der ganzen Welt kann so toll Geschichten erzählen wie du, Nana, Du erzählst die Sachen immer, als wärst du dabei gewesen.«

Wissend nickt ihre Großmutter und mit einem unergründlichen Funkeln in den wachen Augen beugt sie sich tief über das alte Buch zu ihrer Enkelin herab und drückt einen sanften Kuss auf ihren Scheitel. »Wenn du groß bist, erzähle ich dir mal davon.«

»Aber Nana, ich bin doch schon groß!«

»Natürlich, mein kleiner Spatz, aber ein bisschen älter musst du schon noch werden. Bald wird dieses Buch dir gehören, dann wirst du es verstehen. Du bist etwas ganz Besonderes. Ich liebe dich so sehr.«

Nell strahlt ihre Oma mit kindlicher Aufrichtigkeit an. »Ich liebe dich mehr, Nana.«

Noch Jahre später erinnert sich Nell an das Geräusch, das erklang, als Nana MacAllister an diesem Tag das schwere, alte Buch zugeschlagen hatte. Es war das letzte Mal gewesen, dass ihre Großmutter sich mit ihr auf den staubigen Dachboden verkrochen und ihr in dem alten, samtenen Ohrensessel Geschichten aus dem Märchenland erzählt hatte. Dagegen wirkte die Beerdigung kurz danach wie ein ferner Traum, unwirklich und blass.

Nana hatte die Geschichte von Aschenputtel nie zu Ende erzählen können. Und ohne ihre Großmutter war der Zauber dieser magischen Welten verflogen, erstickt unter einer dicken Staubschicht, die sich in all den Jahren nicht nur auf jenen Ohrensessel und das alte Märchenbuch, sondern auch auf Nells Erinnerungen gelegt hat.

# Ein ganz normaler Tag?

Nell blinzelt, als die aufgehende Sonne auf ihrer Haut kribbelt. Durch den Spalt der Vorhänge blitzt ein Stück blauer Himmel herein. Feine Staubkörnchen glitzern, vom Gegenlicht angestrahlt, in der Luft. Sie passen zu Nells Stimmung. Sie angelt träge nach dem Vorhang, um das Licht auszusperren, bekommt ihn aber einfach nicht zu fassen. »So ein Mist.« Grummelnd zieht sie sich stattdessen die Decke über den Kopf. Soll die Welt doch draußen bleiben.

»Nell! Frühstück!« Die Stimme ihrer Mutter Annabell lässt sich leider nicht so einfach ausblenden. »Komm runter! Deine Gäste sind bald hier!« Nell stöhnt leise und stellt sich erst mal tot. Prompt pocht es laut von unten gegen die Decke.

»Ein Besen. Echt jetzt?« Lautes Weinen dringt von unten herauf und durchbricht die Stille. Sie verdreht die Augen und schlägt ruckartig die Bettdecke zurück. »Ist ja schon gut, ich komme doch!« Mechanisch streift sie sich das blaue Kleid über, das ihre Mutter gestern Abend schon für sie bereitgelegt hat. Nell ist es egal. Sie sieht eigentlich gar nicht ein, sich heute so herauszuputzen. Warum auch. Weil Gäste kommen?

Unten wird das Jammern lauter. »Mama, ich will Nell!«

»Sue, ist ja schon gut, ich komme ja schon!« Mit strubbeligem Haar und barfuß schlurft Nell die Treppe nach unten.

»Na endlich!« Sofort verstummt das Weinen. Ihre kleine Schwester Susan kommt Nell aufgeregt entgegengerannt und zerrt sie an der Hand hinüber zum Esstisch. »Alles Gute zum Geburtstag!« Susans blaue Kulleraugen strahlen auffordernd zu ihrer großen Schwester hoch, während sie den Teller zu ihr hinüberschiebt. Ein Kuchen in Form einer großen Dreizehn, überzogen mit dunkler Schokolade, steht vor Nell.

»Na los! Puste die Kerze aus!« Sue schiebt den Teller ungeduldig noch etwas näher an Nell heran. Die schenkt ihrer kleinen Schwester ein schiefes Lächeln. »Du nervst, weißt du das?« Sie zerzaust Susan die blonden Locken, die ihren eigenen so ähnlich sind, und beugt sich dann mit einem theatralischen Seufzen vor, um die Kerze auszupusten.

»Aber du musst dir auch was wünschen!« Nell hält inne und dreht den Kopf zu ihrer Schwester. Ihre hochgezogene Augenbraue spricht Bände. Susan hebt abwehrend die Hände und kichert entschuldigend. Erneut beugt sich Nell vor. Sie kneift die Augen fest zu und atmet aus. Die Flamme zuckt, ehe sie leise zischend erlischt. »Hast du dir was gewünscht?«, platzt ihre kleine Schwester in die Stille hinein.

Nell schüttelt den Kopf. »Verrat ich dir nicht, du kleine Nervensäge.« Sie taucht grinsend einen Finger in den Schokoladenguss und schmiert ihn Sue auf die Nasenspitze. Die jault lachend auf und drückt gleich zwei Finger in den Kuchen, um sich bei ihrer großen Schwester zu revanchieren.

Ein lauter Aufschrei unterbricht das spielerische Gezanke. »Der schöne Kuchen! Wollt ihr wohl aufhören, alle beide!« Annabell MacAllister steht mit entgeisterter Miene im Türrahmen und funkelt ihre beiden Töchter an, die gerade drauf und dran sind, ihre auf Hochglanz polierte Küche in ein Schlachtfeld zu verwandeln. »Wascht euch die Hände, alle beide! Und Nell, zieh dir eine Schürze über. Vielleicht bleibt dein Kleid dann wie durch ein Wunder sauber, bis die Gäste kommen. Und zieh dir Schuhe an!«, fügt sie in strengem Ton hinzu.

Als Minuten später alle drei manierlich am Tisch sitzen, teilt Annabell großzügig den Kuchen aus. Sie lächelt Nell versöhnlich an. »Es tut mir leid, dass ich gerade so laut geworden bin.« Sie schiebt Nell ein großes, in braunes Packpapier eingeschlagenes Paket über den Tisch hinweg zu. »Ich wünsche dir von Herzen alles Gute zum Geburtstag, mein Schatz.« Nell lässt die Gabel sinken und schaut zwischen dem Päckchen und ihrer Mutter hin und her. Annabells Gesicht trägt einen seltsamen Ausdruck von Traurigkeit. Nell kann ihn nicht einordnen. Sie öffnet den Mund, um etwas deswegen zu sagen, schließt ihn aber einfach wieder.

»Nun mach schon auf, Nell, ich will wissen, was da drin ist!«, bettelt Susan ungeduldig.

»Schon gut, ich mach ja schon.« Nell zieht das Päckchen zu sich heran. Neugierig betrachtet sie es. Es sieht schwer aus. Was da wohl drin ist? Bestimmt der schöne Spiegel, den sie sich gewünscht hat. Ungeduldig rupft sie die Schleife ab. Schon schwebt ihre Hand über dem Papier, als ein ungutes Gefühl sie beschleicht.

»Was ist denn nun?«

Nell blickt nicht zu ihrer Schwester auf.

»Es fühlt sich so vertraut an. Es ist ...«

»Ach Quatsch, mach es schon auf!«

Alles in Nell sträubt sich dagegen, doch ihre Finger beginnen, das Papier an den Ecken zu lösen. Noch bevor das eigentliche Geschenk sichtbar ist, weiß sie, was gleich zum

Vorschein kommen wird. Ihr Körper versteift sich. Sie bringt es nicht über sich, die letzte Schicht zu entfernen. Nell rückt etwas vom Tisch ab und legt mit starrem Blick die Hände in den Schoß.

Susan schaut verwirrt zwischen Nell, dem halb ausgepackten Päckchen und ihrer Mutter hin und her. »Was ist es denn nun?« Sie klettert auf den Tisch und nimmt die Sache kurzentschlossen selbst in die Hand. »Oh, schau mal Nell, es ist ein Buch! Es sieht ganz schön alt aus. Bestimmt ist es richtig wertvoll.« Susans Stimme sprüht geradezu vor Begeisterung. »Da ist ein goldener Teller eingeprägt. Mit einem roten Kristall darauf.«

Kurz ruckt Nells Kopf nach oben.

*Ein roter Kristall? Aber er war doch immer …*

Doch Sue plappert unbeirrt weiter: »Den müsste man mal polieren. Guck doch mal, Nell! Es ist total schön verziert. Und da steht irgendwas darüber.« Es juckt Nell gewaltig, sich den Kristall genauer anzusehen. Doch sie erträgt den Anblick des Buches und die damit verbundenen Erinnerungen an Nana nicht. Stattdessen hält sie den Blick starr auf ihre Mutter geheftet. Zorn funkelt darin.

»Das ist kein Teller, Sue. Es ist der Rahmen eines Spiegels und darüber steht …« Sie schluckt, bringt es nicht über sich, das Wort in den Mund zu nehmen, das sie als Kind sicher tausendmal und mehr mit den Fingern befühlt und voller Ehrfurcht ausgesprochen hatte. Annabell löst seufzend den Blick von ihrer großen Tochter, um Susan ihre Frage zu beantworten. »Darüber steht das Wort ›Märchen‹.«

Sofort hängt der kleine Blondschopf über dem schweren Buch und presst fast die Nase gegen den Einband, um die Buchstaben zu entziffern.

»So ein Quatsch, Mama. Das steht da gar nicht. Ihr

flunkert mich an.«

Den Blick noch immer strafend auf ihre Mutter gerichtet, schüttelt Nell langsam den Kopf. »Nein, Sue. Das steht da wirklich. Es ist nur in Spiegelschrift eingeprägt.«

Sue kneift angestrengt die Augen zusammen. »Wo spricht man denn Spiegelschrift?«

»Das ist keine Sprache, mein Schatz, eher eine Geheimschrift. Aber du hast recht, es ist nicht in unserer Sprache geschrieben. Eure Großmutter stammte aus Deutschland, das ist ganz weit weg, und als sie hierherkam, hat sie das Buch mitgebracht.«

Nells Kiefer verkrampfen sich. Heiße Wut zieht sich in ihrem Bauch zu einer lodernden Kugel zusammen und verbrennt die Trauer, die ihr die Kehle zuschnürt.

»Eure Großmutter hat immer gesagt, alles was hier passiert, ist nur ein Spiegel für das Land der Märchen und deshalb ist der Titel so komisch.« Die Stimme ihrer Mutter klingt traurig in Nells Ohren, doch man hört, dass sie das Gesagte für bloße Fantasie hält. Endlich mal etwas, worin sie und Nell sich einig sind.

»Was ist das Märchenland?«, will Susan wissen und hebt gleichzeitig den schweren Buchdeckel an. Doch ehe sie es sich versieht, greift ihre große Schwester über den Tisch und drückt ihn mit einem lauten Klatschen wieder zu.

»Aua! Nell!« Susan zieht erschrocken ihre kleinen Fingerchen zurück, als hätte sie sich an dem Buch verbrannt. Tränen glitzern in ihren blauen Augen.

»Das Märchenland gibt es nicht. Es sind nur dumme Geschichten.« In Nells Worten liegt eine Härte und Bitterkeit, die immer dann am größten ist, wenn es um ihre Großmutter, ihre Nana, geht. Ihre Kiefer mahlen. Die Hände sind so fest zu Fäusten geballt, dass die Knöchel weiß hervortreten. Unendlich langsam erhebt Nell sich von der Bank. »Warum hast du das getan?« Ihre Augen sind dunkel vor Zorn, das sonst so strahlende Blau gleicht eher einer ausgewachsenen Sturmfront.

»Deine Großmutter wollte immer, dass du es an deinem dreizehnten Geburtstag bekommst. Und du hast es früher doch so sehr gelie –« Doch Nell schneidet ihr das Wort ab: »Ich will es nicht. Bring das dämliche Ding da hin, wo es hingehört, oder mach am besten gleich ein Feuer damit, dann hat es wenigstens noch einen Sinn!« Ihre Stimme überschlägt sich, rutscht in ein unangenehm hohes Quietschen ab.

Ihre Mutter blickt sie müde an. »Aber deine Großmutter wollte, dass ...«

»Ist mir scheißegal! ICH WILL ES NICHT!«

»Ich dachte, du würdest dich freuen.«

»Falsch gedacht!« Nell packt das schwere Buch mit beiden Händen und schleudert es mit aller Macht von sich. Ein durchdringendes Knacken ertönt, als es an der Wand neben dem Küchenfenster einschlägt. Durchsichtige Splitter rutschen über den gewienerten Fußboden.

Für den Moment herrscht ein stummes Ringen zwischen Nell und ihrer Mutter. Die Luft in der kleinen Küche ist so dick, man könnte sie glatt schneiden. Erst Susans leises Schluchzen beendet das wortlose Gefecht. »Der schöne Kristall.« Sie schnieft und reibt sich verzweifelt mit den kleinen Fäustchen ihre Augen. »I ... ich will nicht ... dass ihr euch ... streitet!« Dicke Tränen kullern auf den Tisch.

Sofort gleitet Annabell neben ihre Tochter auf die Bank und schließt sie in eine feste Umarmung. »Shh mein Schatz, es ist alles gut. Mach dir keine Sorgen.« Sie wiegt Susan behutsam mit sich hin und her, während die schluchzend das

Gesicht an der Schulter ihrer Mutter vergräbt. Nell, die ihre Schwester eigentlich über alles liebt – wie man eben eine nervige kleine Schwester liebt, nämlich vorne herum ärgern, aber wenn sie weinen, trösten – steht nur stocksteif da. Ein Kloß bildet sich in ihrer Kehle. Der Anblick des Buches rüttelt an lange vergessenen Erinnerungen, die sie so sorgsam verdrängt hat. Nells Stimme ist kalt wie Eis. »Kein Grund zu heulen. Es ist halt nicht immer alles Friede-Freude-Eierkuchen.« Damit stapft sie wesentlich lauter, als nötig gewesen wäre, die Treppe zu ihrem Zimmer hinauf und knallt die Tür zu. Susans lautes Weinen dringt bis zu ihr herauf, doch diesmal kümmert es sie nicht.

Seufzend schaut Nell in den gerahmten Spiegel an der Wand. Die Hände links und rechts davon an die Mauer gestützt, blickt sie in ihr eigenes blasses Gesicht. Sie hört ihre Mutter schon tadelnd in ihrem Kopf: »Bevor die Gäste kommen, musst du dir aber noch die Haare kämmen!«

»Einen Scheiß muss ich«, murmelt Nell und zerstrubbelt sich die Haare noch extra. »Ich will überhaupt nicht Geburtstag feiern. Schon gar nicht mit der ganzen Verwandtschaft! Warum können sie mich nicht einfach alle in Ruhe lassen?« Doch so laut sie auch schreit, ihr Gesicht im Spiegel gibt keine Antwort.

Wie lange sie so dasteht und ihr Spiegelbild anstarrt, weiß sie nicht. Die Zeit verrinnt einfach, wie der Sand in einer Sanduhr. Irgendwann hört sie hinter sich Susans leise piepsige Stimme. »Nell ...«

Sie atmet tief durch und schluckt mühsam die patzige Erwiderung hinunter, die ihr schon auf der Zunge lag.

*Sie kann nichts dafür*, ermahnt sich Nell und dreht den Kopf langsam zu Susan herum.

»Nell, kannst du wieder runterkommen ... bitte? Nachher lassen wir doch wieder deine Geburtstagslaterne steigen.«

Nell nickt stumm. Sie traut sich selbst nicht, befürchtet, dass eine garstige Antwort rauskommt, die ihre kleine Schwester noch mehr verschrecken würde.

»Du kommst also?«

Sie nickt erneut und versucht sich an einem Lächeln. Es fällt schwächer aus als beabsichtigt, fast schon kläglich. »Klar. Ich verpasse doch nicht meinen Himmelslaternenwunsch.«

Zu jedem Geburtstag lässt ihre Mutter einen der Lampions aufsteigen. Seit Nanas Tod ist dieses Ritual allerdings eine schmerzvolle Erinnerung, die alte Wunden nicht heilen lässt.

Susan schaut zweifelnd zu ihrer großen Schwester auf. »Dann bis gleich.« Sie lächelt Nell an, ehe sie so leise wie möglich rückwärts aus dem Zimmer schleicht und die Tür hinter sich schließt. Dass die immer fröhliche und überdrehte Susan mit eingezogenem Kopf davonschleicht, versetzt ihr einen Stich ins Herz.

»Aber es ist besser so. Besser, sie hält sich fern von mir. Nervt ja doch nur.« Nell sieht, wie sich ihre Lippen im Spiegel bewegen, doch ihre Stimme klingt fremd in ihren eigenen Ohren.

»Nell!« Die Stimme ihrer Mutter lässt die Härchen in ihrem Nacken sich aufrichten.

»Man hat auch wirklich nirgends seine Ruhe.« Grummelnd faucht Nell ihr eigenes Spiegelbild an, bevor sie lauter Richtung Tür schreit: »Verflixt noch mal, ich komme ja schon!« Ein letztes Mal schneidet sie sich selbst eine Grimasse, dann macht sie sich auf den Weg nach unten.

Erleichtert stellt Nell fest, dass von »ihren« Gästen wohl

noch keiner eingetroffen ist. Aber das lässt nicht mehr lange auf sich warten.

»Gut, dass du da bist, könntest du bitte mit Sue den Tisch de – Wie siehst du denn aus?« Rote Flecken breiten sich auf den Wangen ihrer Mutter aus. »Susan, bitte deck doch schnell den Tisch! Tante Adelaide kommt bestimmt gleich. Und du, setz dich hin!« Ohne eine Antwort abzuwarten, drückt sie Nell auf einen der Küchenstühle und beginnt, ihr die Lockenmähne auszukämmen.

»Wo hast du denn so schnell die Bürste her?«

Nell ächzt, als ihr Kopf schmerzhaft in den Nacken gezogen wird, weil ihre Mutter fahrig an einigen Knoten im Haar rupft. Statt einer Antwort zieht Annabell MacAllister die Bürste weiter durch das strubbelige Haar. »Au, nicht so doll!«, mault Nell und presst die Hände an den Kopf. »Hey, vorsichtig!«

»Hättest du es selbst gemacht, müsste ich dein Haar jetzt nicht kämmen«, erwidert ihre Mutter. Sie lässt ihre Finger an Nells Schläfen entlang durch ihr Haar gleiten und bindet zwei dicke Strähnen mit einer Schleife am Hinterkopf zusammen. Dann tritt sie neben ihre Tochter und sieht ihr lächelnd ins Gesicht. »Jetzt siehst du wieder hübsch aus, mein Schatz.«

Nell reckt trotzig das Kinn vor. »Ich glaube nicht, dass ein paar Knoten in den Haaren mich mehr oder weniger hübsch gemacht haben. Außerdem ... was macht das schon. Es ist ja nicht so, als wollte ich heute heiraten. Und ein König kommt auch nicht zu Besuch. Was regst du dich also so auf?«

»Nell ... ich ...«

»Ja, du. Immer du, Mutter.«

Annabell zuckt wie unter einem Schlag zusammen. »Nell ... das war nicht nett ... weißt d – « Speichel spritzt aus Nells Mund, als sie ihrer Mutter das Wort abschneidet. »Na und? Was kümmert es dich?«

»So habe ich dich nicht erzogen!«, schreit Annabell, die langsam aber sicher die Beherrschung zu verlieren droht. »Jede Handlung hat Konsequenzen, Nell! Alles Schlechte wird irgendwann auf dich zurückfallen. Wenn du so weitermachst, wird ...«

»Oh«, höhnt Nell, die kein Interesse daran hat, sich schon wieder die immer gleiche Standpauke ihrer Mutter anzuhören, »also wieder die alte Leier vom Karma, ja? Sei gut im Leben, sonst wirst du zur Maus oder so. Ach, verschon mich damit! Ich bin kein Kind mehr, dem du damit Angst machen kannst.« Ihr Blick fällt auf das alte, in Leder gebundene Buch ihrer Großmutter, das nun wieder auf dem Tisch liegt. »Das Ding ist ja immer noch hier.« Nell schluckt, als sie das leere, goldene Oval des Spiegels sieht, in das die Bruchstücke des Kristalls provisorisch hineingelegt wurden.

Susan meldet sich flüsternd zu Wort. »Ich habe versucht, ihn wieder zu kleben, aber es fehlen, glaube ich, zwei oder drei Stücke.« Beschämt vergräbt sie ihre kleinen Fingerchen in dem Geschirrtuch, mit dem sie eben noch den Tisch abgetrocknet hat.

Kopfschüttelnd reißt Nell ihren Blick von den weißen Splittern los.

*Wie kann es sein, dass sie schon wieder eine andere Farbe haben?*

Unwirsch dreht sie sich davon weg. »Ich sagte doch, ICH WILL ES NICHT!«

Annabell MacAllister ringt die Hände in ihrem Schoß. Es bedarf mehrerer tiefer Atemzüge, ehe sie die Sprache wiederfindet, und selbst dann zittert ihre Stimme noch. »Deine Nana wollte unbedingt, dass du das Buch bekommst. Sie hielt dich immer für etwas Besonderes, Nell. Das weißt du. Sie hat dich sehr geliebt.«

Nell schluckt schwer an dem Kloß in ihrer Kehle. »Ist mir egal, was meine Großmutter gesagt und gedacht hat! Ich will es nicht.«

»Nell, sag so etwas nicht. Früher hast du sie immer Nana genannt, warum bist du jetzt so kalt? Ich weiß, du hast sie auch geliebt.«

Nell tut den Einwand mit einer wegwerfenden Handbewegung ab. »Sie ist tot, Mutter. Es ist egal, wie ich sie da nenne.«

Annabells Augen füllen sich mit Tränen. Fassungslos starrt sie ihre Tochter an. »Alles geschieht aus gutem Grund, mein Schatz, auch wenn wir ihn manchmal nicht gleich erkennen können.«

Die Antwort ihrer Tochter trieft vor Spott. »Na das ist doch ganz wunderbar, Mutter, dann erkennst du vielleicht irgendwann den Grund, warum ich dieses blöde Buch nicht will und keine Lust auf Geburtstagsfeiern mit meinen langweiligen Tanten habe, die DU eingeladen hast.«

Doch Annabell lässt sich nicht beirren und unternimmt einen letzten Versuch, ihre Tochter zu einer Einsicht zu bewegen. »Jeder hat eine Aufgabe im Leben. Ich glaube fest daran, dass Nana eine ganz gute Ahnung hatte, welche dir vom Schicksal zugedacht ist. Darum, bitte, tu ihr Geschenk und die Erinnerung an sie nicht so leichtfertig ab.« Flehentlich ergreift sie die Hände ihrer Tochter, streicht mit den Daumen über ihre Handflächen, so wie sie es immer getan hatte, als Nell noch ein kleines Kind war. »Du warst so ein zauberhaftes Kind.«

Ruckartig entzieht Nell sich ihrer Mutter und steht so schwungvoll auf, dass der hölzerne Stuhl klappernd umkippt und zu Boden kracht.

»Jetzt bin ich es nicht mehr ... Mutter. Also verschone mich mit Großmutters Karma-Quatsch und deinem erhobenen Zeigefinger.«

Annabell bleibt die Luft weg. »Heb ihn sofort wieder auf!

Ich bin deine Mutter und ...«

»Ja, bist du, und ich hasse dich! Ich hasse euch alle!«

Sie tritt mit aller Kraft gegen den Stuhl, sucht ein Ventil für den Zorn, der in ihr aufsteigt und dabei ist, sie ganz und gar zu verschlingen. Nell ignoriert den Schmerz, der sich in ihrem Fuß ausbreitet. Vielmehr heißt sie ihn willkommen, denn er überlagert den Schmerz, der ihr das Herz zusammenschnürt. »Ich ... hasse ... euch!« Und ohne einen weiteren Blick zurück, rennt sie aus der Tür hinaus. Das Wimmern ihrer kleinen Schwester hört sie genauso wenig wie die Rufe ihrer Mutter. Sie will nur weg. »Ganz egal, wohin ... alles besser als hier!«

»Herz gebrochen, tiefe Trauer
Buch geworfen, ist die sauer!
Zerstört ist jetzt Portal im Buch,
erfüllen wird sich dann der Fluch.
Wächterin, na hörst du mich?
Kommst du nicht freiwillig, dann hol'n wir dich!

Ding Dong Dongelong,
Motte, Mitte, Milly
Fliederbeere, Katzengras,
ein Abenteuer, ja das wird Spaß!«

# Vom Chaos in die Katastrophe

Nell! Komm zurück!«

In vollem Lauf blickt sie über die Schulter zurück, wo ihre Mutter mit sorgenvoller Miene aus der Küchentür auf die Veranda hinausgestürzt kommt. Aber das veranlasst sie nur dazu, noch schneller zu laufen. Gerade als sie den Kopf zurückdreht, nimmt sie aus dem Augenwinkel links von sich eine Bewegung wahr. Ein weißes Kaninchen. Seltsam, wo das wohl herkommt? Grundsätzlich ist der Anblick eines weißen Kaninchens in der Gegend nichts Ungewöhnliches. Hier in Deep Falls gibt es seit einigen Jahren eine Kaninchenplage und da sind sicher auch ein paar weiße dabei. Aber was Nell wirklich aus dem Tritt bring, ist, dass besagtes Kaninchen auf zwei Beinen läuft.

*Das kann nicht sein.*

Sie blinzelt irritiert.

»Vorsicht, Nell! Pass auf, wo du hinrennst!« Die Stimme ihrer Mutter dringt aus weiter Ferne kaum noch zu ihr durch. Doch es ist ohnehin zu spät.

»Aaaaahhhhh!« Es genügt ein unbedachter Schritt und das Kind fällt buchstäblich in den Brunnen. Oder in diesem Fall in einen Kaninchenbau. Nell birgt den Kopf schützend in den Armen, als sie durch die enge Erdröhre mehrere

Meter in die Tiefe stürzt.

»Aua.« Die Landung fällt sehr viel ungemütlicher aus, als ihr lieb ist. Die Beine weit von sich gestreckt, findet sich Nell auf ihrem Hintern im Dreck sitzend wieder. Mit ihrem blauen Kleid, der ehemals reinweißen Schürze, ihrer blassen Haut, den blonden Locken und der verrutschten Schleife sieht sie aus wie eine Porzellanpuppe, wenn auch eine ziemlich ramponierte.

Noch immer rieseln kleine Erdbrocken und Steinchen auf ihren Kopf herab. Mit einer unwirschen Handbewegung wischt sie sie weg, um gleich darauf angewidert ihre Hände zu betrachten. »Igitt. Ich hasse Matsch!«

Vorsichtig tastet Nell den Boden um sich herum ab, aber ihre Finger greifen nur krümelige Erde. Mühsam kämpft sie sich auf die Beine, stampft einmal mit klopfendem Herzen auf, um sicherzustellen, dass der Boden kein zweites Mal nachgeben wird, und atmet dann mehr oder weniger erleichtert aus. Auf einen weiteren Sturz dieser Art kann sie getrost verzichten. Suchend späht sie nach oben zu dem kreisrunden Loch, durch das die Strahlen der Vormittagssonne hereinfallen und den Schacht erhellen.

»Hallo?! Hört ihr mich? Mir geht es gut, aber es wäre toll, wenn ihr mich hier rausholt! Mama? Sue? Seid ihr da? Haaallo! Verdammt, holt mich hier raus!«

Doch so laut sie auch schreit, am oberen Ende des Lochs bleibt es still. Keine Antwort, kein Gesicht, das seinen Schatten herabwirft. Nichts. Nur ihre eigenen Rufe und eine neue Ladung Erdkrümel, die von oben auf sie herunterregnet. Nell kämpft das aufsteigende Gefühl von Panik nieder. Je länger sie nach oben starrt, desto sicherer ist sie sich, dass niemand kommen wird, um sie zu retten. Ein Knoten bildet sich in ihrem Bauch. Verlassenwerden tut weh. Probehalber versucht Nell, den Schacht wieder hochzuklettern. »Wenn keiner kommt, dann muss ich es eben selbst ... aaaaahhh!« Das Erdreich erweist sich als zu locker. Kaum übt sie Gewicht darauf aus, löst sich die Erde. Die Wurzel, die als Griff hätte dienen sollen, gibt nach und Nell sitzt einmal mehr wie ein begossener Pudel auf ihrem Allerwertesten. »Verflixt und zugeflucht. Holt mich endlich hier raus!« Wütend schlägt sie um sich, drischt mit den Fäusten blindlings auf Erde und Wurzeln ein, sodass sich eine weitere Mini-Drecklawine löst und auf ihren Kopf herunterprasselt. In einem Wutanfall greift sie sich einen Stein vom Boden und wirft ihn mit einem lauten Schrei nach oben. »Holt mich hier raus!« Der Wurf war gut, allerdings kommt das Geschoss auf gleichem Wege auch wieder nach unten, zusammen mit etwas Großem. Quietschend springt Nell zur Seite, die Arme schützend über den Kopf gehoben, als das Objekt scheppernd neben ihr einschlägt.

»Das war knapp.« Nell wagt sich nur sehr zaghaft aus ihrer Deckung heraus. Ein altes Seil mit einem Eimer daran baumelt herab. Ein Aufzug wäre ihr lieber gewesen, aber solange sie hier rauskommt, nimmt Nell auch das Seil. Probehalber zieht sie daran. Das Gewebe ächzt unter der zusätzlichen Last, hält aber. Die Füße ins gegenüberliegende Erdreich gestemmt, zieht Nell sich keuchend nach oben. Die Muskeln in ihren Armen brennen bereits nach wenigen Metern wie Feuer. Die Anstrengung steht ihr ins Gesicht geschrieben. Etwa auf halber Strecke muss sie innehalten und verschnaufen. Ihre Handflächen sind schweißnass. Zitternd löst sie die Finger vom Seil, um sie hastig an ihrer Schürze abzuwischen.

Ein kurzer Blick nach unten beschleunigt ihren Herzschlag und sie greift das Seil noch fester. Besser nicht noch einmal stürzen.

Um sich selbst Mut zu machen und von den Schmerzen in ihren Gliedern abzulenken, plappert Nell ununterbrochen vor sich hin. »Was da wohl noch so kreucht und krabbelt? Vielleicht Spinnen oder Würmer! O Mann, wo bin ich hier nur gelandet?«

Plötzlich scheinen die Wände beständig näher zu rücken. »Verdammt, war es vorhin schon so eng hier drin?« Ihr Atem geht immer schneller und schneller. Das Blut rauscht laut in ihren Ohren. Schon spürt sie Panik in sich aufsteigen, die ihr den Brustkorb zuschnürt. Nell schaut sehnsuchtsvoll nach oben, aber der Lichtkreis scheint immer kleiner zu werden und in schier unerreichbare Ferne zu rücken. Feuchte Erde rieselt auf sie herab, fällt auf ihr Gesicht, rutscht in ihren Kragen und klebt in ihrem Haar. »Neeeeiiin, bitte nicht!« Vor lauter Ekel schüttelt sie sich heftig und schlägt mit dem Kopf krachend gegen die Wand des Stollens. Vor Schreck rutscht sie ein paar Zentimeter ab, ehe es Nell gelingt, Rücken und Füße in die Wände zu stemmen und den Fall zu bremsen.

Tränen schießen in ihre Augen, als sich ein Pochen in ihrem Hinterkopf ausbreitet. Wut und Schmerz überlagern die Angst, drängen das Gefühl von Panik in den Hintergrund, und von einer Sekunde auf die andere bekommt Nell endlich wieder Luft. Sie schluckt den Kloß hinunter und macht aus der Not eine Tugend. Wer wütend ist, den lähmt die Angst nicht, also klettert sie fluchend weiter. Dabei schimpft sie aus Leibeskräften auf den Tunnel, ihre Mutter, auf das Schicksal, Kaninchen und alles andere, bis nach einer gefühlten Ewigkeit die Wände des Schachtes zurückweichen und sie endlich das obere Ende sehen kann.

»Nur noch ein bis zwei Meter.« Ihre Arme sind bleischwer, doch Aufgeben ist keine Option. Nell beißt die Zähne zusammen und zieht aus Leibeskräften, pure Willenskraft treibt sie an. Ihre Glieder bewegen sich mechanisch wie ein Uhrwerk.

Rechter Arm, linker Arm, Beine nachziehen. Rechter Arm, linker Arm, Beine nachziehen. Sie hievt ihren Körper Stück für Stück weiter nach oben. Noch eine letzte Kraftanstrengung, dann löst sie eine Hand vom Seil und greift beherzt nach der Kante des Lochs. Sie ächzt, als ihr gesamtes Gewicht an dem Arm hängt, hält sich jedoch verbissen fest. Bebend vor Anstrengung, schiebt sie ihren Körper über den Rand und fällt mit einem leisen Aufschrei schon wieder – diesmal an der Außenseite des Brunnens – hinunter.

»Autsch!« Mit plattgedrückter Nase liegt Nell im Gras und fragt sich, womit sie das eigentlich alles verdient hat. Egal, was sie macht, irgendwie tut es immer weh. Stöhnend sortiert sie ihre Gliedmaßen und kämpft sich mühevoll in eine sitzende Position. Von dem Sturz in den Kaninchenbau und den anschließenden Strapazen beim Klettern fühlen sich ihre Arme an, wie mit Wackelpudding gefüllt – dünn angerührter Wackelpudding. Aber wenigstens ist sie draußen.

Nell lässt geräuschvoll die Luft entweichen und lehnt den Kopf nach hinten gegen die Backsteine. Sie ist gerade viel zu erschöpft, um sich zu wundern, wie man in einen Kaninchenbau fallen und anschließend aus einem Brunnen wieder herauskriechen kann.

Stattdessen macht sich eine wohlige Schwere in ihr breit.

*Ich ruh mich ein bisschen aus ... nur ganz kurz.*

Die Lider fallen langsam zu. Schon beginnt ihre Sicht zu verschwimmen, als zwei monströs große Augen sie aus viel zu kurzer Distanz anstarren. Adrenalin peitscht durch ihre Adern und weckt auf einen Schlag sämtliche Lebensgeister auf.

»Igitt! Was für ein Dreckloch!« Würgend pflückt sie das Kriechtier von ihrer Nase und wirft es in hohem Bogen so weit weg, wie sie nur kann. Nell schüttelt sich wie ein nasser Hund und klopft hektisch an ihrer Kleidung herum. Erst, als sie restlos alle Spinnweben, Krabbeltiere und Erdklumpen mit spitzen Fingern aus ihren Locken und dem Kleid gezupft hat, beruhigt sie sich genug, um sich wirklich umzuschauen. Und mit jeder Sekunde, die verstreicht, weiten sich ihre Augen mehr. Stück für Stück weicht der Ekel einem ganzen Mischmasch von Gefühlen der Verwirrung bis hin zu schierem Entsetzen. »Wo um alles in der Welt bin ich denn hier gelandet?«

Ihr Gehirn weigert sich, das zu verarbeiten, was sie vor sich sieht. Weiße, sprechende Kaninchen, die auf zwei Beinen gehen, hätte sie ja noch lustig und süß gefunden, aber das, ja, das, das ist mit Worten wohl nicht mehr zu beschreiben.

Sie kneift sich selbst kräftig in den Arm, um gleich darauf heftig zusammenzuzucken. »Aua! Verdammt.« In Gedanken geht sie alles noch einmal durch, was bisher geschehen ist. »Ich bin aufgewacht. Es gab Kuchen. Schokolade. Dann haben Sue und ich gealbert. Mama kam und hat uns ausgeschimpft. Sie hat mir Großm – Sie hat mir ein verpacktes Geschenk gegeben und dann haben wir uns gestritten.« Halb zählend, halb dirigierend, bewegen sich ihre Hände dabei wie von selbst durch die Luft, als könne sie ihre Erinnerungen so in die richtige Reihenfolge schubsen. »Später haben wir uns wegen des ganzen Karma-Quatsches weitergezankt und ich bin weggelaufen. Und dann war da ein weißes Kaninchen auf zwei Beinen.« Nell unterbricht sich kopfschüttelnd. »Nein. Da war ein weißes Kaninchen, ein ganz normales. Dann bin ich gestolpert und in ein Loch gefallen und an einem Seil wieder nach oben geklettert und dann ...« Sie sucht nach dem offensichtlich vorhandenen Fehler in ihrer Wahrnehmung und kommt doch immer und immer wieder zum selben Ergebnis: »Nell, du bist nicht mehr in Kansas.«

Die Landschaft breitet sich immer noch leicht hügelig in alle Richtungen aus, allerdings ist das Gras viel grüner und saftiger als zu Hause. Und wo kommt auf einmal der Brunnen her? An einigen tiefer liegenden Stellen, hängen flauschige, weiße Wolken über der Wiese wie kleine Schäfchen.

*Wolken am Boden?*

Ächzend massiert Nell ihre Schläfen.

*So funktioniert die Welt doch nicht.*

Von den ganzen Widersprüchen bekommt sie langsam Kopfschmerzen. Sie zwingt sich, ihren Blick davon loszureißen. Das einzige ›Gebäude‹ weit und breit ist ein Haus, das, von hohen Büschen umschlossen, links von ihr auf einer sanften, grünen Anhöhe thront. Nell lässt ihren Blick darüber schweifen und muss schnell feststellen, dass der Begriff ›Haus‹ die Realität nicht wirklich trifft. Nur mit viel gutem Willen und zwei zugedrückten Augen würde sie das Gebilde überhaupt als Gebäude bezeichnen. Und das auch nur aus dem einen Grund, dass das Wort ›Gebäude‹ von ›bauen‹ kommt. Geschätzt umfasst es ungefähr vier Dreiviertel Stockwerke – je nachdem, wie man zählt –, die extrem klapprig in den Himmel ragen. Dazu ist das ganze Teil auch noch krumm und schief, als hätte der Architekt gut zwei zu viel über den Durst getrunken und anschließend den Bauarbeitern und Handwerkern auch noch einen ausgegeben. An einer Seite stützen schwere Holzbalken das obere Stockwerk ab. Es ist nach rationalen Maßstäben ein mittelgroßes Wunder, dass dieser Klapperkasten überhaupt noch steht. Welche Kraft auch immer diesen Haufen aus verwitterten Steinen und Brettern aufeinanderhält, scheint entweder blind oder zu dämlich, um das unförmige Gebilde wieder geradezurichten oder es zumindest halbwegs abzudichten; denn der Wind pfeift nicht nur heulend drum herum, sondern auch mitten durch das »Haus«.

»Wer wohnt nur freiwillig in so einer Bruchbude?«, murmelt Nell vor sich hin, während sie drauf und dran ist, der Frage auf den Grund zu gehen. Aber irgendetwas hält sie zurück. Ihr Blick fällt auf die Tür, deren schief zusammengenagelte Bretter quietschend in den Angeln hin- und herschwingen. »Eigentlich will ich es, glaub ich, gar nicht genau wissen.«

Gerade als sie den Rückzug antreten will, kommt eine Gestalt aus der ›Haustür‹ heraus und die Treppen hinuntergepurzelt. Nell zieht reflexartig die Schultern hoch, als der Körper mit einem lauten Krachen auf jeder Stufe einzeln aufschlägt. »Autsch. Das dürfte wehgetan haben.« Zumindest hätte sich Nell dabei sicher ein paar üble blaue Flecken zugezogen. Die alte Vettel aber, die sich kichernd auf die dürren Beine kämpft und den Flickenrock über die bunt gestreiften, langen Unterhosen zurück nach unten schiebt, scheint nicht sonderlich beeindruckt zu sein. Ungerührt wirft sie das zottelige Haar nach hinten. Sie streckt das Hinterteil raus und beugt den buckeligen Oberkörper nach vorn, als rüste sie sich für einen Sturmangriff.

Nell klappt der Mund auf. Die Alte wackelt auf ihren dünnen Beinen hin und her und scheint allen Ernstes Anlauf zu nehmen.

»Freu dich nicht zu früh, es steht erst drei zu eins, Azrael! Achtung, jetzt komm ich!« Ein irres Lachen dringt aus ihrer

Kehle, als sie Vollgas gibt und die Treppe wieder hochstürmt. Ihre weißgrauen Haare flattern mit Gräsern und Blättern durchzogen über ihren Rücken. Den Kopf wie ein Stier nach vorn geneigt, rast sie durch die offene Tür ins Innere der baufälligen Hütte. Ab dann hört Nell nur noch Lachen, Rumpeln, Gepolter, wüste Kampfrufe und Katzengeschrei. Die Geräusche scheinen von überall aus dem Haus gleichzeitig zu kommen, als würden sich die Kontrahenten quer durchs Gebäude jagen und auf ihrem Weg alles umwerfen, was sie finden können – notfalls auch zweimal. Was waren das nur für seltsame Gestalten?

Nell steht wie festgewurzelt da und starrt völlig fassungslos auf die leise quietschende Tür.

Die Situation hat etwas morbide Faszinierendes an sich. Irgendwo schreit eine kleine Piepsstimme namens Vernunft, dass sie besser verschwinden soll, solange es noch geht. Doch Nell kann sich nicht von der windschiefen Polterkammer losreißen, die unter dem Gerumpel ein ums andere Mal erzittert. Sekunden nach einem ausgedehnten »Miaauuuu« – es klingt, als wäre jemand einer Katze auf den Schwanz getreten, – splittert irgendwo oben Glas. Nell hört es, bevor sie es sieht, und zieht instinktiv schützend den Kopf ein. Irgendwo zwischen dem ersten und zweiten Stock, so genau kann man das nicht sagen, kracht die alte Vettel durch ein Fenster und kämpft noch im Flug mit einer ziemlich zerrupft wirkenden schwarzen Katze. Die beiden balgen sich in der Luft und das Tier klettert im Fallen auf der Alten herum, um nicht als Erstes unten aufzuschlagen. Dass der harte Boden dabei immer näherkommt, scheint beide nicht sonderlich zu stören. Nell zuckt wieder zusammen und zieht scharf die Luft ein, doch diesmal bleibt der Aufprall aus. Ein mannshoher Busch hat den Sturz der beiden Wahnsinnigen fast vollkommen gebremst.

*Die hat mehr Glück als Verstand.*

Nell reibt sich die Schläfen. Einige Minuten und etliches Geraschel später kommen die Alte und ihr Haustier lachend aus dem Strauch gekrochen. Die Katze schüttelt sich und säubert ihr Fell, während die Frau sich grob die Blätter aus den Haaren zupft. Beim Anblick der Alten, mit ihren tausend Lachfältchen um die graublauen Augen, setzt Nells Herz einen Schlag aus.

*Diese Augen ... Die sehen aus wie ... Nana.*

Sie schüttelt ungläubig den Kopf, vollkommen unfähig, damit aufzuhören oder sich anderweitig zu bewegen. Das kann doch gar nicht sein.

»Das war unentschieden!«, meint die seltsame Frau mit erhobenem Finger grinsend zu dem Kater und ist schon halb auf dem Weg zurück nach drinnen, als sie Nell endlich bemerkt und innehält. Zerzaust und etwas irritiert kommt die Alte auf sie zu.

»Himmel, wie die Zeit vergeht, wenn man Spaß hat. Ich dachte es wäre noch nicht so spät. Du musst Marie sein! Komm nur rein, mein Kind!« Die Alte schüttelt lachend ihr Haar zurück und schiebt Nell einfach zur Treppe. Die überwindet endlich ihre Schockstarre und reißt sich gewaltsam von den viel zu vertrauten Augen los.

»Ähm, ich bin nicht Marie, mein Name ist Nell. Und wer – was – sind Sie eigentlich? Sie sehen aus wie eine Hexe aus dem Märchen und uargh – Sie riechen auch genauso!« Nell presst sich angeekelt Daumen und Zeigefinger auf die Nasenflügel und atmet so flach wie möglich durch den Mund, um ja nicht zu viel von dem Gestank abzubekommen. Gleichzeitig versucht sie, sich aus der ungewollten Umarmung zu befreien.

*Das ist nicht Nana. Nicht mal im Ansatz!*

»Nicht Marie? Wo kommst du denn dann her, Mädchen?« Die Alte wirkt sichtlich verwirrt über die seltsame Wendung, die offenbar ihre gesamte Planung über den Haufen wirft.

»Ich bin in ein Loch gefallen,« beginnt Nell, wird aber von einem verstörend hoffnungsvollen »so weit, so gut« unterbrochen. Der zufriedene Unterton bringt sie komplett aus dem Konzept und ärgert sie auch ein bisschen.

»Was heißt hier ›so weit, so gut‹? Gar nichts ist gut! Seit ich in diesem Schacht gelandet bin, hatte ich nichts als Ärger und Scherereien! Es war dreckig. Meine Haare waren voller Spinnweben. Ich hatte Kriechtiere auf der Nase.« Nell würgt bei dem Gedanken daran. »Dann musste ich stundenlang an einem modrigen Seil hochklettern – na ja vielleicht nicht stundenlang, aber fast. Und jetzt sitze ich zu allem Überfluss auch noch hier fest. Dabei will ich nur wieder nach Hause!« Ihre Stimme nimmt einen leicht hysterischen Ton an. »Und ich weiß noch nicht mal, wo ›hier‹ eigentlich ist.« Ihr Atem geht stoßweise, weil sie sich so in Rage redet. »Ich sitze fest, mit einer alten, umnachteten Gewitterhexe und ihrer verlausten Katze, und weit und breit ist kein Ausgang in Sicht! Also sagen Sie mir nicht, dass alles gut ist!« Nell macht ihrem ganzen angestauten Ärger auf einmal Luft.

Die angesprochene Gewitterhexe hört sich die Schimpftirade mit versteinerter Miene an, während die verlauste Katze auf der obersten Treppenstufe sitzt und sich amüsiert grinsend ihre Pfote ableckt, um sich damit die Schnurrhaare zu putzen.

»Bist du fertig?«, fragt die Alte ungerührt. Ihre Miene ist unergründlich. Nell starrt sie fassungslos an.

»Ja, so im Großen und Ganzen wars das.« Sie nickt und

schüttelt gleich danach mit dem Kopf. Wie kann die Alte nur so ruhig bleiben, während es in Nell brodelt wie in einem verdammten Vulkan?

»Na dann komm endlich rein! Der Tee müsste fertig sein und wir müssen uns kennenlernen, wenn du schon drei Jahre hier wohnen wirst! Auch wenn du etwas früh dran bist, nicht wahr, Azrael?« Da packt die seltsame Frau Nell bei der Hand und zieht sie fröhlich hopsend mit sich ins Haus. Einmal drinnen, wirkt die Bruchbude noch windschiefer, klappriger und wüster als von außen.

Der Kater trottet gemächlich an ihnen vorbei, als Nell wieder anfängt, sich zu beschweren. »Drei Jahre? In dieser Schrotthalde? Niemals! Die fällt ja bald zusammen.« Ihr stehen die Haare zu Berge bei dem Gedanken, hier auch nur eine einzige Nacht verbringen zu müssen, geschweige denn drei volle Jahre. Irgendetwas in ihrem Gedächtnis regt sich, eine lang verschüttete Erinnerung. Doch noch bekommt Nell sie nicht richtig zu fassen. Ihr Puls beschleunigt sich, während sie panisch nach einem Ausweg sucht. Aber die Alte bekommt davon gar nichts mit. Sie hat die Ruhe weg.

»Ach iwo, die steht schon seit ein paar hundert Jahren.«

»Ja, genau das habe ich befürchtet! Hier sieht es aus wie bei Hempels' unterm Sofa!« Nell wirft entrüstet die Arme hoch und deutet wahllos um sich. Chaos, wo man steht und geht. Nein, hier wird sie sicher keine zwei Jahre zubringen. Nell sucht ihr Heil in der Flucht. Sie windet sich aus dem Griff der Alten und läuft auf den Ausgang zu.

»Halt, nicht so schnell, junge Dame! Genau das ist deine Aufgabe! Oder zumindest ein Teil davon. Du wirst für Ordnung sorgen! Dazu gehört im Speziellen, hier die Hausarbeit zu machen. Und in drei Jahren, wenn du gut und fleißig warst, wirst du reich belohnt und kannst nach Hause gehen. Du musst alles in Ordnung bringen, damit die Geschichte ihren Lauf nehmen kann«, erklärt die alte Hexe selbstzufrieden, als wäre das so selbstverständlich und einleuchtend wie das kleine Einmaleins. Nell teilt die Zuversicht der Alten jedoch kein bisschen und einleuchten will ihr davon erst recht nichts.

»Hast du noch alle Tassen im Schrank, alte Hexe?« Sie läuft puterrot an und knurrt zwischen zusammengebissenen Zähnen hindurch.

»Nett, dass du fragst,« entgegnet die Alte strahlend, »ich muss gestehen, dass jüngst wirklich die eine oder andere Tasse durch Azrael oder mich zu Bruch gegangen ist. Aber du musst mich nicht so umständlich anreden. Frau Holle genügt vollkommen; von mir aus auch Holly, wenn du magst. Ich hatte schon immer eine Schwäche für Holunderbeeren. Möchtest du Tee?« Lachend und pfeifend hüpft die Alte davon in einen Raum, der wohl mal eine Küche hätte werden wollen. Der bauliche Zustand ist jedoch irgendwo zwischen Baustelle und postapokalyptischem Schutthaufen anzusiedeln.

Wie sie Holly so fassungslos hinterherstarrt, fällt bei Nell endlich der Groschen. »Marie. Drei Jahre. Arbeit. Belohnung. Holly. O nein!« Die Erinnerung, die sie bereits die ganze Zeit über gepiesackt hat, schlägt nun mit voller Wucht ein. »Verdammt! Ich bin in Großmutters Märchenwelt.« Ihr bleibt die Luft weg. Das ist nicht möglich. Oder doch? Großmutter hatte damals auf die Frage, ob sie schon einmal dort gewesen sei, immer so seltsam geschmunzelt und nur ausweichend geantwortet.

*Bald wird dieses Buch dir gehören, dann wirst du es verstehen. Du bist etwas ganz Besonderes. Ich liebe dich so sehr.*

Nanas Stimme hallt geisterhaft in ihrer Erinnerung wider

und hinterlässt einmal mehr eine eisige Leere in ihrem Herzen. Bestimmt schiebt Nell das Gefühl beiseite, sperrt es wieder in den hintersten Teil ihres Selbst. Stattdessen kramt sie fieberhaft in ihrem Gedächtnis, was ihre Großmutter damals über Frau Holle erzählt hatte. War in der Geschichte irgendein Hinweis versteckt, wie man da wieder rauskam?

*Da war doch irgendwas mit einem Brunnen und einem Hahn und Betten schütteln. Und einer Belohnung für die ...*

Hollys schräges Pfeifen aus der Küche reißt sie aus ihren Gedanken. Egal wie, sie muss hier dringend raus. Möglichst leise, um nicht erwischt zu werden, schleicht Nell in Richtung Tür. Erst mal an der frischen Luft, wird sich schon eine Lösung finden. Allerdings hat sie ihre Rechnung ohne Azrael gemacht. Der Kater ist nicht nur ausgesprochen stur, sondern mindestens genauso clever. Als Nell auf den Ausgang zusteuert, setzt er sich mitten in den Weg und starrt ihr direkt in die Augen. Er hebt eine Pfote, leckt darüber und putzt sich die Ohren. Vorsichtig macht Nell noch einen Schritt, da fährt Azrael plötzlich seine Krallen aus und zeigt ihr seine nadelspitzen Zähne. Sie reißt erschrocken die Augen auf und weicht zurück. Das könnte verdammt wehtun.

Kaum hat sie wieder etwas Abstand zwischen sich und die Tür gebracht, sind seine Krallen auch schon verschwunden und er fährt damit fort, sich äußerst sorgsam zu putzen. Nell könnte schwören, dass er hinterlistig dabei grinst. Azrael erhebt sich und manövriert sie leise fauchend zu einem dreibeinigen Stuhl. Sie wankt. Kurz bevor sie das Gleichgewicht gänzlich verliert und auf dem Hinterteil landet, lässt sie sich gezwungenermaßen auf das wackelige Möbelstück plumpsen. Sie stöhnt gequält, versucht, das zerzauste Vieh mit ihrem Fuß zu verscheuchen. »Verlauste

Flohschaukel, lass das! Geh weg!« Doch Azrael scheint das eher als Kompliment aufzufassen. Er reckt den Kopf, grinst und putzt sich die Schnurrhaare.

Schon ist die Alte wieder zurück. Chance vertan. Holly stellt drei Tassen und eine Teekanne, allesamt von Sprüngen und Rissen durchzogen, auf den schiefen Tisch, der seine besten Jahre ebenfalls lange hinter sich hat. Der Kater springt mit der Leichtigkeit eines Jägers hinauf und steckt seine Nase tief in die Tasse, die ihm am Nächsten steht.

»Langsam, Azrael, verbrenn dir nicht wieder die Zunge! Er ist immer so gierig, weißt du, Marie.« Die Alte – Frau Holle – zieht ebenfalls eine Tasse zu sich heran und schaufelt mehrere Löffel Zucker hinein.

»Ich heiße Nell. Nicht Marie.« Ihr ist zum Heulen zumute. Sie ist unter größten körperlichen Anstrengungen aus dem Brunnen geklettert, um nun bei einer senilen, alten Hexe – Entschuldigung, Frau Holle – und deren hässlichem Kater als Küchenhilfe zu landen. Und das für drei volle Jahre! Wozu das Ganze?

Zum ersten Mal, seit Nell hier angekommen ist, schweigt Holly und schaut sehr nachdenklich drein. Das Kinn in eine Hand gestützt, rührt sie mit einem verbogenen Silberlöffel in der gesprungenen Tasse herum. Nell rutscht unruhig auf ihrem Stuhl hin und her. Das Schweigen ist fast noch verstörender als das unzusammenhängende Geplapper vorher. Sie windet sich unter dem durchdringenden Blick dieser graublauen Augen und muss sich nachdrücklich daran erinnern, dass es nicht Nanas Augen sind.

»Wie alt bist du, Mädchen?« Holly blinzelt nicht einmal, während sie auf eine Antwort wartet.

Nell reckt trotzig das Kinn. »Ich bin 13. Heute ist mein ...« Sie beißt sich auf die Lippe, verbietet es sich, weiterzusprechen, doch Holly nickt wissend.

»13 … eine magische Zahl. Heute ist dein Geburtstag, hab ich recht? Hast du denn auch ein Geschenk bekommen? Ein Buch vielleicht?« Ihr scheint ein Verdacht gekommen zu sein, der sich bestätigt, als sie in Nells entgeisterte Miene blickt. Mit einem Seufzen legt Holly auch die zweite Hand unters Kinn. »Du bist Eleonoras Enkelin, ich hätte es wissen müssen.«

Nells Blick, der gerade noch an dem Löffel klebte, der, wie von Zauberhand geführt, allein weiterrührt, hebt sich ruckartig.

»Woher weißt du das?«

»Sie war eine bezaubernde Frau, stark, aber lustig und warmherzig. Ich habe in all der Zeit nur wenige Wächterinnen getroffen, die so …« Frau Holle lächelt versonnen. Für einen kurzen Moment wirkt sie völlig klar und normal, wirklich fast ein bisschen wie Nana. »Sie hatte die Wahl, hierzubleiben, weißt du, aber sie hat sich für ein Teilzeitmodell entschieden.«

Auf Nells Miene zeichnen sich eine Menge Fragezeichen ab. »Was soll das alles bedeuten? Wächterin? Teilzeitmodell? Wovon redest du bloß?« Es pocht hinter ihrer Stirn.

*Warum kann sich diese Schreckschraube nicht klar ausdrücken?*

Holly stößt einen tiefen Seufzer aus. »Eleonora, deine Großmutter, war die letzte Wächterin der Märchen. Ihre Aufgabe war es, Ordnung … weg da von meinen Erdbeeren!«

Nell verzieht verwirrt das Gesicht und folgt Hollys Blick zum Küchenfenster, wo ein schwarzer Schemen aufflattert und aus dem Sichtfeld verschwindet. Frau Holle blinzelt angestrengt.

»Wo waren wir? Ach ja … seit ihrem Tod geht es leider ziemlich drunter und drüber. Sie hat eine große Lücke hinterlassen, aber jetzt ... Himmel noch eins, lass die Würmer, wo sie sind!« Wieder ist Holly von etwas draußen vor dem Fenster so abgelenkt, dass sich die eigentliche Information in einem Wortschwall von Belanglosigkeiten verliert. »Weißt du, Kindchen, Ordnung ist immens wichtig. Ohne Ordnung ...«

»Geben wir dem Bösen Raum. Ja, so einen Unfug hat meine Großmutter auch immer erzählt.« Ihre Miene verfinstert sich. Sieben Jahre hat sie diesen Blödsinn sorgsam aus ihrem Kopf verdrängt und jetzt geht das Ganze von vorne los.

»Unfug? Du solltest dich schämen. Das ist eine Sache von Leben und Tod.«

»Du übertreibst.«

Der Blick aus den graublauen Augen trifft Nell mehr, als sie sich selbst eingestehen will. »Kindchen, hat dir Eleonora denn gar nichts beigebracht? Das Böse frisst sich seinen Weg durch.« Ihre Stimme verkommt zu einem heiseren Flüstern. Mit zittrigen Fingern hebt Frau Holle die Tasse an die Lippen und schlürft geräuschvoll an ihrem Zuckerwasser. »Jeder hat seine Aufgabe und deine ist ...« Doch wieder kann sie den Satz nicht beenden, weil ein großer Rabe in einem Affenzahn krächzend durch die Küche hindurchzischt. Azrael faucht und ist mit einem Satz auf dem Tisch, dabei fliegt allerdings die Teekanne runter und zerschellt in einem Haufen aus Scherben. Eine bräunliche Lache breitet sich am Boden aus.

Nell beschleicht das ungute Gefühl, dass die fehlende Information wichtig für sie sein könnte. »Was ist denn nun meine ach so wichtige Aufgabe?«

Doch statt zu antworten, schaut Holly sie nur vollkommen verwirrt an. »Das sagte ich doch schon. Wenn du deine

Sache gut machst, wirst du belohnt, Marie.«

»Ich heiße immer noch nicht Marie.« Hollys klarer Moment ist wohl vorbei. »Ich bin Nell. Eleonoras Enkelin.«

»Bitte wer? Ach quatsch, sie heißen immer Marie. Alle, die bisher da waren. Wo kämen wir denn da hin, wenn ich auch noch Namen lernen müsste.«

*Das ist verrückt. Als würde ich mit einer grenzdebilen Dreijährigen sprechen.*

Nell macht sich mit einem tiefen Seufzer Luft. Irgendeinen Weg muss es doch hier raus geben und sie ist wild entschlossen, den zu finden. Und zwar nicht erst in drei Jahren. »Muss man dann eigentlich nach Hause laufen, denn den Brunnenschacht komme ich nicht wieder hoch.« Nell schluchzt theatralisch. Vielleicht gibt es einen einfachen Wanderweg zurück in die wirkliche Welt. Dann würde sie noch heute Nacht ausbrechen, und weder die verrückte Alte noch ihr mottenzerfressener Kater würden sie daran hindern können!

*Notfalls springe ich aus dem Fenster. Das ging bei Holly vorhin ja auch gut und die scheint das öfter zu machen.*

Nell kaut nachdenklich auf ihrer Unterlippe.

»Nein, du Dummerchen. Natürlich musst du durch das Zaubertor gehen. Nach Hause zu laufen, wäre ja auch viel zu weit ... durch wie viele Welten du da springen müsstest!« Die verrückte Alte lächelt milde bei der Vorstellung und pustet blubbernd in ihre Teetasse.

Tiefe Enttäuschung macht sich in Nell breit. Ihr Blick klebt an den großen, braunen Blasen, die sich in Hollys Tasse türmen und schließlich mit einem lauten ›Plopp‹ zerplatzen. Tee spritzt dabei über den halben Tisch und gesellt sich zu den übrigen klebrigen Rückständen unbekannter Herkunft, die bereits die Tischplatte sprenkeln.

»Außerdem sollten die Grenzen zwischen den Welten genau das verhindern. Zumindest, wenn du deine Sache nicht vollkommen vermasselst.«

Jetzt sieht Nell wirklich alt aus. Trübsinnig denkt sie darüber nach, wie sie drei ganze Jahre hier überleben und geistig gesund wieder davonkommen soll. Dieses Haus macht sicher verrückt, wenn nicht Schlimmeres.

»Ich bin müde«, flüstert Nell. Sie fühlt sich matt und niedergeschlagen, sinkt auf ihrem Stuhl zusammen wie ein kleines Häufchen Elend. Die Aussicht, mit ihrer Mutter und Sue am Esstisch zu sitzen, zu essen und sich über die Hausarbeit zu zanken, kommt ihr jetzt gerade ausgesprochen verlockend vor. Alle Energie fließt aus ihr heraus »Ich bin so müde.«

»Aber natürlich bist du das, mein Kind. Schlaf dich aus! Morgen wirst du dich besser fühlen, dann werde ich dir alles zeigen.« Frau Holle lacht begeistert und springt mit solchem Elan von ihrem Stuhl auf, dass dieser nach hinten umkippt und scheppernd zu Boden kracht. »Huch, das war wohl etwas zu schwungvoll. Na ja. Komm, ich zeige dir dein Zimmer.«

Nell rappelt sich mühevoll von ihrem Stuhl auf und trottet Holly hinterher. Die macht keinerlei Anstalten, den Stuhl wieder aufzuheben, sondern steigt einfach mit einem ausladenden Schritt darüber. Nell zweifelt stark daran, dass sie sich morgen besser fühlen wird. Die Aussicht darauf, über eine längere Zeit in diesem Haus mit der Gewitterhexe und ihrem hinterlistigen Kater eingesperrt zu sein, lassen zum ersten Mal in ihrem Leben ein Gefühl von Heimweh in ihr aufkommen. Frau Holle jedoch scheint das ganz und gar außer Acht zu lassen und führt ihren neuen Gast über die wackelige Treppe nach oben bis fast unters Dach. Frau

Holle würde noch ein Stockwerk über ihr schlafen.

*Dann regnet es mir wenigstens nicht auf den Kopf.*

Nell traut weder dem Haus noch seiner schrulligen Bewohnerin auch nur im Geringsten über den Weg. Die Kammer ist genauso schief und verschroben wie der Rest des ausnehmend baufälligen Hauses, hat aber zumindest ein dicht verschließbares Fenster und ein einigermaßen bequemes Bett mit Kissen und einer warmen Federdecke. Sogleich schlüpft Nell in ihr Bett und zieht die Decke bis ans Kinn. Sie macht sich dabei nicht einmal die Mühe, ihre Kleider auszuziehen.

»Schlaf gut, Kleines.« Für ihre Verhältnisse leise – es fällt nur eine Vase scheppernd von der Kommode – verlässt die Alte den Raum und schließt die Tür hinter sich. Nell, von den Strapazen und der Aufregung so unendlich erschöpft, ist eingeschlafen, kaum dass ihr Kopf das Kissen berührt. Ausbüchsen wird sie heute Nacht nicht mehr, dazu ist das Bett zu weich und die Aussicht auf ein gutes Frühstück viel zu verlockend. Morgen ist ja schließlich auch noch ein Tag, um sich Gedanken über Flucht zu machen.

# Ein Tag kann seeeehr lang sein...

Die Nacht verläuft im Vergleich zu ihrer Ankunft außergewöhnlich ruhig. Sie schläft wie eine Tote. Sie ist sogar zu erschöpft, um zu träumen, auch wenn die Ereignisse des gestrigen Tages Stoff für die Träume einer ganzen Woche geboten hätten.

Erst als die Sonne so hoch am Himmel steht, dass sie Nells Nase durch das Fenster hindurch kitzelt, beginnt sie, sich zu regen. Mit einem zufriedenen, verschlafenen Grinsen im Gesicht räkelt sie sich im wärmenden Licht und zieht die fluffige Gänsefederdecke noch einmal bis hoch ans Kinn. Das Bett ist so gemütlich, dass sie nur träge die Augen öffnet. Ihr Blick fällt auf eine furchtbar schiefe Wand, von der an zahllosen Stellen der Putz abgebröckelt ist. Stroh, Lehm und teilweise Backsteine linsen daraus hervor und bilden in ihren Farben einen grotesken Kontrast. Alles wirkt so fremd. Die Erkenntnis sickert stetig tiefer in ihr Bewusstsein und jagt ein unbehagliches Kribbeln durch ihren Körper. »Das war kein Albtraum!«

Mit einem Mal ist Nell hellwach. Der darauffolgende Aufschrei bringt das gesamte Haus zum Erzittern. Statt allerdings aufzustehen, verkriecht sie sich lieber noch tiefer im Bett.

Von unten klopft die Alte mit dem Besen gegen die Decke, sodass Staub und Späne auf das Bett herabregnen. Gleich darauf schalmeit ihre Stimme ekelerregend gut gelaunt durchs ganze Haus: »Aufstehen, Mädchen, Frühstück ist fertig und heute ist dein erster Arbeitstag!« Nun ist Letzteres aber so ziemlich das Falscheste, was Holly hätte sagen können, um Nell aus den Federn zu locken. Arbeiten, und vor allem Tätigkeiten, die mit Haushaltsführung zu tun haben, standen bei ihr noch nie hoch im Kurs. Das hat ihr früher regelmäßige, ausufernde Diskussionen mit ihrer Mutter eingebracht. Also ist es kaum verwunderlich, dass ihr erster Impuls darin besteht, sich die Decke wieder über den Kopf zu ziehen. Nicht nur, um die Rufe zu dämpfen, sondern vor allem, um sich vor weiterem Staubregen zu schützen.

»Dieses verdammte Haus gehört abgerissen.« Nell brummt ungehalten unter ihrem Deckenberg, als Holly unten erneut mit dem Besen gegen die Decke hämmert, diesmal sogar noch kräftiger als zuvor. Ein neuerlicher Schauer prasselt auf Nell herab. Lediglich ihr knurrender Magen in Kombination mit dem Geruch von gebratenem Ei veranlasst sie schlussendlich doch dazu, sich von ›ihrem‹ Turm hinunter in die kleine Küche zu bewegen.

Hätte sie es nur gelassen. Die vermeintlich leckeren Eier sind glibberig und grün und erinnern frappierend an Glubschaugen aus Gelatine. Also das perfekte Essen, um den Appetit zu verderben. Nell, die sich genauso missmutig und niedergeschlagen wie am Abend zuvor auf ihrem Stuhl herumdrückt, stochert lustlos in ihren Eiern, den Kopf auf eine Hand gestützt. Frau Holle, die auch diese Laune einfach wegzuignorieren scheint, schaufelt derweil hungrig die Glubschaugeneier in sich hinein und weist die todunglückliche Nell dabei schmatzend in ihre Pflichten ein.

»Weißt du, Marie«

»Ich heiße Nell.«

»Äh ja, wie dem auch sei. Also, Nell, es ist unglaublich wichtig, dass hier alles zur richtigen Zeit gemacht wird. So eine Kleinigkeit wie Bettenmachen kann sonst verheerende

Folgen haben.«

»Ich erinnere mich dunkel. Schneestürme zum Beispiel. Ich habe das Märchen auch schon einmal gehört«, mault sie und nimmt sich einen trockenen Kanten Brot, auf dem sie lustlos herumkaut. Auch wenn er leicht verbrannt und zu lang gebacken schmeckt, sieht er zumindest essbarer aus als die Eier.

»Genau!« Holly fährt mit ungetrübt enthusiastischer Laune fort. »Aber keine Angst, das ist alles halb so kompliziert, wie es jetzt aussieht. Heute musst du nur die Wäsche waschen, das Geschirr spülen und die Zimmer lüften. Danach kannst du dich zum Zeitvertreib mit der Spindel hinsetzen.« Bei Nell löst diese ›ganz einfache Liste‹ keine großen Begeisterungsstürme aus. »Waschen, abspülen, Zimmer lüften. Wozu bin ich nur von zu Hause weggelaufen?«, murmelt sie in das trockene Brot.

»Denk daran, Mädchen, genau in dieser Reihenfolge!«, mahnt die Alte und verabschiedet sich, um einen Spaziergang zu unternehmen und noch ein oder zwei Dinge zu erledigen. Azrael soll derweil hierbleiben und den ›Neuzugang‹ im Auge behalten. Nicht, dass das Gör am Ende noch einen ungewollten Weltuntergang auslöst. Nell wäre indes auch eine Apokalypse recht, wenn diese ihren Frondienst verkürzt. Aber unter den wachsamen Augen des Katers und weil ihr noch nichts einfällt, was effektiv genug Chaos mit möglichst irreparablen Folgen anrichtet, ringt sie sich dazu durch, das angeschlagene Geschirr mit den Resten des unappetitlichen Frühstücks in die Küche zu räumen. Die Verlockung ist groß, die Sachen einfach samt den Tellern und Tassen im Mülleimer zu entsorgen, aber wer weiß, vielleicht muss sie dann die nächsten drei Jahre von der Tischplatte essen und die sieht wirklich übel aus.

Nell seufzt tief. »Also doch abspülen.« Wenigstens ist schon Spülwasser in der Schüssel. Sie greift nach einer Bürste, doch gerade, als sie mit dem Abwasch beginnen will und einmal mehr darüber nachgrübelt, wie sie hier nur wieder herauskommt, springt der dämliche Kater laut fauchend auf den Rand der Wasserwanne. Er funkelt sie böse an.

»Verdammt, was ist denn nun schon wieder? Ich mach doch, was Holly mir aufgetragen hat.« Mit der Spülbürste, um nicht in Reichweite seiner scharfen Krallen zu kommen, stupst Nell den Kater an. Statt sich aber verscheuchen zu lassen, faucht er noch lauter. Er setzt sich auf die Hinterbeine und grapscht mit ausgefahrenen Krallen nach dem Mädchen, das erschrocken einen Schritt zurückweicht und prompt einen Teller fallen lässt. Bei dem Kontakt mit dem Küchenboden bricht ein Stück von der Größe einer Tomate heraus.

*Jetzt passt er zum restlichen Geschirr. Und wenigstens war es keine Tasse!*

Nell hebt das gesprungene Porzellan auf und lässt es unsanft zurück in den Spülbottich gleiten. Dabei katapultiert sie Azrael gleich noch versehentlich ins Wasser hinein.

Plötzlich flackern die Lichter im Haus. Nell fröstelt. »Unheimlich.« Doch der Moment verfliegt so schnell, wie er gekommen ist, als Azrael sich prustend wieder aus dem Bottich herauskämpft und mit zitternden Beinchen auf den Tisch springt. Ihm ist vor Schreck und Graus wohl das kleine Herz kurz stehen geblieben, denn seine Atmung ähnelt auf beängstigende Weise einem Blasebalg. Nell kann einfach nicht anders, als bei dem Anblick schallend loszulachen. Abwechselnd schwillt der patschnasse Kater auf die doppelte Breite an, um gleich danach wieder bis auf seine bloßen Knochen zusammenzuschrumpfen. Das eh schon spröde wirkende Fell klebt an seinem drahtigen Skelett und lässt ihn noch mickriger wirken.

Azrael, der Wasser wie die meisten Katzen gar nicht mag, schüttelt sich, als ginge es um eines seiner neun Leben, und spritzt damit wirklich alles in der Küche nass, inklusive Nell. Beleidigt stolziert das rabenschwarze Tier, das nach dem Schüttelanfall nun eher einer zu Tode geliebten Plüschkugel ähnelt, aus der Küche hinaus und überlässt sowohl das Kind als auch die Welt ihrem Schicksal. Nell ist über das unfreiwillige Bad genauso unglücklich wie der Kater. Angewidert verzieht sie das Gesicht zu einer schiefen Grimasse, als ihr der Geruch nach nasser Katze in die Nase steigt.

*Wie kann ein so mickriges Vieh nur so stinken?*

Mit spitzen Fingern löst sie die Schleife ihrer weißen Schürze und hält sie weit von sich weg, während sie murrend und leise vor sich hinfluchend ebenfalls die Küche verlässt, um mit der Wäsche zu beginnen. Erstens, weil sie damit eh hätte anfangen sollen, und zweitens, weil sie so ihre Kleidung gleich von dem ›Eau de Chat‹ befreien kann.

Auf dem Weg nach draußen wartet bereits die nächste böse Überraschung. Nell stöhnt, als Holly mit zerzaustem Haar und zerwühlter Kleidung auf sie zugestürmt kommt. »Du Unglücksrabe, was hast du angestellt?«

»Was?«

Holly hüpft aufgeregt auf und ab und rauft sich die verfilzten Haare. »Ich habe ausdrücklich gesagt, du sollst zuerst die Wäsche waschen!«

Nell verzieht das Gesicht. Ihre Mutter hätte sich niemals darüber beschwert, dass sie zuerst den Tisch abgeräumt hat. Sie wäre schon froh gewesen, wenn sie überhaupt von sich aus etwas sauber gemacht hätte. Wie gern wäre Nell jetzt dort. An Holly gewandt, antwortet sie barsch: »Ich bin doch schon auf dem Weg dorthin.«

Frau Holles Gesicht nimmt eine rot-weiß gefleckte Farbe an. »Und vorher hast du zwei Königreiche geflutet und beinahe den Berg der sieben Raben zum Einsturz gebracht! Was hast du dir dabei gedacht?«

Nell zieht die Nase kraus. »Ich hab gar nichts gemacht! Der blöde Kater hat mich so erschreckt, dass mir ein Teller runtergefallen ist und dann ist er auch noch im Spülbecken gelandet.«

Holly rauft sich verzweifelt die Haare. »EBEN! Du solltest das Geschirr noch gar nicht anfassen. Sieh jetzt zu, dass du die Wäsche erledigst, während ich derweil versuche, dein Chaos zu beseitigen. Das wird wieder ein Papierkrieg, bis das bereinigt ist.« Sie scheucht die verdatterte Nell weiter und rauscht dann in die andere Richtung davon, nicht, ohne leise vor sich hinzufluchen.

Am Waschplatz warten mehrere Körbe voll dreckiger, fleckiger und von Katzenhaaren übersäter Wäsche auf sie. »Igitt! Und das soll ich anfassen?« Minutenlang starrt sie angewidert auf die aufgetürmten Berge und kann sich nicht überwinden, auch nur einen Teil davon anzufassen. Aber es hilft ja nichts.

Nell verrenkt sich bei dem Versuch, sich aus dem Kleid zu schälen, ohne die nassen Stellen mehr als irgendwie nötig zu berühren, als wären sie giftig. Anschließend landet es auf direktem Wege bei ihrer Schürze im Waschwasser, das zu Nells Freude angenehm nach Frühlingswiese duftet. Sie selbst steht nur noch im Unterkleid da, was ihr unter normalen Umständen ziemlich peinlich gewesen wäre, aber außer Azrael ist ja keiner hier und der hat sich schmollend ins Haus verzogen.

Zunächst wäscht Nell ihre eigenen Sachen aus und hängt sie gleich zum Trocknen auf die Leine, damit sie sie nachher schnell wieder anziehen kann. Noch ist das Wasser frisch. Danach macht sie sich an den ersten Korb von Holly. Gleich das erste Kleidungsstück, das sie aus dem Haufen zieht, löst in Nell den dringenden Wunsch aus, sich in ein nahes Gebüsch zu übergeben.

*Uäh! Wie das stinkt! Was hat die damit gemacht? Hat sie in einer Jauchegrube gebadet?*

Tatsächlich geht von der bunt geringelten Strumpfhose ein recht durchdringender Käsegeruch aus. Außerdem starrt das Teil nur so vor Dreck, sodass es einfach stehen bleibt, als Nell es mit spitzen Fingern beiseitelegt und es sich für den Schluss aufhebt. Stattdessen fängt sie lieber mit einem Kissenbezug an. Bettlaken, undefinierbare Fetzen, die vielleicht irgendwann einmal Tischtuch oder Vorhang gewesen sind, sowie bunt gestreifte oder geblümte lange Unterhosen folgen. All das versucht Nell mit Brett, Bürste, Seife und Schweiß irgendwie sauber zu bekommen. Diesmal gibt sie sich wirklich Mühe und schuftet wie verrückt. Dabei bekommt sie allerdings selbst fast mehr Wasser ab als die Stofffetzen, weil alles spritzt und schäumt. Einmal fällt sie sogar ganz in den Bottich hinein.

»Oh, du verdammte Hexe! Ich will nach Hause!« Nell taucht prustend wieder aus der dreckigen Brühe auf und macht dem begossenen Azrael von vorhin mächtig Konkurrenz. Sie ist so nass, dass man sie gleich selbst zum Trocknen auf die Wäscheleine hängen könnte. Fluchend drückt sie ihr bauschendes Unterkleid runter und klettert unbeholfen aus der Wanne raus. Ihre Laune sinkt von Minute zu Minute weiter. Sie beschließt, dass man in diesem

Wasser eh nichts mehr sauber bekommt und kippt den großen Bottich einfach an Ort und Stelle aus. Hollys mahnende Worte, sie solle genau das tun, was ihr aufgetragen wurde, ignoriert Nell einfach.

*Mir doch egal, wenn dadurch jetzt ein paar Dörfer überschwemmt werden.*

Aus lauter Frust verpasst sie dem Bottin einen kräftigen Tritt mit dem Fuß, um ihn wieder hinzustellen, und wringt dann ihr Unterkleid so gut es geht aus. Trotz des sommerlichen Wetters kleben die nassen Sachen eisig an ihrer Haut. Daher prüft sie, ob ihr Kleid schon trocken ist, und nimmt es zum Umziehen mit hinein ins Haus.

Der Geruch von Frühling auf ihrer Haut lässt Nell unwillkürlich aufatmen. Kurz überlegt sie, nach draußen zu gehen und ihre Aufgabe zu beenden. Aber damit riskiert sie ein weiteres Bad. Außerdem hat sie keinen Schimmer, woher sie frisches, heißes Wasser bekommen soll, daher beschließt sie, es stattdessen noch einmal mit dem Abwasch zu versuchen. Azrael lässt sich nicht wieder blicken, der scheint von seinem ersten Bad noch genug zu haben.

Wenig begeistert macht sich Nell an die Arbeit und spült das Geschirr. Besser gesagt, sie stellt Porzellan und Wasser einander vor, denn sauber geht definitiv anders. Jedes Teil wird dabei abfälliger behandelt als das vorhergehende.

»Euch sollte man allesamt wegwerfen oder gegen die Wand schleudern, dann seid ihr wenigstens ganz kaputt und ich muss mich nicht mit euch herumärgern!« Prompt, als hätten die Teller und Tassen ein Eigenleben, pikst sich Nell an dem gesplitterten Griff einer Teetasse in den Finger und die Tasse versinkt in den Tiefen des Spülbeckens.

*Ich könnte sie einfach da drin lassen*, überlegt Nell und schaut sich betont unschuldig in der Küche um, ob Azrael sie beobachtet. Die Vorstellung, wie Holly nachher das Wasser auskippt und dabei die blöde Tasse herausfällt und zerschellt, zaubert ihr ein Lächeln auf die Lippen.

*Das würde ich mal Karma nennen.*

Aber haben Tassen überhaupt Karma? Eingedenk der Worte ihrer Großmutter ist das vermutlich keine so gute Idee. Nell krempelt seufzend die Ärmel hoch und steckt die rechte Hand in den Bottich. Sie zuckt zusammen, als herumschwimmende Gemüsestückchen und allerhand anderes glibberiges Zeug ihre Haut streifen, tastet aber, wie sie findet, äußerst tapfer weiter in der trüben Brühe herum.

»Da! Hab dich!«, ruft Nell triumphierend, als ihre Finger einen glatten, harten Gegenstand berühren. Sie packt beherzt zu. Ein stechender Schmerz jagt durch ihre Hand und sie reißt den Arm zurück.

»Au! Verflixt, was ist das nun schon wieder? Dieses ganze Haus ist einfach nur lebensgefährlich.« Zitternd dreht sie die verletzte Hand, um den Schaden zu begutachten. Ein Splitter von der Größe eines Pfirsichkerns ragt rot schimmernd daraus hervor. Nells ganzer Körper bebt. Wie gebannt hängen ihre Augen an dem dünnen, roten Rinnsal, das vom Spülwasser verdünnt ihren Arm hinunterläuft und auf den Küchenboden tropft. Übelkeit steigt in ihr auf. Fluchtartig lässt sie alles liegen und stehen und rennt hinaus in den Garten, wo sie ein weißes Stofftaschentuch von der Leine rupft, das sie straff um ihre Hand bindet. Kaum, da kein Blut mehr zu sehen ist, normalisiert sich langsam ihr Puls wieder und das Zittern lässt nach. Der Splitter in der Wunde tut höllisch weh, aber Nell kann sich nicht dazu durchringen, den provisorischen Verband noch einmal abzunehmen. Abspülen hat sich damit erledigt.

»Bleibt also noch das Lüften.«

Schwer atmend steigt Nell die unwegsame Treppe hinauf bis unters Dach. Sie hat beschlossen, sich von oben nach unten vorzuarbeiten. Ein Blick in Hollys Zimmer lässt sie mit dem Kopf schütteln. Wie vermutet, ist das Dach löchriger als ein Schweizer Käse. Die Fenster gleichen eher Löchern im Mauerwerk und haben gar keine Scheiben.

*Holly hat hier wohl auf Durchzug gestellt.*

Nell kichert, doch selbst in ihren eigenen Ohren klingt der Wortwitz wenig lustig. Eilig steigt sie die Treppe einen Stock nach unten und betritt das winzige Zimmer neben ihrem eigenen.

Nach den Erfahrungen, die sie beim Abspülen und Wäschewaschen gemacht hat, hält Nell kurz inne und überlegt, ob Holly vorhin noch etwas zum Lüften gesagt hat. Nicht, dass sie gleich wieder Rüffel dafür bekommt, weil sie unbeabsichtigt einen Schneesturm loslässt oder so. Aber da war nichts.

»Fenster auf- und wieder zumachen. Da kann eigentlich nichts schiefgehen. Also los.« Vorsichtig öffnet sie das erste Fenster und genießt die süßliche Morgenluft, die beinahe augenblicklich den Raum flutet. Es duftet nach Sonnenstrahlen und Tau. Nell lächelt und lehnt sich aufs Fensterbrett, um die Aussicht einen Moment zu genießen. Von dem Sims unter ihr spannt sich eine Wäscheleine zu einer Wetterfahne, die nach Osten zeigt. An der Leine hängen lange Rüschenunterhosen und ein bunter Flickenrock. Diese Kleidungsstücke schreien so überdeutlich laut ›Holly‹, dass Nell herzlich kichern muss. Die Alte ist definitiv verrückt, aber irgendwie auf eine sehr schräge, liebenswerte Weise. Gerade will sich Nell abwenden und weitermachen, da fällt ihr Blick auf das größere Dach unterhalb. Wie in Hollys Kammer weist auch dieses hier riesige Löcher auf.

Allerdings hat sich wohl mal jemand die Mühe gemacht, die größten davon abzudichten, damit es nicht hineinregnet. Sie würde ihre gesunde Hand darauf verwetten, dass dieser Jemand Holly selbst war, denn wer sonst hätte einfach aufgespannte Regenschirme in die Dachziegel gesteckt.

*Die Frau ist wirklich verrückt.*

Kopfschüttelnd lässt Nell das Fenster erst mal offen und wandert in ihre eigene Schlafkammer. Dort klettert sie aufs Bett und drückt das Dachfenster auf. Es quietscht grausig, doch die würzige, leicht salzige Brise, kalt und klar wie Meerluft, lässt sie aufatmen.

»Seltsam.« Nicht nur der Geruch der Luft, auch das Gefühl auf ihrer Haut ist ganz anders als im Zimmer vorher, dabei liegen die Räume keine fünf Meter voneinander entfernt. Nell schüttelt irritiert den Kopf.

Wie kann das sein?

Grübelnd wandert sie ein Stockwerk nach unten und betritt den nächsten Raum. Im Geiste versucht sie, sich einen Grundriss des Hauses zu erstellen. Dieses Fenster müsste eigentlich direkt unter ihrem liegen. Ob die Luft hier dann gleich auch nach Meer riecht? Neugierig packt Nell den Fenstergriff. Er lässt sich zwar problemlos drehen, aber das Fenster hängt, es lässt sich nicht aufschieben. Sie nimmt die rechte Hand dazu, ignoriert den Schmerz und zieht noch einmal kräftiger. Nell keucht vor Anstrengung, während sich Schweiß auf ihrer Stirn ausbreitet, doch das Fenster gibt nicht nach.

»Ich soll aber lüften«, ächzt sie und wirft sich leicht dagegen, in der Hoffnung, die Verklebung zu lösen. Beim dritten Mal spürt Nell eine Bewegung im Rahmen. »Endlich!« Sie gibt dem Fenster einen letzten Ruck und es öffnet sich, wenn auch weiter als beabsichtigt. Mit einem lauten Scheppern fällt das gesamte Fenster mit Rahmen, Scheibe und Griff aus der Wand und zerschellt Sekunden später gut zehn Meter tiefer am Fundament des Hauses. Sofort braust ein starker Wind durch den Raum und schlägt die offene Tür krachend gegen den Schrank daneben.

»O-o.« Nell presst die Lippen aufeinander. Das bedeutet sicher Ärger. Und der lässt auch nicht lange auf sich warten. Binnen kürzester Zeit kommt Holly panisch hereingerannt, gefolgt von ihrem fauchenden schwarzen Kater. Ohne auf Nell zu achten, reißt sie einen Zierteppich von der Wand und hält ihn so gut es geht vor die klaffende Öffnung. »Was stehst du da so herum? Nun hilf mir schon!«

Mit vereinten Kräften stemmen sich die beiden gegen die Sturmböe. Irgendwie gelingt es ihnen, den Teppich in die Mauerritzen zu stopfen und zu fixieren. Als Nell und Holly keuchend an der Wand hinabrutschen, herrscht eine eisige Stimmung im Raum. Nell schaut unglücklich auf ihren Rock, in dem nun ein langer Riss prangt. Er muss sich beim Feststopfen des Teppichs irgendwo verhakt haben. Sie seufzt. Irgendwann bricht Holly das Schweigen. »Ich hatte noch nie, nie, niemals so einen Unglücksraben als Hilfe hier. Was sag ich? Hilfe? Als Strafe!«

Nell plustert die Backen auf. »Jetzt mach mal halblang! Du wolltest, dass ich die Zimmer lüfte und ich habe genau das getan. Was kann ich dafür, wenn das Haus so klapprig ist, dass der ganze Rahmen rausfällt?«

Holly massiert sich die Schläfen. »Du hast gerade einen Orkan im Düsterwald losgelassen. Von dem Naturschutzgebiet mal abgesehen, sind dabei einige echt seltene Tierarten draufgegangen und einige Bewohner sind jetzt obdachlos.«

Nell blickt leicht bedröppelt auf und nestelt an dem inzwischen blutigen Taschentuch herum. Plötzlich ist sie ganz kleinlaut. »Tschuldigung. War wirklich keine Absicht.«

Holly seufzt gequält. Ihre Miene spricht Bände. Absicht oder nicht, der Schaden ist angerichtet. Als ihr Blick aber auf Nells Hand fällt, hebt sie fragend eine Augenbraue. »Was ist denn da passiert?« Ohne auf eine Antwort zu warten, zieht sie den Arm zu sich und wickelt die improvisierte Bandage ab.

»Aua! Gehts auch etwas vorsichtiger?«

Doch Frau Holle wirft ihr nur einen vielsagenden Blick über den Rand ihrer halbmondförmigen Brillengläser hinweg zu und legt das fleckige Taschentuch beiseite. »Das Blut ist schon geronnen, das heilt schn – «

Nell schnaubt genervt. Dieses Abbrechen mitten im Satz artet langsam zu einer echt üblen Angewohnheit aus. Als Holly keine Anstalten macht, mehr zu sagen oder sonst etwas zu tun, versucht Nell, ihre Hand aus dem Griff zu lösen, aber Holly hält ihr Handgelenk gepackt und starrt völlig entrückt auf den Splitter in der Wunde. Gegen den aufkeimenden Schwindel ankämpfend, schaut Nell ebenfalls hin, um zu sehen, was Holly da so spannend findet. Nun, das Ding steckt immer noch in ihrem Fleisch und es tut immer noch weh, aber ist es vorhin auch schon so rot gewesen? Nell schüttelt den Kopf. Das kommt ihr wegen des Blutes bestimmt nur so vor. Gerade, als sie einen Scherz über ihre Ungeschicklichkeit machen will, packt Holly zu und zupft den Splitter aus ihrer Hand, die sofort wieder beginnt zu bluten.

»Aua! Spinnst du? Was ist dein Problem?« Über Hollys Schoß hinweg angelt Nell nach dem Taschentuch und bindet es sich wieder fest um die Hand.

Frau Holle indes lässt andächtig ihre Finger über den Kristallsplitter gleiten. »Woher hast du den?« Ihre Stimme klingt total verändert. Tiefer. Dunkler. Trauriger.

Nell zuckt verwirrt mit den Schultern. »Aus deinem Spülbecken. Dieses Haus ist wirklich lebensgefährlich, weißt du, du solltest ...«

Doch Holly unterbricht sie. »Das solltest du gut aufheben.« Mehr zu sich als zu Nell murmelt sie dann: »Ich habe mich über den Sternenschauer gewundert, aber ich hätte mir nie träumen lassen, dass das der Auslöser war.«

»Hä? Was? Warum? Was war der Auslöser?«

Frau Holle macht keine Anstalten, ihre kryptischen Worte erklären zu wollen. Viel schneller, als man es einer Frau ihres Alters zutrauen würde, ist sie auf den Beinen und zu der Kommode in der hinteren Ecke des Zimmers hinübergelaufen, wo sie eine Schublade nach der anderen aufzieht und wahllos allen möglichen Krimskrams herauszieht. Einen Gegenstand nach dem anderen wirft sie achtlos hinter sich, wobei es sie nicht zu scheren scheint, ob sie Nell damit trifft oder etwas davon zu Bruch geht. Die hat es inzwischen aufgegeben, nachzufragen, und wartet einfach, bis Hollys Anfall abgeklungen ist.

Tief in eine Schublade gebeugt, gibt Frau Holly plötzlich einen triumphierenden Schrei von sich. »Ich habs! Das passt perfekt.« Als sie wieder auftaucht, baumelt eine bronzefarbene Kette mit einem Medaillon am Ende von ihrer Hand herab.

Nell nickt nur befremdlich. »Aha. Hübsch.«

Holly übergeht den sarkastischen Unterton gekonnt und lässt sich recht undamenhaft wieder neben Nell auf den Boden plumpsen. Sie öffnet den Anhänger auf einer Seite und legt den Kristallsplitter hinein. Dann verschließt sie ihn und öffnet die andere Seite. Nell staunt nicht schlecht. Das Medaillon ist in Wahrheit ein Kompass. Wenn auch ein kaputter, denn die Nadel dreht sich unablässig im Kreis. Darunter jedoch schimmert es leuchtend rot.

»Danke, Holly, so schneide ich mich wenigstens nicht mehr daran«, sagt sie, im Bemühen irgendetwas Nettes herauszubringen. »Aber der Kompass ist kaputt. Warum hast du ihn aufgehoben?«

Frau Holle blickt sie völlig irritiert an. »Wie kaputt? Er funktioniert ganz hervorragend.«

»Aber er zeigt nicht nach Norden.«

»Warum sollte er denn das tun? Versuchst du, den Norden zu finden?«

Nell seufzt und nimmt sich vor, Holly einfach nichts mehr zu fragen, denn aus den Antworten wird sie nicht schlau. Bisher haben sie ihr nur Kopfschmerzen eingebracht. Einfach besser die Klappe halten. Ein Krächzen aus Richtung der Tür holt Nell aus ihren Gedanken. Sie nimmt die Kette und streift sie sich unter Frau Holles wachsamem Blick über den Kopf. »Danke jedenfalls.«

»Bitte. Gib gut darauf acht. Ich weiß nicht, wie, aber das ist ein Splitter von …« Ehe Holly ihren Satz beenden kann, prallt etwas Großes mit einem Krächzen gegen den Teppich vor dem kaputten Fenster. Ihr Blick huscht kurz hin, ehe sie Nell wieder eindringlich mustert. »Behalte ihn im Auge. Der Kristall sagt dir …« Ein reißender Laut lässt einmal mehr beide die Köpfe drehen. Im Teppich klafft nun ein Riss, durch den der Rabe von vorhin, Schnabel voran, ins Zimmer stürzt und aufgeregt kreischend um sie herum flattert.

Wild mit den Armen rudernd, versucht Nell, das wildgewordene Vieh zu verscheuchen, doch der Vogel hackt mit dem Schnabel nach ihnen, streckt seine Klauen nach der Kette mit dem Kompass daran aus.

»Azrael!«, schreit Holly, als ihr Kater kurz darauf laut

fauchend in den Raum gestürmt kommt und den Vogel mit seinen Krallen verjagt. Ein Büschel schwarzer Federn wirbelt durch den Raum, als der Rabe hochflattert und mit lautem Krächzen durch die offenstehende Tür türmt. Keuchend bleiben Holly und Nell auf dem Boden sitzen.

»Was war das denn? Gehört der grässliche Vogel zu dir? Das geht doch nicht mit rechten Dingen zu.«

»Nein. Der gehört nicht hierher. Er kommt aus einer anderen Welt. Das war ein kleiner Vorgeschmack auf das Chaos, wenn sich Löcher bilden.«

Nells Blick fällt auf den Riss im Teppich. »Apropos Chaos, Holly. Sag mal, ist das nicht total bescheuert? Das Abspülen sorgt für Regen, das Lüften für Wind und wenn ich mich richtig erinnere, gibt Betten schütteln Schnee. Das macht gleichzeitig doch überhaupt keinen Sinn.«

Holly rümpft missbilligend die Nase. »Doch, das macht sehr viel Sinn, nur nicht am gleichen Ort. Jede Welt, jedes Reich hat ein eigenes Klima und braucht auch ein eigenes Wetter. Vielleicht begreifst du es ja jetzt. Alles, was du tust, hat weitreichende Konsequenzen.«

Nell knirscht bei diesem Satz mit den Zähnen. Sie hat es schon immer gehasst, wenn ihre Mutter und Großmutter mit diesem Quatsch anfingen. »Ja, ja ... ich weiß schon. Alles eine Frage des Karmas. Wenn ich nicht spure, werde ich eine Maus.«

Doch Holly schüttelt den Kopf. »Kann schon sein, dass du eine Maus wirst. Wobei, bei deiner Ungeschicklichkeit würde ich persönlich eher auf einen Elefanten tippen. Aber darum geht es nicht. Was du hier wo und wann tust, hat direkte Auswirkungen auf alle Lebewesen in den Königreichen. Alles muss seine Ordnung haben. Chaos reißt Löcher in die Wirklichkeit. Du hast schon ein paar Kostproben davon bekommen.«

Nells Gedanken springen von dem tollwütigen Raben zu dem weißen Kaninchen, das scheinbar nicht in seiner Welt geblieben ist.

Holly stemmt sich mühsam vom Boden hoch. »Deshalb versuch heute bitte, nicht noch eine Naturkatastrophe auszulösen. Ich werde die nächsten Tage damit zu tun haben, die bisherigen auszubügeln. Flick dein Kleid oder geh Bäume zählen. Oder am besten flechtest du Blumenkränze auf der Wiese. Da kannst du nichts kaputt machen.« Mit diesen Worten schlurft sie, gefolgt von Azrael, aus dem Zimmer und poltert stolpernd die Treppen hinab.

Nell zieht eine Grimasse und grummelt indes vor sich hin. »Immer soll ich an allem schuld sein. Als hätte ich das Fenster absichtlich kaputt gemacht. Der alten Schachtel kann man es aber auch gar nicht recht machen. Geh waschen! Geh lüften! Geh Wäsche flicken! Aber mach bloß nichts kaputt! Wer will schon freiwillig Blumenkränze flechten? Bin ich vier? Und stell bloß nichts Dummes an! Pah!«

Gekränkt schimpfend stapft Nell nach unten, schnappt sich das Nähetui von dem Schränkchen im Flur und knallt die Tür so laut hinter sich zu, dass eine der rostigen Angeln bricht. »Ich flechte bestimmt keine Blumenkränzchen und deine dämlichen Bäume kannst du schön selber zählen.« Ohne sich noch einmal umzudrehen, marschiert sie geradewegs auf den Brunnen zu und lässt sich davor ins Gras plumpsen. Den Rücken an die Steine gelehnt, packt sie Nadel und Faden aus. Nell schnaubt missbilligend, als sie sich eingestehen muss, dass vielleicht doch nicht alles schlecht war, was ihre Mutter ihr beibringen wollte, denn es dauert ewig, bis sie das dünne Garn durch das kleine

Nadelöhr gezogen hat. Einen Knoten ans andere Ende zu machen, geht dann schon etwas besser.

Die Zunge hochkonzentriert zwischen den Lippen eingeklemmt, mach sich Nell daran, Stich für Stich den Schlitz in ihrem Rock zusammenzunähen. Bei ihrer Mutter, selbst bei Sue, wäre das im Handumdrehen erledigt und man würde den Riss vermutlich hinterher kaum noch sehen. Dagegen sind ihre Stiche eher grobschlächtig.

Nicht schön, aber es wird halten.

Es sind nur noch wenige Zentimeter übrig, als ein dunkler Schatten auf sie fällt. Nell blickt auf und sieht den großen, schwarzen Vogel von vorhin auf sich zustürzen. Panisch reißt sie die Arme hoch, um das wild gewordene Tier abzuwehren, doch der Rabe lässt nicht locker. Immer wieder hackt und pickt er nach Nell, schlägt laut krächzend mit den Schwingen. »Verschwinde, du dämliches Vieh!« Kurz scheint es zu funktionieren. Als sie mit der Hand einen seiner Flügel trifft, dreht er ab und steigt hoch in den Himmel hinauf.

Nells Herz pocht schnell, ihr Puls rast. Was ist das nur mit diesem Raben? Irgendwas scheint der gegen sie zu haben. Kopfschüttelnd hebt sie ihre Nadel wieder auf, um ihr Flickwerk zu beenden.

*So, noch einmal durch und dann …*

Sie setzt gerade zum letzten Stich an, als der Rabe im Sturzflug aus dem Himmel herabstößt. Erschrocken ballt Nell die Hand zur Faust und zuckt im gleichen Moment heftig zusammen. Vergessen sind der Vogel und das grauenvolle Krächzen. Bebend öffnet sie die Faust, Blut quillt aus ihrem Zeigefinger, in dem noch immer die Nähnadel steckt.

Eine bleierne Schwere breitet sich in ihrem Körper aus. Die Zeit verlangsamt sich und ihre Gedanken zerfließen. Sie zieht die Nadel aus ihrem Fleisch und sieht zu, wie drei rote Tropfen auf ihre weiße Schürze platschen.

Plopp. Plopp. Plopp.

Ist das wirklich ihre Hand? Alles wirkt so weit weg. Selbst das wütende, kehlige Krächzen und Azraels Fauchen.

*Azrael? Was macht der denn hier?*

Nell blinzelt heftig. Es fällt ihr zunehmend schwerer, den Blick zu fokussieren. Da ist ein rotes Licht. Es schwebt glühend und pulsierend über ihrer Brust. Sie zwinkert noch stärker.

*Das Medaillon. Was hat das nur zu bedeuten?*

Am Rande ihres Bewusstseins bekommt Nell noch mit, wie Frau Holle und Azrael neben ihr auftauchen. Hollys Haar steht wirr vom Kopf ab und ihr Gesicht ist von roten Flecken überzogen. Sie sinkt auf die Knie und schaut Nell sorgenvoll über den Rand ihrer Brille hinweg an, während sie den Puls fühlt.

*Die Brille hat die gleiche Macke wie bei Nana.*

Nell lächelt. Eine Träne rollt aus ihrem Augenwinkel über die Wange hinab. Ja, auch die Brille ihrer Großmutter hatte einen krummen Bügel gehabt.

»Miauuuu.«

Während es um sie immer dunkler wird, freut Nell sich sogar ein bisschen über den verlausten Kater. Ein bisschen.

»Nein, Azrael, sie wird nicht sterben. Aber wenn sie aufwacht, wird es ihr ziemlich mies gehen.« Das ist Hollys Stimme.

Wieder ertönt ein vielschichtiges Miauen. Offenbar versteht Holly, was der Kater sagt, denn sie antwortet ihm, als wäre das eine völlig normale Unterhaltung. »Was meinst du mit ›falls sie wieder aufwacht‹? Sicher, für meine Nerven und die Sicherheit aller Welten wäre es sinnvoller, wenn sie nicht hier ihre Ungeschicklichkeitsanfälle auslebt, aber das wäre ...«

»Miauuuu.«

»Ja, du hast ja recht. Na gut, drei Jahre halte ich es eh nicht aus, wenn sie so weitermacht. Dann soll sie für die Zeit ihres Dienstes hier schlafen. Und vielleicht lernt sie ja etwas daraus.«

Innerlich tobt Nell. Sie will doch nur nach Hause. Warum kann Holly sie nicht einfach heimschicken? Sie spürt eine kühle Hand auf ihrer Stirn und sofort wird das Atmen leichter.

»Schlaf, mein Kind. Wenn du aufwachst, sieht die Welt schon ganz anders aus.«

Nell blinzelt, während die Welt vor ihren Augen verblasst. Losgelöst von Raum und Zeit, umfängt Schwärze ihren Geist und sie gleitet in einen tiefen, schweren Schlaf.

*»Kleid und Schürze, blondes Haar,*
*dein Märchen, das wird wirklich wahr.*
*Ob's allerdings ein Gutes ist,*
*hängt ab, ob du schön artig bist.*
*Kristall zeigt Chaos hier und dort*
*Wird's rot, schwupp, ist das Karma fort.*

*Ding Dong Dongelong*
*Wille, Walle, Wolle*
*neues Märchen, neues Glück*
*mach's besser! Dann erst geht's zurück!«*

# Weiß wie Schnee, rot wie Blut, finster wie die Königin der Nacht

Nell stöhnt. Ihre Kehle ist staubtrocken und ihr ganzer Körper fühlt sich steif und schwer an.

*Was ist nur passiert?*

Sie erinnert sich noch an den Raben und an den Stich in den Finger und an Nanas Augen, bevor alles dunkel wurde. Schnell verscheucht Nell die Erinnerung wieder und schluckt den Kloß in ihrem Hals hinunter.

*Nein, das war Holly. Nicht Nana.*

Beim Gedanken an die verrückte Frau Holle kocht einmal mehr Wut in ihr hoch. Mit ihr und ganz besonders mit ihrem dämlichen Kater hat sie noch ein Hühnchen zu rupfen.

*Von wegen, die Welt ist sicherer, wenn ich einen Dornröschenschlaf halte.*

Und selbst wenn, müssten ihre drei Jahre bei Holly doch nun vorbei sein.

*Zaubertor, ich komme!*

Schlagartig reißt Nell die Augen auf, doch statt der graublauen Augen sieht sie über sich ein fremdes Gesicht. Zumindest Teile davon, denn es ist so nah vor ihrer Nase, dass sie kaum etwas erkennen kann. Augenblicklich ist ihr Drang, sich zu strecken, vollkommen vergessen. Ist sie wieder zu Hause? Das Gesicht vor ihr, von Bartstoppeln übersäht, hat so gar nichts von dem irren, immer gut gelaunten Gesicht der alten Schachtel oder ihrem mottenzerfressenen Kater. Aber leider auch nichts von dem ihrer Mutter oder von Sue.

*Also bin ich wohl doch nicht zurück.*

Es ist eindeutig männlich und wenn der Typ seinen Zinken mal wegnehmen würde, könnte Nell vielleicht auch sehen, wem die Bartstoppeln eigentlich gehören. Doch statt ihr Raum zu lassen, um wach zu werden, sich umzusehen und aufzustehen, kommt das Gesicht ihr sogar noch näher und drückt ihr einen feuchten Kuss auf die Lippen. Das reicht, um Nells Lebensgeister alle auf einen Schlag wieder zu wecken. »Igiiitt!«

Mit ungeahnten Kräften schiebt sie den Kerl von sich und setzt sich mit einem Ruck auf. Was sich als gar nicht so einfach erweist, denn ihr Kleid spannt fürchterlich an den Schultern und am Rücken.

*Verdammt, warum ist das so eng?*

Sie rutscht herum, um sich ein bisschen mehr Bewegungsspielraum zu verschaffen, hält jedoch sofort inne, als die Naht an ihrer linken Schulter mit einem ratschenden Geräusch nachgibt. Da dämmert ihr, dass sie womöglich wirklich drei Jahre geschlafen hat und was das bedeutet. Sie ist gewachsen.

Reflexartig betastet sie ihre Brust. Wo zuvor alles kindlich flach war, spannt sich der Stoff nun über deutliche Wölbungen. Eine schnelle Rechnung ergibt, dass sie jetzt sechzehn sein müsste. Wut flammt in ihr auf. Holly hat ihr drei Jahre ihres Lebens gestohlen. Was, wenn sie die nie zurückbekommt?

*Nur gut, dass man im Märchen nicht aufs Klo muss. Das wäre nach drei Jahren eine ordentliche Schweinerei gewesen.*

Selbst in ihren eigenen Ohren ist das nur ein sehr

schwacher Trost.

Ein pikiertes Räuspern reißt Nell aus ihren Gedanken und sie lässt eilig die Hände zurück in ihren Schoß sinken. Da war ja was. Sie ist nicht allein.

Langsam erkundet sie mit den Augen ihre Umgebung. Wie geahnt, ist die alte, windschiefe Hütte verschwunden, genauso Holly, Azrael und der Rabe. Dafür sitzt sie, umringt von Bäumen und Blumen, in einem gläsernen Sarg. Nells Aufschrei ist ohrenbetäubend. »Das ist ein Saaaarg!« Von dem pickligen, unrasierten Prinzen einmal abgesehen, stehen lauter Zwerge erwartungsvoll strahlend um sie herum. Der Schreckensschrei tut ihrer Euphorie scheinbar keinen Abbruch.

»Wo um alles in der Welt …«, beginnt Nell, wird aber von einem bunt durcheinandergerufenen Stimmenchor aus Zipfelmützenträgern sofort unterbrochen.

»Schneewittchen! Du bist wach!«

»Schneewittchen, du lebst!«

»Juchei!«

Und schon tanzen sechs Zwerge und ein sogar noch kleinerer Knirps Ringelreihe um den Sarg herum. In ihrem Kopf dreht sich alles, und zwar nicht nur, weil dieses Herumgehopse sie ganz verrückt macht.

*Da stimmt doch irgendwas nicht.*

Skeptisch schweift ihr Blick über die verstörende Szenerie. Ein gläserner Sarg, ein Prinz, Zwerge … Sie ist zweifelsohne ins Märchen von Schneewittchen gesprungen.

*Aber bei Schneewittchen kommt doch gar keine Nadel vor. Die hat sich doch mit einem Apfel vergiften lassen.*

Tiefe Falten graben sich in ihre Stirn, als Nell sich krampfhaft an das Märchen zu erinnern versucht. Dabei bleibt ihr Blick an den drei getrockneten Blutstropfen auf ihrer Schürze hängen und sie hört Nana MacAllisters warme Stimme in ihrem Kopf.

*... da saß eine Königin an einem Fenster, das einen Rahmen von schwarzem Ebenholz hatte, und nähte. Und wie sie so nähte und nach dem Schnee aufblickte, stach sie sich mit der Nadel in den Finger und es fielen drei Tropfen Blut in den Schnee.*[2]

Nell seufzt gequält. Kopfschmerzen kündigen sich an. Da kommt ihr der Königssohn gerade recht, der seine Arme um ihren Körper legt, um sie aus dem Sarg zu heben. Ratsch. Noch eine Naht platzt auf, diesmal an der Taille. Sie wäre gerade zu gern an Ort und Stelle im Boden versunken. Ihr Unterkleid hängt noch bei Holly an der Wäscheleine, sodass überall ihre helle Haut durchschimmert. Doch weder der Prinz noch die Zwerge scheinen sich daran zu stören, sie feiern ausgelassen weiter.

»Halt! Alle Mann aufhören!« Sie presst zornig die Lippen aufeinander und bemerkt einen klebrig, süßen Geschmack darauf, der sich als eine Art improvisierter Lippenstift entpuppt. »Halt!«

Die Zwerge und der Knirps hören auf zu tanzen und alle starren die junge Frau verwirrt an.

»Aber was hast du denn, Schneewittchen?«

»Ich bin nicht Schneewittchen!«

»Doch,« beharrt der Oberzwerg, auf dessen Brust ein großes »Chef« geschrieben steht. »Natürlich bist du Schneewittchen. Schließlich liegst du in einem Sarg aus Glas und du hast Haut wie Schnee!«

»Jeder wäre weiß wie ein Bettlaken, wenn er in einem Sarg aufwacht und abgeschlabbert wird!«

»Aber du hast Lippen, so rot wie Blut«, wirft ein anderer

---

2 Auszug aus dem Märchen »Sneewittchen« aus den Hausmärchen der Gebrüder Grimm,

Zwerg ein.

»Ja, weil ihr sie mir angemalt habt!«, faucht sie zurück. Danach herrscht erst einmal eine Minute vollkommene Stille. »Seht ihr, ich bin nicht Schneewittchen. Ich habe auch kein Haar, so schwarz wie Ebenholz!« Doch für die Zwerge scheint Letzteres kein allzu überzeugendes Argument darzustellen.

»Übersetzungsfehler!«

»Durch das Gift verändert!«

»Verkleidung!«

»Durch den Schreck hell geworden.«

»Vollkommen überbewertet!«

»Außerdem musst du Prinzessin Schneewittchen sein,« beharrt der Prinz, »denn ich habe überall nach dir gesucht und du sollst meine Königin werden.« Die Zwerge jubeln und Nell schaut frustriert drein.

Ihre Stimme ist tonlos und trocken, als sie auf ihre zu klein gewordene Kleidung deutet, die inzwischen an zahllosen Stellen gerissen oder geflickt ist. »Sehe ich für dich allen Ernstes wie eine Prinzessin aus?«

Doch der Prinz ergreift, ohne zu zögern, ihre Hände. »Mein teures Schneewittchen. Mir ist schon zu Ohren gekommen, dass Eure herzlose Stiefmutter Euch wie eine Magd gehalten hat, aber seid unbesorgt. In meinem Schloss wird es Euch an nichts mangeln. Ein heißes Bad und ein ganzes Zimmer voller neuer Kleider erwarten Euch bereits.« Seine Augen sprühen vor Begeisterung. Nell hätte ihm am liebsten die Hände entzogen und an der Schürze abgewischt. Wie kann ein Mann nur so schwitzen?

»Ähm, danke, Prinz ...« Nell sieht ihn erwartungsvoll an.

»Oh, verzeiht, meine Holde! Ich heiße Florian, Prinz Florian.« Ganz der Galan, schlägt er die Hacken zusammen und salutiert, nur um gleich darauf mit schmerzverzerrter Miene auf einem Bein herumzuhüpfen.

Nell verbeißt sich ein schadenfrohes Lachen. »Danke, Prinz Florian. Obwohl das Angebot sehr großzügig ist und ich ein paar neue Kleider sicher gut gebrauchen könnte, aber ich will eigentlich nur nach Hause.«

Florian bleibt geschockt auf einem Bein stehen. »Aber teuerstes Schneewittchen, Ihr müsst nie wieder an diesen grauenvollen Ort zurück. Mein Schloss soll Eure neue Heimat werden. Ich will Euch mit Liebe und Geschenken überschütten.«

Angeekelt verzieht Nell das Gesicht. Das klingt grauenhaft. »Danke, aber ich glaube…«

»Ich verspreche euch, Ihr werdet es lieben! Am Ende wird schließlich alles gut.«

Nell unterdrückt den Impuls, das Zitat zu verbessern. Es klingt fürchterlich falsch in ihren Ohren. »Aber es ist nicht alles gut.«

»Ich habe dich gefunden und du lebst, natürlich wird alles gut.«

Seufzend gibt Nell sich geschlagen. Ein Bad wird ihr in jedem Fall guttun und etwas zu essen, das keine Glubschaugen hat, sicher auch. Vielleicht bekommt sie in Florians Schloss auch eine Landkarte in die Finger oder findet heraus, wie sie von hier wieder nach Hause kommt.

Unter Jubelrufen und lautem Beifall der Zwerge hebt der Prinz seine zukünftige Braut doch noch auf sein weißes Ross, um mit ihr in den Sonnenuntergang zu reiten.

*Na, das kann ja heiter werden. Aber wenigstens muss ich nicht bei der alten Hexe Küchenfee spielen. Neues Märchen, neues Glück.*

Im letzten Licht des Tages erreicht die Märchenwanderin mit dem Prinzen das Schloss. Vor ihr heben sich die Mauern als dunkle Umrisse gegen die rote Glut der Abendsonne ab. »Sei mir willkommen, mein schönes Schneewittchen. Fühl dich ganz wie zu Hause. Alles, was mein ist, soll nun auch dein sein.«

Nell hat bereits vor einer ganzen Weile aufgegeben, ihm erklären zu wollen, dass sie nicht Schneewittchen ist und es sich nur um eine Verwechslung handelt. Stattdessen musste sie sich ermüdende blumige Beschreibungen davon anhören, wo er überall auf der Welt nach ihr gesucht hat und wie sehr er sich auf die Hochzeit freut. Nell wird übel. »Ich bin noch viel zu jung zum Heiraten!«

Doch Prinz Florian lacht nur und erzählt einfach weiter, vom Blumenschmuck, der ihm vorschwebt, und dem Essen, das sie haben werden.

Kaum kommen sie in Reichweite der Mauern, bilden die Wachen eine Traube um sie herum und eskortieren sie hinein in den Palast. Florian hebt sein Schneewittchen aus dem Sattel und streckt die Hand aus, um ihr über das Haar zu streichen, doch Nell weicht ihm geschickt aus. Sie taucht unter seinem Arm hindurch, bringt ein paar Schritte zwischen sich und den Prinzen und streift sich das Haar hinters Ohr. Dabei geht wieder eine Naht kaputt, aber darauf kommt es nun wohl auch nicht mehr an. »Ich bin sehr müde. Ich würde mich gerne waschen und ausruhen.«

»Aber natürlich, meine Teure! Ich war gedankenlos. Nehmt Euch alle Zeit, die Ihr braucht! Für morgen habe ich den königlichen Schneider einbestellt, damit er sich um Eure Garderobe kümmert.«

»Ein Schneider? Und er kommt extra wegen mir?«

»Natürlich, meine Liebste. Euch gebührt nur das Beste. So habe ich es versprochen.« Florian hält kurz inne und grinst dann leicht schuldbewusst. »Wisst Ihr, der alte Tyrann mit seinen Nadeln wird sicher entzückt sein, dass er sich nur um Euch kümmern muss. Und ich bin es auch. Jedes Mal sticht er mich mit seinen verfluchten Nadeln, behauptet, ich würde nicht stillhalten.«

Die Märchenwanderin zwingt sich zu einem halbseitigen Lächeln. Sie kann sich nicht entscheiden, wer ihr gerade unsympathischer ist, der tyrannische Hofschneider mit seiner Vorliebe für Nadeln oder der Zappelphilipp mit der Krone, der einfach nicht aufhören will zu reden. »Ich bin müde.«

Auf einen Wink hin schwärmen einige Dienstmädchen herbei, um Nell auf Geheiß des Prinzen zu ihrem Gemach im Ostflügel zu geleiten. Mit großer Erleichterung stellt sie fest, dass sie es nicht mit dem Prinzen wird teilen müssen. Mit dem Versprechen, ihr sogleich ein Bad einzulassen, wuseln die Mägde auch gleich wieder aus dem Raum hinaus, um Nell etwas Privatsphäre zu geben. Die lässt sich, sobald die Tür ins Schloss geklickt ist, rückwärts auf das monströse Bett fallen und streckt alle Gliedmaßen weit von sich. Es dauert, bis sie für ihre Schultern eine bequeme Position gefunden hat, in der ihr das Kleid nicht in die Haut schneidet, aber dann grinst sie zufrieden über das ganze Gesicht. »Mein eigenes Zimmer. Und diese Stille.«

Keine Holly, die wie ein Poltergeist durchs Haus kracht, kein fauchender Kater, der an ihr seine Krallen wetzen will, einfach nur himmlische Ruhe und ein kuschelig weiches Bett. Nell blickt geradewegs hoch zur Decke, wo sich ein purpurfarbener Baldachin wie ein Himmel über das Bett spannt. Sie kichert. »Hier fallen bestimmt weder Staub noch Späne herunter. Und mit dem Besen gegen die Decke hämmert hier hoffentlich auch keiner.«

Ein leises Klopfen an der Tür lässt Nell aufschauen. »Verzeihung, Eure Hoheit.« Der Kopf eines Dienstmädchens erscheint zaghaft im Türrahmen. »Euer Bad wäre bereit.«

Nell nickt und verscheucht das Mädchen mit einer ungeduldigen Handbewegung. Die Sache mit der Prinzessin fängt langsam an, ihr Spaß zu machen. »Ich komme gleich!«

Das Dienstmädchen verschwindet so lautlos, wie es gekommen ist. An diese Annehmlichkeiten könnte sie sich sicher gewöhnen. Es gibt auf jeden Fall schlimmere Orte, um sich einen Fluchtplan zu überlegen.

Nach einem ausgiebigen Bad, angereichert mit duftender Apfelblütenseife, fühlt Nell sich bedeutend besser. Sauber, trocken und in ein neues, gut sitzendes Kleid gehüllt, sitzt sie vor dem großen, gerahmten Spiegel in ihrem Zimmer und betrachtet sich, während eines der vielen Dienstmädchen ihre Haare frisiert, damit ihr der Pony nicht mehr ständig ins Gesicht fällt. Das einfältige Ding plappert ohne Punkt und Komma. Nell hört gar nicht zu. Ihre Gedanken schweifen ab und suchen unablässig nach einer Möglichkeit, der Märchenwelt und besonders der drohenden Heirat mit dem schnulzigen Prinzen zu entkommen. Bei der Erinnerung an sein schweißgetränktes Hemd, die nassen Hände und die ganzen Pickel in seinem Gesicht läuft es ihr eiskalt den Rücken hinab.

»Na, meine Teure, habt Ihr schon einen Ausweg gefunden?«

Der Klang der Stimme holt die Märchenwanderin augenblicklich zurück in die Gegenwart. Sie blickt sich um, was zur Folge hat, dass es schmerzhaft an ihrer Kopfhaut zieht, weil das Dienstmädchen ja noch immer mit Flechten beschäftigt ist. »Au!«

Das Mädchen läuft purpurn an. »Ich bitte um Verzeihung, Eure Hoheit! Ich war so ungeschickt.«

Nell beachtet sie gar nicht weiter. Stattdessen hängen ihre

Augen gebannt am Glas des Spiegels, aus dem sie lächelnd ein Gesicht anblickt. Sie blinzelt entsetzt. Das Gesicht im Spiegel gleicht ihr selbst wie ein Ei dem anderen, bis hin zu dem bronzefarbenen Kompass um ihren Hals, von dem ein zartrosafarbener Schimmer ausgeht. Sie gleichen sich und doch wieder gar nicht. Nell neigt den Kopf leicht zur Seite und das Spiegelbild geht mit. Sie atmet erleichtert auf.

*Es war wohl nur Einbildung.*

Doch dann verziehen sich die Lippen der Spiegelung zu einem kalten Grinsen, ihre wasserblauen Augen bohren sich in die von Nell. Rasch betastet sie ihr eigenes Gesicht, das eher einen geschockten Ausdruck haben dürfte. Aber wie kann das sein?

Ihr Ebenbild im Spiegel hebt höhnisch eine Augenbraue, als wolle es sagen: »Du weißt ganz genau, wie das sein kann.«

Die Märchenwanderin schluckt. Sie muss wissen, was es mit dieser Erscheinung auf sich hat und woher sie weiß, dass Nell nach einem Ausweg sucht. Vielleicht ist das endlich ihr Ticket nach Hause.

Unter einem Vorwand schickt Nell das Dienstmädchen fort, obwohl die Frisur bestenfalls zur Hälfte fertig ist. Sie braucht Zeit und Ruhe, um sich mit dem Geist im Spiegel zu unterhalten. Denn eines ist klar, ein einfaches Spiegelbild ist das sicher nicht.

»Aah ... endlich ist das Plappermaul fort. Ich dachte schon, sie hört gar nicht mehr auf zu reden.« Die Nell im Spiegel dehnt sich, reckt den Hals, um die Schultern zu lockern. Ihr ist anzusehen, wie sehr sie Menschen im Allgemeinen und Dienstboten im Besonderen verachtet. Für den Bruchteil einer Sekunde scheinen die Gesichtszüge seltsam verzerrt, kaum noch menschenähnlich. Die Haut spannt sich grau über die scharfkantigen Wangenknochen.

Ihre Augen liegen tief in den eingefallenen Höhlen, ein lauernder Ausdruck liegt darin. Ein Blinzeln, dann ist die Illusion verschwunden. Zurück bleibt nur Nell – nun ja, eine perfekte Version davon.

*Ich sehe schon Gespenster.*

Die echte Nell beugt sich nach vorne und betastet das Glas des Spiegels. Es ist kühl und solide unter ihren Fingerkuppen. Sie starrt wortlos auf ihr Ebenbild, das sich vollkommen frei bewegt und sogar spricht.

»Ach, nun glotz doch nicht so. Wir sind in einem Märchen. Wundert es Euch da wirklich noch, wenn ein Spiegel mit Euch redet?«

Nell blinzelt. »Vielleicht ein bisschen. Was – Wer bist du?«

Diese Frage zaubert dem Gesicht ein überlegenes Grinsen auf die Züge. »Ich bin Ihr. Seht Ihr doch.« Die Nell im Spiegel lacht frostig. »Aber eigentlich auch nicht. Zum Glück. Nein, ich bin der Geist des Spiegels und so wie Ihr ausseht, habt Ihr keinen Schimmer, warum Ihr hier seid und wie Ihr wieder wegkommt.« Der Geist macht eine weit ausholende Geste. »Das heißt, wir werden viel Zeit haben, uns kennenzulernen, da Ihr ja bald Königin Schneewittchen werdet. Oh, ich freue mich schon auf die Hochzeit.« Sarkasmus trieft aus jedem ihrer Worte und das darauffolgende Lachen klingt mehr nach einer Hyäne als nach einem menschlichen Wesen. Es ist offensichtlich, dass der Geist sich weniger auf die Feier als vielmehr auf Nells Leid freut, wenn sie gezwungen sein wird, sich an den Prinzen zu binden.

Der Spiegelgeist errät ihre Gedanken – oder kennt sie. »Ach, so schlimm ist Prinz Florian doch gar nicht. Er hat vielleicht ein paar Pickel, Haare nur an den falschen Stellen, eingewachsene Zehennägel und den einen oder anderen faulen Zahn, aber sonst ist er doch ein super Fang! Ihr werdet niemals reden müssen. Das übernimmt er schon für Euch. Und waschen braucht Ihr Euch eigentlich auch nicht mehr, er schlabbert Euch ja dann täglich ab. Und …«

»Aufhören!« Nell presst sich entsetzt die Hände auf die Ohren, um die Worte sowie die damit verknüpften Bilder auszusperren. Im Vergleich dazu wären drei Jahre bei Frau Holle der reinste Urlaub gewesen. Die Märchenwanderin sackt auf ihrem Hocker zusammen. »Das klingt grauenvoll! Wie komme ich nur hier weg?«

Die Miene im Spiegel hellt sich auf, wird scheinbar weicher. »Oh, alles hat seinen Grund, meine Teure.«

Nell fuchtelt genervt mit der Hand. »Och, du nicht auch noch. Ja, ja, alles hat seinen Grund und jeder hat seine Aufgabe.« Diesmal ist sie es, deren Augen eisig funkeln. »Aber spülen, putzen und Betten schütteln ist es diesmal definitiv nicht.«

Der Geist im Spiegel grinst. »Stimmt. Das würde auch ziemlich sicher in einer Katastrophe enden.« Auf einen scharfen Blick von Nell hebt der Geist abwehrend die Hände. »Schon gut, ich meine ja nur. Aber vielleicht findet Ihr hier ja trotzdem Eure Bestimmung.« Die Stimme ihres Ebenbilds ist nun weich und einfühlsam.

»Du meinst, der Prinz ist meine Aufgabe? Aber was soll ich machen? Ihm den Bart schneiden?«

»Das wäre sicher eine lebensverändernde Verbesserung, aber ich hatte da eher etwas im Sinn, das Euch vor einer unliebsamen Heirat bewahren könnte. Wenn Ihr dieses Land im Moment nicht verlassen könnt, dann muss eben …« Das Schmeicheln in der Stimme kriecht wohlig in Nells Ohr, doch überlässt es der Geist ihr selbst, die angestoßene Idee zu interpretieren.

»Dann muss eben der Prinz weg.« Es fühlt sich so richtig an. Kaum ist der Gedanke ausgesprochen, beginnt er, in Nells Bewusstsein Wurzeln zu schlagen. »Völlig klar. Ich muss ihn loswerden!«

Ein zufriedenes Lächeln legt sich auf die ebenmäßigen Züge des Spiegelgeists, die auf den zweiten Blick fast schon zu perfekt wirken. »Na dann wünsche ich Euch gutes Gelingen, meine Teure. Wenn Ihr jemanden zum Reden braucht, wisst ihr ja, wo Ihr mich finden könnt.«

»Halt!« Nell springt von ihrem Hocker auf. »Warte! Wie kommt es eigentlich, dass du der – ähm – die einzige bist, die weiß, was los ist?«

Der Geist kichert geheimnisvoll. »Das liegt daran, dass ich Augen im Kopf habe. Auf Wiedersehn!« Damit verblasst das Gesicht und Nell blickt wieder auf ihr Abbild. Probehalber bewegt sie sich hin und her. Doch diesmal ist der Spiegel wirklich nur ein Spiegel.

Nachdem Nell nun eine Aufgabe für sich gefunden hat, ist sie nicht mehr zu halten. Dazu macht sie sich ihre Rolle als zukünftige Königin zunutze, auch wenn sie nicht die Absicht hat, diese Stelle jemals anzutreten. Nach Herzenslust scheucht sie die Dienerschaft herum und nutzt sie als Augen und Ohren überall im Schloss. Ihr engster Vertrauter bleibt allerdings der Geist im Zauberspiegel. Jeden Tag sitzt sie davor und tauscht sich mit ihm aus. Dabei entwickeln sie gemeinsam Pläne, um den Prinzen zu beschäftigen oder im besten Falle loszuwerden.

So vergehen die ersten sieben Wochen in Florians Schloss wie im Fluge.

So plausibel die Vorschläge des Spiegelgeists auch klingen, immer wieder kommen Nell Zweifel. »Ich kann ihn doch nicht mit einem Messer abstechen.« Trotz aller bisherigen Abenteuer ist sie schließlich immer noch keine hartgesottene Mörderin. »Von mir aus kann der Prinz ja auch gerne weiterleben, nur eben ohne mich! Bei der Gelegenheit ... Ich frage mich schon die ganze Zeit: Was ist eigentlich mit dem echten Schneewittchen?«

Der Geist hat für diese Art Skrupel nur ein müdes Augenrollen übrig. »Ihr habt Prinz Florian doch gehört, Ihr seid das Schneewittchen, und versucht ruhig auf Eure Art, Euch vor der Hochzeit zu drücken, Hoheit. Wenn das nichts mehr hilft, erinnert Euch an meine Worte!« Damit verblasst der Geist und Nell blickt in ihr eigenes Spiegelbild.

Die Märchenwanderin spielt unbewusst an dem Kompassanhänger an ihrer Kette herum. Es ist doch ihre Aufgabe, einen Weg hier herauszufinden. Aber dafür braucht es Zeit und Ruhe zum Nachdenken. Sie schließt ihre Faust um den rötlich glühenden Anhänger und nickt sich selbst zu. Erst mal wird sie es auf die weiche Tour probieren.

»Ich hasse es!«, eröffnet Nell eines Abends das Gespräch.

Ein kurzes Wabern trübt die Oberfläche des Spiegels, ehe das Bild wieder glasklar wird. »Guten Abend, Frau Königin.«

Nell zieht eine wütende Grimasse. »Nenn mich nicht so!«

Der Geist im Spiegel lehnt sich selbstzufrieden zurück und verschränkt die Arme vor der Brust. »Ach, seid nicht so empfindlich. Noch habt Ihr es ja in der Hand, das zu umgehen.« Der Geist schaut an sich selbst hinunter, ehe er wieder Nell ins Visier nimmt. »Alle Achtung. Euer Kleidungsgeschmack hat sich eindeutig zum Besseren hin entwickelt. Das dunkle Blau steht uns ausgezeichnet. Nicht wie die Kleinmädchenkleider, die Ihr zuvor immer getragen habt. Aber die Kette passt nicht dazu.«

Nell blickt kurz auf den rot schimmernden Anhänger, ehe sie ihn in ihr Dekolleté gleiten lässt und zuckt mit den Schultern. »Aus dem Babyblau bin ich rausgewachsen. Hierin kann ich endlich wieder vernünftig atmen und mich bewegen. Es spannt nicht mehr.«

Der Geist zieht herausfordernd eine Augenbraue hoch und lässt den Blick zu Nells Taille wandern.

»An den Schultern! Was du wieder denkst«, schießt Nell wütend hinterher.

Das Bild im Spiegel nickt wissend, lässt die Sache diesmal jedoch unkommentiert. »Also, meine Teure, was hat Euch denn so in Rage versetzt, dass Ihr Euren Humor verloren habt?«

Nell lässt sich auf den Hocker vor dem Spiegel fallen und blickt finster drein. »Florian. Er erzählt allen, dass wir noch vor Ende des Monats heiraten werden. Und langsam gehen mir die Ideen aus, wie ich das noch verhindern kann!«

Der Geist im Spiegel betastet prüfend seine inzwischen lang gewachsenen Fingernägel. »Nun ja, lasst uns mal überdenken, was Ihr dem armen Kerl bereits zugemutet habt.« Sie beginnt, an den Fingern zu zählen. »Ihr habt ihn losgeschickt, um euch ein Einhorn zu fangen. Dann war da die Sache mit dem Bergdrachen. Ach ja und er musste noch die kleine Hexenplage beseitigen, Amtshilfe für das Nachbarkönigreich leisten, einen Garten für Euch anlegen und ein Edelweiß aus dem Gebirge holen – habe ich etwas vergessen?«

Die Märchenwanderin kocht innerlich. »Nein. Aber er ist jedes Mal schneller wieder hier gewesen, als ich mir eine neue Aufgabe hätte ausdenken können! Jetzt habe ich ein Einhorn, ein Edelweiß, den Kopf eines Drachen, einen Garten, Gold, Edelsteine, eine eigene Flagge und wer weiß, was noch für Plunder, aber was ich immer noch nicht habe, ist meine Ruhe! Wenn ich noch einen seiner schmalzigen Treueschwüre, Liebesbekundungen oder eines seiner grauenhaften Gedichte hören muss, bringe ich ihn eigenhändig um! Ich will nicht mit diesem pickligen Schwachspuker den Rest meines Lebens verbringen!«

Der Geist im Spiegel schnalzt mit der Zunge. »Uuuhhh, starke Worte. Aber habt Ihr euch das reiflich überlegt, meine Teure? So eine Tat bleibt niemals lange ohne Konsequenzen.« Kurz zuckt ihr listiger Blick zu der Kette um Nells Hals. Doch ehe die etwas davon bemerkt, ist der Moment auch schon verstrichen.

Auch ohne dass das Wort explizit fällt, explodiert Nell. »Scheiß auf das Karma! Dann ende ich eben als Maus oder Frosch oder was auch immer! Es ist mir wirklich langsam egal. Bevor ich den Rest meines Lebens mit Prinz Florian verbringen muss, nehme ich das dankend in Kauf.« Sein Name klingt aus Nells Mund wie ein Schimpfwort. Ihr letzter Ausruf hallt noch im Raum nach, als ihr ein neuer, noch schrecklicherer Gedanke kommt. »Wie lange leben die Leute in Märchen eigentlich? Was, wenn der Prinz ewig lebt? Was, wenn er niemals stirbt? Nach ein paar Jahrhunderten wird auch ihm irgendwann aufgehen, dass ich ihn die ganze Zeit mit absolut schwachsinnigen Aufgaben hingehalten habe, und dann ... dann muss ich ihn am Ende wirklich noch heiraten!« Ein Gedanke, bei dem ihr jetzt schon schlecht wird. »Nein, das kann nicht sein. Das darf nicht sein!«, ruft Nell entsetzt und beschließt im gleichen Moment für sich, die Sache in die eigenen Hände zu nehmen. »Dann muss ich das Happy End von Schneewittchen eben etwas – na ja – umgestalten. Solange es am Ende heißt ›und sie lebte glücklich und vergnügt, bis ans Ende ihrer Tage‹, bin ich zufrieden.«

Der Geist im Spiegel lehnt sich lauernd nach vorne und blickt Nell herausfordernd an. »Na gut. Was schwebt Euch denn da so vor, meine Teure?«

Als Florian ihr am kommenden Abend als Zeichen seiner unsterblichen Liebe auf Knien Wasser aus der tiefsten Quelle überreicht, zerstreuen sich langsam auch noch die letzten Zweifel. Sie kippt das Wasser in die nächste Topfpflanze und knallt ihm die Tür zu ihrem Zimmer vor der Nase zu. »Wer nicht hören will, muss fühlen.« Sie stützt die Hände neben dem Zauberspiegel an die Wand. »Geist! Bist du da?«

Kurz trübt sich das Glas, ehe Nells Ebenbild sie gähnend anblinzelt. »Ach, nicht so laut, meine Teure. Was ist denn los?«

Nell ballt die Hände zu Fäusten. »Es klappt nicht, er ist schon wieder da. Ich brauche etwas Wirkungsvolleres!«

Der Geist im Spiegel gähnt noch einmal ausgiebig und deutet dann mit dem Finger auf Nell. »Ich glaube, Ihr solltet mal einen kleinen Ausflug machen.« Das eisige Grinsen lässt vermuten, dass es dabei nicht um eine lustige Bootsfahrt auf dem See geht. »Ein paar Stunden entfernt von hier liegt ein Schloss.«

Nell verdreht die Augen. »Du meinst, ich soll einfach dorthin auswandern?«

Missbilligend rümpft der Geist im Spiegel die blasse Nase. Ein tiefer, knurrender Laut entweicht seiner Kehle. Aus dem Augenwinkel meint Nell, wieder diesen skelettartigen Schädel zu sehen, nur, dass diesmal die Haut weniger grau und eingefallen ist als beim letzten Mal. Doch als sie den Kopf dreht, um den Spiegelgeist genauer zu betrachten, ist nichts mehr davon zu erkennen. »Nein, natürlich nicht. Aber die Vorbesitzerin des Schlosses war Schneewittchens Stiefmutter. Also die des echten Schneewittchens. Die alte Königin war vor ihrem verfrühten Ableben ziemlich kreativ, wenn es darum ging, ihre Stieftochter loszuwerden. Wenn du irgendwo Inspiration finden kannst, dann dort. Ihre Bücher und Aufzeichnungen sind sicher noch in ihrer geheimen Kammer versteckt.«

Da hellen sich Nells Züge schlagartig auf. »Das klingt nach einem Plan.« Schließlich weiß jedes Kind, dass böse Hexen immer mehr Macht und lustigere Zaubersprüche haben als die Guten.

Prinz Florian behagt die Vorstellung überhaupt nicht, dass ›sein Schneewittchen‹ an jenen düsteren Ort zurückkehren möchte. Doch als sie ihn Wimpern klimpernd darum bittet, lenkt er schließlich ein. »Aber du gehst nicht ohne meine persönliche Leibwache! Das ist viel zu gefährlich. Und ich werde ebenfalls mitkommen, denn ich werde nicht zulassen, dass meiner Braut etwas zustößt.«

Zähneknirschend funkelt sie ihn an. So ist das eigentlich nicht gedacht. Sie will das allein machen, braucht Zeit, um das Schloss nach den Geheimsachen und Aufzeichnungen der alten Königin zu durchsuchen. Doch der Prinz lässt sich davon nicht abbringen. Seine Soldaten erhalten die Order, jede mögliche Gefahr für Schneewittchen auszuschalten. »Egal, wie! Habt ihr das verstanden?«

Die Märchenwanderin rollt mit den Augen. Die Männer werden ihr nie von der Seite weichen, was ausnehmend unpraktisch ist, wenn man vorhat, geheime, gruselige Verliese zu durchstöbern, um seinen unliebsamen Bräutigam zu verhexen. Das echte Schneewittchen würde diesen Ort vermutlich im Leben nicht mehr betreten, aber Nell hat keinerlei Bezug dazu. Sie ist einfach neugierig und will sich das Wissen der inzwischen verstorbenen Königin aneignen. Sie kann gerade noch so ein Kichern unterdrücken. Gerüchten zufolge soll sich die Arme zu Tode geärgert haben. Nun, da Nell den Prinzen kennt, hält sie das für durchaus plausibel.

»Mein teures Schneewittchen, willst du wirklich an diesen schrecklichen Ort zurückkehren? Bei mir bist du sicher und kannst all die schlimmen Erinnerungen dort lassen.« Als er ihre Hände in seine nimmt und sie mit viel zu vielen nassen Küssen bedeckt, versteift sich Nells ganzer Körper vor Ekel. So schnell sie kann, entzieht sie sich seinen Liebkosungen und wischt seinen Speichel unauffällig an ihrem Mantel ab. Sie schenkt ihm ein schwaches Lächeln – ein Versuch, ihn nicht anzuschreien oder durchzuschütteln. Doch Prinz Florian deutet das völlig anders. »Wie tapfer du bist. Aber sei dir gewiss, ich bin bei dir. Ich werde nicht von deiner Seite weichen. Es kann dir nichts geschehen.«

Nell nickt milde und hebt abwehrend die Hände, als er einen Schritt auf sie zukommt. »Danke vielmals für deine Sorge, aber ich schaffe das schon.« Als er nach ihrer Taille greift, um sie in die Kutsche zu heben, fügt sie entschieden hinzu: »Allein.«

Nach einer gefühlten Ewigkeit erreicht der Tross endlich das umwitterte alte Schloss. Und im Angesicht der düsteren Mauern versiegt zu guter Letzt auch der stete Wortschwall des Prinzen. Nell atmet hörbar auf. Sie stolpert die kleinen Klappstufen hinab und drückt dem Prinzen ihren Sonnenschirm in die Hand, damit er beschäftigt ist. Ihre Muskeln sind steif vom langen Sitzen, daher wirken ihre Schritte kantig und ungelenk, als sie auf das Eingangsportal zugeht.

»Geliebte, lass mich dich tragen«, bittet Florian und kommt prompt auf sein Schneewittchen zugeeilt, doch die hält ihn brüsk auf Abstand.

»Nein! Nicht anfassen! Ich kann das auch gut allein!« Diesem letzten Wort verleiht sie so viel Nachdruck, dass der Prinz gar nicht erst versucht zu widersprechen. Stattdessen tut er das aus seiner Sicht Nächstbeste: Er schickt seine Krieger ins Schloss. »Durchsucht Stockwerk für Stockwerk! Ich will, dass jede Kammer geprüft wird und lasst ja keinen Winkel aus!«

Nell seufzt genervt. Jetzt ist sie stundenlang unterwegs gewesen und hat sich von ihm das Ohr abkauen lassen, nur um vor dem Schloss zu stehen und zu warten, bis Florian sein krankhaftes Sicherheitsbedürfnis befriedigt hat?

»Mein Prinz, was soll mir hier schon passieren?« Sie lächelt leicht und hebt fragend die Schultern. »Ich werde mich kaum an einer Spindel stechen und hundert Jahre schlafen.«

Florians Gesichtsausdruck wird panisch. »Das wäre furchtbar! Die Wunde könnte sich entzünden. Männer! Sucht nach Spindeln!«

Nell klappt fassungslos den Mund auf. Der Witz ist ganz eindeutig nach hinten losgegangen.

Stunden später sitzt sie immer noch auf einer steinernen Bank, die wohl mal ein zauberhaftes Plätzchen zum Verweilen in einem riesigen Schlossgarten war. Dabei malt sie mit den Spitzen ihrer brokatbesetzten Schuhe Muster in den Kies. Hin und wieder hebt sie den Kopf, wenn aus dem Schloss Scheppern oder Klirren zu hören ist. Doch bisher war es jedes Mal falscher Alarm, denn die Soldaten sind noch immer nicht mit der Inspektion fertig. Ungeduldig schnaubt sie und blickt zu Florian auf. »Also, wenn deine Männer so weitermachen, wird es dunkel, bevor ich reingehen kann.«

Der Prinz dreht entsetzt den Kopf zu ihr herum. »Dann müssen wir schnellstens nach Hause reiten! Wie sollen wir dich nachts draußen in der Wildnis beschützen?«

Nell schlägt sich die Hände vors Gesicht. Das darf doch alles nicht wahr sein. Gerade, als sie ihm mal wirklich ungeschönt ins Gesicht sagen will, was sie eigentlich von ihm und seinen Zwangsstörungen hält, tritt der Hauptmann der Leibgarde neben sie und schlägt, begleitet von einem strammen Salut, die Hacken zusammen. »Eure Hoheiten. Melde gehorsamst, das Schloss ist gesichert.«

Nell atmet auf. »Na endlich!« Sie wartet keine Erwiderung des Prinzen ab, sondern lässt die beiden Männer im Garten stehen und geht geradewegs auf das düstere Eingangsportal zu.

Während sie den Bogen durchschreitet, streifen ihre Finger über die schweren Steinquader der seitlichen Pfosten. Sie hält inne. Eine klamme Kälte geht davon aus, die sofort Nells Arm hinaufkriecht und sie trotz der Wärme an diesem Ort zittern lässt. Der Stein selbst ist verwittert und mit der Zeit dunkel angelaufen. Moos und Flechten überziehen ihn und haben an einigen Stellen große Stücke des Materials herausgebrochen. Hier scheint schon lange keine lebende Seele mehr zu wohnen. Vermutlich sind die letzten Bewohner nach dem Tod der bösen Königin geflohen und haben das einst prächtige Schloss marodierenden Räuberbanden und Plünderern überlassen. Die mächtigen Türflügel wurden geschleift, nur noch einer davon hängt schief in seinen Angeln, der zweite liegt halb zerfallen auf dem Boden. Ein schauerliches Mahnmal der Zerstörung.

Nells Blick gleitet weiter nach oben, wo direkt über Spitze des Torbogens ein steinerner Wasserspeier aus der Wand ragt, dessen grausige Fratze der Witterung und den Elementen zum Opfer gefallen ist. Das Maul weit aufgerissen, starrt er auf etwaige Besucher herab. Mehrere seiner Zähne sind abgebrochen und auch die weit herausgestreckte Zunge bleckt stumm ins Leere.

Nell reißt sich von dem bedrückenden Anblick los und streicht ein letztes Mal über den kalten Stein, ehe sie das eigentliche Schloss betritt und die Düsternis seiner Eingangshalle sie einfach verschluckt.

»Endlich allein.«

Kaum ist sie den überfürsorglichen Blicken ihrer Bewacher entkommen, beginnt Nell, sich systematisch in dem verfluchten Schloss umzusehen. Der erste Weg führt sie tief hinab in die Kerker und Verliese, doch zu ihrer Enttäuschung entdeckt sie dort nichts als Spinnweben, Staub und ein paar Knochen; die Anzeichen, dass hier wirklich mal jemand gelebt haben muss. Zerschlissene Fetzen hängen von der Decke herab; sie waren in besseren Tagen wohl schwere, violette Vorhänge, die dem Gemäuer eine ebenso Ehrfurcht gebietende wie geheimnisvolle Atmosphäre verliehen haben. Seufzend wendet sie sich ab.

*Schön schaurig, aber nicht das, was ich suche.*

Wieder zurück auf Höhe des Eingangsportales glühen die angelaufenen Fenster in einem tiefen Orangeton. Die Sonne muss schon sehr tief stehen, allerdings dringen ihre wärmenden Strahlen kaum herein. Es ist, als würde das Schloss alle Helligkeit aussperren. Nell ermahnt sich, dass sie nicht ewig Zeit hat. Spätestens bei Einbruch der Dunkelheit würde Florian seine Soldaten das Schloss stürmen und sie raustragen lassen. Außerdem würde er sicher auf eine sofortige Rückkehr zu seinem Schloss bestehen. Sie verdreht entnervt die Augen, auch wenn er es nicht sehen kann, aber sie fühlt sich dadurch besser.

Nells Blick wandert zu den hohen Spitzbogenfenstern auf der sonnenabgewandten Seite des Ganges. Die Scheiben sind fast ausnahmslos zerbrochen, dreckig und erblindet. Mit zusammengekniffenen Augen kann man hoch oben auf den Zinnen die entstellten Grimassen weiterer Wasserspeier erahnen. Sie sind die letzten verbliebenen Zeugen derer, die hier einst geherrscht, gelebt oder gewütet haben. Ihr wachsamer Blick jagt Nell einen Schauer über den Rücken und sie geht zügig weiter. Dabei verschlucken die schweren Teppiche jedes Geräusch ihrer Schritte, als wäre sie nie hier gewesen. Es fällt ihr nicht zum ersten Mal auf, wie schwer die Stille an diesem Ort wiegt. Als wäre er irgendwie lebendig.

Ein Luftzug weht durch eines der zerbrochenen Fenster herein und wirbelt lautlos die Staubschicht auf dem Boden auf. Nells Atem beschleunigt sich. Ihr Herz rast. Das Schloss spielt mit ihrem Verstand.

Ein Gedanke bemächtigt sich ihrer. Sie könnte einfach von diesem finsteren Gemäuer verschlungen werden, um in den Wirren der Jahrhunderte spurlos zu verschwinden und niemand würde es merken. Niemand würde sie vermissen. Niemand, der ihr wichtig ist. Angst überkommt sie plötzlich und mit solcher Wucht, dass es ihr die Kehle zuschnürt. Kurz überlegt Nell, ob das hier wirklich so eine gute Idee gewesen ist. Aber jetzt ist es eh schon zu spät.

Trotzig reckt sie das Kinn und schüttelt das beklemmende Gefühl ab.

*Reiß dich zusammen. Hier ist nichts, wovor man Angst haben müsste. Die Königin ist tot. Es ist nur ein Steinhaufen.*

Doch ganz lässt das düstere Gefühl sich nicht verscheuchen. Beim Weiterlaufen hält sie, so gut es geht, die Luft an, als bräuchte es nur das Geräusch ihres Atems, um jene alten

Geister dieses Hauses wieder zu wecken. »Schluss mit den Spukgedanken«, ermahnt sich die Märchenwanderin streng. Sie hat eine Aufgabe zu erledigen und das Rumgejammer ist da sicher nicht hilfreich. Stattdessen sollte sie besser logisch vorgehen.

»Wenn ich ein geheimes Laboratorium einrichten wollte, um meine Stieftochter zu vergiften, wo würde ich hingehen? – In den Keller.« Sie beantwortet sich die Frage selbst, doch dort hat sie ja schon nachgesehen und keine dubiosen Pulvertigelchen und Hexenbücher entdecken können.

Gerade, als sie wieder einmal an der Eingangstür vorübergeht, winkt ihr ein aufgeregt herumzappelnder Prinz Florian zu. Auch wenn er nichts sagt, sieht sie ihm an, dass er sie so schnell wie möglich in die Kutsche packen und von hier verschwinden möchte. Hastig wendet sich Nell um und denkt noch angestrengter nach.

»Verflixt, irgendwo hier muss es doch sein!«, schimpft sie leise vor sich hin. Auf mögliche Gespenster kann sie langsam keine Rücksicht mehr nehmen. Es wäre sogar eine recht willkommene Abwechslung, einem zu begegnen. Dann könnte sie es nämlich fragen, wo die Königin ihre Geheimkammer hatte. In Ermangelung anderer Geistesblitze beschließt sie, am zweit wahrscheinlichsten Ort zu suchen, der ihr einfällt: dem Dachboden. Das wiederum ist leichter gesagt als getan, denn dieses verflixte Schloss hat gefühlt mindestens hundert Turmzimmer und Dachkammern und in keinem einzigen dieser Räume findet sich auch nur die kleinste Spur eines Laboratoriums. Frustriert und mit schweren Beinen kehrt Nell in die Eingangshalle zurück, fast bereit, ihre Niederlage einzugestehen.

*Das wars dann wohl mit meinem tollen Plan. Und dafür habe ich den ganzen Tag Florians Gesülze ertragen und mir hier drin die Hacken abgelaufen? Ich hasse Märchen!*

In ihrem Inneren brodelt es.

Als dann von draußen auch noch ein »Mein teures Schneewittchen, können wir dann aufbrechen?« hereingeflötet kommt, sieht Nell endgültig rot. Mit aller Kraft tritt sie gegen einen am Boden liegenden Helm, der mit einem dumpfen Scheppern ein kleines Stück zur Seite rollt. Fast augenblicklich schießt ein stechender Schmerz durch ihren Fuß. Schmerzerfüllt schreiend hüpft sie auf dem gesunden Bein herum, ehe sie ziemlich undamenhaft auf ihren vier Buchstaben landet. Es ist nicht ratsam, ohne eine Vollplattenrüstung auf einen Eisenhelm einzutreten. Kurz zuckt der Gedanke durch ihren Kopf, dass an dem alten Sprichwort ›Wer nicht hören will, muss fühlen‹ wohl doch etwas dran ist. Allerdings kommt diese Erkenntnis definitiv zu spät.

Das Geschepper zusammen mit Nells Wehgeschrei hat indes die Kavallerie auf den Plan gerufen. Die Leibwache des Prinzen stürmt bis an die Zähne bewaffnet das Schloss und umzingelt die am Boden sitzende Nell. Die Schwerter blank gezogen, schauen die Krieger sich wachsam nach dem Feind um, der ja noch nicht allzu weit sein kann.

»Kommando zurück«, ruft Nell und betastet zaghaft ihren verletzten Fuß. Alle Blicke wenden sich ihr zu. »Da ist niemand, nur ein kleiner Ungeschicklichkeitsanfall.« Sie steht etwas wackelig auf und humpelt schon auf die Eingangstür zu, als eine flüchtige Spiegelung ihre Aufmerksamkeit erregt. »Die Königin!«, entfährt es ihr atemlos und sie dreht sich ruckartig zu der doppelflügligen Tür um, die schräg gegenüber des Eingangsportals liegt. Doch da steht niemand.

*Aber da war doch gerade noch eine Frau in einem schwarzlilanen Kleid mit einem hohen Stehkragen. Oder verliere ich jetzt den Verstand?*

Noch einmal dreht sie sich um und schaut in das zerbrochene Fensterglas, wo sie gerade die Reflexion gesehen hat, doch da ist nichts.

Nell zuckt zusammen, als sich von hinten eine Hand auf ihre Schulter legt und sie in die besorgten Augen des Hauptmanns blickt. »Seid unbesorgt, Prinzessin, Eure Stiefmutter ist tot. Sie kann Euch nichts mehr anhaben. Lasst uns nun diesen Ort verlassen, damit er nicht weiter Euer Gemüt belasten kann.«

»Nein!« Sie entwindet sich seinem Griff und macht einen Schritt in Richtung der Tür. Der Schmerz beim Auftreten auf den verletzten Fuß treibt ihr die Tränen in die Augen. Tapfer blinzelt Nell sie weg. Sie will unbedingt in diesen Raum hineinschauen. Und zwar allein. Die Spiegelung der Königin war doch sicher kein Zufall. Was auch immer sich hinter diesen Türen befindet, Nell spürt, dass es des Rätsels Lösung sein könnte. »Gebt mir noch einen Moment allein da drin, danach kehren wir um. Nach Hause.«

Die Soldaten tauschen verwunderte Blicke. »Das ist nur eine Bibliothek, Prinzessin.«

Die Augen der Märchenwanderin werden groß, als ein Puzzleteil in ihrem Kopf unverhofft an seinen Platz fällt. Die Idee ist so genial wie verrückt.

*Wo versteckt man Bücher besser als in einer Bibliothek? Das ist wirklich genial.*

Nell grinst kopfschüttelnd in sich hinein. Dass sie darauf nicht früher gekommen ist.

Ohne sich mit weiteren Erklärungen aufzuhalten, gibt sie den Soldaten das Zeichen, zurückzubleiben, während sie möglichst würdevoll auf die Flügeltüren zuhinkt.

Die Soldaten verneigen sich, stecken ihre Waffen weg und nehmen am Eingang der Bibliothek Haltung an. Man kann die Anspannung auf ihren Gesichtern ablesen. Sie würden lieber früher als später von hier verschwinden.

So grazil es ihr lädierter Zeh zulässt, durchschreitet Nell die Flügeltür und schiebt sie hinter sich direkt wieder zu, um auch ganz sicher ihre Ruhe zu haben. Beim Anblick, der sich ihr dahinter bietet, stockt ihr kurz der Atem. Dieser Raum unterscheidet sich gewaltig von den anderen Zimmern und Hallen des Schlosses. Zwar ist er genauso hoch und weitläufig, aber er besitzt riesige Fenster, einen hellen Anstrich und glänzend goldene Vertäfelungen. Es ist faszinierend. Das ganze Gemäuer versinkt geradezu in düsterem Schwermut, aber dieser Ort ist von Sonnenlicht durchflutet und wirkt beinahe lebendig. Als würde sich jeden Augenblick jemand mit einem dicken Buch in den Sessel in der Nähe der Fenster fallen lassen und den ganzen Tag verlesen.

Nells staunender Blick gleitet die meterhohen Bücherregale hinauf, die die Wände bis unter die Decke säumen. Die meisten erreicht man nur über ein ausgeklügeltes System von Treppen und Leitern. Sie alle sind überladen mit Büchern jeglicher Form und Größe. Nell verspürt ein Kribbeln in der Magengegend. Irgendetwas an dem Anblick passt so gar nicht. Doch noch kann sie es nicht wirklich greifen. Wieder schwenken ihre Augen suchend durch den Raum. Ein besseres Versteck für ein Buch gibt es vermutlich wirklich nicht.

*Verflucht. Das ist wie eine Nadel in einem Haufen von Nadeln. Wie soll ich die jetzt finden?*

Diese Frage bereitet Nell gerade wirklich Kopfschmerzen. Sie hat auf keinen Fall genug Zeit, um jedes einzelne Exemplar aus dem Regal zu ziehen und in Augenschein zu nehmen, und offen herumliegen, sodass jeder Hans sie finden kann, werden die Geheimnisse der Königin sicher auch nicht.

Planlos wandert Nell durch den Raum und zieht wahllos irgendwelche Bände aus dem Regal, die ihr auf die eine oder andere Art und Weise vielversprechend erscheinen. Ein kurzer Blick ins Buch genügt und das Fazit lautet immer gleich: Fehlanzeige.

*Verflixt, so wird das nie etwas.*

In einem Anflug von Verzweiflung schließt sie ihre Augen, breitet die Arme aus und horcht tief in sich hinein. Ihre Hände tasten durch die Luft. Würde sie es spüren, wo die dunklen Geheimnisse verborgen sind? Stumm beschwört Nell den Geist der Königin, er möge ihr doch einen Hinweis geben.

Und tatsächlich hallt ein Knurren viel zu laut durch den riesigen Raum. Nell schlägt sofort die Augen auf, nur um festzustellen, dass es ihr eigener Magen ist, der sich zu Wort gemeldet hat. Sie seufzt enttäuscht und wendet sich schon zum Gehen.

»Wer wird denn so schnell aufgeben?«

Die Märchenwanderin fährt herum. Außer ihr ist niemand im Raum. Aber woher kam dann die Stimme?

»Wer bist du? Wo bist du?« Suchend wandert ihr Blick durch den Raum. Da nimmt sie aus den Augenwinkeln plötzlich eine Bewegung wahr. Als sie hinschaut, ist das Aufflackern bereits wieder verschwunden. Aller Vernunft zum Trotz steuert sie eine Nische im hinteren Teil der großen Bibliothek an, wo sie die schemenhafte Gestalt wahrgenommen hat. Erwartungsvoll nähert sich Nell einem kleinen Tischchen, das seltsam verloren in dem Halbkreis aus Regalen steht. Einige Bücher und Pergamentrollen liegen offen darauf. Ihr Herzschlag beschleunigt sich.

*Könnte es wirklich so einfach sein?*

Würde die Königin ihre Hexenbücher einfach offen herumliegen lassen? Und kein Mensch in den letzten Jahren hat sie, der Staubschicht nach zu urteilen, angefasst?

Die Hand schon nach dem Tischchen ausgestreckt, stockt Nell mitten in der Bewegung. Mit weit aufgerissenen Augen schaut sie sich noch einmal in der Bibliothek um, um ihren Verdacht zu bestätigen. Endlich weiß sie, was sie an diesem Raum die ganze Zeit so irritiert hat.

*Hier ist alles unberührt. Alles sieht genau so aus, wie die Königin es verlassen hat, bis hin zu den aufgeschlagenen Büchern dort. Wie kann das sein? Das ganze Schloss ist geplündert worden und ausgerechnet die Bibliothek lassen die Räuber aus? Trotz der goldenen Vertäfelungen?*

Ein eisiger Luftzug streicht über ihren Nacken, lässt die kleinen Härchen dort sich unangenehm kräuseln. Sie könnte schwören, einen Hauch der Königin zu spüren, als hinge ihre Aura noch an diesem Ort. Ihr Mund wird trocken.

Sie schluckt, bevor sie die Hand nach der ersten Schriftrolle ausstreckt und die zentimeterdicke Staubschicht wegpustet. Augenblicklich erfüllt eine neblige Wolke die Nische und bringt Nell zum Niesen.

*Beim nächsten Mal vielleicht nicht pusten.*

Sie macht sich eine geistige Notiz und wischt mit dem Daumen eine Spinnwebe beiseite, ehe sie den Inhalt der Schriftrolle überfliegt. »Schönheitskuren für hundertundeinen Anlass? Ernsthaft?«

Kopfschüttelnd greift sie nach dem nächsten Buch und arbeitete sich so durch den ganzen Stapel durch. Alle haben einen ernüchternd harmlosen Inhalt.

»Sackgasse«, konstatiert Nell und wendet sich den Regalen zu.

»Ihr habt doch nicht wirklich geglaubt, dass es so leicht

werden würde, meine Teure.« Die Worte sind schneidend und strotzen nur so vor Hohn.

Obwohl sie es inzwischen besser wissen müsste, dreht Nell sich instinktiv zu der Stimme um und schaut ins Leere. Dieses Spielchen fängt an, sie wirklich zu nerven. »Zeig dich endlich! Wo bist du?«

»Ich bin hier.«

Nell verkneift sich eine recht unhöfliche Antwort, nämlich, dass es bei einer körperlosen Stimme schwierig ist, herauszufinden, wo »hier« ist.

Besagte körperlose Stimme seufzt gequält. »Links von euch.«

Das letzte Buch, »Siebenundsiebzig Wege, eine Serviette perfekt zu falten«, landet unsanft wieder auf dem kleinen Tisch, ehe sich Nell in die angewiesene Richtung wendet und auf das entsprechende Regal zugeht. Wie magisch wird ihr Blick von einer Laterne angezogen, die kalt und erloschen an einer Ecke befestigt ist. Kurz überlegt sie, dass Feuer in einer Bibliothek ziemlich leichtsinnig ist, aber dann zieht eine Reflexion auf dem Glas ihre volle Aufmerksamkeit auf sich.

Die Frauengestalt ähnelt dem Geist aus dem Zauberspiegel in Nells Gemach. Sie wirkt nur etwas älter und dünner. Ihre Gesichtszüge sind kantig und ausgemergelt. Soweit Nell es erkennen kann, hat ihre Haut einen ungesund gräulichen Farbton. Eine große goldene Krone thront auf ihrem Haupt, sodass Nell ihre Haarfarbe nicht einmal erahnen kann.

Die Reflexion auf der Glasscheibe hebt herablassend eine Augenbraue, als Nell keine Anstalten macht, ihre Suche am richtigen Ort fortzusetzen. »Na, wird das heute noch was?«

Kaum setzt Nell zu einer ebenso schneidenden Antwort an, da ist die geisterhafte Gestalt schon verschwunden.

Schnaubend macht sich Nell wieder ans Suchen, lässt ihre Finger forschend über die alten Buchrücken streifen, bis sie plötzlich an einem Exemplar innehält. Eine seltsame Kälte geht von ihm aus und ein Pochen geht durch ihre Fingerkuppen. Es ist fast, als hätte dieses Buch einen eigenen Herzschlag.

*Das ist nicht möglich.*

Eine innere Unruhe erfasst Nell. »Das ist es. Ich kann es fühlen.«

Mit schnell pochendem Herzen zieht sie das in schwarzes Leder gebundene Buch heraus und streift die dicke Staubschicht ab. Neugierig dreht sie es in den Händen hin und her. Der Titel ist nicht mehr lesbar. Wo er hätte sein sollen, finden sich Spuren von übermäßig häufigem Gebrauch. Zweifellos ist dieses spezielle Werk unzählige Male gelesen worden, die Umrisse langer, dünner Finger haben sich in das alte Leder eingeprägt.

Zitternd vor unterdrückter Vorfreude schlägt Nell es auf und zu ihrem Erstaunen fällt ihr direkt ein schmaleres, viel kleineres Buch in den Schoß. »Zuerst das Große«, mahnt sie sich und blättert wahl- und ziellos durch den dicken Schmöker, liest mal hier und mal da eine Seite. »Wie man das Pech beschwört. Klingt gut. Wie man den Verstand trübt. Auch nicht verkehrt. Ahja, hier: vergiftete Äpfel, Plätzchen und – was? – Leckere Rezepte für jeden Anlass?« Sie klappt das Buch schwungvoll zu. Eine ausgesprochen verstörend gestörte Persönlichkeit, diese Königin, aber das Buch muss mit. Nell lässt es in ihre Tasche gleiten und nimmt im gleichen Zug das schmalere Exemplar zur Hand. »Und nun zu dir.«

Die Seiten sind dünn und stark abgegriffen, das Papier ist fleckig. Neugierig streichen ihre Fingerkuppen über die winzige, zittrige Handschrift. Jede einzelne Seite ist von Notizen und Anmerkungen übersät.

»Ein Tagebuch. Ihr Tagebuch.« Aufgeregt blättert Nell durch das Büchlein und fühlt sich in die Zeit zurückversetzt, als die Schreckensherrschaft der Königin ihre Blütezeit erreicht hat. Detailliert ist nachzulesen, wie die Stiefmutter immer eifersüchtiger auf Schneewittchen wurde und dem Mädchen zunehmend nachstellte. »Die Gedankenwelt dieser Frau wäre ein gefundenes Fressen für jeden Hirndoktor«, stellt Nell trocken fest und liest sich gerade oberflächlich durch die seitenlangen Mordfantasien, die von einem schießwütigen Jäger über eine öffentliche Hinrichtung bis zu dem berühmt-berüchtigten vergifteten Apfel reichen. Eine Randnotiz macht Nell darauf aufmerksam, wo im ›Rezeptbuch‹ der vergiftete Apfel nachzuschlagen ist und dass es sich dabei um die subtilste Lösung handelt, die zudem auch noch die höchste Erfolgswahrscheinlichkeit verspricht.

»Wenn man den Märchenbüchern Glauben schenken darf, hat das ja nun nicht so ganz geklappt, meine Liebe.«

»Ich bin sehr gespannt, ob Ihr es besser hinbekommt.«

Nell flucht innerlich. Nicht einmal, wenn kein anderer im Raum ist, ist man wirklich allein. Sie sollte sich besser vorsehen, was sie laut ausspricht. Nell schlägt das Tagebuch wieder auf, wird jedoch bereits nach drei Sätzen von einem lauten Klopfen an der Tür unterbrochen.

»Eure Hoheit, Prinz Florian hat die Anweisung gegeben, augenblicklich aufzubrechen und zum Schloss zurückzukehren.« Die Stimme des Wachhauptmanns ist fest und bestimmt. Nell vermutet, dass es jahrelang antrainierte Erfahrung ist, denn sie spürt seine Unruhe selbst durch die dicke Tür hindurch.

»Ich komme gleich.« Seufzend schlägt sie das Büchlein zu und verstaut es bei dem Rezeptbuch in ihrer Tasche.

»Bitte beeilt euch, Herrin, es bringt Unglück, nach Einbruch der Nacht noch hier zu sein. Man sagt, die Hexe spuke noch durch die Kerker und Verliese und befrage ihren Zauberspiegel!« Man merkt dem gestandenen Soldaten an, dass ihm die Haare bei dem Gedanken daran zu Berge stehen.

Nell wirft noch einen letzten Blick auf die kalte Laterne, doch die Königin zeigt sich nicht noch einmal, dann humpelt sie wieder aus dem Raum hinaus. Knarzend und krachend fallen die schweren Türflügel hinter ihr ins Schloss. »Ich bin ja schon da, kein Grund, nervös zu werden, Herr Hauptmann. Vor der Geisterstunde sind wir längst weit fort von hier. Außerdem ist die Königin ja nur hinter jungen, schönen, schwarzhaarigen Mädchen her, nicht hinter so stattlichen Männern, wie Ihr einer seid.« Nell beugt sich leicht zu ihm und klimpert spöttisch mit den Wimpern.

Der Hauptmann nickt auf ihren zweifelhaften Flirtversuch hin nur abwesend. Seine Hand liegt am Heft seines Schwertes, während er sich unablässig wachsam umschaut. Sein Blick klebt an den tanzenden Schatten der Wasserspeier, die durch die hohen Fenster auf die schweren Vorhänge fallen. Der Wind bläst durch den Stoff, sodass es aussieht, als wären die dämonischen Gestalten durch die nahende Finsternis wieder zum Leben erwacht.

So zögerlich das Grüppchen das Gebäude betreten hat, so schnell ist es jetzt wieder draußen. Der Prinz hält ihre Pferde schon am Zügel und steht bereit, um seiner Braut in die Kutsche zu helfen. Alle wirken sichtlich erleichtert, als das alte, verfallene Anwesen hinter ihnen liegt, sogar die

Pferde traben wieder ruhig und ausgeglichen. Nur Nell strahlt eine merkliche Ungeduld aus, sie will endlich einen genaueren Blick in die beiden Bücher werfen. Und das vorzugsweise allein.

# Todesschlaf

Auch wenn ihre Familie Nell vieles nachgesagt hat, sie als faul, frech, großmäulig, arbeitsscheu und neunmalklug bezeichnet hat – womit sie meistens recht hatten –, ist Nell vor allem eines nicht: dumm. Innerhalb kürzester Zeit hat das Möchte-Nicht-Gern-Schneewittchen die beiden ›Monumentalwerke‹ des Vergiftens durchgearbeitet. Zweimal. Sie konnte die Bücher einfach nicht aus der Hand legen. Zwei ganze Tage hat sie sich in ihrem Zimmer eingeschlossen und jegliches Essen verweigert. Stattdessen hat sie Bücher, Pergamente und Federkiel auf dem Boden um sich herum ausgebreitet und sich zu jedem Kapitel eifrig Notizen gemacht. Potenziell nützliche Abschnitte, wie »Die Dosis macht das Gift« und »Viel hilft viel« hat sie mit beschrifteten Lesezeichen versehen, um sie später schneller wieder zu finden.

Alle anderen Rezepte und Flüche hat sie sorgfältig in drei Kategorien eingeteilt und auf entsprechenden Listen vermerkt: »Schwachsinn – funktioniert niemals«, »äußerst brutal – aber im Notfall vielleicht nützlich« und »erfolgversprechend, aber nicht tödlich«.

Mithilfe des Geists im Zauberspiegel hat sie sich sogar schon einen groben Leitfaden zurechtgelegt, wie sie den Prinzen am effektivsten loswerden könnte. Das Mieder und der vergiftete Kamm fallen aus recht offensichtlichen Gründen aus: Er ist ein Mann und braucht den Kram nicht.

*Zumal sein Haar eh immer weniger wird.*

Um eine größtmögliche Erfolgschance zu haben, ohne ihn gleich umzubringen, entscheidet sich Nell dafür, auf einen

Klassiker aus einem anderen Märchen zurückzugreifen: Dornröschens Todesschlaf. Sie selbst hat das ja schon mehr oder minder freiwillig ausprobiert, als sie sich an der Nadel gestochen hat. Wobei Nell von Holly nur in einen dreijährigen Strafschlaf versetzt worden und in einem anderen Märchen wieder aufgewacht ist. Bei Florian wird sie allerdings die volle Fluchspanne ausreizen. »Das wird mir erst einmal hundert Jahre Zeit zum Nachdenken verschaffen, also genau das Richtige.«

Für jemanden, der so tollpatschig wie Nell ist, ist der modifizierte Todesfluch erstaunlich schnell zusammengebastelt. Ist wohl alles eine Frage der Motivation und die ist bei ihr gerade außerordentlich hoch. Sogar die Zutaten hat sie sich unter der Hand organisieren können. Praktischerweise verfügt das Schloss über einen Quacksalber mit einem gut sortierten Giftschrank, aber einem grauenvollen Gedächtnis und einem gewissen Hang zu Hochprozentigem. Praktisch.

»Hm, mal sehen. Ein winziger Schuss Arsen vermischt mit drei halben Beeren einer Tollkirsche. Schierling, wo ist der Schierling?« Eingeschlossen in ihrem Zimmer, mischt sie die Zutaten in einem marmornen Mörser.

»Ah, hier ist er ja. Dann fehlt noch ... blauer Eisenhut. Fünf Blütenblätter.« Sie gibt die bläulichen Blätter zu den zermahlenen Pflanzenfasern und liest weiter im Rezept. »Zuletzt die Dolde einer weißen Engelstrompete hinzufügen und alles für gut sieben Minuten zerreiben.« Im letzten Moment fällt ihr Blick auf eine kleine krakelige Notiz am Rand: Linksherum rühren! Nell atmet geräuschvoll aus und beginnt, die Engelstrompete entsprechend den Anweisungen zu zermahlen. Das hätte schiefgehen können.

Nun braucht sie nur noch ein passendes Werkzeug, um Florian das Giftgemisch auch zu verabreichen. »Eine

Spindel wäre für ihn vermutlich vergeudete Liebesmüh. Männer spinnen ja nicht, zumindest nicht mit einer Spindel.«

»Stimmt, meine Teure. Für den Prinzen benötigt Ihr etwas anderes, etwas Kleines und Spitzes. Ein in Gift getränktes Messer oder ein Glassplitter ginge sicherlich auch, aber das wäre ganz schön plump, meint Ihr nicht?«

Die Märchenwanderin blickt ihr Ebenbild im Zauberspiegel an und nickt langsam. »Etwas Kleines und Spitzes. Was könnte das sein? Klein und spitz wie – eine Nadel!« Der Gedanke durchzuckt sie wie ein Blitz. »Der königliche Hofschneider ist doch morgen da. Der kommt wie gerufen.« Innerlich bejubelt sie ihre geniale Idee und sieht sich schon seine Stecknadeln vergiften. »Der Plan ist eigentlich narrensicher. Jeder weiß, dass der Prinz so herumzappelt, dass der Schneider ihn mindestens einmal pro Anprobe sticht, was ihn beinahe schon Kopf und Kragen gekostet hätte.«

Nun, da der Plan steht, fühlt sich Nell wie in einen Rauschzustand versetzt. Als der Hofschneider mit seiner Entourage anrückt und alles vorbereitet, ist es fast schon lächerlich einfach, seine Stecknadeln in das gemischte Gift zu tauchen. Niemand bekommt auch nur das Geringste mit. Nell kichert leise in sich hinein.

*Nur ein kleiner Pikser und Prinz Florian schläft für die nächsten hundert Jahre friedlich wie ein Lämmchen und ich kann in Ruhe einen Weg nach Hause suchen.*

Im Stillen dankt sie der bösen Stiefmutter, die sich wirklich akribisch informiert hat, denn sie hat das Gift so modifiziert, dass nur der Gestochene und nicht das ganze Land einschlafen sollte.

Nell hat es sich in einem der zahllosen Wohnräume in einem hohen Ohrensessel gemütlich gemacht. Sie hat ihn ausgesucht, weil er sich in unmittelbarer Nähe zu den

Gemächern von Florian befindet. Als es so weit ist, dass der Prinz nach seinem Schneider verlangt, zieht sie wahllos ein Buch aus dem Regal und beginnt alibihalber, darin zu lesen. Allerdings fällt es ihr heute besonders schwer, sich auf die Worte zu konzentrieren. Immer wieder horcht sie auf, ertappt sich dabei, wie sie an ihrer Kette herumspielt und den Verschluss auf- und zuschnappen lässt. Die Kompassnadel dreht sich immer noch um sich selbst und Nell hat das Gefühl, dass sie sogar noch an Geschwindigkeit zugelegt hat, was auch immer das bedeuten mag. Außerdem strahlt der Kristallsplitter dahinter inzwischen in einem hellen, aber kräftigen Rot. Je öfter sie ihn anschaut, desto mehr erinnert er sie an den Kristall, der vorne in das Märchenbuch eingelassen war. Aber das ist albern. Wie sollte der hierherkommen? Außerdem war er doch früher immer blau gewesen.

Nell schiebt den Gedanken unwirsch beiseite. Im Augenblick zählt nur, Florian kaltzustellen, damit sie Zeit hat, an einem Fluchtplan zu arbeiten. Angestrengt lauscht sie in Richtung von Florians Gemächern. Ausgerechnet heute ist es dort drin unendlich still. Sie flucht in sich hinein. Normalerweise zetert der Hofschneider immer, weil der Prinz so ungeduldig ist und herumzappelt. Aber heute ist nicht einmal die kleinste Unterhaltung zu vernehmen.

Dann endlich! Nell liest den Absatz über irgendeinen unglücklich verliebten Ritter gerade zum vierten Mal, als ein Schrei aus den Gemächern des Prinzen ertönt und kurz darauf etwas Schweres auf dem Boden auftrifft.

Sie kann sich gerade noch zusammenreißen, nicht jubelnd aufzuspringen. Endlich! Nun muss sie nur noch möglichst entsetzt dreinschauen, vielleicht ein paar Tränchen herausdrücken, und dann hat sie hundert Jahre Zeit, einen Weg zurück in die reale Welt zu finden. Im Geiste sieht Nell sich schon zu Hause durch die Tür spazieren und Sue die Locken verwuscheln. Ja, sie freut sich sogar auf ihre Mutter.

Sekunden später wird die Tür aufgerissen und der Prinz stürzt kreidebleich in den Raum. Das Entsetzen in Nells Gesicht ist nicht gespielt, als sie ihn anschaut.

Florian bleibt keuchend vor ihr stehen und ringt nach Worten. »Mein Schneider ... Er ist einfach eingeschlafen. Und ich kriege ihn nicht wach!« Als er Nells entgeisterten Blick bemerkt, fügt er schnell noch hinzu: »Aber keine Angst, geliebtes Schneewittchen, mir ist nichts geschehen.«

Nun, das war gerade nicht Nells vorherrschender Gedankengang, wobei sie schon eine ganz gute Ahnung hat, was vermutlich schiefgegangen ist. Der Prinz hat bestimmt wieder einmal gehörig gezappelt. Diesmal jedoch wahrscheinlich zu viel, sodass sich der arme Schneider selbst an einer der Nadeln gestochen hat und nun das nächste Jahrhundert wie ein Baby verschlafen wird.

Seufzend folgt Nell dem Prinzen in seine Kammer, um sich pflichtschuldigst den schlafenden Schneider anzusehen. »Das war wirklich Pech«, murmelt sie bei sich. Für einen Moment flammt so etwas wie ein schlechtes Gewissen in ihr auf, das jedoch in der Sekunde zerplatzt, als der Schneider anfängt, lauthals zu schnarchen. Nell ist sich sicher, dass man ihn wirklich in jedem Zimmer des Schlosses hören kann. Sie macht sich eine gedankliche Notiz, dass sie sich etwas zum In-die-Ohren-stopfen organisieren muss, stürmt mit bauschendem Rock aus dem Raum und die Treppe zu ihren eigenen Gemächern hinauf. Hinter sich hört sie Florian zu seinem Kammerdiener sagen: »Die Ärmste! Der Anblick hat sie wohl tief getroffen.«

Nell könnte platzen. Sie knallt die Tür hinter sich zu. »Der Anblick hat sie wohl tief getroffen!« Ihre Stimme trieft vor

Hohn, als sie den Prinzen nachäfft. Schnurstracks stapft sie hinüber zum Zauberspiegel. Ein Blick hinein lässt sie schaudern. Die blonden Locken stehen wirr vom Kopf ab. Ihre Haut ist fleckig und hat eine ungesunde graue Farbe angenommen. Nell erschrickt bei ihrem Anblick, als sie realisiert, dass die Gestalt im Spiegel, deren Augen von Schatten unterlaufen stechend hervortreten, sie selbst ist. Langsam ähnelt sie mehr und mehr dem Geist im Spiegel und weniger er ihr.

*Was ist hier eigentlich los? Warum geht alles schief?*

Sie kneift die Augen zu und massiert sich die pochenden Schläfen.

»Guten Abend, meine Teure, Ihr seht mitgenommen aus.«

Nell schlägt die Augen auf und blickt in ihr wunderschönes, perfektes Gesicht. Nichts erinnert mehr an die Spukgestalt, die sie zuvor aus dem Spiegel heraus anstarrte.

*Verdammt, ich werde hier noch verrückt.*

»Mitgenommen?! Ich höre wohl nicht recht!« Nell spuckt die Worte ihrem Ebenbild entgegen. Speichel fliegt dabei umher und rinnt zäh am Glas hinunter. »Es war ein vollkommener Fehlschlag. Florian ist hellwach und so nervtötend wie eh und je. Dafür schläft jetzt der Hofschneider und schnarcht so laut, dass die Wände wackeln.« Sie rauft sich die Haare.

Der Geist hebt kühl eine Augenbraue. »Ach daher kommt dieses fürchterliche Geräusch.« Missbilligend beobachtet er Nells Wutausbruch. »Na, na, na, Ihr ruiniert noch Eure Frisur, meine Teure. Also, wie soll es nun weitergehen?« Der Geist klimpert kokett mit den Augen, als würde er flirten.

Nells Puls beruhigt sich nur langsam. Wut vernebelt ihren Verstand. Dass der Kompass in diesem Moment rot zu leuchten beginnt, hätte ihr eine Warnung sein sollen, aber sie schiebt das ungute Gefühl radikal beiseite. In ihr formt sich ein Gedanke sehr deutlich: Der Prinz. Muss. Weg.

Noch am gleichen Abend tüftelt sie an einem Plan B. »So glimpflich kommt er mir beim nächsten Mal nicht davon.« Diesmal will Nell rein gar nichts dem Zufall überlassen. Vorbereitung ist schließlich alles. Sie schließt sich in ihrer Kammer ein, stöbert in den Büchern und brütet über möglichen Plänen. Sie lässt keinen zu sich herein, verweigert jedes Essen und auch den Schlaf, den sie eigentlich dringend bräuchte.

Die Dienerschaft findet das Verhalten höchst eigenartig, hin und wieder hört Nell ihr Getuschel durch die Tür hindurch.

»Hört ihr? Mit wem spricht sie denn da? Sie ist doch allein da drin!«

»Ja, die Ärmste. Sie hat bestimmt einen Schock.«

»Bestimmt, schließlich wollte jemand ihren Bräutigam vergiften.«

»Ob wir ihn holen sollen, den Prinzen, meine ich?«

»Aber sie will niemanden sehen.«

»Aber er ist doch der Prinz.«

Weit gefehlt.

»Verschwindet!«, ruft sie durch die Tür hindurch und wildes Fußgetrappel verrät ihr, dass sich die Traube der Lauschenden sofort zerstreut. Kaum ist wieder Stille eingekehrt, vergräbt sie sich unter den wachsamen Augen des Spiegelgeistes im Tagebuch der bösen Königin.

In den frühen Morgenstunden hält Nell es in ihrem Gemach nicht mehr aus. Stundenlang hat sie über Büchern gebrütet und sich das Hirn zermartert. Nun sehnt sie sich nach etwas Bewegung und streift nur mit einer Kerze in der Hand durch die Korridore des Palastes. Das Laufen hilft ihr beim Denken. Sie geht barfuß und macht beim Gehen kein Geräusch.

Gerade durchquert sie den Thronsaal, als ihr Kammermädchen aus einer Seitentür heraustritt und zurücktaumelt. Nell dreht den Kopf in ihre Richtung. Der Schein der Kerze lässt sie noch blasser wirken und verzerrt ihre Züge fast bis zur Unkenntlichkeit. Das Dienstmädchen reißt die Augen panisch auf. Offensichtlich hält sie Nell für einen Geist, vermutlich den der bösen Königin, die aus dem Reich des Todes zurückgekehrt ist, um sich Schneewittchen doch noch zu holen. Als Nell ihr auch noch mit einem Grinsen im Gesicht zuzwinkert und flüstert: »Keine Angst, die Geisterstunde ist schon vorbei«, sackt das arme Ding mit einem spitzen Aufschrei zitternd an der Wand zusammen.

Nell schmunzelt in sich hinein. Völlig übernächtigt, im weißen Nachtgewand und im Kerzenschein würde sie sich vor sich selbst auch gruseln. Doch sie schämt sich dessen kein bisschen, kostet den Effekt sogar noch aus. »So lassen sie mich hoffentlich endlich in Frieden.« Damit geht sie endgültig an dem bewusstlosen Mädchen vorüber und verschwindet hinter der nächsten Ecke.

Ähnliche Vorfälle häufen sich über ein paar Tage und der Klatsch unter den Dienern rankt sich schneller um das seltsame Schneewittchen als die Dornenhecke um Dornröschens verwunschenes Schloss.

Nach sieben Nächten ist der Spuk jedoch schlagartig wieder vorbei. Nell schläft friedlich, tief und fest bis weit nach Sonnenaufgang. Sie hat einen Plan und wird die Sache selbst in die Hand nehmen. Diesmal wird nichts, gar nichts, schiefgehen.

Sie wacht lächelnd auf und freut sich jetzt schon auf den

kommenden Tag. Voller Elan schwingt sie die Beine aus dem Bett, denn sie hat sich für heute einiges vorgenommen. Aber erst einmal steht ein ausgiebiges Frühstück auf dem Programm.

Nell geht auf dem Weg nach unten an ihrem Zauberspiegel vorüber und wirft aus reiner Gewohnheit einen Blick hinein. Die Entbehrungen der vergangenen Tage lassen ihre Züge spitz und kantig wirken. Durch den Mangel an Sonnenlicht ist ihre Haut fast durchscheinend. Kaum verwunderlich, dass Prinz Florian und die Diener sie für krank halten. Doch was sich am meisten verändert hat, sind ihre Augen. Wenn möglich sind sie noch heller geworden. Statt Wasser erinnern sie nun mehr an Eis. Nell lächelt in sich hinein, als das Spiegelglas sich kurz trübt und der Geist darin erscheint. Immer perfekter.

Für einen kurzen Moment glimmen Zweifel in ihrem Herzen. Wie kann es sein, dass der Geist immer stärker aussieht, wo er doch eigentlich ihr Spiegelbild ist? Außerdem scheint er dem Spiegelglas wieder etwas nähergekommen zu sein.

*Aber das ist sicher nur Einbildung.*

Sie schiebt den Gedanken vehement beiseite, genießt stattdessen das Gefühl von Macht, das sie durchströmt. Sie hat einen Plan.

»Guten Morgen, meine Teure.«

»Guten Morgen«, begrüßt sie den Geist, »heute wird ein sehr interessanter Tag.« Sie fühlt sich stark und unbezwingbar, erfüllt von der dunklen Energie des Spiegelgeistes. Von der Nell, die in dem gläsernen Sarg aufgewacht ist, ist kaum noch etwas übrig, doch es ist ihr egal. Eigentlich ist es ihr sogar ganz recht. Bald ist sie hier weg oder zumindest den Prinzen los. Kommt Zeit, kommt Rat.

Der Geist schmunzelt wissend, verbeugt sich vor Nell und verschwindet. Mehr Worte sind nicht notwendig.

Heute nimmt sich Nell viel Zeit und lässt sich das Frühstück schmecken. Zum ersten Mal seit Tagen verspürt sie richtigen Hunger. Eier, Brot, Schinken, Käse, Obst, Omelettes – sie isst alles wild durcheinander und kann nicht anders, als dabei zufrieden zu grinsen. Das Getuschel der Bediensteten blendet sie aus. Heute ist ein guter Tag. Den wird ihr niemand kaputtmachen. So erträgt sie sogar Prinz Florians treusorgendes Gefasel und sein permanentes Geplapper. Im Anschluss daran unternimmt sie einen kleinen Einkaufsbummel. Auf ihrer Liste stehen allerhand Kräuter, Pflanzen, Metalle, Chemikalien und jede Menge Äpfel.

Die Kräuter organisiert sie sich wieder von dem betrunkenen Quacksalber. Um diese Zeit liegt der noch unter irgendeinem Tisch und schläft seinen Rausch aus. Die verschiedenen Metalle lässt sie sich vom Hofschmied unter dem Vorwand bringen, sie wolle sich ein wenig künstlerisch betätigen. Einen Teil der Pflanzen, sowie die Äpfel und einige andere Kleinigkeiten, sucht sie auf dem Markt zusammen und lässt sich alles ins Schloss liefern. Auf Florians Rechnung versteht sich.

Besonders ein paar der nicht essbaren Pflanzen sind aber nirgends zu kaufen, warum auch? Unkraut braucht keiner im Garten, noch weniger, wenn es potenziell giftig ist. Einmal mehr dankt Nell im Stillen der bösen Königin für ihre äußerst akribische Art. In ihrem Tagebuch findet sich weiter hinten nämlich ein kleiner Pflanzenführer mit genauen Beschreibungen und detaillierten Federzeichnungen. Es sind einige Spaziergänge in den Wäldern und Wiesen rings um das Schloss herum notwendig – natürlich immer in

Begleitung einer mindestens fünf Mann starken Eskorte – aber dann hat sie alle Pflanzen und Kräuter zusammen.

Das größte Problem stellen aber die benötigten Chemikalien dar. Säure, Alaun, Phosphor, Kupferoxid und Schwefeldioxid sind jetzt nichts, was man als edle Dame im Schminkkästchen hat und Nell will einfach keine glaubhafte Geschichte einfallen, weswegen man es für sie heranschaffen sollte. Daher vergräbt sie sich einen halben Tag in der Schlossbibliothek, um ihre Recherche hier fortzusetzen. Der Gedanke dahinter ist, dass einige dieser Substanzen sicher in irgendetwas Harmloserem drin sind und man sie dann extrahieren könnte, oder aber Verwendungsmöglichkeiten haben, über die Nell leichter an sie herankommen kann.

Nach einigen Stunden sitzt Nell in der Bibliothek auf dem Boden und hat Dutzende Lexika, Nachschlagewerke und alchemistische Abhandlungen um sich herum ausgebreitet. Diesmal wagt sie es nicht, Zettel oder Lesezeichen hineinzulegen, damit hinterher niemand nachvollziehen kann, was sie wirklich gelesen hat. Aber schlussendlich hat sie es geschafft, für fast alle Substanzen eine Lösung zu finden. Als Säureersatz stehen ihr Essig, Zitronensaft und notfalls Ameisensäure zur Verfügung, wobei sie auf Letztere nur eher ungern zurückgreifen würde.

Alaun wird unter anderem zum Blutstillen eingesetzt. Mit etwas Glück bekommt Nell also welches vom königlichen Leibarzt. Reiner Phosphor ist tatsächlich ein Problem, der ist hierzulande scheinbar unglaublich selten. Allerdings enthält Blut eine artverwandte Variante davon.

*Blut also. Der bösen Stiefmutter hätte das sicher gefallen.*

Kupferoxid könnte sie bei einem Schmied bekommen, allerdings fällt ihr dafür keine sinnvolle Begründung ein, weswegen sie da über eine Bestechung nachdenkt. Bedrohen könnte auch helfen.

Lediglich das Schwefeldioxid, ein Gas, das beim Verbrennen von Kohle entsteht, stellt wirklich ein Problem dar. Wie fängt oder lagert man Gas? Nun, Nell beschließt, sich darüber den Kopf zu zerbrechen, wenn es so weit ist.

Zufrieden mit sich und ihrem brillanten Einfall, verschwindet sie mit den Zutaten erneut in ihren Gemächern und macht sich fröhlich pfeifend ans Werk.

»Also, wo war das Rezept noch gleich?« Mit traumwandlerischer Sicherheit schlägt sie die Seite im Tagebuch der alten Königin auf, die sich mit den Erfahrungen und Querverweisen zu vergifteten Äpfeln beschäftigen. Die Märchenwanderin liest sich den Eintrag noch einmal genau durch. Inzwischen kann sie ihn beinahe schon auswendig.

Sie seufzt. Die Notizen zu dem vergifteten Apfel stammen leider aus einer Zeit, in der der Wahnsinn in der bösen Königin schon weit fortgeschritten war. Frustration, Neid und das wahnhafte Verlangen, die schönste Frau im ganzen Land zu sein, hatten ihren Verstand nach und nach zerrüttet. Das lässt sich aus ihrem Tagebuch nur zu deutlich ablesen. Mit jedem weiteren Eintrag wird ihre Handschrift zittriger und schwerer zu lesen. Ihre Gedanken, zunächst glasklar und von bestechender Logik, gleiten in unzusammenhängende Satzschnipsel ab, deren Sprünge oft nur schwer nachzuvollziehen sind.

Bei diesem speziellen Rezept hat das zur Folge, dass es ungefähr dreizehn Varianten davon gibt, die sich auf den Seiten teilweise überlappen und die dann aus Platzgründen auf der nächsten Seite fortgesetzt werden. Einzelne Anweisungen sind nicht mehr zu entziffern oder verschwinden unter einem anderen Wort. Das Ganze ist wie ein riesiges Rätsel.

»Na dann woll'n wir mal.« Nell schlägt das ursprüngliche Rezept in dem Zauberbuch der Königin auf und legt beide Bücher nebeneinander.

Sie streicht beim Lesen mit den Fingern über die abgegriffene Seite. Vom vielen Gebrauch sind auch hier einige Wörter schon teilweise verblasst. Ihren Aufzeichnungen zufolge hat die Königin damals einige Anläufe gebraucht, bis sie die richtige Formel gefunden hat. Daher hat sie bei jedem Mal neue Anweisungen und Notizen an den Rand geschrieben.

»Clever, aber es wäre hilfreich gewesen, die alten Anmerkungen auch wieder zu streichen«, murmelt Nell. Verschiedene Notizen mit unterschiedlichen Tinten in unterschiedlicher Schrift. Das Wirrwarr auf der Seite zeugt von Genie und Leidenschaft, aber auch von Chaos und ansteigendem Wahnsinn.

Zunächst versucht Nell noch, die Schriften und Tintenfärbungen mit dem Tagebuch abzugleichen, um anhand der Einträge herauszufinden, in welcher Reihenfolge die Anweisungen hinzugefügt wurden. Doch diese Idee muss sie schnell aufgeben, denn manchmal verändert sich beides sogar innerhalb eines einzigen Wortes. Seufzend lässt sie das Buch fallen, streckt sich und lässt ihre Finger knacksen. »Dann muss ich sie wohl wirklich der Reihe nach durchprobieren.« Sie krempelt die Ärmel hoch und macht sich an die Arbeit.

Durch den Spalt unter ihrer Tür dringt regelmäßig Rauch nach draußen und es stinkt ekelerregend nach faulen Eiern und Schwefel. Nell hustet laut und reißt die Fenster auf. Ihre Augen brennen wie Feuer.

»Verdammt! Die Fliegenpilze in den Kessel werfen, kann

ich scheinbar aus dem Rezept streichen.« Mit festem Druck streicht sie diese Notiz aus dem Rezept. Sie muss dringend etwas vorsichtiger sein. Diesmal ist der halbe Kessel in die Luft geflogen. Schon nahen draußen eilige Schritte und es pocht heftig gegen die Tür. »Eure Hoheit, geht es Euch gut?«

»Sollen wir den Prinzen holen?«

Als Nell öffnet, sind ihre blonden Locken von Ruß bedeckt und ein kleines Brandloch schwelt noch an ihrem Ärmel. Sofort stürzt ihre Kammerzofe auf sie zu und presst ein Tuch darauf, um den Glutrand zu ersticken.

»Mir ... « Sie hustet. »... geht es gut. Aber ich hätte gern ein Bad.« Nell wischt sich eine Strähne aus der Stirn und verteilt dabei jede Menge Asche in ihrem Gesicht.

Ihre Kammerzofe knickst und eilt mit dem zweiten Dienstmädchen davon, um ihr das gewünschte Bad einzulassen. So entsetzt, wie die beiden geschaut haben, ist das wohl auch bitter nötig.

In den kommenden Tagen nimmt Nell überall Getuschel wahr, wohin sie auch geht. Gerüchte machen die Runde. Die Prinzessin sei krank, erzählt man sich, eine Krankheit, die ihren Verstand angreift. Andere schwören Stein und Bein, der Geist der bösen Königin wäre aus dem Grab zurückgekehrt und würde nun von ihr Besitz ergreifen. Nell kann darüber nur schmunzeln, allerdings bemerkt sie, dass die Dienerschaft daraufhin anfängt, ihr aus dem Weg zu gehen. Ihr ist das nur recht. So hat sie wenigstens ihre Ruhe. Der Einzige, an dem das völlig abprallt, ist Prinz Florian. Er lauert ihr schon beinahe auf. Egal, wo sie hingeht, er ist niemals weit weg. Oft denkt sie sich, wenn es hier einen Geist gibt, der die Schlossbewohner heimsucht, dann ist er es. Nur statt zu spuken kaut er ihr unablässig ein Ohr ab, wie wunderschön sie in ihrem Brautkleid aussehen wird und wie zauberhaft mal ihre Kinder sein werden, von denen er mindestens zwölf haben möchte. Dann könnte sie mit den anderen adligen Damen spinnen, weben, sticken und entzückende kleine Kleidchen für ihre Töchter nähen oder Wappenröcke für die Söhne. Nell kommt dabei regelmäßig die Galle hoch.

Nach jedem dieser Gespräche setzt sie ihr Bestreben, einen vollfunktionstüchtigen, vergifteten Apfel herzustellen, mit noch mehr Elan fort als zuvor. Leider muss sie inzwischen einsehen, dass einen Apfel zu vergiften, in einer ganz anderen Liga spielt als der Schlaftrank, mit dem sie die Nadeln präpariert hatte.

»Das ist schwieriger, als es aussieht. Wenn ich doch nur wüsste, welche Anmerkungen nun zum Rezept dazugehören.«

Nach ungefähr zwei Wochen steht bereits ein ganzer Korb Äpfel neben ihr auf dem Boden. Verschimmelt, geschmolzen, vergoldet, verfärbt, qualmend oder versteinert.

»Mist! So wird das nie was!« Langsam fällt ihr wirklich nichts Sinnvolles mehr ein. »Irgendwo muss doch stehen, wie das gehen soll! Zutatenreihenfolge tauschen, mit oder gegen den Uhrzeigersinn rühren, Kesselmaterial tauschen, nichts scheint zu helfen!«

»Geduld, meine Teure«, meldet sich die schmeichelnde Stimme aus dem Spiegel von der anderen Seite des Raumes. Nells Spiegelzwilling steht ganz nah am Glas, füllt fast den kompletten Rahmen aus. »Denkt immer daran, das Ergebnis lohnt die Mühe. Bald seid Ihr den Prinzen los und falls eure Aufgabe erfüllt ist, findet Ihr sicher auch den Weg nach Hause.« Kaum hörbar fügt der Geist hinzu: »Falls.« Ein finsteres Grinsen flackert über seine Züge, ehe er wieder in den Tiefen des Spiegels verschwindet.

Kurz darauf entdeckt Nell durch puren Zufall den entscheidenden Hinweis. Er steht als winzige Randnotiz kaum sichtbar unter einem Eselsohr verborgen. ›Alles auf einmal in den Kessel kippen und anzünden.‹

»Anzünden? Na woll'n mal sehen.«

Sie wiederholt die Prozedur. Mit vor Aufregung zitternden Fingern bereitet sie alle Ingredienzien sorgfältig vor, immer darauf bedacht, dass sich keine zwei Zutaten berühren, bevor es in den Kessel geht.

*Diesmal gehe ich kein Risiko ein.*

Als alles gehackt, gezupft, beziehungsweise zermahlen ist, atmet Nell tief durch. »Jetzt bin ich mal gespannt. Drei. Zwei. Eins.« Schwungvoll kippt sie alle Zutaten zusammen in das bereits siedende Wasser und zündet die stinkende Brühe mit einem langen Stück Holz an. Vorsichtshalber, weil sie aus ihren ersten Versuchen gelernt hat, springt sie hinter eine schwere, eisenbeschlagene Truhe in Deckung. Keine Sekunde zu früh. Kaum dass Nell den Kopf eingezogen hat, zerreißt ein lauter Knall die angespannte Stille. Eine grüne Stichflamme züngelt hoch in die Luft, sodass sich an der steinernen Decke eine Rußschicht in Form eines Totenschädels sammelt, und plötzlich ist alles dunkel. Die Flamme im Kessel ist erloschen, genauso wie jede Kerzenflamme im Raum und das Feuer im Kamin. Vorsichtig taucht Nell aus ihrer Deckung auf und schlägt einen Funken, um wenigstens die Kerze wieder zu entzünden. Sie nähert sich dem geschwärzten Kessel und blickt hinein. Im fahlen Licht der Kerze schimmert die zähe Flüssigkeit darin in einem tiefen Purpurton. Die Explosion muss so heiß gewesen sein, dass es sogar jetzt noch blubbert. Nell zuckt zurück, als eine besonders große Blase platzt. Sie will gar nicht wissen, was das Zeug bei direktem Hautkontakt anrichtet. Gesund ist das bestimmt nicht.

In der Dunkelheit erscheint der Spiegelgeist, gehüllt in schwefelfarbenes Licht. Nell bekommt eine Gänsehaut. Das Gesicht leuchtet überlebensgroß in den Raum, als würde sich der Geist nach vorne beugen, um ja alles mitzubekommen. Sie schüttelt sich kräftig, um das seltsame Gefühl loszuwerden.

»Sehr gut. Es hat funktioniert. Und jetzt der Apfel, meine Teure!« Ein ungewohnt aufgeregter Unterton schwingt in der Stimme des Geistes mit. Seine Augen funkeln Nell durch die Düsternis des Raumes hypnotisch entgegen. »Bald ist es getan.«

Den Blick fest in den Augen ihres Spiegelzwillings verhakt, greift sie in den Korb mit den frischen Äpfeln. Auf einmal erstarrt sie mitten in der Bewegung, als ein eisiger Schauer über ihren Rücken hinabläuft. Es ist nur eine kleine Regung im Blick des Geistes, ein vorfreudiges Heben der Braue, ein lüsterner Ausdruck in seinen eisblauen Augen. Ein komisches Gefühl breitet sich in Nells Magengegend aus.

*Was ist das nur? Skrupel? Zweifel? Angst? Oder eine ungute Vorahnung?*

Nell reißt sich von der Gestalt im Spiegel los und wendet sich ab. Gebannt blickt sie auf den Apfel, den sie aus dem Korb gefischt hat. Er sieht lecker aus, saftig und süß. Unwiderstehlich einladend. Ihre Gedanken schweifen zu Prinz Florian. »Was, wenn ich einen Fehler gemacht habe? Wenn er nicht nur in einen Todesschlaf fällt? Was, wenn er – stirbt?«

»Nun, das wolltet Ihr doch, oder nicht? Denn dann seid Ihr wahrlich frei, meine Teure. Los! Taucht ihn ein!«

Nell blickt ruckartig über die Schulter. Die Stimme ist so ungewohnt nah, klingt fast in ihrem Kopf wider. Doch der Spiegel, mit ihrem Ebenbild darin, hängt noch immer an der gleichen Stelle wie immer. Ihr Herz klopft heftig in ihrer Brust. Reflexartig greift sie nach dem Medaillon an ihrer Halskette. Es ist albern, aber irgendwie gibt ihr das Ding Halt.

*Fühlt es sich wärmer an als sonst?*

Ein Blick darauf zeigt immer noch denselben abgenutzten Bronzeanhänger. Das gewohnte rote Glühen geht von ihm aus, aber ist da nicht auch ein zarter blauer Schimmer? Zu gerne hätte sie Holly noch einmal danach gefragt. Oh, dieser verflixte Rabe.

Da Nell sich nicht rührt, fährt der Geist im Spiegel mit säuselnder Stimme fort: »Denkt nur an den Prinzen, an eure Aufgabe. Ihr wollt doch nach Hause, meine Teure, oder nicht?« Die Stimme hat einen süßlich-zähen Klang, wie Honig, der von einem Löffel tropft. Die Melodie ihrer Worte webt sich um Nell, die heftig blinzelnd nicht anders kann, als wieder in die Augen ihres Spiegelzwillings zu blicken.

»Ja, ich will nach Hause.« Sie hört sich selbst nur gedämpft, irgendwie langsam, als spräche sie unter Wasser. »Und was ich auf keinen Fall will, ist Florian heiraten und sein Hausweibchen werden.«

Der Geist nickt selbstzufrieden. »Seht Ihr. Ein Biss von dem Apfel und Ihr müsst sein Liebesgesülze und seine Versuche, Euch zu küssen, nie wieder ertragen. Macht schon! Befreit euch!«

Nell denkt an die Bartstoppeln und die Pickel, an seine riesige Nase und seine Vorstellungen, wie eine Ehefrau zu sein hat. Da greift ihre Hand wie von selbst nach einer Schnur und bindet sie um den Stiel des Apfels.

»Gut so. Weiter!« In die schmeichelnde Stimme mischt sich ein krächzender Unterton. Hoch und unangenehm, ein wenig wie Fingernägel, die über eine Tafel kratzen.

Wieder sieht Nell alles, was sie an Florian hasst, vor sich. Da schiebt sie ihre Zweifel beiseite, packt die Schnur mit Daumen und Zeigefinger und lässt die Frucht in den purpurnen Zaubertrank hinabsinken. Nell würgt und hält sich mit der freien Hand die Nase zu. »Uh, das stinkt.«

Doch es funktioniert. Vor ihren Augen färbt sich der Apfel blutrot. Die Brühe ist allerdings so giftig, dass sie noch in der gleichen Sekunde beginnt, die Schnur am Stiel des Apfels durchzuätzen, weswegen Nell die tödliche Frucht gerade noch rechtzeitig aus dem Kessel zieht und auf dem Tisch absetzt. Die Entscheidung ist gefallen.

Als Nell den abgetropften Apfel nach einer Weile in den Händen dreht, haben ihre Augen die Farbe von Eis angenommen. Ein listiges Grinsen verzieht ihre Mundwinkel und selbst ihre Stimme klingt nun anders. »Na es geht doch. Mein lieber Prinz, wohl bekomm's.«

Als sie diesmal gedankenverloren an dem Kompass herumspielt, ist jeglicher, blauer Schimmer verschwunden. Stattdessen leuchtet er in dunklem Scharlachrot.

Am nächsten Morgen überrascht Nell alle, als sie hilft, das Frühstück aufzutragen. Für Prinz Florian gibt es Hafer mit Milch und kleingeschnittenem Apfel.

»Guten Morgen!« Erstaunlich gut gelaunt setzt sie sich ihm gegenüber an das andere Ende des Tisches und bestreicht eine Scheibe Brot mit Honig. Ihr Blick ruht gespannt auf Florian, der mit einem grenzdebilen Grinsen die Schale mit seinem Frühstück zu sich heranzieht. Fast möchte man dem Prinzen böse Absichten unterstellen, denn statt wie sonst sein Essen hungrig in sich hineinzuschaufeln, versucht er ausgerechnet heute einmal mehr, seine Herzdame durch Zurückhaltung, Tischmanieren und – wie er wohl denkt – vergnügliche Konversation für sich zu gewinnen. Die allerdings findet das so gar nicht vergnüglich und herzlich schon gleich zweimal nicht.

»Willst du dein Frühstück gar nicht probieren?«, fragt sie mit einem koketten Augenzwinkern. »Dabei habe ich mir solche Mühe damit gegeben. Doch am Ende schmeckt es dir gar nicht.« Gespielt enttäuscht senkt sie den Blick und beißt in ihr Brot. Das ist wirklich unterste Schublade, doch Florian ist eben berechenbar.

Augenblicklich weiten sich die Augen des Prinzen. Man sieht ihm sein schlechtes Gewissen an, weil er augenscheinlich ihre Gefühle verletzt hat. »Ihr habt das bereitet, o holdes Schneewittchen?« Er wirkt zurecht überrascht. »Ich will sogleich davon probieren! Es sieht köstlich aus.«

Das ist wirklich zu einfach. Nell unterdrückt ein Grinsen, indem sie den Bissen Honigbrot in ihrem Mund akribisch zu Brei zerkaut.

Eilends, um die gute Stimmung nicht zu verderben, greift Prinz Florian nach seinem Löffel und schiebt sich eine ordentliche Ladung in den Mund. »Mhmm, lecker!« Er nuschelt mit vollem Mund zwischen den Zähnen hindurch und noch bevor er die Ladung geschluckt oder auch nur im Ansatz gekaut hat, schlingt er den nächsten Löffel gleich hinterher. »Wirklich sehr lecker. Ist das Zimt?«, fragt er schmatzend mit halboffenem Mund.

Nell unterdrückt ihren Würgereiz, als ein wenig zerkauter Brei dabei aus seinem Mundwinkel hinunter zum Kinn läuft.

»Hm? Wie bitte?« Abgelenkt von dem wenig appetitlichen Anblick, hat sie seine Frage völlig überhört.

»Ist da Zimt drin?« Offensichtlich schmeckt es anders als sonst. Sie lächelt ihn vielsagend an und nickt. Natürlich ist es kein Zimt, sondern das Gift, was er herausschmeckt, aber das muss sie ihm ja nicht auf die Nase binden.

»Mhmmm.« Noch ein übervoller Löffel findet seinen Weg in Florians Mund. Da beginnt der Prinz plötzlich zu husten. Nells Körper versteift sich. Jetzt kommt der eklige Teil. Eklig, aber notwendig.

»Habt ihr euch verschluckt, euer Hoheit?« Fehlt nur noch, dass sie vor Freude auf dem Tisch tanzt. Der Prinz ist derweil zu keiner Antwort fähig. Er krallt eine Hand in die Tischplatte, die zweite ist fest um seine Kehle gekrampft. Keuchend ringt er nach Luft, läuft erst purpurrot, dann blau an. Nells Enthusiasmus ist verflogen. Er sollte laut der Königin von dem Gift doch einschlafen, nicht qualvoll ersticken. Da erklingt die Stimme des Spiegelgeistes wieder in ihrem Kopf: »Ach, habt Euch nicht so, meine Teure. Gleich ist es vorbei und Ihr seid frei!«

Nell fühlt, wie mit der Stimme des Geistes eine seltsame Taubheit ihren Geist erfasst. Die Panik, die sie zu überwältigen drohte, ist wie verflogen, die Skrupel von dem Wunsch, frei zu sein, zum Schweigen gebracht. Am Rande ihres Bewusstseins fragt sie sich, wie das möglich ist. Nie zuvor hatte sie außerhalb ihrer Gemächer mit dem Geist sprechen können, er war doch an den Spiegel gebunden.

»Stimmt, meine Teure, aber ich habe an Kraft und Macht gewonnen. Danke übrigens dafür. Und nun seht hin!«

In Nell tobt ein Sturm. Die Worte des Geistes in ihrem Kopf haben sie zu Tode erschreckt, sodass sie sich hilflos die Hände auf die Ohren presst. Doch wie sperrt man eine Stimme aus, die schon im eigenen Kopf ist? Sie will sich wehren, kämpfen, aber wogegen?

Wieder säuselt ihr der Geist beruhigende Worte ins Ohr. »Ihr seid so weit gekommen, meine Teure. Er hat es verdient. Seht Ihr nicht, welchen Gefallen Ihr allen hier im Land erweist? Bald sind wir frei.«

Ein kleiner Teil in Nell durchschaut den Zauber, der um sie gewoben wird, doch im gleichen Maße, wie die dunkle Energie des Spiegelgeists sich in ihr ausbreitet, wird diese kleine Stimme immer leiser. Das Atmen fällt ihr schwer. Es ist, als läge ein tonnenschweres Gewicht auf ihrer Brust. »So hilf ihm doch jemand!«, hört sie sich selbst wie aus weiter Ferne sagen. Jedoch kommen diese Worte dünn und ohne großartigen Nachdruck aus ihrem Mund.

Gleich würde es vorbei sein. Schon werden die Reaktionen des Prinzen schwächer und die Bewegungen fahrig. Nell wird übel von dem Anblick. Sie reibt ihre schwitzigen Handflächen an ihrem Kleid ab.

Prinz Florians Röcheln wird leiser. Schon wähnt Nell sich frei, als ein emsiger, älterer Diener hereingelaufen kommt, um dem zappelnden Prinzen fest auf den Rücken zu klopfen. »Keine Angst, Euer Hoheit, das hat er öfter.« Zum Prinzen gewandt ruft er: »Habt ihr euch wieder verschluckt, Eure Majestät? Weil ihr auch immer so schlingen müsst!«

Nell krallt vor lauter Anspannung ihre Finger um das silberne Messer auf ihrem Teller. Der wird ihr doch jetzt nicht in letzter Sekunde wieder alles zunichtemachen? Scheinbar können Märchenprinzen von Natur aus nicht sterben, denn allen Plänen zum Trotz hustet der Prinz das vergiftete Apfelstück zusammen mit halbzerkautem Haferschleim geräuschvoll aus seinem Hals und spuckt es quer über die Tafel. Das harte Stück trifft Nell mitten auf die Stirn. Angeekelt zuckt sie zurück und kippt mitsamt ihrem Stuhl rückwärts um.

Aus dem Augenwinkel sieht sie an der Tür einen buschigen roten Schwanz, der munter wippend um die Ecke verschwindet, dann schlägt sie hart mit dem Kopf auf dem

Boden auf. Der letzte Gedanke, bevor Dunkelheit ihren Geist umfängt, ist, dass es in Märchen wohl doch so etwas wie ausgleichende Gerechtigkeit gibt. »Verdammtes Karma – man sollte wohl doch keine Prinzen töten.«

Als Nell diesmal erwacht, hofft sie, endlich wieder zu Hause zu sein oder wenigstens in einem anderen Märchen, ohne diesen anhänglichen Prinzen. Doch als sie ihre Augen öffnet, liegt sie am Boden des großen Saales und blickt hinauf in das gemütliche Gesicht von Florians Lebensretter. Lächelnd kniet der alte Diener über ihr und stützt ihren Kopf, während der Prinz selbst erneut versucht, sie wachzuküssen. Aber noch bevor seine Lippen sie berühren, springt Nell schreiend auf und rennt wie von der Tarantel gestochen aus dem Saal.

»Die Nerven ...«, seufzt der gutmütige, alte Diener und tätschelt dem verwirrten und besorgten Prinzen die Schulter.

Nell tobt derweil in ihrem Turmzimmer. Alles, was nicht niet- und nagelfest ist, fliegt scheppernd durch den Raum, fast so wie bei Holly in dem alten Spukturm.

Ja, bei Holly, da wäre es jetzt schön. Ungeküsst, mit Aussicht auf eine sichere Heimkehr nach drei Jahren, und mit einem Chauffeurservice bis vor die Haustür. Wäre sie nur dort geblieben! Warum musste sie sich auch an der dämlichen Nadel stechen?

Schon fliegt die nächste Vase klirrend zu Boden. »Ich hasse Märchen!« Wütend ergreift Nell das Nächstbeste, was sie in die Finger bekommt, einen gummiartigen Apfel aus einem ihrer gescheiterten Experimente, und schleudert ihn mit voller Wucht gegen die Wand. Dabei trifft sie den goldgerahmten Spiegel.

Der Apfel prallt zwar daran ab, ruft aber den Geist darin. »Hey, lasst das«, brummt er missmutig und zwei große, eisblaue Augen schauen Nell aus dem Glas heraus vorwurfsvoll warnend an. »Ihr habt es verbockt, meine Teure, also lasst Eure Wut jetzt nicht an mir aus!« Schlagartig tritt wieder dieser hinterlistige Ausdruck in seine Augen. »Lasst Eure Wut lieber am Prinzen aus! Vielleicht solltet Ihr diesmal den Jäger bestechen, dass er ihn tötet, oder was steht noch auf Eurer Liste?«

Wieder spürt Nell, wie sich die schwarze Energie des Spiegelzwillings nach ihr ausstreckt und sie einhüllt. Doch diesmal lodert heiße Wut in ihr auf, die der Geist nicht kontrollieren kann. »Sag mir nicht, was ich zu tun habe!« Mit beiden Händen greift sie sich einen versteinerten Apfel und holt weit über ihren Kopf aus.

»Nicht! Das bringt sieben Jahre ...« Doch da trifft der Stein schon auf den Spiegel. Im direkten Vergleich zieht Letzterer eindeutig den Kürzeren. Das Glas zerspringt in tausend Teile und rieselt als glitzernder Scherbenregen zu Boden. »... Pech«, grummelt das Paar Augen auf den Scherben und verstummt.

»Das hab ich schon. Außerdem hast du heil auch noch niemandem Glück gebracht!« Aus lauter Frustration tritt sie nochmals auf die Scherben, um die größten unter ihnen auch ja noch zu zerteilen. Ein lautes Zischen ertönt und die Augen verschwinden. Nur noch die verrußte Zimmerdecke spiegelt sich in den Splittern. Zeitgleich flattert ein großer Rabe vom Fenstersims auf und fliegt laut krächzend auf und davon.

Nell atmet auf. Sie fühlt sich plötzlich so leicht, als wäre ein starker Druck von ihrer Brust genommen worden. Das Denken ist auf einmal so viel leichter. Im Nachhinein ist sie ungemein froh, dass Prinz Florian nichts geschehen ist, aber bei ihm bleiben und ihn heiraten, das wird niemals passieren, egal, ob das ihre Aufgabe gewesen wäre oder nicht.

Ohne noch ein weiteres Mal innezuhalten, schnappt sie sich ihren Umhang und hastet fluchtartig die Treppen hinab. »Bloß weg hier. Such dir ein anderes Schneewittchen und werdet glücklich!«

Als hätte er es gespürt, hört sie Florians Stimme aus dem Korridor zu ihrer Rechten. »Meint Ihr, es geht Schneewittchen gut? Ich glaube, ich sollte wirklich nach ihr sehen.«

Das veranlasst Nell, noch schneller in die entgegengesetzte Richtung zu laufen. Irgendwie muss es ihr gelingen, in die Ställe zu kommen. Von da aus wird sich schon irgendwie ein Fluchtweg ergeben. Aber erst mal muss sie aus diesem verflixten Schloss raus, was Florians Leibwache bisher immer sehr erfolgreich verhindert hat.

Zweimal kann sie gerade noch rechtzeitig abbiegen, um keinem der Soldaten in die Arme zu laufen. Inzwischen ist sie so oft hin und her gerannt, dass sie vollkommen die Orientierung verloren hat. Nell befindet sich in einer Sackgasse. Da beschließt sie, erst mal eine kurze Verschnaufpause einzulegen, und atmet tief durch.

*Hm? Was ist das?*

Der Geruch von gebratenen Zwiebeln und Speck steigt ihr in die Nase. Sie muss sich ganz in der Nähe der Küche befinden.

*Das ist es! Die Küche hat einen Dienstboteneingang. Das hat doch diese einfältige Kammerzofe irgendwann mal erwähnt. Da suchen Florians Wachhunde sicher nicht nach mir.*

Nell lugt vorsichtig um die nächste Ecke und hastet in gebückter Haltung weiter, immer dem Geruch nach. In einem kurzen Anflug von Galgenhumor ist sie froh, dass es nicht nach Apfelkuchen riecht.

*Da vorne ist es. Das ist die Treppe zur Küche!*

Wie bestellt, kommt auch noch ein Page mit einem vollbeladenen Tablett die Stufen heraufgeschlurft. Nell wartet nicht, bis er vorüber ist, sondern huscht an ihm vorbei hinunter.

»He! Vorsicht, pass doch auf!«

In vollem Lauf wirft Nell dem Burschen einen irritierten Blick zu. Der erkennt scheinbar in dieser Sekunde, wen er da gerade angeblafft hat, denn sein Körper verliert jede Spannung. Scheppernd kracht das Tablett mit all den Köstlichkeiten zu Boden. »Verzeiht, Eure Hoh...«

Nell bleibt nicht stehen, um sich die Misere anzuschauen. Den Rest seiner Entschuldigung verschluckt das laute Geräusch der Küchentür, die hinter Nell mit Schwung wieder zufällt.

Drinnen starren die Köche sie verwundert an, als sie sich zwischen Töpfen, Pfannen und dem dreckigen Herd hindurchquetscht und auf den zweiten Ausgang zusteuert.

»Weitermachen! Schmeckt sehr lecker.«, ruft sie ihnen noch zu und hat die Tür zum Dienstbotenausgang fast erreicht, als sie aus einer Ecke ein schadenfrohes Miauen vernimmt.

*Kann eine Katze eigentlich schadenfroh sein?*

Es fühlt sich jedenfalls so an. Allerdings reicht die kurze Ablenkung aus, dass Nell das orangefarbene Fellknäuel erst dann bemerkt, als es schon zwischen ihren Füßen hindurchflitzt.

Sie bremst abrupt ab, um nicht auf den lebensmüden Vierbeiner zu treten. Der schubst auf seiner Flucht auch noch einen Tonkrug um, welcher schleppend zerbricht und seinen Inhalt über den ganzen Boden ergießt. Erbsen. Lecker. Bei dem Ausweichmanöver verheddert sich Nell allerdings in ihrem Rock und verliert das Gleichgewicht.

»Uaaah!« Mit einem unartikulierten Laut stolpert sie noch ein paar Schritte vorwärts, ehe sie auf der Erbsenschicht ausrutscht. Alles Rudern mit den Armen ist vergebens. Sie kippt, kann sich nicht mehr halten und stürzt mit einem lauten Schrei rücklings zu Boden. Nell rutscht noch einen guten Meter weiter, ehe sie benommen liegen bleibt.

*Warum tun Märchen eigentlich immer so weh?*

Während sie am Boden liegend die Tränen wegblinzelt, meint sie, zwischen den Beinen eines Kochs ein plüschiges, rotes Gesicht zu erkennen, das sie mit einem breiten Grinsen anblickt. Doch als sie genauer hinschaut, ist es verschwunden.

Nell reibt sich den schmerzenden Rücken. Die kleinen harten Kügelchen bohren sich unangenehm in ihren Körper. »Aua.«

Einer der Köche löst sich aus seiner Schockstarre und stolpert auf Nell zu, um ihr vom Boden aufzuhelfen. »Eure Hoheit, ich bin untröstlich. Seid ihr wohl ... Ah!« Auch er rutscht auf der Erbsenschicht aus und verliert das Gleichgewicht. Im Fallen greift er verzweifelt nach der Luft, bekommt aber doch nichts zu packen. Dafür prallt sein massiger Körper so wuchtig gegen einen nahen Tisch, dass ein weiterer Tonkrug mit Erbsen vom Tisch, genau auf die am Boden liegende Nell herabstürzt. Die reißt schützend die Arme hoch, aber es ist zu spät. Das schwere Gefäß trifft sie am Kopf und zerschellt. Der letzte Gedanke, bevor der Schmerz ihr das Bewusstsein raubt, ist: *Verdammtes Karma.*

»Mord und Gift, hilft dir nicht!
Prinzen töten sollst du nicht!
Nun zahl den Preis, mit Verstand und Fleiß
Denn, wie's jedes Kindlein weiß
Bestraft wird Böses, belohnt der Mut,
nur dann wird auch das Ende gut.

Ding Dong Dongelong,
Holle, Halle, Helle
Dein Karmakonto, das ist mies
also sei bloß nicht so fies!«

# Die Prinzessin auf der Erbse

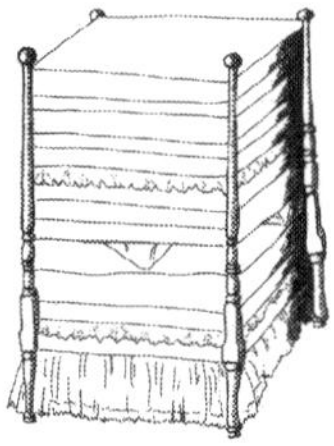

Warmes Sonnenlicht kitzelt Nell an der Nase. »Hatschi!« Unter der Wucht des Niesens krampft sich ihr Körper schmerzhaft zusammen. Verwirrt blinzelnd schlägt sie die Augen auf. »Was – Wo – Aua.«

Ihr ist schwindelig und der Schädel dröhnt. Alles um sie herum dreht sich wie in einem Karussell, das einfach nicht anhält. Durch die Watte in ihrem Kopf kommt langsam die Erinnerung an die vergangenen Ereignisse wieder in ihr Gedächtnis zurück. Der böse Geist im Zauberspiegel, der irgendwie von ihr Besitz ergriffen hat. Ihre Flucht vor Florian und der Heirat. Dann der Sturz in der Küche und der Koch, der den Tonkrug vom Tisch gestoßen hat.

Nell blickt sich um. Wo sind die Erbsen? Sie ist in der Küche doch darauf ausgerutscht und hat sie auch überall in ihrem Rücken gespürt.

Doch da sind keine. Auch der Boden ist nicht aus hartem Stein. Stattdessen befindet sie sich erschreckend nah unter der Decke eines hohen Raumes in einer Art Bett, zumindest der Matratze, der Bettdecke und den Kissen nach zu urteilen. Die Märchenwanderin beschleicht das ungute Gefühl, dass sie wieder in eine andere Geschichte gefallen ist.

*Dann wäre ich wenigstens Florian los. Die Frage ist aber, was kommt als Nächstes?*

Schlimmer geht ja bekanntlich immer. Außerdem bekommt sie von dem Hin und Her langsam ein Schleudertrauma. Aber vermutlich hat sie es nicht besser verdient, nachdem, was sie Florian alles angetan hat.

Unbewusst greift sie nach dem Medaillon an ihrer Kette. Sie hat sich inzwischen schon so sehr daran gewöhnt, dass es zu einem Teil von ihr geworden ist. Seufzend klappt sie es auf. Die Kompassnadel dreht sich noch immer im Kreis, wenn auch wieder etwas langsamer.

*Du könntest mir ja auch einfach den Weg nach Hause zeigen. Das wäre doch mal was.*

Sie seufzt, als ihr etwas Seltsames auffällt. Das rote Leuchten, das stets von dem Kristallsplitter ausging, ist verschwunden. Stattdessen glimmen die Ränder hinter dem Zeiger in einem hellen Blauton, fast schon weiß. Was da wohl wieder dahintersteckt? Nell nimmt sich fest vor, das genauer zu beobachten. Aber erst mal muss sie herausfinden, wo sie diesmal ist und wie sie hier herauskommt, und dafür muss sie endlich von dem Hochbett runter.

Vorsichtig krabbelt Nell zum Rand der Matratze und späht hinunter. Nur, um gleich darauf wieder ein Stück zurückzuzucken. »Mann, ist das hoch.«

Der Gedanke an ein Hochbett war nur teilweise richtig, denn eigentlich besteht ihr Lager aus einem unverschämt hohen Stapel aus Matratzen, bestimmt ein gutes Dutzend. Am Fuße des Matratzenturms wartet eine ganze Meute fremder Menschen, die mit gespannten Gesichtern erwartungsvoll zu ihr hinaufstarrt. Nell starrt vollkommen perplex zurück.

*Oh, wie gruselig. Was wollen die bloß alle von mir?*

Panik schnürt ihr die Kehle zu. So muss sich ein Tier im

Käfig fühlen, das alle Welt nach Belieben angaffen kann. Sie bekommt eine Gänsehaut, als ihr Verstand ihr die wildesten Horrorszenarien vorgaukelt.

Während sie allerdings noch drauf und dran ist, sich in die Situation grundlos hineinzusteigern, löst sich ein altersgrauer Mann, auf dessen Haupt eine große, goldene Krone ruht, aus der Menge der Wartenden. Würdevoll, doch nicht ohne einen gewissen Schalk in den wachen Augen, schaut er zu Nell hinauf. Offenkundig ist das eine Seltenheit, denn seine Hand schiebt sich beinah automatisch zum Stabilisieren in den Nacken.

»Guten Morgen«, sagt er freundlich und lächelt sie an.

Nell blinzelt träge. Das ist mit Sicherheit kein guter Morgen. Sie fühlt sich furchtbar, wie durchgekaut und wieder ausgespuckt, und genau so sieht sie bestimmt auch aus. Am liebsten würde sie sich verkriechen, doch es ist vermutlich nicht ratsam, einem König den Rücken zuzukehren.

Nach einer Weile fragt der König sanft: »Nun, mein Fräulein, wie fühlt Ihr Euch?«

Zu keiner klaren Überlegung mehr imstande, blinzelt Nell nur und schüttelt den Kopf. »Mieserabel. Mir tut alles weh.« Ohne weitere Erklärungen abzugeben, reibt sie sich die schmerzenden Schläfen.

»Warum denn, wenn ich fragen darf?« Viel zu interessiert für ihren Geschmack kommt der König einen Schritt näher und schmunzelt fast schon zufrieden vor sich hin.

Nell ächzt. Ihre Glieder fühlen sich steif an, ihr Rücken ist den Schmerzen nach zu urteilen von blauen Flecken überzogen und ihr Kopf platzt bald, wenn dieser Mann nicht aufhört zu fragen. Sie will einfach nur ein heißes Bad und ihre Ruhe, doch stattdessen steht der halbe Hofstaat im Raum, um sie über ihre Befindlichkeiten auszuquetschen.

Das kann doch alles nicht wahr sein! »Wie bitte?«

Der König legt abwartend den Kopf schief. »Ich fragte, warum es Euch nicht gut geht.«

Das ganze Gefolge im Hintergrund hält den Atem an, als hinge nun alles – inklusive ihrer aller Leben – von Nells Antwort ab. Diese schaut nur verdutzt und hat keine Ahnung, was diese ganzen Leute denn nur von ihr erwarten. Aber da ihr jeder Knochen und jeder Muskel im Leibe wehtun und ihr gerade wirklich nichts Sinnvolles einfallen will, beschließt sie, bei der Wahrheit zu bleiben. »Erbsen.«

Zugegeben, eine sehr vage Form der Wahrheit, aber es stimmt. Sollten sie nachhaken, wird sie sich irgendwie herausreden müssen. Die ganze Geschichte würde ihr eh niemand glauben.

Doch zu Nells grenzenloser Verwunderung nickt der König lächelnd. Alle Gesichter im Raum hellen sich auf und strahlen überglücklich zu ihr hinauf.

»Was geht hier vor?« Die Situation wird immer abstruser und Nell hat gerade absolut keinen Nerv für Spielchen. Auf einen Wink des Königs hin hebt ein grimmiger, schrankförmiger Diener zwölf der dreizehn Matratzen auf einer Seite an. Die darauf liegende Märchenwanderin ist alles andere als begeistert davon, dass man sie durch die Gegend hievt. Sie gerät ins Rutschen und bekommt gerade noch rechtzeitig den Rand der Matratze zu fassen, ehe sie vom Bettenturm gut vier Meter in die Tiefe stürzen kann.

»Zum Kuckuck noch eins! Lass mich wieder runter!«

Der Diener schaut kurz irritiert, zieht dann aber seinen massigen Arm zwischen den Matten hervor, sodass Nell ruckartig einen Meter absackt. Zwischen Daumen und Zeigefinger hält der Hüne eine einzelne Erbse in die Höhe.

»Himmel noch eins, das ist eine Erbse und keine Trophäe!

Was soll das? Ich bin hundemüde und nicht gerade zu Scherzen aufgelegt. Würde mir vielleicht mal jemand erklären, was hier vor sich geht und wo ich eigentlich ...«

Da fällt es ihr plötzlich wie Schuppen von den Augen. Erbsen. König. Matratzen. Sie schlägt die Hand hörbar klatschend gegen die eigene Stirn.

*Klar!*

Dass ihr das nicht gleich aufgefallen ist. Das Märchen von der Prinzessin auf der Erbse. Aber wie war das denn noch gleich? Irgendsoeine Prinzessin hatte auf so einem bequemen Hochbett geschlafen, beziehungsweise es versucht. Und dann? An mehr kann sie sich einfach nicht erinnern. Nell hat dieses Märchen nie gemocht und sich deshalb auch nie eingehend damit beschäftigt. Wobei ihr eine tiefere Märchenkenntnis vermutlich ohnehin nichts gebracht hätte, denn in dieser Märchenwelt ist alles ein bisschen anders als gewohnt.

Das Räuspern des Königs beendet abrupt Nells abschweifende Gedankengänge. »Liebes Fräulein Nelkentau, ich heiße Euch noch einmal herzlich auf Schloss Wildbachblütenautal willkommen.« Er strahlt dabei so stolz und glücklich, als hätte er gerade ein ganzes Honigkuchenpferd allein verdrückt.

»Prinzessin? Nelkentau? Wild-bach-blüten-... Was für ein Teil?« Allein über die verschrobenen Wörter nachzudenken, verschlimmert ihre Kopfschmerzen. Hier scheint alles sehr blumig zu sein. »Nur Nell bitte, Herr König zu Wildbachblütental, Eure Majestät.« Sie hat einige Mühe, das Wort über ihre Lippen zu bringen.

Der König lacht ein osterglockenhelles Lachen, in das nach und nach auch die Königin und die anderen Bediensteten mit einfallen. »Es heißt Wildbachbüten-au-tal, mein liebes Kind.« Er kichert unkontrolliert wie ein Schuljunge. »Aber König Eckward Theodor Philipp der Dritte reicht völlig!«

Nell kann nicht anders, als genervt die Augen zu verdrehen. *Das ist natürlich viel besser.*

Ungerührt fährt der König fort: »Sagt, verehrtes Fräulein, kürzt man Nelke in Eurem Reich immer so ab? Nell, das klingt ungewohnt, aber ansprechend, obwohl es natürlich kein Blumenname mehr ist.« Ohne ihr die Chance einer Antwort zu lassen, beendet König Eckward Theodor Philipp der Dritte diese Namensdiskussion, indem er sie huldvoll von ihrem Matratzenstapel herunter winkt, denn ihm scheint das Hinaufstarren langsam wirklich auf die Nackenmuskulatur zu gehen.

Herunterklettern klingt durchaus gerade nach einer ziemlich guten Idee, bleibt nur noch die Frage, wie sie das anstellen soll. Nell sucht vergeblich auf allen Seiten des Bettes nach einer Leiter, zuckt dann allerdings ratlos mit den Schultern. »Soll ich springen?«

Wieder lacht der König amüsiert. Statt einer Antwort winkt er abermals den breitschultrigen Diener heran. »Sebastian! Nun hilf er ihr schon herunter!«

Nell, die darauf wartet, dass er eine Leiter herbeischafft oder sie herunterhebt, wird erneut bitter enttäuscht. Der Hüne zieht, wie bei einem Holzklotzturm, Bausteine – in diesem Fall Matratzen – einfach aus der Mitte heraus und wirft sie zur Seite. Nell krallt sich kreischend an der obersten Matratze fest, während sie mit jeder weiteren Matratze ein gutes Stück in die Tiefe sackt. Als der Stapel niedrig genug ist, springt sie mit zitternden Knien herunter, um diesem Geschaukel ein Ende zu bereiten. Taumelnd steht sie da, klammert sich haltsuchend an einen der Bettpfosten und atmet schwer. Ihre Haut hat eine kalkweiße Farbe angenommen und Nell ist kurz davor, in Ohnmacht zu fallen. Das ist definitiv keine Art, Gäste zu behandeln!

König Eckward Theodor Philipp der Dritte zu Wildbachblütenautal scheint über diesen Vorfall nicht im Geringsten betrübt, eher sogar ausgesprochen belustigt.

Mit einem unmissverständlichen Wink schickt er die Leute aus dem Raum, sodass er zusammen mit seiner Frau und Nell allein sprechen kann. Die ist sich nicht sicher, ob er das aus Rücksicht auf sie veranlasst hat oder weil er keine Zeugen für das folgende Gespräch haben möchte.

»Mein liebes Fräulein Nelkentau, oder Prinzessin, sollte ich wohl eher sagen, denn Ihr habt die Prüfung mit der Erbse ja bravourös bestanden. Ich habe Euch hierhergebeten, um euch mit einer Angelegenheit von höchster Priorität und akuter Relevanz zu betrauen. Es versteht sich von selbst, dass ihr darüber striktes Stillschweigen wahren müsst. In diesem Zuge möchten wir, meine Gemahlin und ich, uns bei Euch für die absonderliche Prüfung entschuldigen, doch mussten wir sichergehen, dass ihr eine echte Prinzessin seid und nicht etwa Eure Kammerzofe. Unter uns gesagt: Man hat da erst kürzlich schlimme Dinge von einer Gänsemagd, einer gar garstigen Zofe, und einem prächtigen, sprechenden Ross aus dem Nachbarreich gehört.«

Nell nickt nur leicht verstört. Pferd, Prinzessin, Zofe, das klingt doch wieder nach einem anderen Märchen und dazu nach jeder Menge Schwierigkeiten!

*Sollten die Barrieren laut Frau Holle nicht eigentlich verhindern, dass sich Märchenreiche überlagern?*

Sie beschleicht eine Ahnung, dass bei ihren vergangenen Eskapaden vielleicht wirklich mehr zu Bruch gegangen ist als nur ein Fenster, der Zauberspiegel und ein Tonkrug.

Irgendwas läuft gehörig schief. Nell beschließt, diesmal ihre Aufgabe möglichst gut zu machen, sodass sie endlich wieder nach Hause zurückkehren kann und das im besten Falle, bevor hier alles zusammenbricht.

Der König indes bemerkt nicht, dass sie eigenen Gedanken nachhängt, und fährt mit ungebremstem Enthusiasmus fort, von diesem unschicklichen, wenn auch interessanten Abenteuer zu erzählen. Seine Worte plätschern einfach so vorbei. Nell bekommt es nicht einmal mit.

»Aufgabe? Welche Aufgabe?« Mit einem Mal ist sie wieder ganz Ohr und blickt den verwirrten König eindringlich an.

*Verflixt, jetzt war ich so in Gedanken, dass ich nicht gehört habe, was ich tun muss, um wieder herauszukommen. Hoffentlich erklärt er es noch einmal.*

»Wie ich gerade zu erläutern beliebte, Ihr sollt für uns eine Aufgabe von höchster Wichtigkeit erledigen und dafür eine ebenso große Belohnung erhalten.«

Nell spitzt die Ohren. Es ist eine schöne Abwechslung, wenn man seine Aufgabe mal unmissverständlich gesagt bekommt, statt ewig herumzuraten und am Ende das Falsche zu tun. Zerknirscht denkt sie kurz an Florian.

»Es wird ein Gefallen sein, der höchste Verschwiegenheit und noch mehr Loyalität und Vertrauen erfordert. Ihr müsst diskret und sehr behutsam vorgehen, nichts darf nach außen gelangen. Wenn die Aufgabe erfüllt ist, werdet Ihr belohnt und könnt nach Hause gehen.«

Nell nickt eifrig zum Zeichen, dass sie mit der Geheimhaltung einverstanden ist. »Ja, aber was ist es denn nun?« So viel allgemeines Gefasel ohne Inhalt und Zusammenhang – das kommt ihr doch etwas spanisch vor. Das Einzige, was sie mit Sicherheit weiß, ist, dass es geheim ist. Und das ist normalerweise kein Zeichen dafür, dass es sich um eine

Mission handelt, die einem besonders viel gutes Karma einbringt. Wobei es ja auch so etwas wie fleißige Heinzelmännchen geben soll.

Nell massiert sich die Schläfen, wenn dieser König nur mal zum Punkt kommen würde. Wie war das im Originalmärchen noch gleich? Die Prinzessin sollte auf dem Bett schlafen, um etwas zu beweisen, und dann den Prinzen heiraten. Oh, nicht schon wieder! Diese verdammte Prinzen-Heiraterei ist wirklich das Allerletzte! Sollte sich die Mission darum drehen, wird sie auf dem Absatz kehrtmachen und – egal, wohin – auf Nimmerwiedersehen verschwinden, so wahr sie eben nicht Nelkentau heißt. Doch zu ihrer großen Verwunderung geht es um etwas völlig anderes.

»Unser Sohn, Prinz Leopold Eckward Theodor Philipp der Dritte zu Schloss Wildbachblütenautal hat vor, in wenigen Tagen zu heiraten!«

Nell atmet erleichtert auf. »Das ist ja schön.« Sie lächelt und meint es diesmal von Herzen ehrlich.

»Schön?« Entrüstet wirft die Königin die Arme in die Luft. Die Worte sprudeln nur so aus ihr hervor. »Das ist grauenhaft! Diese Beziehung ist ganz und gar unschicklich! Und dieser Name! Baroness Amalie Wilhelmina von und zu Hochbergschneegipfelsteig! Das muss doch in einer Katastrophe enden!«

Nell hebt eine Augenbraue.

*Na, die braucht über Namen ja nun wirklich nicht lästern.*

Der König tätschelt seiner Frau Gemahlin liebevoll die Schulter und legt den Arm um sie. »Wie dem auch sei, etwas stimmt nicht mit dieser Frau. Sie ist Gift für unseren Sohn, aber alle Versuche, ihm die Augen zu öffnen, waren schlichtweg vergebens. Seit diese Person im Schloss ist, haben wir keine Nacht ruhig schlafen können.«

Aus Gründen der Diplomatie schluckt Nell ihre zynische Bemerkung hinunter. »Aber was soll ich denn dabei tun? Ich kenne den Prinzen ja gar nicht. Und wenn er schon auf Eure Majestäten nicht hören will, welchen Nutzen soll es da haben, dass ich ihm ins Gewissen rede?« Sie ist richtig stolz auf sich. Das eben war der märchenhafteste Satz, den sie Zeit ihres Lebens eigenständig fabriziert hat.

Dem Königspaar allerdings entgeht dieser geschichtsträchtige Meilenstein der Sprachgeschichte, denn beide gehen augenblicklich wieder zur Tagesordnung über. »Nein, Prinzessin Nell, Ihr sollt ihm nicht ins Gewissen reden, sondern ...« Der König bricht mitten im Satz ab und beißt sich auf die Lippe, als wage er es nicht, diesen ketzerischen Gedanken laut auszusprechen. Er ringt sichtlich mit sich. »Ihr sollt die Hochzeit verhindern – um jeden Preis!«

Jetzt ist es raus und für eine Weile denkt Nell über jede mögliche Bedeutung dieses Satzes nach. Aber sie kommt immer wieder zum selben Ergebnis.

Eines ist gut. Sie selbst soll schon mal nicht heiraten, aber ... »Die Hochzeit verhindern? Was hat das Mädchen denn getan? Und wie soll ich das denn machen? Ich kann schlecht den Priester entführen! Und ich werde sicher auch nicht noch einmal versuchen, jemanden umzubringen, auch keine Baroness!«

Das Königspaar blinzelt leicht verwirrt, unsicher, ob das Mordeingeständnis ernst gemeint war. Dann lenken sie das Gespräch jedoch schnell wieder aufs Thema. »Priester entführen, Hochzeit sabotieren, das Weib vergiften – es ist uns gleich, wie Ihr es anstellt, solange diese Trauung nicht stattfindet!« Die Königin japst und redet sich dabei richtiggehend in Rage. »Von mir aus bringt Leopold dazu, sich in Euch zu verlieben, nur dürft ihr ihn nicht gleich heiraten!

Ich will meinen kleinen Schatz noch nicht ziehen lassen. Er ist doch noch so klein!«

»Aber Liebling,« schaltet sich der König sanft ein, »so jung ist Leopold nun auch wieder nicht! Aber auch mir wäre es recht, wenn er noch ein wenig seine Freiheit genießt, bevor er sich in die Fesseln der Ehe stürzt.« Grunzend kassiert er einen Ellbogenhieb seiner Frau.

Eine reizende Familie. Nur um ihren Spross ein wenig länger betüddeln zu können, nehmen es die höchsten Herrschaften des Reiches sogar in Kauf, die Braut zu vergiften.

»Nur damit ich alles richtig verstanden habe, ich soll eine Hochzeitsfeier platzen lassen, habe dafür nur wenige Tage Zeit und soll die Braut aus dem Schloss ekeln oder Schlimmeres?« Fast hegt Nell die Hoffnung, dass es sich bei dieser sogenannten Mission um einen dämlichen Scherz handelt, doch das Königspaar nickt einvernehmlich und schaut sie halb hoffnungsvoll, halb erwartungsvoll an.

Nell reibt sich die Stirn. Diese Märchenwelt hat eine wirklich sehr seltsame Eigendynamik. Wenn sie versucht, jemandem zu entkommen, klebt der mit aller Macht an ihr und wenn sie sich einfach nur anpassen will, um alles heil zu überstehen, wird sie in Situationen geworfen, von denen eine gefährlicher und skurriler ist als die andere.

Nell hat ein ganz mieses Gefühl bei der Sache. Sollte man für gutes Karma nicht auch gute Sachen tun? Und eine Braut loszuwerden, fällt da doch bestimmt nicht drunter. Aber wenn diese Baroness wirklich so schrecklich ist, wie es die Eltern darstellen, ist es ja vielleicht doch eine gute Sache, wenn diese Hochzeit nicht stattfindet. Oder? Sie ächzt und unterdrückt den Impuls, sich die Haare zu raufen.

*Warum muss das alles so kompliziert sein?*

Aber es hilft ja nichts, sie will nach Hause. Und Aufgabe

ist Aufgabe.

»Ihr bekommt selbstverständlich ein paar helfende Hände, Prinzessin. Der Diener, der Euch vorhin vom Lager herabgeholfen hat« – der grobmotorische Schrank also, das wars mit der Unauffälligkeit – »heißt Sebastian und zwei Dienstmädchen sollen ganz zu Eurer Verfügung stehen.«

Nell nickt langsam. »Also schön, ich machs. Aber nur unter der Bedingung, dass ich erst einmal ein paar Stunden in Ruhe schlafen kann.« Sie unterstreicht das Wort ›Ruhe‹ so nachdrücklich, dass kein Zweifel daran besteht, dass sie jedem, der sie dabei stört, wirklich wehtun wird. Ihre Kopfschmerzen bringen sie um, sodass sie sich kaum noch auf den Beinen halten kann.

Das Königspaar atmet erleichtert auf. »Natürlich! Wir werden Euch sogleich zu Eurem Gemach begleiten, Prinzessin. Es liegt im Ostflügel des Schlosses, genau neben dem des Prinzen.«

Nell überkommt eine schlimme Vorahnung »Und wo bitte befinden wir uns jetzt gerade?«

»Im Westflügel«, antwortet der König.

Natürlich, wo auch sonst. Es wäre ja auch zu einfach, wenn man mal nicht quer durchs ganze Schloss schlurfen müsste, um eine Mütze voll Schlaf zu kriegen.

»Denkt daran, Prinzessin, verhindert die Hochzeit und Ihr kehrt mit reicher Belohnung nach Hause. Scheitert und es wird euch sehr schlecht bekommen, so wahr ich König Eckward Theodor Philipp der Dritte bin.«

*Na prima, da kann ja gar nichts schiefgehen.*

Als sie einige Stunden später von einem der versprochenen Dienstmädchen aus dem Schlaf gerissen wird, steht die Sonne bereits hoch am Himmel. »Ich sagte doch, ich möchte nicht gestört werden!« Grummelnd zieht sie sich das Kissen übers Gesicht, um die Helligkeit auszusperren.

Das Dienstmädchen, das aufstehunwillige Hoheiten offenbar gewohnt ist, lässt sich indes nicht durch Nells Geknurre von ihrer Pflicht abbringen. »Prinzessin Nelkentau, die Sonne hat den Zenit bereits überschritten.«

Nell linst sie mit halb zugekniffenen Augen nur verständnislos an. »Hä?«

»Es ist weit nach Mittag! Wir müssen euch für den Ball heute Abend zurechtmachen. Wie kann man nur so faul im Bett herumliegen?« Den letzten Satz brummelt sie gerade laut genug, dass die Prinzessin es hören muss, doch die ist gerade viel zu müde, um auf die Provokation zu reagieren. Aber nur weil Nachmittag ein Begriff ist, mit dem Nell zumindest verständnistechnisch etwas anfangen kann, was nicht heißt, dass sie es einsieht, jetzt aufstehen zu müssen.

»Was für ein Ball?« Grunzend versucht sie, sich mit fahrigen Bewegungen aus der Unmenge an Decken zu schälen.

Das Mädchen schaut ihr ungerührt aus kalten Augen dabei zu, ohne selbst den Versuch zu unternehmen, Nell zu helfen. »Eure Hoheit, heute Abend ist die erste von drei großen Feiern zu Ehren des Prinzen. In den kommenden drei Tagen gibt es ein großes Gelage mit Tanz, morgen dann einen Maskenball und dann am 31. März der Geburtstagsball und ...«

»Moment mal. In zwei Tagen ist der 31. März?«

»Äh, ja?«

»Es ist Frühling?«

»Offensichtlich, Eure Hoheit.«

Nell starrt das Dienstmädchen aus geweiteten Augen an, während ihr Verstand versucht, diese Information zu verarbeiten. Sie selbst wurde am 20. Mai geboren. An ihrem dreizehnten Geburtstag ist sie bei Holly gelandet. Einen Tag später hat sie sich an der Nadel gestochen und schlief genau drei Jahre. Sechzehn. Ohne genau gezählt zu haben, schätzt Nell, dass sie mindestens vier Monate in Florians Schloss war. Damit müsste jetzt eigentlich Herbst sein, oder vielleicht noch Winter. Die Erkenntnis trifft sie hart. Ihr fehlt schon wieder beinahe ein halbes Jahr.

»Prinzessin? Für diesen Nachmittag ist auch die Vermählung angesetzt.«

Nell nickt, kann sich jedoch nicht auf die Worte konzentrieren.

»Deshalb müsst ihr euch nun anziehen, so haben es der König und die Königin befohlen.« Das Mädchen spricht einfach weiter, während es durch den Raum wuselt und Kleider sowie Schuhe und Schmuck für Nell zurechtlegt.

Bei dem Versuch, die Beine aus dem Bett zu schwingen, verheddert sich Nell mit ihrem eingeschlafenen Fuß in dem Deckenwust und fällt platt auf den Bettvorleger. »Aua.«

Zum Glück federt das flauschig-weiche Fell ihren Fall etwas ab und erspart ihr somit weitere blaue Flecken.

Ein zweites Dienstmädchen kommt ins Zimmer und hilft Nell auf. »Oh, Prinzessin, ist alles in Ordnung?«

Nell sortiert sich ihr Haar aus dem Gesicht, um sich die beiden aufgedrehten Mädchen in ihren putzigen Uniformen genau anzusehen. Sie sehen sich erstaunlich ähnlich, könnten Zwillinge sein. Aber das mag auch an der Einheitskleidung liegen. Beide haben hellgrüne Augen, doch scheinen die des ersten Dienstmädchens von einem hellblauen Schleier überzogen zu sein und haben einen sehr kalten Ausdruck. »Ihr beide, wie heißt ihr eigentlich?«

›Du da‹ klingt immer blöd, zumal sie für die kommenden beiden Tage stark auf deren Hilfe angewiesen sein wird.

Die Antwort überrascht Nell nicht einmal mehr. »Schneeweißchen«

»Und ich bin Rosenrot.«

»Wir sind Schwestern.«

Sie seufzt. Natürlich, ein Märchen, von dem sie keine Ahnung hat, reicht ja nicht, man muss noch mehr reinpacken. Scheinbar haben ihre vergangenen Eskapaden empfindlich die Funktionstüchtigkeit der magischen Grenzen gestört.

»Freut mich.« Nell versucht, möglichst freundlich zu klingen, was ihr angesichts der neusten Informationen zunehmend schwerfällt.

Während Schneeweißchen – oder ist es Rosenrot? – recht ruppig die Bettlaken glatt zieht und das Zimmer aufräumt, hilft die Schwester mit dem sanfteren Blick Nell beim Anziehen. Das Kleid hat einen riesigen Rock, Dutzende Schichten, und das Anziehen dauert ewig. Diese Zeit nutzt die Prinzessin, um sich Gedanken über die nächsten notwendigen Schritte zu machen. Erst muss sie den Prinzen und die Baroness kennenlernen, um sich ein Bild von ihnen und der ganzen Situation zu machen. Außerdem muss ihr irgendjemand das Schloss zeigen. Dann kann es an die Arbeit gehen. Ihr ist nicht ganz wohl bei der Aufgabe, doch sie schiebt das ungute Gefühl erfolgreich beiseite. Es geschieht diesmal ja niemandem etwas.

In ihrem Kopf reift schon die erste Idee. Sie wird im Namen des Prinzen Blumen verschicken – an alle schönen Damen am Hof. Den Sträußen werden Briefchen mit möglichst schlüpfrigem Inhalt angeheftet, um den Bräutigam tüchtig in Erklärungsnot zu bringen. Das dürfte nicht so schwer sein, denn als gutaussehender junger Märchenprinz ist er sicher ein Frauenheld.

Schicht um Schicht Stoff wird um ihren Leib geschnürt,

bis Nell mindestens ein Drittel mehr an Umfang und gut und gern das Doppelte an Gewicht aufweist als vorher. Das Atmen fällt ihr ungewohnt schwer und sie fühlt sich wackelig auf den Beinen. Sie hält sich mit aller Kraft am Türrahmen fest, während die Mädchen zu zweit und mit vollem Körpereinsatz Nells Brustkorb in eine letzte Stoffschicht einquetschen.

»Was ist das?« Ihre Stimme ist nur ein Strom heißer, tonloser Luft.

»Na ein Mieder, Eure Hoheit! Wir haben es gleich.« Die beiden Mädchen ächzen und Nell hat das starke Gefühl, gleich zu ersticken.

»Wie – atmet man – damit? Es fühlt sich an wie in einer Obstpresse!«

Die Mädchen schauen verlegen drein. »Wir wollten eigentlich gerade fragen, ob wir es noch enger schnüren sollen.«

Nell wirft ihnen einen warnenden Blick zu. »Bloß nicht.« Probehalber macht sie einige Schritte in den Raum hinein. »Als hätte ich einen Besenstiel im Leib!«

Beide Dienstmädchen haben sichtlich Mühe, sich das Lachen zu verkneifen. »Wollen Eure Hoheit nun das Schloss inspizieren?«, fragt eine der beiden mit einem formvollendeten Knicks und einem deutlich schnippischen Unterton in der Stimme.

»Bitte wer? Ach so, ich!« Nell beginnt, diese antiquierte Sprache wirklich zu hassen. Können die Leute nicht einfach sagen, was sie meinen? Dieser unsinnige Wortschwall ohne allzu viel Inhalt macht das ganze Dilemma nur noch komplizierter. »Ja, es wäre nett, wenn du mich führst, Schneeweißchen.«

Das angesprochene Mädchen knurrt angesäuert. »Sehr wohl, Prinzessin, aber ich bin Rosenrot!«

Nell seufzt. Na das kann ja heiter werden. Sie nimmt sich

vor, den beiden bei allernächster Gelegenheit farbige Schleifen oder so zu verpassen. Aber jetzt steht erst einmal die Erkundung des Palastes auf dem Programm.

Mit jedem Schritt empfindet Nell diesen Rundgang mehr als eine perfide Art der Quälerei. Das ungewohnte Gewicht ihrer Kleider raubt ihr den Atem, den sie dank des körperunfreundlichen Korsetts eh nicht hat. Durch die breiten Rockschöße kommt sie nicht einfach durch die Türen, nein, sie muss seitlich hindurchstaksen wie eine Krabbe. Jeder Flur sieht aus wie der davor, sodass sie bereits nach kürzester Zeit vollkommen die Orientierung verloren hat. Und das war erst das Erdgeschoß. Und zu allem Übel – weil es ja wirklich noch nicht reicht – rattert Rosenrot ohne Punkt und Komma Fakten, Daten und Schlossklatsch herunter. Zu Beginn hat Nell noch versucht, den Ausführungen zu folgen, um bei der bevorstehenden Hochzeitskatastrophe ihren Nutzen daraus zu ziehen. Aber schon nach drei Fluren hat sie die Lust daran gänzlich verloren und ohnehin keinerlei Ahnung, wer denn nun mit wem was hat. Palastklatsch ist wirklich das Letzte.

Eine Stunde, fünfhundertzweiundsechzig Stufen und drei gefühlte Erstickungstode später erreicht ihre Privatführung eine Kammer, hoch oben in einem steinernen Turm, in dem man Rapunzel gut und gerne einige hundert Jahre hätte verstecken können.

»Ist hier oben eigentlich irgendetwas?« Nell ist erschöpft. Sie sinkt schwer auf einen Schemel, um wenigstens für einen Augenblick zu verschnaufen und ihre Füße auszuruhen.

»Nein.« Rosenrot klimpert mit den Wimpern und setzt eine Unschuldsmiene auf.

Wenn Blicke töten könnten, würde das Dienstmädchen gerade sicher auf der Stelle umfallen. »Du hast mich hier heraufgeführt wegen ein paar Spinnweben, eines alten Spinnrads und dem Staub von Jahrhunderten?«

»Und wegen der spektakulären Aussicht, Eure Hoheit.«

»Diese Gruselkammer hat keine Fenster!«

Das spitzbübische Funkeln in den Augen straft Rosenrots Unschuldsmiene Lügen. »Soll'n wir dann wieder, Eure Hoheit?«

Bevor Nell ihr doch noch an die Gurgel gehen kann, ist das Mädchen schon an der Tür und hält sie für die Prinzessin auf.

Nell grollt innerlich. Ihr liegt gerade eine Reihe sehr kreativer Flüche auf der Zunge, die sie eingedenk der Tortur mit dem Korsett und den Hunderten von Stufen zu gerne auf Rosenrot losgelassen hätte. Stattdessen versucht sie es damit, den Ärger wegzuatmen. Da ihr Brustkorb aber ziemlich straff eingeschnürt ist und jeder Atemzug wehtut, hat das leider nicht ganz den gewünschten Effekt. Mühevoll schluckt sie ihre Wut hinunter und stakst seitwärts an dem Dienstmädchen vorbei durch die schmale Tür. Dabei spricht der Blick, den sie Rosenrot zuwirft, allerdings Bände.

Den ausladenden Rock so gut wie möglich beiseitegedrückt, sodass sie sehen kann, wo sie hintritt, steigt Nell die fünfhundertzweiundsechzig Stufen wieder hinunter. Sie hüllt sich dabei in eisiges Schweigen und versucht ihr Bestes, um den Redeschwall des Dienstmädchens auszublenden.

»Ich habe da schon so ein paar Ideen, wie wir die Baroness loswerden könnten, Eure Hoheit.«

Mit Entsetzen hört Nell das Rascheln von Papier.

»Also, ich habe mir überlegt, dass wir es der Baroness hier grundsätzlich so unangenehm wie möglich machen sollten. Für den Anfang dachte ich da an kratzige Bettwäsche, Strohhalme unter dem Laken und Dreck in ihrer Kammer.

Außerdem könnten wir Sebastian ein Stinktier fangen lassen und es in ihrem Bett aussetzen. Wenn wir zeitgleich das Fenster so präparieren, dass es nicht zu öffnen ist, hat sie länger was von dem Gestank. Falls wir kein Stinktier auftreiben können, tut es vielleicht auch ein nasser Hund. Der Hund des Schafhirten soll bei Regen meilenweit zu riechen sein.«

Der Enthusiasmus, mit dem Rosenrot ihre Ideen präsentiert, erschreckt Nell mehr als alles andere. »Danke für deine Ideen, aber einmal durchputzen und das hat sich erledigt.«

»Mag sein, aber das war auch erst zum Warmwerden.«

Nell ahnt Übles.

»Wir müssten herausfinden, ob die Baroness irgendetwas nicht verträgt. Sebastian zum Beispiel fängt in der Nähe von Federn immer fürchterlich an zu niesen und eine der Küchenmägde speit jedes Mal, wenn sie nur an Essig riecht. Man könnte außerdem eine Art Enthaarungscreme in ihre Haarseife mischen. Ich weiß, der Hofalchemist hat da mal etwas zusammengemischt. Außerdem würde eine stark ätzende Flüssigkeit in der Gesichtscreme sich bestimmt auch gut machen. Am besten irgendetwas, was Hautausschlag und eitrige Pickel verursacht.«

Auf einem Treppenabsatz bleibt Nell stehen und dreht sich zu dem Mädchen um, soweit es die ausladenden Rockschöße zulassen. Die Vorstellung, plötzlich ohne Haare dazustehen, jagt ihr Schauer über den Rücken. »Das ist – sehr kreativ. Aber ...«

Rosenrot nickt begeistert. »Nicht wahr? Aber das war noch nicht alles. Wir sollten unbedingt ihre Kleider alle enger nähen lassen. Wenn sie sich für dick hält und nicht in ihr Brautkleid passt, will sie bestimmt nur noch nach Hause.«

Mit offenem Mund schaut Nell ihr Dienstmädchen an.

Kurz überlegt sie, ob es hier vielleicht auch so einen Spiegelgeist gibt. »Das ist gr – «

»Grenzgenial? Ich weiß.« Rosenrots Stimme ist ein heiterer Singsang. »Aber das Beste kommt erst noch. Ich habe mich ein wenig schlaugemacht. Wenn alles andere versagt, können wir immer noch auf etwas – Handfesteres zurückgreifen.«

»Handfester als Krabbelgetier im Bett und Enthaarungscreme in der Seife?« Nell ist sichtlich schockiert, doch Rosenrots Augen leuchten bei diesen Worten auf.

»Krabbelviecher, natürlich! Dass ich darauf nicht gekommen bin. Die müssen noch mit auf die Liste.«

Die Prinzessin nickt, um darauf gleich wieder verstört mit dem Kopf zu schütteln. Das ist jetzt so nicht beabsichtigt gewesen.

Aber bevor Nell überhaupt zu Wort kommt, redet das Dienstmädchen schon wieder ohne Punkt und Komma. »Also, wir haben jede Menge Unrat in ihren Gemächern, die enger genähte Kleidung sowie Amalies präparierte Schönheitstiegelchen.«

»Meinst du nicht, das reicht?«

»Schon nicht schlecht, aber wir brauchen einen Plan B.« Sie schlägt die Faust in die geöffnete Handfläche. »Es wird Zeit, dass wir uns bewährter, klassischer Methoden bedienen, wie einer verfluchten Spindel oder eines vergifteten Apfels.«

Nell wird schlagartig kreidebleich und beginnt zu zittern. Ihr Atem geht schnell und stoßweise, trotz des engen Korsetts, das ihr die Rippen zusammenquetscht.

»O nein! Keine Hexerei! Das ist hundskompliziert und geht eh nur wieder nach hinten los!« Allein bei dem Gedanken an Schlafzauber und vergiftete Äpfel spürt sie schon die nahenden Kopfschmerzen. »Nicht mit mir!« Ihre

Worte lassen keinen Widerspruch zu. Eher würde sie versuchen, die Sonne im Westen aufgehen zu lassen oder eine Armee tollwütiger Zwerge einzufangen.

Rosenrot legt mit verständnisloser Miene den Kopf schief und eilt Nell hinterher, die mit gerafften Röcken in einem halsbrecherischen Tempo die Stufen hinabstampft. »Prinzessin, auf Geheiß des Königs müssen wir diese Frau noch vor der Hochzeit loswerden. Nachhaltig und egal, wie.«

Noch im Laufen blickt Nell über die Schulter zu dem Dienstmädchen. Sie erschrickt, als sie den stechenden Blick sieht und die resolute Antwort, die ihr schon auf der Zunge lag, bleibt ihr im Halse stecken. Kalt und von einem hellen Blau erinnern Rosenrots Augen an Eisschollen auf einem zugefrorenen See. Ein Blinzeln, dann ist die Illusion verschwunden. Nells Füße bewegen sich mechanisch vorwärts. Sie übersieht die letzte Stufe, tritt ins Leere und ringt wild mit den Armen rudernd um ihr Gleichgewicht. Mit einem überraschten Schrei prallt sie gegen etwas Weiches und reißt es im Fallen mit zu Boden.

»Eure Hoheit, seid Ihr verletzt?« Binnen einer Sekunde taucht Rosenrots Gesicht neben Nell auf. Es ist ihr anzusehen, dass sie die Schadenfreude über ihren unfreiwilligen Perspektivwechsel nur mühsam unterdrücken kann.

»Nein, es geht schon. Ich bin erstaunlich weich gefallen.«

Statt der Prinzessin aufzuhelfen, nickt das Dienstmädchen nur zustimmend und schaut sie abwartend an. Verärgert versucht Nell, irgendwie wieder auf die Füße zu kommen, als, begraben unter ihren vielen Rockschichten, ein gequältes Quieken laut wird. Kaum ist sie wieder auf den Beinen, taucht aus dem Haufen unvorteilhafter Kleidungsstücke ein Gesicht auf. Der dazugehörige Mann hat sichtlich Mühe, sich selbst wieder zu entwirren und aufzurappeln.

Nell plustert die Backen auf und kichert hinter vorgehaltener Hand, als er sich zu voller Größe aufrichtet und sie gekränkt anfunkelt. Trotz seiner Schuhe und einer Krone auf seinem Haupt reicht er ihr kaum bis zum Kinn.

Der bärtige Zwerg stemmt die Fäuste in die Hüften und läuft in Sekundenschnelle feuerrot an. »Wisst ihr eigentlich, wer ich bin? Hört sofort auf zu lachen, dämliches Weibsbild! Ich bin der Prinz! Leopold Eckward Theodor Philipp der Dritte von Wildbachblütenautal!« Daran gewöhnt, dass dieser Name den Lauschenden Ehrfurcht einjagt, wirft er sich mächtig in die Brust und sieht zu seiner Zufriedenheit, dass Nell augenblicklich verstummt.

Doch statt sich auf Knien zu entschuldigen, kocht ein altbekannter Zorn in ihr hoch. Aller Frust, den sie seit ihrem unfreiwilligen Eintritt in die Märchenwelt mit sich herumschleppt, entlädt sich gerade mit voller Wucht auf den kleingewachsenen Mann vor ihr, der mit hochrotem Kopf auf dem schweren Teppichboden auf und ab hopst. »Lasst Euch eines gesagt sein, Leonard Thomas Ferdinand der Vierte ...«

»Ich heiße Leop ...«

»Es ist mir vollkommen egal, wie Ihr heißt. Von meiner Warte aus seid Ihr ein verhätscheltes Muttersöhnchen, dessen eigentliches Problem vermutlich weder die fehlende Größe noch die vielen Pickelnarben im Gesicht sind, sondern eine echt schräge Familie.«

Prinz Leopold steht derweilen einfach nur mit fassungsloser Miene da, den Mund weit geöffnet. Mit jeder Sekunde dieser vollkommen abstrusen Situation scheint er mehr und mehr in sich zusammenzusacken. Jetzt, da der Stolz und das Imponiergehabe von ihm abgefallen sind, wirkt er unglaublich verletzlich – wie ein Schaf, nur ohne den Niedlichkeitsfaktor. »Wollt Ihr wohl sofort aufhören, Weib!«

»Ich bin kein Weib. Aber so, wie Ihr mit Frauen redet, wundert es mich maßlos, dass eine lang genug geblieben sein soll, um Euch zu heiraten.«

Leopold steht vollkommen verloren mitten im Gang und klappt mehrfach den Mund auf und zu. »Aber, aber, aber, ich bin doch der ...«

Doch Nell schneidet ihm mit einer harschen Geste das Wort ab. Ein bisschen tut er ihr schon leid, wie er da vor den Scherben seines Imponiergehabes steht und offenkundig nicht recht weiß, wie ihm geschieht. Aber sie kann ihn einfach nicht ernst nehmen.

Nell richtet sich auf, streicht ihren Rock glatt und stemmt die linke Hand in ihre schmerzhaft gequetschte Hüfte, um das Seitenstechen abzumildern.

*Atmen, das ist der Trick.*

Sie unterdrückt den Schmerz und wendet sich hoch erhobenen Hauptes an Leopold. »Keine Sorge, Prinzlein, ich weiß genau, wer ihr seid.«

*Ein armseliger Gremlin.*

Mit diesen Worten macht sie auf dem Absatz kehrt und stolziert unter schwerer Atemnot möglichst elegant an dem erstarrten Prinzen und Rosenrot vorbei, die die Szenerie mit einem hämischen Funkeln in den Augen wortlos verfolgt hat. Als Nell auf ihrer Höhe ist, raunt diese ihr leise zu: »Sehr schön, Prinzessin. Wenn Ihr Euren Zorn auf die Baroness loslasst, sind wir sie sicher in kürzester Zeit los.«

Zugegeben, Nell genießt das Gefühl von Macht, das sie gerade durchströmt, mehr, als es aus Karmagründen sinnvoll wäre. Aber es ist eine Genugtuung, auch einmal austeilen zu können, statt ständig nur einstecken zu müssen. Es ist ein kleines Stück Kontrolle.

*Und so ein bisschen Schadenfreude tut doch keinem weh oder?*

Ihr Blick gleitet hinab zu dem Kompass, dessen Ränder nun wieder rötlich schimmern.

*Spielverderber.*

# Der Pakt

Zu ihrem eigenen Erstaunen findet sich Nell nur wenig später ohne Umwege vor ihrem Zimmer im Ostflügel wieder. Schwungvoll reißt sie die Tür auf und stürmt hindurch, um sie anschließend geräuschvoll hinter sich ins Schloss zu werfen. Noch immer erfüllt von der Energie, die sie verspürte, als sie ihrer Wut gerade freien Lauf ließ, wirft sich Nell rücklings aufs Bett und streckt alle Glieder weit von sich. Zum ersten Mal, seit sie in dieses höllische Korsett geschnürt wurde, hat sie das Gefühl, frei atmen zu können.

Hektische Schritte draußen kündigen aufgeregten Besuch an. Die Prinzessin seufzt tonlos und schließt die Augen, um die Ruhe vor dem Sturm, der sicherlich gleich über sie hereinbrechen wird, noch ein wenig länger auszukosten. Die Tür öffnet und schließt sich wieder, ehe eines der Dienstmädchen auf sie zugeeilt kommt.

»Prinzessin! Was habt Ihr nur getan? Der Prinz ...«

Unwillig hebt Nell ein Augenlid, um das Mädchen vor ihrem Bett mit kritischem Blick zu mustern. Sie kann die beiden Schwestern immer noch nicht auseinanderhalten. »Ich weiß, ich war vielleicht ein bisschen harsch und direkt, Rosenrot, aber er hatte es definitiv verdient.«

»Schneeweißchen, Euer Hoheit. Selbst wenn Prinz Leopld seinen üblichen, ruppigen Charme an den Tag gelegt hat, Ihr hättet nicht so gemeine Dinge zu ihm sagen dürfen.«

Nell stöhnt gequält und versucht, sich aufzusetzen, was das steife Korsett erfolgreich verhindert. Augenblicklich ist Schneeweißchen zur Stelle und zieht sie unter vollem Körpereinsatz wieder in eine sitzende Position.

Das Mädchen wischt sich eine verirrte Strähne aus dem Gesicht und blickt Nell traurig an. »Er hatte es nicht leicht, wisst ihr? Leopold, meine ich. Zeit seines Lebens wurde er seiner Gestalt wegen verspottet und gleichzeitig von seinen Eltern in Watte gepackt.«

»Ich erlaube ihm dennoch nicht, mich zu beschimpfen.«

»Seht es ihm nach. Er hat nie gelernt, wie man Menschen auf Augenhöhe begegnet.« Schneeweißchen schenkt ihr ein gütiges Lächeln.

Nell schluckt schwer an dem Kloß in ihrer Kehle und spielt unbewusst an dem Medaillon an ihrer Kette herum. Für den Bruchteil einer Sekunde dachte sie, in Nanas graublaue Augen zu blicken, aber so schnell, wie er gekommen ist, ist der Moment auch schon verflogen und Schneeweißchens Augen haben wieder ihren normalen hellen Grünton angenommen.

*Langsam sehe ich wirklich Gespenster.*

Um sich zu beruhigen, lässt sie die beiden Seiten des Kompasses abwechselnd auf- und zuschnappen. Irgendwann, ohne dass Nell es bemerkt hätte, sitzt das Dienstmädchen neben ihr auf der Bettkante und starrt mit einem seltsam versonnenen Lächeln die Kette an.

»Vor langer Zeit kannte ich jemanden, die auch immer an einem Amulett herumgespielt hat, wenn sie nervös war.«

»Sie?«

Schneeweißchen nickt lächelnd. »Ja. Sie kam uns hier immer mal wieder besuchen, schließlich war sie die Wächterin der Märchen.«

Selbst ohne Korsett säße Nell jetzt völlig gerade. Hat Holly nicht ihre Großmutter so genannt?

»Schneeweißchen, wie sah sie aus?« Sie ergreift die Hände des Dienstmädchens und blickt sie eindringlich an. Dabei fällt der halboffene Kompass zurück auf ihre Brust und der leuchtende Kristallsplitter landet in Schneeweißchens Schoß.

Das Mädchen löst eine Hand aus Nells Griff und hebt den Splitter behutsam mit Daumen und Zeigefinger an. Sofort fließt das rote Leuchten heraus und der Splitter erstrahlt in einem hellen Blauton. »O wie schön. So einen Kristall habe ich lange nicht gesehen.«

Nells Mund ist trocken.

*Muss man denn diesen Märchenfiguren alles mit dem Schürhaken aus der Nase ziehen?*

Sie schluckt und versucht, das Mädchen durch pure Willenskraft zum Weitersprechen zu zwingen.

»Ich habe es als Kind immer geliebt, wie das blaue Licht darin die Farbe gewechselt hat. Ich war noch nie dort, aber genau so stelle ich mir das Meer vor, ein nieendenwollenes Blau in allen seinen Schattierungen.«

»Schneeweißchen, die Wächterin.« Ihr Herz pocht heftig in ihrem Brustkorb und fühlt sich doch so unendlich schwer an. Sie fragt sich, ob sie die Antwort wirklich wissen will oder überhaupt ertragen kann. Doch jetzt ist es zu spät.

»Ach ja. Sie war im Laufe der Zeit viele Male hier. Ich kann mich noch genau an ihren ersten Besuch erinnern. Sie sah Euch damals sehr ähnlich, wisst Ihr, Eure Hoheit? Ihr Haar war blond und lockig, vielleicht ein wenig mehr als Eures. Ihre Augen hatten die Farbe eines Sommergewitters, wie ein blauer Himmel durchzogen von grauen Wolken.«

Nells Herz krampft sich zusammen und sie vergisst für den Moment vollkommen zu atmen.

»Zuletzt war sie jedoch eine alte Frau. Doch weder ihr graues Haar noch ihre gebrechlichen Knochen konnten sie davon abhalten, sich mit allen Kindern, die zuhören wollten, auf den Boden zu setzen und ihnen Geschichten aus anderen Welten zu erzählen, vom Guten, das immer über das Böse siegt, von Drachen und Königinnen, von zertanzten Schuhen und magischen Prüfungen.« Schneeweißchens Blick wird ganz weich. »Und immer war auch eine Geschichte über ihre eigene Familie dabei. Sie muss sie sehr lieben, wenn sie dafür das alles hier aufgegeben hat. Wisst Ihr, Prinzessin, insgeheim habe ich mir beim Zuhören immer gewünscht, ich würde dazugehören, könnte mit ihr durch all die Welten und Königreiche reisen und würde sie auch so liebevolle Geschichten über mich erzählen hören.«

Eine Träne rinnt über Schneeweißchens Wange herab, doch das Mädchen wischt sie eilig lächelnd fort. Sie nimmt Nells Hand in die ihre und legt behutsam den Kristallsplitter hinein, ehe sie ihre Finger darum schließt.

Nell spürt die scharfen Kanten gegen ihre Haut drücken und ist für einen Moment sprachlos. Ihre Nana war hier. Mehrmals. Mühsam schüttelt sie die Starre ab. »Schneeweißchen, du hast gesagt, sie war immer wieder hier.«

»Ja, aber das letzte Mal ist schon lange her.«

»Ich weiß.« Nell versucht, das Zittern in der Stimme zu unterdrücken. Gedanken an jenen Nachmittag, als sie zuletzt mit Nana auf dem Dachboden saß, schieben sich wieder in ihr Bewusstsein. Gedanken an die Geschichte, die sie nie zu Ende erzählen konnte.

Nell räuspert sich. »Weißt du, wie sie das gemacht hat? Nan – ähm, die Wächterin, meine ich. Wie konnte sie zwischen den Welten wechseln und wieder zurückkommen?«

Das Dienstmädchen nickt. »Ganz genau weiß ich es nicht. Aber ich glaube, es hing mit diesem Amulett zusammen, das sie immer getragen hat. Sie sagte mal etwas davon, dass es ein Portal wäre.«

Nells Herzschlag beschleunigt sich. »Und das Amulett sah

aus wie dieser Splitter? Bist du dir sicher?« Hat sie den Schlüssel für ihre Heimkehr etwa die ganze Zeit schon in Händen gehalten, ohne es zu ahnen?«

Wieder nickt Schneeweißchen und sucht nach passenden Worten. »Ja, so ähnlich. Nur dass ihr Amulett eine ovale Halbkugel war, in einer goldenen Fassung, die wie ein verzierter Spiegelrahmen aussah.«

Nell sackt ein wenig in sich zusammen. Die Beschreibung gleicht haargenau dem Kristall, der in den Einband von Nanas altem Märchenbuch eingelassen war, bis hin zu der spiegelförmigen Fassung. Vor ihrem geistigen Auge sieht sie sich selbst an ihrem dreizehnten Geburtstag mit Sue und ihrer Mutter in der Küche sitzen. Sie selbst hatte das Buch so fest gegen die Wand geschleudert, dass der Kristall zerbrach.

Rückblickend würde Nell sich am liebsten dafür ohrfeigen. In ihrem pubertären Wutanfall hat sie eventuell die einzige Chance zerstört, jemals wieder nach Hause zurückzukehren. Ihr ist zum Heulen zumute.

Da taucht das Gesicht ihrer Schwester in ihren Erinnerungen auf, wie sie sie hoffnungsvoll anlächelt und ihr den zusammengeklebten Kristall hinschiebt. »Ich habe versucht, ihn wieder zu kleben, aber es fehlen, glaube ich, zwei oder drei Stücke.«

Nell hebt ruckartig den Kopf und schaut auf den Splitter in ihrer Handfläche, der nun wieder hellrot leuchtet.

*Könnte das eines der fehlenden Stücke sein, die Sue nicht finden konnte? Aber wie sollten die Splitter von unserer Küche hierhergekommen sein?*

Ihre Gedanken überschlagen sich. Die Splitter zu Hause sind weiß gewesen, dass dieser hier noch leuchtet, heißt doch, dass noch Magie darin steckt. Vielleicht genug, um sie zurückzubringen?

»Schneeweißchen, ich frage mich, warum der Splitter bei mir immer rot wird. Wo er bei dir und bei meiner Gro ... bei Eleonora doch immer blau war.« Der Name versetzt Nell einen Stich, doch sie hat gerade keine Zeit, den Erinnerungen nachzuhängen. Nicht jetzt, da sie zum ersten Mal eine handfeste Spur hat, wie sie hier wieder herauskommen könnte.

»Ja, das ist seltsam, oder? Ich meine mich zu erinnern, dass die Wächterin da mal etwas dazu erzählt hat.«

»Bitte, versuch, dich daran zu erinnern. Es ist wirklich wichtig.« Ihre Stimme nimmt einen flehenden Klang an.

Schneeweißchen reibt sich angestrengt nachdenkend die Schläfen und kneift die Augen fest zu. »Ach, es ist schon so lange her. Ich weiß nicht mehr ...«

»Bitte, versuch es.«

»Sie sagte etwas von Seelensucher, der gute Taten sammelt und Böses bestraft oder so ähnlich. Es tut mir ehrlich leid, Prinzessin, aber an mehr erinnere ich mich wirklich nicht mehr.«

Nell nickt geistesabwesend.

*Das klingt ganz nach Nana. Ein magischer Stein, der durch gutes Karma betrieben wird. Vielleicht steckt in dem Splitter noch genügend Magie, um auch für mich ein Portal zu öffnen, wenn ich es schaffe, dass er blau wird.*

An Schneeweißchen gewandt öffnet sie den Mund zu einer weiteren Frage, wird allerdings abrupt unterbrochen, als deren Schwester polternd durch die Tür in den Raum gestürzt kommt, einen Berg Kleider in den Armen balancierend.

»Ist es zu viel verlangt, dass mir einer mal kurz zur Hand geht, wo ich schon die ganze Arbeit allein mache?«

Schneeweißchen springt vom Bett auf und nimmt ihrer Schwester mit einem fragenden Blick den Kleiderhaufen ab. »Was hast du mit den ganzen Kleidern vor? Und wem gehören die überhaupt?«

»Na der Baroness von und zu. Ach Schwesterchen, stell dich doch nicht so dumm an! Die dämliche Pute schwadroniert gerade mit dem Prinzen im Garten herum und ihre Kammerzofe stakst wie ein Pfau hinterher. Da habe ich die Gunst der Stunde genutzt und schon mal die Hälfte ihrer Garderobe mitgehen lassen.«

»Du hast die Kleider gestohlen?« Schneeweißchen wirkt aufrichtig entsetzt.

»Geborgt. Ich bringe sie zur Schneiderin.« Als würde das alles Notwendige erklären, zerrt Rosenrot einen großen Wäschesack aus einer der Truhen an der Wand, nimmt ihrer Schwester die Kleider ab und stopft sie in den Beutel. »Haben die Kleider alle Risse?«

Rosenrot schultert den schweren Sack und stopft ein paar langärmelige Handschuhe in die Tasche ihrer Schürze. »So ein Quatsch. Die Schneidersfrau soll sie enger nähen, damit die olle Baroness nicht mehr reinpasst. Aber es wäre aufgefallen, wenn ich alle Kleider auf einmal mitgenommen hätte, also habe ich mich auf die Hälfte beschränkt.« Schon ist sie wieder auf dem Weg zur Tür. »Auf dem Rückweg sammle ich im Burggraben ein paar Brennnesseln, das dürfte der Dame ihr schönes, weiches Bett ziemlich verleiden.«

Bei dem eisigen Lachen läuft es Nell kalt den Rücken runter.

Bevor sie durch die Tür davonrauscht, wendet sich das Mädchen noch einmal an ihre Schwester und die Prinzessin. »Ihr beide könntet euch übrigens in der Zwischenzeit nützlich machen. Schneeweißchen, wir brauchen jede Menge Krabbelgetier und Würmer und wenn du Sebastian siehst, sag ihm, er soll mal sehen, ob er ein Stinktier auftreiben kann.«

»Ein lebendiges?« Schneeweißchen steht der Horror ins Gesicht geschrieben.

»Natürlich ein lebendiges, Dummerchen. Ausgestopft stinkt es ja nicht mehr. Wenn er keines fangen oder besorgen kann, müssen wir uns den Hirtenhund ausleihen, das Vieh stinkt vielleicht sogar noch schlimmer als ein Stinktier.«

Zuletzt wendet sich Rosenrot noch an Nell. »Und Ihr, Prinzessin, seht zu, dass Ihr Euch mit Amalie anfreundet. Versucht herauszubekommen, ob sie irgendetwas nicht verträgt, so wie Sebastian mit den Federn. Und vielleicht könntet ihr auch schon mal anfangen und Zweifel sähen. Macht ihr den Prinzen schön madig. Mit dem Alchemisten habe ich schon gesprochen, er hat die Enthaarungstinktur und das Säurezeugs für die Gesichtscreme bis heute Abend fertig. Dann müssen wir sie nur noch in die Kosmetika der Baroness mischen.«

Mit einem lauten Krachen fällt die Tür hinter dem Mädchen zu und eine unangenehme Stille breitet sich in dem Raum aus. Schneeweißchen und die Prinzessin starren einander in vielsagendem Schweigen an, ehe Nell zaghaft die Frage stellt, die ihr schon seit dem Ausflug in den Turm auf der Seele brennt: »War sie schon immer so …« Fieberhaft sucht sie nach dem passenden Wort, das einerseits das Verhalten von Rosenrot beschreibt, deren Schwester aber gleichzeitig hoffentlich nicht vor den Kopf stößt.

»Grausam?« Schneeweißchen wendet traurig den Blick zur Tür, durch die ihre Schwester gerade eben verschwunden ist. Sie schüttelt den Kopf. »Nein. Früher war Rosi fröhlich und aufgeweckt. Sie hat immer die tollsten Dinge gefunden und war glücklich, wenn sie stundenlang im Gras liegen und einem Schmetterling dabei zusehen konnte, wenn er zum ersten Mal seine Flügel streckt und sie in der warmen

Frühlingssonne trocknen lässt.« Ihre Stimme wird immer leiser, ein bitterer Unterton mischt sich hinein. »Früher war es hier generell ganz anders. Ich wünschte, Ihr hättet dieses Schloss zu der Zeit gesehen, als es noch eine Wächterin gab. Damals war es hier viel schöner und irgendwie wärmer. Mit ihrem Verschwinden hielt die Kälte Einzug in dieses Reich.«

Verwundert schaut Nell sie an. »So kalt finde ich es gar nicht. Es ist Frühling, da ist es immer etwas frisch, aber generell ist es doch schon sehr warm.«

*Nun ja, vielleicht liegt das auch zum Teil an den drölf Kleiderschichten und dem unseligen Korsett.*

Aber das Dienstmädchen schüttelt nur traurig lächelnd den Kopf und pocht mit ihren Fingerspitzen auf ihre linke Brust. »Nein, Eure Hoheit. Es ist eine Kälte der Herzen. Die Menschen hier begannen sich zu verändern, wurden härter, kälter und grausamer. Inzwischen glaube ich, sie erfreuen sich nur noch am Leid anderer, sind nur noch auf ihre eigenen Wünsche bedacht.«

Noch immer auf dem Bett sitzend, wird Nell ganz still. Ein Gefühl lähmt sie, das sie zuvor noch nie so gespürt hat. Es ist, als läge ein tonnenschwerer Felsbrocken auf ihrem Brustkorb und raube ihr die Luft zum Atmen. Und diesmal ist es nicht das Korsett. Sie empfindet Traurigkeit und Mitgefühl für dieses warmherzige Mädchen und sie fühlt Schuld. Denn in diesem Augenblick wird Nell klar, dass sie ein Teil des Zerfalls ist. Seit dem Tod ihrer Großmutter ist alles irgendwie grauer und dunkler als vorher. Sie hatte kaum ein gutes Wort für irgendwen übrig. Davon, wie übel sie Prinz Florian mitgespielt hat, mal ganz zu schweigen.

*Kein Wunder, dass der Seelensplitter bei mir immer rot leuchtet.*

Tränen steigen in ihr auf und sie presst die Hand mit dem Kristallstück darin fest auf ihr Herz, das sich gerade so schwer anfühlt.

Wie aus dem Nichts sitzt Schneeweißchen wieder neben ihr auf dem Bett und streicht ihr zärtlich eine Träne von der Wange. »Grämt Euch nicht, Prinzessin. All das geschah lange vor Eurer Zeit. Euch trifft keine Schuld.«

*Wenn du wüsstest.*

»Die Geschichte nimmt ihren Lauf. Und alles, was wir Menschen tun können, ist, unser Bestes zu geben und auf ein Happy End zu hoffen. Denn am Ende wird alles gut.« Sie schenkt der Prinzessin ein aufmunterndes Lächeln und da ist es wieder, ein Schimmer von graublau liegt über dem hellen Grün von Schneeweißchens Augen.

Nell seufzt laut, lacht und weint gleichzeitig. »Und wenn es nicht gut ist, dann ist es noch nicht zu Ende.« Sie wünscht sich gerade so sehr, ihre Nana wäre hier und würde ihr mit all ihrer Ruhe, Weisheit und Wärme sagen, dass auch für sie am Ende wirklich alles gut wird.

Schneeweißchen zieht die Prinzessin stumm in eine tröstende Umarmung und in diesem Augenblick spürt Nell, dass zumindest ein Teil ihrer Großmutter irgendwie doch hier ist.

Sofort legt sich eine wohlige Ruhe und Klarheit auf ihren Geist und sie macht sich sanft von dem Mädchen los. »Ich danke dir, Schneeweißchen. Von ganzem Herzen danke. Ich weiß jetzt, was ich zu tun habe.« Sie öffnet die Hand, die noch immer den Splitter an ihr Herz gepresst hielt, und staunt nicht schlecht, als er nicht mehr rot, sondern rosa glüht. An den Rändern schimmert er sogar leicht bläulich. Mit neuem Mut schließt sie ihn wieder in Hollys alten Kompass ein und steht auf.

»Was habt Ihr denn nun vor, Prinzessin?«

Nell lächelt. »Na, du hast deine Schwester doch gehört.

Ich muss endlich diese Baroness kennenlernen.«

Alarmiert hebt das Dienstmädchen eine Augenbraue.

»Keine Angst. Ich habe nicht vor, dem armen Ding etwas anzutun. Ganz im Gegenteil. Die beiden müssen heiraten und ich für meinen Teil werde versuchen, genau dafür zu sorgen.«

»Aber Eure Hoheit, die Anweisung des Königs lautetete doch ...«

»Ich weiß. Es könnte mich Kopf und Kragen kosten, wenn ich Amalie nicht vergraule, aber ich will, dass die Geschichte ein gutes Ende nimmt. Solange es für alle anderen so aussieht, als würde ich mich ernstlich bemühen, komme ich vielleicht ja damit davon.« Sie zuckt mit den Schultern.

*Vielleicht ja sogar durch ein Portal nach Hause.*

Schneeweißchen lächelt und steht ebenfalls auf. »Einverstanden, ich werde Euch helfen, so gut ich kann. Aber wir sollten besser keinem davon erzählen.«

Nell nickt. »Dann machen wir uns mal an die Arbeit und retten diese Hochzeit.«

Die Turmuhr der Schlosskapelle schlägt gerade Mitternacht, als Nell in ihre Gemächer zurückkehrt. Ein großer, schwarzer Vogel, der auf ihrem Fenstersims geschlafen hat, flattert, durch das laute Geräusch erschreckt, krächzend davon.

»Aua.« Ihr Jammern ist für niemand Bestimmten gedacht, aber es tut gut, sich mal Luft zu machen.

*Apropos Luft, nichts wie raus aus diesen Klamotten.*

Ungelenk streift sie die unbequemen Absatzschuhe von den schmerzenden Füßen und feuert sie irgendwo in Richtung des Bettes. Der nächste Weg führt sie hinüber zu der kleinen Waschecke. Nell ist heilfroh, dass man in Märchen normalerweise nicht aufs Klo muss. In diesem Kleid wäre das ein recht aussichtsloses Unterfangen gewesen.

Den Rücken halb zum Spiegel gedreht, versucht sie, mit den Fingern die Schnürung des Korsetts zu erreichen. »Verdammtes Ding, nun geh schon auf! Warum muss das verflixte Teil auch auf dem Rücken zugebunden werden?« Sie verdreht ihren Arm schmerzvoll nach hinten, doch das Band schwingt immer wieder aus ihrer Reichweite hinaus. »Auaaa! Wer erfindet nur solche Folterwerkzeuge?« Und noch schlimmer, wer trägt sowas freiwillig? Ihr ganzer Oberkörper fühlt sich wund und gequetscht an, als bestünde die Haut unter dem Stoff nur noch aus blauen Flecken. »Aua, aua, aua, aua.« Aber alles Wehgeschrei hilft nicht, die Schnürung löst sich keinen Millimeter. Da entscheidet sich Nell für eine drastischere Maßnahme.

»Und bist du nicht willig …« Nell sucht ihr Zimmer verzweifelt nach etwas Brauchbarem ab.

*Hier muss doch irgendwo eine Schere sein.*

Doch da ist keine. Nirgends findet sich etwas Scharfes oder Spitzes. Als wäre sie im Reich von Dornröschen gefangen, wo man aus Angst um die Königstochter alle gefährlichen Gegenstände weggesperrt hat.

Nach langem Suchen greift sie nach einer schmiedeeisernen Feder, die als Zierrat und Briefbeschwerer auf einem Tischchen mit Briefpapier liegt. Die Außenkante könnte scharf genug sein, um die Bänder zu durchtrennen.

»Dann muss es eben so gehen!« Ächzend vor Schmerz spart Nell sich den Rest ihrer heroischen Ansprache zum Thema ›Märchen und warum man sie hassen sollte‹ und flitzt unter starkem Seitenstechen zurück zum Spiegel. Es ist einiges an Verrenkung nötig, um die Feder unter die Schnürung zu schieben. Jetzt ein kräftiger Ruck und –

nichts geschieht. Fluchend wiederholt sie den Vorgang, doch anstatt mit einem Ruck gegen das stabile Band anzugehen, versucht sie, es durch kontinuierliche Sägebewegungen mürbe zu machen. Nach einer unerhört langen Zeit zeigen ihre Bemühungen endlich Wirkung und das Band gibt mit einem lauten Ratsch nach. Unter schwerem Seufzen wirft sie das unbequeme Kleidungsfolterstück endlich ab wie eine zu eng gewordene Haut. Nell fühlt sich auf einmal so unglaublich leicht und sackt, da das stabile externe Skelett plötzlich fehlt, einfach in sich zusammen und bleibt müde auf dem flauschigen Fell am Boden liegen.

Doch kaum hat sie die Augen geschlossen, kommt prompt eine der Zwillingsschwestern hereingeschneit. Nell harrt mit fest zugekniffenen Augen dem Aufschrei, der gleich ganz sicher folgen wird – und er kommt.

Wie erwartet, gewaltig, quietschig und ohne die geringste Verzögerung. »Prinzessiiiiiiiiiiiin!«

Ein zusätzlicher Punkt kommt auf Nells imaginäre ›Ich hasse Märchen, weil‹-Liste: Dienstmädchen mit Quietschestimmen lassen einen niemals in Ruhe schlafen.

»Prinzessin! Was ist geschehen?« Schneeweißchens Blick gleitet von dem zerschnittenen Korsett zu Nell und sie schlägt sich reflexartig die Hände vors Gesicht. »Rosenrot, Sebastian! Hilfe! Die Prinzessin wurde vergiftet!« Sie packt Nell bei den Schultern und beginnt, sie heftig zu schütteln. »Spuckt das Apfelstück aus, Prinzessin, spuckt es aus, atmet!«

Nell – halb einem Schleudertrauma verfallen – rollt mit den Augen. »Ich atme doch, aber wenn du so weitermachst, kann ich das bald nicht mehr. Hör auf!«

»Aber Prinzessin, das Mieder ... habt Ihr denn keinen Apfel verschluckt? Wo ist die Königin?«

»Kein Apfel, kein Gift und keine böse Königin!« Nell kann langsam wirklich verstehen, warum Schneewittchens Stiefmutter zur Mörderin wurde. Ein paar Jahrhunderte Schlafmangel zermürben bestimmt auch das sanftmütigste Herz.

*Das oder ein teuflischer Spiegelgeist.*

An Schneeweißchen gewandt, sagt sie müde: »Das Korsett war viel zu eng. Und ich bin langsam wirklich müde. Bei der Gelegenheit, woher weißt du so viel über Schneewi – « Doch weiter kommt sie nicht, denn Rosenrot stürmt in das Zimmer und quietscht noch schriller als ihre Schwester vorher.

»Das schöne Kleid!«

Schneeweißchen und die Prinzessin tauschen irritierte Blicke. »Danke, Rosenrot, ich freue mich auch, dass es dir gut geht«, grummelt Nell und steht endlich vom Fußboden auf.

»Was? Ihr seid offensichtlich noch am Leben und das Kleid war wirklich sehr schön.«

»Damit wären die Prioritäten wohl geklärt. Nachdem wir nun alle festgestellt haben, dass ich nicht tot bin, kann ich jetzt weiterschlafen. Bitte?«

Ebenso kühl wie zuvor fährt Rosenrot fort und stellt schwungvoller, als notwendig gewesen wäre, einen Korb vor Nells Füßen ab. »Ich glaube kaum, dass nun die passende Zeit zum Schlafen ist. Die Hochzeit findet bereits übermorgen statt und noch schweben die beiden Turteltauben im siebten Himmel.« Das Mädchen blickt streng zwischen ihrer Schwester und der Prinzessin hin und her. »Das präparierte Bett war schon einmal ein Reinfall. Die Zofe der Baroness hat wohl ein Näschen für so etwas, jedenfalls hat sie ausgerechnet heute das gesamte Bettzeug gewechselt und auskochen lassen. Dabei hat sie natürlich die

Brennnesseln entdeckt und das Juckpulver mit entfernt. Außerdem wurde im Zuge dessen heute auch noch eine Art Frühjahrsputz veranstaltet. Deshalb schläft die Baroness heute in einem anderen Zimmer, während ihres auf Hochglanz poliert wird.«

Nell beißt sich fest auf die Zunge, um sich keine Regung anmerken zu lassen, während sie den Ausführungen lauscht.

»Das ist außerordentlich, wirklich außerordentlich blöd gelaufen.« Sie kann ja schlecht zugeben, dass sie selbst es war, die der Baroness vorhin auf dem Ball den Floh ins Ohr gesetzt hat, dass eine Grundreinigung vor der Hochzeit ein uralter Brauch ist, der den Eheleuten Glück bringen soll.

Schneeweißchen weicht dem Blick ihrer Schwester aus und starrt konzentriert auf ihre Schuhspitzen. »Ja, wirklich blöd, dass das nicht geklappt hat.«

Rosenrot wippt ungeduldig mit dem Fuß. »Und wie lief es bei euch? Habt ihr wenigstens irgendetwas erreicht?«

Schneeweißchen nickt eifrig. »Ja, ich habe Sebastian wegen des Stinktieres losgeschickt. Er sagte, er wüsste vielleicht, wo er eines fangen könnte. Allerdings wird er wohl mindestens einen Tag brauchen.«

»Verflixt, das ist zu spät! Was ist mit dem Kriechgetier?«

»Nun ...« Schneeweißchen sucht fieberhaft nach einer glaubhaften Erklärung, warum sie keine finden konnte.

Da springt Nell ihr helfend zur Seite. »Sie hatte einen ganzen Eimer voll, aber die Spinnen sind leider alle wieder rausgekrabbelt und die Würmer ...«

»Ja, die hat der Stallmeister mir abgenommen. Du weißt ja, er ist leidenschaftlicher Angler, aber dummerweise fauler, als gut für ihn ist.« Sie setzt eine Unschuldsmiene auf und schaut ihrer Schwester geradewegs in die Augen.

Rosenrot mustert sie prüfend, scheint ihr die Geschichte

aber abzukaufen, denn sie wendet sich der Prinzessin zu. »Konntet ihr bei der Baroness etwas erreichen?«

Nell zuckt entschuldigend die Schultern. »Nun, sie ist ein wirklich einfältiges Ding, diese Amalie. Ich habe ihr scheußliche Dinge über Prinz Leopold erzählt, aber entweder ist sie zu dumm, sie zu verstehen, oder aber sie will es nicht wahrhaben. Jedenfalls schien sie Leopold danach noch mehr anzuhimmeln.« Zumindest der letzte Satz entspricht der Wahrheit. Nachdem sie Amalie kennengelernt hat, ist sich Nell ihrer Entscheidung noch sicherer gewesen, dass diese Hochzeit stattfinden muss. Die Baroness als auch Leopold sind wie Topf und Deckel, beide total schief, krumm und schräg, und sie passen nach normalen Maßstäben wirklich nirgendwo hin. Aber zusammen ergeben sie ein funktionstüchtiges Kochgeschirr. Leopolds Äußeres ist so hässlich wie die Nacht finster und Amalie ist schön, aber wirklich nicht das hellste Lichtlein auf der Torte. Doch zusammen sind sie einfach glücklich. Sie müssen niemandem etwas beweisen und nicht um die Gunst des anderen kämpfen. Wenn sie zu zweit sind, ist alles leicht.

*Ich hoffe ja, ich finde auch irgendwann mal so jemanden.*

Auch wenn sie insgeheim froh ist, dass es weder Florian noch Leopold ist. Aber wer weiß, am Ende wird doch angeblich alles gut.

»Hallo! Erde an Prinzessin!«

Nell fährt erschrocken zusammen. In Gedanken versunken hat sie gar nicht bemerkt, dass Rosenrot ihr wohl noch eine Frage gestellt hat. »Äh, wie bitte?«

»Was habt Ihr noch herausgefunden? Meine Güte, bin ich hier die Einzige, die etwas arbeitet?«

»Ach so, ja. Nun, die Baroness hat laut den Aussagen ihrer Zofe einen Saumagen. Ihre Wortwahl, nicht meine.

Außerdem schläft sie auf Gänsefedern ganz besonders gut, liebt Tiere aller Art und blüht richtig auf, wenn sie in der freien Natur unterwegs ist.«

Rosenrots Miene wird immer finsterer. »Na schön, daran können wir nichts ändern. Ich hole gleich morgen Früh die enger genähten Kleider von der Schneiderin und bringe ihr den nächsten Schwung. Derweil mischt Ihr, Prinzessin, die Tinkturen des Alchemisten in ihre Haarseife und Cremes. Zur Sicherheit habe ich auch noch Knoblauchmundwasser dazugepackt. So gibt es sicherlich keinen Brautkuss.«

Nell verkneift sich einen bitteren Kommentar, wer denn hier die Befehle geben sollte, und nickt stattdessen. »Können wir dann jetzt erst mal schlafen? Der Tag war lang und mir tut wirklich alles weh.«

Zähneknirschend gibt Rosenrot klein bei. »Also schön. Dann bis morgen Früh.« Ohne ein weiteres Wort stapft sie davon, gefolgt von ihrer Schwester.

»Gute Nacht, Eure Hoheit.«

»Dir auch, Schneeweißchen. Und danke – für alles.«

Schneeweißchen schenkt ihr ein vielsagendes Lächeln, ehe sie leise die Tür hinter sich schließt.

Der nächste Morgen beginnt für Nell genauso schlimm, wie der vergangene Abend aufgehört hat. Noch vor Tag und Tau stürmen die Zwillinge ihr Zimmer, reißen die Vorhänge auf und ziehen ihr die Bettdecke weg. Sie fühlt sich zerschunden, wie durchgekaut und halbverdaut wieder ausgespuckt. Beinahe wünscht sie sich, im Märchen von Dornröschen festzusitzen, denn hundert Jahre ungestört schlafen, hätte definitiv etwas für sich, wenn da nicht wieder der Unsinn mit dem Wachküssen wäre. »Guten Morgen.«

»Guten Morgen, Prinzessin.«

»Ja, wunderschönen guten Morgen, habt Ihr wohl geruht? Sollen wir Euch vielleicht noch ein ausgedehntes Frühstück servieren, ehe Ihr aufsteht?« Rosenrots Worte triefen vor Hohn.

Nell gähnt laut, während sie sich herumdreht und die Beine über den Bettrand schiebt. »Wie kann man so früh am Morgen schon so wach und so fies sein?«

»Wie kann man nur so faul sein? Ihr solltet längst die Tinkturen in die Kammer der Baroness schmuggeln.«

»Ach ja, da war ja was.«

Schnaubend wirft Rosenrot die Arme in die Luft und rauscht davon. Nell sitzt auf dem Bettrand und schaut ihr müde blinzelnd hinterher.

Ich sollte dieses Märchen dringend in Ordnung bringen oder daraus verschwinden. Sonst vergiftet die mich am Ende noch.

Ihr Blick fällt auf die freundliche der beiden Zwillingsschwestern, die händeringend neben ihrem Spiegeltisch steht und unruhig von einem Bein auf das andere tappt. »Was ist denn, Schneeweißchen?«

Die Angesprochene scheint so verwundert darüber zu sein, dass sie beim richtigen Namen angesprochen wird, dass sie glatt vergisst zu antworten.

»Na dann nicht.« Nell stöhnt gequält, als sie ihre wunden Füße auf den Boden stellt.

»Ähm, ja, verzeiht. Was wollte ich eigentlich? Ach ja!« Hastig kommt sie ein paar Schritte näher, steht nun fast genau neben Nells Himmelbett. »Prinzessin, was sollen wir nur tun? Wir können doch nicht ...«

Nell legt sofort einen Finger an den Mund und bedeutet ihr zu schweigen. Sie hat das unbestimmte Gefühl, gerade nicht vollkommen allein zu sein, als säße ihr ein dunkler

Schatten im Nacken, oder ein Paar unfreundlicher Augen. Suchend schaut sie sich um, kann jedoch nichts Verdächtiges entdecken. »Wir werden genau das jetzt machen, was deine Schwester gesagt hat. Hilf mir beim Anziehen – diesmal bitte etwas, was mich nicht umbringt – und dann führst du mich zu den Gemächern der Baroness.« Sie hofft, dass das Mädchen den Wink mit dem Zaunpfahl verstanden hat, und tippt sich an die Ohren.

»Ja, natürlich, Prinzessin, so machen wir es. Und danach werde ich mich bei Sebastian gleich wegen des Stinktiers erkundigen.«

Nell schenkt ihr ein aufmunterndes Lächeln, ehe beide zu dem riesigen Kleiderschrank hinübergehen und etwas zum Anziehen aussuchen.

Amalies Kammer – denn im Gegensatz zu Nells Zimmer ist sie wirklich winzig – liegt natürlich im entgegengesetzten Teil des Schlosses. Klar, man muss sie ja von dem Prinzen fernhalten. Das Gute daran ist, dass Nell auf dem ganzen Weg immer wieder einen Schluck von dem Alchemistengebräu in eine der Pflanzen kippen kann, bis zwei von drei Fläschchen leer sind.

»Prinzessin, es würde viel schneller gehen, wenn Ihr in einem unbeobachteten Moment alles auf einmal wegschütten würdet.« Schneeweißchen flüstert mit verkrampften Kiefern, während sie möglichst dekorativ vor der Prinzessin steht, um sie vor neugierigen Blicken abzuschirmen.

»Stimmt. Aber ich hoffe, dass es in kleineren Dosen auch die Pflanzen nicht umbringt.«

»Und warum habt ihr die Enthaarungstinktur übrig gelassen?«

»Die werde ich in Amalies Körperlotion mischen. Ich dachte, es ist vielleicht ein nettes Hochzeitsgeschenk, wenn sie nicht aussieht wie ein Bär.« Nell zwinkert grinsend, dann gehen beide weiter.

»Warum sollte ich vorhin in Eurem Gemach nicht sprechen, Eure Hoheit?«

Die Prinzessin zuckt mit den Schultern, bis ihr einfällt, dass das Mädchen sie ja nicht sehen kann, weil sie vorneweg läuft. »Ich kann es nicht genau sagen. Aber ich hatte so ein Gefühl, als hätte uns jemand beobachtet oder belauscht. Ich habe niemanden gesehen, aber ich glaube wirklich, wir waren nicht allein.«

Schneeweißchen blickt alarmiert über die Schulter, die Stirn in tiefe Falten gelegt. »Seit Ihr hier seid, habe ich das Gefühl auch öfter. Vielleicht hat sich jemand an Eure Fersen geheftet.«

»Oder etwas.« Ist es möglich, dass der Spiegelgeist ihr hierher gefolgt ist? Das würde das garstige Verhalten von Rosenrot erklären und den Eisschimmer, den Nell in ihren Augen aufblitzen sah.

*Aber der Spiegel wurde vernichtet. Ich selbst habe ihn doch zerstört.*

Aber hat sie damit auch den Geist vernichtet?

»Prinzessin, wir sind da.« Schneeweißchen zeigt auf eine hölzerne Tür am Ende des Korridors. »Geht, ich stehe Schmiere.«

Fünf Minuten später kommt Nell mit geröteten Wangen wieder aus dem Raum gehastet und schließt mit wenigen Schritten zu Schneeweißchen auf. »So, die Schönheitscremes sind präpariert und bei der Gelegenheit habe ich gleich noch die Reißnägel unter dem Bettvorleger umgedreht. Die bohren sich jetzt in den Boden statt in die Füße der Baroness.«

Schneeweißchen schaut entsetzt drein. »Ich hätte nie gedacht, dass meine Schwester zu solchen Gemeinheiten fähig ist.«

»Ich habe eher Angst, was sie mit uns beiden anstellen könnte. Aber ich hoffe, dass der Spuk vorbei ist, wenn Leopold und Amalie morgen verheiratet sind. Dann ist hoffentlich wirklich das Ende gut und alles andere auch.«

Angespannt schweigend hängen die beiden ihren Gedanken nach und verabschieden sich in der Haupthalle in verschiedene Richtungen, jede mit Plänen, wie sie die Sabotageakte von Rosenrot möglichst unauffällig vereiteln kann.

Nell rechnet sich die besten Chancen aus, wenn sie es schafft, möglichst viel Zeit in Amalies Nähe zu verbringen. Und auch wenn die Baroness menschlich etwas anstrengend und überdreht ist, so ist sie doch eine junge Frau in Nells Alter, die an einem fremden Ort einen Neuanfang wagt – kurz, sie sucht eine Freundin.

»Oh, Prinzessin Nelkentau, ich ...«

»Bitte, nennt mich Nell!« Sie zaubert ein geübtes Lächeln auf ihre Lippen und unterdrückt den Impuls, sich irgendetwas in die Ohren zu stopfen.

*Wie kann eine einzelne Frau nur so viel reden, ohne Luft zu holen?*

»Natürlich, ganz, wie Ihr wollt – Nell. Ihr könnt Euch gar nicht vorstellen, wie aufgeregt ich bin. Und ich fühle mich so geehrt, dass Ihr mir so sehr bei den Vorbereitungen helft, ich meine ...« Amalie wirft gestikulierend die Arme in die Luft und ringt verzweifelt nach Worten. »Ihr seid eine Prinzessin.«

Ehe Nell ausweichen kann, hat die Baroness auch schon die Arme um sie geschlungen und sie in eine Bärenumarmung gezogen. Ächzend tätschelt die Prinzessin ihren Arm. »Schon – gut. Luft.«

»Oh, ich bin untröstlich. Aber die Trauung gleich …« Amalie schluckt schwer. »Ich bin so nervös.«

»Das wäre keinem hier aufgefallen.« Schon fast automatisch zuckt Nells Blick hinunter zu dem Medaillon um ihren Hals.

*Kein rotes Licht.*

Sie seufzt erleichtert. Diese kleine, freundliche Lüge scheint ihr kein zusätzliches schlechtes Karma eingebracht zu haben.

Amalie plappert unterdessen munter weiter. »Die letzten Tage waren ja so aufregend. Ich kann es immer noch nicht glauben, was da alles passiert ist. Es war – magisch.« Ihre Hände wirbeln in einer großen Kreisbewegung durch die Luft. »Ihr wart meine persönliche gute Fee, Nell. Anders kann es gar nicht sein.«

»Nein, ich – also, das ist so nicht richtig.«

»O doch! Erinnert Ihr euch denn nicht? Als gestern der Kleber in meiner Maske noch nicht getrocknet war, als es Zeit wurde, mich fertig zu machen, da hat mich Eure zusätzliche Puderschicht gerettet. Ohne würde ich heute noch mit einem Pferdekopf herumlaufen.« Amalie strahlt sie so dankbar und bewundernd an, dass Nell vor lauter schlechtem Gewissen am liebsten im Boden versinken würde. Natürlich hat sie vorher von der zusätzlichen Schicht extrastarkem Kleber in der Maske gewusst, es war ja ihre eigene Idee. Aber sie hat Rosenrot nur deshalb damit beauftragt, da sie gleichsam einen Gegenplan parat hatte.

»Und dann war da mein Malheur mit der neuen Haarseife. Hättet Ihr mir nicht geraten, einfach noch einmal die Haare damit auszuwaschen, wäre ich den furchtbaren Gelbstich, den ich nach dem ersten Mal hatte, wohl nie losgeworden und sähe nun aus wie eine wandelnde Buttercremetorte.«

Nell nickt mit einem gezwungenen Lächeln. Das wäre allerdings wirklich fast schiefgegangen. Der böse Zwilling hat doch glatt ohne ihr Wissen eine weitere Spezialmischung in die Haarseife der Baroness gerührt. Wohl um ganz sicherzugehen. Statt der Enthaarungstinktur befand sich diesmal allerdings Bleichmittel darin. Zum Glück für Amalie macht die Dosis das Gift und gemeinsam konnten sie das Schlimmste verhindern. Nun nennt die Baroness eine beeindruckend goldblonde Mähne ihr Eigen und strahlt mit der hellen Frühlingssonne auf ihrem Weg zum Traualtar um die Wette.

»Heute Morgen war es wirklich knapp. Da habe ich mich doch glatt versehentlich in einer Besenkammer eingeschlossen, weil ich meinte, dort einen Vogel krächzen gehört zu haben. Und dann ging einfach die Tür nicht mehr auf.«

*Das könnte an dem brandneuen Vorhängeschloss liegen, das Rosenrot gleich danach angebracht hat.*

Sie beißt sich auf die inzwischen bereits schmerzende Zunge. Bei all dem, was sie in den vergangenen Tagen hinuntergeschluckt, verschwiegen und sich im wahrsten Sinne des Wortes verbissen hat, ist es ein mittelgroßes Wunder, dass ihre Zunge noch nicht ab ist. Zu Amalie gewandt hebt Nell abwehrend die Hände. »Aber da habt Ihr Euch doch selbst befreit, das kann ich mir wirklich nicht auf die Fahne schreiben.«

»Stimmt. Das Schloss hat zwar geklemmt, aber die Scharniere waren wohl so rostig, dass sich die Tür einfach auf der anderen Seite geöffnet hat, als ich dagegen gedrückt habe.«

*Nun, das wiederum war ich. Für was so ein bisschen hochkonzentrierte Säure alles gut ist.*

»Es ist, als wäre ich vom Glück verfolgt!« Die Baroness strahlt bis zu den Spitzen ihrer güldenen Haarpracht, die sich unter dem Schleier über ihren Rücken ergießt.

*Na ja, eher von Schneeweißchen und mir. Glück war das sicher nicht, sondern vielmehr harte Arbeit und kaum Schlaf.*

»Aber das größte Geschenk war Eure Weitsicht. Ich glaubte fast, Ihr hättet das zweite Gesicht.«

Nell bleibt irritiert stehen. Sie kann dem Gedankengang gerade absolut nicht folgen.

Amalie lacht fröhlich. »Na mein Brautkleid! Ich habe bei der Aufregung in der letzten Zeit wohl ordentlich Gewicht verloren und hatte schon Angst, dass es mir jetzt nicht mehr passt. Zumal ich ja den Änderungstermin heute Morgen versäumt habe, denn ich musste mich ja im Schrank einsperren. Aber als ich es vorhin dann angezogen habe, passte es plötzlich wieder wie angegossen. Ihr könnt euch vorstellen, wie erstaunt ich war, als die alte Schneidersfrau mir erzählte, Ihr hättet in weiser Voraussicht Eurer Zofe aufgetragen, dass sie es enger nähen lassen soll.«

»Na ja, also, wisst Ihr ...«

Ehe Nell es sich versieht, liegt die Baroness ihr schon wieder in den Armen. »Vorsicht, Amalie, sonst verwischt Eure Schminke noch.«

Begleitet von Schluchzen und tausend Dankesworten befreit sich Nell aus der Umarmung ihrer neuen besten Freundin. »Wir sind da, Amalie.«

Ohne es zu bemerken, haben die beiden die Schlosskirche erreicht und stehen vor den großen Flügeltüren. »Bereit?«

Unruhig tippelt die Braut von einem Fuß auf den anderen und vergräbt die Finger in ihrem märchenhaften weißen Kleid. »Ja?«

Nell lacht und versucht, damit auch ihre eigene Anspannung zu überspielen. »Das war eine Frage. Versucht es noch mal!«

Amalie lächelt. »Ja. Ich bin bereit.«

Just in diesem Moment erklingt von drinnen laute Orgelmusik und die schweren Türflügel öffnen sich.

*Welch ein Timing. Na ob das mit rechten Dingen zugegangen ist?*

Die Hand um den blau schimmernden Kompass geschlungen, reiht sich Nell hinter der Braut ein, um als ihre Brautjungfer in die Kirche einzuziehen. Hintereinander schreiten die beiden den langen Gang zwischen den Kirchenbänken hinab zum Altar, wo ein breitgrinsender Leopold bereits ungeduldig auf seine Braut wartet.

Selbst die sonst so zynische Nell staunt bei dem Anblick, der sich ihr bietet. Blumenblüten bedecken den Boden wie ein lebender Teppich und leuchten in allen Farben des Frühlings. Der Altarraum wird von hundert Kerzen erhellt, deren Licht wiederum tausendfach von den Goldverzierungen zurückgeworfen wird. Vor dem Priester steht Prinz Leopold und ringt aufgeregt die Hände ineinander. Nell sieht ihm bis zur Nasenspitze an, wie sehr er Amalie vergöttert. Als ihr Blick jedoch auf das Königspaar in der ersten Bank fällt, gefriert ihr das Lächeln auf den Lippen.

*Wenn Blicke töten könnten.*

Während des ganzen Weges hat Amalie nur Augen für ihren Prinzen, doch Nell hält wachsam Ausschau nach weiteren Fallen und Hindernissen. Den angesägten Stuhl hat Schneeweißchen hoffentlich inzwischen gegen ein intaktes Modell ausgetauscht, aber wer weiß, was Rosenrot sonst noch so eingefallen ist? Die steht nicht weit entfernt vom Königspaar an der Seitenwand der Kirche. Aus den Schatten über ihrem Gesicht funkeln eisblaue Augen. Die Prinzessin schaudert und schlingt unwillkürlich die Arme um den Leib und tastet nach dem Kompass an ihrer Kette. Ist es Zufall oder ein Omen? Hinter Rosenrot an der Wand hängt ein lilafarbenes Banner mit einem schwarzen Raben darauf, den Schnabel weit zu einem lauten Krächzen aufgerissen.

Daneben steht Schneeweißchen lächelnd vor einem himmelblauen Banner, auf dem ein grinsender Kater mit rostrotem, buschigen Fell abgebildet ist.

Mit Mühe reißt die Prinzessin sich von dem Anblick der beiden vollkommen unterschiedlichen Mädchen los und wendet sich wieder der Traurede des Priesters zu. Doch darauf konzentrieren kann sie sich nicht mehr. Immer wieder schweifen ihre Gedanken zu den Bannern an der Wand ab.

*Märchen sind wohl wirklich ein ständiger Kampf des Guten gegen das Böse.*

Die Zeremonie rauscht nur so vorbei, ohne dass Nell viel davon mitbekommt.

»... erkläre ich euch zu Mann und Frau. Ihr dürft die Braut nun küssen, Eure Hoheit.«

Mit den Worten des behäbigen Priesters fällt Nell ein riesiger Stein vom Herzen. Nicht nur, weil der Anblick, wie Amalie sich zu einem ersten zarten Kuss zu Leopold hinunterbeugt, einfach gleichermaßen ergreifend wie urkomisch ist, sondern besonders, weil der Seelensplitter in ihrem Kompass in einem satten Blau leuchtet.

*Ende gut ...*

Doch bevor sie ihren Gedanken vollenden kann, bemerkt Nell aus den Augenwinkeln, wie Rosenrot sich flüsternd zu dem Königspaar beugt. Mit einem Ruck schwenken ihre Köpfe herum und drei Paar Augen bohren sich eisig in ihre eigenen.

*Oh, oh. Das ist nicht gut.*

Fieberhaft sucht Nell nach einem Ausweg, aber umringt von Hochzeitsgästen und Würdenträgern, kann sie schlecht fluchtartig aus der Kirche rennen. Die Wachen würden sie aufhalten, noch bevor sie die Türen erreicht hätte. Nun ist guter Rat teuer.

Angst schnürt Nell die Kehle zu. Da bricht plötzlich ein lauter Sturm an Jubelrufen donnernd über sie herein. Alarmiert hebt sie den Kopf und schaut sich um. Überall sind die Gäste lachend von ihren Plätzen aufgesprungen und strömen auf die beiden Frischvermählten zu, um ihnen zu gratulieren. Ein kurzer Blick in die entgeisterten Gesichter des Königspaares verrät, dass das so ganz und gar nicht üblich ist. Aber Leopold und Amalie scheinen es genau so haben zu wollen. Ungeniert glücklich baden sie in der Menge von Edelleuten, Verwandten und weiteren Gratulanten. Nell fühlt sich zunehmend unwohl, sie sitzt in der Falle, als sie ein Zupfen am Ärmel spürt und den Kopf in die ungefähre Richtung dreht. »Schneeweißchen!«

»Ja, Prinzessin. Im Märchen muss immer das Gute gewinnen. Amalie und Leopold haben dank Eurer Hilfe den ersten Schritt geschafft, aber der König und die Königin sind darüber gar nicht glücklich.«

Nell schluckt. »Hat Rosenrot ...«

Traurig nickend schaut Schneeweißchen kurz hinüber zu ihrer Schwester. »Ja. Sie hat gepetzt und deshalb müsst Ihr schleunigst von hier verschwinden. Die Wachen sind sicher schon instruiert, Euch zu verhaften.«

»Danke für deine Warnung, aber ich fürchte, sie kommt zu spät.« Nell deutet in Richtung des großen Eingangsportales, wo bereits ein Trupp von sieben groß gewachsenen Männern die Menge spaltet und sich in ihre Richtung drängt. Ein ähnliches Bild bietet sich ihnen auch an den beiden kleineren Seiteneingängen.

»Ich sitze in der Falle.« Ihre Augen haben einen traurigen Glanz. »Weißt du, ich hatte gehofft, dass ich wieder nach Hause komme, wenn die beiden nur ihr Happy End bekommen.«

Unbeirrt ergreift Schneeweißchen ihre Hand. »Ich sagte doch, auch wenn das Böse seit dem Tod der Märchenwächterin immer weiter erstarkt, das Gute muss siegen. Ich kenne einen Ausweg. Haltet den Kopf unten und folgt mir, Prinzessin!« Mit einem verschwörerischen Funkeln in den Augen macht sich das Mädchen besonders klein und taucht einfach in der Menge unter. Sie zieht Nell hinter sich her, während sie sich gemeinsam in einem großen Bogen auf die alte Sakristei zu bewegen.

»Schneeweißchen, hier geht es nicht weiter. Das sind überall solide Mauern.« Ihre Stimme ist ein heiseres Flüstern. Immer wieder zuckt Nells Blick nach hinten, wo die bewaffneten Soldaten inzwischen die Menschenmenge systematisch durchkämmen. Wenn überhaupt, bleiben ihr noch ein bis zwei Minuten, bis die Männer sie entdecken. Ihr Atem geht schnell, als sie sich zu dem Mädchen umdreht, doch Schneeweißchen ist verschwunden. »Wo …?«

Da wird sie erneut an der Hand gepackt und durch einen versteckten Durchgang in einen sehr schmalen Steingang gezogen. Es dauert, bis ihre Augen sich an die plötzliche Dunkelheit gewöhnen.

»Schnell, hier entlang, Prinzessin.«

Sie folgt Schneeweißchen durch einen kalten Gang, der stetig leicht bergab verläuft. »Schneeweißchen, wo gehen wir hin?«

»Raus.«

»Raus?« Das folgende Nicken erahnt Nell mehr, als dass

sie es sieht.

»Ja. Ich habe so etwas schon befürchtet und ein paar Vorkehrungen getroffen. Das ist ein alter Fluchtweg für die Geistlichen, den kennt kaum noch jemand. Außerdem ist er für die Wachen viel zu schmal, sodass sie erst einmal ausgebremst werden. Er führt zu einer Stelle außerhalb der Mauern. Von dort bis zum Waldrand sind es noch ungefähr hundert Schritte.«

Nell ist völlig überrumpelt und versucht, alle Informationen zu verdauen. Gerade als sie fragen will, wie es denn dann ab dem Wald weitergeht, fällt diffuses Licht von vorne in den Tunnel.

»Da, das ist der Ausgang. Wir haben es gleich geschafft.« Schneeweißchen legt noch einmal an Geschwindigkeit zu und hält erst an, als sie unter einem zerklüfteten Bogen aus Felsgestein stehen. Ein paar grob ins Erdreich gegrabene Stufen führen aus dem vermeintlichen Erdloch hinauf ins Freie.

»Hier, nehmt den. Die Nächte sind immer noch sehr kühl.« Sie drückt Nell einen roten Umhang in die Arme und schiebt sie auf die Stufen zu. »Sobald Ihr oben seid, lauft und bleibt nicht stehen, Prinzessin. Ich wünsche Euch von Herzen alles Gute. Mehr kann ich leider nicht für Euch tun.«

»Du kommst nicht mit? Aber was wird dann aus dir?« Entsetzt packt Nell ihre schmalen Hände.

»Es ist ein Märchen, Eure Hoheit. Und in der Geschichte gehöre ich nun einmal zu meiner Schwester. Nun geht, nutzt Euren Vorsprung! Viel Glück, Prinzessin.«

Ein letztes Mal glaubt Nell, das blaugraue Funkeln in Schneeweißchens Augen zu sehen, ein Schimmer ihrer Nana, dann dreht sich das Mädchen um und wird binnen Sekunden von der Finsternis des Ganges verschluckt.

Nell schlüpft in den Mantel und atmet tief durch.

*Wenn nicht jetzt, wann dann?*

Geduckt erklimmt sie die Stufen und schaut vorsichtig aus der Grube heraus. Der Waldrand ist wirklich kaum mehr als hundert Schritte entfernt. Sie nimmt allen Mut zusammen und rennt los. Doch kaum ist sie aus ihrer Deckung hervorgekommen, ertönt aus dem Inneren der Burg ein markerschütternder Schrei. »Bringt mir dieses Miststück und dann ab mit ihrem Kopf!« Nell stehen die Haare zu Berge. Sie läuft, so schnell sie kann, hält immer auf den Waldrand zu. Hinter sich hört sie die Soldaten des Königspaares. »Lauf, lauf, so weit du nur kannst! Wir kriegen dich doch!« Sie rennt noch schneller. Das Kleid presst ihre Lungen schmerzhaft zusammen und der ausladende Rock verfängt sich in den Ästen und Zweigen. Immer wieder strauchelt und stolpert sie. Stehen bleiben und verstecken kommt in ihrer Aufmachung allerdings auch nicht in Frage. Sowohl das blaue Kleid als auch der leuchtend rote Umhang von Schneeweißchen stechen aus jedem Laubhaufen heraus wie ein Signalfeuer. So rennt Nell immer weiter geradeaus, ignoriert das Stechen in ihrer Lunge, bis die Stimmen ihrer Verfolger endlich leiser werden. Doch spürt sie ihre Anwesenheit im Nacken, wie Wölfe, die ihre Beute zu Tode hetzen.

Als langsam die Dämmerung hereinbricht, wird Nell immer müder. Sie kann kaum noch die Beine heben und stolpert mehr vorwärts, als dass sie läuft. Ihre Konzentration lässt nach. Schließlich übersieht sie im Zwielicht eine Wurzel und fällt der Länge nach hin. Erstickt schreiend, prallt Nell in Zeitlupe auf dem Boden auf.

Es ist kalt und irgendwie nass. Kurz bevor sie vor Erschöpfung das Bewusstsein verliert, spürt sie, wie etwas Weiches den Mantel gar über ihren Körper zieht, und hört eine leise Stimme ganz nah an ihrem Ohr. Sie will blinzeln und den Kopf heben, um zu sehen, von wem dieser fürchterliche Singsang stammt, doch die Anstrengungen der vergangenen Tage fordern nun endgültig ihren Tribut und samtene Dunkelheit umfängt ihren Geist.

»Sanfte Taten voll Milde und Mut
So ist denn auch das Ende gut.
Der Versuch ist fast geglückt
ohne das Böse wärst du schon zurück.
Es lauert überall auf deinen Wegen
drum nimm als Lohn hier meinen Segen.

Ding Dong Dongelong,
Bille Balle Bolle
Seelensucher, blauer Schein
leichter soll die Prüfung sein!«

# Die gierige Diebesbande

Als Nell die Augen wieder aufschlägt, ist es bereits heller Tag. Mit Erleichterung stellt sie fest, dass die Stimmen ihrer Verfolger längst im Dickicht der Bäume verklungen sind. Sie stöhnt leise. Flach und bäuchlings liegt sie auf dem nadelübersäten Waldboden und sieht gigantische Ameisen vor ihrer Nase umherwuseln. »Entweder gibt es hier verteufelt große Insekten oder ich bin geschrumpft.« Nell denkt längst nicht mehr darüber nach, dass sie die meiste Zeit Selbstgespräche führt. Ihr fehlt einfach ihre Familie, sogar die Streitereien mit ihrer Mutter wären gerade eine willkommene Abwechslung.

*Warum haben wir uns eigentlich so oft gezankt?*

Sie kann sich kaum noch daran erinnern. Heute erscheint es ihr vollkommen unwichtig.

Ehe sich das fiese Gefühl von Heimweh und die damit verbundene Traurigkeit wieder in ihr breitmachen können, wird Nell recht unsanft wieder ins Hier und Jetzt geholt, weil eine der Ameisen neugierig ihren Nasenrücken hinaufkrabbelt.

»Pfui! Geht bloß weg!« Sie schüttelt sich. Doch gerade, als sie endlich aufstehen will, fällt ihr Blick auf einen großen, einladend rotbackigen Apfel, der nur knapp eine Armlänge entfernt vor ihrem Gesicht im Gras liegt. Nell leckt sich gierig über die trockenen, rissigen Lippen und spürt, wie sich ihr leerer Magen hungrig zusammenzieht. Speichel rinnt ihr lechzend aus dem Mundwinkel. Wann hat sie zum letzten Mal etwas gegessen? Sie weiß es nicht, kann sich nicht erinnern, aber allein der Anblick schürt ihren Appetit und entfesselt ein Gespinst von Halluzinationen in ihrem Kopf. Sie könnte schwören, dass der Apfel ihr leise zuwispert: »Iss mich!«

In ihrer Vorstellung zerfällt er gleich darauf auch noch in sieben gleichmäßige Stücke, ohne dass ein Messer oder Kernhaus zu sehen wäre. Das fleischige Gelb im Inneren der rot leuchtenden Schale lässt Nells Magen vor lauter Vorfreude hörbar knurren. So laut, dass man es bestimmt noch am anderen Ende des Waldes hören kann.

Unfähig, Einbildung und Realität zu unterscheiden, bewegt sich Nell auf dem Bauch robbend wie eine Raupe auf den Apfel zu. Die Umgebung blendet sie vollkommen aus. Ihre ganze Welt besteht gerade nur aus diesem Apfel und dem süßen Versprechen, das von ihm ausgeht.

Kaum hat sie ihn erreicht, öffnet sie ihren Mund, um hineinzubeißen, als er plötzlich laut aufschreit: »Wehe dir, du beißt zu!«

Nell zuckt unwillkürlich zurück und blinzelt perplex. War das wieder eine Halluzination oder hat der Apfel gerade wirklich gesprochen?

»Los, verschwinde! Steht da ›iss mich‹? Oder warum lässt du nicht einfach die Griffel von anderer Leute Sachen, hm?«

Nell schaut verwundert auf den Apfel. Viel zu geschockt, um zu antworten, klappt sie den Mund stumm auf und zu.

»Ja, mach mir den Fisch!« Die körperlose Stimme blökt sarkastisch und Nell schüttelt ungläubig den Kopf.

»Das muss ein Traum sein. Ich halluziniere. Ja, genau so

muss es sein, das ist nicht wirklich!« Sie nähert sich dem Apfel bis auf eine Nasenlänge und besieht ihn sich noch einmal ganz genau. Er sieht noch immer zum Anbeißen lecker aus. Vorsichtig stupst sie ihn an. »Hey du, sag noch mal was!«

»Ja, was denn? Hab ich genuschelt oder bist du weich in der Birne? Lass die Griffel von der Schale!«

Besitzergreifend schiebt sich eine Raupe über die rote Schale und Nell hätte Stein und Bein geschworen, dass das Tier aus dem Maul heraus raucht und gelegentlich an dem Apfelstiel wie an einer Pfeife zieht. Wieder hört sie die unfreundliche Stimme: »He, du hohle Nuss, willst du da den ganzen Tag rumliegen und doof glotzen?«

Nell atmet erleichtert auf. Scheinbar hat nicht der Apfel, sondern die Raupe gesprochen. Vom Standpunkt eines Außenstehenden betrachtet, ist das allerdings kein Grund aufzuatmen, vielmehr sollte sie sich ernsthaft Gedanken um ihre psychische Verfassung machen. Aber Nell erscheint es wohl normaler, sich mit einer Raupe zu unterhalten als mit einem Apfel. »Du kannst ja sprechen.« Gebannt starrt sie die paffende Raupe an.

»Natürlich, du doch auch.«

»Wie heißt du denn? Ich meine, hast du einen Namen?«

»Absolum.«

»Gesundheit!« Erschrocken zuckt Nell zusammen, weil ihr etwas Schweres von hinten gegen den Kopf klatscht und mit einem lauten Knacken in zwei Teile bricht.

»Nein, du Hohlnuss, Absolum ist mein Name und nun hör endlich auf, diese blöde Raupe anzustarren und gib mir meinen Apfel zurück, ich hab ihn mir schließlich sauer verdient geklaut.«

Zum ersten Mal, seit sie auf dieser Lichtung aufgewacht

ist, verschwendet Nell einen Gedanken an ihre Umgebung. Sie rappelt sich mühsam auf und entdeckt einen jungen Burschen in vielfach geflickten Kleidern, der mit einem Korb voller Äpfel auf einem Baum sitzt und sie verständnislos, kopfschüttelnd von oben herab anstarrt. Nell kommt sich augenblicklich unheimlich dumm vor. Wie hatte sie auch nur eine Sekunde glauben können, ein Apfel könnte sprechen oder eine Raupe Wasserpfeife paffen?

Der Junge klettert vom Baum herunter und streckt ihr die Hand entgegen. Nell ergreift die Hand und schüttelt sie enthusiastisch. »Freut mich, Absolum, mein Name ist ...« Doch weiter kommt sie nicht, denn der Junge reißt seine Hand los und hält sie ihr mit der offenen Fläche wieder hin. »Mir ist ganz egal, wie du heißt, ich will meinen Apfel wiederhaben!«

Nell schaut beleidigt von dem Jungen zum Apfel in ihrer linken Hand. Ihr Magen knurrt noch immer. »Was machst du denn mit den ganzen Äpfeln?«

»Ich verkaufe sie den Zwergen für ihren heiß geliebten Apfelkuchen.« Seine sarkastische Grimasse macht deutlich, dass er das nicht so ernst meint, wie Nell das vielleicht gern gehabt hätte. »Was geht dich das an? Gib ihn her!« Der Bursche greift nach dem Apfel, doch Nell zieht ihn schnell hinter ihren Rücken und damit außerhalb seiner Reichweite.

»Und du hast ihn gestohlen, sagst du?«

»Ja, verflixt, gib ihn her!«

Die Tatsache, dass er den Apfel geklaut hat, löst die letzten Schuldgefühle in Nell und sie beißt beherzt in das saftige, süße Fleisch des Apfels.

Absolum starrt sie mit aufgerissenen Mund und Augen an. »Hey, du kannst doch nicht einfach...«

Doch diesmal ist er es, der unterbrochen wird. »Und ob

ich kann, siehst du doch!«, erwidert Nell kauend und beißt gleich noch einmal genüsslich ein großes Stück aus dem Apfel heraus. Den kleinen Dieb mit seinem Korb und einem urkomisch verdutzten Gesichtsausdruck lässt sie einfach ohne ein weiteres Wort stehen.

Kaum fünf Minuten später kommt Nell allerdings schon zurück. Als sie sieht, dass der Junge noch immer da steht, wo sie ihn zurückgelassen hat, färben sich ihre Wangen und Ohren augenblicklich schamesrot. Bemüht um einen letzten Rest Haltung, strafft sie die Schultern und huscht möglichst schnell an dem Apfeldieb vorbei, dessen Blicke sie hämisch grinsend verfolgen. »Hast wohl den Wegweiser gefunden. Hat ja ganz schön gedauert.«

Nell presst die Lippen fest aufeinander und starrt stur an Absolum vorbei. »Wären da nicht so viele Fahndungsplakate gewesen, hätte ich den Wegweiser bestimmt früher entdeckt. Wer pflastert denn die Bäume mit grauenhaft schlechten Zeichnungen von Kapuzengestalten voll?«

»Hättest ja auch fragen können, dann hätte ich dir den Irrweg erspart!«

Sie würde sich zu gern in den Hintern beißen, wenn sie nur gelenkig genug wäre, um dranzukommen. Um das Gespräch ein für alle Mal zu beenden und weiteren Peinlichkeiten vorzubeugen, schlägt sie die leuchtend rote Kapuze ihres Mantels hoch und zieht sie sich tief ins Gesicht.

Nell riskiert einen kurzen Blick zurück. Es bereitet ihr eine gewisse Genugtuung, zu sehen, dass der Dieb plötzlich zur Salzsäule erstarrt. Der Korb gleitet ihm einfach aus der Hand, als er mit einem seltsamen Gesichtsausdruck, der irgendwo zwischen Furcht und Staunen rangiert, rückwärts im Dickicht verschwindet. Irgendwas an ihrem Anblick muss ihn aufgeschreckt haben.

*Entweder, er ist es nicht gewohnt, dass ihm mal etwas geklaut wird oder …*

Über die Alternative will sie gerade lieber nicht nachdenken. Denn die wäre, dass ihr wieder irgendeine Art von Ärger ins Haus steht. Die Gedanken beschäftigen Nell allerdings so sehr, dass sie gar nicht auf die Idee kommt, die leckeren Äpfel einzusammeln, die Absolum bei seinem überstürzten Aufbruch vollkommen vergessen hat. Die hätten ihr sicher gut geschmeckt.

Als Nell endlich die nächste Ortschaft erreicht, die ausschließlich aus einer einzigen gewundenen Straße namens ›Linker Weg‹ besteht, neigt sich der Tag bereits seinem Ende entgegen. Die Sonne ist beinahe vollständig hinter den Häusern versunken. Nells Gestalt, zur Gänze durch den roten Umhang verborgen, erscheint dunkel, wie geronnenes Blut, und wirft lange, gespenstische Schatten auf die verwaiste, staubige Straße.

»Ach, was gäbe ich nur für etwas zu essen und einen Schlafplatz!« Sie seufzt und sieht sich suchend nach einer Herberge um. Da tritt ihr wie aufs Stichwort eine hochgewachsene Gestalt in den Weg und baut sich mit gewichtiger Miene vor ihr auf. Nell hätte es wissen müssen. Man sollte eben vorsichtig mit seinen Wünschen sein oder am besten ein Preisschild mit Maximalgebot daran hängen, sonst fällt die Quittung womöglich um einiges höher aus als gedacht.

Gegen das Licht der Sonne anblinzelnd, erkennt Nell nur die groben Umrisse des Mannes. Er ist alt. Die Schatten verzerren sein Gesicht bis zur Unkenntlichkeit, doch es zeichnen sich zerfurchte Gesichtszüge ab, die von einem langen, herabwachsenden Schnurrbart fast völlig überwuchert werden. Am auffälligsten an diesem seltsamen Kauz sind jedoch der übergroße, hohe Hut und der silberne siebenzackige Stern, der auf seiner Brust prangt. Mit an Königswürde grenzender Wichtigkeit stemmt der Hüne die Fäuste in die Hüften und erklärt mit folgenschwerem Tonfall: »Ich bin Bernhard, staatlich geprüfter Jäger, Querschießer und der Vertreter von Recht und Gesetz in diesem schönen Städtchen. Als Dorfsheriff obliegt es demnach meiner Verantwortung, für Sicherheit zu sorgen.«

*Aha*, denkt sich Nell. *So auswendig gelernt, wie das klingt, wird er von keinem respektiert, versucht aber, sich bei jeder Gelegenheit wichtigzumachen.*

»Und aus diesem Grund sind Sie festgenommen.«

Ihr Grinsen friert augenblicklich ein. Sie hat sich sicher verhört, sie muss sich verhört haben. Für einen Moment meint sie, diesen aufgeblasenen Wichtigtuer sagen gehört zu haben, dass sie verhaftet sei!

»Sie haben das Recht zu schweigen oder aber eine vollständige, wahrheitsgemäße Aussage zu Protokoll zu geben. Es ist Ihnen gestattet, einen staatlich geprüften Rechtsbeistand zu Ihrem Fall hinzuzuziehen. Allerdings darf ich Ihnen nicht verschweigen, dass der einzige Rechtsverdreher jenseits von Smaragdstadt augenblicklich selbst eine Haftstrafe wegen ungebührlichen Verhaltens gegenüber einer Amtsperson und öffentlichen Entblößens oraler Lautbildungsorgane verbüßt.«

»Oraler ... Lautbildungs ... Was?« Ihr angeschlagenes Hirn hat sichtlich Mühe, dieses umständliche Kauderwelsch zu decodieren. »Er hat Ihnen die ... Zunge rausgestreckt? Und dafür wurde er eingesperrt?« Nell steht mit offenem Mund da und kann gar nicht glauben, in welchen Schlamassel sie nun wieder hineingestolpert ist. Als Rauschebart Bernhard sie jedoch abführen will, findet sie ihre Sprache wieder. »Finger weg! Was wird mir denn eigentlich vorgeworfen?«

Außer dem geklauten Apfel, den sie dem Dieb abgenommen hat, ist sich Nell in diesem Märchen noch keiner Schuld bewusst, was jedoch leider noch lange nicht heißt, dass ihr Alter Ego hier nicht einiges davon auf sich geladen hat und Nell das jetzt ausbaden darf.

Bei der Gelegenheit fragt sie sich einmal mehr, was eigentlich mit den echten Märchenfiguren passiert, sobald sie in deren Märchen feststeckt. Nimmt sie ihre Plätze ein? Kommen die Figuren irgendwann zurück? Ist es möglich, ihrem Alter Ego zu begegnen?

Der Jäger räuspert sich wichtig und hält Nell ein ausgerolltes Stück Pergament dicht unter die Nase. Nell liest es laut vor: »Ich bin Bernhard, staatlich geprüfter Jäger, Querschießer und der Vertr… Das ist ja ein Spickzettel!« Sie kichert amüsiert und Rauschebart Bernhardt stopft das Blatt mit hochrotem Kopf hastig in seine Tasche.

»Lernhilfe«, brummelt er beschämt und hält der Märchenwanderin eiligst einen anderen Bogen Pergament unter die Nase. Nell schaut verwirrt, beugt sich runter, verdreht den Kopf und versucht zu entziffern, was da steht. Denn von der Tatsache, dass Bernhardt das Plakat verkehrt herum hält, einmal großzügig abgesehen, ist der Text in einer Sprache, die sie nicht versteht. »Caperucita Roja?« In ihrem Gesicht wachsen die Fragezeichen, und dass der Sheriff das Plakat richtig herum dreht, hilft leider nur unwesentlich weiter. Sie erkennt die Fahndungsplakate aus dem Wald wieder, hat aber immer noch keine Ahnung, was das Ganze soll. »Wer oder was soll das sein?«

»Tu nicht so scheinheilig!« Der Jäger Bernhardt wird nun leicht aufbrausend und tippt unablässig auf das Plakat mit der ausgesprochen detaillosen Strichzeichnung, die einen Menschen mit tief ins Gesicht gezogener Kapuze zeigt. Mehr ist nicht zu erkennen.

»Auch wenn Sie noch so oft darauf klopfen, ich kann die Sprache trotzdem nicht lesen«, faucht Nell und dreht den Kopf von einer zur anderen Seite. »Also diesen Zeichner würde ich verhaften.« Rauschebart Bernhardt reißt nun endgültig der Geduldsfaden. Unwirsch stopft er den Wisch in die Tasche und zieht einen weiteren daraus hervor, diesmal besser lesbar für Nell in englischer Sprache.

»Red Riding Hood.« Nell überfliegt das Plakat. Ihre Augen weiten sich, als sie langsam, aber sicher, zu verstehen beginnt. »Gesucht wird eine gefürchtete Diebin, auch genannt ›Königin der Unterwelt‹ oder ›Rote Königin‹, wegen zahlreicher Verbrechen in einem Dutzend Ländern von hier bis ins Andersland. Das Kopfgeld bei Ergreifung beträgt tausend Goldstücke.«

Unter der Kapuze ihres roten Umhangs wird Nell leichenblass. Die Plakate im Wald zeigen allesamt dasselbe Bild und dieser Trottel von einem Dorfsheriff meint nun wohl, die berüchtigte Diebin gefunden zu haben. In dem Moment, als Nell zu einem verzweifelten »Aber ...« ansetzt, schließen sich auch schon eiserne Handfesseln kalt und schwer um ihre Handgelenke.

»Ausflüchte sind zwecklos, Sie sind enttarnt! Jäger Bernhardt, nein, Sheriff Bernhardt hat Ihrem gesetzlosen Treiben nunmehr ein Ende bereitet!« Mit vor Stolz geschwellter Heldenbrust führt Bernhardt seine Gefangene ab, direkt zu einer karg eingerichteten Zelle. »So, gewöhnen Sie sich schon einmal daran. Ein Bett für die Nacht, eine warme Mahlzeit pro Tag und lange, lange Zeit, um Buße zu tun für Ihre Verbrechen!«

Nell sinkt mit einem murrenden Seufzer auf die Pritsche. Warum müssen ihre Wünsche immer so grausig nach hinten losgehen? Hat nicht eine Stimme etwas von Segen und einer leichteren Prüfung als Belohnung erzählt, bevor sie ohnmächtig wurde?

*Vielleicht war das auch nur Einbildung.*

Sie hat mit ihren Mordversuchen an Schneewittchens Prinzen scheinbar doch zu viel märchenhaft mieses Karma angehäuft. Man sollte wohl wirklich keine Prinzen vergiften.

Über diesen düsteren, beinahe reuevollen Gedanken brütend, wird ihr Blick auf eine Blechschale mit unappetitlich aussehendem Haferschleim gelenkt, die Bernhard klirrend auf ihrem Zellenboden abstellt, ehe die Tür mit einem dumpfen, endgültigen Laut ins Schloss fällt. Nell hat in dieser Welt fernab von ihrer eigenen schon so einiges erlebt, aber dies ist wohl die mit Abstand aussichtsloseste Situation bisher. Sie denkt angestrengt darüber nach, was ihr bald blühen könnte, nun, da sie sich in der Obhut dieses überaus kompetenten Gesetzeshüters befindet. Nells Fantasie läuft an diesem dunklen, trostlosen Ort zu Höchstformen auf, doch ein konstantes, hohes, schabendes Geräusch unterbricht die ausgereiften Bilder von Folter, Tod und Verstümmelung in ihrem Kopf. Ob dieses nervtötende Schaben schon ein Teil der Bestrafung ist? Will Rauschebart-Bernhardt sie vielleicht mürbe machen? Gerade als Nell dazu ansetzt, diesen pampigen Fraß, der sich Haferschleim schimpft, aus lauter Hunger zu probieren, schwillt das quietschende Geräusch zu einer echten Qual an, bis es letztendlich einen lauten Schlag tut und alles von einer Wolke aus Staub und Schutt erstickt wird.

Hustend und keuchend kommen vier oder fünf Jungen durch die Schuttwolke gestapft, wo vorher noch eine massive Mauer stand. Als sich der Nebel lichtet, erkennt Nell den kleinen Dieb namens Absolum, dem sie zuvor im Wald begegnet ist.

»Hey du.« Nell wird angestupst und aus ihren Gedanken gerissen. »Hast du schon Wurzeln geschlagen oder gefällt dir der Rauschebart-Bernhardt mit seiner Schuppenflechte so gut, dass du hierbleiben willst?«

Nell verzieht bei dem Gedanken angewidert das Gesicht und schüttelt eilig den Kopf.

»Dann nichts wie raus hier!«

Das braucht man der Gefangenen nicht zweimal zu sagen. Mit einem einzigen Satz ist sie auf den Füßen und schon halb durch den Raum. Dabei fliegt der Blechteller in hohem Bogen davon und sein pampiger Inhalt verteilt sich überall auf dem Zellenboden. Insgeheim wünscht Nell dem Hampelmann von einem Jäger, er möge viel Spaß beim Schrubben haben, doch angesichts ihres Karmakontos dreht sie sich stattdessen zu Absolum um. Nach einem tiefen Atemzug und einigen bissigen Kommentaren, die sie mühevoll hinunterschluckt, presst sie ein. »Danke!« hervor und huscht an ihm vorbei durch das weit klaffende Loch in der Gefängniswand.

Eine ganze Weile lang geht Nell schweigend hinter den Jungen her. Nicht, weil sie nicht weiß, was sie sagen soll, sondern, weil sie zig bissige Kommentare, Flüche und Beschimpfungen mühevoll hinunterschluckt – ihrem Karma zuliebe. »Wie weit ist es denn noch? Leute, ich kenne mich doch hier eh nicht aus. Können wir mit dem Blinde-Kuh-Spielen aufhören?«

Nach einer gefühlten Ewigkeit wird die Binde um ihre Augen gelöst und die Märchenwanderin blinzelt angestrengt in das helle Licht einer Fackel. Überrascht schaut sie sich erst einmal in aller Ruhe um.

Sie scheint in ein Versteck gebracht worden zu sein. Obgleich sie sich wohl noch immer im Wald befinden und überall hohe Baumstämme in den Himmel ragen, erkennt sie keinen direkten Zugang zu dieser Lichtung. Das Licht, das diesen Ort erhellt, kommt von einigen wenigen Fackeln und von Sternen, gefangen in großen Gläsern. Verbitterung und Pessimismus müssen weichen, denn alles, wozu Nell in diesem Augenblick fähig ist, ist kindliches, reines, unverfälschtes Staunen. Ihre blauen Augen leuchten so hell, wie sie es seit vielen Jahren nicht getan haben, nicht seit den Nachmittagen mit Nana auf dem Dachboden. Mit offenem Mund versucht sie, sich einem der Sterngläser zu nähern, um zu sehen, welcher Zauber darin verborgen liegt, doch mit jedem Schritt, den die Märchenwanderin auf diesen Stern zugeht, weicht das betörende weiße Licht weiter zurück. Erst jetzt erkennt Nell, dass die Sterngläser schweben wie Himmelslaternen aus Papier.

Zu Hause ließ ihre Mutter jedes Jahr zu den Geburtstagen solche Lampions steigen. Welcher Tag heute wohl ist? Sie stellt sich vor, heute wäre ihr Geburtstag und diese Sterngläser flögen nur für sie. Mit einem Mal spürt Nell wieder den bitteren, kalten Stich von Heimweh in ihrem Herzen.

Mitten in ihrem persönlich hoch emotionalen Moment knurrt ihr Magen. Die umstehenden Jungen blicken sich erschrocken zu ihr um.

»Zum Essen geht's hier lang.« Absolum gluckst, als er der Märchenwanderin voraus in Richtung einiger Baumstümpfe schlurft, wo sich bereits eine ganze Horde von Kindern tummelt.

Nell bleibt mit offenem Mund stehen. Hoch in den Baumkronen spannen sich überall Hängematten zwischen den Ästen. Auf einen Pfiff von Absolum tauchen Köpfe darin auf und noch mehr Jungen gleiten an dicken Tauen hinab zu Boden. Unten auf der Lichtung werden die Baumstümpfe zu Bänken und Tischen, große, bunte Blüten dienen als Becher und Kelche. Die improvisierten Tischplatten biegen sich unter allerhand Obst, Gemüse, Brot, Käse und anderen Leckereien. Doch obgleich Nell so hungrig ist wie ein ganzes Wolfsrudel, hat sie gerade nur Augen für die bunt zusammengewürfelte Schar an Jungen, die an den Tischen Platz nehmen und Absolum mit erwartungsvollen Mienen anschauen.

»Du bist Peter P – «

Augenblicklich kneift der große Junge die Augen zusammen und hält Nell den Mund zu. »Psst. Wirst du wohl still sein! Mein Name ist Absolum. Niemand nennt mich Peter. Schon ewig nicht.«

Sie löst seine nach Erde und Moos riechenden Finger aus ihrem Gesicht und neigt fragend den Kopf zur Seite. »Aber das hier sind die verlorenen Jungen und du bist ...«

»Ich bin ihr Anführer.« Damit ist die Diskussion beendet. Zumindest vorerst.

Grübelnd sinkt Nell auf einen der behelfsmäßigen Stühle und sieht zu, wie Absolum leichtfüßig neben ihr auf einen großen Baumstumpf springt.

Er hebt die Hand. »Ruhe! Ruhe, Freunde!« Es dauert fast eine Minute, bis das Geschnatter der Burschen abebbt und zumindest soweit Stille einkehrt, dass Absolum zu einer reißerischen Rede ansetzen kann. Mit weit ausgebreiteten Armen und einem eingängigen Tonfall in der Stimme beginnt er zu reden. »Meine Freunde, werte Diebe.«

Ein stolzes Raunen geht durch die Menge.

»Geehrte Taugenichtse, willkommen zu unserem alljährlichen Erntedankfest!«

Laute Jubelrufe hallen aus allen Richtungen von den hohen, alten Bäumen wider.

Nell zupft verwirrt an Absolums Flicken-Wams. »Feiert man Erntedank nicht eigentlich im Herbst?«

Der Dieb beugt sich zu ihr hinunter und zwinkert. »Bei uns nicht. Aber keine Angst, wir haben genug zu feiern für das ganze Jahr. Morgen ist das Fest der Waldbewohner, danach der Tag der Langfinger, Sykes Geburtstag, und dann feiern wir den Tag der Ehrlosen. Nächste Woche ist dann der Tag der Verlorenen Kinder, dann der Tag des dummen Sheriffs und so weiter.« Schalk blitzt in seinen wachen Augen auf, doch diesmal meint er es ernst.

Nell kann ein Kichern nicht unterdrücken, als sie sich die Festtagsdekoration am Tag des Deppensheriffs vorstellt. Rauschebart-Bernhardts Gesicht würde sich sicherlich gut in einem Berg Sahnetorte machen. »Solche Tage gibt es doch gar nicht!«

»Willst du wetten?« Absolum grinst verschwörerisch und richtet das Wort wieder an die rund vierzig Diebe. »Traditionell würden wir nun mit der Präsentation der Ernte und der Verteilung der Beute beginnen, ehe wir uns auf das köstlich riechende Festmahl stürzen, doch heute möchte ich euch vorher noch jemanden vorstellen. Lange schon erwarteten wir ihre prophezeite Ankunft, treu sammelten wir die Trophäen ihrer berühmt-berüchtigten Erfolgsgeschichte.« Absolum legt eine Kunstpause ein, um seinen Worten mehr Gewicht zu verleihen, und weist mit einer ausladenden Geste auf die Bäume rings um die Tafeln.

Wie aufs Stichwort schweben die Sternengläser dorthin und erhellen die daran aufgehängten Plakate. Auf jedem steht ein anderer Name: Chaperon Rouge, Lacernella Rubra, Czerwony Kapturek, Rödluvan und Caperucita Roja. Doch alle tragen die gleiche Zeichnung einer vermummten Kapuzengestalt, auf deren Kopf ein Preisgeld von eintausend Goldstücken ausgesetzt ist. Tot oder lebendig. Nell schluckt schwer. Es ist kein schönes Gefühl, so offen auf der Abschussliste zu stehen.

Absolum hat da scheinbar weniger Bedenken. »Endlich ist sie hier. Meine Freunde, darf ich vorstellen: Die berüchtigte Rote Königin!«

Nell wird an der Schulter gepackt und auf einen Baumstumpf gezogen, ehe ihr irgendjemand die Kapuze ihres Mantels wieder über den Kopf stülpt. Nell fühlt sich sichtlich unwohl, als es um sie herum plötzlich totenstill wird. Vorsichtig schiebt sie die Kapuze ein Stück zurück. Alle Augen sind auf sie gerichtet.

Mitten in die angespannte Stille erhebt sich eine zweifelnde Stimme aus der Menge. »Das soll die berüchtigte Rote Königin sein?«

»Psst! Etwas mehr Respekt, das ist die Königin aller Diebe im Land!«, meint ein anderer, ehe sich ein dritter Junge einmischt: »Aber sie sieht nicht aus wie die Königin der Diebe. Woher wissen wir, dass es keine Verwechslung, oder sie eine Hochstaplerin ist?«

Absolum steht der Unmut ins Gesicht geschrieben. »Weil ich es sage, deswegen! Meint ihr, ich hätte mein Leben umsonst riskiert und irgendeine dahergelaufene Straßengöre aus dem Gefängnis des Rauschebart-Heinis gerettet?«

*Streng genommen hast du genau das getan.*

Dass die Jungen sie für eine Königin halten, ist sehr schmeichelhaft und sicher auch recht nützlich, weil sie sonst im Gefängnis versauern würde, aber das riecht nach Ärger.

Derweilen fährt Absolum mit ehrfurchtgebietender Miene fort. »Ich sage, sie ist es! Aber gut, wenn ihr unbedingt darauf besteht, dann testen wir sie. Und wenn ich gewinne, und ich werde gewinnen, dann kassiere ich euer beider Beute für einen ganzen Monat ein!«

Nell schluckt schwer, doch Absolum ist sich sicher und kommt so langsam erst richtig in Fahrt. »Wir setzen hier und heute die Prüfungen fest und nächste Woche, am Tag der Ehrlosen, ist Zahltag! Wetten werden von Sykes hier angenommen.« Er legt dem Jungen zu seiner Rechten die Hand auf die Schulter. »Aber ihr zwei,« er deutet auf die beiden Skeptiker, »ihr gehört mir.«

Nell schrumpft auf ihrem improvisierten Stuhl in sich zusammen, während sich die Diebesbande eine geschlagene Stunde um die Prüfungen streitet, die sie erfüllen soll. Dabei ist ein Vorschlag unlösbarer als der andere. Zu guter Letzt werden sich die Diebe aber doch noch einig und beschließen, dass die Feuerprobe der Roten Königin aus drei Diebesaufgaben bestehen soll.

»Wir halten fest«, verliest Absolum am Ende der Diskussion mit gewichtiger Stimme, »Die Rote Königin, auch Rotkäppchen genannt, muss bis zum Tag der Ehrlosen, also in fünf Tagen ab heute, folgende drei Aufgaben vollbringen: Erstens, sie muss Wein und Kuchen der Großmutter im Dunkelwald entwenden. Zweitens, sie muss die Brille der Pfefferkuchenhexe an sich bringen. Und drittens, sie muss ihrem Erzfeind, dem bösen, bösen Wolf seinen einzigen Goldzahn aus dem Maul heraus stehlen. Wie sie die Aufgaben erfüllt, ob durch geschickte Finger, Gewalt oder Täuschung bleibt dabei ihr überlassen. Sollte sie all das bewerkstelligen, trägt sie den Titel ›Königin aller Diebe‹ zurecht und hat standesgemäß Anspruch auf zwanzig Prozent unserer Beute. Sämtliche Wetten laufen über Sykes. Thomas, Henry und ich fungieren als Schiedsrichter. Hat jetzt noch irgendein lebensmüder Tunichtgut irgendwelche Einwände?« Er schaut durch die Reihen der verlorenen Jungen. Keiner rührt sich. »Gut, dann können wir uns wieder dem Erntedankfest widmen.«

Aufgrund der ganzen Streiterei im Vorfeld wird die Präsentation der Beute heute ausgelassen, da alle einen Mordskohldampf haben. Das Festmahl verläuft in gefräßigem Schweigen. Keiner traut sich, ein Wort zu sagen, aus Furcht, es könnte wieder in eine abendfüllende Diskussion ausarten.

Die Ruhe hält genau so lange an, bis Nell, die mittlerweile endlich mal wieder etwas gegessen hat – und davon gleich mehr, als gut für sie ist –, ein lauter Rülpser entfleucht. Die durchdringende Stille sowie die massiven alten Bäume verstärken das Geräusch noch zusätzlich, sodass schon wieder alle zu ihr hinüberstarren. Binnen Sekunden hat Nells Gesicht die gleiche Farbe wie ihr Mantel und sie würde sich am liebsten vor Scham im nächsten Kaninchenbau verkriechen.

Doch statt pikiert zu sein, fangen Diebe und Taugenichtse auf der Lichtung lauthals an zu lachen. Endlich ist das eiserne Schweigen gebrochen und die Horde beginnt zu feiern, zu singen, zu erzählen, zu lachen und sogar zu tanzen. Man ist sich wieder gut und bezieht Nell aktiv in alles mit ein. Für die Märchenwanderin fühlt es sich an, als wäre sie schon immer hier gewesen. Zum ersten Mal, seit sie in diesen Kaninchenbau gefallen ist, kann sie von ganzem Herzen lachen.

Ein schüchtern aussehender Junge kommt mit pink verfärbten Ohren auf sie zu gestakst und bleibt direkt vor ihr stehen. Seine schwitzigen Hände reibt er unablässig an der Hose und seine Gesichtsfarbe wechselt beinahe im

Sekundentakt zwischen rot, pink, grün und kalkweiß hin und her. Er macht den Eindruck, als würde er gleich in Ohnmacht fallen oder auf dem Absatz kehrtmachen und davonrennen. »Wsst dd mdmr tsn?«

Verständnislos starrt Nell den Jungen an. »Hm?«

Die Hände zu Fäusten geballt, atmet der Bursche tief ein und versucht es noch einmal: »Wsst du mdmr tasn?« Wie eine Gewehrkugel presst er die Worte hervor, als würden sie ihn beißen, wenn er zu lange bräuchte, um sie auszusprechen. Leider haben sie keinerlei Effekt, denn das vermeintliche Rotkäppchen hat immer noch keinen blassen Schimmer, was er denn nun von ihr wollen könnte.

Hilfesuchend blickt sie zu Absolum, der neben ihr auf einem Baumstumpf sitzt, grinsend mit den Schultern zuckt und sich das Lachen verkneift. »Deutlicher, Collin!«, feixt er und beißt herzhaft in einen Apfel.

Der Junge namens Collin wird sogar noch ein wenig pinker im Gesicht, wenn das denn überhaupt möglich ist.

»Willst du mdmr tanzen?« Wieder geht die Hälfte des Satzes in seinem Gestammel unter, aber Nell versteht grundlegend, was er sagen will.

Eingedenk ihrer wenig rosigen Lage und dem beträchtlichen Minusbetrag auf ihrem Karmakonto, verbeißt sie sich den aufkommenden Spott und nickt. »Klar.«

Während sie sich etwas steifgliedrig erhebt, raunt ihr Absolum kichernd zu: »Und für diesen Satz hat er einen ganzen Humpen vom Höllengesöff, eineinhalb Stunden Zeit und drei Anläufe gebraucht!«

Nell zwinkert dem Chef der Diebesbande heiter zu. »Aber er hatte Erfolg!« Damit reicht sie Collin ihre Hand und schickt sich an, mit ihm zu tanzen. Absolum beißt grinsend von seinem Apfel ab und schüttelt munter den Kopf.

Nell vergisst über diese herzliche Sorglosigkeit, die im Versteck der Diebe um sich greift, sogar für ein paar Stunden ihre missliche Lage, den Sheriff und auch die drei Prüfungen. Sie tanzt, lacht, isst, trinkt und fällt irgendwann in das weiche Lager, das man ihr unter einer alten Trauerweide bereitet hat. Und kaum, dass ihr Kopf das Kissen berührt, versinkt sie in tiefen, friedvollen Schlaf.

# Großmutter, Großmutter…

Satt, ausgeruht und auf so herrliche Weise erfrischt, erwacht Nell in ihrem grünen Himmelbett. Ihr Lager zwischen den Wurzeln der alten Trauerweide ist weich und gemütlich, wenn auch etwas feucht von den schillernden Tautropfen. Die langen Zweige des Baumes hängen ringsherum wie ein grünschimmernder Vorhang aus Perlenschnüren herab. Sie wiegen sich sanft in der milden Morgenluft, sodass hier und da ein Sonnenstrahl hindurchfällt und die Märchenwanderin an der Nase kitzelt. Gähnend streckt sie sich, während die Erinnerung an den vergangenen Abend langsam wieder in ihr Bewusstsein sickert.

Beim Gedanken an die vor ihr liegenden Prüfungen verfliegt auch die letzte Müdigkeit. Das nagende Gefühl, das ihr gestern schon zu schaffen gemacht hat, lässt sie nachdenklich auf ihrer Unterlippe herumkauen.

Sicher, als Königin aller Diebe würde sie einen gewissen Schutz genießen, besonders vor dem Jäger Rauschebart. Außerdem ist es doch gar nicht schlecht hier. Die Jungs sind alle herzensgut.

*Den Griesgram von gestern vielleicht ausgenommen.*

Das Essen ist lecker, es wird quasi täglich irgendetwas gefeiert, und sie bekäme ohne Aufwand einen Teil der Beute. Dafür muss sie bloß ein paar kleine Diebstähle begehen, was karmatechnisch bestimmt nur ein Kavaliersdelikt ist, und ihren schlechten Ruf pflegen.

»Aber will ich diesen schlechten Ruf wirklich?« Ohne es zu merken, verfällt sie wieder in Selbstgespräche. Sie hat sich fest vorgenommen, ab jetzt auf der Seite der Guten zu stehen und positives Karma anzuhäufen. Zerknirscht vergräbt sie die Finger in ihrem Haar. Zu schade, dass es für diese Märchenwelt keine Bedienungsanleitung gibt, auf der steht »Das ist Ihre Aufgabe!« oder »Tun Sie das und Sie enden als Regenwurm.«

*Andererseits ist es nicht so böse, was ich tun soll. Wein und Kuchen ist eh ungesund und der Wolf hat ja noch mehr Zähne. Aber ohne die Brille sieht die Alte ja nichts mehr.*

Schon macht sich wieder das schlechte Gewissen in Nell breit, als sich ihre Miene schlagartig aufhellt.

*Aber wenn die Hexe ohne ihre Brille nicht richtig sieht, erkennt sie auch nicht, dass die Kinder gar nicht dicker werden. Und wenn sie nicht dicker werden, isst sie sie nicht. Vielleicht ist das ja meine Aufgabe.*

Ein Gedanke jagt den nächsten und Nell fühlt sich auf einmal fast schon euphorisch.

*Vielleicht muss ich die Märchen ja reparieren, quasi für ein Happy End sorgen. Was hat Holly gleich noch gesagt? Ich muss Ordnung schaffen. Vielleicht ist damit ja gar nicht gemeint, dass ich irgendetwas putzen soll, sondern es geht um Ordnung in den Geschichten.*

Sie schlägt die rechte Faust in die offene linke Handfläche. Neue Energie durchflutet sie. Während sie sich aus den Decken schält und ihre Schuhe anzieht, spinnt sie den Faden weiter.

*Der Wolf kann mit Zahnschmerzen auch niemanden fressen und die Großmutter – stirbt wenigstens nicht an der Zuckerkrankheit.*

Sie ringt um eine Erklärung, die in ihr neu zusammengeschustertes Weltbild passt, und ist mit dem Ergebnis sogar recht zufrieden. Engelchen und Teufelchen auf ihren Schultern schweigen, ihr schlechtes Gewissen auch und ganz tief in ihr keimt ein kleines Fünkchen Hoffnung, dass sie endlich einen Weg nach Hause gefunden haben könnte. Vielleicht. Also würde sie sich eben den Prüfungen stellen und zur Vorsitzenden dieses Syndikats von Kleinstkriminellen werden.

Im Geiste krempelt Nell ihre Ärmel hoch und tritt hinaus auf die Lichtung. Hier herrscht schon geschäftiges Treiben. Die meisten der Jungen essen oder üben sich in Diebesfertigkeiten. Einige tragen dazu Glöckchen an ihren Kleidern, die leise klingeln, wenn der Trainingspartner sich nicht geschickt genug anstellt. Schmunzelnd lässt die Märchenwanderin sich neben Absolum auf einen Baumstamm sinken und legt sich ein Stück Brot und etwas Obst auf den Teller.

»Na, Eure Hoheit, gut geschlafen?

Nell blickt den Chef der Diebe irritiert von der Seite an. Doch der kichert nur und schiebt sich ein paar Blaubeeren zwischen die Lippen. »War nur ein Scherz. Königin der Diebe oder nicht, ich fange sicher nicht an, dich zu siezen.«

»Hätte ich auch nie erwartet.« Es stimmt, sie fühlt sich hier so wohl, weil alles so normal ist. Wenn man in einem Ausbildungslager für Langfinger von Normalität sprechen kann.

»Absolum, kann mich einer von euch zu der Hütte der Großmutter führen? Ansonsten scheitert es wohl schon daran, dass ich die Aufgabe nicht finde.« Sie zwinkert ihm zu, eine Anspielung auf ihre erste Begegnung im Wald.

Absolum lacht, wirft eine Beere in die Luft und fängt sie mit dem Mund auf. »Das wäre nicht unwahrscheinlich.« Er kaut genüsslich und pult sich dann ein Stück Schale aus dem Zahnzwischenraum. »Wann willst du loslegen?«

»Gleich nach dem Frühstück, denke ich. Es hat keinen Sinn, herumzutrödeln.«

»Stimmt. Wir finden sicher jemanden, der dich in den Dunkelwald zum Haus der Großmutter begleitet.« Eine weitere Blaubeere findet fliegenderweise den Weg in seinen Mund, ehe er aufspringt und einfach auf den Tischhinaufsteigt. Ein durchdringender Pfiff und alle Köpfe drehen sich in Absolums Richtung. »Guten Morgen zusammen! Ich brauche jemanden, der das Rotkäppchen in den Dunkelwald führt. Gibt es Freiwillige?«

Ein paar Sekunden schauen sich alle Jungen nur gegenseitig an, bis sich zwei Stimmen klar und bestimmt aus der Stille heraus erheben. »Ich mache es!«

Nells Kopf zuckt herum. Unabhängig voneinander haben zwei der Jungen ihre Hände gehoben. Der eine ist Collin, der schüchterne Junge von gestern, der all seinen Mut zusammengenommen hat, um sie zum Tanzen aufzufordern. Sie nickt ihm zu und schenkt ihm ein dankbares Lächeln. Augenblicklich färben sich seine Ohren feuerrot.

Auch an den zweiten Burschen erinnert sie sich vom Vorabend. Er ist der große Skeptiker, der Rädelsführer, der sie durch die Blume eine Heuchlerin und Hochstaplerin geschimpft hat. Sein Name ist Nick. Meint Nell zumindest. Seine Motivation dürfte der Wunsch sein, sie höchstpersönlich bei einem Patzer zu erwischen oder besser noch, sie davonlaufen zu sehen.

Nell überlegt angestrengt, wen von den beiden sie nun mitnehmen soll. Würde sie Collin den Vorzug geben, würde sich der Skeptiker bestätigt fühlen.

*Bei Nick besteht allerdings die reelle Chance, dass er mich sonst wohin führt.*

Außerdem wäre Collin dann vielleicht beleidigt und sie würde einen Fürsprecher verlieren. Warum kann es nie einfach sein?

An die beiden Jungs gewandt, sagt Nell laut: »Im Sinne König Salomons, den hier bei euch wahrscheinlich eh keiner kennt – Ihr beide sollt mich dorthin begleiten.« Das Rotkäppchen wider Willen deutet eine verhaltene Verbeugung an. »Danke für euer Angebot, verehrte Taugenichtse.«

Diese Worte bringen die Augen ihres Bewunderers zum Leuchten und seine Wangen zum Glühen. Nick schaut dagegen drein, als hätte sie ihm geradewegs ins Gesicht gespuckt. Nell grinst in sich hinein, sie hat bei den beiden scheinbar goldrichtig geraten.

Als die ungleichen Weggefährten knapp eine Stunde später aufbrechen, ächzt Nell unter dem schweren Beutel, in den ihr die verlorenen Jungs Essen für mindestens zwei Tage gepackt haben. Außerdem schwitzt sie fürchterlich, weil sie auf eigenen Wunsch noch einen dünnen Kapuzenumhang in gedeckten Grüntönen über ihrem auffälligen roten Cape trägt. Eine reine Vorsichtsmaßnahme, denn schließlich hängen überall in diesem Wald Steckbriefe von ihr. Und für den Fall, dass sie sich anschleichen muss, ist eine Signalfarbe eher nicht hilfreich. Da könnte sie sich auch gleich mit Pauken und Trompeten ankündigen.

»Auf gutes Gelingen! Und denk an das Losungswort!« Absolum steht am Rande der Lichtung und zwinkert ihr zu, die Hände hat er lässig in die Hosentaschen gesteckt.

Nell wäre froh, wenn sie nur halb so zuversichtlich wäre wie er. Ein letztes Mal dreht sie sich um und hebt stumm die Hand zum Abschiedsgruß, ehe sie, gefolgt von den beiden Burschen, den Kreis der Lichtung verlässt und in die Schatten des Waldes eintaucht.

Als Nell abgekämpft und müde nach etlichen Stunden des Wanderns und Umherirrens endlich wieder zurück ist, tauchen die letzten Strahlen der Abendsonne den Wald in ein unwirkliches Licht. Sie ist erschöpft und wünscht sich nichts sehnlicher, als den schweren Korb loszuwerden, ihre schmerzenden Füße hochzulegen und zu schlafen. Wenn sie nur den Eingang zur Lichtung wiederfinden würde.

*Verflixt, die Jungs haben das echt gut getarnt.*

»Habt Ihr Euch verlaufen, Eure Hoheit?«

Die Märchenwanderin knirscht mit den Zähnen. Beim Klang dieser speziellen Stimme stellen sich sofort ihre Nackenhaare auf. Natürlich muss es Bill sein, der heute das Tor bewacht. Wer sonst? Ihr Lieblingsskeptiker und Suppenspucker grinst selbstzufrieden herunter, während seine Worte vor Hohn und Spott nur so triefen.

»Nein, natürlich nicht. Ich ...« Nell gerät ins Stocken. Was sollte sie ihm jetzt sagen? Natürlich hat sie sich verlaufen und ist eine ganze Weile im Kreis herumgeirrt. Zu gern würde sie sich gerade selbst in den Hintern beißen, weil ihr einfach keine geistreiche Erwiderung einfallen will. Frei nach dem Motto »Angriff ist die beste Verteidigung« geht sie einfach nicht weiter darauf ein. »Ich habe meine Aufgabe erfüllt und begehre Einlass.«

»Na so einfach geht das aber nicht. Zuerst musst du das Losungswort nennen.«

Nell ballt die Hände unsichtbar zu Fäusten zusammen. »Gerne. Dann stell die Frage.« Dieser Bursche fängt langsam an, sie richtig zu nerven.

Statt einfach die vereinbarte Parole hinabzurufen, stolziert Bill wichtig oberhalb des Tores auf einem Ast hin und her. »Natürlich, natürlich, nur welche Frage nehme ich heute? Hm. Mal überlegen.« Er legt die Finger ans Kinn und trägt eine nachdenkliche Miene zur Schau.

»Nun mach schon. Der Korb ist schwer.«

»Ja doch, gemach, gemach. Also – Königin – warum habt Ihr so große Ohren?«

»Damit ich sie zuklappen kann und mir deinen Stuss nicht länger anhören muss!«

Stille. Dann knarzt das Holz, als sich die Türflügel aufschieben.

Das Herz schlägt Nell vor Erleichterung bis zum Hals. Sie hat schon damit gerechnet, dass Bill aus reiner Boshaftigkeit die Parole ändern würde, nur damit sie nicht reinkommt. Eilends schlüpft sie durch die entstandene Öffnung und steuert zielsicher auf Absolum zu, um ihre schwere Last loszuwerden, da tritt ihr Bill erneut in den Weg. Abrupt bleibt sie stehen.

»Du hast lange gebraucht, Rotkäppchen. Sicher, dass du dich nicht verlaufen hast? Es war lustig anzusehen, wie du draußen im Kreis herumgelaufen bist.« Wieder grinst er hämisch, während er provokant die Hände in die Hüften stemmt.

»Ich, verlaufen? Wo denkst du hin? Ich habe lediglich versucht, alle möglichen Verfolger durch Zickzack-und-im-Kreis-laufen in die Irre zu führen. Ich habe sie abgeschüttelt, um ungesehen die Tore zu eurem Versteck durchschreiten zu können. Sicherheit geht in unserem Beruf schließlich vor, nicht wahr?« Mit betont gleichmütiger Miene lässt sie den Dieb stehen. Der erstarrt zur Salzsäule und klappt den Mund sinnlos auf und zu, ohne dass dabei etwas anderes als heiße Luft herauskommt. Schadenfrohes Gelächter erfüllt die Lichtung, während Nell sich im Stillen zu der gelungenen Antwort beglückwünscht.

Irgendwo ganz hinten in ihrem blonden Lockenkopf meldet sich die Stimme ihres erstarkenden Gewissens. »Sei nicht so schadenfroh! Das gehört sich nicht und du weißt, dass alles Konsequenzen hat. Das Gute wie das Böse. Und du willst hier irgendwie auch wieder raus, oder?« Plötzlich spürt sie das Gewicht des Medaillons unter ihrem Kleid, ein kleiner Wink ihres Unterbewusstseins.

Nell seufzt und wendet den Blick von Bill ab.

*Es geschieht ihm trotzdem recht.*

Sie stellt den Korb mit dem Diebesgut vor den Schiedsrichtern ab und setzt sich daneben auf einen der Baumstümpfe. Ihre Gedanken drehen sich nur ums Schlafen.

*Hoffentlich entscheiden die drei sich schnell.*

Binnen Sekunden hat sich eine stattliche Traube um Nell, den Korb und die Schiedsrichter gebildet. Absolum und seine beiden Kollegen beugen sich über die Beute und begutachten jedes Stück mit dem kritischen Auge eines missmutigen Steuerprüfers. Mit gewichtiger Miene hebt Absolum zwei volle und eine halbleere Weinflasche aus dem Korb und stellt sie gut sichtbar auf den Tisch, damit auch die anderen Diebe die Beute in Augenschein nehmen können. Daneben legt er den angebissenen Kuchen. »Wein und Kuchen sind vorhanden, aber es fehlt einiges.«

Nell rollt mit den Augen und kichert. ‚Jetzt fehlt nur noch der Spruch ›Wer hat von meinem Tellerchen gegessen?‹

Absolum deutet auf die ausgebreiteten Sachen und schaut das Rotkäppchen auffordernd an. Er gibt ihr wortlos die Möglichkeit, Stellung zum Fehlen der Beute zu nehmen.

Nell hebt abwehrend die Hände, als alle sie so anstarren. »Ich hatte Hunger. Und für den halb leeren Wein kann ich nichts. Den hat die Großmutter seit gestern ganz schön dezimiert.« Sie blickt zwischen Absolum, Thomas und Henry hin und her, die flüsternd miteinander diskutieren.

Die Stille ringsherum wird langsam unbehaglich. Nell fühlt sich sichtlich unwohl und rutscht auf ihrem behelfsmäßigen Stuhl hin und her, da eilt ihr Collin unverhofft zuhilfe.

»Das ist doch ihr gutes Recht! Sie hat schließlich einen Anspruch auf einen Teil der Beute!«

Auf einen Schlag verwandeln sich die zweifelnden Blicke der Burschen in anerkennendes Nicken.

Nell zeigt sich ehrlich beeindruckt und pfeift zwischen den Zähnen hindurch. Es scheint hier zum guten Ton zu gehören, sich zu nehmen, was einem zusteht. Collin hat die Sache auf den Punkt gebracht und sich definitiv einen weiteren Tanz verdient. Sie nickt Absolum zu, der wiederum mit stolz anschwellender Stimme verkündet: »Die erste Prüfung wurde erfolgreich gelöst!« Der Anführer der Taugenichtse grinst wie ein Kater, dem noch die halbe Maus aus dem Maul hängt, schließlich hat er das Rotkäppchen entdeckt und auf ihren Erfolg gewettet. »Sodann, lasst uns den restlichen Kuchen verteilen und das Festmahl zum Feiertag der Waldbewohner vorbereiten!«

Tosender Jubel brandet von allen Seiten heran und schon sind alle Jungen auf den Beinen, schleppen allerlei Obst und Gemüse, etwas Brot und kalten Braten heran.

Nell sitzt müde und etwas verloren in der Mitte des bunten Treibens und schaut einfach eine Weile zu. »Pet… ähm, ich meine, Absolum, gibt es bei euch eigentlich immer nur kalte Sachen zu essen?«

»Ja, normalerweise schon. Bei uns kann hier niemand kochen.« Mit diesen Worten nimmt er Wein und Kuchen an sich und geht schulterzuckend davon, um sich ebenfalls an den Festvorbereitungen zu beteiligen.

Da fasst Nell kurzerhand einen Entschluss. Gemeinsam mit Collin und einem anderen Jungen hängt sie einen alten, verbeulten Kessel über eine Feuerstelle und setzt Wasser darin auf.

*Hoffentlich wird das was.*

Kochen ist nie ihre Stärke gewesen, eigentlich konnte sie es noch nie wirklich leiden, aber die Jungen haben seit wer weiß wie lange nichts Warmes mehr gegessen. Da wird es ihnen schon schmecken.

Auffallend oft kommen die Diebe wie zufällig vorbei, während Nell geschnittenes Gemüse und etwas Fleisch in den Topf schüttet und es zusammen mit ein paar Kräutern, etwas Salz und irgendeinem Getreide zu einem Eintopf verkocht. Grinsend rührt Nell im Kessel herum.

*Also, es riecht schon mal gut. Hoffentlich schmeckt es auch.*

Pünktlich zum Beginn des Fests der Waldbewohner schleppen ihre beiden Küchenhilfen den schweren Kessel hinüber zu den Tischen. Beinahe augenblicklich scharen sich Dutzende Jungen darum und recken die Hälse. Absolum hat sichtlich Mühe, sich über all die »Mhmm«s, »Ooohhh«s und »Aaahhh«s Gehör zu verschaffen.

»Taugenichtse, ich – nun hört doch mal – das Essen ist – ach, egal.« Kopfschüttelnd springt er unverrichteter Dinge wieder von seinem Baumstumpf herunter und schlurft mit seiner Schüssel zu Nell, die ihm breit grinsend als Erstem etwas von dem Eintopf in die Schale schöpft.

»Ich hoffe, es schmeckt.«

»Da bin ich mir sicher. Aber die Menge könnte etwas knapp bemessen sein.« Er nickt zu den Jungen, die schon sabbernd hinter ihm Schlange stehen.

Nell lacht leise und teilt zusammen mit Collin die heiße Mahlzeit an die Burschen aus.

»Danke.«

»Danke.«

»Danke, das riecht fantastisch!«

Nell nickt nur lächelnd jedem zu und freut sich über das laute Schmatzen, das sofort danach einsetzt. Den letzten Rest des Eintopfs bekommt Collin. Stolz strahlt er, weil er die größte Portion abbekommen hat.

Nell sitzt in der Nähe des Feuers und knabbert an einer Scheibe Brot, während sie den Jungs dabei zuschaut, wie die ihre Schüsseln ausschlecken. Ein Gefühl tiefer Ruhe und Zufriedenheit erfüllt sie bei dem Anblick und ohne es bewusst wahrzunehmen, summt sie leise vor sich hin.

»Was singst du da?«

Erschrocken blickt sie auf, als Collin sich neben sie setzt. »Nichts Besonderes. Ich war wohl in Gedanken.«

»Klingt schön. Übrigens, das Essen war so lecker. Ich glaube, ich habe noch nie etwas so Gutes gegessen.« Er streckt die Arme weit auseinander, um seine Worte bildlich zu unterstreichen. »Darf ich dich etwas fragen, Rotkäppchen? Entschuldigung, Eure Hoheit, Königin, ähm ...«

Wieder nimmt sein Gesicht eine tiefrote Farbe an.

»Einfach nur Nell. Das reicht völlig. Aber was wolltest du mich denn fragen?« Sie lächelt ihn freundlich an und zieht ihren Umhang gegen die kühle Nachtluft enger um den Körper.

»Nun, ich weiß, es geht mich nichts an, aber ich bin so neugierig. Du musst nicht antworten, wenn du nicht willst, aber es wäre schön, wenn ...«

»Collin!«

»Äh ja. Wie hast du die Sachen gestohlen?« Sofort schlägt er sich die Hände vor den Mund und wird wieder rot.

Nell lacht leise und sucht sich auf dem Baumstumpf eine möglichst bequeme Position, ehe sie zu erzählen beginnt. »Also, das war so.«

Vier weitere Jungen setzten sich auf die Baumstämme rund ums Feuer und lauschen begierig.

»Wir liefen mehrere Stunden durch den immer dichter werdenden Wald.« Nell zwinkert Collin zu, der diesen Teil der Geschichte ja bereits kennt, weil er dabei war.

»Die Bäume standen immer dichter und trotz des hellen Tageslichts war es düster und unheimlich.« Sie legt eine

Kunstpause ein und genießt das gespannte Atmen ihrer Zuhörer.

Zwei weitere Jungen nehmen am Feuer Platz.

»Ich hatte die Hoffnung schon fast aufgegeben, dass wir das Haus der Großmutter je erreichen würden, da wichen die Bäume plötzlich zurück und gaben den Blick auf eine kleine, alte Hütte frei.« Kurz schweifen ihre Gedanken zu Holly ab. Ihr Haus war von außen windschief, löchrig und total verrückt, aber innen drin steckte ein Zuhause, wenn auch ein sehr eigenwilliges.

»Wie ging es dann weiter?«

»Ja, nun erzähl schon! Wie sah das Haus aus?« Der kleine Junge auf Nells linker Seite, Sean, wenn sie sich recht erinnert, zupft sie am Ärmel und wippt unruhig auf seinem Platz hin und her. Auch die anderen Jungen haben sich weit nach vorne gelehnt, um ja nichts von der Geschichte zu verpassen. »Erzähl weiter. Bitte.«

Die Märchenwanderin lächelt und wuschelt dem Burschen zu ihrer Linken durch die Haare. »Schon gut. Also, da standen wir nun am Rande einer großen Lichtung, bestimmt viermal so groß wie eure hier. Und mittendrin thronte auf einem sanften, grünen Hügel ein kleines, aber feines Häuschen. Alles wirkte so friedlich und starr. Es war fast wie ein Gemälde. Kein Hinweis deutete auf Gefahr oder auch nur einen Bewohner hin. Alles wirkte geradezu beängstigend harmlos und einladend.«

Mehrere der verlorenen Jungen ziehen scharf die Luft ein. Sie hängen an Nells Lippen und rutschen noch etwas näher. Die frei gewordenen Plätze werden sogleich von weiteren Dieben in Beschlag genommen, sodass die Schar der Zuhörer auf beinahe zwei Dutzend Jungen ansteigt.

»Ab hier ging ich dann allein weiter. Ein ungutes Gefühl beschlich mich, je weiter ich mich dem Häuschen näherte.«

Sie dämpft ihre Stimme, um ihr einen geheimnisvollen Klang zu verleihen, und blickt reihum in die gespannten Gesichter der verlorenen Jungen. »Ich setzte die Kapuze auf und ging vorsichtig auf die Eingangstür zu. Es war totenstill. Man hätte eine Stecknadel fallen hören können.«

Außer dem Knacken und Knistern des Feuers ist kein Laut zu hören. Inzwischen sitzen fast alle Diebe dicht um Nell gedrängt am Feuer und lauschen begierig der Geschichte. Der kleine Sean tastet nervös nach ihrer Hand und seufzt auf, als die Märchenwanderin ihre Finger um seine schließt.

»Ich schlich mich also vorwärts und versuchte dabei, keinen Laut zu machen, aber jedes Blatt und jeder Grashalm schienen so laut zu knistern. Die Tür stand einen kleinen Spalt offen und ich schob sie so leise wie möglich auf. Jeder Muskel war zum Zerreißen gespannt, während mir das Blut in den Ohren rauschte. Jede Sekunde rechnete ich damit, dass von drinnen die Alte aufspringen oder laut losschreien würde, doch nichts geschah. Das Haus lag völlig still da, also zwängte ich mich durch den Türspalt ins Innere und sah mich wachsam um. Die Einrichtung war alt, aber heimelig. Doch war alles von einer dicken Staubschicht überzogen. Ich sah mich weiter um und entdeckte auf einem schiefen Küchentisch den Kuchen. Er war halb in ein Küchentuch eingeschlagen und achtlos auf dem staubigen Möbelstück liegen gelassen worden. Ich konnte mein Glück kaum fassen. Gerade als ich nach dem Kuchen griff, erzitterten die Wände unter einem lauten Geräusch.«

Schockiertes Raunen geht durch die Reihen der Jungen. Einige schlucken schwer, andere haben die Münder weit aufgerissen. Der kleine Sean klammert sich ängstlich an Nell, die beruhigend den Arm um ihn legt.

»Ich zuckte zusammen und fuhr herum und da sah ich sie, die Großmutter. Sie saß keine zehn Schritte entfernt in einem alten, hölzernen Schaukelstuhl und starrte mich an.«

»Und dann?« Gebannt starren die verlorenen Jungen Nell an.

Die nickt langsam, während sie Sean sanft über den Kopf streichelt und einen verschwörerischen Ton anschlägt. »Nun, ich war wie zur Salzsäule erstarrt. Aber statt zu schreien oder um Hilfe zu rufen, saß die Alte nur vollkommen still in ihrem Schaukelstuhl. Erst dachte ich, sie wäre tot, doch ihre Brust hob und senkte sich. Dann bäumte sich ihr Leib plötzlich auf und ich erkannte, was das zuvor für ein Geräusch gewesen war. Sie schnarchte.«

Die Diebe kichern. »Echt jetzt? Also hat die Großmutter geschlafen?«

»Oja, und zwar mit offenen Augen.« Nell nickt gewichtig mit dem Kopf. »Es war ein ausnehmend gruseliger Anblick, das könnt ihr mir glauben. Ihr Blick war starr und ihre Augen seltsam glasig und doch scharf. Ich hatte das bestimmte Gefühl, dass es besser wäre, wenn sie nicht aufwacht. Also schlich ich mich noch leiser an sie heran. Dabei betete ich, dass keine der Bodendielen knarzte. Zentimeterweise schob ich mich vorwärts und entdeckte zwei volle Weinflaschen auf dem Boden zu ihren Füßen. Ich nahm sie an mich und sah mich nach der dritten Flasche um, die Rotbäckchen am Vortrag gebracht haben sollte. Ich brauchte nicht lange zu suchen. Die Großmutter wurde erneut von einem lauten Schnarchen durchgeschüttelt, wodurch Glas gegen die Knöpfe ihrer Jacke klirrte. Ich hielt den Atem an, während ich mich über sie beugte. Ihre Augen schienen mir zu folgen. Ich konnte spüren, wie schnell mein Herz raste. Ihr Atem stank faulig und scharf nach abgestandenem Wein. Da war sie. Die Großmutter hielt die fehlende Flasche mit dem Arm umklammert an ihre Brust gedrückt. Der Inhalt schwappte bei jedem Schnarcher hin und her.« Nell lehnt sich ein Stück zurück und beißt von ihrem Brot ab.

Entrüstetes Gemurmel schwillt an. »Erzähl weiter!«

»Ja, du kannst jetzt nicht aufhören!«

»Hast du die Flasche bekommen?«

»Ist sie aufgewacht?«

Nell kaut in Ruhe und genießt es, wie die Jungen erwartungsvoll an ihren Lippen hängen. »Ich beobachtete, wie sie schnarchte und sich bewegte, und streckte ganz langsam die Hand nach der Flasche aus. Meine Finger streiften schon das Glas, als die Großmutter unter einem heftigen Schnarcher zuckte, den Kopf herumwarf und den Flaschenhals mit der freien Hand umschloss. Wenigstens starrten mich ihre Augen nicht mehr an. Ich wartete. Bestimmt fünf Minuten stand ich völlig reglos da und wartete darauf, dass sie wieder tiefer schlief. Meine Füße taten weh und der Arm wurde bereits schwer. Der Staub, der überall verteilt lag, kitzelte in der Nase und ich konnte ein Niesen kaum mehr unterdrücken. Ich musste es versuchen. Also packte ich die halbleere Weinflasche am unteren Ende und zog sie vorsichtig aus ihren knochigen Fingern heraus. So leise ich konnte, zog ich mich zur Tür zurück und genau in dem Moment, da ich hindurchschlüpfen wollte, wachte die Alte auf. ›Wer ist da?‹, lallte sie noch, doch da war ich schon wieder draußen und ließ den muffigen Geruch des Ortes hinter mir.«

Ein kollektives Aufatmen geht durch ihr Publikum. Die Märchenwanderin lächelt und nimmt den Arm von Sean, um sich gerade hinzusetzen.

»Oh, das war spannend. Du kannst so gut Geschichten erzählen.«

»Ja, erzähl noch eine! Bitte.«

Die Rufe der verlorenen Jungen branden wie Wellen auf sie ein, doch Nell hebt abwehrend die Hände. »Ein anderes Mal. Heute war ein langer Tag und ich muss morgen doch einer Hexe einen Besuch abstatten.« Sie zwinkert.

Die Jungen werfen einander unsichere Blicke zu. Auf einmal liegt eine unangenehme Stille über der Runde. Collin ist der Erste, der das Schweigen bricht. Er schaut Nell von unten herauf zerknirscht, fast ängstlich an. »Ich – will nicht, dass du zu der Hexe gehst.«

Zustimmendes Gemurmel. »Du kannst auch einfach so hier bleiben, kochen und Geschichten erzählen.«

Lächelnd blickt die Märchenwanderin in die Runde. »Das ist wirklich lieb von euch, aber ...«

»Aber ein Deal, ist ein Deal.« Bill tritt betont lässig in den Kreis des Feuerscheins und mustert das vermeintliche Rotkäppchen aus stechenden, kalten Augen. »Sie hat zugestimmt, diese Aufgaben zu erfüllen, als Beweis für ihren Anspruch. Zwei davon stehen noch aus.«

Dem wagt keiner zu widersprechen, doch es ist den anderen Jungen anzusehen, dass sie lieber eine Mutter als eine Königin hätten. Der traurige Ausdruck in ihren Gesichtern versetzt Nell einen Stich. »Nun kommt schon, lasst den Kopf nicht so hängen! Ich erfülle die Aufgaben und komme zurück und dann kann ich euch die Geschichten abends am Lagerfeuer erzählen.«

Die Mienen hellen sich schlagartig auf. »Gibt es dann auch wieder Eintopf?«

Nell kann nicht anders, als laut zu lachen. »Ich werde nicht jeden Abend Eintopf machen. Aber es gibt ja auch noch andere Gerichte, die man kochen kann.«

Jubelnd springen die verlorenen Jungen von ihren Baumstämmen auf. Bei dem Gedanken an weitere warme Mahlzeiten ist die Furcht vor dem morgigen Tag und der Hexe plötzlich ganz weit weg.

»Genau. Nachdem das ja jetzt geklärt ist, lasst uns feiern! Heute ist immer noch das Fest der Waldbewohner und wir sind schließlich Waldbewohner. Also los, kommt schon!« Mit diesen Worten ergreift Absolum Nell bei der Hand und zieht sie hinüber zu den Tischen, wo wieder die Sterngläser leuchten. Die ganze Rasselbande folgt und binnen Sekunden schallt Musik und Kinderlachen über die Lichtung.

Die Märchenwanderin genießt noch etwa eine halbe Stunde das jubelnde Treiben des aufflammenden Festes, das, wie es scheint, heute genau da anfängt, wo es am Vorabend aufgehört hat. Die Jungs schwatzen, lachen, essen und vernichten literweise Göttertau, ein selbstgepanschtes Getränk aus Quellwasser und Kräutern, gesüßt mit Honig und etwas Apfelmost. Doch Nell hat genug. Nach einem halben Becher und etwas zu essen verabschiedet sie sich in ihr grünes Himmelbett, um morgen, wie sie sagt, mit klarem Kopf zur nächsten Prüfung aufbrechen zu können.

Doch eigentlich ist sie nur hundemüde und hat schreckliches Heimweh. Das Kochen und Geschichtenerzählen förderte Erinnerungen an ihre Mutter, Nana und Sue zutage. Frau Holles Marie, Schneewittchen, Rotkäppchen – Wo auch immer sie war, nie war sie sie selbst, nirgendwo war sie zu Hause. Den Kopf in das weiche Moos gedrückt, schließen sich ihre Finger fest um den blau schimmernden Kompass, das letzte Geschenk ihrer Großmutter und hoffentlich ihr Weg nach Hause. Sie unterdrückt das Schluchzen, bis der Schlaf sie gütig auf seinen schwarzen, samtenen Schwingen hinfort trägt und alle Stimmen in ihrem Kopf für den Moment schweigen.

Am folgenden Morgen wird Nell erneut von den warmen Sonnenstrahlen auf ihrer Haut geweckt. Nur dass diesmal ein pausbackiges Gesicht unter einem rötlichen Lockenschopf hereinschaut.

»Sean. Guten Morgen.« Sie gähnt und streckt sich genüsslich, ehe sie sich auf die Ellenbogen hochdrückt.

»Guten Morgen, das Frühstück ist fertig.«

»Danke. Ich komme gleich.«

Der kleine Junge nickt, doch statt sie alleinzulassen, steht er weiter unschlüssig in dem grünen Vorhang der Weidenruten. Die Sekunden verstreichen, ohne dass er ausspricht, was er auf dem Herzen hat.

»Sean, was ist denn?« Bei dem Anblick seiner sorgenvollen, großen Augen wird Nell schlagartig wach. Sie setzt sich auf und zieht die Füße in einen Schneidersitz. »Na komm, raus damit!«

Der Junge druckst herum, bevor er sich zu einer Antwort durchringt. »Ich will nicht, dass du da heute hingehst. Ich hab dich nämlich lieb.«

»Ach, Sean.« Wie schon am Vorabend drückt sie aufmunternd seine kleine Hand. »Ich habe dich auch lieb. Mach dir keine Gedanken, ich komme bestimmt heil zurück. Aber weißt du, ich kann nicht ewig hier bleiben. Ich bin auf der Suche nach einem Weg zurück nach Hause.«

Der Junge schaut todtraurig drein. »Wie ist es bei dir zu Hause?«

Nell zieht an seiner Hand, sodass sich der kleine Junge neben sie auf den Boden setzt. »Weißt du, da, wo ich herkomme, haben wir viele große, weite Felder. Auf den meisten wird Mais oder Getreide angebaut. Wir haben ein kleines Farmhaus, dort lebe ich mit meiner Mutter und meiner kleinen Schwester Sue. Meine ältere Schwester ist schon eine Weile verheiratet und lebt bei ihrem Mann.«

Sean kaut nachdenklich auf seinen Fingernägeln. »Wie ist das? Ich meine, wenn man eine Mutter hat?«

Die Einfachheit dieser Frage macht Nells Herz schwer. Sie denkt an ihre eigene Mutter, an all die Diskussionen und den Streit, aber auch an den liebevoll verzierten Kuchen und die Tradition mit den Himmelslaternen an jedem Geburtstag. »Es ist – na ja, ich weiß nicht. Ich habe mich mit meiner Mama ständig gestritten.«

»Warum habt ihr denn gestritten?«

Nell zuckt mit den Schultern. »Aus heutiger Sicht war es wirklich nicht wichtig. Ich glaube, ich habe ihr nie verziehen, dass ich ihretwegen Nanas Geschichte nie zu Ende hören konnte.«

»Wer oder was ist ein Nana?« Seans Miene zeigt mehr Fragen als Antworten, aber Nell winkt ab. »Nana ist – war – meine Großmutter. Nicht so wichtig.«

Der Junge nickt traurig. »Ich hätte auch gern eine Mutter oder eine Großmutter. Könnte ich nicht mitkommen zu deiner Mutter?«

Leise lachend beugt Nell sich vor und wuschelt Sean noch einmal durchs Haar. »Meine Mutter wird riesige Augen machen, wenn ich dich mitbringe. Aber nun raus mit dir. Mein Magen knurrt, ich komme gleich zum Frühstück.«

»Natürlich! Bis gleich. Juhu, ich bekomme eine Mutter!«

Kopfschüttelnd grinst die Märchenwanderin in sich hinein und macht sich fertig fürs Frühstück und die zweite Diebesprüfung.

# Auf den Spuren der Mäuse

In Gedanken an die bevorstehende Aufgabe versunken, setzt Nell sich schweigend neben Absolum, der gerade einen Berg Fleischsalat auf einer sehr mutigen, dünnen Scheibe Brot auftürmt. Der Junge hebt das Brotgebirge mit beiden Händen hoch und beißt herzhaft hinein. Mit vollen Backen kauend, braucht er keine Minute, bis das Brot verschlungen ist und er zufrieden rülpst. Nell sieht ihm dabei entsetzt zu und schüttelt den Kopf.

Manieren sucht man hier wirklich vergebens.

»Sag mal, Absolum, was weißt du eigentlich über die Pfefferkuchenhexe?« Geistesabwesend spielt sie mit einer Möhre und beginnt recht lustlos, daran zu knabbern. »Was ist das für eine und – hat sie Schwachstellen?« Einer gebrechlichen und darüber hinaus noch volltrunkenen alten Frau eine halbleere Flasche wegzunehmen ist einfach und zugegeben wenig ruhmreich. Aber einer berüchtigten, menschenfressenden Hexe gegenüberzutreten und diese dann auch noch zu bestehlen, wird wohl ein ganz anderes Kaliber von Prüfung werden. Schließlich weiß ja wohl jedes Kind, dass Hexen von Grund auf böse, hinterlistige Kreaturen sind, die auf Besen fliegen, ahnungslose Leute verhexen und andere gemeine Dinge zaubern. Und diese spezielle Hexe scheint dem Märchen nach Kinder zum Fressen gern zu haben.

*Das wird brandgefährlich.*

Da ist es sicher nicht verkehrt, ein paar zusätzliche Informationen einzuholen.

Absolum, dem wegen der Wette selbst daran gelegen ist,

dass sie an die magische Sehhilfe gelangt, hat allerdings noch den Mund voll. Es dauert eine Weile, bis er die Masse soweit zerkaut und geschluckt hat, dass bei seinem Geschmatze halbwegs artikulierte Laute herauskommen. Die Faustregel stimmt eben doch: Ab zweihundert Gramm im Mund wirds undeutlich. Nell zwingt sich, den Blick abzuwenden und wiederholt die Frage. »Die Hexe, Absolum, was weißt du über sie?«

Hör- und sichtbar würgt der Chef der Diebe einen viel zu großen Bissen hinunter. Nell unterdrückt einen weiteren Würgereiz und legt unwillkürlich ihre Karotte beiseite.

Absolum pult sich etwas aus den Zähnen, während er endlich zu einer Antwort ansetzt. »Sie soll eine ziemlich üble Zeitgenossin sein, erzählt man sich. Außerdem sagt man ihr eine ausgeprägte Vorliebe für Süßkram nach, also eine richtige Naschkatze. Nur Kinder mag sie noch lieber. Die sind wohl ihre absolute Leibspeise. In der Nähe ihrer Hütte verschwinden öfter mal welche und tauchen nie wieder auf.«

»Aber woher wisst ihr denn dann, dass sie eine Naschkatze ist und das ganze Zeug, wenn niemand je zurückgekommen ist?«

Absolum grinst verschwörerisch. »Das wiederum ist ganz einfach. Sie sind wie der Teufel gerannt, als sie die Hexe gesehen haben.«

Nell schaut verblüfft drein. »Also hat die Hexe Hänsel und Gretel niemals gefangen?«

»Wer sind Hänsel und Gretel?«

»Na die Geschwister, die dem Märchen nach der Lebkuchenhexe entkommen sind, indem sie sie in den Ofen gestoßen haben. Nein?«

»Nie davon gehört. Welche Hexe auch immer die verbrannt haben, muss wohl eine andere gewesen sein.«

Nell schüttelt den Kopf, um ihre Gedanken zu ordnen. Unglaublich! Nicht mal auf die alteingesessensten Geschichten kann man sich heutzutage noch verlassen. Oder hat ihr eigenes Auftauchen in der Märchenwelt die Geschichten so stark verändert, dass einige Figuren einfach verschwunden sind? Nell schluckt schwer an dem Kloß in ihrer Kehle.

Absolum legt nachdenklich den Finger ans Kinn. »Vielleicht ist es auch einfach nur noch nicht passiert. Wer weiß?« Er grinst vielsagend und schmiert sich noch eine Scheibe Brot.

»Ganz toll. Und was hat es mit der Brille auf sich? Warum soll ich gerade die stehlen und nicht irgendeinen Zuckergussziegel vom Pfefferkuchenhaus?«

Wieder zuckt Absolum mit den Schultern. »Angeblich hat sie magische Fähigkeiten. Aber ich glaube das nicht. Das ist bestimmt nur Teil der Legende.«

»Welche magischen Fähigkeiten könnte eine Brille auch schon haben?«, brummt Nell zunehmend missmutig. Am Ende gibt es diese Hexe gar nicht und sie scheitert an der zweiten Aufgabe, weil sie einem Gespenst und deren Lesehilfe nachjagt.

»Nun, einer Legende zufolge sieht man durch ihre Gläser alles klarer.«

»Das ist ja auch der Sinn einer Brille.« Nell rollt mit den Augen.

Absolum schaut sie schief an und räuspert sich.

»In Mondenspiegelung du siehst den Ort
Ob nah, ob fern, ob da, ob fort.
Siehst glasklar das, was vor dir liegt
Siehst, wie der Zeitenfluss versiegt.
Grenzen existieren nicht
Nur das Ziel, das hat Gewicht.«

»Ja, und was soll das nun heißen, Absolum?« Reime, Gedichte und Verse – langsam hasst Nell diesen ganzen kryptischen Kram wirklich.

Der Junge schleckt sich die Finger ab, an denen noch etwas Fleischsalat klebt. »Sie kann den Weg zeigen, ganz egal, wo man hinwill, selbst durch Raum und Zeit. Aber ich sagte ja, das ist bestimmt vollkommener Unsinn.«

Die Märchenwanderin, die zuvor wenig begeistert dem unverständlichen Geschwafel zugehört hat, ist plötzlich ganz Ohr.

*Durch Zeit und Raum? Vielleicht ist die Brille ihr Wegweiser zurück nach Hause!*

»Wo ist die Hexe? Wer führt mich zu ihrem Haus?« Eine plötzliche Unruhe erfasst Nell und sie ist bereits von ihrem Baumstumpf aufgesprungen, bevor Absolum auch nur zu einer Antwort ansetzen kann. Plötzlich brennt sie darauf, loszugehen und in das vor ihr liegende Abenteuer zu ziehen. Und sei es auch ihr Letztes. Sie will, nein sie muss diese Brille haben, muss wissen, ob die Gerüchte tatsächlich wirklich wahr sind.

Nun ist es Absolum, der sichtlich irritiert dreinschaut und mit dem Kopf schüttelt. »Schön, dass du dich so darauf freust. Die meisten würden eher davonlaufen.« Er pult mit dem Fingernagel etwas aus seinem Zahn, ehe er ihre Frage beantwortet. »Niemand. Du musst den Weg zu ihrem Haus allein finden. Einer dieser Taugenichtse oder ich selbst können dich ein Stück in die richtige Richtung begleiten, doch wir überschreiten nie die Grenzen ihres Gebietes. Das ist ein uraltes, ungeschriebenes Gesetz. Sie setzt keinen Fuß auf unser Land und wir betreten den Hexenwald nicht. Du musst ihr Haus also allein finden, aber merk dir meine Worte gut: Wenn du nicht weiter weißt, folge den Mäusen.«

»Den Mäusen?«

»Ja, Mäuse. Diese Tierchen sind fast ebenso naschhaft, wie die Hexe sein soll, und da ihr Haus, wie jeder weiß, aus Pfefferkuchen und anderem Süßkram besteht – na, klingelts?«

Die Märchenwanderin nickt. Von der Warte aus betrachtet, erscheint das sogar schon fast wieder logisch. »Na gut, so sei es. Dann lass uns gleich aufbrechen.« Als Nell Absolums entsetzten Gesichtsausdruck sieht, fügt sie noch hinzu: »Natürlich erst nach dem Essen.« Da seufzt der Junge zufrieden auf und häuft sich Fleischsalat auf eine weitere Scheibe Brot.

Kurze Zeit später macht sie sich, begleitet von Sykes und Henry, auf den Weg in den Wald. Absolum ist ebenfalls dabei und übernimmt diesmal sogar persönlich die Führung.

Die drei Jungen werden sie wie versprochen bis zur Grenze des Hexenwaldes begleiten, wo sie dann einen Weg zum Lebkuchenhaus finden und die Brille stehlen muss. Nell hofft inständig, dass deren magische Weg-Such-Funktion nicht auch eine Ausschmückung ist. Selbst wenn sich kein Portal nach Hause öffnet, aber ohne wird sie auch den Rückweg zur Lichtung der verlorenen Jungen nie wieder finden. Hier sieht ein Baum aus wie der andere.

*Oh, ich hasse diese Wälder. Warum stellt denn hier niemand Schilder auf: Zum Versteck der Diebe erst geradeaus und in zweihundert Metern links abbiegen.*

Nell lässt den Blick wachsam umherwandern. Hier ist es weniger finster und drückend als in dem Teil des Waldes, wo das Haus der Großmutter liegt, aber es hängt eine gruselige Atmosphäre über diesem Ort, sodass sich die Haare an ihren Armen aufstellen. Der Wald wird immer ungastlicher und modriger, je weiter die beiden sich vorwagen. Selbst das

Ächzen der alten, zum Teil toten Bäume und die Geräusche der Tiere wirken zunehmend bedrohlicher. Nell würde am liebsten auf dem Absatz kehrtmachen und in die entgegengesetzte Richtung davonrennen. Gerade beobachtet sie eine braune Spinne, die sich rechts von ihr von einem moosüberwucherten Ast herablässt, als die Jungs ohne Vorwarnung stehen bleiben. Nell reagiert zu spät und läuft mit Schwung in Sykes hinein, der taumelnd einen Schritt nach vorne macht und gegen Henry prallt. Henry wiederum greift im Fallen nach Absolum und am Ende liegen alle drei als unsortierter Haufen aus Armen und Beinen laut fluchend auf dem Boden.

»Entschuldigt, ich war wohl in Gedanken schon beim Lebkuchenhaus«, stammelt sie, während ihre Begleiter noch damit beschäftigt sind, ihre Gliedmaßen zu sortieren, um wieder auf die Beine zu kommen. Alle drei schauen Nell strafend an, deren Blick wie magisch von dem Kompass an der Kette angezogen wird, besser gesagt, von dem blauen Leuchten, das davon ausgeht.

*Kommt das, weil ich mich entschuldigt habe? Scheinbar zählen auch Kleinigkeiten.*

Die Gewissheit, dass sie sich endlich auf dem rechten Weg befindet, lässt ihr Herz höherschlagen. Sie fühlt sich einfach gut.

»Wir sind da«, sagt Absolum bedeutungsschwer und etwas angesäuert und weist mit der ausgestreckten Hand auf eine auffallend helle Linie, die gut sichtbar vor ihren Füßen über den Waldboden verläuft. Beinahe sieht es so aus, als hätte sie jemand mit einem Lineal gezogen. Kein Blatt oder Zweig liegt darauf. Bei näherer Betrachtung handelt es sich um eine Art von weißem Pulver, von dem schwaches Leuchten ausgeht.

Keiner der Diebe wagt es, sich dieser Linie auch nur zu nähern. »Weiter können wir nicht gehen, Rotkäppchen. Die Hexe hat diese Linie gezogen, angeblich bereits in den Tagen, als der Pakt geschlossen ward. Kaum ein lebender Mensch kann sich daran erinnern. Man erzählt sich allerdings, dass es um die tausend Jahre her sein soll.«

»Na toll, also eine Hexe, die gute tausend Jahre alt ist, die schon Ewigkeiten keiner mehr gesehen hat und zu der sich niemand hin traut. Fabelhaft.« Mit beiden Händen massiert Nell ihre Schläfen, die von den ganzen guten Nachrichten bereits zu pochen beginnen. Probehalber wirft sie eine Handvoll Erde und Nadeln auf die Linie, nur, um zu sehen, was passiert. Und was sie sieht, ist bemerkenswert. Ein sanfter Wind erhebt sich und fegt fein säuberlich Ästchen, Blätter und Erde von dem Pulver, bis sich die Grenzlinie wieder makellos und klar vor ihren Füßen erstreckt. Da sonst nichts geschehen ist, macht das Rotkäppchen einen beherzten Schritt nach vorne und über die Grenze hinweg. Doch als sie nach unten auf ihre Schuhe schaut, steht sie wieder vor der Linie, als hätte sie sich gar nicht vom Fleck bewegt.

»Was ist passiert? Warum bin ich hier?« Flehentlich blickt sie zwischen den Dieben hin und her.

»Gar nichts ist passiert«, meint einer der drei achselzuckend. »Du standest hier und jetzt stehst du immer noch hier.«

Schnaubend schüttelt Nell den Kopf und wiederholt das Experiment, kommt aber zum exakt gleichen unbefriedigenden Ergebnis. Sie hüpft darüber, gräbt eine Lücke in das Pulver, rennt und legt einen Ast als Brücke über die Linie, doch jeder Versuch ist unweigerlich zum Scheitern verurteilt. Sie steht wieder vor der intakten, schillernden Linie und schaut dumm aus der Wäsche. Langsam machen sich Frustration und Ratlosigkeit breit.

»Verdammt! Egal, wie ich es anstelle, ich gehe auf die Barriere zu und im nächsten Moment stehe ich wieder davor, als wäre nichts gewesen!

*Das ist zum Verrücktwerden! Wie soll ich denn eine Hexe finden, deren Wald man nicht betreten kann?*

Wütend rauft sich Nell die Haare, als plötzlich eine Idee sichtbar in ihrem Kopf aufflammt.

*Und wenn ich einfach mal rückwärts gehe? Vielleicht komme ich dann auch hinter der Linie wieder raus.*

Die Theorie ist genauso gut oder schlecht wie alle vorher, also hilft nur ein Praxistest. Im schlimmsten Fall passiert dasselbe wie bei den letzten tausend Malen, nämlich gar nichts.

Die Märchenwanderin zieht die rote Kapuze tief ins Gesicht, reckt das Kinn und macht sich bereit. Sie stellt sich mit den Fersen an die Linie, macht die Augen ganz fest zu – denn das ist beim Wünschen ja essentiell wichtig – und geht mit angehaltenem Atem und wild pochendem Herzen einen Schritt rückwärts.

Vorsichtig öffnet Nell die Augen und seufzt tief. Enttäuschung macht sich in ihr breit. Vor sich sieht sie genau dieselben Bäume und Büsche wie bei den letzten paar hundert Versuchen. Mit hängendem Kopf dreht sie sich zu ihren Begleitern um, um ihre Niederlage einzugestehen, da weiten sich ihre Augen. Vor ihren Füßen erstreckt sich die weiße, pulvrige Grenzlinie und dahinter – stehen Absolum, Henry und Sykes. Die drei winken freudestrahlend und strecken die Daumen nach oben.

»Geschafft!« Nell könnte platzen vor Stolz. Sie hat

tatsächlich die Lücke im Fluch der Hexe gefunden und geschafft, was vor ihr keinem gelungen ist. Zumindest niemandem, der noch lebt – erzählt man sich.

Auf einmal schauen die Diebe irritiert drein. Wild gestikulierend deuten sie auf ihre Ohren und schütteln die Köpfe. Ihre Münder bewegen sich, doch es kommt kein Ton heraus. Jedenfalls keiner, den Nell hören kann. Die Barriere scheint zwar durchsichtig zu sein, aber keine Geräusche durchzulassen. Interessant. Da hat es jemand gerne still. Ob die Hexe vielleicht lärmempfindlich ist?

Beinahe synchron zucken alle vier mit den Schultern und winken zum Abschied, ehe Nell sich anschickt, tiefer in den Hexenwald vorzudringen, während die Jungen zum Versteck zurückkehren.

Kaum hat sie die Lichtung hinter sich gelassen, muss sie sich ihren Weg durch zunehmend unwegsameres Gelände bahnen. Äste und Zweige zupfen an ihrer Kleidung und schlagen ihr immer wieder ins Gesicht. Der Wald scheint Eindringlinge nicht nur abschrecken, sondern aktiv verscheuchen zu wollen.

*Ich bin wohl auf dem richtigen Weg.*

Im Gedanken an die magische Brille kämpft sie sich mutig weiter durchs Gestrüpp und wird schließlich für ihre Beharrlichkeit belohnt. Kaum zehn Meter vor ihr tut sich unerwartet eine Lichtung auf. Das Dickicht weicht zurück und an die Stelle der beklemmenden modrigen Düsternis tritt eine luftige Brise, die durch die spärlicheren Bäume weht. Nell atmet erleichtert auf. Irgendein Zauber liegt auf diesem Wald, der Wanderer lähmt und ihren Willen testet. Nun endlich davon befreit, folgt sie mit den Augen dem länglichen Verlauf der Lichtung bis an die Stelle, wo sie sich wieder verjüngt. Dort schlängelt sich ein Weg hinein in den Hexenwald. Es scheint sich dabei sogar um eine zumindest teilweise gepflasterte Straße zu handeln. »Das riecht nach einer Falle.«

»Ich rieche nichts, mein Kind, aber das muss nicht unbedingt etwas heißen.«

Erschrocken fährt Nell herum. Vor ihr schlurft eine uralte, gebeugte Frau schwer auf einen Stock gestützt über die Lichtung. In ihrer bunt geblümten Schürze und mit dem Weidenkorb am Arm wirkt sie an diesem Ort unglaublich fehl am Platz.

»Was macht Ihr denn hier, altes Mütterchen? Bist du auch hier gefangen?« Nell kann selbst kaum fassen, was da gerade aus ihrem Mund herauskam. Einmal mehr unterdrückt sie ein Würgen.

*Mütterchen? Ernsthaft? Was machen diese Märchen nur mit mir?*

Während Nell mit sich und den ganzen Veränderungen hadert, wird sie von wachen braunen Augen forschend gemustert. Tausend kleine Fältchen verleihen dem Gesicht der Frau die Weisheit des Alters.

»Ja. Ich lebe hier im Wald, denn ich kann die Grenze nicht überschreiten. Aber sag mir, gutes Kind, wo willst du hin?«

Die Frau sieht freundlich aus und so gebrechlich, dass Nell es für einigermaßen ungefährlich hält, etwas von sich preiszugeben. »Ich suche das Pfefferkuchenhaus.«

Die Alte hebt skeptisch eine Augenbraue. »Was willst du denn dort? Das ist kein guter Ort, besonders nicht für hübsche, liebe Mädchen wie dich, mein Kind.«

»Ich ...« Doch die kleine Stimme in ihrem Kopf warnt sie davor, weiterzusprechen.

*Lüg!*

Nell beißt sich auf die Lippe. »Ich will die Hexe nach einem Rezept fragen.« Das trifft die Wahrheit nicht mal im

Ansatz, aber na ja. Um trotz der Lüge nicht gar so viele Minuspunkte auf dem Karmakonto zu sammeln, deutet Nell hinter sich. »Falls Ihr den Hexenwald verlassen wollt, kann ich Euch vielleicht helfen. Stellt Euch mit dem Rücken an die Grenzlinie und geht einen großen Schritt nach hinten, dann seid Ihr frei.«

Die Alte setzt ein schiefes Lächeln auf und wendet sich dankend zum Gehen. »Weil du so gut zu einer alten Fremden warst, will ich auch dir helfen.« Sie kramt in ihrem Korb und zieht ein wundervoll gearbeitetes Mieder aus Seide daraus hervor. »Es ist beinahe so blau wie deine Augen, Kind. Komm, ich lege es dir an. Es wird dich davor beschützen, dass du zu viel von dem verfluchten Pfefferkuchenhaus naschst und dem Bann der Hexe verfällst.«

Nell, die als Prinzessin auf der Erbse bereits einschlägige Erfahrungen mit einem sehr unbequemen Korsett gemacht hat, hebt abwehrend beide Hände hoch. »Ich, ähm, ich danke Euch. Wirklich. Doch ich fürchte, ich kann das Geschenk unmöglich annehmen! Habt dennoch Dank und ich wünsche Euch stein- und dornfreie Wege. Gehabt euch wohl!« Damit wendet sie sich um und folgt den gelben Pflastersteinen, ohne einen Blick zurück, wieder in den Wald hinein.

*Niemals wieder ein Korsett! Dann lieber von einer Hexe vergiftet werden oder sich an Lebkuchen zu Tode futtern.*

Als sich der Wald wenig später erneut vor Nell öffnet, breitet sich eine weitläufige Lichtung vor ihren Füßen aus. Die gelben Steine verschwinden großteils unter dem hohen Gras, das im hellen Licht der Nachmittagssonne satt und grün leuchtet. Nell schlägt die Kapuze zurück und atmet die klare Luft, die angenehm frisch nach wilden Kräutern riecht, gierig ein. Der herrliche Anblick beflügelt ihre Laune und sie pfeift sorglos vor sich hin.

Als sie sich gerade an einer Note versucht, die ziemlich sicher nicht für eine menschliche Stimme gedacht ist, fliegt ein Schwarm Krähen krächzend auf und jagt durch die Luft davon. Nell verstummt augenblicklich. Ihr Blick fällt auf die Stelle, an der der schwarze Schwarm gerade noch gesessen hat. Im Gras liegt eine zusammengekrümmte Gestalt, den Kleidern nach eine Frau. Die Arme hat sie schützend um den Kopf geschlungen, um den scharfen Schnäbeln der Vögel zu entgehen.

Mit einigen schnellen Schritten ist Nell bei der Frau und sinkt neben ihr ins Gras. »Hallo? Geht es Ihnen gut?«

Die Frau zuckt heftig zusammen und reißt erschrocken die Augen auf. Sie scheint mittleren Alters zu sein. Das aschbraune Haar fällt ihr in einem langen Zopf über den Rücken hinab bis auf die ausladenden Hüften. Als sie erkennt, dass von Nell keine Gefahr ausgeht, nehmen ihre klugen braunen Augen einen dankbaren Ausdruck an. Ihr Lächeln ist scheu, doch deshalb nicht minder herzlich.

»Heil sei dir, Fremde! Hab Dank für die Rettung vor diesen Biestern. Wie kommt es, dass du hier bist, denn ich habe dich nie zuvor in diesem einsamen Wald gesehen?«

Dass auch wirklich alle darauf herumreiten müssen, dass Nell hier eigentlich gar nichts zu suchen hat. »Ich bin sozusagen rücklinks über die Grenze gestolpert und habe beschlossen, die Hexe zu besuchen. Weißt du vielleicht, wie ich zu ihr komme?«

Die Frau richtet sich mit Nells Hilfe langsam auf und mustert ihr Gegenüber abschätzend. »Das ist wahrlich keine gute Idee, Kindchen. Man erzählt sich, mit der Dame sei nicht gut Kirschen essen.«

Warum kann hier im Märchen eigentlich keiner Fragen

einfach und klar beantworten?

Aber die Art, wie die Fremde von der Dame spricht, bringt etwas in Nells Kopf zum Klingeln, das laut und deutlich ›Vorsicht!‹ schreit. Wachsamer als zuvor schaut sie der Fremden in die braunen Augen. »Mit Verlaub, ich bin kein Kind mehr und zum Glück will ich keine Kirschen mit ihr essen. Es wird schon gut gehen. Es geht mir nur um das Lebkuchenrezept, denn ihr Häuschen ist schließlich schon legendär.«

Langsam nickt die Fremde. »Na gut. Doch wenn ich Euch schon nicht umstimmen kann, lasst mich Euch wenigstens für die Rettung vor den Vögeln danken.« Mit schlanken Fingern zieht sie aus einer Tasche ihres Umhangs eine silberne Haarnadel mit zwei langen, schlanken Zinken hervor. An dem verzierten, stumpfen Ende sind einige blutrote Edelsteine eingelassen. Sie streckt Nell das kammähnliche Ding lächelnd entgegen. »Hier, schönes Kind. Die Steine passen so gut zu deinem leuchtenden Umhang. Nimm es ruhig! Es ist das Beste, was ich dir geben kann und außerdem schmückt solches Glitzerzeug eine Jüngere besser. An mir ist es vergeudet.«

Ein Sonnenstrahl huscht über das blank polierte Silber und lässt die Haarnadel hypnotisch aufblitzen. Fast will die Märchenwanderin schon danach greifen, als sich ihre innere Stimme nachdrücklich zu Wort meldet.

*Nimm es nicht! Die arme Frau besitzt wahrscheinlich nichts außer dem, was sie am Leibe trägt. Lass ihr ihr Hab und Gut. Vielleicht kann sie es für Kleidung oder Essen tauschen.*

So hebt Nell auch dieses Mal abwehrend die Hände und verbeugt sich leicht. »Habt Dank für Euer wundervolles Geschenk. Aber ich kann solch kostbares Geschmeide unmöglich behalten, zumal mir meine Mutter streng verboten hat, etwas von Fremden anzunehmen. Ich habe Euch gern geholfen. Also danke noch mal und gehabt Euch wohl!«

Nells erstarkendes Gewissen platzt fast vor Stolz. Ganz das brave Rotkäppchen, wie es in der Grimm'schen Märchensammlung geschrieben steht. Doch wie jeder weiß, wo das Rotkäppchen ist, ist auch der böse Wolf nicht weit.

Mit einem letzten Nicken geht Nell weiter ihres Weges, diesmal nachdenklicher als zuvor. Mieder. Haarnadel. Das klingt verdächtig nach der bösen Königin, aber die war doch tot und außerdem ist Nell dem Märchen und besonders dem Prinzen doch entkommen. Was würde sie gerade dafür geben, wenn sie ihre Nana oder wenigstens Holly fragen könnte. Unbewusst tasten ihre Finger nach ihrem Medaillon. Als sie die Lichtung überquert, strahlt es eine beruhigende Wärme aus, fast, als wäre sie in all dem Chaos nicht allein.

Kaum, da Nell wieder in den Wald eintaucht, stößt sie erneut auf die gelbe Pflasterstraße und folgt ihr eine Weile, ohne dass sie je auf eine Biegung oder Abzweigung gestoßen wäre. Vielmehr scheint der Weg immer in einer leichten Linkskrümmung zu verlaufen, als führe er im Kreis herum.

Gerade als Nell beginnt, sich ernsthaft Gedanken deswegen zu machen, öffnet sich vor ihr der Wald und sie betritt eine dritte Lichtung. Die gelben Steine verschwinden erneut unter saftigem Gras. Als hätte sie es geahnt, wartet auch hier eine Fremde auf sie. Am Rand der Bäume steht diesmal ein kleines Mädchen. Der Anblick versetzt Nell einen unerwarteten Stich.

*Sie sieht aus wie Sue.*

Bis auf die Haare, die braun statt blond sind, könnte es sich gut und gern um Nells kleine Schwester handeln.

*Sie wäre jetzt ungefähr zehn. Wie sie wohl aussieht?*

Das Mädchen in ihrem dünnen Hemd streckt sich am wahrscheinlich einzigen Apfelbaum im Hexenwald nach oben, um an eine der leuchtend roten Früchte zu gelangen, die wirklich zum Anbeißen saftig aussehen und die gerade eben so außerhalb ihrer Reichweite hängen.

Mit dem Leitsatz ›Wir sammeln Karmapunkte‹ fest vor Augen geht Nell auf das Mädchen zu. »Kann ich dir helfen?«

Augenblicklich erstarrt das Kind in der Bewegung und weicht gegen den Stamm des Baumes zurück, die dünnen Arme fest um den zitternden Leib geschlungen. Der verschüchterte Blick der braunen Rehaugen huscht unablässig zwischen Nell und dem verführerischen Apfel hin und her.

»Ich verstehe.« Eine Hand an den Stamm gelegt, drückt Nell sich auf die Zehenspitzen hoch und streckt den Arm nach der Frucht aus. Aber auch sie bekommt den Apfel nicht richtig zu fassen. Mit den Spitzen ihrer Finger schubst sie ihn an, dreht ihn, bis sich der Stiel endlich doch vom Ast löst und die Frucht schwer in ihre offene Hand fällt.

Geistesabwesend betrachtet sie den blutroten Apfel. Er hätte Florians verfrühtes Ende sein können und durch ihn hat sie Absolum auf der Lichtung kennengelernt. Schmunzelnd überlegt sie, hineinzubeißen, widersteht jedoch dem Drang und reicht ihn stattdessen dem schüchternen Mädchen. »Hier hast du ihn, Kleines.« Freundlich und ohne Hintergedanken lächelt sie das Kind an, als diese den Apfel an sich nimmt. Nell wendet sich bereits zum Gehen, da erklingt hinter ihr ein leises »Danke«, das Nell dazu veranlasst, sich nochmals umzudrehen. Freundlich nickt sie der Fremden zu. »Gern geschehen. Aber sag, was machst du denn hier?«

»Ich suche etwas zu essen.« Sie birgt die Frucht wie ein

Goldstück in ihren Händen und streichelt mit dem Daumen sanft über die Schale. »Und was machst du hier? Dich habe ich hier noch nie gesehen.«

Nell seufzt tief. Den Spruch kann sie langsam, aber sicher, wirklich nicht mehr hören. »Ich suche nach der Pfefferkuchenhexe.«

»Mach das bloß nicht! Sie ist böse und gemein und mächtig und – sie kann zaubern! Du solltest umkehren, solange du noch kannst. Lauf, lauf, soweit dich deine Füße tragen und komm niemals hierher zurück!« Im Gesicht des Mädchens steht das blanke Entsetzen geschrieben, doch Nell schüttelt seelenruhig den Kopf, dass die blonden Locken munter hüpfen.

»Nein, ich bin zu weit gewandert, um einfach unverrichteter Dinge wieder meiner Wege zu gehen. Aber mach dir um mich keine Sorgen, mir wird schon nichts passieren.«

*Schließlich sind wir im Märchen und die gehen ja bekanntlich immer gut aus.*

Doch die Stimme in ihrem Inneren straft die Zuversicht ihrer Worte Lügen. Es gibt nur für die Guten ein garantiertes Happy End. Die Märchenwanderin blickt sorgenvoll auf den blauleuchtenden Kompass und hofft inständig, dass ihr gesammeltes Karma reichen wird, damit auch sie unbeschadet wieder aus der Sache rauskommt. »Schau nicht so, Kleines, das klappt schon.«

Noch immer schaut die kleine Fremde angsterfüllt zu ihr auf. Schließlich nickt sie jedoch. »Ich sehe, ich kann dich nicht umstimmen. Darum lass mich dir wenigstens für deine Freundlichkeit und Hilfsbereitschaft danken.« Erstaunlich behände zieht sie hinter ihrem Rücken einen silbern blitzenden Dolch mit Rubinen am Griff hervor. Nell zieht scharf die Luft ein.

*Wo kommt der denn auf einmal her? Er muss wohl von ihrem langen Haar verdeckt worden sein.*

Das Geräusch, als die Klinge zischend durch die Luft saust, klingt unendlich laut in Nells Ohren und sie weicht unwillkürlich einen Schritt zurück. Sie rechnet schon halb damit, dass gleich Blut fließen und das Mädchen losweinen wird, doch nichts dergleichen geschieht. Nur der Apfel zerfällt fast wie von Geisterhand in zwei vollkommen gleiche Hälften.

Das Mädchen steckt das Messer wieder ein und wiegt die Stücke sorgsam in den Händen, ehe sie Nell eine Hälfte hinhält. Die Backe des Apfels lockt mit ihrer tiefroten Schale und dem süßen weißen Fleisch.

Schmachtend streckt die Märchenwanderin die Hand danach aus, zieht sie aber gleich wieder zurück. »Nein, ich kann nicht.« Sie schluckt den Speichel im Mund hinunter und schüttelt bekräftigend den Kopf. »Das ist ein großmütiges Angebot, aber ich kann den Apfel nicht annehmen. Iss du ihn, ich bin nicht hungrig. Lass ihn dir schmecken und gib gut auf dich Acht!« Mit diesen Worten dreht Nell sich um und setzt ihren Weg fort.

Kurz bevor sie in den Schatten der Bäume eintaucht, wirft sie noch einen Blick zurück. Das Mädchen steht immer noch mit ausgestreckten Armen da und starrt ihr hinterher.

Nell läuft ein Schauer über den Rücken. Irgendwas ist hier faul. Nicht nur, dass die drei ›Damen‹ alle dieselben braunen Augen hatten, auch der Apfel schreit geradezu nach Schneewittchen. Aber das kann nicht sein. Könnte die magische Barriere um den Zauberwald wie eine Art Portal funktionieren? Und wenn ja, ist Nell dann wieder am Anfang angelangt?

Ihr Kopf läuft heiß, denn die bloße Möglichkeit wirft so

viele Fragen auf, von denen sie keine einzige beantworten kann. Ihr bleibt nichts übrig, außer weiter zu gehen und es herauszufinden. Doch wohin sollte sie sich wenden, denn vor ihren Füßen hört die gelbe Pflasterstraße plötzlich auf und Nell steht wieder einmal allein mitten im Wald.

Auch im Umkreis von zwanzig Metern findet sich kein Hinweis auf die gelben Steine. Sie sind einfach weg. Jetzt ist guter Rat teuer. Sie ist eine ganze Weile in Gedanken versunken der Straße gefolgt, ohne darauf zu achten, in welche Himmelsrichtung diese führt oder wann genau sie einfach aufgehört hat. Mit den Augen sucht Nell ihre Umgebung ab und hört in sich hinein. Abgebrochene Zweige, Fußspuren, es muss irgendetwas geben, was ihr den Weg zum Pfefferkuchenhaus der Hexe weisen kann. »Tief durchatmen, einen Schritt zurückgehen und ruhig Blut bewahren.« Tatsächlich geht sie rückwärts, um von der sprichwörtlichen Leitung runterzukommen und es hilft.

»Mäuse!« Absolums Ratschlag fällt ihr wieder ein. Falls sie sich verirrt, sollte sie den Mäusen folgen. Tatsächlich flitzt wie aufs Stichwort gerade eine plüschig braune Waldmaus an ihrem Fuß vorbei und verschwindet raschelnd zehn Meter weiter im Dickicht. Ohne groß nachzudenken, stürzt Nell hinter ihr her. Wer weiß schon, wann sich die nächste blicken lässt?

*Warum sollten gerade diese Nager in der Lage sein, den Weg zu finden?*

Fieberhaft kreisen ihre Gedanken um diese Frage. Sie ist so konzentriert, dass sie eine hervorstehende Wurzel übersieht, einen Purzelbaum schlägt und mitten zwischen Dutzenden Mäusen und gelben Steinen zum Liegen kommt.

»Weil er aus Käse ist!« Nell klatscht sich hysterisch lachend mit der Hand gegen die Stirn. Die Mäuse ergreifen panisch die Flucht ins Unterholz und lassen eine angeknabberte

Straße zurück wie eine unfertige Baustelle bei Feierabendbeginn. Hier und da sind einige der gelben Pflastersteine herausgebrochen und stark angenagt. Bei näherer Betrachtung fällt auf, dass die am stärksten angefressenen Stücke allesamt kleine Löcher haben, Lufteinschlüsse.

Nell bricht ein Stück ab und kaut darauf herum. »Mhmm, die Mäuse scheinen Emmentaler Käse zu bevorzugen. Das erklärt auch, warum die Straße gelegentlich einfach aufhört und anderorts wieder anfängt. In der Nähe dieser Lücken sind bestimmt größere Mäusebauten und deren Bewohner haben die Käsesteine bei der Suche nach Nahrung langsam, aber sicher, aufgefuttert.

*Himmel, wer denkt sich nur so etwas aus?*

Das Rotkäppchen – das sich nicht sicher ist, ob es nicht zwischenzeitlich wieder zu Schneewittchen geworden ist – steigt über das Kraterfeld, das die hungrigen Nager hinterlassen haben, hinweg und folgt der essbaren Straße noch eine gute Meile. Immer in einem sanften Bogen nach links gehend.

# Knusper, knusper, Knäuschen...

Da tut sich der Wald erneut vor ihr auf und Nell steht ohne Vorwarnung plötzlich auf der Lichtung vor dem Haus, das haargenau so aussieht, wie sie es sich immer vorgestellt hat. Es stimmt alles. Die Wände bestehen aus braungebackenem Pfefferkuchen, der an den Hausecken von einer pastellfarbenen Zuckerglasur zusammengehalten wird. Darin eingelassen finden sich runde Fenster aus bunter Bonbonmasse mit Rahmen aus gedrehten Lakritzstangen. Der Türgriff ist eine rotweiße Zuckerstange und das Dach bilden Ziegeln aus dunkler Schokolade, die einander schuppenförmig überlappen. Der Schornstein ist aus geschichteten Karamellblöcken gefertigt und es gibt sogar Spinnweben aus Zuckerwatte. Das Haus scheint bis auf das letzte Detail Nells Fantasie entsprungen zu sein, bis hin zu den Blumen aus Gummibärchen, die die Fensterbänke zieren. Aber wie ist das möglich?

Mit halboffenem Mund steht die Märchenwanderin da und kommt nicht einmal mehr dazu, sich zu verstecken und einen Plan auszuhecken, denn just in dem Augenblick, da sie den Schutz der Bäume verlassen hat, kommt auch schon die Hexe, auf einen alten, ausgefransten Reisigbesen gestützt, aus ihrem Häuschen herausgeschlurft. Etwa zwei Armeslängen entfernt hält die Alte tief atmend inne und stützt sich schwer auf den knarzenden Besen, der sich unter der Last ihrer morschen Knochen noch ein bisschen mehr biegt.

Die Hexe sieht genau so aus, wie man sich eine waschechte Vertreterin dieser Zunft vorstellt. Durch ihren Buckel kann sie kaum aufrecht stehen und blickt mit verrenktem Hals schräg zu Nell hinauf. Aus der Mitte der drei großen Warzen auf ihrer Wange sprießt jeweils ein dickes Haar. Ihre braunen Augen funkeln verschlagen über den Rand der halbmondförmigen Brille hinweg, die tief auf der krummen Hexennase sitzt. Der Blick der Märchenwanderin geht starr ins Leere. Die Alte trägt Nanas Brille oder zumindest eine, die ihr zum Verwechseln ähnlich sieht.

*Und diese braunen Augen ...*

In diesem Moment erkennt Nell ihren Fehler. Sie ist die ganze Zeit von einer falschen Annahme ausgegangen. Die drei Frauen auf den Lichtungen, das war mitnichten Schneewittchens auferstandene Stiefmutter. Es war von Anfang an die Pfefferkuchenhexe, die sich alle Mühe gegeben hat, sie loszuwerden, bevor sie sich dem Haus nähern konnte. Aber warum?

»Guten Tag, mein Kind!«, krächzt die Alte. Ihre Stimme klingt wie ein Reibeisen, sodass Nell den Impuls unterdrücken muss, sich die Ohren zuzuhalten.

*Urghh das ist ja wie Fingernägel auf einer Tafel. Grausam! Wie die es schafft, dass auch nur ein einziges Kind freiwillig in ihr Haus geht, ist mir schleierhaft.*

Nell steht da wie vom Donner gerührt, während ihre Gedanken unkontrolliert umherwirbeln, ohne dass sie einen vernünftigen hätte greifen können. Als das Ausbleiben einer Antwort langsam, aber sicher, unhöflich wird, sinkt Nell in einen angedeuteten Hofknicks, wobei sie die Hexe keine Sekunde aus den Augen lässt. »Guten Tag Großmütterchen!« Es klingt seltsam, aber was sagt man denn zu einer bösen Hexe, die man vorhat zu bestehlen? Nervös reibt sie ihre schwitzigen Hände an dem roten Cape ab.

Mit knarzendem Skelett verlagert die Alte das Gewicht auf das andere Bein und kostet den Ekel, der sich bei dem

Übelkeit erregenden Geräusch auf Nells Gesicht abzeichnet, voll aus. Dabei mustert sie sie unbeeindruckt weiter mit ihren unbarmherzigen Augen. »Ein guter Tag, fürwahr. Nun sag mir – Kindchen, was führt dich zu mir?«

Nell schluckt schwer. In Anbetracht ihrer Lage hält sie es für das Klügste, bei der Geschichte zu bleiben, die sie der Hexe eh schon aufgetischt hat. »Ich – meine Mutter schickt mich, um nach dem Lebkuchenrezept zu fragen.« Sie versucht sich an einem Lächeln, bringt aber nur ein leidlich treuherziges Grinsen zustande, das wenig überzeugend wirkt.

Die braunen Augen der Alten nehmen einen raubtierhaften Ausdruck an. »Soso, ich wusste gar nicht, dass meine Backwerke so berühmt sind. Möchtest du kosten?« Wie von Zauberhand liegt in ihrer offenen Handfläche ein saftig aussehender Pfefferkuchenmann, der Nell mit seinem Gesicht aus Zuckerglasur und Schokolade breit anlächelt.

*Wo kommt der auf einmal her?*

Die Märchenwanderin spürt eine magische Anziehungskraft, die von dem Gebäck ausgeht, und schüttelt vehement den Kopf, um den Zauber abzuschütteln, der sich ihrer bemächtigt. »Nein. Nein danke. Ich soll nur das Rezept erbitten.« Sie blinzelt und der Pfefferkuchenmann ist verschwunden.

Die Hexe stößt ein krächzendes Lachen aus, während sie den Kopf schief legt. »Dir entgeht etwas, Kindchen. Meine Lebkuchen sind unwiderstehlich, nur übertroffen von meinem Apfelkuchen.« Ihre Augen funkeln gefährlich und in ihrer Stimme liegt Hunger, während sie sich ganz langsam auf Nell zuschiebt.

Die ballt die Hände unter dem Umhang zu Fäusten und ringt mühevoll das Grausen nieder, das immer stärker wird, je näher ihr die Hexe kommt. Fieberhaft geht sie ihre Möglichkeiten durch. Die Alte verfügt definitiv über Zauberkräfte, daher ist es sicher nicht ratsam, einen direkten Angriff zu riskieren. Irgendetwas sagt ihr, dass sie eine Lüge sofort durchschauen wird. Also was bleibt noch übrig?

»Weil du gerade von Äpfeln sprachst, warum hast du dich als die Böse Königin ausgegeben?«

»Welche Königin?« Zum ersten Mal wirkt die Alte ehrlich irritiert. Es scheint, als hätte sie wirklich keine Ahnung, wovon Nell da gerade spricht.

»Na Schneewittchens Stiefmutter, die damals versucht hat, ihre Stieftochter mit einem Mieder, einem Kamm und einem vergifteten Apfel zu töten. Klingelt es jetzt?«

»Wer oder was ist ein Schneewittchen? Außerdem gibt es hier keine Königin und es war auch kein Kamm, sondern eine Haarnadel.«

»Nebensächlichkeiten! Du hast dich als böse Königin verkleidet, um mich loszuwerden. Und ich will wissen, warum.« Nell geht nun ihrerseits mit ausgestrecktem Finger auf die Hexe zu. Angriff ist die beste Verteidigung.

Die Alte bebt. Der rabenartige Krächzton ihrer Stimme bröckelt, während die Adern unter der Pergamenthaut pulsieren. Ein hohes, flirrendes Geräusch ist zu hören. Die Luft flimmert eigenartig und für den Bruchteil einer Sekunde meint Nell, das Pfefferkuchenhaus würde – wackeln. Wie bei einem alten, schlecht eingestellten Fernsehgerät, bei dem sich zwei Bilder kurzzeitig überlagern.

Nell schüttelt verwirrt und ungläubig den Kopf und starrt zu der Hütte hinüber. Doch kaum hat sich die alte Hexe wieder unter Kontrolle, ist der Spuk vorbei. Da geht ihr endlich ein Licht auf.

Die Hexe lockert den Griff um den Besenstiel und streicht

sich eine wirre Strähne ihres fettigen grauen Haares aus dem Gesicht. Mit einem tiefen Seufzer schaut sie wieder zu Nell. »Wo waren wir? Ach ja, es gi – «

Doch Nell lässt sie nicht ausreden und legt gleich noch einen drauf. »Lüg mich bloß nicht an! Ich kenne niemanden, der einsam durch einen Wald schleicht, in den keiner reinkommt, und dahergelaufene Leute mit Kämmen vergiftet. Also was sollte das? Sag schon!«

Nun ist es mit der Selbstbeherrschung der Hexe endgültig vorbei. Ihre nächsten Worte donnern ohrenbetäubend über die Lichtung und lassen einige Vogeljunge aus ihren Nestern fallen. »Es gibt hier keine Königin! Und es war immer noch kein Kamm, sondern eine Haarnadel, du ignorante – Nervensäge!« Ihr fällt wohl einfach kein schlimmeres Schimpfwort ein, das sie Nell entgegenspeien kann.

*Beinahe süß, wie sie versucht zu fluchen.*

Doch das Interessante an diesem Ausbruch ist weniger, was gesagt wurde, sondern vielmehr, wie. Denn die Stimme der Hexe, zunächst kehlig und unangenehm, wechselt in diesem einen Satz durch mehrere Klangfarben und Tonlagen. Kurz meint Nell, die Stimme der Frau mit der Haarnadel zu erkennen, dann wiederum klingt die Hexe eher wie das schüchterne Mädchen am Apfelbaum. Bei diesem unkontrollierten Wechseln flimmert auch wieder die Luft. Auch das Pfefferkuchenhaus im Hintergrund und diesmal sogar die Gestalt der Hexe selbst sind betroffen.

»Wer – nein was bist du?« Nells Verwunderung überlagert im Moment sogar die Angst, die sie eigentlich hat, weil sie sich gerade wirklich und wahrhaftig mit einer übellaunigen, cholerisch unbeherrschten Märchenfigur anlegt.

Die Hexe, die sich inzwischen wieder halbwegs gefangen hat, massiert sich die Schläfen. »Ich bin die böse, böse Hexe im Pfefferkuchenhaus und fresse gerne Kinder.«

»So ein Quatsch, durch den Bannkreis kommt eh kaum einer durch, da wärst du schon lang verhungert. Außerdem hast du dir so große Mühe gegeben, mich wieder zu vergraulen. Mieder, Haarnadel und Apfel, die waren doch sicher alle präpariert und vergiftet, oder? Wozu also die Schauergeschichten? Und wie siehst du eigentlich wirklich aus, wie die Alte oder eher wie das Kind?«

Ein beinahe gruseliges Schmunzeln schleicht sich auf die Lippen der Hexe, deren Gestalt nach und nach zerfließt, sich neu sortiert, bis statt der gramgebeugten Vettel eine Frau undefinierbaren Alters vor Nell steht. Den Besen wie ein überzähliges Requisit an den Körper gelehnt, steht sie nunmehr aufrecht da, rückt sich die Brille zurecht und blickt die Märchenwanderin herausfordernd an. Letztere staunt nicht schlecht, denn auch das süß lockende Pfefferkuchenhaus ist verschwunden. An seine Stelle tritt ein gepflegtes kleines Häuschen aus einer Art Pilz.

»Was zum Geier, ist das denn?«, bricht es ungefiltert aus Nell hervor. Dem Ekel in ihrer Stimme hört man deutlich an, dass ihr die Hütte aus Naschwerk deutlich besser gefallen hat.

»Das, du dummes Gör, das ist die Zukunft! Zuckerstangen, Lebkuchen, Zuckerguss und Zuckerwatte sind nicht nur klebrig, sondern auch vollkommen ungesund, machen dick und sind eine Katastrophe für die Zähne. Außerdem sind es die reinsten Brutkästen für Bakterien. Hast du mal darüber nachgedacht, wie unhygienisch es ist, wenn alle Welt an einem Haus herumkaut und es ansabbert? Pfefferkuchen lassen sich nicht einfach putzen! Darum habe ich vor einigen Jahren auf Soja und Tofu umgesattelt, habe den Bonbongarten zu Obst- und Gemüsebeeten umgearbeitet und trinke nur noch Wasser oder Kräutertee.« Die Hexe strahlt dabei so stolz, als moderiere sie gerade die Werbesendung des Jahrhunderts.

Nells Reaktion dagegen fällt recht ernüchternd aus. »Und die Kinder?« Denn sie kann sich kaum vorstellen, dass man die mit Löwenzahnsalat und Tofukeksen locken, geschweige denn mästen kann.

»Kinder sind unwichtig oder vielmehr unerwünscht! Ich bin nicht umsonst Vegetarierin geworden! Diese Bälger haben ständig Läuse und ekelhafte Krankheiten wie Windpocken oder Masern. Brrrrr!« Die Hexe schüttelt sich heftig, als könne sie den bloßen Gedanken daran schon kaum ertragen. »Ich esse nur Sachen aus eigenem, garantiert biologischem Anbau. Keine Zusatzstoffe, kein Zucker, keine Geschmacksverstärker und ganz besonders keine Kinder!« Erneut flimmern die Luft und ihre Erscheinung, als sie wegen so viel Ignoranz ihres Gegenübers immer wütender wird. »Wir wollen keinen hier haben! Was glaubst du denn, weshalb ich diesen Bannkreis gezogen habe?!«

»Ja, aber was machst du, wenn sich doch mal jemand hierherverirrt hat? Alles reinigen und nicht mehr Luft holen, bis das Desinfektionsmittel eingezogen ist?«

Plötzlich taucht anstelle der Frau wieder das Mädchen aus dem Wald auf. Mit kindlicher Unschuld blickt es zu Nell hinauf. »Dann versuchen wir, diejenigen möglichst aus sicherer Distanz freundlich, aber bestimmt, zur Umkehr zu bewegen.« Aus dem Kind wird wieder die alte Frau mit dem Mieder. Wieder verändern sich nicht nur das Aussehen und die Stimme, sondern auch die Wortwahl und die Ausdrucksweise. Es ist fast, als stehe Nell nicht nur einer, sondern mehreren verschiedenen Frauen gegenüber. »Bewusstlos lassen sie sich leichter fortschaffen. – Aber falls das nicht klappt«, – das ist nun wieder die Frau, die von den Raben angegriffen wurde, – »müssen wir uns drastischerer Hilfsmittel bedienen«, schließt die Bilderbuchversion einer Hexe den Satz ab. Ganz zum Schluss steht wieder die Frau vor Nell, deren Alter sie nicht einschätzen kann.

Die Märchenwanderin seufzt tief.

*Mann, Mann, Mann, von der Wechslerei kriegt man ja ein Schleudertrauma.*

»Eine Möglichkeit wäre es, den Eindringling in ein Tier zu verwandeln, aber Katzen und Eulen haben wir bereits mehr als genug und auch diese Viecher können leider eine Vielzahl von Krankheiten haben. Andererseits könnte ich auch meinen Steingarten weiter ausbauen. So eine steinerne Mädchenstatue macht sich da sicher sehr gut. Und Steine sind auch garantiert keimfrei.« Die Augen der Hexe glitzern begierig. »Wo wir schon mal dabei sind, was machst du nun eigentlich wirklich hier, du Naseweis?« Schritt um Schritt kommt sie näher, dabei wackelt sie wie ein Vogel pickend mit dem Kopf vor und zurück. Ein wirklich befremdlicher Anblick.

»Ich – bin nur wegen deines legendären Pfefferkuchenrezepts hier, aber sag mal, bist du wirklich eine Hexe?«

»Lüge, du bist nicht wegen irgendeines Rezepts hier.« Wieder nestelt die Hexe an der Brille herum und schiebt sie sich über eine große Warze hinweg höher auf den gekrümmten Nasenrücken, als könnte sie so die Lügen besser sehen.

»Beantworte meine Frage!«, hält Nell dagegen und weicht mit jedem Schritt, den die Hexe vorwärtsgeht, einen zurück.

»Wir – Ich bin eine Hexe!« Wieder ein Wandel zwischen den Persönlichkeiten. Die Stimme des kleinen Mädchens dröhnt keifend und quietschend aus dem Mund der alten Frau. »Was sollte ich auch sonst sein?«, spricht wieder die Bilderbuchhexe mit ihren Warzen und dem unansehnlichen Buckel.

»Verrückt?« Nell stichelt ganz bewusst und lenkt ihre Schritte so, dass beide beim Gehen einen weitläufigen Kreis beschreiben und sie selbst nicht in den dichten Wald abgedrängt wird. »Oder vielleicht bist du einfach nur ein irre schiefgegangenes Experiment. Schau dich doch mal an, du Tofukröte. Du redest gelegentlich von dir selbst in der Mehrzahl, als wüsstest du selbst nicht mehr so genau, wer oder wie viele du eigentlich bist. Mit deiner Selbstbeherrschung ist es außerdem auch nicht sonderlich weit her. Ich habe keine fünf Minuten gebraucht und du springst durch deine Alter Egos wie ein Gummiball. Du hast so viel Angst vor Keimen, Bakterien und Krankheiten, dass du wahrscheinlich sogar das Bachwasser filterst und abkochst.«

»Natürlich!«, platzt es aus dem kleinen Kind hervor, ehe es sich postwendend die Hände vor den Mund schlägt und wieder zu der Frau mittleren Alters wird.

Nell bemerkt den Zwiespalt der Hexe und legt noch einmal kräftig nach. »Ach ja und absolut keine Hexe, die irgendetwas auf sich hält, würde ihr Haus aus wabbeligem Tofu bauen und ihre Zeit damit verbringen, ungespritzte Tomaten zu züchten. Du bist bestenfalls ein Butzemann mit einer echt besorgniserregenden multiplen Persönlichkeitsstörung und ein paar Dutzend nerviger Zwangsstörungen. Vielleicht bist du auch nur vollkommen irre, aber du bist sicher keine Hexe. Schon gar keine böse und gefährliche, du – Sojaputzteufel!« Das hat gesessen. Nun ist Nell es, die auf die Hexe zugeht und diese Schritt um Schritt zurückdrängt.

»Hör auf! Hör auf!«, schreit die Hexe mit all ihren Stimmen und Persönlichkeiten gleichzeitig. Sie presst sich ihre Hände verzweifelt auf die Ohren, während die Luft um sie herum beinahe zu brennen scheint. »Geh weg mit deinen Keimen!« Inzwischen wechselt die Hexe zwischen ihren Gestalten in der Geschwindigkeit einer Flipperkugel hin und her.

»Na, was nun, Kobold? Willst du das etwa nicht hören? Was passiert, wenn ich dir noch näherkomme?«

»Hör auuuuuuf!« Mit einem langgezogenen Heulen sinkt die Alte auf die knorrigen Knie und wiegt den Kopf wie in einem Anfall apathisch hin und her. Sie rauft sich die wild abstehenden Haare und starrt völlig irre ins Nichts. Immer noch, wenn auch langsamer, flippert sie durch ihre multiplen Persönlichkeiten, mal einzeln, mal tauchen zwei gleichzeitig auf, sodass sie halb alte Hexe und halb junge Frau ist oder zu zwei Dritteln Kind und zu einem Drittel die Frau mit der Haarnadel. Ihr Kopf scheint das kaum noch zu ertragen. Der Anblick ist mitleiderregend und in Nell rührt sich schon das schlechte Gewissen, doch sie kann und will nicht aufhören. Nicht jetzt, wo das Ziel zum Greifen nah ist! Sie braucht unbedingt diese Brille, die inzwischen schief an einem Ohr vom Kopf der Hexe baumelt.

»Schau dich an, du Möchtegernhexe! Was ist nun mit deiner ach so gefährlichen Magie? Was machst du, wenn ich dich anfasse und alle meine bösen, ekligen Bazillen auf dich übertrage? Oder wenn ich niese?« Nell geht weiter auf die Gestaltwandlerin zu und tut so, als würde sie gleich niesen.

Da bricht die Hexe ganz und gar zusammen und wälzt sich mit schmerzverzerrtem Gesicht auf dem Boden. Sie schafft es nun nicht mehr, eine Gestalt länger als ein paar Millisekunden lang beizubehalten. Weißer Dampf schießt ihr aus Ohren, Mund und Nase und mit einem letzten markerschütternden »Neeeiiiiiiiiin!« verpuffen die Frauengestalten alle gleichzeitig und nur die Kleider bleiben als bunter Haufen im Gras liegen. Fast zu schnell für das menschliche Auge flieht ein hässliches, schlammbraunes Geschöpf, einem Kobold nicht unähnlich, aus dem Stoffberg in die Tofuhütte und schlägt mit einem leise quietschenden Geräusch die Pilztüre zu. Das ist der Nachteil von Tofuhäusern: Ein dramatischer Abgang mit Türenknallen ist nahezu unmöglich und irgendwie unfreiwillig komisch. Den weiteren Geräuschen nach zu urteilen, verbarrikadiert sich das Geschöpf gerade in einem dunklen Schrank. »Geh weeeeeg!«, schallt es leidend aus dem Haus heraus und danach ist nur noch herzerweichendes Schluchzen zu vernehmen.

Nell hat Mitleid mit dem armen Geschöpf und murmelt leise zu sich: »Dann ist sie also tatsächlich eine Art Butzemann.« Sie bückt sich, um die Brille aufzuheben, dabei rutscht der Kompass aus ihrem Kleid heraus und baumelt rot schimmernd vor ihren Augen hin und her. Zerknirscht beißt sich die Märchenwanderin auf die Lippen.

*Ich weiß, das war nicht nett, aber ich brauchte doch die Brille.*

Seufzend schiebt sie das Medaillon zurück unter den Stoff ihres Kleides und bringt ihr schlechtes Gewissen mühsam zum Schweigen. Ihre Hände zittern wie Espenlaub, als sie die magische Sehhilfe hochhebt und eingehend von allen Seiten betrachtet.

*Es ist Nanas Brille.*

Ein Schluchzen macht ihrer Kehle Luft. Von den halbmondförmigen Gläsern bis hin zu dem einzigartigen Kratzer am linken Bügel, den sie als kleines Mädchen selbst verursacht hat, weil sie unerlaubterweise mit dem Ding gespielt hat – jedes Detail ist Nell auf schmerzhafte Weise so sehr vertraut.

*Ich hoffe so sehr, du zeigst mir den Weg nach Hause!*

Sie atmet tief durch und setzt sie sich mit klopfendem Herzen auf die Nase.

Was folgt, ist Enttäuschung. Es öffnet sich kein interdimensionales Portal, das sie nach Hause bringt. Nicht einmal ihre Sicht wird schärfer oder besser.

*Es ist einfach nur gewöhnliches Glas.*

Im Umdrehen zieht Nell die Brille herab, hält jedoch mitten in der Bewegung inne. Farbige Linien ziehen sich durch ihr Sichtfeld, als wären sie in die Natur hineingemalt. Nell dreht sich, schaut prüfend in verschiedene Richtungen und siehe da, die Linien wandern mit. Einige verschwinden, wenn sie aus ihrem Blickfeld geraten, dafür tauchen am anderen Rand plötzlich neue auf. Hier und da erscheint am unteren Rand der Brille eine kleine Notiz, die eine Zeit- oder Entfernungsangabe beinhaltet. Verwundert stellt die Märchenwanderin fest, dass alle Linien bis auf eine einzige gelb sind. Neben der roten Linie steht am unteren Brillenrand »58 Minuten, 2,5 Meilen«.

»Das ist eine Karte! Eine sich bewegende Karte! Wahnsinn, das wird das Reisen revolutionieren!« Nie mehr sinnlos im Kreis herumirren, keine stundenlangen Umwege, die mehr Glück und Zufall sind als irgendwas anderes. Diese Brille zeigt einem nicht nur alle möglichen Wege dahin, wo man hinwill – woher auch immer die Brille so genau weiß, wo man hinwill –, sondern weist einem scheinbar auch noch den kürzesten Weg dorthin.

»Sehr praktisch«, murmelt Nell und dreht sich erneut um die eigene Achse, um das Können dieser außergewöhnlichen Sehhilfe nochmals zu bestaunen. Auf Höhe des Hauses hält sie inne. Durch die stabile Fassade der Außenwand zeichnet sich auf dem Brillenglas ein kleiner, zitternder Umriss ab.

Nell vermutet, dass es sich dabei um den schlammfarbenen Irrwicht im Schrank handelt. Das würde bedeuten, dass man Personen in der Umgebung auch auf größere Entfernung und sogar durch Hindernisse hindurch wahrnehmen kann. Mit dieser Brille hat man im wahrsten Sinne des Wortes den totalen Durchblick. »Nie mehr überrascht werden…« So hat das Geschöpf sie wahrscheinlich auch aufgestöbert.

*Sie sieht Eindringlinge kommen und kann sofort daran arbeiten, sie wieder loszuwerden. Sie sah sie kommen*, verbessert sie sich, da der Gestaltwandler ja nun nicht länger im Besitz der Zauberbrille ist.

Mit einem letzten, reuevollen Blick zurück zu dem Tofuhaus wendet sich Nell seufzend um und macht sich auf den Weg zurück zum Versteck der verlorenen Jungen. Wenn es auch kein Portal gibt, das ihr die Flucht aus der Märchenwelt ermöglicht, so hat sie doch wenigstens die zweite Aufgabe gemeistert und dank der magischen Sehhilfe weiß sie sogar ganz genau, wo der Unterschlupf der Diebe ist.

Wie erwartet, geht der Rückweg erfreulich schnell vonstatten. Diesmal stellt die magische Barriere des Gestaltwandlers kein Hindernis dar, da Nell nun weiß, wie sie funktioniert. Sie liegt erstaunlich gut in der Zeit und kommt trotz des unwegsamen Geländes schnell voran. Erleichtert verfolgt sie, wie die Entfernungsanzeige auf dem Brillenglas immer weiter schrumpft. Nicht einmal mehr eine halbe Meile bis zum Versteck. Die Märchenwanderin freut sich richtig auf die Jungen und die ausgelassene Stimmung im Lager. Wenn sie schon in einem Märchen festsitzen muss, dann gibt es definitiv schlechtere Orte. Sie hat die Burschen wirklich lieb gewonnen und bei dem Gedanken, wie glücklich alle über das bisschen Eintopf waren, wird ihr wieder ganz warm ums Herz. Dieser Ort könnte für sie alle ein Zuhause werden.

Ein lautes Krächzen lässt Nell aufschauen. Zusammengekauert unter einem Baum sitzt der kleine Sean und zittert so heftig, dass seine Kiefer laut aufeinander schlagen. Mit drei schnellen Schritten ist Nell bei ihm und sinkt vor ihm in die Hocke. »Sean, was ist denn mit dir passiert? Du bist ja patschnass.«

Der kleine Junge versucht zu antworten, aber durch das Zähneklappern kommt nur ein wirrer Salat an Lauten heraus.

Sorgenvoll betrachtet die Märchenwanderin den Jungen, doch die bunten Linien sind im Weg. Sie schiebt mit einem leisen Fluchen die Brille hoch ins Haar und mustert Sean eindringlich von oben bis unten. Die Kleidung klebt an seiner Haut und seine Lippen sind fast blau. Sie legt die Hand an seine Wange und zuckt erschrocken zurück. »Du bist ja eiskalt.« In einer einzigen fließenden Bewegung löst Nell die Schleife an ihrem Cape, zieht den Stoff von ihren Schultern und wickelt den zitternden Jungen fest darin ein. »Gleich wird es warm.« Sie reibt mit den Händen fest über seinen Rücken und die Arme, bis das Beben nachlässt und Sean leise seufzend aufatmet. »Na, besser?«

Der Kleine nickt eifrig und zieht ihren roten Umhang noch fester um seine Schultern. »Ja, vielen Dank, aber jetzt ist dein ganzer Mantel nass und dreckig.«

»Das ist nicht schlimm.«

»Aber es ist der Mantel.« Er spricht diese Worte aus, als handle es sich bei diesem speziellen Kleidungsstück um eine Reliquie oder zumindest mal die Kronjuwelen.

Nell lacht leise und stupst ihm neckend mit der Fingerspitze gegen die Nase. »Ich weiß, aber erstens kann man Mäntel ganz gut waschen und zweitens …« Ihr Blick kehrt sich nach innen. Der Gedanke kam so plötzlich, dass es sie selbst überrascht hat, aber es fühlt sich genau richtig an.

»Nell?« Seans große Kinderaugen sehen unsicher zu der Märchenwanderin empor.

»Ja, es ist alles gut. Du kannst den Mantel behalten. Ich brauche ihn nicht mehr.« Kaum hat sie es ausgesprochen, fühlt Nell die Wahrheit in ihren eigenen Worten.

»Was? Das geht nicht. Das kannst du nicht. Ich – du – der Mantel.« Der Junge starrt sie vollkommen entsetzt an.

Die Märchenwanderin lächelt befreit, als sie die Hand ausstreckt und auf seine Schulter legt. »Es ist gut so. Mir ist klar geworden, dass ich gar nicht die Königin der Diebe sein möchte.«

»Aber du bist doch das Rotkäppchen. Du hast doch den roten Umhang.« Mit fahrigen Bewegungen versucht Sean, sich aus dem Mantel freizustrampeln, um ihn seiner Besitzerin zurückzugeben, doch Nell hält ihn bestimmt davon ab.

»Sean, ein Name oder ein Umhang sagt noch nichts darüber aus, wer man wirklich ist. Das ist etwas, was ich leidvoll herausfinden musste.« Die Märchenwanderin greift an das Medaillon an ihrem Hals. Selbst ohne hinunterzuschauen, blendet sie sein kräftiger blauer Schein.

*Das wolltest du mir sagen, Nana, stimmts? Dass ich meine innere Stimme finden muss, meinen Kompass, damit am Ende alles gut wird.*

Mit dem Leuchten breitet sich eine wohlige Ruhe in ihr aus. Ob das gesammelte gute Karma reicht, um sie nach Hause zu bringen?

»Das verstehe ich nicht.«

Nell lächelt ihn warm an. »Ich weiß, aber irgendwann

wirst du das. Denk immer daran: Du entscheidest ganz allein darüber, wer du sein möchtest. Und es liegt in deiner Hand, es dann auch zu werden.«

Der Junge zieht verwirrt die Nase kraus. »Heißt das, wenn ich entscheide, König werden zu wollen, werde ich das auch?«

Lachend hält sich Nell den Bauch und kippt nach hinten über. Auf dem Waldboden sitzend schaut sie zu Sean. »Das hatte ich nicht gemeint, aber unmöglich ist es sicher auch nicht.«

In der Nähe krächzt ein Rabe so laut, dass die Märchenwanderin instinktiv den Kopf einzieht, ehe sie sich wieder dem Jungen zuwendet. »Ich meinte, ich möchte andere nicht bestehlen oder ihnen anderweitig Schaden zufügen. Ich will nicht gefürchtet werden und darum kann – nein, will ich nicht das Rotkäppchen sein.«

Plötzlich erhebt sich hinter ihr eine dunkle, kehlige Stimme. »Ich würde an deiner Stelle auch nicht das Rotkäppchen sein wollen.«

Nells Körper versteift sich schlagartig, als sie in Seans vor Entsetzen geweitete Augen schaut. Sein Blick klebt an etwas hinter ihrem Rücken, das ihm das Blut in den Adern gefrieren lässt. Sofort schlagen alle Sinne in ihr Alarm. Sie spürt die Gefahr, fühlt, wie sich ihre Nackenhärchen aufrichten, und riecht den fauligen Atem, der nach Tod und Verwesung stinkt. Langsam, unendlich langsam, dreht sie sich schließlich zu der Kreatur um.

Der leuchtende Kompass entgleitet ihren Fingern, als sie in die gelbfunkelnden Augen eines riesigen Wolfes blickt. Über seinen gewaltigen Schädel spannt sich struppiges, schwarzes Fell. Aus seinen Nasenlöchern steigt Dampf auf. Begleitet vom Kreischen des Raben zieht die monströse Kreatur die Lefzen hoch und entblößt die messerscharfen

Zähne zu einem unheilvollen Grinsen. »Aber warum hast du denn so große Augen?«

Nell stockt der Atem, als der Wolf das Maul aufreißt und mit einem mächtigen Satz auf sie zuspringt. Hinter sich hört sie Seans verzweifelten Schrei und das Letzte, was sie sieht, ist der einzelne Goldzahn, der im Maul der Bestie aufblitzt, ehe alles um sie herum schwarz wird.

»Der Umhang war so rot wie Blut
gabst den verlor'nen Kindern Mut,
ein warmes Essen und viel mehr
gabst sogar den Mantel her.
Sieh dich vor, das Böse wacht!
Gib gut auf deine Wege Acht!

Ding Dong Dongelong,
Wille, Walle, Wolle
Mach weiter so! Verzweifle nicht!
Wo Schatten ist, da scheint auch Licht.«

# So schwer die Schuld

Ein stechender Geruch nach halbverdautem rohen Fleisch holt Nell aus dem friedlichen Zustand der Bewusstlosigkeit. Sie seufzt tief und hält sich den schmerzenden Kopf. Ringsherum herrscht tiefschwarze Finsternis. Noch etwas benommen versucht sie, mehr von ihrer Umgebung aufzunehmen, doch das Pochen in ihrem Schädel erstickt jeden klaren Gedanken schon im Ansatz. Erst nach und nach klärt sich ihr Verstand so weit auf, dass sie Unterschiede in den Klopfgeräuschen wahrnehmen kann. Sie scheinen nicht nur von einer, sondern von mehreren Quellen zusammen. Jedes hat einen anderen Rhythmus, erklingt leicht verschoben zu den anderen. Es ist wie eine Partitur für diverse Schlaginstrumente und zu ihrem Leidwesen hämmern alle auf ihren Brummschädel ein.

*Sind das Herzschläge?*

Keuchend versucht Nell sich umzudrehen oder sich wenigstens etwas mehr Platz zum Atmen zu verschaffen. Sie drückt mit den Ellbogen, Unterarmen und Händen, gleitet aber immer wieder von dem weichen schleimigen Untergrund ab.

*Igitt! Und ich dachte, es könnte nicht mehr schlimmer werden, als in einem Sarg aufzuwachen oder bei Rauschebart-Bernhardt in der Zelle zu sitzen.*

Aber das hier ist schlimmer. Zwischen undefinierbaren Objekten in einer schleimigen Suppe aus anverdautem Essen in einem Wolfsmagen gefangen zu sein, gehört definitiv zu den ekligsten Dingen, die sie sich vorstellen kann.

*Bleibt nur noch die Frage, ob das spitze Teil in meinem Rücken die verschluckte Großmutter ist, oder …*

Bevor die Märchenwanderin ihren Gedanken zu Ende denken kann, öffnet sich über ihr ein Riss in der Schwärze und gleißendes Tageslicht fällt herein. Plötzlich kommt Bewegung in die Gliedmaßensuppe. Schiebend, drückend, tretend, windet sich die Masse an Leibern in dem Wolfsmagen und wird durch die Schwerkraft als großes Knäuel aus Schleim, Fell und Hufen hinaus in die Freiheit gespült.

Nell liegt regungslos auf dem Rücken und kämpft mit aller Macht gegen die aufsteigende Übelkeit an. Ihr blondes Haar klebt quer über ihrem Gesicht. Aus ihren Ohren tropft die glibberige Masse, die außerdem ihre Kleider durchtränkt hat und langsam ihre Haut nach unten rinnt, und sie stinkt wirklich aus jeder Pore nach Kadaver.

Mit spitzen Fingern packt sie die verklebten Haarsträhnen und wirft sie zurück. Ihr Magen revoltiert, als sie sich danach mit den Händen den gröbsten Schleim vom Gesicht schabt. Vorsichtig blinzelnd, um ja keinen Glibber in die Augen zu bekommen, öffnet die Märchenwanderin langsam die Lider und wünscht sich im gleichen Augenblick, sie hätte es doch gelassen. Ihr Blick geht geradewegs in den unappetitlich klaffenden roten Spalt, der sich längs über einen ziemlich behaarten Wanst erstreckt. Von den auslaufenden Magensäften noch zusätzlich verklebt, wuchert struppiges, verfilztes Fell über das bemitleidenswert massakrierte Geschöpf. Im Inneren schwimmen verschieden große Brocken unergründlicher Herkunft in dem, was von der Magenschleimsuppe noch übrig ist.

Angewidert dreht Nell den Kopf zur Seite und versucht, möglichst flach zu atmen, dabei fällt ihr Blick genau auf die sechs kleinen Geißlein, die eben erst mit ihr ins Freie gepurzelt sind. Die scheint die Situation allerdings weit weniger zu verstören als Nell. Sie strecken die Glieder und sind bereits aufgeregt plappernd dabei, sich gegenseitig zu putzen. Eines schleckt das andere ab und alle kichern.

Das ist zu viel. Nell stürzt halb robbend, halb schlitternd zum nächsten Gebüsch, um sich mit geräuschvoller Untermalung in selbiges zu übergeben.

*Wie kann ein Märchen nur so eklig sein?*

Während sie sich würgend ihre letzten Mahlzeiten nochmals durch den Kopf gehen lässt, wird ihr zum ersten Mal wirklich klar, warum Märchen in ihrer ursprünglichen Form keine Kindergeschichten waren.

Nach einigem Würgen und gemurmelten Flüchen bleibt sie nach vorn gebeugt im Gras hocken. Den Kopf auf die Knie gelegt, wartet Nell, bis der Brechreiz und das Schwindelgefühl endlich nachlassen. In ihren Ohren rauscht es immer noch.

Während sie noch dahockt und die Grashalme zwischen ihren Füßen anstarrt, schiebt sich ein Becher seitlich in ihr Sichtfeld. »Trink!«

Etwas ruckartig hebt Nell den Kopf, um zu sehen, wem die beruhigende, mütterliche Stimme gehört, und stöhnt laut, als ihr Magen erneut rebelliert. Angestrengt blinzelnd schaut sie hinauf in zwei große, braune, fellumrandete Augen, die sie freundlich, aber besorgt mustern.

»Trink, es ist nur Wasser.«

»Danke.« Nell, die durch den anhaltenden Schwindel und die Übelkeit leicht doppelt sieht, greift erst mal zielsicher neben den Becher. Es bedarf zwei weiterer Anläufe, ehe sie ihn mit bebenden Fingern zum Mund führen und daraus trinken kann. Sofort stürzt sie die kühle Flüssigkeit in einem Zug hinunter. Sie hat bis gerade eben gar nicht bemerkt, wie durstig sie gewesen ist, aber jetzt könnte sie einen ganzen Fluss austrinken.

»Danke.« Ihre Stimme ist ein kaum verständliches Krächzen. Die Märchenwanderin gibt vorsichtig den Becher zurück und schaut wieder zu den braunen Augen hinauf, die, wie sie jetzt bemerkt, in einem Ziegenschädel sitzen. Sie räuspert sich. »Ähm, danke.«

Die Ziegendame nickt und richtet sich auf, während sie sich mit den seltsam geformten Hufen, die wohl etwas mehr Funktionsmöglichkeiten besitzen als die ihrer Verwandten in der echten Welt, Gras und Blätter von ihrem rosa geblümten Kleid klopft. »Dann ist ja gut, Kleines. Määhh.«

Auch wenn man von einer Ziege ein Määähen erwarten würde, bringt der Laut Nell irgendwie aus dem Konzept. Sie schüttelt sich und versucht, es der Geißin gleich zu tun, doch ihr eigener Versuch, aufzustehen, endet damit, dass sie das Gleichgewicht verliert, auf dem Schleim ausrutscht und mit einem widerlich schmatzenden Geräusch zurück ins Gras plumpst. Hilflos schaut sie zu der Geißin auf, die sich ein leichtes Schmunzeln nicht verkneifen kann.

»Armes Ding. Komm mit, bei uns kannst du dich Waschen und wir finden sicher auch noch ein paar Kleider und etwas zu essen für dich.« Mit diesen Worten überlässt sie es Nell, ihr zu folgen, und geht mit ihrer geretteten Kinderschar zurück zu dem kleinen Häuschen, das hinter dem Busch aufragt, in den Nell sich kurz zuvor erbrochen hat.

Sie geben einen seltsamen Zug ab. Mutter Geiß in ihrem fürchterlichen, geblümten Kleid läuft vorne weg, während ihre sieben frisch geretteten Kinder quietschfidel um sie herum tollen. Sechs davon verklebt und dreckig, nur eines, das allerkleinste, ist so weiß, als wäre es gerade eben erst als Schneeflocke vom Himmel gefallen. Wo es sich wohl versteckt hat, als der Wolf kam?

Steifgliedrig rappelt Nell sich auf und schüttelt den Kopf, wobei Schleimbrocken in alle Richtungen fliegen. Dann folgt sie der wiedervereinten Familie.

Die Märchenwanderin genießt das ausgiebige Bad in dem kleinen Bach hinter dem Häuschen. Der Schnee ist zwar längst geschmolzen und die ersten Frühlingsblumen blühen auf den Wiesen neben dem Wasserlauf, doch es ist immer noch klirrend kalt. Obwohl ihre Haut rot ist und sie ihre Füße schon kaum mehr spürt, kommt Nell als Letzte aus dem Wasser heraus. Erst, als auch das letzte Bisschen glibberiger Nahrungsbrei aus ihrem Haar gespült und der Geruch nach Verwesung von ihrer Haut gewaschen ist. Nun steckt sie, nach Seifenkraut duftend, in einem sauberen Kleid der Geißin und reibt sich die nassen Haare trocken.

Das Kleid passt ihr erstaunlich gut. Es besteht aus einer weißen Bluse, einem Übergewand aus einem einfachen blauen Stoff und einer weißen Schürze.

*Zum Glück kein so scheußliches Blumenmuster.*

Es erinnert Nell sogar ein wenig an das Kleid, das ihre Mutter ihr an ihrem dreizehnten Geburtstag herausgelegt hatte. Nur dass ihr dieses hier damals um Längen zu groß gewesen wäre. Seufzend betrachtet sie ihr Spiegelbild in einer Pfütze. Ihre Locken reichen ihr inzwischen bis weit über die Brust. Wenn es jetzt schon wieder auf den Frühling zugeht, dürfte ihr achtzehnter Geburtstag vor der Tür stehen. Traurig beißt sie sich auf die Lippe. Fünf Jahre. Zeit ist in den Märchen ein seltsames Konstrukt. Manchmal fühlt es sich an, als wäre sie schon immer hier, und dann ist es wieder, als wäre sie erst gestern in diesen blöden Kaninchenbau gefallen.

Wehmütig blickt die Märchenwanderin auf den bläulich schimmernden Kompass, der aus ihrer geschlossenen Faust herausbaumelt und hypnotisch hin und her pendelt. Sein Licht ist nun wieder wesentlich schwächer, kaum mehr als ein blasses Glimmen.

*Karma bedeutet Neuanfang, erinnert sie sich.*

Ihre Schultern sacken herab. Mit einem Rucksack voll schlechtem Karma mag das eine super Sache sein, aber für sie bedeutet das leider, dass sie wieder ganz von vorne anfangen muss. Und was ist, wenn das Böse immer wieder dazwischenfunkt?

*Ob ich jemals wieder nach Hause komme?*

Der Gedanke lässt ihr Herz schwer werden. Nell unterdrückt ein Schluchzen und streift die Kette wieder über ihren Kopf.

*Ach, Nana, hättest du mir doch nur mehr erzählen können. Hätte ich doch nur besser zugehört, bevor …*

Ein Zupfen an ihrem Rock reißt sie abermals aus ihren Gedanken. Zwei der kleinen Geißlein stehen vor ihr und halten sich schüchtern an den Händen. »Das Kleid steht dir gut.« Das Erste lächelt und streicht mit seinem Huf über den blauen Leinenrock.

»Danke schön.« Nell schenkt dem Zicklein ein warmes Lächeln.

»Du, wir haben das drüben bei dem bösen Wolf in der Wiese gefunden. Wir dachten, du willst es vielleicht wiederhaben. Es ist nur leider ein bisschen kaputtgegangen. Tut mir leid.« Das kleine Geißlein streckt ihr seinen winzigen Huf mit der Brille des Gestaltwandlers entgegen und sieht dabei unendlich zerknirscht aus. Wahrscheinlich ist es beim Toben darauf getreten und versucht so jetzt, die Tat irgendwie zu beichten und wiedergutzumachen. Beide Gläser sind gesprungen und aus einem ist sogar ein Stück herausgebrochen, aber vielleicht funktioniert sie ja trotzdem noch.

Umsichtig nimmt Nell die Brille an sich und widersteht dem Drang, sie gleich auszuprobieren. Das Zicklein mit seinem grauenhaft schlechten Gewissen ist jetzt gerade erst mal wichtiger. Sie steckt die Brille vorsichtig in die Tasche ihrer Schürze und krault das kleine Geschöpf am Kopf. »Vielen Dank, dass du sie für mich gefunden hast! Mach dir keine Sorgen, es ist alles gut. Danke.« Sie stupst das Zicklein mit der Stirn an, wie sie es bei den Geschwistern untereinander öfter gesehen hat, und lächelt. Das bringt das Geißlein dazu, wie ein Honigkuchenpferd zu grinsen und mit seinem Schwesterchen lachend und erleichtert davonzuhüpfen.

Nell unterdrückt ihrerseits ein Lachen und schüttelt nur grinsend ihren Kopf. Ein warmes Gefühl breitet sich in ihrem Bauch aus. Das fühlt sich gut an und die kleine Stimme in ihrem Kopf ist zufrieden.

»Abendbrot!«, schallt es lockend aus der Küche und urplötzlich stürzt alles, was Beine hat, ins Haus hinein. Von einer Sekunde auf die andere ist die Lichtung wie leergefegt. Auf dem Weg zum Haus kommt sie an der Stelle vorbei, an der sie und die Geißlein aus dem Bauch des Ungetüms befreit worden sind. Der Wolf liegt immer noch dort und schnarcht vor sich hin. Man hat ihm den Wanst inzwischen mit groben Stichen wieder zugeflickt und er wölbt sich mächtig, aber verdächtig kantig, in den Himmel.

»Der wird sein blaues Wunder erleben, wenn er aufwacht.« Die Märchenwanderin zuckt zusammen, als die alte Geißin plötzlich hinter ihr auftaucht. »Wir haben seinen gefräßigen Wanst mit Steinen gefüllt. Das soll ihn lehren, sich an meinen Kindern zu vergreifen.«

Nells Augen weiten sich entsetzt. »Aber das wird ihn umbringen.«

»Na das hoffe ich doch.« Nun ist die Stimme der Geißin alles andere als sanft und mütterlich. Eiskalt nimmt sie den grausamen Tod des Wolfs nicht nur billigend in Kauf, es scheint ihr sogar große Genugtuung zu verschaffen, das Tier selbst ins Jenseits zu befördern.

»Eine Lektion in Sachen Karma hat der Wolf sicherlich mehr als verdient, aber mit Steinen im Bauch wird er sicher elendig zugrunde gehen.« Nell braucht nicht einmal die Stimme ihres Gewissens im Ohr, um zu wissen, dass man das nicht einmal seinem Feind wünscht. Sie blickt die Ziegenmutter flehentlich an, doch deren braune Augen bleiben hart und kalt.

»Sei doch froh, er kann dir nichts mehr tun. Hast du schon vergessen, dass er dich fressen wollte? Oder gefressen hat? Er hat es verdient.« Mit einem letzten grimmigen Blick auf den Wolf nickt sie Nell zu. »Komm rein, das Abendessen ist fertig. Die Kinder streiten sich schon, wer neben dir sitzen darf.« Sie zwinkert und von der Grausamkeit, die sie zuvor beherrscht hat, ist nichts mehr zu spüren. Fröhlich pfeifend wendet sie sich ab und verschwindet im Haus.

Nell bleibt schweigend allein draußen zurück und starrt unschlüssig auf den schnarchenden Wolf. Nachdenklich kaut sie an ihrer Unterlippe.

*Bedeutet Karma nicht, dass böse Taten bestraft werden? Macht es das dann rechtens?*

Wie immer, wenn sie ihrer inneren Stimme nicht traut, gleitet ihre Hand unbewusst zu dem Kompass mit dem Splitter des Seelensuchers. Gerade will sie sich von dem Anblick abwenden und nach drinnen zu der Geißenfamilie gehen, da hört sie deren Stimmen durchs Fenster nach draußen schallen.

»Mhpf – Das ist so lecker. Mann, hab ich einen Hunger.« Dem Geräusch nach zu urteilen, ist das entsprechende Zicklein schwer am Kauen. Es schmatzt laut und genüsslich weiter.

»Guten Appetit! Dem Wolf wird sein Essen nicht so gut bekommen!«

»O ja! Ersticken soll er an den Wackersteinen!«

»Nein, ertrinken!«

»Nein ... verhungern!« Die Ziegen streiten sich miteinander, wie das Untier am jämmerlichsten sterben soll.

Nell steht wie angewurzelt da und kann nicht glauben, was sie da hört. Die Freude, die die Kinder an diesen Grausamkeiten haben, ist abstoßend. Plötzlich hat sie keine Lust mehr, hineinzugehen und sich mit der munteren Bande an einen Tisch zu setzen. Allein bei dem Gedanken daran dreht sich ihr der Magen um.

Mit einem mehr als schlechten Gewissen schleicht sie leise ums Haus herum und schlüpft durch die Hintertür, die sie vom Bach aus entdeckt hat, in einen der hinteren Räume. Es handelt sich um eine Art Lagerraum oder Speisekammer. Diesmal ist ihr das Glück hold, denn das Nähzeug der Geißin liegt neben einigen Rollen Garn in einem der Regale. Nell steckt es ein und wendet sich den Lebensmitteln zu. Unschlüssig schwebt ihre Hand über einem Laib Brot.

*Das wäre Diebstahl.*

Ihre Finger kribbeln.

*Aber wer weiß, wie lang ich diesmal wieder unterwegs bin.*

Die Bedenken beiseite schiebend, packt sie das Brot und schlägt es zusammen mit etwas Käse in ein Tuch ein, das weiter unten im Regal liegt und schleicht sich so leise wieder hinaus, wie sie gekommen ist.

Drinnen schmausen und schmatzen die Ziegen immer noch. Nells Magen krampft sich schmerzhaft zusammen. Draußen steht noch der Becher, den ihr die Geiß heute Morgen gereicht hat. Sie füllt ihn mit Wasser und verlässt mit einem schuldbewussten Blick den Lichtkreis des Häuschens. Zum ersten Mal in ihrem Leben fühlt sie sich schrecklich, weil sie der Gastfreundschaft der Ziegen zum Trotz einfach ohne ein Wort verschwindet und sie dabei auch noch bestiehlt. Aber sie hält es keine Minute länger hier aus.

Ihr Blick gleitet zu dem Pfad, der zu einer Brücke über den Bach führt und bleibt dabei an der Stelle hängen, wo der Wolf noch immer im Gras liegt und sich nicht mehr rührt. In einer ersten Schrecksekunde glaubt Nell, das Tier könnte schon tot sein, erstickt oder innerlich von den Wackersteinen zerquetscht. Da zuckt plötzlich die mehligweiße Pfote und das graue Ungetüm lässt ein gedrücktes Schnarchen vernehmen. Offenbar schläft der Wolf immer noch und hat gar nicht gemerkt, was ihm blüht.

Die Märchenwanderin wendet sich zum Fluss, doch ihr Fuß schwebt über der Brücke, ohne dass sie den Schritt gar machen kann. Aus den Augenwinkeln sieht sie den Wolf zucken und bringt es einfach nicht über sich, ihn sterbend zurückzulassen.

*Verdammtes Gewissen.*

Sie nähert sich dem Tier und geht vorsichtig in die Hocke. Doch gerade als sie die Hand nach ihm ausstreckt, zuckt er ruckartig und lässt einen grunzenden Schnarchlaut vernehmen. Automatisch weicht Nell ein Stück zurück und ist schon beinah versucht, einfach wieder zu verschwinden. Aber das schlechte Gewissen nagt an ihr und aus Mitleid, weil wirklich niemand so ein grausames Ende verdient hat, schluckt sie ihre Angst hinunter und rüttelt an dem Wolf.

»Hey, wach auf!« Sie kommt dem Tier gerade so nah, wie es unbedingt sein muss. Der Wolf allerdings sieht nicht so aus, als wäre er geneigt, dieser Bitte nachzukommen. Als alles andere nichts bringt, kneift Nell ihn kräftig in die Nase und bringt sich dann erst mal in sicheren Abstand zu seinem Gebiss. Wie erwartet, jault der Wolf schmerzerfüllt auf und wäre wohl aus dem Stand einige Meter in die Luft gesprungen, wenn die vielen Steine in seinem Bauch ihn nicht am Boden festhielten. Mit einem hässlichen Knacken und Knirschen sinkt der Wolf wieder ins Gras zurück und wimmert leise vor sich hin. Aus dem Haus hört man gehässige Jubelrufe.

»Endlich! Jetzt merkt er mal, wie das ist!«

»Richtig wehtun soll ihm der Bauch!«

Nell schüttelt den Kopf und schaut den Wolf böse an. Der hält sich immer noch mit einer Pfote die schmerzende Nase und mit der anderen den Bauch.

»Wasser ...«, stammelt er heiser und schaut sich suchend nach einem Fluss oder Brunnen um.

»Wenn du in deinem Zustand aus einem Bach trinkst, gesetzt den Fall, du schaffst es überhaupt bis dahin, wirst du hineinfallen und ertrinken. Hier.« Sie hält ihm den Becher an die Lippen und lässt kühles Wasser in sein Maul laufen. Der Wolf schluckt es gierig und trinkt den ganzen Becher leer. Erschöpft lässt er den Kopf danach zu Boden gleiten.

»Was ist mit mir?« Der sonst so gerissene Räuber wirkt

verwirrt und verängstigt.

»Du hast mich gefressen, schon vergessen? Und die sechs Geißlein.« Ihr Blick ist strafend und sie hofft ernstlich, dass er auch so etwas wie ein schlechtes Gewissen hat, das ihn in aller Ruhe dafür heimsuchen wird. »Allerdings warst du zu gierig und bist danach eingeschlafen. Die alte Geiß hat uns gefunden und befreit und dann haben sie deinen Bauch mit Wackersteinen gefüllt und zugenäht.« Nell lässt ihm Zeit, ihre Worte zu verarbeiten und sich sein Schicksal in möglichst schillernden Farben auszumalen – Strafe muss sein –, ehe sie mit den Fingern vor seiner Schnauze schnipst, um ihn wieder ins Hier uns Jetzt zu holen. »Hey, konzentrier dich. Wenn du überleben willst, musst du die Steine aus deinem Bauch kriegen. Und dann gebe ich dir einen guten Rat: Verschwinde von hier und werde Vegetarier. Hier gibts nichts für dich und es ist sehr schlecht fürs Karma, einfach andere Leute oder deren Kinder aufzufressen.«

Der Wolf schaut bei ihren Worten ziemlich doof aus der Wäsche. »Karma? Vegetarier? Hast du ne Meise?«

»Ach, warum helf ich dir eigentlich? Sieh doch zu, wie du allein klarkommst.«

»Nein, warte!« Der Wolf versucht, zu ihr zu kriechen, um Nell aufzuhalten, doch das Gewicht der Steine hält ihn an Ort und Stelle fest.

»Deine Krallen sind scharf genug, um den Faden zu durchtrennen, und hier hast du Nähzeug. Ich hoffe wirklich für dich, dass du darüber nachdenkst, was du ab jetzt anders machen solltest, denn sonst wird es mit dir kein gutes Ende nehmen.« Mit diesen Worten steht die Märchenwanderin auf und wendet sich zum Gehen.

»Hey, Mädchen! Du kannst mich doch nicht einfach hier alleinlassen! Hilf mir!«

Da dreht Nell sich noch einmal um und legt die gestohlenen Lebensmitteln neben den Wolf ins Gras, das Tuch schlingt sie sich wärmend um die Schultern. Sie hätte vor lauter schlechtem Gewissen wahrscheinlich eh keinen Bissen runterbekommen.

*Dämliches Gewissen.*

Ohne ein einziges weiteres Wort oder einen Blick zurück überquert sie diesmal die hölzerne Brücke und wandert den Pfad hinab.

Unten angekommen, blickt sie sich suchend um. Wenn man dem Pfad mit den Augen nach links folgt, so weit man eben blicken kann, erstrecken sich schier unendliche Felder bis zum Horizont. Im fahlen Licht des nächtlichen Mondes kann man die Wellen erahnen, die der Wind durch das Getreide streicht.

In die andere Richtung säumt ein dichter grüner Wald den schmalen Pfad und bildet eine Art Hohlweg, wie ein Tor, das den Reisenden in Empfang nimmt und in eine ungewisse Zukunft begleitet. Nirgendwo ein Wegweiser oder ein Richtungspfeil. Nell seufzt und zieht das Tuch enger um ihre Schultern. Wald oder Felder – Wohin soll es gehen. Rechts oder links?

Sehnsüchtig geht sie zunächst ein paar Schritte nach links, dem einfachen, angenehmen Weg entgegen, um nach nur wenigen Metern kehrtzumachen und die andere Richtung einzuschlagen. Unentschlossen bleibt sie beinah an genau der gleichen Stelle stehen, an der sie zuvor schon gestanden hat, und reibt sich fahrig die Schläfen. »O man, warum muss alles so kompliziert sein? Wohin soll ich nun gehen? Egal. Ich bleibe auf dem rechten Weg.« Nell strafft die Schultern und geht mit ausladenden Schritten auf den Wald zu. Nun, da die Entscheidung gefallen ist, ist ihr leichter ums Herz und sie nimmt die nächste Etappe ihrer ungewissen Reise kämpferisch und mit Elan in Angriff.

»Linker Weg, so sanft und schön,
als Belohnung würd's nach Hause geh'n.
Rechts ist's dunkel, es droht Gefahr
wird hier die Prophezeiung wahr?
Überraschungen lauern und ein Blick zurück
Vielleicht – nur vielleicht – wartet hier dein Glück.

Ding Dong Dongelong,
Leute Laute Lilli
Nana wäre wahrlich stolz
bist geschnitzt aus ihrem Holz!«

[Anmerkung des Autors:

An dieser Stelle sei gesagt, dass es im Leben immer mindestens zwei Wege gibt, die man beschreiten kann. In Nells Fall hätte sie sich, hätte sie den Weg zu ihrer Linken eingeschlagen, mit Sicherheit ein gutes Dutzend Abenteuer, Herzschmerz, Schwierigkeiten und eine Menge peinlicher Momente erspart, denn der Pfad durch die angenehm sanft gewellten Hügel hätte sie auf direktem Wege in die Smaragdstadt zum Zauberer OZ geführt, der sie endlich nach Hause gebracht hätte. Tja, blöd gelaufen.

Vielleicht war der leichte, angenehme Weg als kleine Belohnung für das Plus an Karmapunkten gedacht, aber Nell hat sich dafür entschieden, auf dem rechten Weg zu bleiben. Dieser ist dunkler und beschwerlicher und wird noch einige Überraschungen für unsere Märchenwanderin bereithalten, aber vielleicht - nur vielleicht - wird sie damit am Ende glücklicher.]

# Blutige Spuren im Schnee

Nell wendet sich nach rechts und folgt dem Weg den Hügel hinauf. Schritt um Schritt nähert sie sich dem Rand des Waldes. Am höchsten Punkt angelangt, legt sie eine Verschnaufpause ein, stemmt die Hände in die Seiten und atmet tief durch, während sie auf den zurückgelegten Pfad hinunterblickt. Wie ein graues Band schlängelt sich der Weg in die sternbeschienene, nächtliche Landschaft. Friedlich, still, starr. Doch Nells Weg führt in eine andere Richtung, nach vorne. Mit einem letzten Seufzer taucht sie in den Schatten der Bäume ein und lässt das märchenhafte Idyll hinter sich zurück.

Zum allerersten Mal seit Beginn ihres großen Abenteuers, das in einem Kaninchenbau begann und sie über viele Umwege hierhergeführt hat, meint sie, den Moment zu spüren, da sie die Welt des Wolfes und der sieben Geißlein verlassen und ein anderes Märchen betritt. Abrupt bleibt die Märchenwanderin stehen und reibt sich fröstelnd die Arme. »Oh, was für ein seltsames Gefühl. Wie ein Spinnennetz. Ein kaltes Spinnennetz, besetzt mit Eisblumen.« Schaudernd blickt Nell sich um, kann in der Luft oder zwischen den Stämmen jedoch nichts Ungewöhnliches erkennen.

*Vielleicht werden die Grenzen ja wieder dicker.*

Das, oder Nell entwickelt langsam ein feineres Gespür für die besondere Magie ihrer Umgebung. Wie dem auch sei, irgendetwas beginnt sich zu verändern.

*Vielleicht heißt das, dass es bald nach Hause geht.*

Ein Kribbeln breitet sich in ihrer Magengegend aus. Bedächtiger als zuvor setzt sie ihren Weg fort und wagt sich tiefer in den Wald hinein.

Mit jedem Meter wird es dunkler. Das spärliche Licht, das durch das Blätterdach dringt, spendet gerade genug Helligkeit, um den Pfad zu erkennen. Mehr als einmal strauchelt Nell oder stößt sich die Zehen an einer hervorstehenden Wurzel.

»Das ist wie verhext. Wie soll ich hier jemals wieder raus finden, wenn ich kaum die Hand vor Augen sehen kann?« Frustriert lässt sie sich auf einen Stein sinken, streift die dünnen Stoffschuhe ab und massiert ihre geschundenen Füße. Vorsichtig betastet sie die großen Blasen und zuckt zurück.

»Au! Wenn ich nur wüsste, wohin ich gehen muss, um hier wieder herauszukommen. Licht wäre jetzt wirklich Gold wert. Licht und eine Karte. Moment, ich habe doch ...« Eilig tastet Nell die Taschen ihres Leinenkleides ab und wird immer hektischer, als sie diese weich und leer vorfindet. Ihr Herz beginnt zu rasen und ihre Finger zu zittern, bis sie auf einmal innehält und sich ein erleichterndes Lächeln auf ihre Lippen schleicht. Sie lässt den angehaltenen Atem geräuschvoll entweichen, während sie behutsam die magische Brille des Gestaltwandlers aus der Tasche ihrer Schürze hervorzieht. Fast zärtlich streichen ihre Fingerkuppen über die gesplitterten Gläser, ertasten jeden noch so kleinen Riss. Es wäre ein Wunder, wenn das Teil noch funktioniert, aber sie befindet sich in einem Märchen. Wo, wenn nicht hier, darf man denn auf ein Wunder hoffen?

Nells Puls beschleunigt sich, während sie fahrig die Bügel der Brille auseinanderfaltet. Das Gestell ächzt und knackt beunruhigend laut. »Nichts passiert, das kam mir bestimmt nur wegen der Finsternis hier so laut vor.« Es ist ein jämmerlicher Versuch, sich selbst zu beruhigen, dennoch hilft es ihr, durchzuatmen und die ramponierte Sehhilfe vorsichtig auf die Nase zu schieben.

Erwartungsvoll reißt die Märchenwanderin die Augen weit auf. Doch sie sieht gar nichts. Keine der nützlichen Anzeigen erscheint auf dem gesplitterten Glas. Keine farbigen Linien, keine Richtungs- oder Entfernungsangaben und auch keine Warnhinweise zu Kreaturen in der Umgebung.

*Vielleicht ist es zu dunkel oder sie ist bei dem Treten und Schubsen im Wolfsmagen wirklich kaputtgegangen.*

Wie es scheint, ist ihr magischer Wegweiser Schrott.

Mit einem tiefen Seufzer, der nur erahnen lässt, wie schwer ihr ums Herz ist, will sie die Brille schon abnehmen, als sie am Rande ihres Sichtfelds ein rötliches Schimmern bemerkt. Prompt springt Nell von ihrem Stein auf, um sich vollends in besagte Richtung zu drehen. Dabei steigt sie mit ihrem nackten Fuß zielsicher auf einen Kiefernzapfen oder etwas vergleichbar Stachliges, und zieht laut fluchend lieber erst mal ihre Schuhe wieder an. Das wiederum gestaltet sich mit ihren geschwollenen Füßen und handtellergroßen Blasen eher schwierig. Millimeterweise schiebt sie ihren Fuß hinein und ächzt schmerzhaft, weil dieser wirklich überall reibt und drückt.

»Ruckedigu, ruckedigu, Blut ist im Schuh …«, gurrt es von einem nahen Baum herab, doch Nell würgt den prophetischen Piepmatz mit einem unwirschen Knurren ab, indem sie den eben erwähnten Zapfen nach dem Vogel wirft, bevor dieser seine Vorhersage beenden kann.

»Ach, sei still! Verschrei es bloß nicht, meine Füße tun eh schon genug weh, auch ohne dass die Blasen aufplatzen. Vielen Dank auch.«

Etwas langsamer diesmal kämpft sich Nell auf die Füße und beißt sich auf die Lippe, als ein stechender Schmerz ihren Körper durchfährt. Sie bräuchte dringend eine Pause und am besten ein Fußbad, aber nicht jetzt und nicht hier. Prüfend dreht sie sich einmal um die eigene Achse und hält Ausschau nach dem roten Schimmer auf ihrer Brille. Und gerade, als sie es als grausamen Streich ihres Unterbewusstseins abtun will, sieht sie ihn. Ein tiefroter Punkt pulsiert oberhalb eines dicken Risses in ihrem linken Brillenglas.

*Wie ein Herzschlag.*

Probehalber geht die Märchenwanderin ein, zwei Schritte in die Richtung, direkt auf den Punkt zu.

»Was dieser Punkt wohl kennzeichnet?« Sie hat keine Mission, kein klares Ziel, zu dem sie die magische Karte hätte lotsen können. Sie hat sich nichts gewünscht. Nichts, außer heimzukommen.

Aufregung erfasst Nell und sie stolpert los. Postwendend stößt sie mit den Schienbeinen an den großen Stein, auf dem sie eben noch gesessen und ihre Füße massiert hat. »Aua. So ein Mist aber auch!« Tränen schießen ihr in die Augen und sie ermahnt sich streng, langsamer zu gehen und besser aufzupassen. Sie hat zwar nun eine Richtung, aber immer noch eine miserable Nachtsicht. Mit einem Stock, den sie ungefähr auf die richtige Länge abbricht, stochert sie nun auf dem Boden vor sich umher. Wie eine Blinde ertastet sie sich ihren Weg durch die Dunkelheit und hält immer auf den pulsierenden roten Punkt zu, ihr Licht am Ende des Weges.

Stunde um Stunde vergeht und Nell fühlt sich so unendlich müde. Kälte kriecht in ihr empor, frisst sich in jede Faser ihres Körpers, bremst sie aus.

*Es war doch gerade noch Frühling bei den Geißlein. Wann ist es so kalt geworden?*

Die Augen kann sie kaum noch offenhalten und doch verbietet Nell es sich, hier anzuhalten und zu rasten. Es ist zu dunkel, um einen sicheren Unterschlupf auszumachen. Der Gedanke, einfach schutzlos hier auf dem Waldboden zu schlafen und vielleicht von wilden Tieren gefressen zu werden, macht ihr mehr Angst, als sie bereit ist, sich selbst einzugestehen. Also schleppt sie sich weiter.

»Komm schon, ein Schritt noch. Noch ein Schritt. Einen Fuß vor den anderen setzen. Bald wird es sicher hell und dann können wir Rast machen.« Weder bemerkt Nell, dass sie schon in der Wir-Form mit sich spricht, noch dass es zunehmend kälter wird. Längst schon hängt ihr Atem als sichtbare Wolke vor ihr in der Luft und ihre Haarspitzen sind von weißem Reif bedeckt. Die Nacht scheint einfach kein Ende nehmen zu wollen.

»Ein – Schritt – noch – nur noch einer.« Zusehends schwinden ihre Kräfte und ihre erfrorenen Füße schleifen mehr über den Boden, als dass sie laufen. Die Blasen sind längst aufgebrochen und haben den Stoff ihrer Schuhe mit Blut getränkt, das in dem silbernen Licht einen schwarzen Ton angenommen hat.

Mit unendlicher Anstrengung schleppt sich die Märchenwanderin noch ein Stück weiter, bis sie unversehens auf eine Lichtung hinaustritt. Helles, kaltes Mondlicht durchschneidet die Finsternis, die sie umfangen hielt, und blendet sie mit seinem silbernen Schein. Nell schirmt die schmerzenden Augen mit den Händen ab und sinkt auf die Knie.

Kraftlos blinzelt sie in den Himmel hinauf. Kein Zeichen eines neuen Tages ist zu sehen, nur dieser kalte, ferne Mond.

Sie zieht das Tuch der Geißin fester um die Schultern. Am Rande nimmt sie wahr, dass sie sich wohl auf einem zugefrorenen Teich befindet. Völlig erschöpft genießt Nell die Verschnaufpause, als eine Schneeflocke vom Himmel herabsegelt und als Eisblume auf ihrer Brille landet.

»War ja klar. Wann sonst sollte es anfangen zu schneien?« Mit einem zynischen Lachen, das nach und nach in ein ersticktes Schluchzen übergeht, rollt sich Nell auf dem Eis zusammen und blickt mit stumpfen Augen ins Leere. Da ist nichts, nichts als dieser pulsierende, rote Punkt. Die Frage, wer oder was der Punkt ist, beschäftigt sie nicht mehr. Es kümmert sie auch nicht, dass die Flocken immer dicker Fallen und sie in eine zarte weiße Decke einhüllen. Die Eiseskälte lässt sie ruhig werden, nimmt ihr den Drang zu kämpfen, den Drang, sich zu bewegen. Sie will einfach nur liegen. Einfach nur schlafen. Keine Schmerzen, keine Angst, völlige Stille. Und wenn das den Tod mit sich bringt, so soll er ihr willkommen sein.

Kaum einen Steinwurf weit entfernt im Dickicht verborgen, wittern hungrige Jäger in Nell eine leicht zu erlegende Beute. Ein halbes Dutzend Paar funkelnder Augen beobachten sie dabei, wie sie nach und nach in die samtige Schwerelosigkeit des Kälteschlafes hinübergleitet.

Der Anführer, ein großer grauer Wolf mit listigen, gelben Augen, schiebt sich als Erster Stück für Stück aus dem Schatten auf Nell zu, die Lefzen geifernd über die gelben Zähne hochgezogen. Ein hungriges Grollen entweicht seiner Kehle und Speichel sammelt sich in seinem Maul. Oh, er hat Hunger, so großen Hunger. Seit langen Tagen und Wochen darbt sein Rudel schon, hält sich mit Kleingetier über

Wasser und jetzt das. Diese Beute wird für alle reichen. Sie duftet so herrlich, so süß. Wie ein Geschenk wird sie ihnen praktisch serviert, sie müssen nur noch zugreifen.

Ein ungestümer Jungwolf schnellt aus dem Dickicht hervor auf die Beute zu, doch der Alphawolf reißt ihn zu Boden und stellt bedrohlich knurrend seine Pfote auf dessen Kehle. Diese Geste lässt keinen Zweifel zu. Er ist der Anführer und er frisst als Erster. Winselnd zieht sich der Jungwolf mit eingeklemmter Rute zurück, daran erinnert, wo sein Platz ist.

Das Rudel nähert sich derweilen Nell immer weiter, bewegt sich wie eine Einheit leise und vorsichtig über das schneebedeckte Eis. Mit einem lauten Heulen zum Mond hinauf kennzeichnet der Alpha seinen Anspruch und springt mit einem gewaltigen letzten Satz auf die wehrlos daliegende Beute zu.

Nell blinzelt träge und umklammert den Seelensucher-splitter in ihrem Kompass, denn ihr fehlt die Kraft, um diesen Angriff abzuwehren. Da taucht wie aus dem Nichts eine dunkle Gestalt auf und baut sich schützend zwischen ihr und den Wölfen auf.

Die Märchenwanderin blinzelt. Die Kreatur, die gerade zu einem mächtigen Schwinger ausholt, ist keinesfalls menschlich, obwohl sie auf zwei Beinen geht. Hörner ragen aus ihrem massigen Schädel und ihr Gebrüll übersteigt sogar das der Wölfe.

Das Biest trifft den Alphawolf mit solcher Wucht in die Flanke, dass dieser mehrere Meter weit zur Seite geschleudert wird und jaulend über das Eis schlittert.

Für den Bruchteil einer Sekunde herrscht vollkommene Stille, dann ertönt lautes Geheul und das gesamte Rudel stürzt sich wie ein einziges Tier auf den Neuankömmling.

Niemand wird ihnen heute Nacht ihre Beute streitig machen. Mit Zähnen und Klauen fallen sie das Biest an, kratzen, beißen, schnappen und schlagen nach ihm. Ihre Fänge reißen tiefe Wunden in Arme, Beine und Schultern der gehörnten Kreatur.

Mit wütendem Gebrüll wehrt sich das Biest, schleudert einen Feind nach dem anderen zur Seite, schlägt verbissen mit seinen großen Pranken um sich, stets darauf bedacht, das Menschlein zu seinen Füßen dabei nicht zu verletzten.

Der Tumult um sie herum weckt Nells Lebensgeister. Sie kann dem unfairen Kampf nicht tatenlos zusehen und fängt an, sich gegen die Kältestarre zu wehren. Ungelenk rappelt sie sich hoch, versucht durch den Nebel in ihrem Geist, Freund von Feind zu unterscheiden. Sie packt den Stock fester, mit dem sie zuvor den Boden abgetastet hat, und stolpert benommen auf das Biest zu. Ihre Muskeln sind steif vor Kälte. Jeder Schritt schmerzt, als liefe sie auf Rasiermessern. Wankend schlägt und sticht Nell mit dem Ast in ihren Händen nach den Wölfen, die heulend ein ums andere Mal heranspringen und nach ihrer Kehle schnappen.

Ihr Beschützer hat indes sichtlich Mühe, sich seiner heilen Haut zu erwehren, da mehrere Angreifer sich in ihm verbissen haben und wie Kletten an ihm kleben. Sein Schmerzensschrei lässt die letzte Müdigkeit von der Märchenwanderin abfallen.

»Weg da, ihr feigen Hunde!« Adrenalin peitscht durch ihre Adern und blendet alle anderen Geräusche um sie herum völlig aus. Nell schwingt ihren improvisierten Knüppel gegen alles, was sich bewegt, und trifft im Eifer des Gefechts sicher auch ein paarmal das Biest, das sich an die zusätzliche Tracht ungewollter Prügel hoffentlich danach nicht mehr so ganz genau erinnern kann.

Gemeinsam setzen die beiden dem Rudel so zu, dass den Angreifern die Lust an ihrer Beute vergeht. Die Attacken lassen nach und allmählich wird das Rauschen des Blutes in ihren Ohren etwas leiser. So bemerkt Nell erstmals das verräterische Knacken und Knarzen unter ihren Füßen.

»O nein, das Eis!« Die Märchenwanderin schaut sich panisch nach ihrem Retter um, während sie vorsichtig zum Rand des gefrorenen Teiches zurückweicht. Derweil ringt das Biest noch immer mit dem Alphawolf und seinen treuesten Gefährten, die ihn mit ausgefahrenen Krallen und gefletschten Zähnen attackieren. Auch wenn seine Bewegungen langsam werden, schleudert das Biest seine Angreifer einen nach dem anderen von sich.

Mit jedem Aufschlag geht ein besorgniserregendes Knirschen durch die Eisschicht. Nell klammert sich an den Stock in ihren Händen. Das Biest wird unter der Wucht der Angriffe immer weiter zurückgedrängt. Dabei reißen die Klauen an seinen Füßen tiefe Furchen in die angeschlagene Eisdecke. Laut brüllend packt das Biest den Alphawolf und schmettert ihn mit aller Kraft zu Boden. Wo er aufschlägt, frisst sich ein großer Riss mit einem hässlichen Knacken fächerförmig durch das Eis.

Nell kreischt entsetzt auf. »Es bricht!«

Auf ihren Ruf hin blickt das Biest alarmiert nach unten und bemerkt, dass es einen großen Fehler gemacht hat. Lange wird die Eisschicht ihn nicht mehr tragen. Nells Beispiel folgend, versucht er, sich langsam ans sichere Ufer zurückzuziehen, doch die Wölfe setzen ihm stetig nach, scheinen einfach nicht aufgeben zu wollen.

Die Märchenwanderin unterdrückt den Impuls, zu ihm zu stürmen, um dem Fremden beizustehen, da sie befürchtet, ihr zusätzliches Gewicht könnte die Eisdecke brechen lassen.

So muss sie bangend zusehen, wie ihr Retter sich schrittweise zu ihr durchkämpft, während der Riss unter ihm immer größer wird. Unruhig tänzelt sie von einem Fuß auf den anderen, ignoriert das taube Gefühl ihrer Beine und das Blut, das durch den dünnen Stoff ihrer Schuhe sickert. Der Schnee um sie herum verfärbt sich dunkelrot, doch Nell schenkt dem keine Beachtung.

»Halt durch! Du hast es gleich geschafft! Nur noch ein paar Schritte!« Flehentlich ringt sie mit den Händen, nimmt das Ächzen des Eises laut wie Donnergrollen wahr. Nur noch vier Meter. Drei. Zwei. Beinahe erlaubt sich Nell, aufzuatmen, als ein letzter Angriff das Biest straucheln lässt.

Der große Anführer des Rudels springt mit einem mächtigen Satz auf Biests Rücken und versenkt die Zähne in seiner Schulter. Die große Gestalt wankt und stürzt mit einem lauten Krachen zu Boden.

Unter der Wucht des Aufpralls splittert nun endgültig die Eisschicht. Mit ohrenbetäubendem Knacken laufen die Risse über den Teich, breiten sich rasend schnell zu einem gigantischen Spinnennetz in alle Richtungen aus. Die einstmals stabile Decke wird zu einem losen Flickenteppich aus Eisschollen, eine wackliger als die andere.

Die verbliebenen Wölfe des Rudels heulen angsterfüllt auf und hechten schlitternd auf das andere Ufer zu. Einige krallen sich mit ihren Klauen in das Eis, als die Schollen kippen. Andere springen in einem Akt der Verzweiflung auf das Ufer zu oder versuchen, durch das eiskalte Wasser zu schwimmen. Doch Nell hat keinen Blick dafür, wie viele der Wölfe dem eisigen Wasser entkommen können. Sie muss tatenlos mit ansehen, wie das Biest wild mit den Armen rudernd ins Eis einbricht. Schwarze Fluten schlagen über seinem Kopf zusammen und binnen Sekunden ist er in den Tiefen des Teichs verschwunden.

Nell will schreien. Doch kein Laut kommt aus ihrer Kehle. Wie versteinert steht sie am Ufer und sucht atemlos die Oberfläche nach einem Lebenszeichen von ihm ab. »Na mach schon, tauch auf! Komm hoch ...«

Um sie herum hallt das Heulen der restlichen Wölfe als Kakophonie des Grauens von den Bäumen wider. Sie sind wütend. So wütend.

Doch Nells ganze Sorge gilt dem Fremden, der sie gerettet und dafür sein eigenes Leben riskiert hat. Sie überlegt, ihm nachzuspringen. Aber wie soll sie ihn in der Finsternis finden? Zumal sie binnen Sekunden durch die Kälte bewusstlos werden würde und gar nicht die Kraft hätte, ihn dabei auch noch mit nach oben zu ziehen.

Angst und Verzweiflung lassen sie erzittern, als endlich der gehörnte Kopf des Ungeheuers nicht weit von ihr durch die Oberfläche bricht und rasselnd nach Luft schnappt. Mit einem Schrei der Erleichterung packt Nell geistesgegenwärtig zu. Flach auf dem Bauch liegend, greift sie nach dem Biest, bekommt ihn am Kragen zu fassen und zerrt ihn zu sich. »Na komm schon! Hilf mir!«, brüllt sie ihn an, stemmt ihre Füße in den Boden und zieht mit aller Macht an ihm. Ihre Finger sind eiskalt und drohen einfach nachzugeben. Die Haut an den Knöcheln reißt auf, aber Nell lässt nicht los. »Streng dich an!« Mit ihrer Hilfe schiebt sich das Biest kraftlos ans Ufer und bricht dort schwach keuchend zusammen.

Sofort ist die Märchenwanderin bei ihm, schert sich keinen Deut um Hörner, Fell, oder dass sie beide patschnass sind. Sie rüttelt an ihm und versucht, ihn hochzuzerren.

»Hey, du musst wach bleiben. Schau mich an!« Hektisch

reibt sie mit der Hand über sein Gesicht. »Komm schon, nicht einschlafen!« Doch das Biest schafft es nicht, die Augen zu öffnen. Seine Atmung wird flacher und sein Körper immer schwerer. In Ermangelung sinnvoller Alternativen lässt Nell von seinem Kopf ab und drückt ihre Finger schmerzhaft in eine klaffende Wunde an seinem Oberarm. »Wach auf!«

Mit einem durchdringenden Schmerzensschrei fährt das Biest in die Höhe und landet schwer atmend auf den Knien. Nell tut es leid, ihm absichtlich wehgetan zu haben, aber in diesem Fall heiligt hoffentlich der Zweck die etwas drastischen Mittel. Sie taucht eilig unter seinem Arm hindurch und versucht, ihm aufzuhelfen. »Komm, ich stütze dich. Wir müssen hier weg.«

Grimmig nickend steht der Fremde auf und beißt vor Schmerz die Zähne zusammen. Er stützt sich schwer auf sie und lässt sich torkelnd von ihr führen. Seine großen Füße straucheln auf dem unebenen Waldboden.

Nell beißt die Zähne zusammen. Ihr ganzer Körper zittert vor Kälte und Erschöpfung. Sie spürt ihre Füße kaum mehr, kann sich selbst kaum noch aufrecht halten. Und doch schafft sie es irgendwie, das Biest vorwärts zu schleifen. Sie folgt weiter dem roten Punkt auf ihrer Brille und betet im Stillen, dass er sie irgendwo hinführen möge, wo es warm und sicher ist, und man sich um ihren Retter kümmern könnte.

Hilfe ist dringend notwendig. Das Biest blutet aus zahlreichen tiefen Wunden. Immer, wenn er ohnmächtig zu werden droht, legt Nell ihm buchstäblich einen Finger in eine seiner Wunden und hält ihn somit wach. Es tut ihr unendlich leid, dass sie ihm solche Schmerzen zufügen muss, und das nur um seinetwillen. Sie denkt nicht einmal daran, was das für ihr Karma bedeutet. Gerade zählt nur, die große Kreatur in Sicherheit zu bringen. Dazu redet sie unaufhörlich auf ihn ein.

»Wir haben es bald geschafft. Nur noch ein paar Schritte. Vertrau mir. Nein, nicht einschlafen.«

Die Märchenwanderin schiebt alle ihre Ängste, Müdigkeit und die eigenen Schmerzen beiseite, denn zu groß ist die Sorge um dieses ungewöhnliche Geschöpf. In ihren Gedanken ist kein Platz für Zynismus, gemeine Sprüche und bissige Kommentare zu seinem Erscheinungsbild, sie will einfach nur, dass es ihm besser geht. Vielleicht zum allerersten Mal in ihrem Leben sorgt sie sich aufrichtig um jemand anderen als sich selbst.

Nach etwas über einer halben Stunde – gerade hat sie ihn wieder unsanft aus einer drohenden Bewusstlosigkeit geweckt – fällt plötzlich goldenes Licht auf den Pfad zu ihren Füßen. Nell hebt den Blick und sieht vor sich die schmiedeeisernen Tore eines riesigen, verschneiten Schlosses. Ein breiter Weg erstreckt sich von Fackeln gesäumt bis zu dem steinernen Gebäude hin.

»Hilfe! Wir brauchen Hilfe! Hört mich jemand?« Nell schreit aus Leibeskräften und zerrt das erschöpfte Biest weiter auf die Tore zu, die sich wie von Zauberhand öffnen, als die beiden sie erreichen.

»Siehst du, gleich geschafft, gleich bekommst du Hilfe!« Sie redet ihm gut zu, stützt ihn und lässt die Augen fest auf das Schloss gerichtet, als könnte es verschwinden, wenn sie es wagt zu blinzeln.

Mit allerletzter Kraft taumeln die beiden durch das steinerne Eingangsportal in die hell erleuchtete Halle hinein und sacken auf dem dicken Teppich zusammen. Ehe Nell in den wohlig schweren Zustand der Bewusstlosigkeit hinübergleitet, fällt ihr Blick auf die Spuren, die durch den Schnee bis zu ihnen führen und von den Gefahren zeugen, die sie soeben überstanden haben. Schwere, unregelmäßige Schleifspuren von Klauen und Pranken und daneben die blutigen Abdrücke kleiner, zierlicher Füße.

»Ruckedigu, ruckedigu...«

Da fällt die schwere Tür hinter ihnen ins Schloss, sperrt den Wind, den Schnee und die Kälte aus. Dann umfängt sie Dunkelheit.

# Ach du liebes Biest!

Als die Märchenwanderin einige Zeit später wieder zu sich kommt, liegt sie in einem weichen, kuschligen Bett und fühlt sich so unglaublich warm und geborgen. Sie räkelt sich schlaftrunken unter dem dicken Federbett und wälzt ihren Lockenkopf wohlig in dem Meer aus Kissen. Ein süßlicher Duft nach heißer Schokolade steigt ihr in die Nase. Halb fürchtet Nell, dass es wieder einer der grausamen Träume ist, der wie eine Seifenblase platzt, sobald sie wach wird. Sie schnuppert neugierig in die Luft und schlägt langsam die Augen auf, doch sie sieht nichts außer der dicken Federbettdecke. Kein Wunder, dass ihr endlich warm ist, das Teil muss fast einen ganzen Meter dick sein. Mühsam kämpft sie ihre Arme frei und klopft auf die Decke, sodass einige Federn durch die Luft fliegen. Mit Mühe und zahlreichen Schlägen entsteht gerade mal eine kleine Kerbe im Federbett. Das Umschauen klappt aber trotzdem nicht besser, denn der Rest der Decke plustert sich jetzt nur noch mehr auf. Also kommt sie ums Aufstehen wohl nicht herum.

Wie ein Maulwurf gräbt sich Nell aus dem Deckenberg hervor und plumpst unsanft an der Seite aus dem hohen Bett. Gebremst wird ihr Fall von einem dicken, roten Teppich, der nicht weniger kuschlig ist als ihr Bett. Sie grinst wie eine Idiotin, als sie einfach dort liegen bleibt, wo sie gelandet ist und mit den Fingern den Teppich streichelt, das Gefühl unter ihren Fingerspitzen sichtlich genießend.

»Entschuldigung. Ähm, Pardon – Madame?«

Nell schaut sich um, sucht nach dem Mann, dem die

Stimme gehört, kann aber niemanden entdecken.

»Madame? Sagt Euch das Bett nicht zu? Wünscht Ihr eine andere Schlafstatt?«

Innerlich schmunzelt Nell. Der Mann klingt, als hätte er einen Stock verschluckt. Dennoch fühlt sie sich zu einer Antwort genötigt und setzt sich langsam auf. Immer noch ist kein Mensch in Sicht. »Ähm nein, natürlich nicht. Es ist wundervoll. Vielen Dank.«

»Très bien! Das freut uns zutiefst, Madame. Aber warum liegt Ihr denn dann bitte auf dem Fußboden herum und streichelt den Fußabtreter?« Die Stimme hat nun einen verwirrten, leicht missbilligenden Unterton angenommen.

Plötzlich wird sich das Mädchen bewusst, wie befremdlich ihr Verhalten wohl auf andere wirken muss. »Das tut mir leid. Ich – ich bin aus dem Bett gefallen und habe nur noch nie so einen kuscheligen Teppich gesehen. Da musste ich ihn einfach irgendwie anfassen. Verzeihung.« Sie stottert vor sich hin und spürt, wie ihr dabei schamhaft die Röte ins Gesicht steigt.

»Oh, Ihr müsst Euch nicht entschuldigen, Madame. Tut, wonach immer Euch beliebt. Ihr seid hier Gast und wir möchten, dass es Euch an nichts mangelt. Wünscht Ihr vielleicht noch mehr solche – Teppiche?« Die höfliche Stimme bleibt betont neutral, jedoch hat Nell so eine Ahnung, dass es der Sprecher persönlich für höchst unangebracht halten würde, sollte sie wirklich mehr Teppiche haben wollen.

»Nein, danke, schon gut.« Wacklig steht sie auf. »Au!« Keuchend sinkt sie zurück auf die Bettkante, als ein stechender Schmerz ihre Beine hinaufjagt. Nell beißt sich fest auf die Unterlippe und schaut an sich hinab. Statt ihres Kleides trägt sie eine Art weißes Leinennachthemd mit furchtbaren Rüschen an den Ärmeln, außerdem sind ihre Füße gebadet und sauber verbunden worden. Jemand in diesem Schloss scheint wirklich sehr auf ihr Wohlergehen bedacht zu sein. Wem das alles hier wohl gehört? In ihre Gedanken und Überlegungen hinein mischt sich ein lautes Räuspern. »Entschuldigung, wie bitte?« Sie hat wohl wieder irgendwas nicht mitbekommen.

»Ich schlug vor, dass Ihr euch etwas überzieht, und mir dann nach unten in die Halle folgt, für ein spätes Abendessen. So Ihr dies wünscht.«

Bei seinen Worten gleitet Nells Hand unwillkürlich zu ihrer Brust und tastet nach dem Kompassanhänger. In der ganzen Aufregung hat sie ihn komplett vergessen. Sie spürt, wie sich ihr Herzschlag panisch beschleunigt, als ihre Finger ins Leere greifen.

*O nein!*

Der Splitter des Seelensucherkristalls, Nanas Kristalls, war doch darin.

Fieberhaft überlegt die Märchenwanderin, wo sie die Kette verloren haben könnte. Beim Kampf mit den Wölfen auf dem Eis? Dann wäre er vermutlich für immer verloren und mit ihm ihr Weg zurück. Auf dem Weg ins Schloss? Falls man ihre blutigen Fußspuren im Schnee noch sieht, hat sie vielleicht eine Chance, das Medaillon wiederzufinden.

Wieder ein lautes Räuspern. »Madame, wenn Ihr nach Euren Habseligkeiten sucht, muss ich Euch leider mitteilen, dass Eure – Kleider…«, die Art, wie er das sagt, lässt bereits auf den desaströsen Zustand selbiger schließen, »leider nicht mehr zu retten waren.«

*Das ist eine schöne Umschreibung für zerfetzt, gerissen und blutgetränkt.*

Nell schluckt die bitteren Worte hinunter, denn die Kleidungsstücke interessieren sie nicht die Bohne. »War da noch mehr bei meinen Sachen?«

»Nur ein alter Kompass.«

Ihr Herz setzt einen Schlag aus. »Wo ist dieser Kompass?« Die Finger in die Bettdecke vergraben, wartet sie sehnsüchtig auf die Information, die sie so dringend braucht.

»Er war – nun, ich habe veranlasst, dass er gereinigt wird, Madame.«

Ein Stein fällt von ihrem Herzen. Die Zauberbrille ist zwar weg, aber der Portalstein, beziehungsweise der Splitter davon, ist also doch nicht verloren.

»Also darf ich dann nun zum Abendessen bitten, Madame?«

Nell muss unwillkürlich kichern. Jetzt, da die Anspannung von ihr abgefallen ist, geht ihr erst auf, wie absurd die Situation ist. Sie unterhält sich mit einer unsichtbaren Stimme. Den dazugehörigen Sprecher stellt sie sich als hageren alten Mann vor, im Livre eines Butlers, mit hohem, steifem Kragen, blasser Haut, einem Giraffenhals und einer geschwungenen Augenbraue, die er missbilligend nach oben ziehen kann, und das weiter als normalsterbliche Menschen. Wieder ein Räuspern.

»Oh, ja gerne. Essen klingt fantastisch.« Bis eben ist ihr gar nicht aufgefallen, wie hungrig sie eigentlich wirklich ist. Das Essen im Haus der Geißlein hat sie ja ausgelassen und das gestohlene Brot dem Wolf überlassen. Bevor ihre Gedanken wieder komplett abdriften können, erinnert sie sich gerade noch so, dass sie ja nur ein fremdes Nachthemd am Leibe trägt.

»Äh, Entschuldigung? Ich bin sehr dankbar, dass Ihr Euch so gut um mich gekümmert habt, aber ich kann unmöglich in diesem Aufzug bei Tisch erscheinen.« Das wäre sogar für Nell über alle Maßen peinlich.

Diesmal ist in der körperlosen Stimme ein kaum wahrnehmbares Glucksen zu vernehmen. »Ein Dinner im Nachtgewand wäre wirklich wenig schicklich. Ich schlage vor, Ihr sucht Euch etwas Passendes aus dem Kleiderschrank hier im Zimmer heraus.«

Nell schluckt und erhebt sich vorsichtig vom Bett, um sich nach besagtem Kleiderschrank umzusehen, und tatsächlich entdeckt sie einen fast deckenhohen Schrank an der Wand links ihres Bettes mit einer seltsam bauchigen Form und blattförmig geschwungenen Griffen.

»Lasst Euch ruhig Zeit, Madame, ich warte draußen vor der Tür«, offeriert die Stimme galant und wird leiser.

»Wartet! Bevor Ihr geht, wo seid Ihr? Ich möchte mich gerne bedanken. Ihr wart sehr freundlich zu mir.«

Wieder dieses amüsierte Glucksen. »Hier unten, Madame. Es ist uns eine Ehre und eine Freude, Euch hier zu haben. Ihr habt unseren Herrn gerettet und sicher nach Hause zurückgebracht. Wir sind es, die Euch ewigen Dank schulden. Bis gleich.«

Eine höfliche Antwort bleibt Nell buchstäblich im Halse stecken, als ihr Besucher hinter dem hohen Bett hervor und in Sicht kommt, sich vor ihr verneigt und selbstständig aus dem Raum hinaus wackelt.

*Eine Uhr?*

Sie steht minutenlang einfach nur mit weit geöffnetem Mund da und starrt ihm nach. Dagegen ist es schon fast normal, dass sich die hohen Türflügel von ganz allein öffnen und schließen. Kopfschüttelnd humpelt sie auf den monströsen Kleiderschrank zu.

*Wo bin ich hier nur gelandet?*

Trotz eines Gefühls innerer Anspannung breitet sich in Nell eine seltsame Ruhe aus. So verwirrend ihre Situation gerade ist, doch sie spürt, dass sie in den Mauern dieses

Schlosses sicher und man ihr freundlich gesinnt ist.

»Na dann woll'n wir mal.« Sie greift beherzt nach den Türgriffen des ausladenden Kleiderschranks, als dieser plötzlich zu beben beginnt. Unwillkürlich greift Nell fester zu. Das hat jedoch lediglich zur Folge, dass der ganze Schrank, vor Lachen laut losprustet. Alle Türen und Schubfächer fliegen auf und Nell landet einmal mehr wie ein begossener Pudel auf dem Hinterteil.

»Um Himmels willen! Verzeiht, Madame! Aber das kitzelt so fürchterlich. Ich war schon immer total empfindlich, aber mit dem Alter scheint das immer schlimmer zu werden. Das ist mir jetzt aber richtig peinlich.« Beschämt zieht der Kleiderschrank alle Schubladen ein und schließt rasch die Türen. Dabei hängt eine knallrote Federboa noch halb heraus, wie eine gebleckte Zunge. Erneut erklingt ein schamhafter Laut aus dem Kleiderschrank, ehe das schrille Kleidungsstück wie eine überdimensionierte Nudel geräuschvoll eingesaugt wird. Federn fliegen im ganzen Raum herum.

»Ähm. Entschuldigung angenommen«, murmelt Nell unsicher in die peinliche Stille hinein und rappelt sich einmal mehr auf. Das wird zu einer verflixt schlechten Angewohnheit, dass sie in diesem Schloss grundsätzlich auf dem Fußboden liegt. Der Kleiderschrank schweigt verbissen, wohl aus Angst vor einem weiteren unkontrollierten Ausbruch.

Gerade, als Nell die Hand ausstrecken will, um nun doch endlich nach einem anderen Kleid als diesem Nachthemd zu suchen, besinnt sie sich ihrer besser werdenden Manieren. »Entschuldigung, Madame, könnten Sie bitte noch einmal aufmachen, ich könnte etwas zum Anziehen gebrauchen.« Es wäre schließlich wirklich gemein, die Gute noch mal so zu kitzeln.

Der Kleiderschrank seufzt hörbar erleichtert und öffnet

schwungvoll seine Türen. »Bien sûr, chérie! So eine bezaubernde junge Dame braucht natürlich etwas Exquisites zum Anziehen! Was darf es denn sein? Aufregend dramatisch für eine rauschende Ballnacht? Umwerfend sexy für ein erstes Date oder …«, sie hält inne und das ganze Möbelstück lehnt sich verschwörerisch zu der jungen Frau hinunter, »todschick für eine standesgemäße Beerdigung?«

Nells Augen weiten sich erschrocken, doch der Schrank prustet lachend los. »Keine Angst, Kindchen, war nur ein Scherz! Ich hab hier genau das Richtige für dich. Praktisch, hübsch und es unterstreicht das Blau deiner Augen.« Die Schubladen im Inneren der Kleiderschrankdame wölben sich an der Stelle, wo bei einem Menschen der Mund wäre, an den Seiten nach oben, wie zu einem Lächeln – während sich ein geschmackvolles, aber schlichtes blaues Seidenkleid aus dem Wust an Stoff löst und wie von Geisterhand nach vorne tritt, sodass Nell es aus dem Schrank ziehen kann.

»Das ist wunderschön«, flüstert die Märchenwanderin und streicht andächtig über den feinen Stoff.

»Na dann zieh es doch mal an!«

Mit vor Aufregung rosigen Wangen packt Nell den Saum ihres Nachthemdes und will es gerade über den Kopf ziehen, als ihr einfällt, dass sie ja nicht allein ist. Schamhaft schaut sie sich nach einem Wandschirm oder etwas Ähnlichem um und überlegt schon, sich hinter das hohe Bett zu kauern, als der Kleiderschrank erneut spricht: »Schon gut, Kindchen, hab keine Angst. Wir Mädchen sind doch unter uns, nicht? Und ich mache auch die Augen zu, wenn dir das lieber ist.«

Nell nickt, auch wenn sie keinen Schimmer hat, wo dieser Schrank Augen haben sollte. Eilends zieht sie das Nachthemd über den Kopf und greift nach dem Seidenkleid. Es gleitet federleicht und kühl über ihren Körper und passt wie eine zweite Haut. Um die Hüften legt sie danach noch einen Gürtel aus silbern getriebenen Blättern, der das Muster an Ausschnitt und Saum wieder aufgreift.

»Ah, que magnifique!«, ruft Madame Kleiderschrank und die Türen flattern aufgeregt wie zum Applaus.

Nell betrachtet sich staunend in einem riesigen Wandspiegel, dreht sich ehrfürchtig hin und her und sieht zu, wie der Rock am Saum mitschwingt und sich durch den Lufthauch etwas bauscht.

»Wundervoll.« Ihre Stimme ist kaum mehr als ein Hauch. Wenn das praktisch und hübsch ist, dann wagt sie sich gar nicht vorzustellen, wie die Kleider aussehen, die Madame Schrank als aufregend dramatisch und umwerfend sexy beschrieben hat. »Einfach Wundervoll.«

Nell kann sich von dem Glitzern und den Lichtreflexen auf dem Kleid kaum lösen, als von draußen vor der Tür wieder das unverkennbare Räuspern erklingt. »Seid Ihr so weit, Madame?«

»Ja, ich komme!« Aus einem verrückten Impuls heraus umarmt Nell eine der Schranktüren und murmelt ein heiseres »Danke«, ehe sie so schnell es geht auf die Zimmertür zuhumpelt, um der sprechenden Uhr zum Abendessen zu folgen.

Den Weg die große Treppe hinab verbringen sie großteils schweigend. Einerseits hat Nell so viele Fragen, dass sie gar nicht weiß, wo sie anfangen soll, und hängt etwas ihren Gedanken nach. Andererseits beißt sie die Zähne zusammen, weil ihre Füße so wehtun. Kurz bevor sie jedoch die Kaminhalle betreten, bittet Nell die Uhr, kurz zu warten. »Moment! Eines würde ich gerne noch wissen. Sind hier alle Gegenstände lebendig?« Dieser Gedanke brennt ihr auf der Seele, denn bei einem sprechenden Kleiderschrank und selbstständigen Türen ist das ja noch lustig, aber bei Bett und Dusche wäre das echt schräg. Wenigstens muss sie hier nie aufs Klo. Etwas Praktisches muss es haben, wenn man in einem Märchen lebt.

Der Uhrenbutler schaut geduldig zu Nell hinauf. »Nein, nur ein kleiner Teil der Be… des Inventars ist lebendig. Ihr werdet sehr schnell merken, welcher das ist, denn sie können wirklich nie ihre Klappe halten.« Er räuspert sich und führt sie eilig in die Halle, als hätte er ehrlicher geantwortet, als eigentlich beabsichtigt.

Schon beim allerersten Gang versteht Nell, was er damit gemeint hat. Natürlich ist das meiste Geschirr bloß Geschirr, aber die Teile davon, die wach sind, reden, singen und erzählen wirklich ohne Punkt und Komma. Besonders singen sie. Nell lässt sich von der ausgelassenen Stimmung der dienstbaren Geister anstecken und tanzt am Ende sogar mit dem Hutständer einen Tango zu einem Stück von Monsieur Cembalo, eines selbstspielenden Klaviers, wobei sie froh ist, dass der Hutständer sie dabei hochhebt, um ihre Füße zu entlasten.

»Mhmm, das Essen war absolut fantastisch! Vielen Dank. Ich habe lange nicht so gut gegessen«, schwärmt die Märchenwanderin mit vollem Magen und hat es sich entspannt in einem hohen Ohrensessel vor dem lodernden Kamin gemütlich gemacht. Die bauchige Teekanne, die neben ihr auf einem Servierwagen steht und gerade heißen Tee in eine entzückende kleine Tasse fließen lässt, antwortet mit der Stimme einer liebevollen, alten Frau: »Sehr gerne, ma chère. Du bist hier Gast und wir stehen alle in deiner Schuld.«

Nell schluckt schwer. Die Stimme erinnert sie schmerzlich an ihre Nana. Was würde sie dafür geben, sich noch einmal mit ihrer Großmutter auf dem Dachboden verkriechen und ihr beim Vorlesen lauschen zu können. Sie unterdrückt ein Schluchzen.

»Alle hier sind so freundlich zu mir, behandeln mich wie eine Königin. Dabei bin ich eigentlich doch nur eine herumirrende Streunerin.« Wehmütig lächelnd blickt sie zu der bezaubernden Kanne und streicht mit dem Zeigefinger über den Rand der dampfenden Tasse.

»Liebes, es gibt für alles einen Grund. Irgendwas hat dich hierhergeführt und ich vertraue darauf, dass es einen guten Grund dafür gibt. Und außerdem – Wir sind Geschirr, Besen und Mobiliar. Welches Recht hätten wir, dich wie einen streunenden Hund zu behandeln?«

Nell meint, in der Stimme der Teekanne ein Zwinkern wahrzunehmen. »Danke.«

»Gerne. Übrigens, ich könnte mir vorstellen, dass du das hier gerne zurück hättest.« Sie schubst mit der Tülle die Kette mit dem blau schimmernden Kompass näher zu Nell heran. Die greift begierig danach und wiegt den Anhänger in den Händen, ehe sie sich die Kette eilig über den Kopf streift. »Danke. Für mich hat er den größten Wert.«

Die alte Teekanne lächelt wissend.

Nell zieht die bandagierten Füße hoch auf den Sessel und birgt die heiße Tasse in den kühlen Fingern, um sie daran zu wärmen. Eingekuschelt lässt sie ihren Blick durch die riesige Halle schweifen, fühlt sich klein und unbedeutend angesichts von so viel Platz.

»Wem gehört das alles hier?«

»Das ist das Schloss unseres Herren.«

»Dachte ich mir fast. Aber wer ist euer Herr?«

Die Teekanne zögert. »Nun Madame, Ihr habt ihn hierher zurückgebracht. Er ist noch immer schwer verletzt, aber am

Leben. Euretwegen.«

Sie wirkt fast verschämt, als sie sich zur Seite dreht und ziemlich offensichtlich das Thema wechselt. »Wäre das dann alles, Madame? Oder kann man Euch noch etwas Gutes tun?« Wieder kehrt die sanfte Wärme in ihre Stimme zurück.

Nell will schon dankend ablehnen, als ihr doch noch etwas einfällt. »Da wäre tatsächlich noch etwas. Erstens, ich würde gern eure Vorräte an Heilkräutern sehen. Vielleicht kann ich damit nicht nur meine Füße, sondern auch eurem Herren helfen. Denn ich konnte ihn nur zurückbringen, weil er mich zuerst gerettet hat.«

Die alte Teekanne gibt einen leisen Schluchzer von sich. »Ich werde veranlassen, dass alle Kräuter in der Küche zusammengetragen werden. Danke, Madame.«

»Das bringt mich gleich zu meinem zweiten Wunsch. Sie könnten aufhören, mich Madame zu nennen. Mein Name ist Nell.« Sie lächelt freundlich und beugt sich etwas zur Teekanne hinüber.

Diese wendet sich ihr wieder zu und nickt sanft. »Sehr gern. Es ist ein wirklich wunderschöner Name. Belle bedeutet Schönheit und Ihr seid schön. Daher steht er euch ausgezeichnet. Ich bin Madame LeBidon. Solltet Ihr irgendetwas brauchen, ruft nach mir. Es wird mir eine Freude sein.« Damit setzt sich der Servierwagen mit der freundlichen Teekanne darauf leise quietschend in Bewegung.

»Ähm nein, nicht Belle. Nell!«, ruft die Märchenwanderin ihr noch nach und tatsächlich dreht sich Madame LeBidon kurz zu ihr um.

»Auch das ist ein sehr schöner Name. La belle Nell. Die schöne Nell. Ihr könnt definitiv beide Namen gut tragen. Gute Nacht, Liebes.« Sie verneigt sich nochmals und fährt ohne ein weiteres Wort davon.

Nell kuschelt sich schmunzelnd tiefer in den Ohrensessel und schlürft den heißen Tee. »Ein verrückter Ort. Verrückt, aber gut.«

Von den vielen Eindrücken des Tages vollkommen ausgelaugt, sinkt sie nach einer Weile in einen leichten Dämmerzustand. Die leere Tasse entgleitet ihrer erschlaffenden Hand und wäre wohl am Boden zerschellt, wenn eine braune Pranke sie nicht mit schier übermenschlichen Reflexen aus der Luft gefischt und aufgefangen hätte.

Durch den Nebel der Erschöpfung spürt Nell, wie sich Biests starke Arme unter ihren Körper schieben und ihn sanft emporheben. Ihr Kopf ruht an seiner Schulter wie auf einem Kissen. Unter ihrer Wange spürt sie kratzigen Stoff. Unbewusst tasten ihre Finger danach und das Biest zuckt leise knurrend zusammen. Die Bandagen sind feucht. Selbst im Halbschlaf registriert Nell, dass das kein gutes Zeichen ist. Sie wird es sich morgen ansehen.

Ihr Arm sackt bleischwer herab und das Nächste, was die Märchenwanderin mitbekommt, ist, dass er sie behutsam auf dem Bett ablegt und die dicke Decke über sie zieht.

»Schlaf gut, Belle. Mögen deine Träume süß und sicher sein.«

Ein lieblicher, blumiger Geruch steigt ihr in die Nase, und als die Tür leise ins Schloss gedrückt wird, gleitet sie in einen tiefen, traumlosen Schlaf.

Als Nell am nächsten Morgen erwacht, fällt ihr Blick als Erstes auf die rote Rose, die neben ihr auf dem Kopfkissen liegt. Lächelnd greift sie danach und saugt den lieblichen Duft durch die Nase ein.

*Es war also doch nicht bloß ein Traum.*

Sie fühlt sich so unglaublich viel besser, als hätten der Schlaf, die Wärme und das gute Essen den Schmutz und die Gefahren ihrer Reise von ihr abgewaschen. Sogar ihre Füße fühlen sich ein wenig besser an. Sie streckt sich wohlig unter ihrem riesigen Federbett und wie aufs Stichwort öffnet sich die Tür und der Servierwagen mit Madame LeBidon darauf kommt hereingerollt.

*Wie macht sie das nur mit den ganzen Stufen hier?, überlegt Nell, wird aber von dem enthusiastischen »Bonjour, chérie« aus ihren Gedanken gerissen. Sie kann nicht anders, als freundlich zu lächeln.*

»Guten Morgen, Madame LeBidon.«

»Ich habe hier ein wenig Tee, als kleiner Muntermacher, und wenn Ihr dann so weit seid, gibt es unten Frühstück.«

»Guten Morgen, Madame. Der Tee duftet lecker, könnte ich – könnte ich beim nächsten Mal vielleicht noch so eine heiße Schokolade haben?« Es fühlt sich undankbar an, darum zu bitten, doch Madame LeBidon fegt ihre Bedenken mit einem gut gelaunten Kichern einfach beiseite.

Die gute Laune der alten Dame ist wirklich ansteckend. Die Rose noch immer in Händen haltend, schlägt Nell die Decke zurück und schwingt die Füße aus dem Bett.

»Sehr gern, chérie. Oje! Das Kleid ist ja völlig zerknittert.«

Die Märchenwanderin schaut an sich herab und muss schweigend zustimmen. Zusammen mit ihren wirren Haaren komplettiert ihre Garderobe den verschlafenen Eindruck. Ohne auf eine Antwort zu warten, wirbelt die Teekanne herum und klopft mit dem Henkel an den bauchigen Kleiderschrank. »Madame L'Armoire, aufwachen! Wir bedürfen Eurer Dienste!«

Mit einem lauten Gähnen erwacht der riesige Schrank erneut zum Leben und flattert mit den Türen. »Guten ähhh Morgen. So früh ...«, brabbelt die Madame, bis ihr scheinbar wieder einfällt, dass ja nun ein Mensch hier wohnt, den sie einkleiden kann. Schlagartig erwachen ihre Lebensgeister und sie kramt, bis sie erneut ein passendes Kleid hervorzaubert, diesmal in einem hellen Blau.

»Danke, Madame L'Arme«, sagt Nell und knickst höflich.

»Es heißt L'Ar-mo-ire, Schätzchen. Aber macht ja nichts. Gern geschehen und nun sieh zu, dass du dich anziehst und zum Frühstück kommst, bevor dir die Burschen nichts mehr übrig lassen.«

Nell tut, wie ihr geheißen, und wiederholt im Geiste immer wieder die Namen der beiden, um sie nicht zu vergessen, während sie sich fragt, ob es wohl doch noch mehr Menschen in diesem Schloss gibt. Doch auch beim Frühstück trifft sie keine. Lediglich noch mehr lebendige Haushaltsgegenstände. Der Uhrenbutler stellt sich, noch immer steif, aber etwas freundlicher, als Monsieur Parlante vor und ein überdrehtes Fußbänkchen hört auf den Namen Jaques. Nell fühlt sich zwischen ihnen allen sichtlich wohl und genießt die Zeit, die sie quatschend und lachend mit ihnen allen verbringen kann. Nach einer Weile zieht sich einer nach dem anderen zurück, um sich endlich an seine Arbeit zu machen.

»In so einem riesigen Schloss ist sicher furchtbar viel zu tun, oder?«

»Ja, chérie. Jeder hat so seine Aufgaben. Ich werde mich jetzt in der Küche darum kümmern, dass das Geschirr gespült und das Silber poliert wird. Daher muss auch ich mich jetzt leider verabschieden.« Die freundliche Stimme von Madame LeBidon klingt dabei warm, aber bestimmt.

»Kann ich nicht mitkommen? Ich wollte eh die Kräuter anschauen und dann kann ich euch ja vielleicht ein bisschen zur Hand gehen.« Der Gedanke, hier allein herumzusitzen und nichts zu tun zu haben, ist ihr inzwischen ein Graus. Wenn ihr das mal jemand früher gesagt hätte, dass sie unbedingt in der Küche beim Abspülen helfen will. Sie hätte denjenigen wohl für verrückt erklärt. Aber Nell ist auch nicht mehr dieselbe, die sie einmal war. Ohne es zu merken, ist sie langsam zu einer anderen geworden, einer jungen Frau, die ein Gewissen hat und sich zunehmend auch Gedanken um andere macht.

Die alte Teekanne scheint zu lächeln. Obwohl sie keinen Mund hat, kann man es an dem Glitzern auf ihrer polierten Oberfläche sehen und in ihrer Antwort hören.

»Die Kräuter habe ich schon in die Küche bringen lassen, aber helfen müsst Ihr nicht, Madame.«

»Ich hatte Sie doch gebeten, mich Nell zu nennen. Und ich möchte mich gerne nützlich machen.«

»Also gut, chérie, dann folgt mir.« Glucksend fährt die alte Teekanne auf ihrem Servierwagen vorneweg.

Die Märchenwanderin ist im Bruchteil einer Sekunde auf den Beinen. »Würdet Ihr mir dabei noch etwas mehr über das Schloss erzählen? Es ist so groß und eindrucksvoll.« Auf ihrem Weg hinter Madame LeBidon her in die Küche sprudelt Nell vor Fragen beinahe über. Sie löchert die alte Teekanne, ohne kaum einmal Luft zu holen, sodass diese gar keine Chance hat zu antworten. »Langsam, Cherié! Ich kann auch nur eine Frage nach der anderen beantworten und wir haben jede Menge Zeit.«

Gerade, als Nell aus der Halle hinaus und durch die Tür in die Küche schlüpfen will, stockt sie mitten in der Bewegung. Ein seltsames Gefühl überkommt sie, als würde jemand sie beobachten. Ruckartig fährt ihr Kopf herum, doch es ist niemand weiter zu sehen. Ihre Hand liegt noch am Türgriff, während ihre Augen suchend jeden Winkel abtasten.

*Vielleicht ist es noch einer der lebendigen Gegenstände.*

Aber es fühlt sich anders an als im Beisein von Madame LeBidon, Monsieur Parlante oder Jacques. Eine Gänsehaut überzieht ihren Arm. Mit einem letzten Blick über die Schulter schiebt sie sich hastig durch die halboffene Tür.

Drinnen empfängt die Märchenwanderin eine emsige Bande von Küchengeräten, die sich wie an unsichtbaren Fäden bewegen, Berge von Geschirr spülen und das Tafelsilber polieren. In ihrer Gegenwart ist das merkwürdige Gefühl von eben binnen Sekunden wieder vergessen. Auf einen Wink von Madame LeBidon hin tritt Nell an einen großen Tisch in einer der Ecken, dessen hölzerne Platte unter diversen Tiegeln, Dosen, Gläsern oder Sträußen von frischen und getrockneten Kräutern fast vollkommen verschwindet.

»Das sind eine Menge Pflanzen.« Staunend gleitet ihr Blick über die ansehnliche Auswahl. Einige der Gefäße sind zum Glück beschriftet. Bei den losen Kräutern wird es da schon schwieriger. Augenblicklich kramt Nell in den Tiefen ihrer Erinnerung nach allem, was sie in den Büchern der bösen Königin über Pflanzen und deren Wirkungsweisen gelesen hat. Mit geschlossenen Augen ruft sie sich die Bilder der verschiedenen Kräuter ins Gedächtnis und auch das Kapitel mit der Überschrift »Die Dosis macht das Gift«. Als sie diese Bücher seinerzeit studiert hat, hätte sie sich nie träumen lassen, dass sie das Wissen darin einmal nutzen würde, um Wundsalben und heilende Tinkturen herzustellen. So hatte es dann wohl doch etwas Gutes, dass sie die Schmöker halb auswendig gelernt hat.

»Madame LeBidon, wo ist der Schlossherr? Ich würde mir gerne seine Wunden ansehen, damit ich eine entsprechende Salbe anmischen kann.«

Fast augenblicklich herrscht eine drückende Stille im Raum. Nell schaut sich unsicher um. »Ähm, habe ich etwas Falsches gesagt?«

Ein trauriger Unterton mischt sich in die sanfte Stimme der alten Teekanne. »Ach nein, chérie, das ist rührend, aber das geht nicht. Er will – der Herr ist sehr schüchtern, weißt du? Er ist sehr scheu.«

Seufzend lässt Nell ihren Blick über den Tisch schweifen. »Sind seine Wunden entzündet oder eitrig? Hat sich schon Schorf gebildet?«

»Sie sind entzündet und heiß, chérie, ab und an bluten und nässen sie noch. Aber wie soll das helfen?«

»Je genauer ich es weiß, desto gezielter kann ich die Kräuter mischen.« Noch während sie spricht, rollt die Märchenwanderin die Ärmel hoch und beginnt, Kräuter aus verschiedenen Töpfen und Gläsern zusammenzusuchen und in einem Mörser fein säuberlich zu zermahlen. Ein intensiver, würziger Geruch breitet sich in der Küche aus. Sie reibt den Porzellanstößel durch den Brei, bis keine Fasern mehr zu sehen sind und Schweißperlen auf ihrer Stirn glitzern. Nell gießt die Masse in einen kleinen Topf und vermischt sie mit etwas Mandelöl. Sie erwärmt alles in einem Wasserbad und löst etwas Bienenwachs darin auf, ehe sie alles zum Erkalten aufs Fensterbrett stellt und mit einer anderen Mischung von vorn beginnt.

Als sie Stunden später neben Madame LeBidon am Spülbottich steht, um den Mörser auszuwaschen, sind zwei Wundsalben, ein Fiebersaft und eine entzündungshemmende Tinktur fertig.

»Madame LeBidon, die Salbe sollte auf die Wundränder aufgetragen werden. Von der Tinktur kann er alle paar Stunden ein bis zwei Tropfen direkt in die Wunden geben, um sie feucht zu halten und den Eiter auszuwaschen. Von dem Saft in der braunen Flasche darf er nicht mehr als einen Löffel morgens und einen abends einnehmen. Damit sollte das Fieber gesenkt werden und die Entzündung im Körper schneller heilen. Bitte sorgt dafür, dass der Schlossherr sie schnellstmöglich erhält. Damit sollten die Wunden bald verheilen.« Nell blickt auf, als die liebgewonnene alte Dame neben ihr schweigt. »Madame LeBidon?«

»Entschuldige, Kindchen, ich bin nur so – es ist einfach ...« Sie schluckt schwer, und als sie weiterspricht, klingt ihre Stimme unsagbar traurig. »Es war hier nicht immer so, weißt du? Seit jener unglückseligen Nacht vor so vielen Jahren, als eine Fee einen Fluch über unseren Herrn und das Schloss ausgesprochen hat, hat sich so Vieles verändert. Aber auch wenn er nicht so aussieht, unser Herr hat ein gutes Herz, daran darfst du nie zweifeln, chérie. Alle, die damals nicht gehen wollten, teilen sein Schicksal. Wir alle sind nun lebendiges Inventar, aber ich hadere deshalb nicht mit meinem Schicksal. Ich weiß, irgendwann werden wir vom Fluch erlöst und bekommen unsere menschliche Gestalt zurück und unser Herr wird endlich wieder vom Schatten ins Licht treten. Bis dahin danke ich dir Belle, für alles, was du für ihn und uns tust.«

Nell schweigt betroffen und verzichtet sogar darauf, Madame LeBidon wegen ihres Namens zu verbessern.

*Was ist diesem armen Mann nur widerfahren?*

Sie erinnert sich nur dunkel an die Nacht auf dem Eis, an die Wölfe und den Kampf, und auch das Bild ihres Retters ist nur noch verschwommen in ihrem Kopf. Warum er sich aber derart hartnäckig in seinem eigenen Schloss versteckt, ist ihr schleierhaft.

Kurz darauf schickt Madame LeBidon Nell nach oben

in ihr Zimmer, um sich vor dem Abendessen noch etwas auszuruhen. »Na los, geht Euch frisch machen, chérie! Wenn Ihr mir weiterhin die Kochlöffel ablenkt, bleibt der Tisch heute leer.« In ihrer Stimme liegt ein heiterer Tonfall, als sie Nell glucksend mit dem Servierwagen aus der Küche verscheucht.

Während die Märchenwanderin gemächlich die breite Steintreppe zu ihren Gemächern emporsteigt, überkommt sie wieder das seltsame Gefühl, beobachtet zu werden.

»Mhmm, ich hätte schwören können ...« Doch wieder sieht sie niemanden.

*Vielleicht ist es eines dieser Bilder oder eine lebendige Wandverzierung.*

Ihre Hand umklammert den alten Kompass, von dem inzwischen wieder ein helles, blaues Leuchten ausgeht. Für Nell das Zeichen, dass sie sich auf dem richtigen Weg befindet, gerade fühlt sich die vertraute, verzierte Oberfläche auf ihrer Haut tröstlich an, gibt ihr ein Gefühl der Sicherheit. Eilig steigt sie die Stufen zu ihrem Zimmer hinauf. Doch das juckende Gefühl bleibt, bis sie ihr Zimmer erreicht und die hohen Türflügel hinter sich geschlossen hat.

Der Abend ist wie im Flug vergangen und als die Märchenwanderin am nächsten Morgen erwacht, fällt ihr Blick erneut auf eine prachtvolle rote Rose, die neben ihrem Kopf auf dem Kissen ruht. Der Schein der kalten Wintersonne verleiht den Blütenblättern ein seltenes Leuchten und Nell kann nicht anders, als andächtig darüberzustreichen und ihre Schönheit zu bewundern. »Wunderschön.«

Heute schlägt sie die Decke beschwingt zurück und springt energiegeladen aus ihrem Bett, um die Blume zu der vom Vortag in die Vase auf ihrem Nachttischchen zu stellen, sodass sie sich an dem Anblick erfreuen kann, wann immer sie die Augen öffnet. Auch dieses Mal hält sie inne, um die Zehen in den flauschigen Teppich zu vergraben.

»Guten Morgen, Madame L'Armoire! Habt Ihr die Rose hierhergelegt?« Sie glaubt eigentlich nicht daran, denn wie hätte dieser riesige Kleiderschrank an die Blume kommen und sie danach umsichtig auf dem Kissen drapieren können? Aber unmöglich war ja hier schließlich nichts.

Gähnend bebt die Madame. »Nein, ma chère, ich hatte damit nichts zu tun.« Und mehr scheint sie dazu auch nicht sagen zu wollen.

Nell schaut den Kleiderschrank neugierig an, beschließt jedoch, es gut sein zu lassen und sich einfach über die wundervolle Aufmerksamkeit zu freuen. »Ach, es ist so ein wundervoller Tag.«

»Aber es ist noch so früh.« Die Worte kommen träge schmatzend hervor.

*Da ist wohl jemand ein kleiner Morgenmuffel.*

Nell kichert in sich hinein, eilt hinüber zum Fenster und zieht es schwungvoll auf. »Schaut nur, Madame, es verspricht ein wundervoller Tag zu werden. Ich glaube, ich werde das ausnutzen und mal sehen, ob das Schloss von außen genauso imposant ist wie von innen!«

»Draußen ist es kalt.« Mit einem Mal ist Madame hellwach. »Dann braucht Ihr angemessene Kleider, ma chère! Wartet, ich habe da genau das Richtige. Wo hab ich nur – da war doch mal ...« Der ganze Kleiderschrank ruckelt und windet sich. »Ach, da ist es ja!« Schwungvoll fliegen die Schranktüren auf und vorne dran hängt ein schlichtes, weißes Samtkleid mit weißem Fell als Besatz rund um den Ausschnitt, am Saum und an den engen Ärmeln. Dazu passend hat Madame L'Armoire Stiefel aus weichem Leder und einen weinroten Kapuzenumhang herausgesucht, der ebenfalls mit Pelz besetzt ist.

»Madame, Ihr habt euch mal wieder selbst übertroffen.« Ehrfürchtig streicht Nell über den Stoff und wagt gar nicht, das Kleid anzuziehen, aus Angst, es zu beschmutzen oder bei ihrem Glück sogar kaputt zu machen.

»Na macht schon, probiert es an! Dem Kleiderbügel steht alles«, drängt der Kleiderschrank und zappelt unruhig vor Aufregung hin und her.

Vorsichtig greift Nell nun doch nach dem Kleid und streift es über. Es fühlt sich warm und weich an und passt wie eine zweite Haut. Mit Wollsocken schlüpft sie in die bequemen Stiefel und kuschelt sich in den warmen Umhang, ehe sie vor den großen Spiegel tritt und sich probehalber um die eigene Achse dreht.

»Und?«, fragt Nell den Kleiderschrank.

»Très bien, ma chère. Très bien!«

»Ist das nicht zu fein? Das wäre ein Kleid für eine Königin.«

»Nun, dann seid Ihr heute eine Königin. Und nun macht Euch keine Gedanken. Geht und habt Spaß!«

Nell lächelt schüchtern, nickt dann aber und eilt aufgeregt die Treppen hinunter auf das Eingangstor zu. Es kostet sie einige Kraft, die großen Torflügel aufzuziehen, doch schließlich geben die schmiedeeisernen Angeln mit einem lauten Knarren nach. Mit einem Mal fällt gleißend helles Licht herein und vertreibt die Düsternis, die in den großen Hallen herrscht. Die Märchenwanderin hebt geblendet die Hand vor die Augen. Staunend tritt sie nach draußen. Alles ist von einer dicken Schneeschicht bedeckt und glitzert im Morgenlicht wie ein Meer aus Diamanten. Vergnügt quietschend lässt Nell das Gemäuer hinter sich und rennt hinaus in den Garten. Unter ihren Schritten spritzt der Pulverschnee auf, tanzt wie Feenstaub durch die kalte Luft.

Von einem Gefühl der Leichtigkeit erfasst, tragen ihre Schritte die Märchenwanderin tiefer in die weitläufige Parkanlage hinein, ehe sie schließlich strauchelt und wie ein Maikäfer auf dem Rücken landet. Lachend und mit weit ausgebreiteten Armen liegt Nell im Schnee und blickt staunend wie ein Kind in den kristallklaren blauen Winterhimmel hinauf.

So wunderschön.

Es fühlt sich an, als sehe sie all das zum ersten Mal. Der kuschelige Mantel schirmt sie vor der Kälte ab und erlaubt es ihr, einfach so zu liegen, wie ein roter Tropfen reinen Blutes auf der weißen Schneedecke. Nie hat sie sich lebendiger gefühlt, nie unbeschwerter. Einem kindlichen Impuls folgend, bewegt sie ihre Arme und Beine hin und her, formt mit ihrem Körper den Abdruck eines Schneeengels und lächelt glücklich in sich hinein.

Ihren Lippen entweicht ein tiefer, zufriedener Seufzer, bevor der ruhige Moment jäh von einem gut gezielten Schneeball unterbrochen wird, der mitten in ihrem Gesicht zerschellt. Im Bruchteil einer Sekunde sitzt Nell aufrecht, klopft sich den Schnee ab und sieht sich suchend nach dem Werfer um, hört aber nur ein unterdrücktes, kehliges Kichern.

»Wer ist da?« Vielleicht ist es wieder einer der frechen Kochlöffel, der die Putzlappenschlacht von gestern auf diese Weise fortsetzen will. Gerade schweift ihr Blick über die eingeschneiten Büsche und Statuen, als ein weiterer Schneeball sie hinterrücks an der Schulter trifft. Nell dreht sich schnell genug um, um einen braunen Schemen zu erkennen, der hastig hinter einer alten Eiche verschwindet.

»Na warte, dir werd ichs zeigen.« In Windeseile hat sie einen großen Schneeball zusammengeschoben, während sie gleichzeitig hinter einer dichten grünen Hecke in Deckung geht. In Lauerstellung linst Nell hinter der Hecke hervor und wartet darauf, dass der Schneeballwerfer sich zeigt. Und der lässt dann auch nicht lange auf sich warten. Kaum dass Biests großer Kopf hinter dem Eichenstamm hervorlugt, schnellt die junge Frau aus ihrer Deckung hoch und landet nun ihrerseits einen sagenhaften Treffer mitten auf Biests Nase. Er knurrt halb frustriert, halb amüsiert, und schüttelt sich heftig. Nells ganzer Körper bebt vor Lachen, als sie ihm dabei zusieht. Mitten in der Bewegung hält Biest jedoch plötzlich inne. Ein beschämter Ausdruck zeichnet sich auf seinem Gesicht ab. Sein Blick wandert unschlüssig hin und her, als wäge er ab, ob es Sinn macht, einfach wegzulaufen.

Die Märchenwanderin spürt seinen inneren Konflikt und findet eine spontane wie einfache Lösung: Ein weiterer Schneeball mitten ins Gesicht. Lachend hält sie sich den Bauch. Von Angst oder Scheu ist da keine Spur.

Das scheint das Eis zwischen Biest und ihr zu brechen. Er fasst sich ein Herz, beugt sich hinab und formt einen besonders großen Schneeball. Aber kaum ist die große, weiße Kugel fertig, entgleitet sie seinen großen Pranken. Nell hat erneut gut gezielt und landet einen Treffer mitten im Gesicht.

»Na warte, Belle!«, ruft er nun seinerseits lachend, duckt sich unter ihrem nächsten Wurf hinweg und deckt sie mit einem Hagel aus Schneebällen ein. Diesmal nimmt er sich keine Zeit, um zu zielen, sondern setzt auf die pure Anzahl und Geschwindigkeit. Irgendeiner wird sie schon treffen.

Nell hat sich offenbar zur gleichen Taktik entschlossen. Wie von einem Gewehr abgefeuert, prasseln weiße Kugeln mal links, mal rechts, mal über Biest auf die arme alte Eiche ein. Hin und wieder trifft auch mal eine, aber das ist dann doch meist purer Zufall. Binnen kürzester Zeit sind die Treffer gar nicht mehr so wichtig. Ohne ein Gefühl für Zeit toben die beiden durch den Schlossgarten, bis Nell sich irgendwann erschöpft an Ort und Stelle hinsetzt und die Arme über den Kopf hebt.

»Ich gebe auf! Ich kann nicht mehr.« Wie um ihre Worte zu unterstreichen, kippt sie nach hinten und liegt einmal mehr schwer atmend im Schnee. Nur dass sie diesmal nicht allein bleibt. Biest lässt sich lachend neben sie fallen und sein keuchender Atem lässt vermuten, dass er so etwas schon lange nicht mehr gemacht hat.

»Du gibst dich also geschlagen, was?« Freundliche blaue Augen strahlen Nell von der Seite an. Sein Kopf ist über und über mit kastanienbraunem Fell bedeckt und an vielen Stellen von Eisklumpen verklebt. Unter seinem Hemd zeichnen sich die Bandagen ab, die sie einige Abende zuvor schon bemerkt hat.

»Ja, ich gebe mich geschlagen.« Ihre Stimme ist sanft. Viel sanfter, als sie selbst es je von sich gedacht hätte. Sie rollt sich auf die Seite und streckt langsam eine Hand nach ihm aus. »Wie geht es deinen Wunden?«

Biests erster Impuls ist es, der Hand auszuweichen. Sein massiger Körper zuckt zusammen wie unter einem Peitschenhieb, während er fest die Augen zusammenkneift. Nell hält für einen Moment inne, geschockt von seiner heftigen Reaktion.

*Was mag dir nur widerfahren sein?*

Doch schließlich fasst sie sich ein Herz und berührt sein schneeverkrustetes Fell. Sie löst behutsam einen großen Eisklumpen, ehe sie sanft über seine Wange streicht. Träge öffnen sich Biests blaue Augen und ihre Blicke treffen sich zum ersten Mal richtig. Ohne Angst, ohne Gefahr, ohne

Versteckspiel. Sie sehen einander, wie sie sind: chaotisch, zerwühlt und so vollkommen nicht perfekt. Und vielleicht macht gerade das sie einander sympathisch. Nell zieht ihre Hand zurück und bettet sie unter ihren Kopf, unterbricht den Blickkontakt dabei jedoch nicht.

»Hallo.«

»Hallo.«

»Gut, dass du hier bist.« Nell lächelt dabei und amüsiert sich ein klein wenig über den verwirrten Ausdruck, der bei ihren Worten sein Gesicht beschleicht. »Na, ich hatte schon Angst, ich hätte mir die Nacht auf dem Eis und den Weg hierher nur eingebildet. Und dich auch.«

»Ach so. Hm, nein. Hast du nicht.« Biest schaut verlegen zur Seite. »Aber ich muss dir noch danken. Du hast mich aus dem Teich gezogen und hergebracht. Das war – danke.«

Die Märchenwanderin schüttelt den Kopf. »Das war das Mindeste. Du hast mich vor den Wölfen gerettet und bist meinetwegen überhaupt erst in diesen Schlamassel reingeraten. Also kein Grund, mir zu danken. Aber du hast meine Frage nicht beantwortet.«

»Ach so, ja. Seit ich deine Salben verwende, kann man fast zusehen, wie sie heilen.«

»Sind sie noch heiß?«

Er schüttelt den großen Kopf. »Nein. Ich spüre sie kaum noch. Danke.« Wie zum Beweis bewegt er seinen Arm, sodass sich die Muskeln unter dem Hemd spannen.

Nell lächelt zufrieden. »Ich sagte ja schon, nichts zu danken. Aber vielleicht möchtest du mir endlich verraten, wie du heißt.« Abwartend blickt sie ihn an.

Biest fühlt sich sichtlich unwohl. Er unterbricht den Blickkontakt und stemmt sich in eine sitzende Position hoch. Geistesabwesend zupft er Schnee und Eis aus seinem Fell, ehe er sich unter ihrem durchdringenden Blick schlussendlich doch zu einer Antwort durchringt. »Ich bin das Biest.«

Nell stutzt einen Moment und blinzelt irritiert. »Ja, mag sein, aber das ist doch sicherlich nicht dein Name oder?«

»Man nennt mich Biest.«

Die Art, wie ihr Gegenüber energisch auf dieser Bezeichnung beharrt, lässt Nell verstummen.

*Wie ein Tier, das aus Angst und Wut um sich schnappt.*

Als die Stille unangenehm zu werden beginnt, fährt Biest etwas versöhnlicher fort. »Man nennt mich Biest. Das ist es, was ich eben nun mal bin. Ich hatte mal einen anderen Namen, aber der passt nicht und ich mag ihn auch nicht.« Stolz reckt er das Kinn und blickt für einen Moment durch Nell hindurch in die Ferne, als zögen vor seinen Augen verblasste Erinnerungen vorbei, die Geister längst vergangener Tage.

Nell wagt kaum zu schlucken. Er scheint so weit weg zu sein. Doch irgendwann schüttelt Biest den Kopf, verbannt die quälenden Gedanken zurück in eine dunkle Ecke seines Bewusstseins und seine Züge nehmen wieder dieses warme Lächeln an. »Vielleicht verrate ich ihn dir irgendwann einmal, Belle.«

Sie nickt versonnen, angetan von der Möglichkeit, doch noch hinter das Geheimnis zu kommen, bis sie den Fehler bemerkt. »Ähm, ich heiße übrigens Nell. Nell, nicht Belle.«

Nun ist Biest es, der versonnen grinsend nickt und mit einem schelmischen Blitzen in den blauen Augen erwidert: »Ich weiß.« Ohne seine Gedanken weiter auszuführen, stemmt er sich hoch und steht auf. »Komm, wir sollten hineingehen und eine Tasse Tee trinken. Deine Lippen werden schon ganz blau.« Helfend streckt er ihr seine Pranken entgegen, und zieht sie schwungvoll auf die Füße.

Erst jetzt spürt Nell, dass die Kälte längst in ihre Glieder gekrochen ist. Schmerz zuckt durch ihre Füße, die noch immer nicht ganz verheilt sind, und frisst sich die Beine hinauf. Probehalber wackelt sie mit den Zehen, um warmes Blut hindurchzupumpen, doch auch das tut weh. »Mir ist gar nicht aufgefallen, wie kalt es eigentlich ist.«

»Tja, du warst ja auch damit beschäftigt, mich ordentlich einzuseifen!«

»Warum ist dir dann nicht kalt? Du hast nicht einmal einen Mantel an, geschweige denn Schuhe!« Bei seinem Anblick zittert Nells schlanker Körper wie Espenlaub und sie schlingt fröstelnd die Arme um den Leib.

Biest sieht sie nur glucksend an, zieht ihren Umhang fest um ihre Schultern und setzt ihr noch die pelzbesetzte Kapuze auf. »Weil ich ein dickeres Fell habe als du.« Er macht ungelenk einen Schritt auf sie zu, weicht jedoch gleich wieder zurück und schiebt die Pranken in seine Hosentaschen. Mit einem schiefen Grinsen lässt er ihr den Vortritt und geht in langsamem Tempo neben ihr her Richtung Schloss. Nell ist froh, dass er nicht versucht, sie zu tragen. Sie ist keine Porzellanpuppe. Dass er das respektiert, macht ihn ihr gleich noch sympathischer.

# Sei hier Gast!

Mit vor Kälte geröteten Wangen treten beide durch das eiserne Tor. »Komm, wir müssen dich aufwärmen, sonst erkältest du dich.« Biest nickt zu einer hohen Flügeltür zu ihrer Rechten, hinter der das Kaminzimmer liegt, und führt sie dort hinein. Während er ihr den Mantel abnimmt und sie zu einem der beiden bequemen Ohrensessel scheucht, eilt bereits ein Kleiderständer herbei, um den Umhang in Empfang zu nehmen. Wie aufs Stichwort rollt dann auch noch Madame LeBidon mit zwei dampfenden Tassen herein.

Nell lächelt stumm in sich hinein, als sie bemerkt, dass Biest zwar tatsächlich Tee bekommt, in ihrer Tasse jedoch süße Schokolade dampft. Dankbar nickt sie Madame LeBidon zu, die ihrerseits wissend zu zwinkern scheint und leise wieder den Raum verlässt. Nell streift sich mit einem mühevollen Ächzen die Schuhe ab und rollt sich in dem kuscheligen, roten Ohrensessel zusammen.

Beide blicken gedankenverloren in die Flammen des Kamins, die lustig knackend ihre Schatten an den Wänden tanzen lassen. Eine ganze Weile spricht keiner der beiden ein Wort, sondern hängt seinen eigenen Gedanken nach. Eine seltsame Stimmung legt sich über den Raum. Unsicher. Melancholisch.

Mitten in die Stille hinein erklingt plötzlich Nells Stimme, leise, aber klar. »Darf ich dich mal etwas fragen?« Ihr Blick gleitet forschend über sein Gesicht.

Als Antwort erhält sie lediglich einen undefinierbaren Laut irgendwo zwischen Brummen und Knurren. Als dann lange keine Frage kommt, rutscht Biest unruhig in seinem eigenen Sessel hin und her und mustert seine belle Nell wachsam von der Seite.

Die Märchenwanderin reibt sich fröstelnd mit der Linken über den Oberarm und nippt an ihrer heißen Schokolade. »Die Rosen sind von dir, oder? Die, die jeden Morgen auf meinem Kopfkissen liegen.«

Ertappt ringt Biest seine Hände, zupft an seinem Fell herum und vermeidet es tunlichst, ihr in die Augen zu sehen. »Hm, ja. Also ich – Sie – Ich habe nach dir gesehen – nur kurz ... und ich – ich dachte, sie gefallen dir.«

*Ohne das Fell wäre er jetzt bestimmt knallrot.*

Nell schmunzelt, als er ärgerlich in sich hineinzubrummen beginnt: »... so blöd – wie konnte ich nur – ach was – so schön.«

Um seiner Selbstverwünschung Einhalt zu gebieten, lehnt sie sich weit zu ihm hinüber und legt ihre kalte Hand auf seinen Arm. »Ich finde sie wundervoll. Danke.«

Erstaunt blickt er auf und langsam wird sein Atem ruhiger. »Wirklich? Also ehrlich? Also, ich meine ...« Schon wieder dieses Stottern.

Nell schmunzelt noch ein bisschen breiter. »Ja, ehrlich. Ich frage mich nur immer noch, warum du dich die ganze Zeit über versteckt hast, und das auch noch in deinem eigenen Schloss!« Ungläubig schüttelt sie den Kopf, dass die blonden Locken nur so tanzen.

»Weißt du, Belle ...«

Inzwischen hat sie es aufgegeben, ihn wegen ihres Namens zu korrigieren.

»Ich hatte einfach A – Was ich meine, ist, ich war mir sicher, du würdest bei meinem Anblick schreiend davonlaufen. Ich wollte dir das nicht zumuten.«

Nell mustert ihn mit hochgezogener Augenbraue. »Aber

ich war es doch, die dich hierhergeschleppt hat. Was übrigens gar nicht so leicht war, weil du dich ganz schön schwer gemacht hast.« Neckend pikst sie ihn mit dem Finger in die Seite, ehe sie die Hand wieder ruhig auf seinem Arm ablegt.

»Na ja, ich dachte, jetzt ohne den Rausch der Gefahr und ohne dass die Dunkelheit noch etwas kaschieren kann – außerdem habe ich gehofft, du erinnerst dich vielleicht nicht mehr so genau daran.«

»Kaschieren? Du bist gut und gern zwei Meter groß! Und da sagt man immer, wir Frauen hätten Komplexe wegen unseres Körpers.«

»Jedenfalls bin ich sehr erleichtert, dass ich falsch lag. Heute war der beste Tag seit Langem. Oh, hast du eisige Hände!« Geistesabwesend hat er begonnen, über Nells Hand auf seinem Arm zu streicheln, und irgendwann ist dann doch die Kälte ihrer Haut durch sein dickes Fell gedrungen. Ohne den Hauch eines Zögerns nimmt er Nells kleine Hand und birgt sie schützend und wärmend in seinen riesigen Pranken, dabei reiben seine Finger über ihre blasse, fast durchscheinende Haut. »So zart, so zerbrechlich.«

Erneut wagt keiner der beiden, sich zu rühren, um den Moment noch ein wenig länger auszukosten. Aber erstens kommt es anders und zweitens, als man denkt. Die Intimität des Augenblicks platzt wie eine überdimensionierte Seifenblase in genau dem Moment, als Monsieur Parlante zeternd durch die Tür geplatzt kommt und mit schepperndem Uhrwerk durch den Raum stapft.

»Filou, wo steckst du? Na warte, wenn ich dich in die Finger kriege! Komm schon raus aus deinem Versteck. Du solltest die große Bibliothek im Ostflügel wischen und zwar eigentlich mit SAUBEREM Wasser! Hast du eine Ahnung, wie der antike Boden nun aussieht? Filou, du Taugenichts, komm sofort her!« Die Stimme von Monsieur Parlante wird mit jedem Wort höher und schriller.

Nell, die bei seinem Auftauchen wie ein ertapptes Kind ihre Hand wieder von Biests Arm zurückgezogen hat, zieht bei der Schimpftirade des Uhrenbutlers schützend den Kopf ein. Auch Biest schaut völlig perplex zu seinem Diener hinüber und scheint sich ernsthaft zu fragen, was hier gerade los ist. So völlig ohne Haltung, Manieren und Kontenance hat selbst er seinen Monsieur Parlante noch nie zu Gesicht bekommen. Der Eindruck verstärkt sich sogar noch, als besagter Butler eine Reihe höchst ungebührlicher Schimpfwörter loslässt, sodass selbst ein hartgesottener Seemann Augen gemacht hätte.

Tonlos formt Nell mit ihren Lippen die Worte ›wer um Himmelswillen ist Filou?‹

Biest zuckt mit den Schultern und versucht, ihr pantomimisch zu erklären, dass es sich dabei um einen jungen Wischmop handelt.

Dass Monsieur Parlante immer noch flucht, zeugt davon, dass der Zwischenfall in der Bibliothek wohl nicht seine erste Verfehlung darstellt. Nun krachen laut Holztüren, als der Butler verborgene Besenschränke und allerlei Fächer in den Wänden aufreißt, nur, um sie gleich darauf wieder geräuschvoll zuzuschlagen. »Filou!«

»Der arme Kerl«, wispert Nell zu Biest hinüber, »ich sehe schwarz, wenn Monsieur Parlante ihn in nächster Zeit in die Finger kriegen sollte.«

Biest nickt mitleidig und will gerade etwas erwidern, als ein besonders unflätiges Wort aus dem Mund von Monsieur Parlante dringt und ihn unterbricht.

Geräuschvoll räuspernd erhebt Biest sich majestätisch

aus seinem Sessel und baut sich zu voller Größe auf. Der strenge Blick, mit dem er den Butler bedenkt, hat den Effekt einer Axt im Wald. Monsieur Parlante steht da, wie vom Donner gerührt, und wirft sich dann in Biests Richtung flach auf den Boden.

»Verzeihung, Herr! Ich ... habe euch nicht bemerkt. Es ist – Ich habe mich so geärgert und Filou – Nein, sagt nichts, mein Verhalten ist völlig inakzeptabel. Ich habe mich völlig vergessen. Das ist unentschuldbar!« Der Uhrenbutler lugt zu Biest hinauf und bemerkt in diesem Augenblick die zusammengekauerte Nell im zweiten Ohrensessel. Mit einem lauten, dramatischen Quieken klopft Monsieur Parlante seinen Kopf immer wieder auf den Boden, sodass die Mechanik in seinem Inneren klappernd umherfliegt.

Nell zuckt zusammen und hofft inständig, dass er die ganzen Schrauben und Zahnräder wieder reparieren kann.

»Und das auch noch in Gegenwart einer Dame! Welch eine Schande, ich ...« Doch weiter kommt er nicht, denn Biest gebietet ihm mit einer harschen Geste Einhalt. »Schluss! Bevor noch etwas zu Bruch geht.«

Erschrocken springt der Butler auf und sucht akribisch den Boden ab. »Ihr habt natürlich völlig recht, Herr! Was das mit dem kostbaren Fußboden anrichten könnte!«

»Parlante, stopp! Ich meinte dich. Du könntest zu Bruch gehen.« Biest schüttelt verzweifelt den Kopf und riskiert einen kurzen Seitenblick zu Nell, die halb schockiert, halb amüsiert an ihrer Unterlippe herumkaut. Er seufzt leise. Die Stimmung ist nun wahrlich ruiniert. Mit einer wedelnden Handbewegung zu dem Butler grummelt er: »Nun beruhige dich und geh. Der Boden in der Bibliothek wird es bestimmt überleben.«

»Können wir hingehen?« Sie hat sich kerzengerade

aufgesetzt und ihre blauen Augen leuchten vor Neugierde.

Biest will schon ja sagen, als er bemerkt, wie stark ihre Hände zittern. »Ja, können wir, aber erst morgen.« Nell öffnet den Mund, um zu protestieren, muss aber zeitgleich heftig niesen. Sofort ist Biest zur Stelle und streicht ihr besorgt eine vorwitzige Locke aus dem Gesicht. Er lächelt sie fürsorglich an. »Du zitterst vor Kälte. Für heute ist es genug und morgen, das verspreche ich dir, zeige ich dir höchstpersönlich die Schlossbibliothek.«

Nell grinst spitzbübisch. »Der Schlossherr gibt sich also höchstselbst die Ehre? Kein Versteckspiel mehr?«

Biest zuckt entwaffnet mit den Schultern. »Ist ja wohl jetzt auch nicht mehr notwendig, oder?«

»Das war es nie, aber jetzt wäre es ganz schön albern.«

Biests Maul verzieht sich zu einem schiefen Grinsen, ehe er sich dann wieder an den Uhrenbutler wendet, welcher immer noch eifrig den Fußboden nach eventuell verursachten Schäden absucht.

»Monsieur Parlante, Schluss jetzt damit! Machen Sie sich besser nützlich und sorgen für heißes Badewasser Außerdem könnten Sie ihr in der Küche noch eine frische Tasse Tee organisieren.«

Hinter seinem Rücken schüttelt Nell wild mit dem Kopf und deutet auf ihre Tasse. Mit den Lippen formt sie die Worte ›besser Schokolade!‹.

Biests Kopf zuckt zu ihr herum. Wahrscheinlich hat er aus den Augenwinkeln ihr Gestikulieren wahrgenommen. Schnell nickt sie lächelnd und nimmt hastig noch einen tiefen Schluck aus ihrem Becher. Wegen der unterschiedlichen Befehle sichtlich verwirrt, stolpert Monsieur Parlante rückwärts aus dem Raum hinaus, wobei er sich Dutzende Male verbeugt und unablässig Entschuldigungen murmelt.

Kopfschüttelnd schauen ihm die beiden nach.

Nach einer Weile erhebt sich Nell aus ihrem Sessel und reckt ihre steif gewordenen Glieder. Umständlich hebt sie ihre Schuhe vom Boden auf. »Danke. Ich habe den Tag heute wirklich sehr genossen und ich freue mich auf den kleinen Ausflug in die Bibliothek morgen.« Ein erneutes Niesen unterbricht ihre improvisierte Dankesrede.

Sofort huscht ein fürsorglicher Ausdruck über Biests Gesicht. »Gesundheit! Und gern geschehen.«

Nell wackelt entnervt mit der juckenden Nase. Ein heißes Bad, vielleicht sogar mit einer Menge Schaum, klingt jetzt doch wirklich überaus verlockend. »Nochmals danke und gute Nacht!«

»Schlaf gut, Belle.«

Sie nickt ihm zu und tapst auf ihren weichen Wollsocken los. An der Tür angekommen, blickt sie nochmals zurück und schenkt ihm ein Lächeln. Dabei fällt ihr Blick auf eine verborgene Klappe in der Wandvertäfelung. In dem Spalt taucht der Stiel eines Wischmops auf.

*Filou.*

Der kleine Tunichtgut grinst breit und kichert leise. »L'amour. Que belle l'amour.«

Irritiert blinzelnd schlüpft sie durch die Tür und steigt hinauf zu ihrem Zimmer.

Den nächsten Morgen beginnt Nell wohlig verschlafen. Sie aalt sich in dem schönen warmen Bett, bis eine freche Feder, die sich aus der dicken Zudecke gelöst hat, sie an der Nase kitzelt. »Hatschi!«

Sie reckt sich genießerisch gähnend und versucht, eine Kerbe in ihre Federdecke zu schlagen, um aus dem Fenster blicken zu können. Es funktioniert genauso wenig wie an ihrem ersten Morgen hier. Nell schmunzelt beim Gedanken daran. Es fühlt sich an, als wäre sie schon ewig hier. Erstaunt stellt sie fest, dass die Sonne schon recht hoch über dem verzauberten Schloss steht und den Raum in gleißendes Morgenlicht taucht. Sie fühlt sich gut. Die heiße Schokolade in der Badewanne hat wahre Wunder gewirkt. Durchgewärmt, ausgeschlafen und erholt, schwingt sie enthusiastisch die Beine aus dem Bett, vergräbt ihre Zehen kurz im Teppich und macht sich dann auf, um zu sehen, was Madame l'Armoire heute für sie aus den Untiefen ihrer Schranktüren und Schubladen zaubert. Wieder liegt eine rote Rose auf ihrem Kissen. Sie schnuppert lächelnd daran, ehe die Blume ihren Platz in der Vase findet.

Keine Viertelstunde später steht Nell frisch gewaschen und gekämmt in der großen Halle und wartet auf den Hausherren. Noch stehen seine Worte, ihr die Bibliothek zu zeigen, als uneingelöstes Versprechen im Raum und sie hat vor, ihn an dessen Einhaltung zu erinnern.

Schon seltsam, wie so ein Sturz ins Kaninchenloch einen Menschen verändern kann. Früher hat sie Bücher lediglich dazu benutzt, um Dinge an windigen Tagen zu beschweren oder Spinnen damit zu erschlagen. Im Höchstfall waren sie vielleicht noch dazu geeignet, eine improvisierte Trittleiter daraus zu bauen. Nun versetzt sie allein die Möglichkeit, die Schlossbibliothek zu sehen und all die Bücher zu lesen, in schiere Ekstase. Über sich selbst den Kopf schüttelnd, suchen ihre Augen nach Biest. Sie haben keine Uhrzeit vereinbart. Nicht dass Nell außer Monsieur Parlante hier auch nur eine einzige Uhr gesehen hätte.

Gerade als sie beschließt, nach ihrem seltsamen Gastgeber zu suchen, steht dieser plötzlich hinter ihr.

»Guten Morgen, Belle.«

Halb erschrocken, halb freudig strahlend dreht sich Nell schwungvoll zu ihm um, prallt ebenso schwungvoll gegen ihn und sitzt einmal mehr mit ihrem Allerwertesten auf dem Fußboden.

»Das artet wirklich zu einer echt schlechten Angewohnheit aus.« Fluchend reibt sie sich die Kehrseite und wendet sich in versöhnlichem Ton an Biest. »Auch dir einen guten Morgen!«

Durch seine schiere Größe und Masse klar im Vorteil, spürt er den Zusammenstoß kaum und streckt nur lachend die Pranken nach Nell aus, um sie wieder auf die Füße zu stellen. »Immer langsam mit den jungen Pferden! Es sind wirklich nur ein paar alte Bücher!«

Nell läuft vor Scham rot an und murmelt etwas Unverständliches, das nach einem »Trotzdem. Lass uns gehen, ich bin neugierig« klingt und bedeutet ihm voranzugehen.

Biest tut ihr den Gefallen. Er geht einen halben Schritt vor ihr her, sodass diese sich wieder etwas sortieren kann, und beginnt erstaunlich redselig, von seinem Schloss zu erzählen. »Weißt du, eigentlich ist es ja gar nicht mein Schloss. Also es ist meins, aber ich habe es nicht gebaut. Mein Ururgroßonkel hat es geplant und sein Sohn hat es schließlich gebaut, also mein Urgroßonkel. Sein Name war Jaques Frédérique II, ein komischer Kauz, aber er scheint Talent gehabt zu haben, die Fensterbögen, sowie die Steinskulpturen hat er großteils eigenhändig erschaffen und die sind, denke ich, ziemlich gut. Leider wurde er von einer seiner Statuen beim Aufstellen erschlagen. Ich glaube es war damals ein Baum. Der ging jedoch beim Aufprall auf meinen Urgroßonkel kaputt. Hätte Jaques mal lieber mit Holz gearbeitet.« Biest nickt mitleidsvoll, ehe sein Blick auf das Gemälde einer Frau mittleren Alters mit ausladender

Figur fällt, die sich in einem wirklich grauenhaften rosa Kleid auf einer Bank räkelt. Der Künstler scheint ein großer Verfechter der Wahrheitsliebe gewesen zu sein. Die Bank biegt sich unter dieser Frau.

»Oh, das war Louise Marie de Serpentine. Sie war eine Cousine dritten Grades meiner Tante. Mütterlicherseits. Ihr Spitzname war Schweinchen. Sie hatte echt saumäßige Tischmanieren.« Biest gluckst amüsiert und dabei entweicht ihm ein leises Grunzen. Pikiert schlägt er sich mit aufgerissenen Augen beide Pranken vor den Mund. »Ups. Tut mir leid.«

»Schon gut. Es hat ja irgendwie auch genau gepasst!« Nell lacht herzhaft und schaut sich nach weiteren Porträts um. Als sie einen besonders scheußlich aussehenden hageren Mann entdeckt, deutet sie darauf. »Wer ist der da?«

Biest, dankbar für ihren Themenwechsel, schaut in die ihm gewiesene Richtung und nimmt den Faden sofort wieder auf. »Oh! Das ist Cousin Viktor Vladimirov, ein echt finsterer Geselle. Zum Frühstück soll er nie weniger als drei Gläser Wodka getrunken haben und wehe dem, der ihn beleidigt hat! Oh, oh, oh. Er lebt inzwischen, glaube ich, irgendwo, wo es sehr, sehr kalt ist. Damit er seinen Wodka nicht zu kühlen braucht, sagt er. Nun, ich finde, das passt zu ihm.«

Und so kommt Biest von einer Familienanekdote in die nächste und es dauert fast eine Stunde, bis sie nur diesen einen Gang durchquert haben. Jedoch scheint das keinem der beiden ernsthaft etwas auszumachen. Lachend und scherzend amüsieren sie sich über Igor den Hässlichen, die doofe Sofia und Vigilencia Claudia III, die selbst auf ihrem Porträt wie ein ausgesprochener Moralapostel aussieht.

Nachdem Biest auch noch von seiner Cousine Jaqueline

Simone de Pompardou erzählt hat, die nach einem unglücklichen Zwischenfall in den Stallungen im wahrsten Sinne stinksauer war und seitdem eine ausgeprägte Abneigung gegen Tiere aller Art und Pferde im Besonderen hegt, stehen die beiden unversehens vor einer hohen, zweiflügligen Türe.

»Da ist es«, sagt Biest und legt seine Pranke auf die Klinke. »Aber erwarte nicht zu viel. Ich bin mir nicht mal sicher, ob der Boden inzwischen sauber ist.«

»Na und, was solls? Mach es nicht so spannend!« Nell schnalzt abwehrend mit der Zunge, schiebt seine Pranke beiseite und drückt kurzentschlossen die Tür auf.

Der Anblick raubt ihr den Atem. Meterhohe Regale voller Bücher säumen zu beiden Seiten die Wände bis unter die hohe, gewölbte Decke. Eine Galerie, zu der enge, gewundene Treppen hinaufführen, unterteilt den riesigen Raum, der sich augenscheinlich über zwei Stockwerke erstreckt. Die gegenüberliegende Wand wird von einer ganzen Reihe bodentiefer Spitzbogenfenster gesäumt.

»Dein Urgroßonkel Jaques hat das wirklich gut hinbekommen.« Staunend betrachtet sie das Spiel des Sonnenlichts, das durch die Fenster hereinfällt und von Glasperlen und Spiegelelementen an den Kronleuchtern tausendfach gebrochen wird. Die Mosaike auf den kunstvoll verglasten Fenstern zeigen prachtvolle Szenen aus dem Alltag der Schlossherren: rauschende Feste und Ballnächte, prächtige Festmähler, Tanz und Sänger sowie Reichtümer und Schätze. Nell kann sich nur mit Mühe von diesem Anblick losreißen, um sich dem Herzstück des Raums zu widmen: den Büchern.

Ehrfürchtig schreitet sie an den Regalen entlang und streift mit ihren Fingerspitzen hier und da über die ledergebundenen Rücken der schweren Wälzer. »Wie sind die alle sortiert?« Sie nimmt Biests Gegenwart nur am Rande wahr. Ihre ganze Aufmerksamkeit liegt auf den schnörkeligen Buchtiteln.

Er folgt ihr wie ein Schatten, schmunzelnd, aber großteils still. »Nun, erst mal natürlich nach der Art des Buches. Hier finden sich hauptsächlich Atlanten und Seekarten. Dort drüben werden die dicken Folianten zu allen bekannten Tier- und Pflanzenarten geführt und da«, er zeigt auf einen Bereich unter- und oberhalb der großen Galerie, »stehen jede Menge Romane und Gedichtbände. Dort Musik und Noten, Geschichte, Alchemie, Philosophie. Ach, keine Ahnung, die Liste ist ziemlich lang.«

Entzückt stöbert sich Nell durch das Regal mit dem Kartenmaterial. Sie zieht einen großen Folianten mit Seekarten heraus und lässt ihn dann aber in Biests Arme gleiten, als ihr Blick an einem Bildband zu einem fernen Land unaussprechlichen Namens hängen bleibt.

»Such dir aus, was du willst, ich halte es erst mal«, schlägt Biest vor und bekommt prompt den nächsten dicken Schinken in die Arme gedrückt.

Nell steht auf halber Höhe auf einer Leiter und versucht gerade, ein Buch über antike Globen zu erreichen, doch ihr Arm ist zu kurz. »Gib mir mal einen kleinen Schubs, bitte!«

Biest lacht und tippt die Leiter mit der Pranke an, die daraufhin zur Seite schlittert.

Lachend zieht die Märchenwanderin das gewünschte Buch sozusagen im Vorbeifahren aus dem Regal. »Achtung! Buch kommt!«, warnt sie noch, ehe sie den nächsten Bildband nach unten in Biests starke Arme plumpsen lässt und mit einem waghalsigen Sprung von der Leiter auf die nahe Wendeltreppe übersetzt.

Biest rutscht das Herz einen Moment in die Hose. »Gib

Acht, Belle!« Die Angst, dass ihr nächster, sorgloser Sprung mit einem tiefen Sturz endet, steht ihm in Leuchtbuchstaben ins Gesicht geschrieben.

Doch Nell winkt ab und klettert auf die Galerie hinauf. »Sieh mal, hier sind alle Sternenbilder drin! Ist das nicht wunderschön?« Mit einem aufgeschlagenen Folianten tritt sie an die Brüstung der Galerie und sieht strahlend zu Biest hinab, als ihr Blick auf den inzwischen sauberen Fußboden fällt. Hier wurde mit verschiedensten Materialien gearbeitet, kein Wunder, dass der Boden so empfindlich ist. Holzintarsien fügen sich nahtlos in verschiedenfarbigen Marmor ein. Bruchstücke aus Glas und Metall werden zu Lichtpunkten im Boden. Was vom Boden aus nach purer Willkür aussieht, fügt sich von hier oben zu einem Kunstwerk zusammen. Aus der Vogelperspektive betrachtet, windet sich ein Labyrinth aus Marmor durch den Raum, in dessen Mitte eine riesige Rosenblüte schillert und glitzert.

»Unglaublich…« beschreibt es gerade ganz hervorragend. »Das ist – wunderschön.«

Der große Foliant mit den Sternenbildern droht ihren zitternden Fingern zu entgleiten. Gerade noch rechtzeitig drückt sie ihn an ihre Brust. Viel bedächtiger als zuvor steigt Nell die Treppe wieder hinunter. »Das hat alles dein Urgroßonkel entworfen und gebaut?« Erneut gleiten ihre Augen über das Gewirr von Farben, das aus der Nähe betrachtet sein Geheimnis nun für sich behält.

Biest druckst etwas herum und schaut auf seine Füße. »Fast. Nun ja, die Bibliothek habe ich irgendwann angebaut. Oder besser, ausgebaut. Den Boden zu entwerfen, hat Spaß gemacht. Gefällt es dir?« Unsicher blickt er Nell von der Seite aus an.

Die löst eine Hand von dem Buch und knufft ihn ordentlich in die Seite. »Gefallen? Ich liebe es. Das ist – einfach unglaublich schön. So etwas habe ich noch nie gesehen. Du bist ein Künstler!«

Leicht verschämt begleitet Biest sie zu einem gemütlichen Sofa, neben dem ein niedriger Tisch steht. Auf diesem lädt er erst mal die schweren Bücher ab.

»Danke. Das bedeutet mir viel.«

»Nur die Wahrheit. Es ist fantastisch.« Nell lässt sich schwungvoll auf das weiche Polster fallen und springt ächzend sofort wieder auf. Vorsichtiger zieht sie unter einem der dünnen Kissen ein kleines, abgegriffenes Buch heraus, dessen Ecke sich gerade schmerzhaft in ihren Hintern gebohrt hat. »Autsch!«

So eine Unachtsamkeit! Neugierig dreht sie das Buch in den Händen, als Biest versucht, es ihr eilig wieder abzunehmen.

»Nicht, ich habe vergessen, es aufzuräumen, das ist nichts, ehrlich.«

Doch Nell, durch sein Verhalten erst recht neugierig geworden, entwindet ihm das Buch und sieht es sich genauer an. Mit einer hochgezogenen Augenbraue mustert ihn die junge Frau über die abgegriffenen Seiten hinweg. »Antike griechische Sagen. Du hast einen interessanten Lektüregeschmack.«

Biest blickt verlegen zur Seite, während Nell das Inhaltsverzeichnis überfliegt. Prometheus, Ariadne und der Goldene Faden, Dädalos und Ikarus, die Geschichte von Paris und der Schlacht um Troja.

»Na mal sehen, wo du gerade bist.« Nell schlägt das Buch aufs Geratewohl hin auf. Hier sind die Seiten besonders nachhaltig gebogen, was darauf schließen lässt, dass diese Legende schon unzählige Male gelesen worden ist. Ein zusätzliches Indiz ist die gepresste Blüte, die offenkundig als

Lesezeichen dient. »Die Sage von Orpheus in der Unterwelt. Das klingt gruselig.«

Biest schnaubt lächelnd und schüttelt den Kopf. »Nein, nicht wirklich. Es ist eher eine sehr traurige Geschichte. Eurydike, die Frau von Orpheus, stirbt und weil er ohne sie nicht leben will, steigt er in die Unterwelt hinab, um sie zu befreien.«

»Das klingt sehr romantisch, aber bisher nicht traurig. Schafft er es?«

Biest wiegt unschlüssig den Kopf. In seinen blauen Augen mischen sich Schmerz und Mitleid. »Orpheus war ein großer Sänger und Musiker. Durch seinen Gesang erweicht, erlaubten ihm die Götter tatsächlich, seine Eurydike mit zurückzunehmen, allerdings unter der Bedingung, dass er sich auf dem ganzen Weg nicht zu ihr umdrehen darf. Aus Sorge um seine Frau dreht er sich um, kurz bevor beide die Erdoberfläche erreichen, und damit hat er sie für immer verloren.«

Nell sieht ihn mit einem klammen Gefühl an. »Das muss wahnsinnig schlimm sein, jemanden so sehr zu lieben und dann ...« Ihre Stimme bricht. Ein dicker Kloß schnürt ihre Kehle zu. »Was gefällt dir so an dieser Geschichte? Sie hat nicht gerade ein schönes Ende.«

Biest blickt zu ihr hinüber und lächelt matt. »Das haben die Sagen bei den alten Griechen irgendwie nie. Aber ich mag den Gedanken, dass man so sehr lieben und geliebt werden kann, dass selbst die tiefe, dunkle Finsternis der Unterwelt kein unüberwindbares Hindernis darstellt. Es klingt verrückt, aber es macht mir Hoffnung, dass vielleicht genug Liebe existiert, damit selbst ich ...« Er bricht mitten im Satz ab, räuspert sich. »Nun, mit der Liebe und für die Liebe ist jedenfalls fast alles möglich. Und wenn mich die

Geschichte von Orpheus eines gelehrt hat, dann, dass man viel Geduld braucht und ein klares Ziel. Und dass man sich am besten nicht selbst alles vermasseln sollte.«

Nell nickt langsam. »Das kommt mir bekannt vor. Es ist ein schöner Gedanke.« Versonnen spielt sie wieder an dem Anhänger mit dem Seelensucherkristall. Seit sie hier ist, ist das blaue Leuchten noch stärker geworden. Aber so oft sie das Medaillon auch in der Hand gehalten hat, hat sie in letzter Zeit doch kaum mehr an zu Hause gedacht. Wann hat sie aufgehört, an ihre Mum und Sue zu denken? Wann ist es zur Nebensache geworden, ob sie je zurückkehren kann?

*Nana, hast du dich auch mal gefragt, ob du zurückkehren willst?*

Ihre Gedanken driften immer weiter ab, bis ein sanfter Schubser von der Seite sie zurück in die Gegenwart holt.

»Ich möchte dir etwas zeigen!« Er greift an ihr vorbei zu dem Stapel dicker Folianten und zieht mit einem lauten Rums den mit den Sternenkarten hervor. Das schwere Buch auf den Knien blättert er hektisch durch die Seiten. »Das war doch hier irgendwo – Ach, hier ist es.« Biest dreht den Sternenatlas, sodass Nell einen guten Blick auf die Karte hat. »Hier, sieh mal.« Mit einer seiner Krallen fährt er einige Linien nach, die fünf Sterne zu einem seltsam eckigen Gebilde verbinden. Darüber ist mit hauchdünnen Federstrichen das Bild von einem Musikinstrument gemalt worden. Es wirkt so zart und durchscheinend, dass man gerade so erahnen kann, was die Menschen vergangener Tage beim Betrachten des Nachthimmels gesehen haben mögen.

»Dieses Sternbild heißt Lyra. Das ist das Instrument, das Orpheus mit in die Unterwelt nahm. Der Sage nach erschuf der Gott Hermes dieses Saiteninstrument und schenkte es seinem Halbbruder Apollon, der es wiederum an Orpheus übergab. Nach seinem Tod hefteten es die Götter an den nächtlichen Himmel, um für immer an den großen Sänger Orpheus zu erinnern. Allerdings bezweifle ich, dass das wirklich stimmt.«

Tief über den Folianten gebeugt, gleiten Nells Finger andächtig über die Seite. Sie folgt den Linien von Stern zu Stern und vervollständigt so das Bild der Lyra. »Warum ist dieser Stern hier größer gemalt als die anderen?«

»Dieser Stern heißt Wega. Er ist der hellste Stern im Sternbild der Lyra und um das zu kennzeichnen, hat man ihn größer gemalt. Die hellsten Sterne helfen einem dabei, sich am Nachthimmel zurechtzufinden und die Bilder unter den vielen tausend Sternen überhaupt zu erkennen.«

Einleuchtende Erklärung. Sehnsüchtig wandert Nells Blick zum Fenster. Die Sonne steht hoch im Zenit. »Schade. Ich hätte mir das Sternbild gerne am Himmel angeschaut, aber dazu muss es erst mal Nacht werden.« Geduld war noch nie Nells Stärke.

Biest nickt wissend. »Ja, außerdem ist es leider die falsche Jahreszeit für dieses Sternbild. Die Lyra ist ein Sommersternbild, das heißt, man sieht sie gerade leider gar nicht am Himmel. Aber es gäbe da vielleicht eine Möglichkeit.«

Hoffnung und Unglaube mischen sich in Nells Augen. »Wie willst du das anstellen? Kannst du etwa den Sternen befehlen, weiterzuwandern oder die Jahreszeiten verschieben?« Sie lacht leise und schüttelt den Kopf.

»Sei nicht albern, das ist unmöglich.«

Schlagartig erstirbt das Lachen und sie schaut in sein ernstes Gesicht. Ruhiger und mit sanfter Stimme fährt sie fort: »Entschuldige, ich wollte nicht unhöflich sein. Ich bin ganz Ohr, welche Möglichkeit gibt es, ohne den Himmel zu verschieben oder auf magische Weise Einfluss auf den

Verlauf der Sonne zu nehmen?«

Sich einmal kräftig räuspernd, macht Biest eine wegwerfende Handbewegung und nickt zur Tür. »Schon vergeben und, na ja, magisch ist es schon, aber der Himmel bleibt genau da, wo er ist. Nur unsere Perspektive verändert sich. Komm mit, ich zeige es dir.«

Bücher, Karten und der Boden sind vergessen. Seine kryptischen Worte haben in der Märchenwanderin unbändige Neugier geweckt. Gemeinsam verlassen sie die Bibliothek und schlagen den Weg in den Westflügel ein. An der Tür, die in besagten Korridor führt, hält Biest plötzlich inne. Seine Pranke schwebt lange Sekunden über der angelaufenen Klinke, deren goldene Farbe kaum mehr zu erkennen ist.

*Seltsam, sonst sind alle Gegenstände hier im Schloss doch auf Hochglanz poliert. Warum ist es hier anders?*

Er scheint ihren forschenden Blick bemerkt zu haben, denn mit einem resoluten Seufzer, packt Biest den Griff und drückt ihn herab. »Das hier ist mein Reich und für gewöhnlich ist es niemandem gestattet, es zu betreten. Mein wertvollster Schatz ruht dort.«

»Und dann ist es wirklich in Ordnung, wenn ich mitkomme?«

Schief schmunzelnd schiebt Biest die Tür auf. »Solange es dich nicht stört, dass ich nicht aufgeräumt habe, bist du willkommen.« Mit diesen Worten wendet er sich ab und geht mit ausladenden Schritten voran.

Kaum hat sie es geschafft, den Mund wieder zuzuklappen, hastet Nell dem Schlossherren eilig hinterher. Diesmal gehen beide schweigend nebeneinanderher. Keine heiteren Geschichten beflügeln ihre Schritte. Kein Lachen hallt diesmal durch den drückenden Gang. Dieser Teil des Schlosses wirkt düsterer und kälter als alles, was Nell hier bereits gesehen hat. Doch ein Blick hinauf in Biests versteinerte Miene verbietet es ihr, ihn danach zu fragen. Dies scheint ein Geheimnis zu sein, das schwer auf seinen Schultern ruht.

Am Ende des Korridors erhebt sich erneut eine doppelflüglige Tür. Diese ist aus einem schwarzen Holz gefertigt und von Schnitzereien übersät. In einem riesigen Geflecht aus Ranken hat ein begabter Kunstschnitzer Dutzende Köpfe eingebettet, deren Gesichter jedoch allesamt zerschnitten und bis zur Unkenntlichkeit zerkratzt sind. Ein schauriger Anblick. Beklommen schlüpft Nell nah an Biests Seite durch dieses düstere Portal und findet sich in einem riesigen Raum wieder, an dessen gegenüberliegendem Ende sich ein verglaster Balkon anschließt. Trotz des gigantischen Himmelbettes, eines hölzernen Schreibtisches und einiger uralter Ölgemälde wirkt dieser Raum unpersönlich und ungenutzt. Kein Ort, an dem man sich wohlfühlt.

*Und dieser düstere, kalte Ort ist sein Reich?*

Nell spürt einen eisigen Griff an ihrem Herzen und schlingt die Arme traurig um ihren Leib.

*Wie einsam muss sein Leben hier gewesen sein.*

Biest scheint die Veränderung ihn ihr zu spüren und greift behutsam nach ihrer Hand. Ihre Finger verschwinden in seiner Pranke, doch die Wärme und der Druck seines Griffes fühlen sich tröstlich an. Dabei müsste doch eigentlich sie ihm Trost spenden.

Hand in Hand erreichen sie einen kunstvollen Steintisch auf dem verglasten Balkon. Darauf liegt auf einem Kissen ein goldener Handspiegel. Biest lässt Nells Hand aus seiner gleiten und hebt den kostbaren Spiegel von seinem seidenen Polster. Zärtlich streichen seine Klauen über das Glas, ehe er ihn an Nell weiterreicht. Er muss aus massivem Gold gefertigt sein, denn er ist viel schwerer, als er aussieht. Mit pochendem Herzen klammert die Märchenwanderin ihre Finger fester darum, ehe er ihrem Griff entgleiten kann.

»Vorsicht!« Biests Stimme zittert zum ersten Mal. Es muss ihm viel daran liegen. »Dieser Spiegel ist mein einziges Fenster in die Freiheit. Gib gut darauf Acht.« Er umrundet den Tisch und tritt hinter Nell. »Dieser Spiegel zeigt dir alles, was du dir von Herzen zu sehen wünschst.«

Staunend blickt Nell in den Spiegel, sieht jedoch nur Biests Gesicht darin, welches mit einem seltsamen Ausdruck in den Augen auf sie herabblickt. »Wie funktioniert er?«

»Mit Magie. Halte ihn fest in beiden Händen und sprich laut aus, was du zu sehen wünschst.«

Nell atmet tief ein. »Spieglein, Spieglein in meiner Hand – zeig mir die Lyra – an der – nächtlichen Wand!«

Biests Spiegelbild wirft ihr einen sichtlich verwirrten Blick zu. »Das war ja grausig. Es hätte auch einfach gereicht zu sagen: Ich wünsche mir, das Sternbild der Lyra zu sehen. Kein Grund, die Sprache dermaßen zu verschandeln.«

Die Märchenwanderin läuft knallrot an und zuckt mit den Schultern. »Entschuldige. Schlechte Angewohnheit. Also nochmal.« Sie räuspert sich hörbar, ergreift den Spiegel fest mit beiden Händen und spricht ihren Wunsch laut und deutlich aus: »Zeig mir das Sternbild der Lyra!«

Und diesmal klappt es. Ihrer beider Gesichter zerfließen im Spiegelglas, wie Wasser, in das ein Stein gefallen ist, und als sich die Sicht wieder klärt, breitet sich ein dunkler, sternenklarer Sommernachtshimmel vor ihren Augen aus. Millionen kleine Punkte funkeln auf der kalten Oberfläche, glitzern wie ein Meer von Edelsteinen und Diamanten. »Das ist wundervoll. Dieser Spiegel ist einfach wundervoll!«

Ein Schatten huscht über Biests Miene. Schmerz liegt in seinem Blick. »Ja, wundervoll. Aber auch grausam. Dieser

Spiegel zeigt mir alles, was zu sehen ich mir von Herzen wünsche – und doch nie haben kann. Er ist ein Fenster zu einer Welt, von der ich nie ein Teil sein werde.«

Als Nell schwer schluckt, lächelt er sie warm an. »Aber du hast recht, wer kann sonst schon so einen Blick auf die Sterne werfen, hm?« Er stupst sie sachte mit der Schulter an und zerstört den Moment der Traurigkeit, wendet sich bewusst wieder etwas Schönem zu.

Mit ihren Fingern streicht Nell behutsam über das Spiegelglas. Unter ihren Berührungen drehen sich die Sternbilder. Der Zauberspiegel verändert den Blickwinkel, als könnte sie die Sterne wie ein riesiges Orchester dirigieren oder wie ein Maler in Position bringen. »Welcher davon ist die Wega?«

Biest beugt sich über ihre Schulter und streicht mit einer seiner Krallen über den Spiegel, deutet auf einen hellen Stern am linken Rand. »Das ist sie und zusammen mit diesen Vieren bildet sie das Sternbild der Lyra.«

»Wundervoll ...«

Noch lange stehen die beiden an diesem Tag an dem steinernen Tisch, tief über den Spiegel gebeugt und betrachten die Sterne. Erst, als der Abend hereinbricht und Kälte Nells Glieder emporkriecht, führt Biest sie zurück in den bewohnten und geheizten Teil des Schlosses, wo sich Nell nach einem gemütlichen Abendessen schwer in ihr weiches Bett fallen lässt und in ihren Träumen zu den Sternen fliegt.

Tags darauf sitzt sie versonnen am Frühstückstisch und rührt geistesabwesend mit dem Löffel in einer Schale Porridge herum. Ihre Gedanken hängen immer noch dem Zauberblick in den Sternenhimmel nach und der Geschichte von Orpheus, der seine Frau so sehr liebte, dass er es mit der ewigen Finsternis der Unterwelt aufnahm. Es muss wundervoll sein, so sehr geliebt zu werden.

Ein unsicheres Räuspern hinter ihr reißt sie schließlich aus ihren Tagträumen. Biest steht in der Tür und ringt unruhig seine Finger ineinander. Nell schmunzelt. Es fehlt nur noch, dass er anfängt, mit den Füßen zu scharren.

»Guten Morgen!« Die Wärme in ihrem Lächeln lässt Biests Nervosität für den Moment dahinschmelzen.

»Guten Morgen, Belle. Ich hoffe, du hast gut geschlafen.«

»Ja, ganz fabelhaft sogar. Ich habe von den Sternen geträumt«, gesteht sie ihm und das Leuchten ihrer blauen Augen erhellt den Raum wie ein Sonnenstrahl.

»Das, ähm, freut mich sehr. Und ich wollte dich fragen ...«, er räuspert sich mehrfach, »ob du heute Lust auf einen kleinen Ausflug hast. Einen richtigen Ausflug – außerhalb des Schlosses, meine ich. Ich würde dir gerne meine Ländereien zeigen.« Unsicher grinsend, beginnt er wieder, die Hände zu ringen. Es scheint ihn viel Überwindung gekostet zu haben, sie zu diesem Ausflug einzuladen.

»Das klingt fantastisch!« Nell lässt den Löffel in das Schälchen mit Haferbrei zurückgleiten und steht schwungvoll auf. »Meinetwegen können wir sofort aufbrechen!«

Biests Miene spiegelt pure Erleichterung wider, als er begeistert nickt und den Kleiderständer herbeiwinkt. »Hier, zieh das über. Es liegt immer noch Schnee draußen.« Umsichtig legt er ihr den pelzbesetzten Kapuzenumhang um die schmalen Schultern und reicht ihr kuschlige Handschuhe sowie ein Paar gefütterter Stiefel. Als er ihr auch noch galant die Tür aufhält, kann Nell nicht anders, als vor ihm zu knicksen. »Vielen Dank, der Herr!«

Verlegen brummelt er eine Antwort und huscht hinter ihr

durch die Tür. Unten an der Treppe steht Biests großer Rappe gesattelt und aufgezäumt und grüßt beide mit einem fröhlichen Wiehern.

Nun ist es Nell, die ihren Begleiter unsicher anblickt. »Ähm. Ich weiß nicht, ob das so eine gute Idee ist. Ich habe noch nie auf einem Pferd gesessen. Ich glaube nicht, dass ich dieses riesige Tier reiten kann.«

Einmal mehr ergreift Biest ihre Hand und drückt sie ermutigend. »Keine Angst, ich führe ihn am Zügel. Dir wird nichts geschehen. Aber meine Gärten und Ländereien sind groß und zum Laufen ist es zu weit. Orpheus hier wird dich nicht abwerfen. Wirst du es versuchen? Du kannst mir vertrauen!«

Nell blickt zwischen Biest und dem schwarzen Ross kurz hin und her, ehe sie unmerklich nickt. »Na, wenn es Orpheus ist.« Sie schenkt ihm ein Lächeln und tritt vorsichtig einen Schritt näher. »Ich vertraue dir. Lass es uns versuchen.« Ihre Stimme klingt viel sicherer und fester, als sie sich gerade selbst fühlt, jedoch lässt sie sich von Biest auf den Rücken des großen Tieres heben.

»Halt dich hier fest.« Biest schiebt ihre Hände in die Mähne des Pferdes, wo sich ihre behandschuhten Finger um ein dickes Büschel Haare schlingen.

»Tut ihm das nicht weh, wenn ich daran ziehe?«

»Nein, mach dir keine Gedanken. Atme, Belle, es wird alles gut.«

*Weiteratmen. Das ist der Trick.*

Ihr Herz pocht laut und schnell, als Biest nach den Zügeln greift und sich das Ross in Bewegung setzt. Es schaukelt und wackelt und Nells Finger krallen sich fester in die Mähne hinein.

Da beginnt Biest wieder zu erzählen. Immer wieder deutet er auf einen Baum oder eine Skulptur oder zeigt ihr ein entferntes Gebäude. Unermüdlich berichtet er von seinen Vorfahren, die dieses Schloss erbauten und die ersten Gärten anlegten. Von verlassenen Bauernhöfen hinter den Hügeln und seinem Irrgarten, in den er sich zurückzieht, um einfach mal seine Ruhe zu haben.

Ohne es zu merken, verfliegt Nells Angst und sie entspannt sich. Die vielen Geschichten ziehen sie in ihren Bann. Gemeinsam kichern und scherzen sie, weinen vor lachen, nur um dann weiterzuscherzen und noch mehr zu lachen.

So fliegen die Stunden nur so dahin und Nell bemerkt kaum, dass sie das gesamte Schloss einmal umrundet haben, bis irgendwann ihr Magen laut zu knurren beginnt.

Biests Glucksen klingt dunkel in die darauffolgenden Stille. »Schon so spät. Wir sollten wohl zurückgehen und sehen, dass das Wolfsrudel gefüttert wird.« Dabei zeigt eine seiner Klauen auf ihren Bauch.

Nell läuft erst schamesrot an und fällt dann in sein Lachen mit ein. »Ja, wahrscheinlich. Auch wenn ich gar nicht zurück will!«

Biests Herz macht Freudensprünge bei ihren Worten. »Dann lass es uns wiederholen. Lass uns jeden Tag etwas unternehmen.«

Eifrig nickt die Märchenwanderin und legt aus einem Impuls heraus ihre Hand auf seine, die gerade den Hals des Pferdes streichelte. »Das wäre wundervoll. Danke.« In Nells Bauch kribbelt es. Ein Gefühl, das sie so nicht einordnen kann, färbt ihre Ohrspitzen ein weiteres Mal rot. Sich räuspernd zieht sie daraufhin die Hand zurück und greift nach den Zügeln des Pferdes. »Kannst du mir vielleicht zeigen, wie das hier«, sie hebt die Zügel schulterzuckend an, »funktioniert? Ich würde das gerne lernen.«

*Und mich dadurch vielleicht nicht nur wie ein unnützer Kartoffelsack fühlen oder wie ein Kleinkind, das du stets an der Hand führen musst.*

Auch Biest räuspert sich und reibt nochmals über den Hals des Pferdes, ehe er nickt.

»Natürlich.« Kurz überlegt er, wo er anfangen soll, dann schiebt er die Zügel richtig in ihre Hand. »Lass sie locker. Die Zügel sollten locker am Hals anliegen. Krampf dich nicht daran fest. Je lockerer und entspannter du bist, umso ruhiger ist auch das Tier unter dir. Sie spüren Angst und Unsicherheit.«

»Aha.«

*Na das kann ja heiter werden. Ich habe Angst.*

Aber nun ist es deutlich zu spät für einen Rückzieher, also strafft Nell die Schultern, setzt sich gerade hin und versucht, die Zügel so zu halten, wie er es ihr gezeigt hat. »Okay, und was nun?«

Biest schmunzelt, greift betont langsam nach ihrem Bein und drückt die Ferse im Steigbügel nach unten. »So. Und nun drückst du abwechselnd mit den Beinen nach innen. Das ist das Zeichen für gehen.« Mit einem aufmunternden Nicken tritt er einen halben Schritt zurück.

Nell atmet einmal tief durch und drückt wie geheißen abwechselnd gegen die Flanken des Pferdes. Brav trottet das Tier los und das glücklicherweise so gemächlich, wie es das den ganzen Tag schon getan hat.

»Es klappt!« Jubelnd wirft Nell die Arme in die Luft, wobei sie unglücklicherweise an den Zügeln zerrt. Das Pferd reagiert mit einem vorwurfsvollen Schnauben, wirft den Kopf herum und beginnt zu tänzeln, um dem plötzlichen Ziehen an seinem Kopf zu entkommen. »Ahh!«

Im Bruchteil einer Sekunde steht Biest neben ihr und greift beherzt in den Zügel. »Ruuuhig, shhhh. Alles gut, mein Junge. Beruhige dich!« Er reibt dem Pferd die weiche Stelle zwischen den Nüstern, bis es sich wieder entspannt. »Belle, du musst ruhig sitzen und darfst nicht an ihm herumzerren.

Pferde sind sehr feinfühlig. Sie sind von Natur aus etwas scheu und ängstlich. Versuch es noch einmal.« Wieder tritt Biest einen halben Schritt zurück.

Diesmal zittert Nell leicht, als sie die Zügel wieder richtig greift und zaghaft gegen Orpheus die Flanken drückt. Doch es passiert nichts.

Biest schmunzelt. »Ein bisschen musst du schon drücken, nur eben langsam und gleichmäßig.« Mit etwas mehr Druck setzt sich das Pferd wieder in Bewegung und dieses Mal achtet Nell teuflisch genau darauf, sich nicht zu sehr zu freuen und noch weniger zu bewegen. »Es klappt!« Unter stetigem Drücken trottet der Rappe immer weiter geradeaus. »Ähm Biest? Wie reite ich eine Kurve?«

Als das Anreiten, Kurven reiten, Anhalten und sogar ein kurzer gemächlicher Galopp endlich klappt, ist der Lehrmeister zufrieden. »Das war gut! Aber nun sollten wir wirklich ins Schloss zurückkehren, bevor mich das Wolfsrudel in deinem Bauch doch noch auffrisst!«

Wie um seine Worte zu unterstreichen, knurrt Nells Magen nur umso lauter. »Ja, ist wohl besser, wir üben ein anderes Mal weiter.« Schweigend treten sie den Rückweg zum Schloss an. Mehr aus Gewohnheit, als dass Nell es noch nötig hätte, greift Biest in den Zügel und führt das Pferd. Als sie die Stallungen erreicht haben, hebt er sie behutsam von Orpheus' Rücken und stellt sie auf soliden Boden.

Die Märchenwanderin hat zu tun, dass sie nicht einfach umkippt. Unsicher stolpert sie ein paar wankende Schritte vorwärts und stützt sich an der Wand des Gebäudes ab. Ihre Knie sind weich und ihr Hintern tut an ungewohnten Stellen weh, doch sie gibt keinen Laut von sich. Der Ausflug war es definitiv wert.

*Aber vielleicht wäre ein heißes Bad heute Abend eine gute Idee.*

Derweil löst Biest die Lederriemen an Sattel und Zaumzeug und versorgt das große Tier. Dabei meidet er sorgsam ihren Blick. »Weißt du, Belle, ich habe mich gefragt – nun, ich wollte nur – ach, ich wollte dich einladen. Einmal im Jahr feiern wir hier so eine Art Fest, nun ja, einen Ball, um genau zu sein. Madame LeBidon und die anderen bestehen darauf. Es wird – nun ja, es gibt etwas zu essen, Kuchen, Musik und Kerzen und, na ja, ich wollte fragen, ob du auch kommen möchtest. Und – ob du mich vielleicht begleiten würdest.« Er schluckt und ist plötzlich überaus vertieft in die Reinigung des Mundstücks an der Trense.

*Wie interessant doch plötzlich Zaumzeug sein kann.*

Jedoch hat Nell absolut keine Lust, sich mit seiner Kehrseite zu unterhalten. Bestimmt greift sie nach seinem Arm und dreht ihn zu sich herum. Sie sucht seinen Blick und lässt nicht locker, bis er sie endlich anschaut.

»Es wäre mir ein Vergnügen. Natürlich gehe ich sehr gerne mit dir dahin.«

Ungläubig blinzelt Biest ein paarmal, um ihre Worte sacken zu lassen. Dann fällt die Trense auch schon achtlos zu Boden. Er packt sie bei den schmalen Hüften und wirbelt sie fröhlich durch die Luft. Als ihre Gesichter sich beinahe berühren, legt Nell ihre Hand an seine Wange und streicht mit dem Daumen durch das weiche Fell, während sie ihm immer näherkommt. Just in diesem Augenblick knurrt ihr Magen nochmals laut auf. Die Magie des Augenblicks verfliegt. Biest lässt sie zurück zu Boden sinken und beide nehmen räuspernd Abstand.

»Ich sollte dann mal reingehen und etwas essen.«

»Ja, ich – komme auch gleich.«

Hochrot fliehen beide in verschiedene Richtungen.

Das Abendessen nimmt Nell alleine ein. Der Schlossherr lässt sich nicht mehr blicken. Nie ist ihr die Tafel so groß und einsam vorgekommen. Selbst das hervorragende Essen schmeckt ihr heute nur halb so gut.

»Gute Nacht!«, ruft Nell in die Küche, nachdem sie beim Abwasch geholfen hat, und steigt die Treppen zu ihrem Zimmer empor. Sie wird es sich mit einem Buch im Bett bequem machen. Vielleicht lenkt sie das von ihren ständigen Gedanken an Biest ab. Nell blickt kritisch auf den abgegriffenen, ledernen Bucheinband. Antike griechische Sagen. Im Nachhinein betrachtet, ist sich Nell nicht mehr so sicher, dass die Wahl des Buches so gut war.

*Romantische Liebesgeschichten mit garantiert dramatischem Ausgang. Nun ja.*

Jetzt ist es jedenfalls zu spät. Noch mal wird sie heute nicht in die Bibliothek gehen. Zumal sie sich nicht sicher ist, ob sie nicht am Ende doch wieder mit dem gleichen Buch herauskommen würde. Die Märchenwanderin drückt mit einem schweren Seufzen die Türe ihrer Kammer auf und erstarrt im Rahmen. Ein Strauß roter Rosen ruht auf ihrem Kissen und eine Tasse mit heißer Schokolade dampft auf dem Beistelltisch süßlich duftend vor sich hin. Nell durchquert den Raum mit wenigen Schritten und hebt die Blumen lächelnd an die Nase. »Es war wirklich ein schöner Tag.« Ein letztes Mal daran schnuppernd, stellt Nell die Rosen in die Vase auf ihrem Nachttischchen und macht es sich mit dem Buch und der heißen Schokolade in ihrem Bett gemütlich. Ein versonnenes Lächeln liegt auf ihren Lippen.

*Er hat mich doch nicht vergessen.*

Sie muss über dem Lesen wohl irgendwann eingeschlafen sein, denn draußen herrscht Schwärze, als große Pranken sie unsanft wachrütteln.

»Belle, wach auf!«

Verschlafen blinzelt sie in das helle Licht einer Kerze.

»Belle, nun wach schon auf!«

Nell erkennt die Stimme in ihrem Dämmerzustand nicht sofort als die des Biests, doch der verzweifelte, fast ängstliche Unterton lässt sie hochschrecken.

»Was ist los? Was ist geschehen?« Von seinem Auftauchen und dem nächtlichen Wecken alarmiert, sitzt sie aufrecht im Bett und sieht sich suchend im Zimmer um. Alles scheint so weit normal zu sein. Nur, dass Biest auf ihrer Bettkante sitzt und seine Augen angsterfüllt zwischen ihr und dem Fenster hin- und herwandern. Als lange Sekunden ohne eine Antwort verstreichen, packt sie ihn an der Schulter. »Hey! Was ist los?«

Biest schüttelt sich, als würde er ein Bild oder einen Albtraum aus seinem Geist verscheuchen. »Du musst hier weg!«

»Was?«

Mit einer Pranke reibt sich Biest die Schläfen. »Das war unglücklich formuliert. Was ich meinte, ist: Ich brauche deine Hilfe. Wir brauchen deine Hilfe.«

»Alles! Sag, was soll ich tun?« Sofort ist auch das letzte Bisschen Schläfrigkeit aus ihrem Kopf und ihren Gliedern verschwunden. Selbst die Steifheit ihrer Muskeln von dem langen Ritt heute nimmt sie kaum wahr. Nell ist schon dabei, die Beine aus dem Bett zu schwingen und nach ihren Socken und Stiefeln zu greifen, als Biest fortfährt.

»Wir ...« Er setzt an, schüttelt aber den Kopf, als verbiete er es sich, auszusprechen, was ihm gerade wirklich durch den Kopf geht. »Du musst ins nächste Dorf reiten. Einer meiner Bediensteten ist krank und – es sieht schlimm aus. Reite ins nächste Dorf und hole Medizin für ihn!«

Nell blickt skeptisch von der Schnürung ihrer Lederstiefel auf. Kann es sein, dass er selbst nicht glaubt, was er gerade gesagt hat?

*Wie kann einer der Haushaltsgegenstände hier so schwer krank sein, dass ein Arzt erforderlich ist? Und wie könnte ein Arzt beispielsweise einen Ofen behandeln oder einen Kleiderschrank? Gibt es hier doch noch andere Menschen?*

All ihre zweifelnden Gedanken werden jedoch von der drängenden Rastlosigkeit in seinen Augen weggewaschen. Irgendetwas macht ihm große Sorgen.

»Also schön. Aber meinst du, ich schaffe das? Ich bin doch noch nie allein geritten! Und wie soll ich den Weg finden, wo ich doch nicht weiß, wo das Dorf eigentlich liegt!«

Biest nickt und schüttelt zeitgleich das massige Haupt. Mit einem Schritt ist er bei ihr, birgt ihre kleine Hand in seiner und hebt sie an sein Maul. Zärtlich haucht er einen Kuss auf ihren Handrücken und streichelt andächtig über ihre blasse, weiche Haut. »Natürlich schaffst du das! Orpheus wird dich tragen. Du hast das heute gut gemacht und was den Weg anbelangt, nimm den hier.« Biest zieht unter seinem Umhang den verzauberten Spiegel hervor und legt ihn sanft, aber bestimmt, in Nells Hände. »Er wird dir helfen, deinen Weg zu finden.« Fast wirkt sein Lächeln traurig, als er über ihre Wange streichelt und ihre Arme samt dem Spiegel fest an ihre Brust drückt.

Nell schaut fassungslos auf den Zauberspiegel hinab. »Das kannst du nicht machen! Was, wenn ich ihn kaputt mache? Du weißt, ich habe manchmal so kleine Ungeschicklichkeitsanfälle!«

»Nimm ihn!« Seine Stimme ist schärfer als beabsichtigt. Sanfter fährt er fort: »Du schaffst das. Ich weiß, er ist bei dir in den besten Händen. Und nun eile dich. Mein Pferd ist bereits gesattelt.« Mit einem Leuchter in der Hand eilt Biest voraus die Treppe hinab. Nell hat sichtlich Mühe, mit ihm Schritt zu halten.

Draußen angekommen, schlingt er ihr erneut den Mantel um die Schultern und hebt seine Belle in einer einzigen fließenden Bewegung aufs Pferd. Den Zauberspiegel schiebt er in die Satteltasche an ihrem Knie. »Reite! Und halte erst an, wenn du im Dorf angekommen bist. Du findest etwas Gold in deiner Satteltasche – für die Medizin.« Seine Hand streichelt sanft ihre Wange. »Schau nicht zurück.«

Nell nickt nervös und ergreift die Zügel. »Ich beeile mich! Versprochen!« Mit einem letzten Lächeln drückt sie die Fersen gegen die Flanken des Pferdes. »Hüa!«

Das Tier prescht los, quer durch den Schlossgarten und auf das schmiedeeiserne Tor zu. Wie von Geisterhand öffnet sich die Pforte vor ihr. Orpheus springt mit einem großen Satz hindurch und hinaus in die Nacht.

»Leb wohl, Belle. Morgen ist es vorbei. So oder so.« Seine Worte dringen durch den Hufschlag im aufspritzenden Schnee gedämpft als undeutliche Fetzen an ihr Ohr. Nell wagt einen Blick über die Schulter. Biest steht noch immer am Fuße der Treppe und schaut ihr nach, bis Orpheus sie mit Riesensprüngen in die Dunkelheit des nahen Waldes hineinträgt.

# Der Viscount de Forêt Brocéliande

Bäume fliegen an ihr vorbei. Links und rechts zerfließen sie zu schwarzen Schemen und zeichnen sich verschwommen vor dem grauen Dämmerlicht des neuen Tages ab. Noch immer galoppiert der Rappe ohne ein Zeichen von Erschöpfung durch die Finsternis. Er spürt seine Last kaum, braucht keinen Ansporn, keinen Zügel, lässt mehrere Abzweigungen links liegen und folgt dem Weg immer geradeaus.

Nell fühlt eine seltsame Unruhe in sich aufsteigen. Immer wieder wirft sie einen Blick zurück. Zwischen den Bäumen glüht ein orangeroter Schimmer.

*Es wird Tag.*

Sie dreht sich wieder nach vorn, späht dicht über Orpheus' Hals gebeugt durch die lichter werdenden Baumreihen. Weit entfernt glimmt über dem Horizont bereits ein dünner, heller Lichtstreif. »Die Sonne geht auf. Zwei Sonnen?«

Die Erkenntnis trifft sie wie ein Blitz. Biest hat ihr nie gesagt, welche Art Medizin sie holen soll. Er hat nur gesagt, es wäre wichtig, dass sie das Schloss verlässt.

*Schau nicht zurück! Aber warum?*

Ruckartig, sodass das Pferd schnaubend einige Zentimeter über den weichen Untergrund rutscht, bringt sie das Tier zum Stehen.

»Was soll ich nicht sehen?« Ehe sie noch wirklich darüber nachgedacht hat, hat Nell den verzauberten Spiegel schon aus der Tasche gezogen und fest mit beiden Händen ergriffen. »Zeig mir Biests Schloss!« Kein Reimen, kein Zögern diesmal. Sofort zerfließt ihr Spiegelbild und zeigt stattdessen das Schloss. Die großen Eingangstüren hängen schief und geborsten in ihren Angeln. Aus einigen zersplitterten Fenstern züngeln orangerote Flammen und dichter, schwarzer Rauch steigt bedrohlich himmelwärts.

»Was geht da drin bloß vor? Ich wünschte, ich könnte hineinsehen!« Wieder verändert sich das Bild. Diesmal ist sie tatsächlich im Inneren des Schlosses und diesmal sind da auch Menschen. Viele Menschen. Ihren Gesichtern, den Fackeln und Waffen nach zu urteilen, sind sie nicht auf eine fröhliche Feier aus. Plündernd und brandschatzend rufen sie Worte, die Nell durch das Spiegelglas nicht hören kann. Ein Mann mit einer Mistgabel fechtet mit dem Kleiderständer, der einen Spazierstock schwingt. Eine Frau schlägt mit einer schweren Pfanne nach Madame LeBidon, die sich verzweifelt mit kochendem Wasser und heißen Dampfwolken zur Wehr setzt. Eine Schlacht ist dort im Gange und für Nells Freunde sieht es wahrlich nicht gut aus. »Oh, du...«

Sie schließt für eine Sekunde die Augen. Als Nell sie wieder öffnet, ist der gröbste Schrecken grimmiger Entschlossenheit gewichen. Sie schiebt den Spiegel wieder in die Satteltasche und ergreift beherzt die Zügel. »Wir müssen zurück, Orpheus! Lauf! Zeig uns, was Eile heißt!« Sie gibt dem Pferd die Sporen und prescht in die entgegengesetzte Richtung los, zurück in den Wald hinein.

Tief über den Hals des Rappen gebeugt, macht Nell sich so leicht wie nur irgend möglich. Dabei fällt ihr Blick auf eine Spur blutiger Fußabdrücke am Boden, die direkt zum Schloss führt.

»O nein!« Das muss von dem Abend stammen, als sie Biest mehr oder minder nach Hause geschleppt hat. Hunderte andere Spuren säumen die Fährte. Die Dorfbewohner haben wohl das Blut entdeckt und sind ihm bis zum Schloss gefolgt.

»Lauf, mein Freund! Lauf schneller als der Wind! Wir müssen uns beeilen!« Mit dem Mut der Verzweiflung presst sie die Schenkel in Orpheus' Flanken. Wie weit mag es noch sein? Wie viel Zeit ist schon verstrichen? Sie ist versucht, noch einmal anzuhalten und einen Blick in den Zauberspiegel zu werfen, als der Wald vor ihr plötzlich endet. Vor ihr erhebt sich das düstere Schloss in den Himmel. Der Küchentrakt brennt lichterloh.

Kaum hat sie die große Steintreppe erreicht, springt Nell auch schon aus dem Sattel und rennt die Stufen hinauf, immer dem Kampflärm entgegen. In ihrer Sorge um Biest und die Schlossbewohner hat sie sich noch gar keine Gedanken darum gemacht, was sie eigentlich tun soll, wenn sie hier ist. Doch auch jetzt ist dafür keine Zeit. In vollem Lauf schnappt sie sich, was sie gerade in die Finger bekommt und sprintet durch die große Eingangshalle.

»Ein Besen – war ja klar.« Diesen nutzt sie dazu, auf jeden einzudreschen, der gerade im Weg herumsteht. Sie verscheucht einen schnauzbärtigen Mann mit einer Holzfälleraxt, der gerade Monsieur Parlante in einer Ecke in die Enge getrieben hat. Das Reisig des Putzgerätes hinterlässt rote Striemen auf seinem Gesicht und als Nell ihn dann auch noch mit dem Stiel gegen die Hand schlägt, ergreift er die Flucht.

»Merci! Merci, Madame!« Monsieur Parlante rauscht auf sie zu, um ihr in einer ungewöhnlich überschwänglichen Weise die Hand abzuknutschen. »Merci!«

»Schon gut, schon gut! Gern geschehen!« Die Märchenwanderin entzieht ihm ihre Hand und bringt etwas Abstand zwischen sich und die Uhr. »Monsieur Parlante, was ist hier geschehen? Wo ist er?«

»Wir wurden überfallen, Madame! Sie kamen mit Feuer

und Äxten, mit Knüppeln und Heugabeln. Oh, diese crétins! Sie sind einfach hier eingedrungen mit ihren fürchterlich dreckigen Schuhen und haben ...«

»Monsieur!« Nell schüttelt ihn an den hölzernen Schultern, bis die Zeiger in seinem Gesicht völlig verrücktspielen.

»Ach ja ... Nun, wir konnten schon einige in die Flucht schlagen, aber es sind immer noch so viele und Master Adolphus ...« Parlante hält sofort inne, als er merkt, dass er versehentlich den richtigen Namen seines Herren ausgesprochen hat.

Nell hebt die Augenbraue. »Adolphus? Ernsthaft? Wer ist denn auf diesen Namen gekommen?« Es ist verständlich, dass Biest ihn nicht preisgeben, geschweige denn hören wollte.

»Ähm ... zurück zum Thema! Der Herr ist irgendwo oben. Er wusste irgendwie, dass die Eindringlinge kommen würden und verabschiedete sich dann in seine Gemächer.«

»Verflixt. Der Spiegel. Er hat sie kommen sehen!« Nell lässt den Butler los, macht auf dem Absatz kehrt und hastet, mit dem Reisigbesen bewaffnet, atemlos die Stufen zum Westflügel hinauf.

Wie befürchtet, steht die Tür zu Biests Gemächern sperrangelweit offen. Anders als beim Eingangsportal, sind die Türflügel jedoch vollständig intakt. Biest hat sich nicht einmal die Mühe gemacht, sie zu verriegeln. Er scheint einfach hier auf seine Angreifer gewartet zu haben.

Nells Herz rast, als sie den Raum betritt. Das Licht einiger Fackeln lässt unförmige schwarze Schatten über Boden und Wände tanzen, doch es ist so still. Sie schluckt den Kloß in ihrem Hals hinunter und dringt tiefer in seine Wohnflucht ein. Plötzlich fegt ein kräftiger Windstoß durch den Raum, zerrt an den Flammen und lässt einige erlöschen.

»Warum ist es hier so windig? Der Balkon war doch verglast.« An dem marmornen Tisch mit dem Seidenkissen angekommen, erkennt sie den Grund. Ein Teil der Scheiben liegt in tausend Scherben zerbrochen auf dem Boden. Etwas oder jemand Großes muss hindurchgekracht sein.

»Biest!« Nell stürzt auf die Brüstung zu. Glassplitter knirschen unter ihren Sohlen.

Mit laut pochendem Herzen blickt sie hinab in die Tiefe und stößt einen spitzen Schrei aus, als sich Biests Silhouette unterhalb des Balkons schwach vor dem Grau des anbrechenden Tages abzeichnet. Nur an einem Arm hängend, baumelt seine massige Gestalt einen guten Meter unter ihr über dem Abgrund. Von seinen Angreifern fehlt indes jede Spur.

»Halt dich fest!« Panisch greift Nell nach unten, tastet nach seiner Hand.

Biests Kopf bewegt sich nur träge in ihre Richtung. Seine Augen blinzeln stumpf und traurig zu ihr herauf. »Warum? Sie ist fort. Belle ist fort. Und heute muss es enden ...«

»Nein, sieh mich an! Ich bin hier! Ich bin hier! Ich habe den Rauch und das Feuer gesehen und musste umkehren. Lass nicht los!« Ihre Finger streifen kurz sein Fell, jedoch bekommt sie seinen Arm einfach nicht zu fassen. »Mach schon, hilf mir etwas! Ich erreiche dich nicht!« Verbissen krallt sich Nell mit einer Hand an der Balustrade fest, während sie sich weiter nach vorne über den Rand gleiten lässt, um noch etwas tiefer hinabreichen zu können. An Gefahr denkt sie nicht, nur daran, Biest zu retten, ihn festzuhalten, ihn nicht zu verlieren.

Ebenjener blinzelt verwirrt nach oben und endlich wird sein Blick klarer. »Belle? Bist du das? Was machst du hier?« Seine Stimme klingt dünn und brüchig.

»Ja, ich bin es, verflixt noch mal nun hilf mir schon. Wir

können uns später unterhalten!«

Der steinerne Wasserspeier, an dem Biests Leben wie an einem seidenen Faden hängt, beginnt bedrohlich zu knarzen. Kleine Risse, fein wie Spinnweben, laufen schon durch den Stein. Lange wird er das Gewicht nicht mehr halten. »Na mach schon, der Stein bricht gleich! Gib mir deine Hand!«

Dem Flehen in ihrer Stimme folgend, greift Biest linkisch mit dem freien Arm nach oben. Er verfehlt Nells ausgestreckte Hand und sein Arm fällt kraftlos wieder herab.

»Noch mal!«

Vor Anstrengung und Schmerz brüllend, hievt sich das Biest nochmals hoch und ergreift die helfend ausgestreckte Hand.

»Gut! Und jetzt drück dich nach oben! Komm schon, allein schaffe ich das nicht!« Nell zieht mit aller Kraft an ihm.

»Aaah!« Der vereinte Schrei der beiden bringt das uralte Gemäuer zum Erbeben und vertreibt auch noch die letzten Angreifer, die in das Schloss eingedrungen sind. Unter Aufbietung all ihrer Kräfte zieht Nell den Hünen mit einem letzten Ruck über das steinerne Geländer zurück, hinein in die Sicherheit des Schlosses.

Durch den Fall aus dem Gleichgewicht gebracht, stürzen beide hart zu Boden und schlittern einige Fuß weit über den splitterbewehrten Stein. In dem instinktiven Versuch, Nell vor Schaden zu bewahren, zieht Biest sie auf seine Brust und birgt ihren Kopf in seinen Armen. Erst als beide als verworrenes Knäuel aus Fell und Stoff zum Liegen kommen, lockert sich sein schützender Griff. Belle gleitet schwer atmend zu Boden und streicht sich das wirre Haar hinters Ohr.

»Das war knapp, ich dachte ...« In diesem Moment bemerkt sie, dass sich dunkle Flecken überall auf seinem weißen Hemd ausbreiten und sein Fell an unzähligen Stellen schwarz verkrustet ist. »Du bist verletzt!«

Mit fliegenden Fingern tastet sie über Brust und Arme, auf der Suche nach der Ursache für all das Blut. Bei dem, was sie dabei findet, zieht sie erschrocken die Luft ein. Tiefe Schnitte ziehen sich über seinen Körper. Dazu kommen Hunderte Glassplitter, die sich wohl bei der unfreiwilligen Rutschpartie in sein Fleisch gebohrt haben. Seine Brust hebt und senkt sich nur noch schwach.

»Verdammt!« Nell reißt sich den Umhang von den Schultern und presst den Stoff auf die schlimmsten Wunden. »Komm, bleib wach! Du hast schon Schlimmeres überstanden, weißt du? Die Wölfe zum Beispiel. Das hast du auch überlebt.«

Kraftlos flattern Biests Lider in dem Versuch, die Augen zu öffnen. »Belle ... du bist wieder da ...«

»Natürlich bin ich wieder da! Ich wäre doch nie weggegangen, wenn ich gewusst hätte ...« Ihre Stimme versagt. Nell spürt ihre Hände feucht werden, als das rote Blut durch den Mantel sickert und ihre Finger benetzt.

Panisch blickt sich die Märchenwanderin im Raum um. Dabei fällt ihr Blick auf die Gefäße mit den gemischten Heiltinkturen, die sie wegen der Wunden nach dem Wolfsangriff für ihn gemischt hat. »Warte, ich hole schnell Medizin, dann wird es gleich besser.«

Biests Pranke schlingt sich um ihr dünnes Handgelenk und hindert sie daran, aufzustehen. »Belle, ich ...« Doch der Rest des Satzes bleibt ungesagt.

Halb auf seiner Brust liegend, kann Nell das Schlagen seines Herzens kaum noch spüren. »Nein! Nein! Nein! Das kannst du nicht machen! Lass mich nicht allein! Ich brauche dich doch! Adolphus, wehe du stirbst, hörst du?«

Angsterfüllt und wütend hämmert sie mit den Händen auf seine Brust ein. »Verlass mich nicht! Bitte. Verlass mich nicht!« Ihre blauen Augen füllen sich mit Tränen, schwimmen, ertrinken darin, als sie schluchzend über ihrem Freund zusammenbricht, die Hände fest in sein Hemd verkrallt.

Und in dem Moment, da ihre heißen Tränen über sein Gesicht rinnen, erhebt sich die glühende Sonne über den Rand der Welt und taucht das Schloss in gleißendes, warmes Morgenlicht. Belles Tränen funkeln darin wie Diamanten, deren glitzernder Schein Biests Gestalt einzuhüllen beginnt. Erschrocken weicht Nell Richtung Wand zurück, als seine Umrisse nach und nach zerfließen. Grelles Licht blendet sie und als sie ihre Augen wieder öffnet, liegt zu ihren Füßen ein bewusstloser, junger Mann von wunderschönem Antlitz. Nur das gleichmäßige Heben und Senken seiner Brust verrät, dass er noch lebt. All das Blut und die Splitter sind verschwunden. Eine lang vermisste Wärme flutet den kalten Raum und breitet sich wie ein Aufatmen im ganzen Schloss aus.

Ungewohnt vorsichtig nähert sich die Märchenwanderin dem jungen Mann, streckt zaghaft, ihre Hand nach ihm aus. All die Märchen, die sie auf der Suche nach dem Heimweg schon durchquert hat, haben sie eines gelehrt: Es ist nie wirklich so, wie es am Anfang den Anschein hat.

»Adol – ähm, Biest?« Nell erinnert sich, dass er auf Teufelkommraus nicht wollte, dass jemand seinen Namen ausspricht. Ihre Stimme und die Berührung an der Schulter lassen Adolphus die Augen aufschlagen. Nell, die vor lauter Anspannung die Luft angehalten hat, seufzt erleichtert und fällt ihm zugleich lachend und weinend um den Hals. »Oh, ich bin so unendlich froh, dass du noch lebst! Ich dachte schon – egal! Sieh dich nur an!«

Es sind Biests Augen. Unverkennbar. Auch wenn das Gesicht ihr fremd ist, dieses strahlende Blau würde sie überall erkennen. Jedoch hat sich der Ausdruck darin merklich verändert. Statt der herzerwärmenden Besorgnis und seiner schüchternen Freundlichkeit entdeckt sie nun eine Mischung aus Verwirrung und – etwas anderem, das Nell jedoch so spontan nicht einordnen kann. Mit seltsam spitzen Fingern greift der junge Mann sie bei den Schultern und schiebt sie sachte, aber bestimmt, ein Stück von sich weg.

»Sie ist dreckig. Weiß sie das eigentlich?«

»Wer sie?« Nell ist nun ihrerseits mehr als verwirrt und schaut sich suchend im Raum um, ob da vielleicht noch jemand ist, doch sie kann niemanden entdecken.

»Na SIE!« Adolphus deutet mit einer herrisch wedelnden Geste auf Nell. Ihre Garderobe starrt vor Dreck und Blutflecken, ist an einigen Stellen eingerissen und hier und da finden sich Glasscherben sowie Reisigzweige des Besens in ihren Haaren wieder. »Sie ist in einem desaströsen Zustand. Wie kommt sie so hier herein?« Angewidert zupft Adolphus an einem ihrer herabhängenden Ärmel, sodass Staub davon abfällt und zu Boden rieselt. Augenblicklich zuckt seine Hand zurück, als befände er sich in höchster Gefahr, sich eine ansteckende Krankheit zu holen.

»Aber Biest, ich bin es, Belle! Wir – du bist fast vom Balkon gestürzt, hast du dir vielleicht den Kopf gest –«

»Spreche sie mich nicht so an! Mein Name ist Viscount Adolphus Sebastien de Forêt Brocéliande. Merke sie sich das!« Adolphus lässt die verdutzte Nell einfach auf dem Boden sitzen, steht auf und besieht sich seine Kleider, so gut es geht. »Was habe ich da nur an?«

»Ein Hemd. Und sinnstiftenderweise auch eine Hose. Und beides ist erstaunlicherweise sogar sauber.« Die Worte klingen bitter und verletzt. Seine plötzliche Arroganz kränkt sie mehr, als sie zugeben mag. Unfähig, sich zu rühren, sitzt sie bloß da und starrt ihn an, wie ein seltsames Tier, das sie noch nie zuvor gesehen hat.

»Das sehe ich auch, dass es sich bei diesen schlichten Lumpen um ein Hemd und eine Hose handeln soll. Ich bemängele jedoch stark, dass es sich dabei um keine angemessene Garderobe für einen Viscount wie mich handelt!« Adolphus stolziert unruhig suchend von einer Seite des Raumes zur anderen. »Wo sind nur meine ganzen Sachen? Ich brauche dringend einen Spiegel. Und Hunger verspüre ich auch.«

Nell schüttelt ungläubig ihren Lockenkopf. Die Art, wie er sie mit Nichtachtung straft und hochtrabende Selbstgespräche führt, ist gleichzeitig nervig und tut ihr weh. Daher beschließt sie, einfach zu gehen. Gerade als sie sich aufgerappelt und die gröbsten Splitter sowie den Staub von ihren Kleidern geklopft hat, nimmt der Viscount allerdings überraschenderweise wieder Notiz von ihr.

»He sie! Was steht sie denn da so herum? Nun laufe sie schon los und hole Werkzeug für das Chaos hier!«

»Werkzeug für das Chaos? Du meinst einen Besen?«

»Sie hat uns nicht zu duzen, Weib! Die Männer dieses Hauses tragen seit jeher den Titel Viscount de Forêt Brocéliande! Nun gehe sie schon und hole das Werkzeug! Und vorher bringe sie mir angemessene Kleider und sorge dafür, dass in zehn Minuten das Essen im großen Speisesaal aufgetragen werde.« Während sein Wortschwall wie eine Maschinengewehrsalve auf Nell einprasselt, drängt Adolphus sie immer weiter Richtung Tür, achtet jedoch sorgsam darauf, das schmutzige Geschöpf dabei nicht zu berühren.

»Ach ja«, setzt er noch nach und holt zum ersten Mal seit

gefühlt fünf Minuten Luft, »und besorge sie mir zu allererst einen großen Spiegel!« Damit knallt er ihr die Tür geräuschvoll vor der Nase zu und lässt Nell bedrückt wie einen begossenen Pudel stehen.

Die Märchenwanderin versteht die Welt nicht mehr und steht einfach nur da, den Blick starr auf die zerkratzten Porträts auf den Türflügeln geheftet, als würde Biest sie gleich von innen aufreißen und »war nur ein Scherz!« rufen. Doch nichts geschieht.

Erneut benetzen heiße Tränen ihr Gesicht. Doch diesmal sind es Tränen des Seelenschmerzes und der Wut. Als Nell ihr eigenes leises Schluchzen bemerkt, wischt sie die verräterischen, nassen Spuren mit einer unwirschen Geste fort und flieht durch den dunklen Gang. Ihre Füße tragen sie wie automatisch hinauf zu ihrem Zimmer. Weinend wirft sie sich schließlich auf ihr Bett und birgt das Gesicht in ihren Händen.

»Wie konnte es nur so weit kommen? Wann hat er sich so verändert?« Wann hat sie sich so verändert? Früher hätte sie niemals jemanden so nah an sich herangelassen. Und selbst wenn, Adolphus' Art hätte sie vielleicht geärgert, aber die Nell von früher hätte er niemals so aus dem Gleichgewicht bringen können. »Warum tut es nur so weh?« Als zitterndes Bündel liegt sie da, dreckig wie ein Schornsteinfeger, und heult wie ein weidwundes Reh ins Kissen. Ihre Hände klammern sich haltsuchend um den leuchtenden Kompass, während ihre ganze Welt um sie herum zusammenbricht.

Anfangs bemerkt sie gar nicht, dass sich jemand zu ihr aufs Bett setzt und ihr beruhigend über den Arm streichelt. Erst nach und nach sinkt eine weiche, freundliche Stimme in ihr Bewusstsein, schenkt ihr Ruhe und lässt zumindest für eine Weile die Tränen versiegen. Der Klang erinnert sie so sehr an ihre Nana.

»Shhhh, chérie. Es wird alles gut.«

»Madame LeBidon, es ist – er ist so – so schrecklich!« Dass Adolphus jetzt eine Menschengestalt hat und kein Fell mehr, ist für Nell gerade völlig belanglos. Sie verschwendet keinen Gedanken mehr an Äußerlichkeiten, vielleicht zum ersten Mal in ihrem Leben.

Unter den tröstenden Worten der alten Dame stemmt sie sich hoch und reibt sich die Augen. »Wie kann er nur ...« Doch der Rest des Satzes bleibt ihr im Halse stecken. Statt der Teekanne sitzt auf der Bettkante eine ältere Frau mit grauem Haar in Kleid und Schürze. Ihre braunen Augen lächeln freundlich und warm auf Nell herab. Der Ausdruck in ihrem Gesicht erinnert sie einen kurzen Augenblick an Biest, was Nell erneut zum Schluchzen bringt.

»Na, na, chérie! Nicht weinen. Ich weiß, das war ein sehr schwieriger und langer Tag. Komm, wir lassen dir erst mal ein Bad ein, danach wirst du dich besser fühlen.« Und mit liebevoller Bestimmtheit bugsiert sie die zitternde Nell ins angrenzende Badezimmer.

Ein ausgiebiges Schaumbad und einen dampfenden Becher süße Schokolade später sieht die Welt tatsächlich schon nicht mehr ganz so schrecklich aus. »Guten Morgen, Madame L'Armoire.« Nell steht vor dem hohen Kleiderschrank, doch dieses Mal bleibt er stumm.

»Chérie, die Gegenstände in diesem Schloss sind nun alle nur noch leblose Dinge.« So zieht die ältere Dame nach einem kurzen Moment nostalgischen Durchatmens resolut die Schranktüren auf und sucht etwas zum Anziehen für Nell heraus.

»Aber Madame LeBidon, was ist hier passiert? Ich verstehe das alles nicht!«

Während die alte Dame Nell in ein sauberes Kleid hilft, erzählt sie ihr nach anfänglichem Zögern doch endlich die traurige Geschichte dieses Schlosses.

»Es ist schon lange her, ach, was sage ich, sehr lange. Master Adolphus' Eltern starben beide im gleichen Jahr an einem schlimmen Fieber und auch der Junge war schwer erkrankt. Doch wie durch ein Wunder überlebte Adolphus und wurde bereits mit zehn Jahren der neue Viscount de Brocéliande. Es war – schwierig für ihn, mit all dem Reichtum, dem Titel und der Macht in so jungen Jahren zurechtzukommen.«

Nell rümpft die Nase. »Er war also kein nettes Kind.«

Madame LeBidon presst die Lippen zusammen. Sie will offensichtlich nicht schlecht über ihren Herrn sprechen.

Nell macht eine wegwerfende Handbewegung und bedeutet ihr, mit der Geschichte fortzufahren. »Aber was ist dann passiert?«

»Nun, die Jahre vergingen und Master Adolphus war immer mehr auf sich und sein Erscheinungsbild bedacht. Er verlernte Freundlichkeit, Nächstenliebe und Mitgefühl und verärgerte schließlich eine fahrende Zigeunerin. Zu seinem Geburtstag schenkte sie ihm eine rote Rose und bat darum, eine Nacht im Schutze der Schlossmauern ihr Lager aufschlagen zu dürfen, doch er riss die Blütenblätter achtlos aus und warf ihr den Stiel vor die Füße. Noch während die Wachen die Zigeunerin hinausdrängten, verfluchte sie ihn dazu, sein Innerstes nach außen kehren zu müssen. Um ihn herum sollte kein Mensch mehr sein, sodass er sich auf Jahr und Tag nur mit sich und seiner Hässlichkeit beschäftigen muss. Lediglich den Zauberspiegel ließ sie ihm als letzten, strafenden Blick in eine Welt, deren Teil er nie wieder sein kann.« Für einen Moment versiegt die Stimme der freundlichen Frau. »Die Dienstboten, die das Schloss aufgrund seiner furchtbaren Launen nicht eh schon verlassen hatten, wurden zu lebendem Mobiliar. Wir – wurden zu Schränken, Teekannen, Kleiderständern, Uhren und Kerzenleuchtern, waren verdammt dazu, einsam und vergessen in ewigem Winter hier im Schloss zu leben. Aus Tagen wurden Monate und aus Monaten Jahre. Nach Jahrzehnten umgeben von Schnee und Kälte verloren wir alle Hoffnung, jemals wieder zu Menschen zu werden. Unser einziger Trost war es, dass der Fluch der Zauberin unseren Herren zu heilen schien. Sein Äußeres war nun garstig und gefährlich, aber sein Herz wurde mit jedem Tag sanfter und schöner. Er lernte Demut und Freundlichkeit und nahm endlich wieder Rücksicht auf andere. Er legte seinen Geburtsnamen ab und verbot jedem, ihn jemals wieder mit Namen oder Titel anzusprechen. Ich glaube, er tat Buße für alles, was er zuvor falsch gemacht hatte. Und als du dann hier aufgetaucht bist, kam endlich wieder etwas Leben in dieses alte Gemäuer.«

Zärtlich legt Madame LeBidon ihre Hand an Nells Wange und lächelt sie dankbar an.

»Die Sonne wurde wärmer und das Schloss mit all seinen Bewohnern begann aufzublühen. Du warst für uns wie ein kräftiger Frühlingswind, der an den Zweigen eines alten Baumes rüttelt und sie von ihrer Schneelast befreit.«

Gerührt schlägt Nell den Blick nieder. Das ist die netteste Umschreibung für einen Wirbelwind, der kommt, alles durcheinanderbringt und nur Chaos hinterlässt, die sie jemals gehört hat.

Mit einem Räuspern fährt die alte Hausdame schließlich fort. »Nun, vor ein paar Tagen hatte der Herr einen Traum der Zauberin, dass sein Fluch heute an seinem Geburtstagsball enden würde – so oder so. Wir würden frei sein oder alle sterben. Und du würdest unser Schicksal bestimmen. Der Herr freute sich so darauf, mit dir dort zu tanzen und dir das Schloss in all seinem Glanz zu zeigen. Du musst wissen, wir feiern seinen Geburtstag jedes Jahr, um uns in diesen verrückten Zeiten ein kleines Stück Normalität und die Hoffnung zu bewahren. Als dann der Herr sah, dass diese Banditen mit ihren Fackeln und Mistgabeln auf dem Weg zum Schloss waren, ertrug er den Gedanken nicht, dir könnte etwas passieren. Egal, was mit ihm oder diesem Schloss geschehe, du solltest nicht unschuldig unser Schicksal teilen. Deshalb schickte er dich fort. Dich wegreiten zu sehen, ließ all seinen Mut schwinden. Ich glaube fast, er wollte sterben. Doch wie es scheint, warst du wirklich unser Schicksal.« Die Madame lächelt traurig. »Deine Herzensgüte und dein Mut haben den Fluch gebrochen. Du hast um ein Biest geweint, um ein Monster, das zu ewiger Einsamkeit hätte verdammt sein sollen, und hast damit seine Strafe aufgehoben. Du hast uns alle befreit und den Frühling gebracht.«

Eine einzelne Träne rollt über Nells Wange und tropft von ihrem Kinn herab. »Aber Madame LeBidon, wo ist Biest hin? Er ist nicht mehr er selbst! Er ist – hochnäsig, arrogant und selbstverliebt. Wohin ist der liebevolle Mann mit den warmen Augen, der schüchtern war und trotz aller Widrigkeiten an die wahre Liebe glaubte?«

Die alte Hausdame seufzt tief und streichelt Nells Hand in der ihren. »Ich weiß es nicht, Liebes. Ich habe immer gedacht, seine Buße würde auch Adolphus zu einem anderen Menschen machen, aber wie es scheint, schlummert dieser Teil wieder tief in seiner Seele verborgen.« Traurig wendet sie sich ab, hält aber an der Tür noch einmal inne. »Chérie, heute Abend findet der jährliche Ball statt. Magst du nicht auch hingehen? Vielleicht gelingt es dir, das Biest in Adolphus wieder zu erwecken, so, wie du es geschafft hast, den Frühling zu erwecken.« Mit diesen Worten schließt sie leise die Tür hinter sich und lässt Nell mit ihren Emotionen und all den neuen Informationen allein.

Gedankenverloren steht die Märchenwanderin vor dem mannshohen Spiegel, doch ihr Blick geht glatt hindurch. Ein Fluch also. Es klingt ganz danach, als hätte Adolphus, wie sie, die Auswirkungen seines schlechten Karmas zu spüren bekommen und danach sein Leben grundlegend verändert. Unwillkürlich berührt sie das Medaillon an ihrem Hals. Nun, da der Zauber aufgehoben ist, wurde Adolphus wieder zu dem, der er mal war, leider im schlechtesten Sinne.

*Ob Biest wirklich noch irgendwo in ihm schlummert? Und was geschieht mit mir, wenn ich irgendwann nach Hause zurückkomme? Bin ich dann auch wieder genau die Nell, die an ihrem dreizehnten Geburtstag in diesen Kaninchenbau gefallen ist?*

Der Griff um den Anhänger versteift sich. Wie viel Zeit ist seit jenem Tag vergangen? Hier hält der Frühling Einzug, damit nähert sich auch ihr eigener Geburtstag. Ist ihre Rechnung korrekt, müsste es der neunzehnte sein. Die Kindheit liegt gefühlt ein ganzes Leben zurück.

Erstaunlicherweise scheinen die Zeitsprünge kleiner zu werden, seit ihr Karmakonto ins Positive geht. Hoffentlich ist das ein gutes Zeichen. Gerade sehnt sie sich so sehr nach ihrem kleinen Zuhause in Kansas, nach Sue und ihrer Mutter.

*Wenn ich nur wüsste, wie man das Portal öffnet.*

Binnen einer Sekunde wäre sie hier weg.

Da fällt ihr Blick auf die roten Rosen, die auf ihrem Nachtkästchen stehen. Lange Minuten verstreichen, in denen Nell mit sich um eine Entscheidung ringt. Schlussendlich erscheint es ihr jedoch die Mühe wert, um ihren

Freund zu kämpfen. Daher macht sie sich auf die Suche nach Madame L'Armoire. Heute Abend braucht sie definitiv eine angemessene Garderobe und sie hat da schon so eine Idee im Kopf.

Der Ball beginnt mit einem Paukenschlag, und das im wahrsten Sinne des Wortes. An der Stirnseite des riesigen Ballsaales sitzt Adolphus auf einem hohen, goldenen Thron und blickt desinteressiert über die Schar seiner Bediensteten und Gäste. Seine ganze Haltung zeugt von Langeweile. Tief in seinen Sitz hinabgerutscht, baumelt eines seiner langen Beine über die Armlehne nach unten. Das bekrönte Haupt auf seine aufgestellte Hand aufgestützt, hat der Viscount keinen Blick für die Feier oder die Feiernden. Geistesabwesend poliert er mit einem seidenen Taschentuch das Gold an der Armlehne, um sich darin noch besser selbst betrachten zu können. Dieser Abend ermüdet ihn jetzt schon. Selbst als die Musiker verstummen und Monsieur Parlante anordnet, die Gläser auf das Geburtstagskind zu erheben und danach dem traditionellen Geburtstagswalzer beizuwohnen, lässt sich Adolphus nur zu einem müden Winken seiner Hand herab.

»Auf Adolphus!«

»Auf den Viscount de Forêt Brocéliande!«

»Alles Gute zum Geburtstag!«

Kristallgläser klirren und alle gratulieren Adolphus wild durcheinander. Irgendwo muss wohl jemand zu enthusiastisch auf das Wohl des Viscounts angestoßen haben, denn mit einem hörbaren Fluchen geht irgendwo eines der Gläser zu Bruch. Adolphus hebt, durch das splitternde Geräusch gestört, unwirsch sein Haupt. Auf der Suche nach dem Verursacher lässt er den Blick über die Menge schweifen und stockt auf Höhe der gegenüberliegenden Flügeltüren mitten in seiner Bewegung.

Alle Augen sind plötzlich auf Nell gerichtet, die just in diesem Moment die Türen des Ballsaals durchschreitet. Überall im Raum holen die Menschen geräuschvoll Luft. Madame L'Armoire hat sich diesmal wirklich selbst übertroffen. Dutzende Schichten blutroter Stoffe hüllen Nell in ein atemberaubendes Ballkleid mit weitem Rock und einer langen Schleppe. In seiner Art erinnert es an eine erblühende Rose, wie sie jeden Morgen auf ihrem Kopfkissen gelegen hat. Ihre Füße stecken in Schuhen, die ganz aus blutrotem Glas gefertigt sind. Sie schimmern im Licht der Kronleuchter und Kerzen und erinnern an den Abend, da sie Biest hierher zurückgeschleppt hat und an die blutigen Fußspuren im weißen Schnee. Mit einer langstieligen roten Rose in Händen ist sie seine Belle, eine fleischgewordene Erinnerung an ihre gemeinsame Zeit.

Der Anblick scheint in Adolphus etwas auszulösen. Mit halb offenstehendem Mund und diesen hinreißend großen blauen Augen erhebt er sich von seinem Thron und starrt Nell sekundenlang an.

Innerlich jubelnd erlaubt sich die Märchenwanderin, einen Funken Hoffnung aufkeimen zu lassen. Als er dann auch noch mit schnellem, festen Schritt auf sie zukommt, macht ihr kleines Herz einen großen Hüpfer. Leicht bebend streckt sie ihm die rote Rose als Geschenk entgegen. Doch statt sie zu ergreifen, stürmt Adolphus wortlos an ihr vorbei aus dem Saal. Draußen hört man ihn gedämpft irgendjemanden anschreien, dass der Spiegel doch in den Westflügel gehöre und er sich ja wirklich um alles selbst kümmern müsse.

Nell lässt den Kopf hängen. Es war alles umsonst.

Adolphus ist noch immer das Biest in Menschengestalt. Eine Träne rinnt über ihre Wange hinab. Das Salz brennt in der kleinen Wunde an ihrer Lippe. Sie hat sie sich versehentlich selbst zugefügt, während sie vor lauter Nervosität darauf herumgekaut hat.

Aber wie in jener Nacht im Tal der Wölfe weckt sie der Schmerz aus ihrer Lethargie auf. Ein kleines Stück der alten Nell tritt zum Vorschein. Niemand – wirklich niemand – darf sie einfach so stehen lassen. Besonders nicht, wo sie sich so viel Mühe gegeben hat. Also macht sie auf dem Absatz kehrt und stürmt zwischen einer Flut bauschender Röcke aus dem Ballsaal hinaus und hinter Adolphus her, um ihm ein für alle Mal gehörig die Meinung zu geigen.

Wut und Traurigkeit treiben ihre Füße voran und sie nimmt die Treppen Richtung Westflügel im Laufschritt. Allerdings behindern sie die Dutzenden Stoffschichten, sodass sie an einer Biegung ins Straucheln gerät. Sie greift instinktiv nach der Wand und das Gitter eines der zahllosen Kamine hier im Schloss ist glücklicherweise zur rechten Zeit am rechten Ort. Atemlos schnaufend wischt Nell sich einige Haarsträhnen aus dem Gesicht, die sich bei ihrem Sprint aus der Frisur gelöst haben, und läuft dann weiter zu Adolphus' Gemächern. Diesmal allerdings etwas langsamer als zuvor. Schließlich braucht sie ja noch genügend Luft in den Lungen, um ihm sagen zu können, was sie von seinem Benehmen hält.

So würdevoll, wie es ihr irgend möglich ist, betritt Nell hocherhobenen Hauptes seine Gemächer. Der Anblick dessen, was sie dort vorfindet, bewirkt allerdings nur, dass ihr im selben Moment recht undamenhaft die Kinnlade herunterklappt. »Was ist denn hier passiert?«

Es ist erst wenige Stunden her, da sie vor seiner Arroganz und Kälte von hier geflüchtet ist, doch nichts erinnert mehr an Biests Reich. Jede einzelne Wand ist inzwischen von einem Mosaik aus Spiegeln jeglicher Form und Größe bedeckt.

»Ein Wunder, dass er die Fenster ausgespart hat«, brummt Nell, als sich hinter ihr eine barsche Stimme erhebt.

»Rede sie keinen Unsinn! Als hätte ich daran nicht auch schon gedacht! Eigentlich wollte ich auch die Fenster verspiegeln lassen, aber dann käme nicht ausreichend Licht herein, um in den Spiegeln auch etwas zu erkennen.« Erneut geht Adolphus kopfschüttelnd an ihr vorbei und lässt sie einfach mitten im Raum stehen.

Was als sarkastische Bemerkung gedacht gewesen ist, hat Adolphus tatsächlich ernsthaft in Betracht gezogen.

»Wie kann ein Mensch nur so selbstverliebt sein? Du hast eine wundervolle Aussicht und erwägst allen Ernstes, sie dir mit noch mehr Spiegeln zu verbauen? Wozu das alles?«

Adolphus, der sichtlich irritiert von der Frage ist, dreht sich unwirsch zu Nell um. »Erstens: Habe ich ihr nicht deutlich zu verstehen gegeben, dass sie mich mit meinem Titel anzusprechen hat, wenn sie es denn nicht vermeiden kann, mich überhaupt anzusprechen? Zweitens ist die Antwort doch sonnenklar: Ich muss jederzeit wissen, dass ich immer noch der Viscount de Forêt Brocéliande bin. Ich bin DER Mann im Reich und muss jederzeit auf mein Äußeres achten. Und drittens: Weil ich es kann!« Damit dreht er sich erneut prüfend um die eigene Achse und betrachtet sich wohlwollend von allen Seiten in den gut hundert Spiegeln.

»Aber das ist doch nicht alles! Adolphus – Viscount, Ihr habt dort unten so viele Menschen, die mit Euch feiern wollen. Was ist aus dem Mann geworden, dem seine Bediensteten am Herzen lagen, der voll Staunen die Sterne studiert und in der Bibliothek einen Irrgarten entworfen hat? Wo ist der Mann, der nicht müde wurde, jeden Tag eine Rose zu pflücken, nur um seinem Gast eine Freude zu bereiten? Was ist aus dem sanftmütigen Biest geworden?« Ihre Stimme bricht, sodass die letzten Worte kaum mehr sind als ein tonloser Hauch. »Wie kannst du dein eigenes Spiegelbild nur ertragen?«

Keine Sekunde hat sich Adolphus von seinen Spiegelungen abgewandt, doch nun richtet sich sein Blick bohrend auf sie. Seine Augen sprühen eisige Funken und er presst die Worte scharf wie Rasierklingen aus seinem Mund. »Wage es nicht, mich zu belehren! Für rührseliges Gefasel ist hier kein Platz. Du hast hier nichts verloren, dreckige Magd. Auch ein teures Gewand macht dich nicht zu etwas Besserem.« Sein schneidender Blick mustert sie von oben bis unten, ehe ein hämisches Grinsen seine Züge vollends entmenschlicht. Für den Moment vergisst er sogar, von ihr in der dritten Person zu reden und duzt sie. »Geh zurück an den Herd und wühle in der Asche, denn dort scheinst du dich ja wohlzufühlen!«

Verwirrt gleitet Nells Blick zu einem der riesigen Spiegel. Aschgraue Schlieren ziehen sich über ihre Wangen und die Stirn. Das muss vorhin bei ihrem Zusammenstoß mit dem Kamin passiert sein.

»Aschenmagd sollten wir sie nennen! Lauf, Aschenmagd, zurück an den Herd und in die Küche, du bist keine angemessene Gesellschaft für einen Mann meines Standes!« Die Häme und Bosheit seiner Worte trifft Nell mitten ins Herz. Dieses eine Mal bleibt sie ihm eine freche, schlagfertige Antwort schuldig. Bereits beginnen heiße Tränen, stumm die Asche von ihren Wangen zu waschen, als sie sich zu einem letzten Gruß durchringt. »Es tut mir von Herzen Leid. Ich hatte gehofft ... Leb wohl, Biest. Ich wünsche dir, dass du dich selbst wiederfindest.« Sie legt die Rose auf den marmornen Tisch zu seinem Zauberspiegel und wendet sich mit hängenden Schultern zum Gehen.

Adolphus, der sich das einen Moment argwöhnisch mit angeschaut hat, greift nach der Blume und reißt ihr mit einem kräftigen Ruck alle Blütenblätter aus, nur um Nell den blanken Stängel wutschnaubend hinterherzuschleudern. »Gut, dass sie mich daran erinnert. Die Gärtner sollen alle Rosen verbrennen. Ich hasse dieses Unkraut.«

Achtlos lässt Adolphus die Blütenblätter fallen und in der Sekunde, da das Erste davon den Zauberspiegel berührt, zerspringt das Glas mit einem lauten Knacken in tausend Teile.

»Meine Augen! Was ist das? Ich kann nichts sehen!« Der Viscount krümmt sich unter großen Schmerzen und blutige Tränen von der Farbe einer Rose rinnen über sein schönes Gesicht herab, als zwei Splitter sich tief in seine Augen bohren.

Eine Frauenstimme hallt dröhnend durch jeden Winkel des alten Schlosses. »Du hast nichts gelernt, hoher Herr. Nun soll deine Strafe endgültig sein. Ich verfluche dich zu einem Leben ohne die Ablenkung durch Äußerlichkeiten. Von diesem Moment an sollst du Schönheit nur noch mit dem Herzen finden können, denn dein Augenlicht nehme ich dir für immer. Wer in dein Gesicht blickt, soll nur das sehen, was von deiner Seele übrig ist, ein trübes, stumpfes Abbild dessen, was du einst gewesen bist. Doch dir selbst bleibt der Blick in den Spiegel auf ewig verwehrt. Lebe nun mit deiner Strafe, Viscount de Forêt Brocéliande, denn du allein trägst die Schuld daran.« Während die Stimme in einem ohrenbetäubenden Donnern verhallt, legt sich Totenstille über das gesamte Schloss.

Alle, die noch nicht geflohen sind, werden von Adolphus' Schrei aus dem Palast getrieben. Lang und laut schallt seine

Wut tausendfach von den Wänden wider. In einem Anfall blinder Raserei zerschlägt der Hausherr alle Spiegel, die er erreichen kann, und brüllt seinen Unmut in die Welt hinaus. Nun ist er allein. Selbst jene, die dem Biest über Jahre die Treue gehalten haben, sind nun fort und überlassen das Ungeheuer in Menschengestalt seiner Einsamkeit und seinem nie endenden Zorn.

Nell hastet die Treppen hinunter in die Halle und springt dabei über eine rot getigerte Katze, die in aller Seelenruhe mitten auf den Stufen sitzt und sich mit einer Pfote die Schnurrhaare putzt. Beim Aufkommen bleibt die Märchenwanderin mit dem linken Absatz in einer Steinfuge hängen. Sie stolpert noch ein paar Schritte vorwärts, um ihr Gleichgewicht wiederzufinden, ehe sie sich umdreht, um ihren verlorenen Schuh einzusammeln. Nell starrt unvermittelt zu der hochgewachsenen, hageren Frau hinauf, die sich über die Stufe beugt.

*Wo ist die denn plötzlich hergekommen?*

Die Fremde erhebt sich langsam, hält den gläsernen Schuh vor sich in beiden Händen. Das breite Lächeln auf ihren schmalen Lippen steht in starkem Kontrast zu den kalten Augen. Ihr schwarzes Kleid ist stilvoll und weniger überladen, als das der anderen Damen auf dem Ball. Es erinnert irgendwie an Rabenfedern.

»Hier, meine Teure, das habt Ihr wohl verloren.« Sie streckt Nell den Schuh entgegen.

Die Märchenwanderin schluckt und macht unsicher einen Schritt auf die Frau zu. »Danke.« Sie greift danach, spürt das kalte Glas unter ihren Fingern und meint, einen zarten, grünen Schimmer wahrzunehmen, der über die Oberfläche und ihre Hand wabert.

Nell blinzelt und das Trugbild ist verschwunden. »Nochmals danke, Madame.« Sie nimmt den Schuh an sich und weicht zurück, um ihn überzustreifen. Im Hintergrund miaut die rote Katze.

Das Lächeln auf den Zügen der Fremden wird noch eine Spur breiter. »Es war mir ein Vergnügen. Viel Glück meine Teure. Mögen Euch Eure einzigartigen Schuhe sicher wieder nach Hause tragen.«

Verwirrt nickt die Märchenwanderin und läuft hinüber zu Orpheus. Von einer Mauer aus schwingt sie sich auf seinen Rücken und prescht unter den wachsamen Augen der Katze und der fremden Frau schluchzend in die Nacht davon.

»Du hast dein Leben in der Hand
webst selbst deines Karmas leuchtend Band.
Krone, Geld und feines Tuch
retten doch nicht vor dem Fluch.
Gesicht so schön, im Herzen Wut
besiegelt sein Schicksal durch Rose und Blut.

Ding Dong Dongelong,
Meile Mitte Mole
Manchmal in zerlumptem Gewand
entsteigt aus der Asche ein Diamant.«

# In der Falle

Auf den Rücken des großen Pferdes gekauert, fliegt die Welt nur so an ihr vorbei. Ohne Gedanken und Zeitgefühl überlässt Nell es dem Rappen, sich seinen Weg zu suchen. Wohin? Ganz egal, nur weg von hier.

Plötzlich erzittert ihr Körper unter einem eiskalten Schauer. Wieder hat sie das Gefühl, durch ein dichtes Netz aus feuchten Spinnweben zu brechen. Ein prüfender Blick auf den Kompass bestätigt ihre Vermutung. Ein schwaches, weißes Schimmern geht von den Rändern aus. Die Märchenwanderin stößt schwer die Luft aus. Sie hat Biests Reich verlassen.

*Die Frage ist nun allerdings: Wo bin ich jetzt wieder gelandet?*

Vorbeiziehende Äste verfangen sich in Nells Haaren und zerren mit Hunderten gieriger Hände an ihren Kleidern. Fluchend lässt sie Orpheus in den Schritt parieren und schaut sich um. Der Wald ist wild und dunkel. Hier abzusteigen, ist wenig verlockend. Was, wenn der Hengst durchgeht? Dann wäre sie verloren. Und ob sie ohne eine Mauer oder einen Baumstumpf wieder in den Sattel hinaufkommt, ist ebenfalls höchst fraglich.

»Reiß dich zusammen, Mädchen.« Irgendwie muss sie wenigstens dieses Überkleid loswerden. Das geht bestimmt auch so. In der Wildnis sind die vielen Stofflagen nur im Weg, und sollten Räuber in der Nähe sein, wären sie wahrscheinlich sogar eine Einladung zum Überfall. Nell lässt den Rappen grasen, während sie beginnt, mit zittrigen Fingern die Schnüre an ihrem Ballkleid zu lösen.

Als sie kurze Zeit später nur noch in ihrem Leinenunterkleid im Sattel sitzt, kann die Märchenwanderin endlich wieder freier atmen. Sie rafft den Stoff zusammen und stopft das Kleid unsanft in eine der Satteltaschen. Der Hengst tänzelt bei ihrem Geschaukel nervös hin und her. »Schön ruhig, Junge. Und nun noch die Schuhe. Das schaffen wir.« Sie tätschelt dem Tier die Seite und balanciert ihr Gewicht auf dem Sattel aus, ehe sie sich tief hinab über seinen Hals beugt, um auch die roten Glasschuhe von den Füßen zu streifen.

»Einmal.« Nell streckt sich zur anderen Seite. »Zweimal.« Noch liegend schiebt sie die Schuhe in die zweite Satteltasche und atmet erleichtert aus. Doch gerade als sie sich aufrichten will, macht Orpheus unversehens einen Schritt zur Seite. Nell wackelt und kippt nach vorne. Adrenalin schießt durch ihre Adern und sie packt reflexartig zu. Durch den Schreck noch verstärkt, presst sie sich mit der Macht der Verzweiflung an das riesige Pferd und treibt versehentlich ihre Fersen in seine Flanken. Laut wiehernd macht das erschrockene Tier einen mächtigen Satz nach vorne und prescht in vollem Galopp durchs Unterholz. Nell liegt flach auf seinem Rücken und umklammert mit beiden Händen den starken Hals. Die Zügel flattern nutzlos herum.

»Hilfe! Bitte bleib stehen!« Tief hängende Äste peitschen über ihre Arme und den Rücken. Als sie einem Zweig auf Kopfhöhe nicht mehr rechtzeitig ausweichen kann, versucht sie prustend, die geernteten Blätter wieder auszuspucken.

»Ho! Bleib stehen! Hoooo!« Langsam lässt die Kraft in ihren Händen nach und ihre Finger öffnen sich ohne ihr Zutun immer weiter. »Bitte, bleib stehen!«, fleht sie mit leiser, weinerlicher Stimme, doch Pferde sind Fluchttiere. Ohne Zügel und Ziel jagt Orpheus blindlings durch die Nacht. Er fliegt nur so über Steine und Wurzeln dahin. Nell kneift die Augen fest zusammen, als eine rote Katze mit buschigem Schwanz wenige Meter vor ihnen über den Weg flitzt.

*Moment, hatte die Katze gerade einen Hut mit einer Feder auf?*

Sie schüttelt ungläubig den Kopf und krallt sich an Orpheus' Mähne fest, als ob ihr Leben davon abhinge. Ihre Hände werden immer schwitziger. Jetzt hilft nur noch beten.

Ein lautes Heulen wie von einem Wolf erklingt ganz in der Nähe. Von instinktiver Furcht ergriffen, versucht der Rappe, mitten in der Bewegung abzubremsen. Dabei gerät er unversehens ins Schlittern. Seine Hufe graben sich bei der Rutschpartie tief ins lockere Erdreich des Waldbodens ein und ziehen lange Schlieren hinter sich her. Plötzlich trifft einer seiner Hufe mit einem dumpfen Laut auf eine hochstehende Wurzel. Der Hengst reißt die Vorderbeine in die Luft, um nicht zu stürzen. Er steigt und tänzelt wiehernd auf den Hinterbeinen herum.

»Hilfe!«

Da löst sich wie aus dem Nichts die große Gestalt eines Mannes aus dem Zwielicht der Bäume.

»Ho!« Er tritt mit ausladenden Schritten an den scheuenden Hengst heran und redet mit dunkler, kantiger Stimme beruhigend auf Orpheus ein. Ohne Furcht vor den wild schlagenden Hufen greift der Mann beherzt in die umherflatternden Zügel. Er zieht das verängstigte Geschöpf wieder auf alle Viere und hört nicht auf, mit ihm zu sprechen. Dabei wird seine eigene Stimme immer leiser, bis er nur noch flüstert und zärtlich die weiche Stelle zwischen dessen Nüstern reibt. »Tikho! Khoroshiy kon'. Tikho. Da. khoroshiy kon ...«[3]

Langsam, aber sicher, beruhigt sich das große Tier. Das Tänzeln lässt nach und das Wiehern verebbt zu einem leisen Schnauben.

»Khoroshiy kon'.[4]« Die Stimme des Fremden kriecht tief und dunkel in Nells Ohren und besänftigt ganz nebenbei auch ihr wild schlagendes Herz. Unsicher löst sie ihren Klammergriff um Orpheus' Hals und richtet sich zitternd im Sattel auf. Ist sie normalerweise schon recht blass, kann man ihre Gesichtsfarbe nun getrost als kalkweiß beschreiben. Gerade wünscht sie sich nichts sehnlicher, als feuchten und festen Waldboden unter ihren Fußsohlen zu spüren. Und das vorzugsweise, ohne undamenhaft vom Pferd zu fallen, wobei sie selbst das gerade billigend in Kauf nehmen würde, wenn sie nur hier runterkäme.

Der Fremde bemerkt augenscheinlich Nells schlechte Verfassung, denn er schlingt die losen Zügel kurzerhand um einen Ast und tritt an ihre Seite. Dank seiner enormen Körpergröße muss er sich nicht einmal strecken, um ihre schmale Taille zu umfassen und sie einfach von dem hohen Ross herabzuheben. Dabei verweilen seine Hände einen Augenblick länger an ihrer Taille, als notwendig gewesen wäre. Leuchtend grüne Augen halten Nells Blick unverwandt fest.

»Dobryy den'. Iswenite.[5]« Der samtene Klang seiner tiefen

---

3 »Ruhig! Gutes Pferd. Ruhig. Ja. Gutes Pferd.«

4 »Gutes Pferd.«

5 »Guten Tag. Entschuldigung.«

Stimme schlägt die Märchenwanderin sofort wieder in seinen Bann und steht doch im krassen Gegensatz zu den vergleichsweise harten Lauten dieser fremden Sprache.

Nell spürt, wie ihre Knie unter seinem Blick weich werden. Fast schon aus Gewohnheit sucht sie Halt am Sattel des Rappen.

»Hallo.« Ihre Stimme klingt wacklig und unsicher, während ihre Finger an den Lederriemen des Sattels herumnesteln. »Es tut mir leid, aber ich verstehe dich nicht.«

Zum ersten Mal, seit sie ihn gesehen hat, löst sich die starre Miene des Fremden und er beginnt, herzlich zu lachen. »Iswenite! Entschuldigung! Ich nicht wollte dein Pferd erschrecken. Hm das nicht richtig. Ich wollte – dein Pferd nicht erschrecken. So ist besser.«

Nell, erleichtert, dass er ihre Sprache spricht, fällt in sein Lachen mit ein. »Ach so. Nichts passiert, vielen Dank. Also, dass du das Pferd aufgehalten hast.« Unglaublich. Sie stottert herum wie ein Schulmädchen und kichert wie eine alberne Gans. Was ist das nur mit diesem Mann?

»Da! Ich bin jedenfalls froh, dass dir passiert ist nichts – Dass dir nichts passiert ist.« Er tritt wieder einen Schritt näher und reibt zärtlich über den Kopf des Pferdes.

Kaum eine Armeslänge trennt ihn nun von ihr. Ihm so nah zu sein, bringt Nell dazu, unruhig von einem Fuß auf den anderen zu treten.

»Aber ich muss sagen, ich bin neugierig. Was machst du allein hier draußen im Wald?« Seine grünen Augen mustern sie von Kopf bis Fuß und wieder zurück. »Nicht ist guter Ort oder Zeit für so schöne Frau allein.«

»Du findest mich schön?« Kaum sind die Worte ihrem Mund entschlüpft, schlägt sie sich die Hände vors Gesicht, als könne sie das Gesagte so zurücknehmen oder ungehört machen. Fast augenblicklich färben sich ihre Wangen schamesrot und Nell drückt sich in dem Versuch, sich irgendwie zu verstecken, enger an den Rappen. Der macht prompt einen Schritt zur Seite, sodass Nell erneut stolpert. »Ich …« Wie erklärt man nur ihre Situation? Unter dem durchdringenden Blick dieser grünen Augen wird ihre Kehle trocken. Sein forderndes Schweigen jagt ein Kribbeln durch ihren Körper. »Das ist kompliziert.«

Gelassen blickt er Nell an, streichelt dabei ganz nebenbei die Nase des Pferdes. »Nun, ich bin sicher, ich kann deine Worte verstehen.«

Das hat sie so nicht gemeint, verkneift sich aber eine Erwiderung und murmelt stattdessen: »Ich habe mich verirrt.«

Der fremde Mann grinst schelmisch. »Du siehst, war gar nicht so schwierig.« Sein jungenhafter Charme, der ihre Knie weich werden lässt, wechselt übergangslos mit dieser dunklen, fordernden Härte hin und her, die ihre Knie noch weicher werden lässt. »Aber das nicht beantwortet meine Frage. Nein, das beantwortet nicht meine Frage. So ist besser, da?« Wieder bohren sich seine Augen in ihre, als könnte er durch sie die Wahrheit erkennen, oder schlimmer noch: jede Lüge.

Die Märchenwanderin überlegt fieberhaft, was sie nun sagen soll. Würde sie versuchen, ihm die Geschichte mit Biest, beziehungsweise Adolphus, und dem lebendigen Mobiliar zu erzählen, hielte er sie höchst wahrscheinlich für irre.

*Verflixt! In welchem Märchen bin ich nur gerade gelandet?*

Unter Umständen könnte ihr das verraten, wie sie mit diesem Mann umgehen muss. Aber wer ist er? Ein Räuber? Rübezahl? In seinen weichen, dunklen Kleidern sicher kein armer Mann. Alles, was er trägt, ist von guter Qualität und sitzt perfekt. Die Hosen sind an den Knien abgewetzt, hier und da ist eine Stelle am Hemd ausgeblichen. Ihr will partout kein passendes Märchen einfallen.

»Nun?« Der Fremde ist es scheinbar nicht gewohnt zu warten. Ehrfurcht gebietend ragt er über ihr auf, als er noch einen halben Schritt auf sie zukommt. Nell indes steht mit dem Rücken zur Wand, oder besser, zum Pferd, und kann nicht ausweichen. Seine Nähe und die Härte in seinen Augen lassen sie erzittern. Unter seinem fordernden Blick bricht plötzlich der Damm und die Worte sprudeln nur so aus ihrem Mund.

»Ich bin davongelaufen ... vor einem richtigen Scheusal ... und der Wald war so dunkel und ich habe mich ständig überall in den Zweigen verfangen ... Dann ist das Pferd durchgegangen und ich konnte es nicht mehr anhalten ... dann war da ein Wolf ... na ja, zumindest haben wir ihn gehört ... und ich konnte mich einfach nicht mehr festhalten ... und dann warst du da und hast das Pferd beruhigt ... aber ich weiß gar nicht, wer du bist ... und wo ich hier bin und ich habe Angst, dass ich nie wieder nach Hause komme ...« Entkräftet sinkt Nell zu Boden. Die so lange so sorgsam unterdrückte Angst und der emotionale Ausbruch haben sie völlig erschöpft. Sie kauert sich wie ein kleines Kind bebend zwischen den Hufen des Rappen zusammen. Die Arme fest um die Knie geschlungen, wiegt sich ihr Körper leise schluchzend hin und her.

Bis zu diesem Augenblick ist ihr gar nicht bewusst gewesen, wie sehr die ganze Geschichte an ihr gezehrt hat. Nells Atem beschleunigt sich, geht hektisch und stoßweise. Bereits beginnen die Ränder ihres Sichtfeldes zu verschwimmen. Schwarze Flecken verdunkeln ihren Blick. Immer schneller und verzweifelter zieht sie die Luft in ihre Lungen und hat doch das Gefühl zu ersticken.

Bis es plötzlich endet. Ein elektrisierendes Gefühl jagt durch ihren Körper, als seine Hände sie fest an den Schultern packen. »Opravdaniye, entschuldige! Langsam atmen. Beruhige dich, ist nix schlimm. Alles wird gut. Musst du atmen ein und aus. Ganz langsam.« Vor lauter Schreck und Sorge vergisst er sogar, sich selbst zu verbessern, und spricht einfach, wie ihm der Schnabel gewachsen ist. »Ein und aus. Ein und aus.«

Zerzaust blinzelnd schaut Nell zu ihm hoch. »Danke. geht schon wieder. Bitte nicht mehr schütteln.«

Da bemerkt er, dass er Nell immer noch gepackt hält, und lässt sie los. »Entschuldige. Aber du mich hast ganz schön erschreckt.«

»Danke.« Nell reibt sich die Schultern. Ein tiefes Seufzen entrinnt ihrer Kehle. »Ich mich selbst auch. Mir war gar nicht bewusst. wie sehr ...«

Der Fremde lässt sich mit einem tiefen Laut der Erschöpfung neben sie auf den Boden gleiten. »Aber jetzt geht besser?« Er blickt sie prüfend an, doch geht von ihm nun eine Wärme aus, die sofort Vertrauen schafft.

Nell nickt. »Ja, besser.« Es ist ihr sichtlich peinlich, dass sie so ausgeflippt ist. In dem Bestreben, die Stille zu überbrücken, zupft sie den Saum ihres Unterkleides zurecht, versucht, ihn über ihre dreckigen, nackten Füße zu ziehen. Nun wünscht sie, sie hätte das Kleid und die Schuhe nicht ausgezogen, dann hätte sie sich vielleicht weniger nackt und schäbig gefühlt.

»Hallo? Geht es dir gut?« Der Fremde wedelt mit der Hand vor ihrem Gesicht herum.

Nell schreckt zusammen. »Wie bitte?« Irgendetwas hat sie wohl nicht mitbekommen, denn er lacht aus voller Kehle und schüttelt den Kopf, dass das rabenschwarze Haar im

Licht der aufgehenden Morgensonne nur so fliegt. »Ich habe gefragt, wie dein Name ist.«

»Ach so. Ich heiße Nell und du?«

»Nell, ein ungewöhnlicher Name. Woher stammt er? Ist das die Abkürzung für irgendetwas?«

»Weiß ich ehrlich gesagt nicht. Ich hieß schon immer so. Keine Ahnung, wo der Name herkommt.«

»Aha. Ungewöhnlich. Aber irgendwie finde ich, er passt zu dir.«

Wieder breitet sich Stille zwischen den beiden aus, bis Nell nun ihrerseits ungeduldig wird und ihn sachte mit dem Ellenbogen anstupst. »Und?«

»Und was?«

»Und du? Wie ist dein Name?«

Bisher ist sein Verhalten stets geradlinig, fordernd und sogar etwas dominant gewesen. Doch nun scheint er richtiggehend herumzudrucksen. Er rupft Grashalme aus und wickelt sie solange um seine Finger, bis sie reißen.

Wieder ein sanfter Stoß mit dem Ellenbogen. »Nun sag schon. So schlimm kann dein Name schließlich nicht sein. Oder heißt du Adolphus? Dann sag es mir bitte lieber nicht.« Allein bei dem Gedanken daran stellen sich ihre Nackenhaare auf.

Grüne Augen schauen verwirrt zu ihr hinab. »Ado-was? Adolphus? Ist das überhaupt ein Name?« Auch ihm stellen sich beim Klang des Namens die Härchen im Nacken auf. »Nein. Glücklicherweise heiße ich nicht Adolphus.« Wieder diese Stille. Doch bevor Nell ihn noch ein drittes Mal mit dem Ellenbogen piken kann, gibt er sich einen Ruck. Halb dreht er sich zu ihr und streckt ihr die rechte Hand entgegen. »Du kannst mich Kolja nennen. Schön, dich kennenzulernen, Nell.« Mit einem freundlichen Lächeln schüttelt er ihre Hand.

Nell fällt auf, dass seine Finger mindestens so dreckig sind wie ihre Füße. Erde schwärzt seine Nägel und dunkler Schorf bedeckt die Wunde, die über seinen Handrücken verläuft. Seine Haut fühlt sich rau an, zeugt von körperlicher Arbeit und bildet dabei einen skurrilen Kontrast zu seinem gepflegten Gesicht.

»Freut mich sehr, Kolja. Ich bin dir für deine Hilfe wirklich zu Dank verpflichtet. Aber wo kommst du eigentlich her, beziehungsweise, wie kommst du hierher?«

Kolja zieht die Luft tief in seine Lungen und stößt sie in einem langgezogenen Seufzer wieder aus. Als er Nell dann wieder ansieht, wirkt sein Blick sichtlich gequält. »Nun, ich mich muss – nein, ich muss mich gleich noch mal entschuldigen. Ich war unterwegs mit meinem Hund. Grischa, das mein Hund, ist einem roten Fuchs nachgejagt.«

Nell stöhnt lautlos.

*Ein Fuchs. Also war es doch keine Katze mit Hut und Feder. Beruhigend.*

»Und ist getappt in eine – wie heißt das? Er ist in eine Falle getappt. Wilderer stellen hier oft Fallen auf.« Koljas Unterkiefer mahlen. An dem gefährlichen Blitzen seiner Augen lässt sich deutlich ablesen, was er von Menschen hält, die solche Fallen aufstellen. »Ich versucht habe, ihn zu befreien, aber ich allein nicht kriege Grischa aus dem Loch heraus.« Traurig und geknickt blickt der Hüne zu der Stelle, an der er aus dem Gebüsch gebrochen ist und wo Grischa wohl noch immer gefangen ist.

»Das Heulen, das dein Pferd so erschreckt hat, war wohl Grischa, als ich Spieß aus seiner Pfote gezogen habe. Vor Angst er ist rückwärts gesprungen und in der Fallgrube gelandet. Ich wollte Hilfe holen, aber dann ich habe dein Pferd gesehen. Entschuldige.«

Bei der Geschichte stehen Nell die Haare zu Berge. Der Gedanke an den armen Hund, der blutend und winselnd allein in einer Grube liegt, lässt ihren Magen rebellieren. Ohne groß auf seine Entschuldigung einzugehen, steht sie auf und streckt ihm die Hand hin. »Ist doch jetzt egal. Du hast mir geholfen und jetzt werden wir beide versuchen, Grischa zu helfen.«

Ihr Angebot trifft Kolja völlig unvorbereitet. Sekundenlang starrt er einfach zu Nell hinauf, unfähig, sich zu rühren.

»Na was ist nun, Kolja? Kommst du?« Sie lächelt, schenkt ihm einen jener Blicke, die Eis zum Schmelzen bringen und Feuer entfachen können. Mit einem entschiedenen Nicken klappt Kolja den Mund zu und packt die ihm dargebotene Hand. Der Versuch, einen gestandenen Mann von Koljas Größe auf die Füße zu ziehen, hätte allerdings beinahe damit geendet, dass Nell wieder einmal auf dem Boden landet. Nur weil Kolja selbst mithilft, kommen beide unsicher lachend auch wirklich auf den Füßen an.

Mit einem verlegenen Räuspern lässt die Märchenwanderin seine Hände los und weicht schnell einen Schritt zurück. »Ähm, also gut. Wohin müssen wir?«

Kolja nickt, sich ebenfalls räuspernd, und geht auf das Gebüsch zu, aus dem er kam. Schon schickt sich Nell an, ihm zu folgen, als ihr noch einfällt, dass sie Orpheus ja schlecht allein hier zurücklassen kann. Sie löst die Zügel vom Ast und führt das Pferd hinter Kolja her, geradewegs in das Dickicht hinein.

Ein paar Minuten tappen die drei schweigend hintereinander her durch die Morgendämmerung, als von irgendwoher ein herzzerreißendes Winseln zu hören ist. Kolja versteift sich und Nell zieht schützend die Schultern hoch. Dieser grausige Laut weckt tief in ihr den Wunsch, loszustürmen und dem armen Tier zu helfen. Doch Kolja hält sie zurück. »Langsam! Wir vorsichtig sein müssen. Du dich erinnerst? Hier es gibt viele Fallen.«

Nell nickt. Natürlich hat er recht. Allerdings macht es das lauter werdende Winseln nicht unbedingt leichter, seinem Rat zu folgen und mit Bedacht in seine Fußspuren zu treten.

»Da sind wir.« Kolja beugt sich tief über ein fransiges Loch im Boden, aus dessen Düsternis nun aufgeregtes Fiepen zu hören ist. Nell bindet den Rappen an einem nahegelegenen Baum fest, ehe sie sich neben Kolja auf die Knie sinken lässt. Der Blick hinab in die Schwärze verheißt nichts Gutes. Die Grube muss gut und gerne fünf Meter tief sein, wenn nicht noch mehr.

Resigniert ballt der große Mann neben ihr die Hände zu Fäusten. »Ich weiß nicht, wie wir bekommen Grischa da heraus. Es ist zu tief und ohne ein Seil wir haben keine Chance.« Da ist ungelogen etwas Wahres dran.

Nells ungebremst optimistischer Tatendrang erleidet einen schweren Dämpfer. Doch plötzlich hellen sich ihre Gesichtszüge auf. »Ich habe eine Idee! Gib mir dein Messer!« Eine Anweisung, keine Frage. Welcher Jäger, der auch nur ansatzweise etwas auf sich hält, würde jemals ohne Messer aus dem Haus gehen? Zwar weiß sie immer noch nicht, ob Kolja ein Jäger ist oder wer er eigentlich ist, aber sie geht einfach mal davon aus, dass er ein Messer mit sich herumschleppt.

Mit fragender Miene zieht Kolja den geforderten Gegenstand aus einer versteckten Halterung in seinem Stiefel. Er reicht ihn Nell mit dem Griff voran. »Gib Acht, die Klinge ist scharf.«

»Na das hoffe ich doch.« Ohne Umschweife stapft sie damit auf den Rappen zu und zerrt das Ballkleid aus der

Satteltasche. Achtlos lässt sie ihren einzigen Besitz zu Boden fallen und greift blind nach einer Ecke, an die sie sogleich das Messer ansetzt.

»Halt!« Kolja ist binnen einer Sekunde bei ihr und greift nach ihrem Arm. »Was du hast vor? Du willst das kostbare Kleid zerschneiden?«

Fest entschlossen schaut Nell in seine grünen Augen hinauf und ein Funken Wehmut liegt in ihrem Blick. »Wenn ich eines gelernt habe, ist es, dass alle schönen Dinge, alle teuren Kleider und alle Reichtümer belanglos sind. Kein Glück liegt darin. Sie sind wertlos.« Ohne darauf zu warten, dass er seinen Mund wieder zuklappt, entwindet sie ihm ihren Arm und zieht die Klinge mit einem lauten ›Ratsch‹ durch den teueren Stoff.

Es folgt Schnitt um Schnitt. Erst als ein ansehnlicher Haufen langer, rot glitzernder Streifen vor ihr im Gras liegt, legt die Märchenwanderin das Messer beiseite und beginnt, die Streifen zu einem Seil zusammenzuflechten.

»Etwas Hilfe könnte nicht schaden.« Doch viele Köche verderben den Brei und ungeschickte Männerhände das Seil. So begnügt sich Kolja damit, ihr einen Streifen nach dem anderen anzureichen und das geflochtene Stück ordentlich auszubreiten.

»Ich glaube, das sollte reichen«, ist das Erste, was Nell nach einer ganzen Weile angespannter Konzentration von ihm zu hören bekommt. Nickend verknotet sie das Ende und steht auf. Probehalber lassen sie den Strick in die Fallgrube hinabgleiten und seufzen erleichtert, als es daran zu ziehen und zu zerren beginnt. Grischa muss das andere Ende erwischt haben.

»Es scheint, dein armer Freund dort unten wird langsam ungeduldig. Wäre ich an seiner Stelle mit Sicherheit auch. Es ist ja auch wirklich gemein, darauf zu warten, dass man endlich aufgezogen wird. Nein! Raufgezogen.«

Nell kichert, als sie ihren eigenen Versprecher bemerkt, doch Kolja scheint er auf ein ernüchterndes Problem zu bringen. »Verflixt. Ich gar nicht hatte daran gedacht.«

Nells Grinsen gefriert, als sie ebenfalls den Hinkefuß in ihrem Plan bemerkt. »Er kann sich nicht festhalten.« Sie runzelt die dreckverkrustete Stirn.

Kolja nickt. »Eben. Und das Loch ist zu klein zum Runterklettern.«

»Nicht für mich. Ich gehe runter.«

Koljas Kopf fährt zu ihr herum. Wo gerade noch Verzweiflung seinen Blick verschleierte, keimt nun ein Funken Hoffnung, Sorge und – etwas anderes. »Viel zu eng!« Sein Verstand ringt offen mit seinem Herzen.

Wäre die Lage nicht so ernst gewesen, hätte Nell wohl laut losgelacht, weil sich jeder Gedanke überdeutlich in seiner Miene ablesen lässt. »Das klappt schon. Irgendjemand muss dieses Loch ja schließlich auch gegraben haben. Außerdem haben wir nicht viele andere Möglichkeiten, oder ist dir inzwischen ein genialer Plan gekommen?«

Die schmalen Schultern straffend, ergreift sie das Ende des improvisierten Seiles und schlingt es sich kurzerhand um die Taille. Der Blick in den Schlund lässt ihren Mut sinken. Dort drin herrscht absolute Finsternis, kein Lichtstrahl erreicht ansatzweise den Boden. Im Stillen hofft sie, dass die Grube nicht irgendwo schmaler wird. Schnell schaut Nell weg, sucht lieber den Blick von Koljas leuchtenden grünen Augen.

»Das klappt schon. Vertrau mir! Und dreckig bin ich ja auch schon, also was soll's?« Sie fühlt sich bei Weitem nicht so sicher, wie sie ihn glauben machen will. Doch ein Fiepen aus der Tiefe fegt die Gedanken an einen Rückzieher einfach fort. »K – Keine Angst, Grischa. Ich komme!«

Unvermittelt überwindet Kolja die Distanz zu ihr und zieht sie mit einer kraftvollen Bewegung in seine Arme. Die Nase in ihr struppiges Haar vergraben, hält er sie fest, als berge diese Umarmung den kostbarsten aller Schätze des Reiches. »Spasiba! Spasiba. Nicht weißt, was das bedeutet für mich«, haucht er rau an ihre Schläfe, ehe er Nell so rasch wieder freigibt, dass ihr ganz schwindlig wird.

»Was es für mich bedeutet«, verbessert sie seinen Satz, in dem Versuch, ihre Überraschung und den seltsamen Augenblick zu überspielen. Steifgliedrig setzt sie sich an den Rand des Abgrunds und schwingt mit schlagendem Herzen die Beine über den Rand. »Du hältst mich fest und holst mich wieder herauf, ja?« Der Moment, bevor sie sich in die Schwärze hinabgleiten lässt, schnürt ihr buchstäblich die Kehle zu.

Statt einer Antwort wickelt sich Kolja mit grimmiger Entschlossenheit das Tau fest um Hüfte und Unterarme. »Hab keine Angst, ich dich werde festhalten. Ich lasse dich niemals los.«

Nell nickt und versucht sich an einem zuversichtlichen Lächeln, ehe sie nach und nach in dem Loch verschwindet.

Beklemmung. Die Wände scheinen immer näher zu rücken und sie zu zerquetschen, während der runde Lichtschein über ihr kleiner und kleiner wird. Bilder und Erinnerungen tauchen in ihrem Geist auf, von dem Sturz in den Kaninchenbau, der am Anfang ihrer Reise stand. Es fühlt sich an, als wäre das ein ganzes Leben her. Das Erlebte ist so weit weg, aber die Angst, die sie damals empfunden hat, ist auch heute noch präsent.

Ihr Herz schlägt schneller. Das Seil schneidet sich

unangenehm in ihr Fleisch.

*Das wird definitiv blaue Flecken geben.*

Feuchte Erde rieselt auf sie herab, beschwört Gedanken an Gräber vor ihrem geistigen Auge herauf. Die Märchenwanderin schüttelt sich, als es ihr eiskalt den Rücken herunterläuft.

*Was, wenn ich hier nie wieder rauskomme?*

Die aufsteigende Panik lähmt Nell in gleichem Maße, wie sie ihren Herzschlag antreibt. Das Atmen wird von Sekunde zu Sekunde schwieriger, auch weil der Schacht so eng ist, dass ihre Arme beständig an den Wänden entlangschrammen. Wie soll sie Grischa nur mit nach oben bringen? Wie überhaupt nach ihm greifen, wenn sie sich nicht bücken kann? Vielleicht wäre es sinnvoll gewesen, Kolja hätte sie kopfüber in das Loch hinabgelassen.

*Nein, bloß nicht!*

Das hätte sie nicht überlebt.

Unter ihr beginnt Grischa erneut, laut zu fiepen. Er spürt wohl, dass seine Rettung nah ist.

»R-r-ruhig Junge. H-h-hab keine Angst. Ich bin g-gleich da.« Ihre Stimme bebt. In ihren Ohren rauscht das Blut, sodass sie kaum noch etwas anderes hören kann.

*Wie tief mag dieses Loch wohl sein?*

Plötzlich passiert es. Das Seil über ihr verliert an Spannung und der Druck auf ihre Körpermitte lässt unvermittelt nach, jedoch ohne dass es weiter abwärts geht. Sie steckt fest. Nell windet sich, doch eingekeilt zwischen Wurzeln und Erdreich hat sie kaum Spielraum. Wenn überhaupt, wird es eher noch enger.

»Hilfe.« Ihre Kehle fühlt sich so trocken an, dass nicht mehr als ein heiseres Krächzen daraus hervordringt. Der Druck auf ihren Brustkorb nimmt zu. Bei dem Versuch, dagegen anzuatmen, gelangt zu wenig Luft in ihre Lungen.

Die Wände rücken immer näher.

*Ich sterbe hier.*

Panisch krallen sich ihre Finger in die feuchte Erde hinein. Ihrer Kehle entringt sich ein heiseres Wimmern. Nun versiegt auch noch das bisschen Licht von oben.

»Was ist da unten los?« Koljas sorgenvolle Stimme dringt zu ihr hinab. Er muss bemerkt haben, dass keine Spannung mehr auf dem Seil liegt, und hat sich über die Öffnung gebeugt, um zu sehen, ob Nell schon unten angelangt ist.

»Ich – ich – kann – nicht ...« Obwohl sie kaum mehr als ein Flüstern zustande bringt, muss Kolja die Panik in ihrer Stimme gehört und richtig gedeutet haben.

»Ganz ruhig! Atme tief durch!«

»Ich – kann – nicht – nicht – at – keine – Luft – so – dunkel ...« Nells Kehle ist wie zugeschnürt. Tränen steigen ungewollt in ihr auf und rinnen heiß und stumm über ihre Wangen. Langsam wird es an Rändern ihres Gesichtsfeldes schwarz. Immer verzweifelter kratzt sie an den Wänden entlang, schluchzt und windet sich.

»Ganz ruhig! Hab keine Angst! Ich lasse dich nicht allein! Ich habe es versprochen, ich lasse dich nicht fallen!«

Und dann ist da plötzlich wie von Zauberhand ein kleines Licht. Gelblich schimmernd schwebt es zu Nell hinab in die Tiefe. Es ist nur ein winziger Funke, kaum so groß wie eine Haselnuss, doch es reicht aus, um ihre Angst zu mildern. Vor Staunen holt die Märchenwanderin tief Luft und das Hecheln ist vergessen.

»So etwas passiert auch nur im Märchen.« Ihre Worte hängen als andächtiger Hauch in der Finsternis. »Danke.«

Das winzige Geschöpf kitzelt mit den Flügelchen ihre Nase, ehe es weiter munter vor Nells Gesicht durch die Luft tanzt. Sein Schein reicht aus, um zu erkennen, wo das

Problem liegt: Ein großer Erdklumpen ragt ein gutes Stück in den Schacht hinein.

»Das schaffe ich.« Mit dem Licht des Glühwürmchens kehrt auch die Zuversicht zurück. Vor Anstrengung stöhnend, zieht sie den linken Arm nach oben, gerade so weit, dass ihre Fingerspitzen die Verengung erreichen können. Nell müht sich in der verrenkten Haltung damit ab, Brocken um Brocken abzukratzen und dabei möglichst ruhig weiterzuatmen. Sie beißt sich auf die Lippe, als mehrere Fingernägel brechen und Würmer über ihre Haut kriechen, trotzdem gräbt sie sich verbissen weiter ins Erdreich hinein. Jetzt zählt nur, hier heil wieder rauszukommen – mit Grischa.

Wie aufs Stichwort dringt von unten ein Bellen herauf.

»Gleich! Noch ein bisschen. Noch ein kleines Stück.« Schicht um Schicht trägt Nell von der Wand ab und spürt bereits, wie der Druck auf ihren Körper schwächer wird. Kurz bevor sie sich befreit hat, hält sie jedoch noch einmal inne und schaut hinauf zu Kolja. »Ich bin gleich frei. Bitte, halt mich gut fest! Lass mich nicht fallen.«

»Ich hab dich. Keine Angst!« Wie schon zuvor schenkt sein Versprechen ihr die notwendige Sicherheit, sodass sie den letzten größeren Brocken Erde wegbricht und prompt ein Stück in die Tiefe sackt, direkt in das gespannte Seil.

Der plötzliche Zug an ihrem Körper presst Nell die Luft aus den Lungen. Dennoch spürt sie nichts als Erleichterung. »Alles gut, es kann weitergehen!«

»Da!« Langsam lässt Kolja sie weiter hinab in das Loch, doch diesmal erleuchtet das kleine Glühwürmchen, das ihr unbeirrt in die Schwärze folgt, den Weg.

Dankbar tut Nell ihr Bestes, um das Geschöpf nicht zu berühren oder gar zu verletzen. »Nie hätte ich gedacht, dass ein Funken so hell und wertvoll sein kann. Danke, kleines

Glühwürmchen!«

Wie als Antwort streift das winzige Wesen Nells Nase noch einmal mit den Flügelchen und schwebt weiter mit hinab.

Kurze Zeit später setzen ihre Füße endlich auf dem kühlen Erdboden auf und Nell entfährt ein tiefes Seufzen. Sofort ist Grischa bei ihr und humpelt aufgeregt und schwanzwedelnd im Kreis um sie herum. Hier unten ist die Grube breiter, sodass auch das beklemmende Gefühl der Enge endlich nachlässt. Zitternd vor unterdrückter Anspannung sinkt die Märchenwanderin auf die Knie. »Brav, Grischa, keine Angst, ich bring dich hier raus.«

Der kleine Wirbelwind schnüffelt freudig ihr Gesicht ab und schleckt Nell als krönenden Abschluss auch noch mitten über ihre Nase.

»Hihi. Grischa, lass das!« Lachend legt sie die Arme um das flauschige Tier.

Der Hund klettert ungeniert an Nell hoch und legt seine Vorderpfoten auf ihren Schultern ab. Halt suchend tritt er ein paarmal in die Luft, ehe er sich auf das Seil um Nells Bauch stellt und sich somit nah an sie herankuschelt.

»Gut gemacht! Feiner Hund!«, lobt Nell, während sie sich mit ihm in den Armen auf die Füße kämpft. »Halt jetzt schön still, ja, Grischa?« Den Blick nach oben gerichtet, wendet sie sich an Kolja. »Wir sind so weit! Zieh uns hoch!«

Mit einem kräftigen Ruck geht es endlich wieder aufwärts. »Au, Vorsicht! Nicht so schnell, Kolja.« Das Seil schneidet ihr durch den plötzlichen Zug tief in die Seiten. Sogleich reagiert der Hüne und hievt die beiden langsamer und gleichmäßig nach oben. Diesmal passieren sie die Engstelle ohne Probleme und bahnen sich den Weg zurück ans Tageslicht. Dabei tanzt das kleine Glühwürmchen munter weiter um Nells Kopf. Ganz zur Freude von Grischa, der es sich nicht nehmen lässt, zu versuchen, das lustig leuchtende Ding abzuschlecken. Es könnte ja schmecken.

»Lass das, Grischa!« Die Märchenwanderin kichert und versucht, das zappelnde Tier irgendwie ruhig zu halten. Das Glühwürmchen scheint an dem Spiel allerdings Gefallen zu finden. Es neckt den Hund und landet sogar zweimal dreist auf seiner Nasenspitze, nur um sich dann gleich wieder hinter Nells Kopf in Sicherheit zu bringen. Grischa klettert nun wie eine Katze höher hinauf und schnappt nach dem kleinen, leuchtenden Ding, als dieses endgültig nach oben und davon fliegt.

Kurz darauf erreichen die beiden endlich den Rand der Fallgrube. Gleißendes Tageslicht blendet ihre Augen. Trotz seiner verletzten Pfote wühlt sich Grischa raus aus dem Loch und nutzt Nell dabei schamlos als Klettergerüst.

Die junge Frau klammert sich ächzend an der Kante fest. »Danke, Grischa! Sehr freundlich.«

Der Wirbelwind genießt seine neu gewonnene Freiheit offensichtlich in vollen Zügen, ohne sich groß um seine Retterin zu scheren. Dreckverkrustet, wie er ist, springt er auf seinen drei gesunden Pfoten um Kolja herum, zerrt spielerisch an seinen Hosenbeinen und buhlt um die lang vermisste Aufmerksamkeit seines Herrn. Kolja jedoch schiebt seinen geretteten Freund mit ein paar fremdartigen Worten beiseite und zieht erst einmal die zitternde Nell gar aus der Fallgrube heraus. Behutsam, wie ein kostbares Gut, setzt er sie im Gras ab und befreit sie von dem Tau aus Stoffstreifen um ihren Bauch.

»Du bist in Ordnung, Da?« Seine grünen Augen tasten sie von oben bis unten ab, suchend nach Verletzungen, die sie bei der Rettungsaktion vielleicht davongetragen haben könnte.

»Ja. Da, mir geht es gut. Ich bin zwar noch schmutziger als vorher, aber heilfroh, da wieder raus zu sein.« Nells erschöpftes Lächeln reißt tiefe Furchen in den verkrusteten Dreck auf ihrem Gesicht. Mit den Spuren der Tränen auf den Wangen, der Erde im verworrenen Haar, barfuß und nur in ein fleckiges Untergewand gekleidet, bietet sie einen wahrhaft desaströsen Anblick.

Als Kolja sich auch noch über sie beugt und einen Dreckklumpen von der Größe einer Pflaume von ihrer Stirn abbricht, würde die Märchenwanderin am allerliebsten auf der Stelle im Boden versinken.

Halb robbend, halb krabbelnd, weicht sie ein Stück vor ihm zurück und reibt sich mit dem Ärmel des Kleides fahrig übers Gesicht. »Das ist beschämend.« Nell birgt ihr Gesicht in den Händen. Vielleicht hat Adolphus ja doch damit recht gehabt, dass sie keine angemessene Gesellschaft ist.

Sanft werden ihre Hände beiseitegeschoben und leuchtend grüne Augen tauchen nah vor ihr auf. »Niet. Nicht ist beschämend.« Kolja hebt ihr Kinn an und streicht ihr eine verirrte Strähne zurück hinters Ohr. »Du bist gewesen sehr mutig und hast gerettet meinen besten Freund. Niet. Du hast meinen besten Freund gerettet.« Er schenkt ihr ein schiefes Lächeln, das aber von Herzen kommt. »Außerdem, wenn ich mir Grischa und mich so anschaue, du bist in bester Gesellschaft. Oder in schlechtester, wie man nimmt.«

Wie aufs Stichwort schiebt sich der verdreckte Hund zwischen die beiden Menschen, krabbelt auf Nells Schoß und schleckt beiden Zweibeinern nacheinander einmal mitten durchs Gesicht, ehe er sich effektvoll schüttelt, noch eine Menge Erde, Matsch und Blätter mehr auf ihnen verteilt, und dann zufrieden wieder davonhumpelt.

Nach einigen Sekunden, in denen sich Kolja und Nell

völlig perplex anstarren, brechen beide gleichzeitig in schallendes Gelächter aus.

»Ja, wir passen wirklich gut zueinander!« Nell lacht, dass ihr der Bauch wehtut, und pflückt nun ihrerseits einen großen Matschbrocken samt einigen Blättern von Koljas Ohr. Plötzlich – wie ist das passiert? – liegt seine Hand auf ihrer und drückt sie behutsam auf sein Herz. Beinahe berühren sich die Nasenspitzen, so nah sind sie einander. Die Luft knistert vor Spannung. Blaue Augen treffen grüne und die Welt scheint für den Moment den Atem anzuhalten.

»Ich bin – froh, dass du dich hierher hast verirrt.« Die Worte so dünn wie ein Hauch im Wind.

»Ich ...« Näher und näher kommen sich ihre Lippen, sodass seine Worte in Nells Mund widerhallen.

»Kolja, ich ...« Kaum ein Blatt Papier passt noch zwischen ihre Lippenpaare, als Hundegebell und laute Stimmen die beiden zurückzucken lassen.

»Nikolaj!«

»Prinz Nikolaj, wo seid ihr? So antwortet doch!«

»Nikolaj«

Kolja seufzt tief. Der Zauber des Augenblicks ist so unvermittelt verflogen, wie er entstanden ist. Widerstrebend stemmt er sich vom Boden hoch und Nell tut es ihm gleich. Sie schaut verwirrt zwischen dem hünenhaften Fremden und der Stelle im Dickicht hin und her, aus der die lauter werdenden Rufe zu hören sind.

Plötzlich ist Kolja hektisch damit beschäftigt, sein Messer einzusammeln und sich das improvisierte Tau um den Leib zu schlingen. Gerade schickt er sich an, Grischa einzufangen, der noch immer auf seinen drei gesunden Pfoten über die Lichtung hüpft, als sein Blick dem von Nell begegnet. Wie ein weidwundes Reh steht sie da, dreckig und verloren, und versucht, seine plötzliche Wandlung zu begreifen.

Kolja seufzt schwer. »Sie suchen Prinz Nikolaj. Wir sind alle gemeinsam gestern Nachmittag aufgebrochen, wurden jedoch getrennt. Scheinbar haben sie nun beim ersten Licht des Tages die Suche nach dem Prinzen wieder aufgenommen.«

Nell nickt und schüttelt gleichzeitig den Kopf. »Solltest du dann nicht bei der Suche helfen?« Am liebsten hätte sie sich für ihre Worte selbst kräftig geohrfeigt. So etwas Dämliches, da hätte sie ihn ja auch gleich wegschicken können, dabei will sie doch eigentlich, dass er bei ihr bleibt.

Koljas Kehle entweicht ein bitteres Lachen. »Ja, wahrscheinlich sollte ich das. Ich habe eine ganz gute Vorstellung davon, wo sich der Prinz herumtreibt.«

Nells Schultern sinken gedrückt herab. »Dann ... lass dich nicht aufhalten.«

Kolja macht einen Schritt auf den Rand der Lichtung zu. Schon kommen die Stimmen der Suchenden näher. Er hadert unübersehbar damit, was er nun tun soll. Gehen oder bleiben? Pflicht oder – ja, was eigentlich? Was ist dieses ›Oder‹?

Einem inneren Impuls folgend, dreht er sich herum, überwindet die Entfernung zu Nell in drei großen Schritten und sinkt zu ihren Füßen auf sein rechtes Knie. Der Hüne nimmt ihre Hände zärtlich in die seinen und küsst ihre Handinnenflächen andächtig, ehe er zu ihr aufschaut. Nell erstarrt.

Wieder ein Wechsel in seinem Verhalten. Welch eine absurde Situation, da kniet ihr Jäger – vielleicht besser Wildhüter – im Licht der aufgehenden Sonne vor ihr im Gras wie ein Ritter zum Minnesang. Nur dass Nell keine holde Maid ist, sondern eine Verlorene, eine Fremde ohne Familie und Zukunft und darüber hinaus noch dreckig bis zu den Haarspitzen.

»Ich weiß, ich habe kein Recht dazu, dich zu bitten, nachdem ich dir so viel Ungemach und Probleme bereitet habe, aber ich tue es trotzdem. Ich muss nun gehen und mich den Männern anschließen, die den Prinzen suchen, aber ich muss – ich möchte dich so gerne wiedersehen.« Eindringlich hält er ihren Blick gefangen, streicht versonnen mit den Daumen über ihren Handrücken. »In zwei Nächten findet im Schloss ein Ball zu Ehren von Prinz Nikolajs Geburtstag statt. Bis dahin wird man mich im Schloss nicht entbehren können, doch es wäre mir eine Ehre, wenn du würdest mich begleiten.« Er räuspert sich. »Wenn du mich auf das Fest begleiten würdest.«

Ungläubig schaut Nell auf den Knienden hinunter, sucht die Pointe, den Witz in seinen Worten, und findet doch nur Ernsthaftigkeit. Schon wieder eine Geburtstagsfeier. Die standen in Verbindung mit Nell bisher nicht unter einem allzu guten Stern. Alles hat mit ihrem eigenen Geburtstag begonnen und auch Adolphus' Feier hat in einer einzigen Katastrophe geendet. Ob das so eine gute Idee ist?

»Es ist der Ball des Prinzen, Kolja. Sieh mich doch an, ich glaube kaum, dass eine schmutzige, zerlumpte, heimatlose Fremde dort gerne gesehen wäre.« Zärtlich drückt sie seine Hand und lächelt ihn traurig an. »Ich würde dich dort nur blamieren.«

»Du wirst dort willkommen sein! Der Prinz wird dich mögen. Ich flehe dich an, sag ja!« Der dringliche Ton seiner Bitte lässt Nell sich in seinem Griff winden. »Wie kannst du das wissen, Kolja?«

»Ich – Der Prinz ist eigentlich ein netter Kerl. Er hat nicht viel übrig für höfisches Gehabe. Ihm ist es egal, ob du adelig bist oder die Tochter eines Hufschmieds. Ich weiß es einfach, bitte glaube mir. Sag, dass du kommst!«

Ihr Entschluss gerät ins Wanken. »Nichts würde ich lieber tun, als dich zu begleiten, aber Kolja …«

»Wunderbar! Dann ist es also beschlossen.« Von neuem Elan erfüllt, springt der Hüne auf die Füße und küsst noch einmal ihre Hände.

Nell unternimmt einen letzten Versuch, ihn wieder auf den Boden der Tatsachen zu holen. »Kolja, langsam, wie soll ich denn das Schloss überhaupt finden? Hast du vergessen, warum ich hier gelandet bin?«

Doch er sieht darin scheinbar kein Problem. »Folge einfach den Lichtern. Du kannst es gar nicht verfehlen und ich werde dort im Saal auf dich warten!«

»Prinz Nikolaj! Wo seid Ihr, Prinz?« Die Rufe sind jetzt schon ganz nah.

»Verzeih mir, ich muss nun gehen. Bis übermorgen!« Fast schon übermütig drückt er einen Abschiedskuss auf ihre Wange, packt Grischa, bevor der wieder abhauen kann, und schlägt sich mit dem Hund im Arm in die Büsche.

Nell bleibt allein zurück, mit laut klopfendem Herzen, und ist mit der Situation völlig überfordert. Ihre Handflächen kribbeln, wo seine Lippen sie berührt haben. »Bis übermorgen.« Halb ist es eine Frage, denn Nell gestattet es sich noch nicht, daran zu glauben, dass sie Kolja in dieser verworrenen Welt tatsächlich noch einmal wiederfinden könnte.

# Eine unerwartete Begegnung

So ganz kann Nell ihr Glück immer noch nicht fassen. Nicht nur, dass sie es aus eigener Kraft geschafft hat, unbeschadet aus diesem Wald herauszukommen – gut, Orpheus' Intuition mag hilfreich dabei gewesen sein –, sie hat nun auch noch für die nächsten Tage ein Dach über dem Kopf, einen halbwegs warmen Schlafplatz und etwas zu essen. Die Märchenwanderin schmunzelt, als sie an ihr Zusammentreffen zurückdenkt.

Auf der Suche nach einem Weg hinaus hat sie im Wald doch tatsächlich zwei kleine Kinder getroffen, die sich ebenfalls nachts verlaufen haben. In der Dunkelheit konnten sie ihre Kieselsteine nicht mehr erkennen, die ihnen den Weg nach Hause hätten weisen sollen. Hänsel und Gretel, so hießen die beiden, haben solche Angst gehabt, dass ihr Verstand ihnen die übelsten Streiche gespielt hat. Jeder Felsbrocken wurde in ihrer Fantasie zu einem gemeinen Troll, jede Reflexion des Mondes war das hungrig blitzende Augenpaar eines gefräßigen Wolfes und in jedem schief gewachsenen Baum erkannten die beiden die Silhouette einer buckligen Hexe, die auf der Jagd nach schmackhaften Kindern zwischen den Bäumen hindurch streifte. Als Nell die Kinder fand, erzählten sie der Märchenwanderin aufgeregt eine fantastische Geschichte von einem Haus, in dem sie gefangen gehalten worden waren. »Es bestand nur aus Süßigkeiten, weißt du?!«

»Ja, genau! Die Backsteine waren aus Lebkuchen und die Fensterscheiben, die waren aus ...«

»Aus Zucker! Bunt gefärbtem Zucker, genau!«

»Sag ich doch! Und die Türklinken und Fenstergriffe, die waren aus Zuckerstangen!«

Nell schaut die beiden Kinder skeptisch an und schüttelt kaum merklich das Haupt. »Seid ihr euch sicher, dass ihr das nicht nur geträumt habt?«, fragt sie sanft.

»Nein! Das ist wirklich wahr!«

»Genau! Und in dem Haus lebte eine Hexe und die wollte uns fressen. Wirklich!«

»Schon gut. Ich glaube euch.« Nell lächelt und hebt abwehrend die Hände.

*Schon komisch, wenn die beiden wirklich ein Lebkuchenhaus gesehen haben, gibt es neben dem neu-veganen Irrwicht wohl wirklich noch eine Hexe mit dem Geschäftsmodell. Nur dass diese hier scheinbar immer noch auf Zucker und Kinder steht.*

Sie hat erst Gretel, dann Hänsel geholfen, auf den Rücken des Rappen zu klettern und dann das große Pferd am Zügel geführt. Gemeinsam haben sie dann nach einiger Suche die Spur aus Kieselsteinen wiedergefunden und sich auf den Weg zum Haus von Hänsels und Gretels Vater gemacht.

Nell genießt die Gesellschaft. Mit den beiden Kindern hat sie endlich eine Aufgabe, die sie von ihrer eigenen Situation ablenkt, zumal die beiden kaum einmal fünf Minuten still sind. Eigentlich nicht einmal zwei. Gerade erzählen die beiden ihrer neuen Freundin von ihrer irren Flucht aus dem Lebkuchenhaus und wie sie die Hexe in den Ofen gestoßen und um einen Großteil ihrer Schätze erleichtert haben, als sich plötzlich eine Lichtung auftut und das elterliche Haus vor ihnen auftaucht.

Der Holzfäller muss das Geräusch der Hufe oder die farbenfrohen Erzählungen seiner Kinder vernommen haben, denn kaum, da sie den Schatten der Bäume verlassen, stürzt er schon aus dem Haus und rennt weinend vor Freude auf sie zu.

Hänsel und Gretel springen mit einem Satz von dem großen Pferd und fallen ihrem Vater lachend in die Arme. Alle reden und erzählen gleichzeitig. Nur Nell hält sich im Hintergrund und schaut der Szenerie stumm lächelnd zu. Es fühlt sich gut an, das Glück in den Gesichtern der drei zu sehen. Es fühlt sich warm an. In diesem Moment ist die Märchenwanderin vollkommen zufrieden mit der Welt. Sie hat nichts gewonnen, hat keinen Vorteil für sich im Sinn gehabt, als sie die beiden nach Hause gebracht hat, doch es fühlt sich einfach gut an. Ihre Finger spielen an dem Medaillon, dessen blaues Leuchten immer heller wird.

Nell schiebt den Anhänger seufzend zurück unter ihr Kleid und tritt auf das Grüppchen zu. Sie will sich nur verabschieden und den dreien Glück wünschen, als der alte Holzfäller sie unversehens in eine feste Umarmung zieht. Seine gewaltigen Arme umschlingen sie wie ein Schraubstock. »Danke, danke, vielen Dank! Du hast mir meine geliebten Kinder wiedergebracht! Vielen Dank!«

Nell hätte ihm gerne geantwortet, dass es nichts zu danken gibt und sie es gerne gemacht hat, allerdings fehlt ihr dazu schlichtweg die Luft.

»Papa, du drückst sie zu fest!«

»Ja, Papa, Gretel hat recht! Nell ist doch kein Baum!«

Behutsam entlässt der Hüne Nell daraufhin aus seiner Bärenumarmung und stellt die zarte Frau wieder auf ihre Füße. »Schuldigung.« Der Mann, der von der Statur her tatsächlich erschreckende Ähnlichkeit mit einem Baum hat, tritt verschämt einen Schritt zurück. »Wie können wir dir je danken? Bitte sag, wenn wir irgendetwas für dich tun können!«

Nell will schon abwinken, als ihr doch etwas einfällt:

»Hättet Ihr hier vielleicht einen Platz, wo ich für eine Nacht schlafen kann? Ich weiß nicht so recht, wohin.«

Statt einer Antwort drückt der Holzfäller sie noch ein weiteres Mal. »Wenn es weiter nichts ist. Damit kann ich dienen. Wir haben leider im Haus nicht viel Platz, aber die beiden«, er nickt zu Hänsel und Gretel, »werden dir im Stall ein schönes, weiches Bett auf dem Heu machen. Das ist nicht viel, aber bitte bleib, so lange du willst!« Der Vater wuschelt Hänsel über den Kopf und blickt die Märchenwanderin verschämt an. »Du bist natürlich auch zum Essen eingeladen! Wir haben zwar nicht viel, aber was wir haben, teilen wir gerne mit dir.« Aus seinen Augen leuchtet so viel Freundlichkeit, dass Nell Tränen in die Augen steigen und ihre Stimme bricht. »Danke.«

So muss echte Güte aussehen.

»Vater, Vater, wir sind doch gar nicht mehr arm!«

»Hänsel hat recht! Ab jetzt wird alles anders.«

Verwirrt blickt der Holzfäller zwischen seinen beiden Kindern hin und her.

»Ach, das haben wir dir ja noch gar nicht erzählt.«

»Ja, Vater, wir sind jetzt reich! Wir haben doch den Schatz der Hexe mitgenommen!«

»Ja, Gold und Edelsteine, Schmuck und Silber!«

»Und Lebkuchen!« Die beiden Kinder springen aufgeregt lachend um ihren Vater herum und überschütten ihn mit all den Dingen, die sie aus dem Lebkuchenhaus haben mitgehen lassen.

Nell muss herzlich lachen. Sie hat sich schon gewundert, warum die dünnen Kinder so schwer gewesen sind, als sie die beiden auf Orpheus' Rücken hochgehievt hat.

In dieser Nacht schläft Nell so tief und friedlich wie schon lange nicht. Mit einem entspannten Lächeln auf dem

Gesicht träumt die Verlorene von dem vergangenen Abend. Lange haben sie alle noch gelacht, sind überdreht singend ums Haus getanzt und haben sich Geschichten von ihren Abenteuern erzählt. Unvermittelt schleicht sich dann auch noch Koljas schönes, kantiges Gesicht in ihren Traum hinein. Er wirbelt sie lachend herum, fasst Nell bei der Hand und springt mit ihr und den Kindern zu den Fersen eines Abzählreims herum.

»Eins, zwei, drei, es ist vorbei! Vier, fünf, sechs, die alte Hex! Im Morgenrot, da ist sie tot! Acht, neun, zehn, nach Haus‘ wir geh‘n!«

Den Kopf an seine Schulter gelehnt, wiegt sich Nell irgendwann im Rhythmus einer fernen Melodie. In seinen starken Armen fühlt sie sich sicher. Keine Sorgen, keine Ängste, keine Vergangenheit, keine Zukunft. Ach, es könnte ewig so weitergehen. Doch der ohrenbetäubende Schrei des Hahns viel zu nah an ihrem Ohr reißt Nell unvermittelt mit voller Wucht zurück in die Wirklichkeit. Mit einem lauten Gähnen streckt sie sich und blinzelt in das warme Licht des neuen Morgens, bis sie auf den scharfen Schnabel des Hahnes schaut, der mit wackelndem Kopf neben ihr steht und sich wohl überlegt, nach dem Eindringling zu picken.

»Uaah!« Sofort ist Nell hellwach und auf den Beinen.

»Was ist los?«

»Was ist passiert?«, schallt es nur Sekundenbruchteile später von draußen herein und zwei runde Köpfe tauchen im Scheunentor auf. Fast könnte man meinen, die beiden hätten vor der Tür gelauert, so schnell, wie sie zur Stelle sind.

»Ah, du hast den alten Peter kennengelernt.« Hänsel lacht, als er sich durch den Spalt hereinschiebt.

»Keine Angst, der tut nichts«, ergänzt Gretel und scheucht den Hahn von Nell weg. »Vater sagt, wir sollen dich zum

Frühstück holen.«

»Ja, es gibt Eier, Brot und Lebkuchen, wenn du magst.«

Schon springen die beiden hüpfend wieder auf die Scheunentür zu, doch Gretel hält noch einmal inne. »Falls du dich vorher noch waschen möchtest, kann ich dir gerne ein Tuch und einen Kamm geben.«

Nell schaut an sich herab und kichert. »Ich glaube nicht, dass waschen da noch ausreicht, einweichen trifft es, glaube ich, eher.«

»Von mir aus auch das, komm mit!«

Frisch gebadet und sauber fühlt sich Nell endlich wieder wie ein Mensch. Sie zittert leicht, weil das Bachwasser eiskalt ist, aber das ist es trotzdem wert. Bis ihre eigenen Kleider trocken sind, steckt sie in einem viel zu großen Hemd des Holzfällers, das durch einen Strick an der Taille zusammengebunden ist und ihr bis über die Knie reicht.

So sitzt sie mit den dreien am Frühstückstisch und isst von den Rühreiern und dem frischen Brot. Nell begnügt sich damit, einfach den Gesprächen der wiedervereinten Familie zu lauschen und still in sich hineinzulächeln. Doch immer wieder gleiten ihre Gedanken ab. Wo wohl Kolja gerade ist? Würde sie es schaffen, ihn wiederzufinden? Ist das überhaupt möglich? Im Märchen von Hänsel und Gretel kommt kein Jäger oder Wildhüter vor. Bisher ist es ihr noch nie gelungen, in eine Geschichte zurückzukehren, die sie einmal verlassen hat. Nicht, dass sie das bisher wirklich ernsthaft versucht oder gewollt hätte, aber die Richtung ging immer nach vorn. Heißt das nun, dass sie Kolja nie wiedersehen wird?

Dieser Gedanke trifft sie unvorbereitet hart. Sie will ihn wiedersehen, hat sich trotz aller Furcht und Verwirrung sehr über seine Einladung gefreut.

*Aber zuletzt habe ich doch immer gemerkt, wenn ich in ein neues Märchen eingetaucht bin.*

Nell forscht in ihrem Gedächtnis, aber sie ist sich ganz sicher, dass sie kein Gefühl von nasskalten Spinnweben gehabt hat, seit Kolja im Dickicht verschwunden ist. Außerdem leuchtet auch der Seelensucherstein immer noch blau. Sie seufzt. »Vielleicht finde ich ihn ja doch wieder.«

»Wen findest du wieder?«, fragt Hänsel mit schief gelegtem Kopf und gelüpfter Augenbraue.

Mist, sie hat den letzten Gedanken wohl versehentlich laut ausgesprochen. Ertappt nimmt ihr Gesicht gleich wieder eine rötliche Färbung an.

»Nun sag schon!« Drei Augenpaare sind erwartungsvoll auf sie gerichtet.

Nell windet sich unter ihren Blicken. »Ich bin auf eine Geburtstagsfeier eingeladen.«

»Das ist doch toll!«, jubelt Gretel. »Ich liebe Geburtstage.«

»Ich liebe Geburtstagsfeiern!«

Die Märchenwanderin wirft Hänsel daraufhin einen traurigen Blick zu. Ihre Erfahrungen mit Geburtstagsfeiern sind in letzter Zeit meist eher in mittelgroße Katastrophen ausgeufert. Doch die beiden Kinder bemerken den Umschwung in ihrer Stimmung nicht. Sie reden einfach weiter. »Wer hat denn Geburtstag?« – »Hast du schon ein Geschenk?« – »Was wirst du anziehen?« – »Oh, das wird bestimmt eine klasse Feier!« – »Gibt es viel zu essen?« – »Oh, ich wette, sie haben einen Schokoladenbrunnen?« – »Das kannst du gar nicht wissen, Hänsel! Nicht jeder Mensch hat einen Schokoladenbrunnen. Das ist teuer!« – »Stimmt, also wo gehst du hin?«

Mit einem Schlag findet das Bombardement von Fragen ein jähes Ende, als die beiden Geschwister halb über den

Tisch hängen und die Märchenwanderin erwartungsvoll anschauen. Ihre Gesichter sind so nah, dass Nell unwillkürlich etwas abrückt, um Platz zum Atmen zu haben. Die Situation ist ihr mehr als unangenehm.

»Kinder! Nun reicht es aber. Hört auf, unseren Gast so zu löchern!« Die brummige, tiefe Stimme des Holzfällers klingt in Nells Ohren wie die Rettung. Sie atmet tief aus.

Hänsel und Gretel rücken unwillig brummend ein Stück von ihr ab und lassen sich wieder auf ihre Bank auf der gegenüberliegenden Tischseite sinken. Man sieht ihnen bis zur Nasenspitze an, dass sie zu gerne weiter nachgehakt hätten.

Die Märchenwanderin meidet die bohrenden Blicke der beiden und zerkaut sehr sorgfältig das Stückchen Brot in ihrem Mund. Dabei blinzeln die Geschwister kein einziges Mal. Fast, als würden sie versuchen, Nell zu hypnotisieren oder wortlos dazu zu zwingen, zu antworten. Der Vater scheint davon nichts zu merken, er verputzt in aller Seelenruhe die restlichen Rühreier und wischt mit einem Stück Brot sogar noch den Teller sauber. Wie gern hätte Nell gerade sein einfaches, sorgloses Gemüt. Beziehungsweise hätte sie gerne, dass seine Kinder dieses einfache, sorglose Gemüt geerbt hätten. Hänsel und Gretel starren immer noch. Ihre Blicke stechen förmlich.

Langsam wird die Stille unbehaglich. Die Märchenwanderin seufzt tief und legt das Brot auf ihren Teller. »Nun ...«

»Nun?«, erschallt es von der anderen Tischseite sofort im einhelligen Chor.

Nell blickte die beiden tadelnd an. Muss das unbedingt sein? »Nun ...« Sie nimmt sich Zeit und wählt ihre Worte mit Bedacht. »Es ist die Geburtstagsfeier von Prinz Ni – «

»Siehst du, Gretel! Es ist ein Prinz. Der hat sicher einen

Schokoladenbrunnen auf seiner Feier!«

Doch Gretel bremst seine Euphorie, indem sie ihrem Bruder den Ellenbogen in die Rippen stößt und ihn schmerzhaft zum Schweigen bringt. »Psst, Hänsel! Der dämliche Schokobrunnen ist doch jetzt völlig egal! Ich will hören, wie es weitergeht!«

Als Nell jedoch keine Anstalten macht, weiterzuerzählen, werden die beiden ungeduldig. »Nun lass dir doch nicht alles aus der Nase herausziehen!« – »Welcher Prinz?« – »Wo steigt die Party?« – »Was ziehst du an?«

Die beiden sind wirklich ein eingespieltes Team. Die Fragen prasseln wie ein Hagelsturm auf Nell ein, wobei sich keine davon doppelt und sie einander auch nicht ins Wort fallen. Es ist, als wären Hänsel und Gretel eigentlich eine Person, die nur zufällig in zwei verschiedenen Körpern steckt.

*Gruselige Vorstellung.*

»Nun?« Gretel sieht sie auffordernd an.

»Nun, der Prinz heißt, glaube ich, – Nikolaj.«

Die Geschwister sehen einander kurz an, blicken dann gleichzeitig wieder zu Nell und antworten unisono: »Nie gehört. Weiter!«

Verzweifelt sucht Nell den Augenkontakt mit dem Holzfäller. Doch statt der jungen Frau zu Hilfe zu kommen, pult er nur gedankenverloren ein Stückchen Schnittlauch aus seinem Zahn. Er ist mit sich und der Welt zufrieden. Ein beneidenswerter Zustand.

Sie wendet sich von dem Anblick ab und setzt dazu an, die nächste Frage der Geschwister zu beantworten. »Ich denke mal, die Feier findet in seinem Schloss statt.«

»Und das wäre genau wo?« Hänsel grinst schelmisch und wieder landet Gretels Ellenbogen schmerzhaft in seinen

Rippen. Sie hat seine Gedanken erraten und gebietet ihm stumm, die Finger davon zu lassen.

»Na ja, ehrlich gesagt, habe ich keine Ahnung, wo das Schloss liegt«, gibt Nell kleinlaut zu und sinkt ein Stück in sich zusammen.

»Was?«

»Wie geht das denn? Er hat dich doch eingeladen? Was ist das denn für ein dämlicher Prinz?«

Nell schiebt ihr angebissenes Brot auf dem Teller hin und her. Sie vermeidet es, die beiden Kinder anzusehen. »Genau genommen hat er mich nicht eingeladen.«

Während Gretel ernsthaft schockiert dreinblickt, feiert Hänsel ihre Antwort. »Finde ich super, dass du einfach hingehst! Man sollte viel öfter in einen königlichen Ball platzen!«

»Hänsel!« Seine Schwester funkelt ihn entrüstet an. »Aber mal ernsthaft, Nell, du willst da wirklich so ganz ohne Einladung hingehen? Einfach so?«

Die Angesprochene blickt zu dem Mädchen auf und schüttelt langsam den blonden Lockenkopf. »Nein, eigentlich will ich gar nicht hingehen. Und ich bin ja eingeladen. Nur eben nicht von Prinz Nikolaj.«

»Also, das verstehe ich jetzt nicht.«

Nell seufzte tief. »Gestern im Wald habe ich jemanden getroffen. Einen Mann.«

Gretel legt glucksend das Kinn in die aufgestützten Hände. »Das dachte ich mir fast. Und wer war er?« Sie unterbindet eine unangebrachte Zwischenfrage ihres Bruders mit einem einzigen warnenden Blick und wendet ihre Aufmerksamkeit wieder Nell zu.

»Er ist – Wildhüter oder vielleicht Jäger oder so. Jedenfalls scheint er ein Freund des Prinzen zu sein. Er musste überstürzt weg und hat mich gebeten, zu dem Fest zu kommen, damit wir uns wiedersehen können.«

Gretel seufzt. »Wie romantisch!«

Ihr Bruder würgt angewidert. »Mädchenkram.«

Gretel verdreht theatralisch die Augen. »Das verstehst du einfach nicht.«

Durch seine Schwester zum Schweigen gebracht, stellt diesmal Hänsel die essentielle Frage: »Kann er einfach so jemanden zu dem Fest des Prinzen einladen?«

Nell und Gretel zucken mit den Schultern. »Deswegen will ich ja eigentlich auch gar nicht hingehen. Ich habe da ja gar nichts zu suchen.« Geistesabwesend zupft sie ein Stück von ihrem Brot ab, rollt es zu einem kleinen Kügelchen und beginnt, daran herumzuknabbern.

»Ich verstehe«, sagt Gretel, »aber du möchtest diesen Wildhüter gerne wiedersehen, oder?«

Das Aufleuchten in Nells blauen Augen spricht Bände.

Gretel lächelt. »Dann solltest du hingehen. Hänsel hat recht, man sollte viel öfter in die königlichen Feierlichkeiten hineinplatzen. Außerdem musst du ja nicht bis zum Prinzen. Es reicht, wenn du deinen Wildhüter irgendwo findest.«

»Ja, dann kann er dich ja rumführen und du kannst uns später Bericht erstatten.«

Gretel stöhnt bei den Worten ihres Bruders gequält auf. »Hänsel, wir sind jetzt reich, schon vergessen? Nell muss nicht die königliche Schatzkammer auskundschaften!«

Ihr Bruder zuckt grinsend mit den Schultern. »Entschuldige. Alte Angewohnheit.«

Gretel ignoriert den Einwurf. »Also, dann wäre das beschlossen. Du wirst auf den Ball gehen.«

Auf Nells Zügen erscheint ein Ausdruck schüchterner Vorfreude.

»Komm, sag es!«, fordert Gretel.

»Was?«

»Sag, ich werde auf den Ball gehen.«

Nell schluckt schwer. »Ich – werde – auf den Ball gehen.«

Tadelnd schüttelten beide Geschwister die Köpfe. »Nein. Du musst es glauben! Sag es!«

»Ich werde auf den Ball gehen?«

»Das war jetzt eine Frage.«

»Komm schon, das kannst du besser!«

»Ich werde auf den Ball gehen.«

»Ja! Gleich noch mal!«, spornt Gretel sie an. So viel Zuspruch im Rücken wirkt wie ein starker Aufwind.

»Ich werde auf den Ball gehen. Ich werde auf den Ball gehen! ICH werde auf den Ball gehen!«

»Ja, genau so!« Hänsel jubelt und reckt seine Faust triumphierend in die Luft. Die Euphorie der beiden ausgefuchsten Kinder schwappt wie eine Welle auf Nell über. Zu dritt tanzen sie Hand in Hand Ringelreihe um den Holztisch, an dem der alte Holzfäller immer noch ungerührt an einem Lebkuchen kaut.

»Ja! Ich gehe auf den Ball!«

»Genau!«

»So ist es richtig.«

»Ich gehe auf den Baahall! Ich gehe auf den Baahall!«

Gretel löst sich aus dem lustigen Reigen und dreht sich wirbelnd um die eigene Achse, sodass ihre Röcke fliegen. »Du wirst so bezaubernd aussehen in deinem ...« Da bleibt das Mädchen plötzlich mitten in der Bewegung stehen, sodass Nell und Hänsel mit voller Wucht in sie hineinprallen.

»Aua, Gretel, was sollte das?« Hänsel reibt sich die Schulter. Seine Schwester ignoriert die Frage erneut. Ihr Blick klebt weiter unverwandt an Nell, die in dem riesigen Holzfällerhemd auf dem Boden sitzt und verwirrt zu ihr aufschaut. »Was wirst du anziehen?«

Hänsel rappelt sich stöhnend auf und streckt Nell helfend eine Hand hin. »Na sinnvollerweise ein Kleid, Schwesterherz. Wobei die Gesichtsausdrücke sicher unbezahlbar wären, wenn sie da nackig auftaucht.« Er hält sich lachend den Bauch, als die Szene bildlich durch seinen Kopf geistert.

Gretel und Nell blicken ihn nur befremdlich an.

»Das ist mir auch klar, B-r-u-d-e-r-h-e-r-z.« Sie seufzt genervt. »Aber in dem Unterkleid, das da hinten auf der Wäscheleine vor sich hin trocknet, wird sie sicher nicht an den Wachen vorbeikommen. Nichts für ungut, Liebes, es ist ein wirklich schönes Unterkleid, aber der Saum ist aufgerissen und einige Flecken gehen sicher nie mehr raus. Außerdem ist es ein Unterkleid und nicht wirklich balltauglich.«

»Ja, ich weiß ...«

»Ah, daran habe ich noch gar nicht gedacht!« Hänsel tätschelt tröstend ihre Hand. »Gretel hat recht, so kannst du nicht gehen. Die lassen dich in keinem Fall auch nur durchs Tor.«

»Ja, ich weiß, aber ...«

»Und meine Kleider werden ihr nicht passen, sie ist zu groß«, sinniert Gretel.

»Das stimmt schon, aber ...«

Hänsel kratzt sich am Kopf. »Ja, aber besser noch das Unterkleid als Papas Hemd, Gretel. So geht sie allenfalls als Dirne durch ... oder als Bettlerin.«

»Dirne?« Nell schaut schockiert drein. »Wartet mal, langsam, ihr zwei! Ich ...«

Doch die beiden Geschwister sind gerade so schön in Fahrt und lassen Nell erst gar nicht zu Wort kennen.

»Nein, Hänsel, das Hemd geht gar nicht! Sie braucht eine angemessene Verkleidung, um sich auf den Ball zu schleichen.«

»Kinder, ich ...«

»Ja, Gretel! Wir könnten ihr einen der Edelsteine aus dem Lebkuchenhaus geben, damit sie sich eines kaufen kann. Schließlich sind wir jetzt reich und sie hat uns nach Hause gebracht.«

Gretel nickt ihrem Bruder anerkennend zu und ignoriert Nell geflissentlich weiter. »Gute Idee, Hänsel! Die alte Schneiderin zwei Dörfer weiter, kann ihr bestimmt etwas Schönes Zaubern.«

Nell schnaubt frustriert. »Gretel, ich ...«

»Also ist es beschlossen. Wir besorgen dir ein Kleid!«

»Hänsel, was ich die ganze Zeit versuche, euch zu sagen...«

»Nichts zu danken, Nell! Wir machen das wirklich gerne!«

»Das ist lieb, aber ...«

Gretel strahlt. »Super, dann lasst uns gleich nach dem Frühstück aufbrechen. Sag mal, Nell, wann ist der Ball?«

Als der Wortschwall endlich zum Erliegen kommt und Stille einkehrt, schwirrt der Märchenwanderin gehörig der Kopf.

»Nun?«, hakt Gretel mit einem lächerlich koketten Wimpernaufschlag nach.

Nell reibt sich die Schläfen. »Wenn ihr beiden Wirbelwinde mich mal zu Wort kommen lassen würdet ...«

»Ach, nun sei nicht eingeschnappt! Erzähl schon!« Hänsel wedelt ungeduldig mit der Hand.

Nell schnaubt genervt, weil er sie schon wieder unterbrochen hat. »Ich wollte gerade sagen, dass ich euch dankbar für das Angebot bin, es aber so nicht geht.«

»Aber wir wollen dir wirklich gerne helfen.«

»Ehrlich!«

Nell lächelt sanft. »Ja, das weiß ich doch. Aber erstens ist der Ball bereits morgen Abend ...«

»O nein! So schnell bekommt die Schneiderin niemals ein Kleid für dich hin!« Gretel schlägt schockiert die Hände vors Gesicht, doch Nell bedeutet ihr lächelnd und mit einem Kopfschütteln, Ruhe zu bewahren.

»Und zweitens ist es nicht nötig, weil ich ein Ballkleid habe.« Sie geht hinüber zum Haus, wo die ledernen Satteltaschen des Rappen seit gestern an der Wand lehnen, und zieht zum großen Erstaunen der beiden Geschwister ein prächtiges rotes Ballkleid daraus hervor.

Die Oooohs und Ahhhs der beiden Kinder sprechen Bände. Nell streicht leicht zitternd mit der Hand die Stoffschichten nach unten. »Es ist etwas zerknittert, aber ansonsten doch ganz tragbar, oder?«

Gretel steht bei dem Anblick erst einmal der Mund offen. »Es ist wunderschön, Nell. Wo hast du das her?«

Die Märchenwanderin lächelt traurig. »Ich hatte es auf einer Geburtstagsfeier an.« Es widerstrebt ihr eigentlich, dieses spezielle Kleid noch einmal zu tragen, erinnert es sie doch an den Ekel in Adolphus' Gesichtsausdruck und das schmähliche Gefühl, Biest im Stich gelassen zu haben. Wehmut greift mit kalter Hand nach ihrem Herzen, als sie an ihren verlorenen Freund denkt. Doch sie schüttelt die Empfindung ab. Madame LeBidon hatte recht, Adolphus hat sein Schicksal selbst gewählt. Stattdessen ruft sie sich Koljas Bild ins Gedächtnis. Seine dunkle Stimme, die wachen, grünen Augen und die Stärke, die jeder seiner Bewegungen innewohnt. Seit sie ihm begegnet ist, erfüllt eine Wärme ihr Herz, die das Frösteln bei der Erinnerung an Adolphus Grausamkeiten vertreibt wie die warme Maisonne den morgendlichen Frost.

»Hallo? Erde an Nell!« Hänsel wedelt erwartungsvoll mit der Hand vor ihrer Nase herum.

Die Märchenwanderin schreckt aus ihren Gedanken hoch und Koljas schönes Gesicht verblasst langsam.

»Du warst ja echt ganz woanders. Du solltest es mal anziehen, damit wir sehen, was noch gemacht werden muss.«

»Gretel hat recht, der Ball ist schon morgen Abend. Das ist verflixt wenig Zeit, um die ganze Aktion vernünftig vorzubereiten. Also los jetzt!«

Nell kommt nicht dazu, Hänsel daran zu erinnern, dass »die Aktion« weder die Vorbereitung eines Raubzuges noch ein militärischer Einsatz ist. Schon scheuchen die Geschwister sie vor sich her in Richtung der Hütte, wo sie sich umziehen kann. Im Vorbeigehen gelingt es Nell gerade noch, nach dem Unterkleid auf der Leine zu greifen, ehe Gretel sie samt Kleid durch die Tür schubst und diese hinter ihr schließt.

Bevor sie sich auszieht, überprüft sie zweimal, dass Hänsels Kopf nicht hinter einem der Fenster auftaucht. Nell schaudert, als sie das kostbare Kleid rafft und über den Kopf gleiten lässt.

Ich hasse Déjà-Vus.

Wieder streicht sie die Dutzenden Schichten nach unten und lässt den Stoff durch ihre Finger gleiten. Vor ihrem geistigen Auge sieht sie sich wieder vor dem hohen Spiegel in Biests – nein, in Adolphus' Schloss stehen und dieses atemberaubende Kleid zum ersten Mal anlegen. Damals hat sie sich mit offenem Mund betrachtet und wie eine Königin gefühlt. Heute fühlt es sich mehr denn je wie eine Verkleidung an, eine Tarnung, um ihr wahres Ich zu verschleiern. Geblieben ist nur ein hoffnungsvoller Funke in ihren Augen. »Ich hoffe, du bringst mir diesmal mehr Glück.« Nervös streicht Nell mit den Fingern die Stoffschichten glatt und tritt dann barfuß durch die Tür.

Der Empfang draußen ist überwältigend. Zum ersten Mal, seit Nell die beiden kennt, sind die Geschwister sprachlos. Sie grinst. Das allein ist schon ein Riesenkompliment. Was dann folgt, ist eine Salve von »Ooohs«, »Aaaahs« und verschiedenster Komplimente – manche mehr und manche weniger gewählt formuliert.

In Nells Ohren verschwimmt alles zu einem konstanten Rauschen. Selbst der alte Holzfäller hat aufgehört zu kauen und nickt anerkennend. Sie spürt, wie sich ihre Wangen schon wieder blutrot verfärben und der Farbe des Kleides gehörig Konkurrenz machen.

Hänsel und Gretel umschwirren sie wie Bienen, zupfen hier, streichen dort eine Falte glatt. Alle Versuche, die beiden zum Anhalten zu bewegen, scheitern schon im Ansatz.

»Hier müsste man es trotzdem bügeln.«

»Ja, Gretel, und schau mal! Hier ist ein kleiner Riss drin.«

Doch Gretel wischt den Einwand ihres Bruders mit einer knappen Handbewegung beiseite. »Nicht schlimm, den nähen wir gleich zu, das fällt gar nicht auf, weil er so schön in der Falte hier drin liegt.«

Hänsel nickt. »Sehr gut, das wird gehen. Aber das Kleid ist zu lang, so wird sie stolpern.«

»Ähm, ich habe hohe Schuhe dazu«, wirft Nell ein und versucht so, etwas Nützliches zur Diskussion beizutragen. Die beiden Kinder nicken zustimmend und lassen ihre Blicke erschreckend synchron an Nell herabwandern, begutachten das Kleid von oben bis unten. Hänsel macht dabei wortlos eine Geste, als würde er mit dem Finger in der Luft Teig rühren. Nell versteht die stumme Anweisung und dreht sich langsam um die eigene Achse. Nach einer knappen halben Umdrehung hört sie die beiden hinter sich scharf einatmen. »Um Himmels willen!«

»Was hast du denn mit dem Kleid angestellt?«

Nell schaut über die Schulter nach unten, wo sich gestern noch die blutrote Schleppe über den Boden ergossen hat. Statt einer Antwort zuckt sie nur mit den Schultern. »Sieht es arg schlimm aus?«

Die beiden führen einen stummen Dialog, ehe sie sich ihr wieder zuwenden und wie aus einer Kehle antworten: »Ja.«

Gretel schaut etwas betreten drein, als Nell merklich in sich zusammensinkt. Sie hebt beschwichtigend die Hände. »Also ja, es sieht wirklich nicht schön aus. Es wirkt, als hätte irgendein Nagetier den Stoff abgekaut.« Die Märchenwanderin seufzt tief und ein paar verräterische Tränen glitzern in ihrem Augenwinkel. Gestern hat sie es für eine gute Idee gehalten, die Schleppe in Streifen zu schneiden und zu einem behelfsmäßigen Seil zusammenzuflechten. Eigentlich tut sie das heute immer noch. Was ist schon ein Kleid? Außerdem hätte sie nicht gedacht, dass sie es jemals wieder tragen würde.

Da hört sie die Stimme ihrer Mutter in ihrem Kopf. »Jede Tat hat Konsequenzen.«

Sie will Kolja wiedersehen, doch so wird man sie nicht ins Schloss lassen. Für den Bruchteil einer Sekunde wünscht sich Nell, sie hätte das Kleid nicht zerschnitten. Doch was wäre die Konsequenz davon gewesen?

*Nein, ich hätte Grischa niemals in diesem Loch gelassen.*

Aber wie soll sie nun ins Schloss kommen?

Unverhofft ergreift Hänsel ihre Hand. »Na, na, nicht traurig sein! Ich glaube, ich habe schon eine Lösung für das Problem.«

»Du?«

»Ja, ich. Schaut nicht so entsetzt. Ich bin schließlich der Kluge in der Familie!«

»Das hättest du wohl gern«, meint Gretel und hält sich vor Lachen den Bauch. »Aber ich bin ganz Ohr.«

Als Nell am nächsten Tag frisch gebadet auf die Hütte zukommt, sind die beiden Geschwister mit ihrem Geheimprojekt »Gute Fee« so gut wie fertig. Die Sonne hat den Zenit längst überschritten und lange Schatten kündigen das Nahen des Abends an.

Kaum dass sie Nell kommen sehen, springen die Kinder von ihren Schemelchen hoch und stürmen auf die Märchenwanderin zu. »Es ist fertig!«

»Los, probier es an!«

Und noch während Nell in das Kleid schlüpft, sieht sie, was sich Hänsel ausgedacht hat. Tränen der Rührung laufen in Strömen über ihre Wangen hinab. »Danke, ihr beiden. Von ganzem Herzen: vielen lieben Dank! Es ist so schön geworden!«

Gretel winkt ab. »Schon gut! Gern geschehen. Ein bisschen Bügeln hier und ein paar Nadelstiche da, etwas Faden – und: voilà! Gefällt es dir?«

Nell ist überwältigt und dreht sich lachend im Kreis. »Und ob! Es sieht fast noch besser aus als vorher. Ihr habt euch wirklich selbst übertroffen.«

Die Geschwister haben gemeinsam in mühevoller Kleinstarbeit einen ganzen Beutel weißer Perlen aus dem Schatz der Hexe an den Saum des Kleides genäht. Nach oben hin weniger werdend, kaschieren die Perlen so, dass die Schleppe ohne große Rücksicht und Geschick abgesäbelt worden ist.

Nell geht probehalber einige Schritte hin und her, dabei klirren die Perlen leise gegeneinander und erzeugen den Eindruck, die weiße Schaumkrone einer hohen Welle bewege sich auf ihrem Rock.

»Es sieht wirklich wunderschön aus! Vielen lieben Dank euch beiden! Ich bin ...«

»Wissen wir. Gern geschehen.« Die beiden schmunzeln ihre neue Freundin zufrieden an. »Wir hoffen, es bringt dir Glück.«

Hänsel nickt mit vor der Brust verschränkten Armen, während er kritisch prüfend ihr Gemeinschaftswerk betrachtet. »Du siehst fantastisch aus, aber etwas fehlt noch.«

Nell lacht, während einige Tränen der Rührung aus ihren Augen quellen. Sofort ist Gretel mit einem Taschentuch zur Stelle. »Nicht weinen! Das ruiniert doch alles!«

Blinzelnd deutet die Märchenwanderin auf Orpheus' Satteltaschen. »Ich glaube, ich weiß, was fehlt. Gib mir doch bitte die Satteltasche dort, Hänsel.« Daraus zieht sie unter den staunenden Blicken der beiden Geschwister die blutroten Glasschuhe hervor und gleitet probehalber hinein.

Gretel klatscht begeistert Applaus. »Wenn ich nicht wüsste, dass du keine Prinzessin bist, würde ich schwören, dass du eine bist! Du siehst einfach fantastisch aus!«

»Und so adelig!«, wirft Hänsel noch ein.

»Und eine echte Prinzessin geht niemals zu Fuß«, meldet sich der alte Holzfäller mit warmer, tiefer Stimme hinter ihnen zu Wort. Alle drei drehen sich um. Er schlurft gewohnt gemütlich ums Eck der Hütte und führt den frisch gebürsteten und gesattelten Rappen am Zügel neben sich her. Nell nickt dem bärtigen Mann dankbar zu. Sie ist schlicht sprachlos ob der Freundlichkeit und Fürsorge dieser kleinen Familie.

»Warum ziehst du sie denn jetzt wieder aus?«, fragt Hänsel kopfschüttelnd, als Nell die gläsernen Schuhe wieder zurück in die Tasche schiebt und anschließend am Sattel des Pferdes befestigt.

»Hast du schon mal versucht, mit solchen Waffen zu

reiten? Beim letzten Mal ist mir Orpheus dabei versehentlich durchgegangen. Das würde ich gerne vermeiden, wenn es geht.«

Besänftigend reibt sie dem Rappen über die weiche Nase und betet stumm, dass er sie sicher an ihr Ziel tragen möge. Sie führt ihn zu einem nahegelegenen Baumstamm und schwingt sich einigermaßen elegant in den Sattel. Das Pferd unter ihr steht dabei vollkommen ruhig und entspannt da und Nell beschließt, das als gutes Omen zu werten.

»Viel Spaß!«, rufen Hänsel und Gretel, als Nell den Hengst umwendet und ihnen noch einmal zuwinkt. »Wir drücken dir von Herzen die Daumen, dass du deinen Wildhüter wiederfindest!«

»Genau!«, fügt Hänsel hinzu, »und wenn er dir doof kommt, kannst du jederzeit gerne zurückkommen!«

Nell lächelt und wirft ihnen eine Kusshand zu. »Danke für alles!«, ruft sie, ehe sie in den Schatten der Bäume eintaucht. Sie bezweifelt, dass sie die drei je wiedersehen wird. Der Gedanke stimmt sie ein wenig traurig. Sie hat die muntere Bande in ihr Herz geschlossen. Für einen kurzen Moment überlegt Nell, einfach umzukehren und bei den dreien auf der Lichtung zu bleiben, doch da taucht wieder Koljas warmes Lächeln in ihrem Geiste auf. Da weiß sie, dass Umkehren für ihr Herz keine Option ist.

# Aschentanz

Nell hat die Lichtung auf dem einzigen befestigten Weg verlassen, doch schon nach kurzer Zeit stößt sie auf eine Gabelung.

*Rechts oder links?*

Sie lässt Orpheus anhalten und schaut sich suchend um. Der Wald versinkt mit jeder Minute mehr in Dunkelheit. Nicht mehr lange und auch die Pfade zu ihren Füßen würden mit der Schwärze der Nacht verschmelzen. »›Folg den Lichtern‹, hat er gesagt. ›Das ist ganz einfach‹, hat er gesagt.«

Tief in ihrem Herzen ist Nell bewusst, dass sie mit diesem sarkastisch äffenden Tonfall nur versucht, sich selbst die Angst zu nehmen. Leider klappt es nicht. Unschlüssig wandert ihr Blick immer wieder von rechts nach links und wieder zurück. Keiner der beiden Pfade macht auf sie einen besonders einladenden Eindruck.

»Was meinst du? Welchen sollen wir nehmen?« Sie beugt sich tief über den Hals des Pferdes und streichelt ihm über das Fell, mehr zu ihrer als zu seiner Beruhigung. Gerade als sie schon aufgeben und zur Hütte von Hänsel und Gretel zurückkehren will, zerreißt ein lauter Knall die Stille der Nacht und der große Rappe unter ihr tänzelt unruhig von einem Bein auf das andere.

Alarmiert blickt die Märchenwanderin hoch. »Was war das? O mein – da!« Über dem Pfad zu ihrer Rechten, hoch oben über den Wipfeln der Bäume, kräuselt sich eine bunte Rauchsäule gen Himmel. Kurz darauf folgt ein weiterer Knall und ein Stern explodiert am nächtlichen Firmament, zerbirst in hundert verschiedenfarbige Lichtstrahlen.

»Feuerwerk! Kolja, du bist genial!« Dass das Feuerwerk

wahrscheinlich zu Ehren von Prinz Nikolajs Geburtstag abgebrannt wird und nicht, um gerade ihr den Weg zu weisen, ist dabei völlig egal. Kolja hat in der Eile einen Weg gefunden, sie mit Hilfe der Leuchtfeuer in die richtige Richtung zu lotsen. Von neuer Hoffnung erfüllt, ergreift Nell die Zügel.

»Man soll schließlich immer auf dem rechten Weg bleiben. Endlich stimmt das auch mal.« Sie schmunzelt und spornt Orpheus zur Eile an. Seine Hufe fliegen nur so über den Waldboden. In regelmäßigen Abständen erhellt der leuchtende Funkenregen einer weiteren Rakete den Pfad und weist ihnen zuverlässig den Weg. Nell hofft inständig, dass das Feuerwerk nicht aufhört, bis sie den Wald hinter sich gelassen haben.

Und das Glück ist ihr diesmal hold. Vom Feuerschein geleitet, wie es Kolja versprochen hat, erreicht Nell das imposante Schloss. Es thront auf einer weiten Anhöhe. Hohe Mauern umspannen weitläufige Gartenanlagen, in deren Mitte der eigentliche Palast steht. Dutzende Türme mit zwiebelförmigen Dächern zeichnen sich vor den leuchtenden Raketen ab. Auf den Zinnen wehen schwere Banner im Wind. Die Märchenwanderin blickt staunend hinauf. In der Dunkelheit ist es schwer, die Farben sicher auszumachen. Doch Nell meint, einen weißen Baum auf dunklem Grund zu erkennen.

*Oder ist das ein Schwert?*

Ein silberner Funkenregen lenkt ihre Aufmerksamkeit zurück auf das Schloss und den Grund für ihren Besuch.

Wie sie es von Biest gelernt hat, drückt sie sanft die Schenkel gegen Orpheus' Flanken und der Rappe hält in einem gemütlichen Trab auf das schmiedeeiserne Tor zu, das von grimmigen Soldaten in Uniformen streng bewacht wird.

»Die sehen nicht sonderlich freundlich aus. Ich hoffe, sie lassen mich überhaupt rein.« Nell strafft die Schultern, setzt sich noch etwas gerader im Sattel auf und bemüht sich um eine herrschaftliche Erscheinung. Doch ihre Sorge ist unbegründet. Kaum dass der Rappe mit seiner Reiterin das Tor erreicht, treten die Wächter zur Seite und geben mit einer Verbeugung den Weg frei. Nell nickt ihnen mit laut pochendem Herzen zu.

Von den grotesken Schatten der Raketen begleitet, hält Nell auf die große Steintreppe vor dem Eingangsportal zu. Als sie aus dem Sattel zu Boden gleitet und das treue Reittier an einem Pfosten anbindet, dankt sie Hänsel und Gretel noch einmal im Stillen für all ihre Hilfe. Zuletzt schlüpft sie in die gläsernen Schuhe und atmet tief durch. »Jetzt gibt es kein Zurück mehr. Wünsch mir Glück!«, flüstert sie dem Pferd ins Ohr und reibt seine Nüstern. Orpheus zieht den Kopf hoch und schubst Nell mit der Nase in Richtung des Tores, als würde er sagen: »Nun geh schon!«

Die Märchenwanderin erklimmt mit pochendem Herzen die zahllosen Stufen, die schier kein Ende nehmen wollen. »Wer baut denn solche Treppen?«, überlegt die junge Frau, während sie immer wieder durch die seltsame Höhe der Stufen aus dem Tritt gerät und beinahe stürzt. Sie sind flach und breit, aber ungewohnt niedrig. Dabei entdeckt sie auf der vorletzten Stufe den Abdruck eines Hufeisens und es macht Klick. »Ein Prinz geht wohl wirklich niemals zu Fuß.« Die Stufen sind deshalb so flach und breit damit man mit einem Pferd hinaufreiten kann, statt mühsam die Treppe selbst zu erklimmen.

»Damit wäre schon einmal geklärt, dass ich sicher keine Prinzessin bin.« Sie kichert leise in sich hinein, als sie die letzte Stufe überwindet und auf die geöffneten Torflügel zugeht. Auch hier stehen uniformierte Wachen pflichtbewusst Spalier. Als Nell sie passiert, deuten sie stets eine leichte Verbeugung an und senken den Blick gen Boden. Wieder färben sich Nells Wangen rosa. Hoffnung keimt in ihr auf, dass sie wirklich lange genug unentdeckt bleiben könnte, bis sie Kolja gefunden hat. Was hat er gesagt? Er wird im Saal auf sie warten. Na fabelhaft. Wenigstens ist es ziemlich einfach, den Ballsaal zu finden, da man mit den ganzen Wachen gar nicht großartig irgendwo anders hin abbiegen kann. Ausnahmsweise ohne Umwege erreicht die Märchenwanderin so den Ballsaal und bleibt an der Tür wie angewurzelt stehen.

»O nein!«, entfährt es ihr und sie schlägt sich eilig die Hand vor den Mund. Zum Glück scheint niemand von ihr Notiz zu nehmen. Ihr Optimismus von vorhin ist wie weggefegt. Der Saal ist voller Menschen, was eigentlich nicht schlecht ist, wenn man nicht auffallen möchte, allerdings steht ein nicht unwesentlicher Teil dieser Menschen in einer langen Schlange, um eingelassen und namentlich vorgestellt zu werden. Dabei steht ganz vorne auch noch ein recht korpulenter, streng dreinblickender Mann mit Bart, Zeremonienstock und einer schier endlos langen Pergamentrolle, und liest die Namen der Neuankömmlinge inklusive aller offiziellen Titel und meist noch der Herkunft laut vor.

*Ich bin geliefert.*

Ihr Name steht definitiv nicht auf dieser Liste. Einen Titel hat sie nicht und ihre Herkunft – das glaubt ihr eh keiner.

*Am besten, ich verschwinde einfach still und leise wieder von hier. Vielleicht kann ich draußen im Garten warten. Irgendwann muss er ja mal rauskommen.*

Doch auch diese Option löst sich gleich darauf in Luft

auf, als die Wachen hinter ihr die schweren Türflügel schließen. Scheinbar geht man davon aus, dass jetzt alle Gäste im Saal versammelt sind. Na toll.

Im Schneckentempo bewegt sich die Menschenschlange vorwärts, die Treppe hinab auf den dicken Zeremonienmeister zu, der vor jeder Vorstellung seinen Stab laut auf den Boden krachen lässt. In Nells Ohren klingt das Geräusch wie der Countdown zu ihrem persönlichen Untergang. Noch sechs Personen oder Paare stehen vor ihr, vielleicht sieben.

Fieberhaft sucht die junge Frau nach Kolja oder einem Fluchtweg aus dieser vertrackten Situation, doch bei einer Körpergröße von etwas über 1,50m bilden die Scharen anderer Gäste ein nahezu unüberwindbares Hindernis, sogar mit höheren Absätzen und auf einer Treppe.

*Wenigstens verschafft mir der riesige Rock hier ein bisschen Platz zum Atmen.*

Noch drei vor ihr.

Ein halbherziger Versuch, sich einfach seitlich hinter dem Zeremonienmeister vorbeizuschleichen und in der Menge unterzutauchen, scheitert an den Wachen, die im ungünstigsten Moment am Ende der Treppe Posten beziehen.

Noch zwei.

Nells Herz pocht so heftig, dass es bestimmt bald aus ihrem Hals wieder herausspringt. Fieberhaft sucht die Märchenwanderin nach einer guten Ausrede für ihren fehlenden Namen auf der Liste. »Ich war heute schon mal hier drin, Sie haben mich bereits vorgestellt.« »Ich gehöre zu dem Mann da vorne. Ich bin seine Tochter und habe leider viel zu lange im Badezimmer gebraucht, deshalb bin ich zu spät.« »Ich stehe leider nicht auf der Liste, aber ich suche hier einen Jäger oder Wildhüter namens Kolja.

Könnten Sie mir bitte sagen, wo ich ihn finde?« »Ich habe im Wald einen Freund des Prinzen getroffen und der hat mich eingeladen. Ich bin auch bald wieder weg, versprochen! Ich muss ihn nur wiedersehen.« Jede Erklärung klingt schlimmer als die vorangegangene.

Nur noch eine. Kalter Schweiß steht Nell im Nacken. Sie fühlt die Locken an ihrer Haut kleben.

»Gräfin Anna Wladimirowna«, verkündet der Zeremonienmeister mit einem lauten Krachen seines Stockes und die große Frau vor Nell tritt einen Schritt vor. Ihre breite Statur sowie das aufgebauschte Kleid und der riesige Fächer blockieren Nells Sicht fast vollständig. Gut zum Verstecken, weniger gut, wenn man einen Ausweg sucht. Selbst der tiefe Hofknicks hilft da nicht, weil die Gräfin ihre Turmfrisur auch noch mit großen Federn geschmückt hat.

Als sich Gräfin Wladimirowna wieder erhebt und beiseite tritt, kann Nell nicht anders, als den lustig wippenden Federn nachzuschauen, die beim Gehen irgendwie ein Eigenleben entwickeln. So blickt sie erst auf, als der Zeremonienmeister wutschnaubend zum dritten Mal vor ihren Füßen auf den Boden klopft.

»Wie bitte?« Erschrocken stammelnd blickt sie in die Runde.

»Ihren Namen!«, herrscht der rundliche Mann sie ungeduldig an und ist sichtlich kurz davor, ihr den Stock beim nächsten Mal auf die Zehen zu hauen. »Man lässt Prinz Nikolaj nicht warten!«

Plötzlich ist Nell wieder hellwach. »Ja, was das angeht, ich …« Sie schluckt. Doch ehe sie weitersprechen kann, ergreift eine große, starke Hand die ihre. »Diese Dame ist mein persönlicher Gast.«

*Diese Stimme.*

Überall hätte sie dieses warme, dunkle Timbre wiedererkannt, welches ihr seit zwei Tagen durch all ihre Träume gefolgt ist.

Nell hebt den Kopf. Ihr Blick trifft ein Paar leuchtend grüner Smaragdaugen, umrahmt von rabenschwarzem Haar. »Kolja.« Ihr Herz macht einen Satz und setzt einen Schlag aus. Sie hat ihn wirklich gefunden.

»Oh, Prinz Nikolaj, wenn das so ist – wären wir dann vollzählig«, stammelt nun der Zeremonienmeister, der mit der Situation offensichtlich dezent überfordert ist. Das entspricht schließlich so gar nicht dem üblichen Protokoll.

Nells Lächeln gefriert. »Prinz Nikolaj?« Ihr wird schwindlig.

»Ja, Zeremonienmeister. Jetzt sind wir vollzählig«, verkündet der enttarnte Prinz und seine Stimme duldet keinen Widerspruch.

Nell stolpert einen halben Schritt rückwärts, doch Kolja lässt ihre Hand nicht los, zieht sie wieder zurück an seine Seite.

*Nikolaj*, verbessert sie sich in Gedanken. *Er heißt gar nicht Kolja.*

Sie hat das Gefühl, plötzlich keine Luft mehr zu bekommen. Ohne den Zeremonienmeister weiter zu beachten, der im Sekundentakt die Gesichtsfarbe wechselt, schiebt Kolja seinen freien Arm um Nells Taille und führt sie hocherhobenen Hauptes mitten durch die tuschelnde Menge der anwesenden Gäste und Würdenträger.

»Atme, Nell!«, raunt er ihr zu und streicht zärtlich mit dem Daumen über ihren Handrücken. Mitten im Saal bleibt er stehen und reicht Nell von einem Tablett ein langstieliges Glas, ehe er sich selbst ebenfalls eines von einem Diener geben lässt. Er unterbricht den Kontakt zu ihr keine Sekunde. Nicht einmal, als er sein Glas erhebt. Mühelos füllt seine Stimme den gesamten Raum und lässt alle Gespräche schlagartig verstummen.

»Werte Gäste, geliebte Familie, ich heiße euch aufs Herzlichste willkommen und fühle mich geehrt, dass ihr alle die weiten Wege auf euch genommen habt, um mit mir meinen 20. Geburtstag zu feiern.« Während er spricht, dankt Nell dem Zauber, der den Märchen innewohnt, da sie aus irgendeinem Grund einwandfrei versteht, was hier gesprochen wird.

»Lasst uns heute Abend gemeinsam feiern, lachen, tanzen und fröhlich sein! In diesem Sinne, werter Zeremonienmeister, lasst aufspielen!« Nikolaj erhebt sein Glas in Richtung der Musiker, sichtlich froh, die Ansprache hinter sich gebracht zu haben.

Aus allen Richtungen erschallen Rufe und Glückwünsche. »Auf das Geburtstagskind!« – »Auf Prinz Nikolaj!« – »Sa sdorowje!«

Nikolaj winkt lächelnd in die Runde, ehe er sich schließlich allein Nell zuwendet und ihr sein Glas zum Anstoßen hinhält. »Ich bin sehr froh, dich zu sehen. Ich hatte schon Angst, du kommst doch nicht.«

Unfähig, etwas zu antworten oder sich auch nur zu rühren, starrt Nell ihn aus großen blauen Augen an.

Kolja windet sich, als so gar keine Reaktion kommt. »Hast du hergefunden gut?«

Nell blinzelt nur. »Das war falsch. Hast du gut hergefunden?« Immer noch nichts.

»Nell, bitte sprich mit mir!«, bittet er flehentlich und blickt ihr tief in die Augen. Seine Hand rutscht von ihrer Taille und legt sich zärtlich auf ihre Wange. »Bitte.«

Das dunkle Beben in seiner Stimme holt Nell schließlich aus ihrer Schockstarre. Sie lässt ihr Glas etwas lauter, als angebracht gewesen wäre, gegen seines klirren und trinkt es in einem Zug bis zur Hälfte aus. »Ja, Kolja – Verzeihung, ich meine Nikolaj. Das Feuerwerk war eine geniale Idee.«

Er zuckt ertappt zusammen, als sie seinen richtigen Namen ausspricht.

»Du hättest es mir sagen können. Du hättest es mir sagen sollen. Warum hast du gesagt, dass du Kolja heißt?«

Nun ist er es, der einen tiefen Schluck aus seinem Glas nimmt. »Ich sagte, du kannst mich Kolja nennen. Das war nicht gelogen. Hier, Kolja ist Spitzname für Nikolaj, ist Kosename. Niemand von ihnen«, er nickt in Richtung seiner Gäste, »darf mich so nennen, aber du schon.«

Entmutigt gleitet die Hand von ihrer Wange, ergreift wieder ihre Hand. Es fühlt sich an, als befände sich nun, da sie sich endlich wieder gefunden haben, ein tiefer Graben zwischen ihnen.

»Hätte ich dir gesagt, wer ich bin ...« Er bricht ab. Lässt die stumme Frage nach ihrer Reaktion im Raum schweben.

Nell seufzt tief. »Ich wäre vermutlich nicht hergekommen, weil mich der Mut verlassen hätte. Du bist ein Prinz! Und ich ...« Sie entzieht ihm ihre Hand und legt beide um das kristallene Glas, den Blick starr zu Boden gerichtet.

Seine Hand unter ihr Kinn geschoben, hebt Kolja ihren Kopf an. Sein schiefes, gequältes Lächeln erinnert an einen verschämten Schuljungen. »Nell, bitte. Ich bin kein Prinz. Also, genau genommen schon, aber ich bin tausendmal lieber Kolja als Nikolaj! Es war so wunderschön, dich fernab von all dem Trubel und Protokoll hier kennenzulernen, ohne Katzbuckeln und Knicksen.« Sein Daumen streichelt über ihre Haut. »Ich durfte sein, wie ich wirklich bin. Bitte sag, dass du es nicht bereust, heute hergekommen zu sein!«

»Kolja – Nikolaj – ich ...« Sie bricht ab, spürt die Blicke zahlloser Augenpaare auf sich.

»Kolja, bitte! Für dich immer Kolja«, verlangt er eindringlich. Die einsetzende Musik verschafft ihren Worten eine gewisse Privatsphäre, doch das Starren der anderen Gäste ist selbst ihm unangenehm. »Lass uns einige Schritte gehen, dann können wir in Ruhe reden, einverstanden?«

Nell trinkt den Rest des brennenden Gesöffs in einem Zug aus und nickt dann. »Ich könnte wirklich ein bisschen frische Luft vertragen.«

»Da, hier entlang.« Nikolaj tritt einen Schritt zurück und weist ihr mit einer leichten Verbeugung die Richtung hinaus aus dem Saal.

Der Alkohol, den Nell zur Beruhigung gerade auf zwei Schluck verteilt in sich hineingeschüttet hat, ist wohl stärker, als zuvor gedacht. Bereits nach den ersten paar Schritten beginnt sie leicht zu schwanken. Nikolajs Arme zucken in ihre Richtung, um sie zu stützen. Jedoch zieht er sie gleich darauf unverrichteter Dinge wieder zurück und verschränkt die Hände mit einem gequälten Seufzen hinter seinem Rücken. Nell ist ihm dankbar dafür, dass er ihr Raum lässt, denn es ist erst notwendig, dass sie über das Geschehene reden. All das im Dunkeln Tappen und die kleinen Halbwahrheiten stehen wie eine Wand zwischen ihnen.

»Vorsicht!« Als sie erneut strauchelt, ist er sofort bei ihr und greift reflexartig nach ihrem Arm.

»Danke«, murmelt Nell und schiebt sich eine verirrte Haarsträhne hinters Ohr. Nach der Musik und dem Stimmengewirr im Ballsaal ist die plötzliche Stille in dem kleinen Salon ohrenbetäubend. Dort angekommen, führt Nikolaj seine Begleiterin zu einem antiken Sofa in der Nähe eines kalten Kamins und öffnet erst mal die Glastüren nach draußen zum Balkon, um frische Luft hereinzulassen. Anschließend nimmt er ihr das leere Glas ab und stellt es zu seinem eigenen auf einen kleinen Beistelltisch, ehe er sich zu ihr setzt. Er greift verlegen nach ihren Händen, sucht hoffnungsvoll ihren Blick. »Nell ...«

Doch sie unterbricht ihn. »Ich verstehe es, Nikol – Kolja. Ich verstehe gut, dass du dem ganzen Protokoll entkommen wolltest.« Schaudernd denkt sie für einen Moment an all das höfische Gehabe, das sie in den verschiedenen Königreichen und Märchen bereits erlebt hat, und schüttelt sich. Ihre Augen verlieren kurz den Fokus, bis seine warmen Hände sie wieder ins Hier und Jetzt holen. »Ich verstehe es wirklich und das kreide ich dir auch gar nicht an.« Sie schluckt. »Aber warum hast du mich gerade heute hierherkommen lassen?«

Nells Augen halten seinen Blick gefangen, während ihre Stimme zu einem Flüstern zusammenschrumpft. »Du hättest mich auch in zwei Tagen hierherbitten und irgendwo unten am Tor empfangen können. Ohne die Meute klatschhungriger Haifische da drin. Warum muss es unbedingt der Ball sein? Ich bin tausend Tode gestorben, als ich vorhin in dieser Schlange darauf gewartet habe, dass mich jemand entdeckt und man mich hochkant rauswirft. Oder Schlimmeres.«

Kolja seufzt beschämt. Der große Mann mit dieser starken Ausstrahlung von Willensstärke, Aristokratie und Dominanz sinkt in sich zusammen wie ein Häufchen Elend. »Bitte verzeih mir. Ich war gedankenlos.« Sein Griff um ihre Hände wird fester, als er sie zitternd an seine Lippen hebt und jeweils einen Kuss auf ihre Handflächen haucht. Die Berührung seiner Lippen kribbelt lange auf ihrer Haut nach. »Ich habe nicht daran gedacht, wie du dich fühlen musst. Ich habe nur die schönste, liebreizendste und bezauberndste und mutigste Frau vor mir gesehen, die ich je getroffen habe, und wollte dich so schnell es geht wiedersehen.« Nikolaj sieht zerknirscht zu ihr auf. »Ich könnte mich ohrfeigen, dass ich nicht besser nachgedacht habe. Es war selbstsüchtig, aber ich wollte allen diesen aufgeblasenen Damen und Herren zeigen, was ihnen fehlt. Nämlich ein Herz wie deins.«

Nells Augen weiten sich ungläubig. Das ist so ziemlich das Letzte, womit sie gerechnet hat, und zugegeben eine ziemlich gute Ausrede.

Um die Stimmung wieder etwas aufzulockern, lehnt sich Nikolaj lässig ein Stück zurück und betrachtet Nell von oben bis unten. »Und vielleicht wollte ich auch einfach ein bisschen damit angeben, dass die schönste Frau des Abends nur mit mir tanzt.«

Da muss Nell lauthals lachen, bis ihr ganzer Körper bebt. »Kolja, du bist einmalig. Verrückt, aber einmalig.« Da ist es wieder, dieses Lächeln, das ihre Knie weich werden und alle anderen Gedanken schmelzen lässt. Wenn seine grünen Augen so spitzbübisch funkeln, kann sie ihm einfach nicht böse sein. Als er sie stürmisch auf die Füße zieht und herumwirbelt, verliert sie kurz den Boden unter den Füßen. Nell lacht und schimpft gleichzeitig, während sie mit den Händen halbherzig auf seine breiten Schultern trommelt. »Lass mich runter! Mir wird schwindlig! Kolja!«

Er hält sie oben in der Luft gefangen und schaut zu ihr hinauf. »Also verzeihst du mir?«

»Ja, ja, natürlich verzeihe ich dir! Und jetzt lass mich um Himmels willen runter!«

»Nur, wenn du tanzt mit mir! Hm. Wenn du mit mir tanzt, da?« Wie ein Schuljunge grinst er und ignoriert ihre strampelnden Füße einfach, als wäre es gar nichts.

»Ja! Da!« Um ganz sicherzugehen, dass er sie wieder runterlässt, gibt sie ihm das Versprechen in beiden Sprachen. Erst danach senkt Kolja die Arme und lässt ihren Körper behutsam sinken.

Kaum hat sie wieder festen Boden unter den Füßen, taumelt die Märchenwanderin wankend gegen seine breite, starke Brust. »Uff. Alkohol und ein Schleudertrauma vertragen sich irgendwie nicht so gut.«

Mit einer Zärtlichkeit, die man einem Mann seiner Größe und Statur gar nicht zutrauen würde, umfasst er ihr Gesicht und bedenkt sie mit einem Blick, in dem so unglaublich viel Wärme liegt. »Da, aber das liefert mir einen hervorragenden Grund, dich beim Tanzen ganz fest zu halten.«

Theatralisch aufseufzend boxt sie ihm gegen den Oberarm. »Du bist furchtbar.« Allerdings straft das Schmunzeln um die Mundwinkel den Ernst ihrer Worte Lügen. »Also schön, dann bringen wir es hinter uns. Ich kann nämlich nicht tanzen. Und wehe, du behauptest hinterher, ich hätte dich nicht gewarnt, wenn ich dich vor allen Leuten da drin bis auf die Knochen blamiere!« Nell streicht ihren Rock glatt und nickt auffordernd in Richtung Tür.

»Jawohl, Madam!« Er salutiert zackig und bietet ihr erneut seinen Arm an, um sie zurück zur Gesellschaft zu führen. »Oh, ich freue mich schon auf die Gesichter gleich!«

Doch ehe Nell antworten kann, stürmt wie aufs Stichwort Grischa in den Salon. Er humpelt noch immer ein wenig, doch das scheint den Wirbelwind nicht großartig zu behindern. Munter bellend läuft er vor einem Diener davon, der wiederum schlitternd versucht, den kleinen Derwisch zu packen.

Nikolaj lacht herzlich und fängt mit festem Griff den Diener auf, der die Kurve nicht so gut bekommen hat wie Grischa. »Ich glaube, er hat dich gehört, Nell. So aufgedreht ist er normalerweise nicht.«

Bellend springt der Hund um sie herum.

»Grischa, langsam!«, fleht die Märchenwanderin. Bei dem

Versuch, ihn beruhigend zu streicheln, dreht sie sich hin und her, doch der Kleine ist viel zu aufgeregt. »Och, mir wird schwindlig! Langsam!«

Doch da ist es schon zu spät. Als Grischa schwanzwedelnd an ihr hochspringt, taumelt Nell rückwärts. Diesmal ist kein Kolja in der Nähe, um sie aufzufangen, denn der ist noch damit beschäftigt, den Diener wieder auf die Füße zu stellen. Wild mit den Armen rudernd, kippt sie hintenüber und findet sich Sekunden später buchstäblich auf dem Boden der Tatsachen wieder. Die zahllosen Stoffschichten wirbeln dabei eine Menge Staub auf und begraben die Märchenwanderin fast unter sich. »Das – wird zu einer – uff – echt – schlechten Angewohnheit!«

Mitten in dem ganzen Chaos springt auch noch Grischa mit Anlauf in den Stoffberg, um Nell übers Gesicht zu schlecken. Fluchend versucht sie, den Hund wegzudrücken, jedoch ohne Erfolg.

Erst Koljas laute Stimme bringt Grischa dazu, ein paar Meter wegzutrotten und das Ganze aus sicherer Entfernung zu beobachten. Die Märchenwanderin kämpft sich derweil etwas derangiert wieder auf die Beine, indem sie sich an dem steinernen Kamin hochzieht. Sie streicht die Röcke glatt und wischt sich die Haarsträhnen sowie möglichst viel von Grischas Sabber aus dem Gesicht.

»Ja, ich glaube, er ist aufgedreht« Bevor der kleine Wirbelwind sie noch einmal anspringen kann, tritt Nell an dem Prinzen vorbei und hinaus in den schwach erleuchteten Korridor. Dort wartet sie, an die kühle Wand gelehnt, auf ihren Prinzen.

*Mein Prinz? Um Himmels willen, ich bin verloren!*

Als er hinterherkommt, kann die Märchenwanderin trotz des spärlichen Lichts den zerknirschten Ausdruck auf seinem

Gesicht erkennen. »Es mir tut sehr leid. Ich hätte besser aufpassen sollen.«

Nell lächelt und hakt sich bei ihm unter. »Es ist nichts passiert. Es geht mir gut. Mach dir lieber Sorgen um den Tanz, den du dir ergaunert hast! Wobei – eingebrockt trifft es besser.« Sanft zwinkert sie ihm zu.

Seine Antwort kommt prompt und im Brustton der Überzeugung. »Niemals! Ich werde es bis zum letzten Takt genießen und die Musiker anweisen, bis morgen Früh durchzuspielen!«

Sie kichern gemeinsam bei der völlig absurden Vorstellung, als sie auch schon die Türflügel des Ballsaals erreichen.

»Bereit?« Seine Stimme ist warm und dunkel.

»Nicht im Geringsten!«

»Na dann kanns ja losgehen.« Nikolaj zieht sie, den Arm um ihre Taille geschlungen, an seiner Seite in den Ballsaal und wendet sich den Musikern zu, um ihnen das Zeichen zum Aufspielen zu geben. Indes starren alle Augenpaare im Saal auf Nell, die mehr und mehr in sich zusammenschrumpft und gerade am liebsten unsichtbar wäre.

»Kolja«, flüstert sie und zupft an seinem Ärmel, »warum starren die mich nur alle so an?«

Das Getuschel unter den Umstehenden schwillt an. Überall trifft Nells Blick auf vor den Mund gehaltene Hände und boshaft blitzende Augen. Rastlos windet sie sich in Nikolajs Griff.

»Kolja, was ...?« Doch der Rest der Frage bleibt ihr im Halse stecken, als er sich endlich zu ihr umdreht und aus voller Kehle lacht. Ihr Herz setzt für einen Schlag aus. Ihr Körper gehorcht ihr nicht mehr. So steht sie entsetzt da und starrt ihn an, während er glucksend einige Spinnweben aus ihrem Haar löst. Die Erkenntnis trifft sie wie ein Blitz. Als

Grischa sie umgerannt hat, ist sie im Kamin gelandet.

*O nein!*

Hektisch reibt sie sich mit der Hand übers Gesicht. Doch das macht es nur noch schlimmer.

Eine junge, hübsche Frau in einem wunderschönen grünen Kleid und großen grünen Ohrringen in Form gläserner Perlen zeigt mit ausgestrecktem Finger auf Nell. »Seht nur, sie ist aus der Asche gekrochen! Vielleicht hätte man ihr sagen sollen, dass man sich badet, bevor man sich auf einen Ball schleicht.«

»Und das Kleid! Das ist wie Perlen vor die Säue werfen. Kleider machen eben noch keine Prinzessin«, keift eine zweite Frau, die der ersten erschreckend ähnlich sieht, jedoch in einem lilafarbenen Kleid steckt.

»Genau! Es sei denn, man ist eine Aschenprinzessin! Haha! Ja, tanz Aschenprinzessin! Mit deiner Schleppe kannst du gleich den Boden putzen.«

»Nein, nicht mal dazu bist du gut, du hast ja keine!« Bei diesen Worten brechen alle im Saal in tosendes Gelächter aus.

Nell schaut automatisch über die Schulter nach hinten. Die angenähten Perlen von Hänsel und Gretel sehen in ihren Augen wunderschön aus, verbergen aber scheinbar nicht so gut wie gedacht, dass sie im Wald einige radikale Änderungen an dem Kleid vorgenommen hat.

Aus allen Richtungen dröhnt das Lachen in ihren Ohren. Nells Blick fällt auf einen Spiegel an einer nahegelegenen Wand. Bei dem Versuch, sich die Haare aus dem Gesicht zu streifen und die Spinnweben zu entfernen, hat sie sich Asche quer übers ganze Gesicht geschmiert. Durch Grischas Sabberattacke hält das Zeug auch noch besonders gut.

*Verdammt!*

Ihr Körper bebt. Tränen steigen in ihr empor, doch auch jetzt bricht der Hagelschauer an Beleidigungen einfach nicht ab. »Geh zurück an den Herd, Aschenprinzessin!« – »Es ist doch noch gar nicht Aschermittwoch!« – »Vielleicht ist sie des Prinzen neue Hofnärrin, komm, erzähl uns einen Witz!«

Die Märchenwanderin, die sonst nie um eine Erwiderung verlegen ist, bleibt stumm, während die Worte wie Messer in ihr Herz schneiden. Sie spürt die Tränen, die brennend über ihre Wangen rinnen und dennoch ist ihr eiskalt. Wie aus weiter Ferne hört sie Koljas Stimme. Doch seine Worte gehen in dem Rauschen in ihren Ohren unter, werden eins mit dem höhnischen Gelächter.

Sie spürt seine Nähe nicht mehr, empfindet nur Scham, Schmerz und ein Gefühl von Verrat. Ohne ein einziges weiteres Wort rennt Nell los. Am Rande bemerkt sie, dass die Menge vor ihr zurückweicht. Ekel, Abscheu, Häme, Wut – so viele Emotionen blitzen in den namenlosen Gesichtern auf, doch kein einziger Ausdruck ist freundlicher Natur. Schluchzend stürmt sie aus dem Saal hinaus, an den Wachen vorbei und auf die große steinerne Treppe zu, wo hoffentlich Orpheus noch angebunden auf sie wartet.

Was hat sie sich nur dabei gedacht, hierherzukommen? Wie hat sie nur für einen einzigen Moment glauben können, es gäbe so etwas wie ein Happy End für sie? Hinter ihr hallen donnernde Schritte durch den Gang. Irgendwo schlägt eine Glocke Mitternacht. Nell beschleunigt ihren Lauf.

Durch den Schleier ihrer Tränen übersieht sie schließlich eine Falte im Teppich, strauchelt und kann sich gerade noch abfangen. Ein zweiter Glockenschlag. Dabei verliert sie einen ihrer gläsernen Schuhe.

*Verdammt, nicht schon wieder! Was ist das nur mit Stufen und diesen Schuhen?*

Wieder schlägt die Glocke.

Den Gedanken, anzuhalten und den Schuh einzusammeln, verwirft Nell noch in dem Moment, da er aufkommt. Keine Sekunde länger bleibt sie hier. Noch immer schwebt das grausame Lachen in der Luft.

Dong.

Wozu aufheben? Sie wird ihn eh nie wieder brauchen.

Dong.

In vollem Lauf streift sie sich den zweiten Schuh auch noch ab und sprintet damit die Treppe nach unten. Koljas lautes »Halt!« spornt sie dabei nur noch mehr an.

Ein sechster Glockenschlag ertönt.

Nell seufzt erleichtert, als sie sieht, dass ihr Pferd noch genau da steht, wo sie es angebunden hat. Sie löst die Zügel, klettert auf den kleinen Mauervorsprung und schwingt sich erstaunlich behände in den Sattel.

*Übung macht den Meister, wie es scheint.*

Der Gedanke, dass Übung in ihrem Fall bedeutet, dass sie ihre Schuhe verliert, aus Schlössern flieht und dabei mehr oder weniger in den Sattel hechtet, hinterlässt einen bitteren Geschmack in ihrem Mund.

Der siebte Schlag der Glocke übertönt die Rufe hinter ihr. Tränenblind wendet sie sich dem Wald zu und presst die Schenkel in Orpheus' Flanken.

Dong.

Mit einem lauten Wiehern sprengt der Rappe los, trägt seine Reiterin in vollem Galopp davon, weg von den Lichtern des Schlosses und den lauten Stimmen, weg von den Menschen, die in Scharen aus den Schlosstoren strömen, um sich das Spektakel anzusehen, weg von hier und hinein in die schützende Dunkelheit des nächtlichen Waldes.

Die letzten vier Glockenschläge nimmt Nell wie durch

Watte wahr.

*Weg von Kolja.*

Nell beißt sich auf die Lippe, betäubt so für kurze Zeit den Schmerz in ihrem Inneren. Wo nur Stunden zuvor Hoffnung ihren Geist beflügelte, fühlt es sich nun an, als würde sie in einem Meer aus Schmerz und Verzweiflung ertrinken. Sie lässt die Zügel kraftlos auf Orpheus' Hals sinken. Beinahe augenblicklich verlangsamt der Rappe seinen Schritt und verfällt zusehends in einen gemächlichen Trott.

Nell greift sich leise schluchzend an die Brust. Ihr Herz tut so schrecklich weh. Erst Biest – Adolphus – und dann auch noch Kolja. Wie viele Grausamkeiten kann ihre Seele noch ertragen, bevor die Märchenwanderin ihren Glauben an das Gute verliert?

Ihre Finger graben sich krampfend in den Stoff ihres Kleides hinein und finden dabei wie von selbst den bronzenen Anhänger an ihrer Kette. Sie seufzt schwer und dreht das Medaillon zwischen den Fingern. Das Leuchten, das von dem Anhänger ausgeht, ist von einem so klaren und reinen Blau.

*Was nützt mir das ganze gute Karma, wenn doch alles nur schlimmer wird?*

Mit einem schweren Seufzen lässt Nell den Anhänger aufschnappen, doch die Kompassnadel dreht sich unverändert im Kreis. »Er zeigt nicht nach Norden, hat Holly gesagt, aber ich versuche auch nicht, nach Norden zu kommen. Dann zeig mir doch bitte wenigstens den Weg nach Hause!«

Verzweifelt schüttelt sie das Medaillon, aber außer, dass sich die Nadel kurzzeitig noch schneller dreht, passiert gar nichts.

Erschöpft und ausgelaugt schiebt sie den Kompass zurück unter ihr Kleid und sinkt im Sattel immer tiefer in sich zusammen, bis sie irgendwann teilnahmslos über Orpheus'

Hals gebeugt liegt. Stumme Tränen rinnen über ihre Wangen und tränken das seidige Fell.

Irgendwann, es mögen Minuten oder Stunden vergangen sein, trägt das große Pferd seine Reiterin auf eine mondbeschienene Lichtung hinaus und hält an, um zu grasen. Die Märchenwanderin registriert es kaum, hebt nicht einmal den Kopf.

»Hänsel, wach auf! Da ist sie wieder!« Durch den lauten Ruf erschreckt, richtet sich Nell langsam im Sattel auf. »Gretel, es ist mitten in der Nacht. Wer ist wieder da?« Hänsels Stimme klingt vollkommen verschlafen, seine Schwester ist dagegen hellwach. »Na Nell, du Dummkopf! Nell ist wieder da!«

»Was, jetzt schon? Scheint aber keine lustige Party gewesen zu sein.«

Zwei strubbelige Köpfe tauchen am Fenster der kleinen Hütte auf. »Hey, Nell! Lahme Party? Gab es doch keinen Schokobrunnen?« Hänsels Auflachen lässt die Märchenwanderin zusammenzucken wie unter einem Peitschenhieb und sie vergräbt schluchzend das Gesicht in den Händen. Gretels Augen weiten sich. »Still, Hänsel! Irgendwas stimmt nicht.«

# Mitternachtszauber

Schneller, als man Adolphus' ganzen Namen aussprechen kann, sind die beiden Wirbelwinde die Leiter unten und stehen im Nachthemd neben dem Rappen. »Um Himmels willen, was ist denn mit dir passiert?« Gretel keucht atemlos, als sie Nells rotgeäderte Augen und die Furchen der Tränen auf den verrußten Wangen entdeckt.

»Du siehst ja furchtbar aus.«

Gretels Ellenbogen landet schmerzhaft in Hänsels Seite, gefolgt von einem lauten Aufstöhnen. Nell kann nicht antworten. Die Hände in die Mähne des Hengstes verkrallt, schnieft sie weinend vor sich hin. Gretel zischt ihrem Bruder zu: »Du Esel! Das war gerade das Dümmste, was du hättest sagen können. Geh lieber und hol frisches Wasser!«

»Zum Trinken oder zum Waschen?« Unter dem wütenden Funkeln seiner Schwester trabt er allerdings schleunigst davon.

Gretel hilft inzwischen Nell aus dem Sattel. Gemeinsam setzen sich die beiden auf die windschiefe Bank vor der Hütte, während das Mädchen beruhigend über Nells Schulter reibt und hier und da eine verklebte Haarsträhne von der Haut löst. »Och, Nell, was ist denn nur passiert? Hast du das Schloss etwa nicht gefunden?« Gretels Stimme ist leise und fürsorglich. Die Märchenwanderin schüttelt bebend den Kopf, doch Gretel lässt nicht locker und bohrt nach. »Nein, es ist nichts passiert, oder nein, du hast das Schloss doch gefunden?«

»Schloss«, presst Nell schluchzend hervor, wobei ihr schmaler Körper heftig bebt.

Gretel nickt langsam. »Okay, du hast das Schloss also

gefunden. War dein Jäger oder Wildhüter doch nicht da?«

Nell nickt, nur um gleich darauf heftig schluchzend den Kopf zu schütteln.

Gretel seufzt tief und schaut ziemlich verwirrt drein. »Nell, bitte, könntest du einfach erzählen, was geschehen ist? Wenn ich dir alles aus der Nase rausziehen muss, sitzen wir übermorgen noch hier.« Sie blickt ihre Freundin mitfühlend an und ergreift ihr Gesicht mit beiden Händen. »Atme tief durch und dann erzähl mir, was los ist!«

Nell braucht einen Moment, um sich zu sammeln, ehe die Erlebnisse des Abends wie ein Sturzbach aus ihr hervorsprudeln. Von Kolja, der in Wahrheit Prinz Nikolaj ist, und von dem arroganten Zeremonienmeister und wie Grischa sie vor dem Kamin umgerannt hat. Sie berichtet davon, dass Nikolaj auf einen Tanz bestanden hat und wie alle sie mit angeekelten Gesichtern angestarrt haben. »Und dann haben alle gelacht und Kolja – Nikolaj – er hat auch gelacht.«

»Nein!« Gretel unterbricht mit weit aufgerissenen Augen die Schilderung. »Das hat er nicht wirklich getan!«

»Doch! Und dann bin ich weggelaufen, so schnell ich nur konnte. Ich konnte da nicht bleiben. Keine Minute länger! Ich hätte niemals dorthin reiten sollen. Was habe ich mir nur dabei gedacht? Ich hasse ich Geburtstage!« Unterbrochen von Schluchzen und Schniefen, endet Nells Erzählung damit, dass sie irgendwie wieder auf der Lichtung gelandet ist.

Schweigend sitzen die beiden jungen Frauen nun nebeneinander, eingehüllt in die nächtliche Stille.

»Ähm, hab ich was verpasst?« Als Hänsel, eine Waschschüssel, einen Wasserkrug und einen Becher balancierend, um die Ecke der Hütte geschlurft kommt, schaut er verwirrt zwischen den beiden hin und her.

Gretel weiß nicht recht, was sie sagen soll, und zuckt nur unschlüssig mit den Schultern.

»Also kein Wasser?«, fragt Hänsel zögerlich, tunlichst darauf bedacht, sich nicht schon wieder einen Stoß in die Rippen einzuhandeln.

Da hebt Nell den Blick und versucht sich an einem Lächeln. »Doch. Danke.« Die Worte kommen heiser und krächzend aus ihrer Kehle hervor. Weil ihr die Kraft fehlt, nimmt Gretel ihrem Bruder die Sachen ab und gießt Wasser in den Becher.

»Nimm dir diese Gemeinheiten nicht so zu Herzen. Das war sehr, sehr mutig.«

»Und dieser Typ ist einfach nur ein Trottel«, grätscht Hänsel dazwischen, der ins Blaue hinein rät und damit einen Volltreffer landet.

»Charmant formuliert.« Gretel rollt mit den Augen, »Wenn auch absolut zutreffend. Aber die Frage ist, was willst du jetzt tun?« Sie drückt Nell den Becher in die Hand und lehnt sich mit dem Rücken gegen die Wand der Hütte.

Die Märchenwanderin dreht das Gefäß stumm zwischen den Fingern herum, ohne jedoch davon zu trinken. Als sie endlich antwortet, ist ihre Stimme ein kaum hörbares Flüstern. »Ich weiß es nicht.«

Hänsel reckt den Hals. »Was hast du gesagt? Ähm, was hat sie gesagt, Gretel?«

»Ich habe keinen Schimmer!«, platzt es aus Nell hervor und die mühsam hinuntergeschluckten Tränen brennen wieder in ihren Augen und verschleiern ihren Blick. »Verdammt!« Die Finger in den Haaren vergraben, beginnt sie erneut, unkontrolliert zu schluchzen. Wasser schwappt über den Rand des Bechers und sofort breiten sich dunkle Flecken auf dem blutroten Stoff des Kleides aus.

Von den Geschwistern zu beiden Seiten flankiert, fühlt Nell, wie sich von rechts und links Arme um sie legen.

»Shhh. Ganz ruhig.« Gretels Stimme ist voll Wärme und Mitgefühl.

Sofort springt ihr Bruder helfend bei. »Du hast Vater gehört. Du kannst bei uns bleiben, so lange du willst! Du bist hier immer willkommen.«

Seine Schwester nickt bekräftigend, doch Nell schüttelt mit einem traurigen Lächeln den Kopf. »Ich bin euch auf ewig dankbar, ihr beiden. Wirklich. Das werde ich euch niemals vergessen.«

»Aber?« Hänsels Blick wirkt geknickt.

»Aber ich kann nicht den Rest meines Lebens bei eurem Hahn in der Scheune schlafen. Zumal ich ihn echt gruselig finde.« Sie seufzt und sinkt in sich zusammen.

»Du könntest auch zusammen mit Gretel im Haus schlafen, dann ziehe ich in die Scheune«, schlägt Hänsel in einem Anflug von Ritterlichkeit vor.

Gerührt zieht sie die beiden an sich und drückt sie fest. »Das ist so lieb und ich fühle mich geehrt, aber ich muss nach Hause.«

»Wo liegt dein Zuhause, Nell?«

Die Märchenwanderin blickt nach Osten über die Lichtung, wo die Schwärze der Nacht langsam dem Dämmerlicht der aufgehenden Sonne weichen muss. »Wenn ich das nur wüsste ...«

»Aber wie willst du dann nach Hause finden, wenn du keine Ahnung hast, wo dein Zuhause eigentlich ist?«

»Ich weiß es nicht, Hänsel. Ich werde einfach weitersuchen, denke ich. Irgendeinen Weg hinaus muss es geben.«

»Könntest du nicht auf demselben Weg zurückgehen, wie du hergekommen bist?«, sinniert Gretel.

»Schwesterherz, du bist genial! Bei der Gelegenheit, wie bist du eigentlich hierhergekommen?«

Nell zuckt abermals mit den Schultern. »So genau weiß ich das nicht. Ich bin irgendwie in einen Kaninchenbau gefallen.«

»Also suchen wir jetzt einen Kaninchenbau? Ich weiß, wo hier in der Nähe einer ist, aber da passt du niemals durch. Schau mich nicht so an, Gretel, das war nicht böse gemeint, aber das ist so! Nicht mal einer von uns würde da durchpassen.«

»Ja ja, schon gut, Hänsel. Aber was ist die Alternative?«

Nell schnieft geräuschvoll, während sie sich resolut die Tränen von den Wangen wischt. Die ersten Sonnenstrahlen fallen über die Baumwipfel blendend hell auf ihr Gesicht und mit dem ersten Licht des Tages kehrt auch die Hoffnung zurück. »Ich werde mich einfach auf die Suche machen, bis ich eine Möglichkeit gefunden habe, nach Hause zurückzukehren. Wie lange es auch dauert.«

»Und wenn ich dich bitte – wenn ich dich anflehe zu bleiben?« Nell erstarrt mitten in der Bewegung. Dunkel, aber warm und zärtlich, kriecht der Klang dieser Stimme direkt in ihr Herz.

Hänsel und Gretel blinzeln in das helle Sonnenlicht, aus dem sich nun nach und nach die Silhouette eines groß gewachsenen Mannes schält. Je näher er kommt, umso mehr Einzelheiten werden erkennbar. Das schwarze Haar trägt er zum Zopf gebunden. Tiefe Schatten liegen unter seinen leuchtenden grünen Augen, mit denen er die zusammengesunkene Nell unablässig fixiert.

»Du bist also ...«, hebt Hänsel unsicher an, doch es ist Nell, die den Satz mit einem einzigen Wort beendet. »Nikolaj.« Klirrend entgleitet der Becher ihren Fingern und fällt zu Boden.

Der Hüne zuckt zusammen, als hätte er gerade eine Ohrfeige kassiert. Hörbar atmend sinkt er vor Nell auf die Knie und ergreift ihre bebenden Hände. »Das habe ich wohl verdient, aber ich bitte dich noch einmal: für dich immer Kolja.« Ein flehender Ausdruck liegt auf seinem Gesicht, aber die Märchenwanderin kann nicht antworten. Ihre Kehle ist wie zugeschnürt.

Er hält unbeirrt ihre Hände, beugt sich vor und haucht sanfte Küsse auf jede ihrer Handinnenflächen, genau wie bei ihrer ersten Begegnung im Wald. Das Zittern ihres Körpers nimmt dadurch nur noch zu, doch Nell ist unfähig, sich zu rühren.

Stattdessen reißt Hänsel gerade der Geduldsfaden. »Was bildest du dir eigentlich ein, du Trottel?«

»Hänsel!« Seine Schwester springt erschrocken auf und versucht, ihn schnell zum Schweigen zu bringen.

»Na was denn, Gretel? Es ist doch aber wahr! Er hat richtig Mist gebaut und jetzt kommt er einfach hierher, sabbert ihre Hände ab und macht einen auf Minnesänger. Was soll der Scheiß?«

Gretel zieht beschwichtigend an seinem Arm und zischt: »Sei vorsichtig! Er ist ein Prinz.«

»Ja,« schnappt ihr Bruder übertrieben laut, sodass Kolja es auf jeden Fall hören muss. »Und er ist trotzdem ein Trottel, Prinz hin oder her.«

Nikolaj lächelt gequält und neigt kurz den Kopf in Hänsels Richtung, ohne jedoch den Blick von Nell zu nehmen. »Du hast recht, junger Mann. Und die Wahrheit darf man immer sagen.« Er zögert kurz, ehe er die Geschwister zum ersten Mal direkt anschaut. »Auch einem Prinzen.«

Die beiden verständigen sich mit einem grimmigen Nicken, ehe Nikolaj sich wieder ganz Nell zuwendet. Sanft drückt er ihre Hände. »Bitte sprich mit mir, sag doch irgendetwas!«

»Was …« Nell räuspert sich, als ihre Stimme versagt. »Was soll ich denn sagen?«

»Sag, dass du nicht gehst, dass du mit mir kommst! Sag …«

»Nein.«

Alle weiteren Worte gefrieren auf Nikolajs Lippen.

Nell versucht, sich aus seinem Griff zu lösen, doch seine bebenden Finger liegen fest um die ihren. »Nik – Kolja, ich kann nicht mit dir kommen.« Sie senkt den Blick auf ihre ineinander verschlungenen Hände, die Stimme kaum mehr als ein Flüstern. »Ich gehöre einfach nicht in deine Welt. Schau mich doch nur an.« Ihre wunderschönen goldenen Locken kleben verdreckt und wirr in der Mischung aus Tränen und Asche auf ihrer Haut. Sie erträgt es kaum, seinen Blick auf sich zu spüren.

»Nell …«

»Nein! Ich blamiere dich und mich.«

»Nell …« Seine Stimme wird weicher, doch sie lässt ihn nicht ausreden.

»Ich kann ihr Lachen immer noch hören, Kolja. Sie kommt aus der Asche, haben sie gesagt, ein feines Kleid macht noch keine Prinzessin. Und sie haben recht. Ich werde nie eine Prinzessin sein.« Ihre Atmung geht immer schneller und wieder beginnen die Ränder ihres Gesichtsfelds, dunkel zu verschwimmen.

Kolja bemerkt, was vor sich geht. Als er ein drittes Mal ihren Namen ausspricht, hat seine Stimme wieder jenen dunklen, samtenen Klang, mit dem er Orpheus so mühelos beruhigen konnte. Er bettet ihre rechte Hand auf sein schlagendes Herz und bedeckt sie mit seiner eigenen. Derweil kommt er ihr ganz nah, legt seine Stirn an ihre und atmet tief aus. »Nell, es ist mir völlig egal, wie du aussiehst und wo du herkommst und noch mehr, ob du aus einer adeligen Familie stammst. Ich brauche keinen Titel, Rang oder Abstammung. Du bist für mich die schönste Frau, weil du ein schönes Herz hast und weil ich das Gefühl habe, dass ich bei dir sein darf, wie ich bin.«

Ein kurzes, bitteres Lachen zuckt durch Nells Körper. »Ein schönes Herz. Über mich wurde schon viel gesagt, aber das gehört sicher nicht dazu.«

Mit einer Hand an ihrer Wange hebt Nikolaj unbeirrt ihr Gesicht an, bis ihre Augenpaare sich treffen. »Und doch ist es die Wahrheit.«

Nell schüttelt wieder den Kopf. »Es ehrt dich, dass du das sagst, aber ich würde dich nur blamieren.« Ihre Stimme verkommt zu einem bloßen Hauch. »Und ich könnte es nicht ertragen, wenn du noch einmal über mich lachst.« Ohne dass sie es verhindern kann, rinnen abermals heiße Tränen ihre Wangen hinab.

Koljas Augen weiten sich, als die Erkenntnis ihn wie ein Vorschlaghammer trifft. »O mein Gott, Nell – Ich wollte nie ...« Der Rest bleibt ihm im Halse stecken.

Einige lange Sekunden spricht keiner ein Wort. Nur das leise Platschen einer Träne, die von Nells Kinn herab auf ihre verschlungenen Hände tropft, durchbricht die Stille.

»Kolja ...« Sie will etwas sagen, kann sich aber nicht mehr daran erinnern, was.

»Nell, ich – schäme mich, dass ich so gedankenlos war. Könntest du dich nur mit meinen Augen sehen.« Aufrichtige Verzweiflung liegt in seinen grünen Iriden. »Du bist wunderschön. Und egal, wie seltsam das jetzt auch klingt, du warst nie schöner, als in dem Moment, als du völlig verdreckt mit Grischa aus diesem Loch gekrochen bist. Ehrlich!«

Ungläubig starrt sie ihn an, als wäre er gerade vollkommen verrückt geworden.

»An diesem Tag auf der Lichtung hast du keine Sekunde an Reichtum und Etikette gedacht. Du hast keinen Augenblick gezögert, dein Kleid zu zerschneiden, um Grischa aus dem Loch zu holen. Und gestern hast du nicht wegen des Prinzen den Weg durch den Wald auf dich genommen, sondern wegen Kolja. Wegen mir. Sag mir«, haucht er bebend an ihre Lippen, »wie sollte ich je eine andere Frau dir vorziehen? Wo du doch genau das bist, was ich immer gesucht habe.«

Sein Atem schmeckt süß. Die Worte rühren sie zu Tränen. So nah sind sie einander, dass kaum ein Blatt mehr zwischen ihre Münder passt.

»Uargh, wie eklig! Das Geschnulze hält man ja kaum aus.« Hänsel schüttelt sich theatralisch, ehe seine Schwester ihm fauchend den Ellenbogen in die Rippen rammt und ihn, am Kragen gepackt, ein paar Meter von der Bank wegzieht.

»Ich liebe dich wirklich, Bruderherz, aber du bist so einfühlsam wie ein Felsklotz!«

Kolja zuckt ertappt zusammen und blickt mit einem schiefen Grinsen entschuldigend in Hänsels Richtung.

Diese charmante Unsicherheit des sonst so starken Mannes bricht endlich das Eis.

»Au!« Sie schüttelt sich vor Lachen, wodurch ihre Stirn schwungvoll Bekanntschaft mit Koljas Nase macht.

»Vorsicht, mach dich nicht kaputt!«

Sich die Stirn reibend, sieht sie zu dem Prinzen auf. »Das musst gerade du sagen. Mein Schädel ist sicher härter als dein Nasenbein.« Sie fischt aus der Waschschüssel, die Hänsel zuvor gebracht hat, einen Lappen, drückt ihn aus und reicht ihn Kolja, der ihn sich gleich darauf auf die blutende Nase drückt.

»Ich bin nur froh, dass du nicht in deiner Galauniform hier aufgetaucht bist. Ich wäre ungern für rote Flecken auf deinem blütenweißen Hemd verantwortlich gewesen. Die gehen sicher nie wieder raus.« Nell lächelt leicht und legt keck den Kopf zur Seite.

»Na endlich, da ist sie wieder, meine schöne, schlagfertige Nell.« Prüfend besieht er sich das nasse Tuch, ob die Blutung schon gestillt ist, ehe er es beiseitelegt.

»Ist doch wahr. Dein Lederwams ist einfach viel praktischer und nicht so fleckenanfällig.«

»Stimmt«, gibt er unumwunden zu, bevor er sie bei den Händen greift und von der Bank in seine Arme zieht. »Und wenn dir der Wildhüter Kolja so viel lieber ist als Prinz Nikolaj, werde ich die Galauniform mitsamt der weißen Hemden aus meiner Garderobe schmeißen.«

Halb an seine Brust gelehnt, blickt sie ihn von unten herauf aus großen blauen Augen an. »Das – das musst du nicht. Du bist doch ein Prinz.«

»Ein Prinz, der viel lieber dein Wildhüter wäre.« Er lächelt warm und schlingt die Arme fest um ihren schmalen Leib.

»Nicht, Kolja. Ich bin immer noch von oben bis unten dre – «

»Ist mir egal. Ich habe keine Angst vor ein bisschen Ruß und Asche.« Er küsst sie zärtlich auf den Scheitel. »Die Spuren deiner Tränen sind es, die mir das Herz schwer werden lassen.«

Automatisch wischt Nell sich mit den Händen über die Wangen. Zweifel und Angst stehen ihr deutlich ins Gesicht geschrieben. So eng an ihn gedrückt, spürt sie das Vibrieren seiner Brust, während er spricht.

»Ich weiß, ich habe kein Recht, dich darum zu bitten, doch tue ich es trotzdem. Bitte, Nell, komm mit mir zurück.«

»Aber ...«

»Warte, lass mich ausreden, bitte. Ich weiß, wie viel ich damit von dir verlange, und ich kann dir keinen Grund nennen, warum du das tun solltest. Außer den, dass ich mein Lebtag lang alles dafür tun will, dass du nie wieder Grund zum Weinen hast und dich dort zu Hause fühlst.«

Sanft legt sie ihm die Finger der linken Hand auf die Lippen, um doch noch irgendwie zu Wort zu kommen.

Aber Kolja ist so nervös, dass er nuschelnd noch durch ihre Finger hindurch redet. »Du kannst die beiden Wirbelwinde dort natürlich auch mitbringen.«

»Unseren Vater auch?«, wirft Hänsel ein, der mit riesigen Ohren gelauscht hat.

Kolja lächelt und nickt. »Natürlich kann euer Vater auch mit. Die feinen Damen und Herren im Palast können beileibe ein bisschen frischen Wind vertragen.«

»Juhu, wir gehen in den Palast!«, jubeln die Geschwister im Chor, bis Hänsel mitten in seinem Freudentanz stehen bleibt und Gretel fluchend gegen ihn prallt. »Warte, dann müssten wir uns ja fein anziehen.«

»Und brav sein«, ergänzt Gretel seinen Gedanken. Die beiden wechseln einen beredten Blick, ehe sie simultan die Köpfe schütteln. »Nein, doch lieber nicht. Wir bleiben hier. Aber wir kommen euch gerne mal besuchen.«

»Und, Nell«, Hänsel blick sie eindringlich an, »wenn der Trottel sich wieder mal danebenbenimmt, darfst du jederzeit zurückkommen. Mi casa es tu casa. Das Angebot steht!«

Gretel schaut ihren Bruder verständnislos an. »Was soll das denn heißen?«

»Na ja, grob übersetzt so etwas wie: Du bist immer willkommen.«

»Dann sag das doch einfach so!«

Hänsel verschränkt mit wichtiger Miene die Arme vor der

Brust. »Aber so klingt es viel besser. Und es ist doch meine Sache, wie ich es sage, Hauptsache, die Nachricht kommt an. Wir wünschen ihr viel Glück auf dem Schloss, aber wenn sie die Schnauze voll hat von den Lackaffen dort – Entschuldigung, Prinz – dann kann sie immer hierherkommen.«

Kolja unterdrückt ein amüsiertes Kichern und blickt Nell hoffnungsvoll an, die während des ganzen Disputs schweigend ins Leere gestarrt hat. »Also ...«

Die Märchenwanderin versteift sich, als Nikolaj mitten im Satz erstarrt und wie versteinert mit offenem Mund vor ihr steht.

»Kolja? Hallo?« Sie wedelt mit der Hand vor seinem Gesicht herum, doch der Prinz blinzelt nicht einmal. »Hänsel, Gretel, ich glaube, hier stimmt irgendetwas nicht.« Sie schält sich aus Koljas Umarmung und dreht sich um, doch auch die beiden Geschwister stehen mit aufgerissenen Augen da, erstarrt zu leblosen Statuen.

»Hänsel! Gretel!« Sie schüttelt die Kinder fest bei den Schultern, doch nichts geschieht. Nell überkommt nackte Panik. Hektisch dreht sie sich um die eigene Achse, lässt ihren Blick über die Lichtung wandern. Alles Lebendige scheint in der Zeit eingefroren zu sein.

Orpheus hat ein Büschel Gras zwischen den Zähnen. Zwei Schmetterlinge hängen reglos über einer sich öffnenden Blüte in der Luft und selbst die Staubteilchen in der Luft schweben wie feiner Goldstaub in den erstarrten Strahlen der Morgensonne. Nicht einmal ein Lufthauch weht über die Lichtung.

Da fällt der Blick der Märchenwanderin auf eine Frauengestalt, die die Hütte mit majestätischen Schritten umrundet und auf sie zukommt. Ihr langes Haar ergießt sich als weiche Flut wie ein schwarzer Fluss über ihren Rücken und scheint mit ihrem dunklen Kleid zu verschmelzen. Die weiten Ärmel sind mit violetter Seide gefüttert und stehen in starkem Kontrast zu ihrer blassen Haut. Das Antlitz der fremden Dame ist so schön, dass es fast wehtut, sie anzuschauen. Wer auch immer das ist, sie ist nicht in dem Zauber gefangen, der alles auf der Lichtung erstarren lässt.

*Könnte sie vielleicht die Ursache dafür sein?*

Gerade ergründet die Märchenwanderin ihr Bauchgefühl, ob es gut oder schlecht ist, dass da eine Zauberin auf sie zukommt, als die Fremde ein paar Schritte entfernt stehen bleibt. Ihre perfekten Gesichtszüge formen ein Lächeln, das mit der Morgensonne um die Wette strahlt. Sie hebt die Arme zu einer einladenden Geste und lässt ihre helle Stimme mühelos über die Lichtung erschallen. »Ich gratuliere dir, Märchenreisende!«

*Diese Stimme – sie passt irgendwie nicht.*

Dieser Gedanke erschreckt und überrascht Nell gleichermaßen. Nichts an dieser wunderschönen Dame wirkt verkehrt oder bedrohlich, aber sie hätte einfach erwartet, dass die Frau anders klingt.

»Du hast deine Aufgaben vortrefflich gemeistert.« Der samtene Klang der Dame fegt alle düsteren Gedanken fort wie ein frischer Frühlingshauch.

Die Märchenwanderin hängt an ihren Lippen. »Bist du eine Fee?«

»Ja, meine Teure, ich bin eine Fee und ich begleite dich auf deinem Weg, seit du die Welt der Märchen betreten hast.«

»Aber warum habe ich dich dann nie gesehen?«

Ein glockenhelles Lachen erklingt. »Oh, du hast mich wohl gesehen, doch nicht erkannt. Ich begegnete dir in vielerlei Gestalten und habe über deinen Weg gewacht.«

Nell blinzelt. Gerade fühlt sie sich einfach wohl. Ihr Herz

ist so leicht. »Warum zeigst du dich mir dann jetzt?«

Die Fee kommt noch etwas näher und deutet mit ihren filigranen Fingern auf Nells Brust, wo das blaue Leuchten selbst durch den Stoff des Kleides zu sehen ist. »Ich bin hier, weil du über dich hinausgewachsen bist. Du hast so viel gutes Karma gesammelt, dass du endlich nach Hause zurückkehren kannst.« Mit einem Wink ihrer Hand wird das Licht noch heller, bis sich in der Luft neben der Fee ein blauer Spiegel daraus formt. Zitternd wankt die Märchenwanderin einen Schritt auf das geöffnete Portal zu.

»Sue, Mama!« Auf der anderen Seite des magischen Fensters sieht sie die beiden am Küchentisch sitzen und Apfelstrudel essen. Susan ist inzwischen etwas größer, ihre Wangen schmaler und der Körper drahtiger. Nells Blick geht ruckartig zu der Zauberin. »Ist das echt?«

Die betörende Frau nickt. »Ja. Das ist deine Familie, so, wie sie heute aussieht. Du musst nur das Portal durchqueren und kannst dich dazusetzen. Der Apfelstrudel sieht wirklich gut aus.«

Die Worte verfehlen nicht den beabsichtigten Effekt. Nell läuft das Wasser im Mund zusammen. Niemand macht Apfelstrudel so gut wie ihre Mutter, nicht einmal Nana. Mit aufgeregt schlagendem Herzen läuft die Märchenwanderin auf das Portal zu, die Arme nach der wabernden, blauen Oberfläche ausgestreckt, als ihre Augen über Koljas erstarrtes Gesicht gleiten. Sein Blick haftet noch immer auf der Stelle, an der sie zuvor gestanden hat. So viel Hoffnung und Wärme liegt darin, dass Nell es nicht über sich bringt, durch den leuchtenden Spiegel zu springen. »Aber was wird aus ihm?«

Die Fee macht einen Schritt vor. »Willst du denn nicht nach Hause? Du hast so hart dafür gearbeitet. Dir wurde so viel zugemutet, aber jetzt geht dein Wunsch endlich in Erfüllung.«

Mit schierer Willenskraft wendet sich die Märchenwanderin von der schönen Frau ab und dreht sich zu Kolja. »Ja, schon. Aber was wird aus ihm?«

Die Fremde seufzt theatralisch. »Was soll mit ihm schon sein? Er ist eine Märchenfigur. Er wird seine Geschichte weiterführen, König werden und irgendeine Prinzessin heiraten. Aber du, du kannst endlich nach Hause.«

Unschlüssig gleitet Nells Blick immer wieder zwischen dem Bild ihrer Familie und Koljas hoffnungs-vollem Lächeln hin und her. »Er hasst Prinzessinnen und will doch gar kein König werden.« Ihre rechte Hand schließt sich um das Medaillon, während sie sich unbewusst langsam auf Nikolaj zubewegt. Ein innerer Drang zieht sie unaufhaltsam zu ihm.

»Du willst deine Chance, nach Hause zu kommen, wirklich aufs Spiel setzen für einen Mann, der dich ausgelacht und dem Spott preisgegeben hat?« In die überirdisch schöne Stimme der Fee mischt sich ein kalter Unterton. »Ich biete dir eine sichere Heimkehr. Denk nach! Was, wenn es so endet wie mit Adolphus?«

Bei der Erwähnung dieses Namens zieht sich alles in Nell zusammen und sie wendet sich wieder dem Portal zu.

»Ja, so ist es gut. Du willst nicht, dass sich das wiederholt. Du hast zu hart für deine Heimkehr gekämpft, um jetzt alles wegzuwerfen.«

Die Märchenwanderin blickt sehnsuchtsvoll durch den Spiegel auf ihre Familie. Wie gern würde sie jetzt neben ihnen am Tisch sitzen, lachen und mit Sue ein Apfelstrudelwettessen veranstalten. Aber sie kann nicht.

Mit einem tiefen Atemzug lässt Nell den Kompass in ihrer

Hand aufschnappen, der zeigt, was ihr Herz längst erkannt hat. Die Nadel steht endlich still. Nell lächelt traurig. Sie braucht nicht aufzusehen, um zu wissen, worauf der Zeiger deutet oder auf wen. Unsicheren Schrittes tritt sie vor Nikolaj und streicht zärtlich mit dem Daumen über seine Wange. Der Blick in seine grünen Augen gibt ihr die Kraft, ihre Gedanken in Worte zu fassen. »Ich kann nicht gehen. Mein Weg hier ist noch nicht zu Ende. Ich weiß nicht, wohin er mich führen wird, aber ich bin wild entschlossen, es herauszufinden.« Nun, da die Entscheidung gefallen ist, fühlt sie sich unendlich leicht.

»Nein! Du törichtes Ding! Du hast deine Chance vertan.« Das Kreischen der Fee erinnert an den Schrei eines Raben. Ohrenbetäubend laut dröhnt es über die Lichtung, breitet sich wie eine Druckwelle in alle Richtungen aus. Das Portal zerbirst, geht als Sternregen hernieder, während die Fee von einer Sekunde auf die andere verschwunden ist.

Im gleichen Augenblick verpufft auch der Zauber, der auf der Lichtung lag, und die Zeit dreht sich weiter.

»Was sagst du?« Koljas grüne Augen strahlen sie liebevoll an und räumen in einem einzigen Wimpernschlag alle Zweifel aus.

»Sag ja, bitte!« Hänsel und Gretel wippen aufgeregt hin und her.

Nell schüttelt lachend den Kopf. »Na, wenn ihr drei euch schon ausnahmsweise einig seid, dann ist die Sache wohl beschlossen.«

»Heißt das ja? Du kommst mit?«

Als sie zustimmend nickt, presst Kolja sie in einer Bärenumarmung an sich. »Ich verspreche dir, du wirst es nicht bereuen!«

Nach Luft schnappend runzelt Nell die Augenbrauen.

»Wenn ich mich nicht wenigstens vorher waschen kann, bereue ich es wahrscheinlich am ersten Tag schon. Ich will nicht als verdreckte Heulsuse dort auftauchen.«

»Hurra!«

Nachdem Gretel Nells äußere Erscheinung wieder einigermaßen in Ordnung gebracht hat und die beiden vom Bach zurückkehren, bekommen sie gerade noch mit, wie Hänsel den Prinzen mit dem Finger in die Brust pikst und ihn gegen die Wand der Hütte drängt.

Wie David gegen Goliath.

»Wenn du noch einmal so einen Mist baust, Prinzchen, dann schwöre ich, dass ...«

Kolja hebt abwehrend die Hände. »Ich weiß deine Sorge um sie sehr zu schätzen, junger Mann, aber ich habe nicht im Mindesten vor, ihr jemals wieder wehzutun.«

Die beiden verständigen sich mit einem grimmigen Nicken, ehe Nikolaj sich an dem viel kleineren Jungen vorbeischiebt und direkt auf Nell zuschreitet. Mit diesem dunklen, samtigen Lächeln streckt er ihr seine Hand hin und zieht sie schwungvoll zu sich heran. »Hallo, Fremde.«

»Hallo, Fremder.«

Ergriffen streicht er eine lose, noch feuchte Locke hinter ihr Ohr, ehe er ihr Gesicht mit beiden Händen umfasst. »Ich kann mein Glück noch gar nicht recht fassen.«

Die Märchenwanderin sucht unsicher seinen Blick. »Aber du lässt mich da nicht allein, oder?« Sie zittert, als sie die Finger Halt suchend in seinem Hemd vergräbt.

Ruhig beugt er sich zu ihr hinab und legt die Stirn an ihre. »Versprochen. Aber ich glaube, du kommst da auch gut ohne mich zurecht. Lass dir bloß nichts gefallen!«

Nell schließt für einen Moment die Augen.

*Er hat recht. Ich muss wieder ein bisschen so werden, wie ich früher war.*

Vielleicht nicht so ätzend und weniger egoistisch, aber selbstbewusst und bereit, für sich selbst einzustehen. »Also schön, dann los. Auf in die Höhle der Löwen.«

Den Arm schützend um ihre Taille gelegt, begleitet Kolja sie hinüber zu dem friedlich grasenden Rappen. Dabei bemerkt er ein leichtes Humpeln in ihrem Gang. »Ist alles in Ordnung? Hast du dich verletzt?« Sorge trübt seine grünen Augen.

Doch die Märchenwanderin schüttelt bloß lächelnd den Kopf. »Nein, mir geht es gut. Mach dir keine Gedanken.«

Kolja wirkt nicht überzeugt, hebt sie aber ohne einen weiteren Kommentar hinauf auf Orpheus' Rücken.

Nell rutscht im Sattel zurecht, drückt den Rock beiseite und schiebt ihre Füße in die Steigbügel. Dabei weiten sich Koljas Augen, als die Erkenntnis ihn trifft.

Schulterzuckend setzt die Märchenwanderin ein schiefes Lächeln auf. »Ich habe den anderen gestern Nacht verloren. Keine große Sache.« Sie zieht das Kleid über ihren nackten Fuß.

Nikolaj hebt einen Finger, bittet sie wortlos um einen Moment Geduld. Er schlendert hinüber zu seinem Hengst, den Gretel gerade am Zügel herüberführt, und greift in die Satteltasche. Grinsend fördert er einen gläsernen, roten Schuh zu Tage. »Ich hatte gehofft, dich wiederzufinden und ihn dir zurückgeben zu können. Mir steht er leider nicht.« Zwinkernd hält er ihn ihr hin und Nell schlüpft hinein. Der Schuh sitzt so perfekt, als wäre er um ihren Fuß gegossen worden. Kolja lächelt zu ihr hinauf. »Bereit?«

Von einem Baum am Rande der Lichtung hallt das Gurren einer Taube durch die morgendliche Stille.

»Ruckedigu, Ruckedigu, aus blutrotem Glas ist der

Schuh! Weder zu groß, noch zu klein, seine Prinzessin, die führt er heim!«

So ritten Nell und ihr Märchenprinz, begleitet von Winken und vielen guten Wünschen der beiden Geschwister, in den Sonnenaufgang, einer gemeinsamen Zukunft entgegen.

Und wie die Jahreszeiten die Welt wandelten, so wuchs und reifte ihre Zuneigung zueinander. Sie lernten einander kennen und aus tiefstem Herzen schätzen, verbrachten beinahe jede freie Minute zusammen. Hänsel und Gretel hielten ihr Versprechen und besuchten sie öfter mal. Das waren Tage, an denen es Schokoladenbrunnen gab und hinterher minutiös der Bestand der Silberlöffel nachgezählt wurde. Aber es waren auch immer Stunden voller Lachen, Leichtigkeit und Übermut. Und als sich der Tag ihres ersten Treffens jährte, lud Prinz Nikolaj alle seine Untertanen, gleich, welchen Standes, zu einem großen Geburtstagsball ein. Er wollte sein Glück in die Welt hinausschreien und alle an seiner Freude teilhaben lassen, denn er hatte noch eine Überraschung geplant.

Die Vorbereitungen für diesen besonderen Abend versetzen das gesamte Schloss in geschäftiges Treiben. An allen Ecken und Enden wuselt, putzt und werkelt es. Nikolajs ältere Schwestern Maria und Katharina sind extra zur Feier seines 21. Geburtstages mit ihren Ehemännern aus weiter entfernten Königreichen angereist. Selbst Königin Alexandra lässt es sich nicht nehmen, die Dekoration des Ballsaals und der Gärten zu beaufsichtigen und hier und da selbst Hand anzulegen.

Alle sind bester Laune und fiebern dem Fest entgegen, da Nikolaj nun, mit seinem einundzwanzigsten Geburtstag endlich den Thron seines Vaters besteigen kann und das Reich wieder einen rechtmäßigen König hat.

»Anna, meinst du nicht, es reicht langsam mit den ...«

»Still halten!«, weist Koljas kleine Schwester die Märchenreisende nachdrücklich zurecht. Anastasia, oder kurz Anna, ist gerade einmal zarte fünfzehn Jahre jung, aber eine ausgesprochene Frohnatur. Sie ähnelt Susan in ihrer Art, sodass Nell sie schon ein- oder zweimal mit ›Sue‹ angesprochen hat.

Heute, für die Geburtstagsfeier ihres Lieblingsbruders, hat Anastasia sich in den Kopf gesetzt, Nell so herauszuputzen, dass Kolja die Augen aus dem Kopf fallen. Immer wieder hält sie sich kichernd den Bauch, bei dem Gedanken daran, wie er mit offenem Mund aus den Latschen kippt. Am besten sollen sie alle aus den Latschen kippen.

Nell meckert gequält. »Anna, bitte! Wenn du noch eine Nadel in meine Haare pikst, laufe ich dir davon! Ich fühle mich wie ein Igel. Seit Stunden zupfst, ziehst, malst, puderst und lockst du an mir herum. Gesicht, Maniküre, Pediküre, und jetzt noch die Frisur dazu ...«

»Heute ist ein besonderer Abend. Da musst du absolut umwerfend aussehen«, entgegnet das Mädchen und schiebt ohne Gnade die nächste Nadel in Nells blonde Mähne, um eine verirrte Locke an ihren angedachten Platz zu stecken.

»Na schönen Dank auch. Das ist mal ein Kompliment.« Nell verzieht gespielt beleidigt das Gesicht und schaut ihre persönliche Foltermeisterin, wie sie Anna heute schon den ganzen Tag scherzhaft nennt, tadelnd im Spiegel an.

Diese schiebt aus Prinzip noch eine Nadel in Nells Haar – zur Sicherheit – und grinst schief. »Das heißt natürlich nicht, dass du sonst nicht umwerfend bist. Erst letzte Woche hast du doch unseren Gärtner beim Spielen mit Grischa umgerannt.« Anna kichert schadenfroh und entgeht Nells Rache nur, weil sie eine weitere Haarnadel in die Frisur schiebt. »Nein, Spaß beiseite. Du bist immer wunderschön. Aber heute musst du eben noch mehr wunderschöner aussehen.«

Die Märchenwanderung seufzt tief. »Aber warum, Anna? Was ist denn heute anders als am Herbsttanz, dem Weihnachts- oder Neujahrsball oder am Frühlingsball, meinem Geburtstagsball oder dem Sommerfest?«

»Das wirst du schon sehen.« Sie setzt eine betont neutrale Miene auf, während sie ein paar letzte Locken sorgfältig feststeckt. Anna nickt zufrieden.

In Nells halb hochgesteckter Lockenpracht glitzern Dutzende weiße Perlen. Anna schiebt einige Strähnen dekorativ auf die Schultern, sodass sie Nells Gesicht weich umrahmen. »Einfach perfekt. Nun bitte keine Akrobatikübungen oder Ungeschicklichkeitsanfälle. Ach ja und umziehen ist auch nicht mehr. Am besten, du bleibst einfach bis Mitternacht hier sitzen und rührst dich nicht.«

Die Märchenwanderin schaut ihre Freundin entgeistert an. »Das meinst du nicht ernst!«

Doch Anna schüttelt mit düsterer Miene den Kopf. »Nein. Wehe, wenn du mein Meisterwerk vor dem Ende der Party ruinierst!«

Verzweifelt wirft Nell die Hände in die Höhe, was Anna dazu veranlasst, prustend ihre Scharade aufzugeben. »Nein, natürlich nicht! Ich will doch, dass dich alle so sehen. Ach, ich liebe dieses rote Kleid einfach, und die Schuhe! Die sind der Knaller. Schade nur, dass der Kompass blau leuchtet, in Rot würde er besser zum Kleid passen.«

Lächelnd streift Nell den Stoff glatt. Diese kleine Geste

ist inzwischen zu einer beruhigenden Gewohnheit geworden, wenn sie mal wieder nervös ist.

»Ja, ich liebe es auch. Aber es hat dadurch gewonnen, dass der Hofschneider den Saum unten versäubert und die Perlen gleichmäßiger angenäht hat. Und nein, ich werde keine andere Kette tragen. Auch wenn sie nicht dazu passt, aber sie ist mir wichtig.«

»Ich weiß. Ich wollte dich nur necken. Es ist perfekt so. Aber mal ganz unter uns Mädels: Sind die Schuhe nicht fürchterlich unbequem? Und hast du keine Angst, dass du mal stolperst und du dann auf Glasscherben herumläufst?«

Nell wird von einem plötzlichen Lachanfall heftig durchgeschüttelt, sodass die Perlen an ihrem Kleid leise klirren. »Anna ...«

»Nicht heulen! Dein Make-up!« In Windeseile ist die Prinzessin mit einem Taschentuch bei ihr und bemüht sich nach Kräften, den Strom der Lachtränen wegzutupfen, ehe er die aufgetragene Mascara im gesamten Gesicht verteilen kann. »Ich verstehe gar nicht, warum du dich jetzt so kaputtlachst. So lustig fand ich die Frage nun auch nicht.«

Nell beruhigt sich nur langsam, schüttelt dabei immer wieder den Kopf. »Du hast recht, das war sie eigentlich nicht. Aber wir sind in einem Märchen. Ich glaube kaum, dass hier etwas in der Art funktioniert.«

Wie so oft, wenn die Märchenwanderin etwas in der Art sagt, schüttelt Anna nur missbilligend den Kopf. »Ich kann nicht glauben, dass du uns immer noch für eine Art von Hirngespinsten hältst, Nell.«

»Keine Hirngespinste, nur ...«

Doch bevor die beiden die immer gleiche Diskussion von vorn beginnen können, fliegt die Tür auf und Königin Alexandra steht im Türrahmen. »Ach, hier seid ihr! Ich ließ bereits überall nach euch beiden suchen. Die Gäste treffen langsam ein. Seht zu, dass ihr fertig werdet!«

»Jawohl, Mamaa!« Anna lächelt fröhlich und deutet einen kleinen Knicks an. Schon als Kind hat sie sich angewöhnt, das zweite A im Kosenamen ihrer Mutter etwas länger zu ziehen. So klingt es aristokratischer, wie sie findet. »Wir sind schon fertig. Aber was machst du eigentlich hier? Müsstest du nicht im Ballsaal sein und eben jene Gäste begrüßen?«

Alexandra schlägt sich erschrocken die Hand vor den Mund. »Das habe ich in der ganzen Aufregung ja total vergessen! Ich muss los. Beeilt euch, ja?« Und schon rauscht sie mit bauschenden Röcken wieder aus dem Raum hinaus.

Nell bleibt mit einem Ausdruck vollkommener Verwunderung im Gesicht sitzen. »Was zum ...? Anna, was ist denn mit deiner Mutter los? Sie ist sonst nicht so zerstreut und ich habe noch nie erlebt, dass sie gerannt ist!«

Das Mädchen schüttelt auf die Frage bloß kichernd den Kopf. »Ich sagte ja, es ist eben ein besonderer Abend und nun lass mich dein Make-Up retten, damit wir endlich runtergehen können. Meine Mutter bekommt sonst noch einen Herzanfall.«

»Anna, ich glaube, den hat sie schon. Normalerweise ist sie die Ruhe und Würde in Person!«

Die Jüngere kichert leise. »Meistens. Aber ab und an hat sogar sie mal kleinere Aussetzer. Aber sag ihr bloß nicht, dass ich das gesagt habe!« Gemeinsam lachen sie bei der grotesken Vorstellung, bis Anna befindet, dass Nell nun genügend herausgeputzt ist. Stolz betrachtet sie ihr Werk. »Bereit?« Ohne eine Antwort abzuwarten, hält sie der Märchenwanderin erwartungsvoll die Tür auf.

Es ist allgemein bekannt, dass Nell diesen offiziellen höfischen Hokuspokus gerne meidet. Sie liebt das Leben auf dem Schloss mit Kolja, aber die schönsten Tage sind solche, an denen der Prinz einfach nicht gebraucht wird und sie mit Grischa zusammen durch die Wälder stromern.

»Tief durchatmen, das wird ein fantastischer Abend und du siehst zum Anbeißen aus!«

Annas Versuch, sie zu beruhigen, geht gehörig nach hinten los. »Das ist ein ziemlich makaberes Wortspiel, wenn man drauf und dran ist, in ein Becken voller Piranhas geworfen zu werden, Anna.«

Das Mädchen blinzelt in gespielter Entrüstung. »Ich würde dich niemals werfen! Schubsen vielleicht, aber ...«

Nell rollt mit den Augen, doch Anna kennt kein Erbarmen. Sie packt ihre Freundin und schiebt sie einfach in den Gang hinaus. Demonstrativ zieht sie hinter ihr die Tür zu. Für ihre Größe und Statur verfügt das Mädchen über beachtliche Kraft. »Das wird lustig und du gehst da jetzt runter. Und keine Widerrede oder willst du meinen armen Bruder allein den Haien da unten zum Fraß vorwerfen? Hm? Na also.« »Aber ...« Nell startet einen letzten Versuch, vielleicht doch noch um den öffentlichen Auftritt herumzukommen, aber Anna erstickt die vorbereitete Rede bereits im Keim.

»Nichts da! Du bist kein Küchenmädchen. Du wirst dich nicht über den Garten oder sonst wie in den Saal schleichen, wie du es beim Sommerfest gemacht hast. Du bist der Ehrenga – ähm, ich meine, du gehörst dazu. Also tief durchatmen, Rücken geradehalten, Brust raus und lächeln.«

Nell schaut ihre Freundin zweifelnd an. Koljas Familie hat sie von der allerersten Sekunde mit weit offenen Armen willkommen geheißen. Aber außerhalb dieses Kreises fühlt sie sich dennoch wie ein Fremdkörper.

»Da wären wir.« Kaum, dass der Ballsaal in Sicht kommt,

ziehen zwei livrierte Wachen die großen Türflügel schon auf und sinken in eine tiefe Verbeugung. Anna, die sonst so unprinzessinnenhaft ist, wie man es sich nur vorstellen kann, kehrt heute mal richtig die wohlerzogene Hoheit raus. Mit würdevoller Miene schreitet sie über den purpurnen Teppich und dreht sich am Treppenabsatz noch einmal um. »Wenn du die Musik hörst, kommst du runter, ja?«

»Aber ...«

»Nein!«

»Aber wenn ...«

»Neihein! Musik – du – Treppe. Notfalls hole ich dich auch selber ab, aber dann schleife ich dich die Stufen runter, das wird kein Spaß.«

*Verdammt, die Kleine ist ein verflucht harter Brocken. Dickköpfig, stur und bestimmt.*

Irgendwie erinnert sie Nell an sich selbst, als sie in diesem Alter war. Doch muss sich die Märchenwanderin schmachvoll eingestehen, dass sie selbst in Annas Alter wesentlich anstrengender zu ertragen gewesen ist.

Der klare Hall einer Fanfare reißt Nell aus ihren Gedanken und holt sie unbarmherzig ins Hier und Jetzt zurück. Annas Worte klingen noch in ihren Ohren: *Musik – du – Treppe!*

Das ist dann wohl ihr Stichwort. Mit einem tiefen Atemzug strafft sie die Schultern und schreitet zwischen den beiden Wachen hindurch, die immer noch tapfer in ihrer tiefen Verbeugung ausharren. Mit einem schlechten Gewissen huscht die Märchenwanderin hindurch und hört, wie die hohen Türen sich hinter ihr schließen.

Der Anblick unten im Saal trifft Nell völlig unvermittelt, sodass sie sogar kurz vergisst zu atmen. Ein Meer aus Kerzen taucht den Raum in gleißend goldenes Licht.

Hunderte roter Rosen schmücken Tische, Wände und Handläufe und selbst der Boden ist zu einem Großteil mit blutroten Blütenblättern bedeckt.

*Anna hatte recht, das Kleid passt heute wirklich wie die Faust aufs Auge.*

Nell muss unwillkürlich schmunzeln. Sie würde tatsächlich locker als Teil der Dekoration durchgehen, oder wurde gerade wegen ihr in Rot geschmückt?

*Nein. Bestimmt ist das nur Zufall.*

Auf den Tag genau ein Jahr ist es her, dass sie sich in die Schlange der Höflinge einreihte, um die Treppe hinabzusteigen und von dem mürrischen Zeremonienmeister vorgestellt zu werden. Heute reicht die Schlange erneut bis zum oberen Treppenabsatz. Es fühlt sich an wie ein Déjà-vu. Doch diesmal versteckt sie sich nicht ängstlich hinter ausladenden Rücken, hohen Hüten und lächerlichem Kopfputz. Heute schreitet sie an all den Wartenden vorbei die Treppe hinab.

»Verzeihung.« Nell schiebt sich an einer hübschen, jungen Frau vorbei, deren ausladender, violetter Rock sich weit über die Treppe spannt. Als sie angesprochen wird, knickst die Dame und neigt das Haupt, sodass ihre grünen Ohrringe klirren.

»Verzeiht, Prinzessin. Gebt gut Acht, dass ihr nicht ausrutscht.« Sie drückt ihren Rock zusammen, um Platz zu machen. Nell nickt dankend und setzt ihren Weg fort.

Erhobenen Hauptes und mit laut pochendem Herzen lässt sie den Zeremonienmeister einfach links liegen und geht auf ihren Prinzen zu, der in der Mitte des Saals steht und ihr geduldig wartend seine Hand entgegen streckt.

Ein Raunen geht durch den Raum, als Nikolaj das Protokoll über den Haufen wirft und der Vorstellungsorgie einfach keine Beachtung mehr schenkt, kaum, dass Nell den Raum betritt.

»Ich – du …«

Die Märchenwanderin schmunzelt. Es kommt wahrlich nicht oft vor, dass Kolja die Worte fehlen, aber gerade klappt er seinen Kiefer nur auf und zu wie ein Fisch.

Den Zeigefinger unter sein Kinn gelegt, schließt Nell sanft seinen Mund und schenkt ihm ein warmes Lächeln, das aus dem tiefsten Grunde ihres Herzens kommt. »Danke.«

In keiner Sprache der Welt hätte er ihr ein größeres Kompliment machen können, als eben jener Glanz in seinen Augen es getan hat. Nikolaj hebt ihre Hand an seine Lippen. Voller Zärtlichkeit küsst er ihre Handinnenfläche, ehe er sie auf sein Herz legt und mit seiner Hand dort umfängt. Jetzt, in diesem Augenblick, sind keine Worte nötig.

Ein lautes Räuspern bricht schließlich den Bann und die Magie des Augenblicks verfliegt. Der Zeremonienmeister steht neben ihnen und ringt mit seinem silberbeschlagenen Stock, während seine Gesichtsfarbe stetig zwischen rot, weiß und einem leicht ungesunden Grünton hin und her wechselt. »Eure Majestät, können wir dann fortfahren?«

Es ist offensichtlich, dass ihm Nells Abweichen vom Hofzeremoniell körperliche Schmerzen bereitet. Missbilligend ignoriert er sie deshalb und hält seinen Blick stur auf Nikolaj gerichtet, der wiederum seinen nicht von Nell löst.

»Ja, Ihr habt recht. Wir sollten wirklich fortfahren.« Der dickliche Mann mit den Rattenaugen, wie Nell ihn im Stillen getauft hat, atmet erleichtert aus und stößt seinen Stock geräuschvoll auf den Boden, um eine Ankündigung zu machen.

Doch noch während er Luft holt, ist es Koljas Stimme, die mühelos über alle Anwesenden hinweg brandet. »Spielt zum

Tanz auf!«

Bei diesen Worten fällt der Zeremonienmeister beinah in Ohnmacht. »Aufspielen? Aber, aber, aber es sind noch nicht einmal alle Gäste im Saal. Und, und das Protokoll verlangt, dass erst alle vorgestellt werden.«

Aber Kolja zuckt nur mit den Schultern. »Dann veranlasst, dass alle reinkommen. Sonst wird das Essen kalt. Heute feiern und tanzen wir in diesen besonderen Abend. Musik!«

Damit scheucht er den Zeremonienmeister davon und strahlt Nell an. An dem Funkeln seiner smaragdenen Augen wird sie sich niemals sattsehen. »Würdest du mir die Ehre erweisen, die Tanzfläche zu eröffnen?« Er sinkt in eine tiefe Verbeugung, die rechte Hand einladend ausgestreckt.

Nell schluckt schwer, als sie ihre Finger sanft in die seinen schiebt. Obwohl es sie noch immer große Überwindung kostet, sich zwischen all den feinen Damen und Herren zu bewegen, fühlt sie sich an Koljas Seite sicher und stark genug, um jede Herausforderung zu meistern. »Es – es wäre mir eine Ehre.«

Alarmiert zuckt sein Kopf hoch.

»Und ein Vergnügen«, schiebt sie lächelnd hinterher und drückt seine Hand.

»Nichts anderes hätte ich gelten lassen.« Er zwinkert ihr keck zu, während er sich aufrichtet.

Endlich setzt die Musik ein. Dem Hofzeremoniell folgend, verbeugen sich beide voreinander, ehe Kolja die Etikette gleich wieder über Bord wirft. Sein starker Arm windet sich um ihre Taille, während er ihre rechte Hand über seinem Herzen platziert.

Irgendwo im Hintergrund schnappt Nell eine Kakophonie von Reaktionen auf. Getuschel, entrüstetes Schnauben, enttäuschtes Schniefen einiger Damen, die sich wohl einen guten Fang erhofft hatten, sowie gerührtes Seufzen, das den Stimmen nach von Anna und Königin Alexandra stammt. Aber Nell hat nur Augen für ihn. Viel enger aneinandergeschmiegt, als es schicklich ist, wiegen sie sich im Takt einer langsamen Melodie hin und her. Nichts anderes zählt gerade. Die Welt um sie herum hört einfach auf zu existieren.

»Habe ich dir je gesagt, wie wunderschön deine Augen sind? Sie leuchten so blau wie das Wasser eines Bergsees im Licht der Sommersonne.«

Die Märchenwanderin errötet. Zu gern hätte sie das Kompliment zurückgegeben, doch die Musik nimmt just in diesem Moment Fahrt auf. Kolja löst den Arm von ihrer Taille und führt sie in eine Drehung hinein. Durch ihrer beider Schritte wirbeln die Rosenblüten vom Boden hoch. »Sieh nur, wie sie fliegen. Es ist fast, als würden wir mit unseren Schritten malen.«

Aufmerksam folgt Kolja ihrem Blick und lächelt. »Du hast recht. Ich würde zu gerne sehen, wie das Bild am Ende aussieht.«

»Sicher sind es nur wilde Kreise, so, wie du mich herumwirbelst.« Grinsend pikst sie ihm mit der freien Hand gegen die Brust.

»Dann lass uns nun richtig malen«, raunt er ihr zu und dirigiert sie mit sicherer Hand durch den Raum. Immer wieder versucht Nell zu erahnen, was dabei entstehen soll, aber jedes Mal schiebt er sie gekonnt wieder in eine andere Richtung.

»Was wird das?«, fragt sie kichernd, als er sie schwungvoll zu sich heranzieht, sodass sie in seinen Armen eingewickelt, ja fast gefangen ist. Die Wärme, die von seinem Körper ausgeht, dringt durch ihren Rücken und erfüllt sie vom Scheitel bis zum Zeh. Für den Augenblick sind die schnellen

Rhythmen der Musik wieder einem langsameren, verträumteren Takt gewichen, sodass beide sich eng umschlungen fast auf der Stelle bewegen. Koljas Lippen sind ganz nah an ihrem Ohr, sein Atem streift heiß und prickelnd über die zarte Haut ihres Halses und lässt sie erzittern. »Heirate mich!«

Nells Augen weiten sich. Sie strauchelt und ihr Absatz landet schmerzhaft auf Koljas Fuß. Er verzieht kurz das Gesicht, lässt sich aber nicht beirren.

»Was?« Hat er gerade wirklich gesagt …

»Heirate mich, bitte.«

Nein, offensichtlich funktioniert ihr Gehör noch. Im gleichen Augenblick, als wäre ein Schleier von ihren Augen gezogen worden, erkennt sie auch, was er tanzend mit ihr in das Meer aus Rosenblüten auf den Boden gemalt hat.

Ihre beider Füße sind der Pinsel und der Boden die Leinwand, auf der Kolja ein riesiges Herz mit ihr getanzt hat. Nells eigenes Herz setzt einen Schlag aus.

Er dreht sie in seinen Armen, sodass sie einander anschauen, presst ihre Hand erneut auf sein Herz. »Nell, seit jenem Tag im Wald vor über einem Jahr bist du mir zu einem Licht geworden, das jeden Tag erhellt. Du bist die Leichtigkeit, die Ehrlichkeit, die Freude, die ich so lange vergeblich hier gesucht habe. Mit jedem Tag, den du bei mir warst, wollte ich weniger, dass du jemals wieder gehst. Mein Herz besitzt du schon, nun biete ich dir auch noch einen Ring und meine Krone. Und ich hoffe, dass du ja sagst und als meine Königin den Platz an meiner Seite einnimmst.«

Nells Blick geht ruckartig zu dem Podest hinüber, auf dem nicht wie sonst nur ein Thron steht. Ein zweiter, etwas kleinerer, wurde daneben platziert, perfekt für ihre Größe geeignet. Wieso ist ihr das vorher nicht aufgefallen?

Die Antwort ist einfach: Weil sie nur Augen für ihn gehabt hat.

Seine Finger, die über ihre Wange streicheln, holen sie aus ihren Gedanken zurück ins Hier und Jetzt. »Ich liebe dich, Nell, mit jeder Faser meines Herzens. Deshalb bitte ich dich heute in aller Form darum, meine Frau zu werden. Und meine Königin, wenn du Nikolaj vielleicht so liebhaben kannst wie Kolja.«

Ihr Herz macht einen Hüpfer. »Kolja, ich …« Ihr fehlen schlicht die Worte.

Weit oben schlägt die Turmglocke Mitternacht.

Hoffnungsvoll strahlt er sie aus diesen unendlich tiefen grünen Augen an. Und auch wenn er äußerlich stark und souverän wirkt, merkt Nell ihm die Nervosität doch an. Es ist die Art, wie seine Hände leicht zittern und er nicht aufhören kann zu reden, vom Stillstehen ganz zu schweigen.

»Heirate mich. Denn ich will nie wieder ohne dich sein.« Er führt sie erneut in eine Drehung, um seinen Händen etwas zu tun zu geben, um seine Unsicherheit zu verbergen. »Lieber gehe ich als Kolja, der Wildhüter, mit dir und Grischa fort, als ohne dich König zu sein.«

Eine Träne rinnt über ihre Wange hinab, bahnt sich glitzernd ihren Weg.

»Sag ja!« In seiner Stimme ruht alle Hoffnung dieser Welt.

Tief in sich spürt Nell, dass sie die Antwort auf seine Frage für sich bereits gefunden hat. Ihr Herz kennt sie schon die ganze Zeit. Als er sie gerade aus einer Drehung wieder an sich zieht, findet sie endlich ihre Sprache wieder. »Kolja, ich …« Lächelnd setzt sie zu einer Antwort an, als der zwölfte Schlag der Turmuhr durch den Saal hallt. Nell zuckt zusammen und rutscht auf den Rosenblüten aus.

Ein stummer Schrei steckt in ihrer Kehle, als sie den Halt

verliert und unkontrolliert in Koljas Arme stolpert. Geistesgegenwärtig zieht er ihren Körper fest an sich. Das leise Klirren von Nells gläsernen roten Schuhen klingt dröhnend laut durch die vollkommene Stille des Ballsaals. Alle im Raum halten den Atem an.

Einander so nah, dass ihre Lippen sich beinahe berühren, atmen Kolja und Nell erleichtert aus. »Du und deine kleinen Ungeschicklichkeitsanfälle. Also, mein Herz, was sagst du? Würdest du mir die Ehre zuteil werden lassen, meine Frau zu werden, damit ich für immer auf dich aufpassen kann?«

Nells Finger streicheln liebevoll seine Wange. »Kolja ...« Doch weiter kommt sie nicht.

Ein eisiger Wind stößt krachend die großen Fenster auf und fegt durch den riesigen Saal. Das Meer an Blütenblättern wird aufgewirbelt wie ein blutig-roter Schneesturm. Die Kerzen im Raum verlöschen. Im Auge der Windrose kniet Kolja und birgt seine Nell schützend in den Armen. Sie versucht, ihm zu antworten, doch der eisige Wind schneidet ihr das Wort ab.

Ein grausames Lachen liegt in der Luft. Die junge Frau in dem dunkelvioletten Kleid, der Nell vorhin auf der Treppe begegnet ist, schreitet in aller Seelenruhe durch den Sturm. Ihre Stimme erhebt sich schneidend aus dem ohrenbetäubenden Rauschen des Windes.

»Ruckedigu, ruckedigu, aus blutrotem Glas sind die Schuh'! Zusammengekracht, der Fluch ist vollbracht! Wie das letzte Blütenblatt fällt, lebst du fortan wieder in deiner Welt!«

Die Gestalt der Frau löst sich in einer schwarzen Rauchsäule auf und braust mit dem Wind hinaus in die Finsternis der Nacht. Plötzlich ist es wieder still und die Blütenblätter schaukeln sich sanft zur Erde herab. Es ist, als wäre nie etwas gewesen. Nur das grausige Kichern hallt wie ein Echo weit über das Land.

Langsam, ganz langsam, lösen sich die Menschen aus ihrer Schockstarre. Kolja, der sich mit einem schnellen Blick in die Runde versichert hat, dass seiner Familie und den anderen Gästen nichts zugestoßen ist, schaut nun wieder auf die Frau in seinen Armen und seine Augen weiten sich in purem Entsetzen. Mit jedem einzelnen Rosenblatt, das zurück auf den Boden fällt, verliert Nell an Substanz. Schon ist ihre Haut fast durchsichtig und er kann seine eigenen Arme sehen, die er um ihren Leib geschlungen hat.

»Geh nicht!«, bettelt er, zieht sie noch fester an sich, doch den Fluch der dunklen Fee hält er damit nicht auf.

Nell drückt ihre fast durchsichtige Hand fest auf sein Herz. »Ich liebe dich, Kolja.« Sie lächelt ihn traurig aus ihren blauen Augen heraus an.

In dem Augenblick, da das letzte Blütenblatt den Boden berührt und sie ins Nichts verschwindet, hört sie noch Koljas Schrei, der lang und laut bis in den hintersten Winkel des Schlosses dröhnt. Pures Leid spricht daraus, gepaart mit dunkler Verzweiflung. Und wer ihn hört, ahnt, dass nichts mehr so sein wird, wie es vorher mal war.

# Epilog

Nell schreckt mit einem leisen Schrei hoch, sodass das schwere Buch von ihrem Schoß gleitet und mit einem dumpfen Geräusch auf dem Boden aufschlägt. Ihr Blick gleitet panisch durch den Raum. Der Wind hat das Fenster aufgeschlagen, sodass kalte Nachtluft ins Zimmer strömt. Zitternd setzt Nell sich im Bett auf und zieht die Knie eng an die Brust heran. Sie ist wieder in ihrem Zimmer, zurück in Deep Falls, Kansas. Die Bilder an den Wänden, der Geruch der Bettwäsche, alles ist ihr so vertraut und doch gleichzeitig so unendlich fremd. Schwer atmend zwingt sie sich dazu, sich zu beruhigen. War das alles nur ein Traum? Die Märchen, Hänsel und Gretel, das Biest, Grischa, Kolja.

Dicke Tränen tropfen mit einem leisen Plopp auf ihre Bettdecke. Kolja ... Sie war im Begriff gewesen, ihm zu sagen, dass sie nichts lieber täte, als seine Frau zu werden, doch dann ist alles anders gekommen. Sie konnte es nicht mehr aussprechen, es ihm nicht sagen.

Bei dem Gefühl der Leere in ihrem Herzen wird ihre Kehle ganz eng. Ihr Blick verschwimmt unter Tränen, während sie mühsam das Schluchzen unterdrückt. Es ist so real gewesen. Alles, was sie erlebt hat – Schmerz, Freude, Angst, Glück – Liebe. Automatisch tastet sie nach dem

Medaillon an ihrem Hals. Als sie das kühle Metall unter ihren Fingerspitzen spürt, setzt ihr Herz einen Schlag aus. Fahrig nestelt sie an dem Gehäuse, bis es endlich aufspringt. Die Kompassnadel zeigt geradewegs nach Norden und von einem Leuchten ist nichts zu sehen. Der Splitter des Seelensuchers fällt in ihre Handfläche, doch handelt es sich dabei nur um einen durchsichtigen Bergkristall.

*Es war alles nur ein Traum, komm darüber hinweg, Mädchen!*

Schniefend greift Nell hinüber zu ihrem Nachtkästchen, auf dem sich immer Taschentücher und ein Becher Wasser befinden. Sie tastet im Halbdunkeln über das Holz und stutzt, als ihre Finger auf einen kühlen, unbekannten Gegenstand treffen, der dort auf jeden Fall nicht hingehört. Sie packt das schwere Objekt und schaut es sich neugierig an, aber durch den Tränenschleier erkennt sie nur verschwommene Umrisse und verwaschene Farben. Trotzig reibt Nell sich mit dem Handrücken übers Gesicht und blinzelt so lange, bis sie wieder klar sehen kann.

Sie zieht scharf die Luft ein. In ihrer Hand ruht eine fein gearbeitete Schneekugel. Der Sockel ist aus verzierter Bronze und filigrane Rosenblüten sind dort eingearbeitet. Unter der Glashaube kann Nell ein großes Gebäude erkennen, umringt von weitläufigen Gärten. Sie schüttelt vehement den Kopf, wehrt sich gegen die Erkenntnis, die mit eisigen Fingern nach ihr greift. Dieses Schloss hätte sie immer und überall wiedererkannt.

»Das kann nicht sein. Das ist – Kolja.« Kaum, da sie seinen Namen ausgesprochen hat, wirbelt der Schnee wie von Geisterhand durch die Kugel und das Bild im Inneren verändert sich. Nell schlägt sich die freie Hand vor den Mund, um den Schrei zu dämpfen, der unaufhaltsam in ihrer Kehle aufsteigt.

In der Kugel sieht sie wahrhaft Kolja – Prinz Nikolaj. Er kniet inmitten eines leeren Kreises, den der verzauberte Sturm in den Teppich aus Rosenblüten gefegt hat. Seine sonst strahlenden Augen sind tränenblind, sein Mund zu einem Schrei weit aufgerissen. In seinen Händen hält er einen einzelnen roten Glasschuh.

Nell beginnt zu zittern, als sie hektisch die Bettdecke beiseiteschlägt und wie versteinert auf ihren rechten Fuß starrt. Daran glitzert das exakte Gegenstück zu dem Schuh, den Kolja in eben dieser Sekunde in seinen Händen hält.

»Es war kein Traum.« Die Einsicht lässt neue Tränen hervorquellen. Bevor sie Kolja traf, wollte sie nichts mehr, als nach Hause zurückzukehren. Und nun gäbe sie alles dafür, wenn sie nur hätte bei ihm bleiben können.

Biests Worte zu dem Zauberspiegel kommen ihr wieder in den Sinn. »Er ist ein grausames Geschenk, ein Fenster in eine Welt, die man nur betrachten, aber von der man niemals ein Teil wird sein können.« Genauso verhält es sich mit der Schneekugel. Nell verzehrt sich danach, Kolja zu sehen, und doch bringt die Erkenntnis endlosen Schmerz, dass sie ihn zwar sehen, aber weder hören noch berühren kann. Für ihn ist sie verschwunden, ist nicht mehr Teil seiner Welt.

Nell blinzelt gegen die Tränen an. Dabei fällt ihr Blick auf das am Boden liegende Buch. Es liegt offen und mit gebogenen Seiten da.

Nanas Märchenbuch.

Sie beugt sich hinab und streicht mit den Fingern über die leere Stelle im Einband, wo früher der große Kristall eingelassen gewesen ist.

Der Seelensucher, verbessert sie sich in Gedanken. Hätte sie nur damals gewusst, was sie heute weiß, dann hätte sie jetzt die Möglichkeit, zu Kolja zurückzureisen.

Tief seufzend hebt sie das schwere Buch an, als mit einem leisen Rascheln etwas zwischen den Seiten herausfällt und auf dem Boden landet. Neugierig legt Nell das Märchenbuch beiseite. Ihr Herz pocht laut in ihrer Brust, als sie den beigefarbenen Umschlag aufhebt und umdreht. Ihr eigener Name steht darauf, geschrieben in leuchtend blauer Tinte. Mit zitternden Fingern streicht sie über die ach so vertraute, geschwungene Handschrift. »Nana.«

Minutenlang starrt sie den Umschlag an. Einerseits will sie ihn aufreißen und sehen, was ihre Großmutter ihr hinterlassen hat. Andererseits fürchtet sie sich davor. Schlussendlich hält Nell es dann aber doch nicht mehr aus und öffnet ihn. Ihre Hände beben, als sie den dicken Papierbogen auseinanderfaltet und auf ihrem Schoß glatt streicht. Kaum liest sie die erste Zeile, füllen sich ihre Augen erneut mit Tränen, und es dauert, bis sie sich genug beruhigt hat, um weiterzulesen.

*Liebste Nell,*
*Da dich dieser Brief nun erreicht, bin ich wohl leider nicht mehr bei dir, um es dir selbst zu erklären.*
*Bevor ich allerdings versuche, in Worte zu fassen, was man kaum in Worte fassen kann, lass mich dir Eines sagen: Für mich waren die Stunden, die wir oben auf dem Dachboden in unserem Ohrensessel verbracht haben, immer ganz besonders wertvoll.*
*Mit deiner unbändigen Neugier und deinem messerscharfen Verstand bist du in deiner Fantasie tief in die Geschichten eingetaucht und hast oft schon vermutet, dass mehr dahintersteckt, als nur Erzählungen.*
*Und du hast recht. Die Märchen sind so viel mehr als das. Sie sind eine Welt hinter den Spiegeln und genauso real wie unsere, auch*

*wenn sie anderen Regeln und Gesetzen folgen. Der wichtigste Grundsatz lautet: Das Gute gewinnt immer.*
*Leider ist das nicht so einfach, wie es klingt. Um das zu gewährleisten, muss der Kampf gegen das Böse jeden Tag ausgefochten werden, wenn auch nicht immer mit Axt oder Schwert. Denk immer daran, meine Kleine, gute Taten voll Freundlichkeit und Mildtätigkeit ziehen auch immer etwas Positives nach sich. So hat jeder sein Schlachtfeld, auf dem er täglich kämpft, um Ordnung in die Welt zu bringen. Jeder hat seine Aufgabe – genauso wie du.*
*Nur geht deine Bestimmung weit über die anderer hinaus. Du bist etwas Besonderes, Nell. Du besitzt eine Fähigkeit, die dich einzigartig macht und dadurch wird dir leider auch eine große Bürde auferlegt. Du bist nicht nur eine Märchenreisende, die sich mit Hilfe des Kristalls, der in dieses Buch eingelassen ist, frei zwischen der Märchenwelt und unserer bewegen kann, sondern du bist auch eine Märchenwächterin. Nein, genau genommen bist du die Märchenwächterin, denn es gibt nur eine.*
*Nun, da ich nicht mehr hier bin, obliegt es dir, Ordnung in den Welten zu halten oder zu schaffen, damit das Böse nicht zu viel Raum bekommt. Beschütze das Gute in der Welt und denk immer daran: Am Ende wird alles gut. Wenn es nicht gut wird, ist es noch nicht das Ende!*

*Ich liebe dich, mein kleiner Schatz.*
*Deine Nana*

Nell liest die Zeilen wieder und wieder, bis ihre brennenden Augen die Schrift kaum noch entziffern können. Die Worte ihrer Großmutter haben sich unauslöschlich in ihren Kopf gebrannt.

*Hätte ich das alles nur früher gewusst.*

Schluchzend faltet sie den Brief zusammen und schiebt ihn zurück in den Umschlag und unter ihr Kopfkissen. Danach streift sie den gläsernen Schuh ab und stellt ihn behutsam auf ihren Nachttisch, ehe sie sich in ihre Kissen zurücksinken lässt.

Weinend um ihre verlorene Liebe geistern die Worte ihrer Großmutter hell und klar wie ein Sonnenstrahl durch ihre Gedanken: »Am Ende wird alles gut. Wenn es nicht gut wird, ist es noch nicht das Ende.« Die Märchenwächterin drückt die Schneekugel fest an ihr Herz. Die Erkenntnis, die sie aus den Worten zieht, schenkt ihr ein kleines Stückchen Frieden.

»Ich komme zurück, Kolja. Ich versprechs. Ich werde dich wiederfinden. Es ist noch nicht zu Ende.«

»The dreamer awakes,
the shadow goes by.
The tale I have told you,
that tale is a lie.

But listen to me,
bright maiden, proud youth:
The tale is a lie
but what it tells is the truth.«

(Traditional folktale ending)

# Eine kleine Bitte noch …

Rezensionen sind für Autor*innen sehr wichtig. Sie helfen, unser Buch bekannter zu machen und geben uns ein wichtiges Feedback zu unserer Arbeit.

Wenn Dir mein Buch gefallen hat, würde ich mich daher über eine kleine oder große Rezension auf der Plattform Deiner Wahl sehr freuen und bedanke mich herzlich.

*Deine Isa Bella*

## Über die Autorin

*Because stories need to be told…*

Isa Bella King erzählt Geschichten; egal ob als Autorin oder unter Pseudonym als Hörbuch-/ Hörspielsprecherin.
Dabei legt sie sich nicht auf ein Genre fest, sondern schreibt, was ihr gerade in den Sinn kommt: Fantasy, Märchen, Hörspielskripte oder Kinder- und Gruselgeschichten.
Inspirationen lauern überall. Mit Tee oder einem Becher heißer Schokolade mit Zimt werden aus Träumen und Visionen Geschichten für große und kleine Bücherdrachen.

Märchenhaftes Karma ist ihre erste Veröffentlichung.

Mehr Informationen zu aktuellen und geplanten Projekten findet ihr auf ihrer Homepage (www.stimmwelten.org) oder auf ihrem Instagramkanal (@isa.bella.schreibt)

# Danksagungen

Dass ihr *Märchenhaftes Karma - Warum man Prinzen nicht töten soll* heute in Händen halten könnt, ist nicht allein mein Verdienst.

Die Idee ist aus einem sehr nervigen Traum heraus entstanden und dank meiner Mama, die an mich geglaubt hat, ist aus der Idee eine Geschichte geworden.

Über gut ein Jahrzehnt habe ich immer dann geschrieben, wenn es irgendwie ging, aber erst, als ich dich kennengelernt habe, Kate, kam das Ende in Sicht. Du bist Motivationscoach, Sparringspartnerin, Logikcheck, Potterhead und oft mein externes Selbstbewusstsein. Du bist mein ›Grün‹. Ein Leuchtfeuer bleibt niemals ohne Antwort.

Diese Zeit war aufregend aber teils auch sehr stressig. Um das hinzubekommen, braucht man jemanden, der einem den Rücken freihält. Ein großer Dank geht an meinen Schatten im Hintergrund, der viel zurückstecken musste, wenn ich mich durch die Überarbeitung gekämpft oder bis in die Nacht an etwas gearbeitet habe.

Nun ist das Buch zu Ende erzählt, aber die Arbeit ging erst los. Ein besonderer Dank gebührt dir, Sandra. Dein mentaler Rückhalt, dein Know-how und dein grenzenloser Optimismus haben mir einen Pfad durch den Veröffentlichungsdschungel gebahnt. Dein Buchsatz sucht Seinesgleichen. Du bist maßgeblich daran beteiligt, dass *Märchenhaftes Karma* einen guten Start in die Buchwelt bekommt.

Never judge a book by its cover. Aber ganz ehrlich? Danke, liebe Daniela Patricia für dieses traumhaft schöne Coverbild. Du hast meine Vision in ein Bild gebannt. Danke dafür.

Liebe TestleserInnen und Buchbloggerinnen: Ich war und bin immer noch gerührt und vollkommen sprachlos, mit welchem Enthusiasmus ihr mir zur Seite steht. Den Vertrauensvorschuss und die Begeisterung, die ihr mitbringt, ist Wind unter meinen Flügeln!
Und der letzte Dank gebührt euch, allen Leserinnen und Lesern. Ihr habt das Wagnis auf euch genommen, Nell und mir durch den Kaninchenbau in ein unbekanntes Abenteuer zu folgen. Ihr habt die Seitenzahlen nicht gescheut und die Märchenwanderin auf ihrem steinigen Weg zu ihrem besseren Selbst begleitet. Ich hoffe, es hat euch gefallen, und wir sehen uns wieder zu Teil zwei.

Bis dahin alles Liebe, Eure

*Isa Bella*

Printed by Amazon Italia Logistica S.r.l.
Torrazza Piemonte (TO), Italy

55776073R00270